rororo

ro
ro
ro

Als der totgeglaubte Alex nach Wochen in der Wüste Kalahari in das Haus seiner Eltern zurückgebracht wird, hält er in der Hand einen Diamanten, den er in der Wüste gefunden hat. Seine Eltern glauben an ein Wunder. Die Faszination dieser Steine lässt ihn sein ganzes Leben lang nicht mehr los, und immer wieder kehrt er in die Wüste zurück, um sein Glück zu suchen.

«Safari, Buschmänner, Diamantensuche – aus diesen ‹klassischen› Zutaten webt Beverley Harper ihr Epos.» (Stefanie Zweig, Autorin von «Nirgends in Afrika», in der «Welt am Sonntag»)

Beverley Harper, geboren 1943 in Australien, zog mit sechsundzwanzig Jahren nach Afrika und blieb dort fast zwanzig Jahre in Botswana, Malawi und Südafrika. In der Reihe der rororo-Taschenbücher erschien außerdem der Afrikaroman «Das Gold von Malawi» (rororo 23003).

BEVERLEY HARPER

Das Herz von Afrika

Roman

Deutsch von Karin Dufner

Rowohlt Taschenbuch Verlag

Die Originalausgabe erschien 1997 unter dem Titel
«Edge of the Rain» bei Pan Macmillan Australia Pty Limited, Sydney

Neuausgabe Oktober 2003

Veröffentlicht im Rowohlt Taschenbuch Verlag GmbH,
Reinbek bei Hamburg, April 2000

Lektorat Anne Stalfort
«Edge of the Rain»

Published by Arrangement with Beverley Harper
Umschlaggestaltung any.way, Cathrin Günther
(Foto: Photonica / Yoshio Otsuka)

Gesamtherstellung Clausen & Bosse, Leck
Printed in Germany
ISBN 3 499 23461 0

Die Schreibweise entspricht den Regeln
der neuen Rechtschreibung.

Dieses Buch ist Robert, Piers, Miles und Adam gewidmet. Ich danke meiner Agentin und Freundin Selwa Anthony und ganz besonders Jennifer und Peter Gill, die sich die Zeit genommen haben, mir geduldig alles über Diamanten zu erzählen.

Weiterhin bedanke ich mich bei John Counihan, Peter McIntyre und Wally Vize in Botswana.

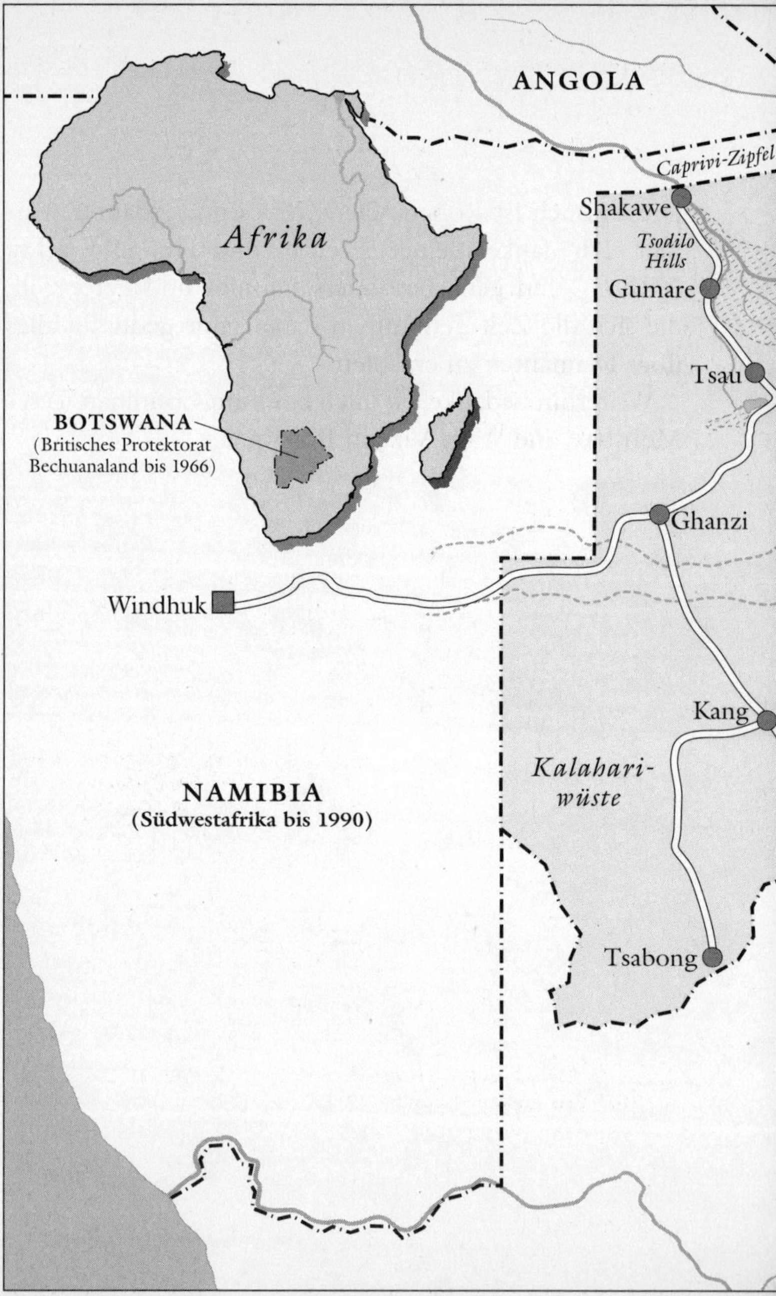
ANGOLA
Caprivi-Zipfel
Afrika
Shakawe
Tsodilo Hills
Gumare
Tsau
BOTSWANA
(Britisches Protektorat Bechuanaland bis 1966)
Ghanzi
Windhuk
Kang
Kalahari-wüste
NAMIBIA
(Südwestafrika bis 1990)
Tsabong

SAMBIA
(Nordrhodesien bis 1964)
Okavango-Delta
ZIMBABWE
(Rhodesien bis 1980)
Maun
Bulawayo
Wildreservat Makgadikgadi Pans
Xau-See
Orapa
Francistown
BOTSWANA
Wildreservat Zentralkalahari
Palapye
Khutse
Mahalapye
Wildreservat Khutse
N
Molepolole
Jwaneng Area
Gaborone
Lobatse
S
Mafeking
Pretoria
Johannesburg
SÜDAFRIKA
(Südafrikanische Union bis 1961)
Bloemfontein

Eins

Der Blutgeruch war noch frisch, ein satter, üppiger Duft, der ihre Geschmacksknospen anregte und ihr das Wasser im Mund zusammenlaufen ließ. Sie blieb stehen und drehte den Kopf in alle Richtungen, bis er ihr wieder in die Nase stieg. In der Ferne bemerkte sie eine Baumgruppe. Die vielen Jahre in der Wildnis hatten ihre Instinkte bis zur Perfektion geschärft. Sie schnupperte, als eine leichte Brise den Geruch wieder zu ihr hinübertrug. Er kam von den Bäumen her. Doch sie war auf der Hut. Denn außer dem Blut roch sie noch etwas anderes, etwas Fremdes.

Ihr Magen schmerzte vor Hunger. Vorsichtig, weil sie die Quelle des fremden Geruchs nicht kannte, pirschte sie auf die Bäume zu und hielt immer wieder inne, um zu schnüffeln. Sie ließ den Blick über die Landschaft schweifen. Nichts war zu sehen. Der Blutgeruch wurde stärker. Lautlos schlüpfte sie in den Schatten eines Busches; jeder Schritt war präzise berechnet, alle ihre Sinne waren hellwach. Sie schlich sich so nahe heran, wie sie es wagte, und kauerte sich dann hin, um Ausschau zu halten. Sie war gewohnt, in ihrem Versteck zu bleiben, bis sie sich vergewissert hatte, dass keine Gefahr drohte.

Eine Viertelstunde später lag die Löwin noch immer reglos da wie eine Statue. Ihre gelbbraunen Augen blickten sich aufmerksam um. Nur ein sehr scharfer Beobachter hätte sie bemerkt, denn der getüpfelte Schatten eines niedrigen, zerzausten Busches und das spärliche braune Gras ringsum tarnten sie vollkommen. Angespannt kauerte sie da, knapp hundertvierzig Kilo geballte Kraft und Geschwindigkeit. Die Muskeln unter dem sandfarbenen Fell spielten, und ihre Konzentration war vollkommen. Sie war sehr, sehr hungrig.

Der kleine Junge, dessen Leben an einem seidenen Faden hing, war zwei oder drei Jahre alt. Die Sonne hatte seine helle Haut verbrannt. Wegen der Hitze klebten ihm die seidigen blonden Locken am Kopf. Am Bein hatte er eine blutverkrustete Schnittwunde. Sein Gesicht war schmutzig und von Tränen verschmiert, und sein kleiner, stämmiger Körper wurde noch immer von heftigen Schluchzern geschüttelt. Er hatte etwas Schreckliches, etwas Unvorstellbares getan. Und nun hatte er sich verlaufen, in diesem unendlichen, sonnendurchfluteten Sand, der Wüste Kalahari.

Im Augenblick jedoch war er ganz gefesselt von etwas, das er gerade auf dem Boden gefunden hatte. Deshalb bemerkte er die Löwin nicht, die gut zehn Meter entfernt von ihm lauerte und ihn verschlingen wollte. Doch selbst wenn er es geahnt hätte, hätte er keine Chance gegen das Raubtier gehabt.

Der herannahende Tod hatte alle Geräusche zum Verstummen gebracht. Selbst die Vögel schwiegen vor Entsetzen über das grausige Ereignis, das jeden Moment stattfinden würde, in einem Land, in dem das Wort Gewissen keine Bedeutung hatte. Sie warteten ab. Der kleine Junge war für die Löwin nichts weiter als ein Beutetier, doch sein Tod würde ein grausames Schauspiel werden.

Die Löwin sog den Geruch des Kindes ein. Ihr Gesicht verzerrte sich zu einer drohenden Fratze, als sie die Lippen zurückzog, die riesigen, gelben Zähne fletschte und die Luft über ihre empfindlichen Geschmacksknospen gleiten ließ. Obwohl ihr Magen knurrte, zögerte sie noch. Wie sie am Blutgeruch erkannte, war das kleine Geschöpf, das da vor ihr stand, zwar essbar, roch aber ganz anders als alles, was sie bisher gefressen hatte. Außerdem gab es merkwürdige Geräusche von sich.

Das Objekt ihrer Begierde kauerte neben den Überresten eines längst verendeten Straußes. Schakale, Geier und Ameisen hatten den Kadaver bis auf die Knochen abgenagt und nur das Gewölle aus dem Muskelmagen des Vogels übrig gelassen. Fasziniert betrachtete der Junge einen Stein, der im grellen Sonnenlicht in tausend Farben schillerte. Als er ihn gegen den Himmel hielt und drehte, fingen die Farben an zu tanzen und sich zu verändern. Der kleine Junge lachte fröhlich auf. Die Todesangst, die ihn bei der Erkenntnis, dass er ganz allein war, überkommen hatte, war für einen Moment vergessen.

Die Löwin war nun beinahe entschlossen. Sie wusste, dass das Kind eine leichte Beute sein würde. Ein Schlag mit ihrer riesigen Tatze und den rasiermesserscharfen Krallen würde genügen. Dennoch zögerte sie. Ihrer

Vorsicht und Lautlosigkeit verdankte sie bisher ihr Leben. Und wie jedes wilde Tier hatte sie eine tief sitzende Furcht vor Menschen. Ihre Instinkte warnten sie.

Der kleine Junge war in die Hocke gegangen und hüpfte auf der Suche nach weiteren bunten Steinen um das Skelett des Vogels herum. Dabei näherte er sich dem Busch, wo die Löwin lag. Sie kauerte sprungbereit da und wollte schon losschlagen. Doch da entdeckte der kleine Junge etwas auf der anderen Seite des Vogels, lief darauf zu und entfernte sich dadurch aus ihrer Reichweite. Er wurde zwar noch immer von Schluchzern geschüttelt, war aber völlig von seinem Vorhaben gefangen.

Die hungrige Katze robbte sich auf dem Bauch voran. Wieder knurrte ihr der Magen. Sie hatte seit vier Tagen nichts mehr gefressen. An einer ihrer Vorderpfoten befand sich ein schmerzhafter eitriger Abszess, denn sie hatte sich einen Dorn eingetreten, der abgebrochen war und sich nicht entfernen ließ. Außerdem litt sie an Hunderten von juckenden Zeckenbissen, und Fliegen übersäten die sonnenverbrannten Ränder ihrer Ohren. Doch sie kümmerte sich nicht darum. Schmerzen gehörten ebenso zu ihrem Leben wie der Jagdinstinkt.

Dann begann der kleine Junge, mit sich selbst zu sprechen. Seine hohe Kinderstimme überzeugte die Löwin davon, dass keine Gefahr drohte. Das seltsame, haarlose Tier war hilflos. Nun stand ihr Entschluss fest. Sie erhob sich geschmeidig, ohne dabei auch nur ein Blatt ins Schwanken zu bringen. Ihr Schweif zuckte. Sie duckte sich und setzte zum tödlichen Sprung an. Ein warnendes Knurren stieg aus ihrer Kehle. Es war Zeit zu fressen.

Aber im letzten Sekundenbruchteil vor dem Losspringen fing ihr feines Gehör ein unbekanntes Geräusch auf. Ihr Selbsterhaltungstrieb hielt die Löwin zurück. Trotz ihres Hungers schlüpfte sie lautlos hinter dem Busch hervor und machte sich so rasch wie möglich aus dem Staub. Sie konnte sich so leise bewegen, dass der kleine Junge überhaupt nicht bemerkte, dass sie da gewesen war.

Zwei

Die Warzenschweinfamilie war damit beschäftigt, mit ihren langen, gebogenen Hauern im weichen Sandboden nach Wurzeln, Zwiebeln und Knollen zu graben. Während die Tiere auf ihrer Futtersuche rasch von einem Grasbüschel zum nächsten trotteten, bemerkten sie die beiden jagenden Buschmänner nicht, die auf der Lauer lagen.

!Ka griff in seinen Beutel aus Bastgeflecht, holte die Puppe eines Flohkäfers heraus und knetete sie zwischen den Fingern weich. !Oma kaute auf einem Stück Akaziengummi, durchbohrte es mit der Zunge und wälzte es im Mund herum, um es mit Speichel zu durchtränken. Als Gummi und Puppe genug bearbeitet worden waren, spuckte !Oma den Brei auf ein Stück Rinde. !Ka drückte die orangefarbene Flüssigkeit aus der Puppe und mischte sie mit dem Gummi. Die beiden arbeiteten schweigend, denn sie wussten, dass ihre Beute scharfe Ohren hatte und beim kleinsten Geräusch die Flucht ergreifen würde.

!Oma nickte. Das Gift war bereit. Sie tauchten winzige Pfeilspitzen hinein, erhoben sich lautlos und schlichen sich unbemerkt auf Schussweite an die Warzenschweine heran. Ohne noch einen Blick zu tauschen, feuerte jeder der beiden Jäger einen vergifteten Pfeil auf dasselbe junge Warzenschwein ab. Es war das größte der drei Frischlinge. Ein Teil des Schlamms, in dem es sich am Morgen gewälzt hatte, war bereits wieder abgeblättert, sodass seine dicke Haut ungeschützt war.

Die leichten Pfeile aus Schilfrohr sahen nicht sehr gefährlich aus, als sie auf ihr Opfer zuflogen und wie Zweige von seinem Körper abprallten. Doch die winzigen, scharfen Spitzen hatten die Haut angeritzt, sodass das Gift ins Blut eindringen konnte. Der verwundete Frischling schrie vor Schmerz auf und ergriff mit seiner Familie panisch die Flucht. Die beiden Buschmänner sammelten ihre Waffen ein und verfolgten dann die Warzenschweine. Sie hatten keine Eile, denn sie wussten genau, wohin die Tiere rannten.

Die Familie suchte Schutz in einigen von Stachelschweinen verlassenen Erdlöchern, die sich neben einer ausgetrockneten Wasserstelle befanden. Der Keiler verkroch sich als Letzter, mit dem Hinterteil voran schob er sich rückwärts in das Loch. Die Jäger waren den Tieren mit langen Laufschritten gefolgt. Dieses Tempo konnten sie den ganzen Tag durchhalten, wenn es nötig war. Jetzt blieben sie stehen. !Oma nahm ein Straußenei vom

Gürtel und bot es seinem Freund an. !Ka trank ein paar Schlucke von dem lauwarmen Wasser und gab das Behältnis dann zurück. Die beiden Männer kauerten sich hin und warteten. Sie gaben sich keine Mühe, Geräusche zu vermeiden, denn sie wollten, dass die Warzenschweine sie hörten und sich nicht aus ihren Verstecken herauswagten.

Sie wussten, dass das Gift langsam wirkte. Am liebsten wäre es ihnen gewesen, in der Abenddämmerung zu jagen und am nächsten Morgen wiederzukommen, um die Beute zu holen. Doch da sich in dieser Gegend viele Löwen herumtrieben, war das nicht ratsam. Hin und wieder hatten sie tatsächlich schon Löwen von ihrer Jagdbeute vertreiben müssen, was ihnen ohne Schwierigkeiten gelang. Doch gestern Abend war eine Gottesanbeterin an ihrer Feuerstelle vorbeigeflogen, und das konnte ein böses oder auch ein gutes Omen sein. Also wollten die beiden Männer ihr Glück nicht herausfordern. Auf die Gottesanbeterin war zwar meistens Verlass, doch manchmal nützte sie ihre übernatürlichen Kräfte, um ihren Untertanen einen Streich zu spielen. Als etwa sechs Stunden vergangen waren, nahmen die Jäger an, dass das Gift inzwischen gewirkt hatte.

Die Sonne hatte den Zenit überschritten und stand schon tief am Horizont. !Ka und !Oma erhoben sich und näherten sich dem Versteck der Warzenschweine. Sie stellten sich über das Loch, in dem der große Keiler verschwunden war, und stampften mit den Füßen kräftig auf die harte Erde. Der Keiler schoss an die Oberfläche wie eine der Sternschnuppen, die hin und wieder über den nächtlichen Himmel sausten. Schnaubend vor Wut und Angst raste er mit hoch erhobenem Schwanz davon, ohne sich noch einmal umzusehen. !Ka ließ erleichtert den Speer sinken. Es war riskant gewesen, denn der Keiler hätte sie genauso gut angreifen können. Aber ihr Plan war aufgegangen.

Die Bache jedoch blieb störrisch. Sie teilte das Erdloch mit ihrem verletzten Frischling, und obwohl sie eigentlich auch fliehen wollte, hielt der Mutterinstinkt sie zurück. Immer wieder streckte sie unentschlossen den Kopf aus dem Loch. Ohne lange nachzudenken, hörten !Ka und !Oma auf zu stampfen und kletterten eilig auf einen verkrüppelten Akazienbaum. Sie wussten, wie wilde Tieren sich verhielten. Im nächsten Moment hatte die Bache endlich eine Entscheidung getroffen. In atemberaubender Geschwindigkeit stürmte sie aus dem Loch, wirbelte herum und machte sich zum Angriff bereit – doch es war niemand zu sehen. Verwirrt hielt sie inne, rief dann ihre Ferkel zusammen und rannte dann in die Richtung los, in die der Keiler verschwunden war.

Da das Gift frisch gewesen war, wirkte es gut. Das verletzte Warzenschwein war bereits unsicher auf den Beinen, blieb zurück und stürzte immer wieder. Die restliche Familie versammelte sich wartend im Gebüsch. Das junge Warzenschwein blieb stehen, schnupperte, sah sich verwirrt um und lief dann in die falsche Richtung weiter. Im nächsten Moment machte sich seine Familie einfach aus dem Staub und ließ es im Stich.

!Ka und !Oma sprangen vom Baum und folgten dem Frischling mit gezücktem Speer. Sicher würden Raubtiere seine ängstlichen Schreie hören und über die leichte Beute herfallen. Doch das Warzenschwein kam nicht mehr weit. Das Gift, die stickige Luft im Erdloch und das erdrückende Gewicht seiner Mutter hatten es geschwächt. Schwer atmend lag es im Sand und starb kurz darauf.

Die Jäger standen einige Minuten stumm da und entschuldigten sich bei dem toten Tier. Die Alten hatten sie gelehrt, dass alle Tiere einst Menschen gewesen waren. Man dürfe sie zwar töten, um zu essen oder sich zu verteidigen, aber die Tiere seien Eigentum des Großen Gottes. Also müsse man ihnen Respekt erweisen, wenn man ihnen das Leben nahm. Nachdem die beiden sich davon überzeugt hatten, dass der Große Gott ihnen nicht zürnte, machten sie sich auf den Rückweg zum Lager.

Da !Oma der Jüngere war, trug er die schwere Beute zuerst. Nach einer halben Stunde löste !Ka ihn ab. Beim Gehen plauderten sie in ihrer Sprache, die von vielen Schnalzlauten geprägt war.

!Ka verlagerte das Warzenschwein auf die andere Schulter, ohne seinen steten Laufschritt zu unterbrechen. Es war ein langer Tag gewesen. Kurz nach Sonnenaufgang waren sie aufgebrochen und erst nach fast zwanzig Kilometern auf die Warzenschweine gestoßen.

In der heißen, stillen Luft konnte man ihr Gespräch weithin hören. Sie gaben sich keine Mühe, ihre Stimmen zu dämpfen, und da sie lautstarke Debatten liebten, war ihr Lachen und Rufen deutlich zu vernehmen. Doch in diesem Teil der Wüste lebte niemand außer dem Volk der San, und die beiden Jäger hatte vor ihrem eigenen Stamm keine Geheimnisse.

Sie hatten fast die Hälfte des Weges hinter sich gebracht und das Straußenskelett beinahe erreicht, an dem sie morgens vorbeigekommen waren, als sie ein seltsames Geräusch hörten.

!Ka blieb wie angewurzelt stehen. Seine funkelnden, schwarzen Knopfaugen sahen sich aufmerksam um. Da war es wieder: eine Kinderstimme.

«Dort drüben», sagte !Oma und wies auf eine Baumgruppe.

!Ka ließ das Warzenschwein sinken, und dann näherten sich die beiden Buschmänner leise wie zwei jagende Leoparden dem Geräusch. Sie waren erstaunt, denn sie wussten, dass in der näheren Umgebung kein anderer Stamm lebte. Außerdem klang die Kinderstimme ungewohnt. Da sich die Buschmänner wie die Tiere, die sie jagten, von ihren Instinkten leiten ließen, hätten sie sofort bemerkt, wenn sich Fremde in ihrem Revier herumtrieben. Sie waren sicher, dass dieses kleine Kind allein war, obwohl sie keine Erklärung dafür hatten.

Als sie in den Schatten traten, stieg !Ka ein Geruch in die Nase, der ihn zusammenfahren ließ: ein Löwe. «*Si'isate.*»

!Oma nickte und blickte sich suchend um.

Und dann sahen sie das Kind. Es war nur mit einer kurzen Hose aus Frottee bekleidet. Eine Windel rutschte ihm das Beinchen hinunter. Der Junge trug weder Hemd noch Mütze, dafür aber schmutzige weiße Turnschuhe ohne Schnürsenkel. Er hatte die beiden

Buschmänner noch nicht bemerkt. In seiner Hand hielt er einen funkelnden, blitzenden Stein. Einen Moment lang leuchtete er wie ein Sonnenuntergang, im nächsten hatte er die tiefblaue Farbe des Himmels. Die Buschmänner hatten solche Steine schon öfter im Muskelmagen eines Straußes gefunden. Für gewöhnlich warfen sie sie weg, denn man konnte sie zu nichts gebrauchen.

Der kleine Junge hüpfte herum und suchte nach weiteren Steinen.

«Er ist wie *!ebili*, der Wasserkäfer», flüsterte !Ka.

Der kleine Junge hatte ihn gehört und blickte ohne Furcht zu den zwei Männern hin. !Ka und !Oma kamen langsam und zögernd näher. Sie hatten zwar sonst niemanden bemerkt, waren aber dennoch auf der Hut. Über die weißen Menschen wussten sie nur sehr wenig, aber was sie wussten, machte sie misstrauisch.

!Ka ging vor dem Kind in die Knie. Der Kleine sah ihn aus blaugrünen Augen an. Sein Blick war klar und voller unschuldiger Neugier. Sein Haar hatte die Farbe gesponnenen Silbers, so wie der Mond. «Da», sagte er mit glockenreiner Stimme und streckte die Hand mit dem glitzernden Stein aus.

!Ka kannte die Sprache der weißen Menschen zwar nicht, aber er vermutete, dass der Junge vorhatte, ihm den Stein zu schenken. «Da», wiederholte er also höflich und wollte den Diamanten entgegennehmen.

Der Junge zog kopfschüttelnd die Hand zurück.

!Ka sah !Oma an. «Dieser kleine *!ebili* wird heute Nacht die Löwen füttern.»

!Oma zeigte auf den Busch. «Die Löwin mit dem

kranken Fuß war hier.» Er ging hinüber und untersuchte den Sand. «Sie wollte töten.»

«Das wäre schlimm.» !Ka kannte sich mit Löwen aus. Wenn sie erst einmal einen Menschen getötet hatten, verloren sie ihre Angst vor ihnen und machten auch weiterhin Jagd auf sie. «Sicher hat sie großen Hunger. Ihr kranker Fuß macht sie mutig.»

!Oma lachte. «So mutig nun auch wieder nicht. Sicher erinnert sie sich noch an deinen Speer, denn sie ist geflohen.»

!Ka nickte. Er dachte an den Tag, an dem er seine Beute gegen die Löwin mit dem kranken Fuß verteidigt hatte und dabei beinahe ums Leben gekommen wäre. Es war eher dem Glück als seiner Geschicklichkeit zu verdanken, dass er die Löwin, die ihn aus dem Hinterhalt angegriffen hatte, mit dem Speer an ihrer empfindlichen Nase getroffen hatte. Er wandte sich wieder dem Jungen zu, der beim Lächeln ebenmäßige weiße Zähne zeigte. «Wie kommt er hierher? Er ist allein. Wir müssen ihn mitnehmen und morgen versuchen, seine Familie zu finden.»

Er stand auf und streckte die Hand aus, die der kleine Junge vertrauensvoll ergriff. «Hoffentlich gelingt es uns», fügte !Ka besorgt hinzu.

!Oma stimmte zu. Auch er hatte das hastige Herumwimmeln der Ameisen und Käfer bemerkt. Die beiden Männer kannten diese Zeichen: Das Wetter würde sich ändern, und es würde etwas Bedeutendes geschehen. Die Insekten irrten sich nie. «Ich trage das Fleisch.» !Oma zog es vor, sich mit den Fragen des Alltags zu befassen, denn gegen das Unvermeidliche war man ohnehin machtlos.

Der kleine Junge versuchte zwar, tapfer mitzuhalten, geriet aber immer wieder ins Stolpern. !Ka spürte, wie geschwächt sein kleiner, gedrungener Körper war, und er grübelte darüber nach, woher das Kind wohl stammen mochte. Schließlich hob er den Kleinen hoch und wollte ihn schon auf seine Schultern setzen, als ihm der Geruch seiner Hose in die Nase stieg. «Puh! Er stinkt wie verfault.»

!Ka zog dem Kind Höschen und Windel aus und reinigte ihm mit dem Rest des kostbaren Wassers aus dem Straußenei und der bloßen Hand den Po. Die Kleider des Kleinen ließ er liegen, denn er konnte sich nicht vorstellen, warum man freiwillig etwas so Unbequemes trug. Außerdem kam er nicht dahinter, wie man einem Kind eine Windel anlegte. Er hob das Kind auf die Schultern. Trotz des Sonnenbrands und der Erschöpfung lachte und schrie der Junge vor Begeisterung. Bald stimmten !Ka und !Oma in sein Lachen ein, vor allem als das Kind pinkelte und die warme Flüssigkeit !Ka über Schultern und Brust lief.

!Ka war sicher, dass die Gottesanbeterin in der vergangenen Nacht die Ankunft dieses Kindes angekündigt hatte. Offenbar wollte der Große Gott sie auf die Probe stellen. Er hatte ihnen den kleinen Jungen aus einem bestimmten Grund geschickt. !Ka hoffte, dass es richtig war, ihn zu retten. Denn er wollte verhindern, dass der Große Gott verärgert war und den Kleinen Gott damit beauftragte, ihn, !Ka, zu bestrafen.

Der kleine Junge, der auf !Kas Schulter saß, betrachtete immer noch begeistert den funkelnden Diamanten und hielt ihn hoch, um ihn besser sehen zu können. «Da», sagte er immer wieder.

Stunden später kamen die beiden Männer, das Kind und das Warzenschwein im Dorf an. Es handelte sich um ein mehr oder weniger vorübergehendes Lager. Der Clan lebte nun schon seit fünf Monaten dort, sehr lange für einen Nomadenstamm. Das Dorf bestand aus schlichten, im Kreis aufgestellten Grashütten, die insgesamt siebenundzwanzig Menschen beherbergten. Die Türen zeigten nach innen auf einen festgestampften Tanzplatz. Bald würde der Clan weiterziehen, denn sie hatten die Wurzeln, Nüsse, Wildhonigvorräte, Termiten, Früchte und Leopardenschildkröten in der näheren Umgebung schon fast verzehrt. Sie waren länger geblieben als üblich, weil es hier eine unterirdische Quelle gab, sodass ihnen Wasser im Überfluss zur Verfügung stand. Doch die San lebten im Einklang mit der Natur und wussten, dass diese jetzt Zeit brauchte, um sich wieder zu erholen, wenn sie diesen Lagerplatz in Zukunft noch einmal benutzen wollten.

Eines von !Kas Kindern sah sie kommen und lief los, um Be, seiner Mutter, zu sagen, dass der Vater etwas Seltsames von der Jagd mitgebracht hatte. Der ganze Stamm versammelte sich in der Mitte des Lagers und stellte Vermutungen an, was für ein merkwürdiges Tier !Ka da auf seiner Schulter trug. Bald wurde aufgeregt und ungläubig getuschelt. Der Junge war eingeschlafen, sein silberblonder Schopf war auf !Kas Stirn gesunken, eine Hand ruhte auf der linken Schulter des Buschmannes. Die andere, in der er noch immer den Diamanten hielt, hatte er hinter dem Hals seines Retters verborgen.

«Oh, oh, oh, was hast du getan?», jammerte Be entsetzt. Sie war außer sich, denn sie glaubte, dass ihr Mann den Jungen umgebracht hatte. «Warum hast du ein kleines Kind getötet?»

«Wir haben diesen *!ebili* gefunden. Er war allein. Die Löwen hätten ihn fast gefressen», wies !Ka sie zurecht. Der Gedanke, einen Menschen, insbesondere ein Kind und dazu noch ein weißes, zu töten, war den San völlig fremd. !Ka war gekränkt, weil seine Frau ihn einer solchen Tat verdächtigte.

«*Ntsa, ntsa*, armer kleiner Käfer. Komm, gib ihn mir.»

Als das Kind in Bes Arme gehoben wurde, wachte es auf. «Da», sagte es und sah ihr ins Gesicht. Sicher war sie ein sehr seltsamer Anblick für ihn. Sie hatte gelbliche Haut, zu kleinen Zöpfchen geflochtenes Haar, vorstehende Wangenknochen, eine gewölbte Stirn, Schlupflider und eine flache Nase. Ihr kindliches Gesicht war von unzähligen Runzeln durchzogen und mit rituellen Narben geschmückt, die die Streifen eines Zebras darstellten. Die meisten Kinder seines Alters hätten wohl vor Angst geschrien, doch der Kleine strahlte sie nur fröhlich an.

Be rief eines ihrer Kinder herbei. «Hol Wasser», befahl sie. Dann wandte sie sich wieder an ihren Mann. «Hast du ihm etwas zu trinken gegeben?»

!Ka ließ beschämt den Kopf hängen. «Wir haben das letzte Wasser gebraucht, um ihn sauber zu machen.»

Be schnalzte tadelnd mit der Zunge, nahm ihrer Tochter die Kürbisflasche ab und reichte sie dem Jungen, der das Wasser so gierig hinunterstürzte, dass er husten musste.

«Er ist ein tapferer kleiner Käfer», meinte !Ka.

Trotz der Abenddämmerung hatte die Hitze kaum nachgelassen. Gefolgt vom ganzen Clan, der das seltsame Kind neugierig anstarrte, trug Be den Kleinen zum Wasserloch. Der Junge setzte sich ins lauwarme Wasser und plantschte ausgelassen darin herum. Als er nach hinten kippte, richtete er sich langsam wieder auf und spuckte das Wasser aus. Offenbar hatte er großen Spaß.

«Oh, oh, oh, was haben wir getan?», flüsterte Be ängstlich.

Die anderen sahen entsetzt hin: Die schönen Silberlocken des Jungen waren weggespült worden. Stattdessen klebte ihm nun glattes, dunkleres Haar am Kopf.

«Wir haben das Mondlicht abgewaschen», sagte einer.

Sie hoben das Kind aus dem Wasser und brachten es zurück ins Lager. Dort setzten sich bewundernd um ihn herum und musterten seine unglaublich weiße Haut und die blaugrünen Augen. Und dann geschah ein Wunder: In der warmen Abendluft wurde eine Strähne nach der anderen heller und rollte sich auf, bis sein Gesicht wieder von silberweißen Locken umrahmt wurde.

«Ein Kind des Mondes», sagte jemand ehrfürchtig.

Diese Erklärung stellte alle zufrieden, denn sie misstrauten den weißen Menschen. Früher einmal war alles anders gewesen. Die San, die weißen Menschen und alle Schafe, Kühe und Ziegen hatten friedlich zusammengelebt. Nach einer Weile jedoch waren die San und die weißen Menschen in Streit darüber geraten, wem das Vieh nun gehören sollte. «Lasst uns ein Tauziehen veranstalten, um die Frage zu klären», hatten die weißen Menschen vorgeschlagen und ein Seil geholt. Aber das Seil war gerissen, wobei das längere Ende in den Händen der Buschleute zurückblieb. «Jetzt habt ihr ein Seil», hatten die weißen Menschen gemeint. «Fangt damit den *steenbok* und den *duiker*, während eure Frauen andere Nahrung sammeln. Wir behalten das Vieh.»

Diese Geschichte war wie alle anderen seit Generationen weitergegeben worden. Also war es mit dem Weltbild der San besser zu vereinbaren, den kleinen Käfer als Kind des Mondes zu betrachten. Die San liebten zwar Kinder und klagten oft darüber, dass der Große Gott ihnen so wenige schenkte, aber der Kleine war dennoch ein zukünftiger weißer Mann.

Plötzlich gähnte der Junge. Be sprang auf. «Er muss bei uns essen», verkündete sie. Ihr Kochtopf blubberte auf dem Feuer. Heute Abend gab es eine Mischung aus Knollen und Schildkrötenfleisch, eingedickt mit einer Paste aus zermahlenen Mongongonüssen.

Dass man die Kochfeuer der Nachbarn besuchte, kam im Dorf häufig vor. Gastfreundschaft wurde hier großgeschrieben. Besonders Kinder wurden immer aufgefordert zu kosten, und eine gute Frau bereitete nie eine Mahlzeit zu, die nicht auch für mögliche Gäste reichte. Wegen der Ankunft des weißen Kindes hatte sich der ganze Clan an Bes Feuer versammelt. Sie legte nach, während die anderen Frauen liefen, um ihre eigenen

Töpfe zu holen. Alle wollten den kleinen *!ebili* bewundern und sein Haar berühren.

Auch wenn der Kleine die Mahlzeit und das Angestarrtwerden als seltsam empfand, schien es ihm nicht den Appetit zu verschlagen. Er griff genauso herzhaft zu wie die anderen Mitglieder des Clans und aß mit den Fingern, als hätte er nie im Leben etwas anderes getan. Nach dem Essen rülpste er laut, pinkelte, wo er gerade saß, und sah mit unbefangener Neugier zu, wie sein Urin im warmen Sand versickerte. Dann krabbelte er zu Be hinüber. Er schmiegte sich an sie und schlief sofort ein. Offenbar ahnte er trotz ihres merkwürdigen Aussehens, dass sie es war, die für ihn sorgen würde.

«Was sollen wir mit dem kleinen Käfer anfangen?», fragte Be und streichelte den Blondschopf, der auf ihrem Oberschenkel ruhte.

«Wir bringen ihn zu seinem Volk», erwiderte !Ka. «Hoffentlich finden wir morgen Fußspuren.»

«Wie konnten sie ihn nur verlieren?», wollte Be mit Spott und Unglauben in der Stimme wissen. Sie hatte das mutige Kind mit dem silbernen Haar und dem ansteckenden Lachen bereits lieb gewonnen. Ihr mütterlicher Instinkt sagte ihr, dass sie ihn beschützen müsse. Es wollte ihr einfach nicht in den Kopf, wie man so nachlässig sein konnte, ein Kind zu verlieren.

«Vielleicht erfahren wir es nie», entgegnete !Ka streng, obwohl er ebenfalls nicht verstand, warum das Kind mutterseelenallein in der riesigen Wüste Kalahari herumgeirrt war. «Aber wir dürfen ihn nicht behalten. Wir könnten sonst Schwierigkeiten bekommen.»

In den nächsten drei Stunden erörterte der ganze Clan lebhaft, wie der Junge wohl verloren gegangen war und wie man ihn am besten zu seinem Volk zurückbringen konnte. Man erging sich in wilden Spekulationen, die von der abergläubischen Furcht vor den weißen Menschen und dem Vertrauen in die Zauberkräfte des Mondes geprägt waren. Verschiedene Möglichkeiten wurden in der schnalzenden Sprache der San vorgebracht, verworfen, ausgeschmückt, erneut abgelehnt und belacht.

Über ihnen stand reglos ein bleicher Sichelmond am Himmel. Der Stamm verstummte und blickte hinauf zu dem Schuh, den die Gottesanbeterin dort hingeworfen hatte, um mehr Licht zu haben. «Sucht er seinen Sohn?», fragte sich !Ka laut und betrachtete den silbrigen Mond.

!Oma brachte die allgemeine Besorgnis zum Ausdruck: «Wenn er uns verdächtigt, seinen Sohn gestohlen zu haben, wird er uns keinen Regen schicken.»

«Sei nicht albern», wiedersprach ein anderer. «Dies ist ein Kind der Erde. Ich habe schon andere mit solchen Haaren gesehen.»

«Vielleicht hat der Hase ihn geraubt», schlug einer vor.

Von dieser Theorie fasziniert, baten die anderen !Ka, die Geschichte vom Mond und dem Hasen zu erzählen, und obwohl alle sie bereits auswendig kannten, hörten sie aufmerksam zu. !Ka war ein begabter und beliebter Geschichtenerzähler, und er berichtete ihnen nun, wie der Tod in die Welt gekommen war.

«Vor langer, langer Zeit, noch ehe wir oder unsere Väter geboren waren, hatten der Mond und der Hase einen Streit», begann !Ka. Er stand auf, zog an seiner Pfeife, breitete die Arme aus und schlüpfte in die Rolle des Neumondes. Mit hoher, zitternder Stimme fuhr er fort: «Wenn ein Mensch stirbt, so wie ich in jeder Nacht sterbe, wird er wieder geboren. Denn ich kehre am nächsten Tag zurück, und genauso ist es auch bei den Menschen. Alle Menschen sterben, kehren zurück, sterben und kehren wieder zurück», sagte er. Dabei ging er auf und nieder, um seine Worte zu untermalen. Dann rauchte er genüsslich noch ein paar Züge.

«Erzähl uns, was der Hase geantwortet hat», forderte ein Zuhörer ihn auf, der die Geschichte ebenso gut kannte wie !Ka.

!Ka zog die Nase hoch, fletschte die Zähne, senkte die Stimme und verwandelte sich in den Hasen. «Ich», !Ka lachte laut auf, «habe den Mond ausgelacht. ‹Tote Menschen verfaulen und stinken›, habe ich ihm gesagt. ‹Sie kehren nicht zurück.›»

!Ka ging im Kreis herum und verkrümmte seine Hände zu Klauen. «Die ganze Nacht und noch den ganzen nächsten Tag lang haben der Mond und ich uns gestritten.» Als !Kas Hand nach vorne schoss, wichen einige Männer erschrocken zurück. «Ich habe mit meinen Krallen dem Mond das Gesicht zerkratzt. Jetzt hat er schwarze Narben, damit alle von unserem Kampf erfahren.»

«Und was hat der Mond dann getan?», wollte der Mann von vorhin neugierig wissen.

!Ka verwandelte sich wieder in den Mond. «Ich nahm einen Schuh», erwiderte er und bückte sich, um einen imaginären Schuh aufzuheben. Dann sprang er nach vorne. «Damit spaltete ich dem Hasen die Lippe. Und so sieht die Lippe des Hasen bis heute aus.»

!Ka setzte sich und sprach mit gewöhnlicher Stimme weiter. «Das sind die Spuren ihres Kampfes. Keiner von beiden siegte. Seitdem sterben die Menschen und kehren nicht zurück.»

Die Zuhörer nickten zufrieden. Die Geister der Toten lebten im östlichen Himmel beim Großen Gott. Manchmal wurden sie auch zu Dämonen. Aber es war gut zu wissen, dass sie nicht als böse Menschen zurückkehren würden.

«Dieses Kind», fuhr !Ka fort, «ist uns als Prüfung geschickt worden. Wir müssen es zurückgeben. Es stimmt zwar, dass es vom Mond berührt wurde, doch es ist ein Menschenkind und muss wieder zu seiner Familie zurück.»

«Wie?», fragte !Oma. «Wir haben keine Ahnung, woher es stammt.»

«Der Große Gott wird uns den Weg zeigen.»

Die anderen erzählten dann von früheren Zeichen, die ihnen der Große Gott gegeben hatte. Während das Gespräch weiterging, schlief der kleine Junge, friedlich an Be geschmiegt. In seiner kleinen, pummeligen Hand hielt er immer noch den Diamanten. Und in seinen Träumen wirbelten strahlend rote, schimmernd grüne und funkelnd blaue Lichter durcheinander.

Eigentlich hatte !Ka bei Morgengrauen mit dem Kind aufbrechen wollen. Als ausgezeichneter Fährtensucher war er sicher, dass er die Spuren des Kindes und damit auch rasch seine Familie finden würde. Doch der von den Ameisen und Käfern angekündigte Wetterwechsel trat früher ein als erwartet. In der Nacht kam ein Wind auf, ein heftiger Sandsturm, der den ganzen nächsten Tag tobte, sodass die San sich hilflos an ihre leicht gebauten Hütten klammerten. Staubteufel, die ruhelosen Geister derer, die sich selbst das Leben genommen hatten, wirbelten über den Tanzplatz und sorgten dafür, dass niemand sich in dieses tosende Inferno hinauswagte.

Gegen fünf Uhr nachmittags legte sich der Sandsturm, aber nun folgte ein heftiger Regen, wie er in der Kalahari nur alle paar Jahre stattfand. Reißende Bäche strömten durch den Sand, und die Männer schrien Schimpfwörter aus den offenen Türen ihrer Hütten, damit der Regen sah, dass sie sich nicht vor ihm fürchteten. Als es endlich aufhörte zu regnen, war alle Hoffnung dahin, die Fußspuren des Kindes wieder zu finden. Die Natur hatte die sandige Ebene blank gefegt. Be war überglücklich und glaubte schon, die Gottesanbeterin wolle, dass sie das Kind behielt.

Nach dem beißenden Sandsturm, der ihnen den Atem geraubt hatte, und der Schwüle während des Regens ging der Stamm hinunter zum Wasserloch. Wie Kinder tollten die San im Wasser herum und überhäuften den weißen Jungen mit Aufmerksamkeit. Sein ansteckendes Lachen mischte sich mit den Freudenschreien der San, die immer einen Grund fanden, herumzualbern und zu spielen. Da bemerkte Be, dass der Junge ein Muttermal hatte – einen kleinen, braunen Halbmond auf der linken Gesäßhälfte. «Das Kind trägt das Zeichen des Mondes am Körper», sagte sie, während sie ängstlich an seinen Haaren zupfte, um die Locken wieder zum Vorschein zu bringen. Denn sie befürchtete, sie könnten diesmal für immer weggewaschen sein.

«Suche nicht nach Zeichen, die es nicht gibt.» !Ka war aufgefallen, dass seine Frau das Kind zu sehr ins Herz geschlossen hatte.

«Jetzt findest du seine Leute sowieso nicht mehr», erwiderte sie.

«Doch», widersprach er. «Es wird nur länger dauern.»

Immer noch den Diamanten in der Hand, kam das Kind auf sie zu. «Da.» Er zeigte Be den Stein. Inzwischen hatten sich die San daran gewöhnt und versuchten nicht mehr, den Stein entgegenzunehmen. Also beugte Be sich nur darüber und bewunderte ihn. «Da», antwortete sie. Der Kleine lächelte sie an.

«Er hat diesen Stein sehr gern», sagte !Omas Frau zu Be. «Wenn wir nichts unternehmen, wird er ihn noch verlieren.»

«Er hat ihn schon oft fallen lassen», stimmte Be zu.

«Ich habe etwas für dich», meinte !Omas Frau. «Eigentlich hatte ich es für deinen Mann gemacht.»

!Ka hatte das mitgehört. «Dann gebe ich es meiner Frau.»

«Und ich schenke es dem Kind», erwiderte Be, froh darüber, dass die traditionelle Freigiebigkeit der San die Lösung gebracht hatte.

Es war ein kleiner Beutel, gefertigt aus dem Hodensack eines Springbocks, der oben mit einer Sehne verschlossen wurde. Eigentlich war er zur Aufbewahrung der Flohkäferpuppe gedacht, aus der die San das Gift zur Jagd herstellten. Der Beutel eignete sich großartig für den Diamanten.

«Da», sagte Be zu dem Jungen und streckte ihm den Beutel hin.

Er sah sie verständnislos an.

Also griff sie nach dem Diamanten und hielt ihn zwischen Daumen und Zeigefinger, um ihm zu zeigen, dass sie ihn ihm nicht wegnehmen wollte. Nachdem sie den Diamanten in den Beutel gesteckt hatte, verschloss sie ihn und hängte ihn dem Jungen um den Hals. Dieser schüttelte heftig den Kopf. Also nahm Be ihm den Beutel wieder ab, öffnete ihn und holte den Diamanten heraus. Der Junge lächelte, und die Zuschauer lachten erleichtert, weil er einverstanden war. Von seinem Publikum aufmerksam beobachtet, verbrachte der Junge eine lange Zeit damit, den Beutel zu öffnen und zu schließen, sich den Riemen über den Kopf zu ziehen und sich immer wieder zu vergewissern, dass der hübsche, funkelnde Stein noch da war. Als er in dieser Nacht an Be geschmiegt einschlief, hatte er sich den Riemen fest um die Hand gewickelt.

«Warum hängt er so an dem Stein?», fragte Be.

«Er ist ein Weißer, und die Weißen sind anders als wir», erwiderte !Ka. Eine bessere Erklärung fiel ihm nicht ein.

In dieser Nacht veranstalteten die Männer einen Tanz.

Die Frauen klatschten in die Hände und sangen. Die Lieder handelten von der Giraffe, dem Elefanten und der Mamba und hatten einen starken Zauber, der !Ka und !Oma dabei helfen sollte, die Familie des Jungen zu finden. Obwohl Be sich danach sehnte, das Kind zu behalten, und obwohl der Kleine offenbar vom Mond berührt worden war, wussten alle in ihrem Herzen, dass er ein Zuhause und Eltern hatte und dass sie deshalb alles tun mussten, um ihn seiner Familie zurückzugeben.

Nach dem Tanz war der ganze Clan überzeugt, dass es dem Willen des Großen Gottes entsprach, den kleinen Käfer zu seinem Volk zu bringen. !Ka warf seine Orakelscheiben, während die anderen aufmerksam zusahen. Er nahm fünf dicke Scheiben aus Tierhaut aus seiner Jagdtasche, berührte jede davon und benannte sie.

«Erde. Wasser. Feuer», sagte er langsam und legte vorsichtig die Hand auf die drei Lebenselemente. «Sonne. Braune Hyäne», fügte er hinzu und strich über die Zeichen, die für den Tod standen. Der Clan erschauderte ehrfürchtig. Jeder bezeichnete seine Orakelscheiben anders, doch die braune Hyäne war immer dabei. Wie sie fiel, war von größter Bedeutung.

!Ka nahm die Scheiben in die Hand und pustete darauf. Dann senkte er die Hände, rief laut «Feuer» und warf die Scheiben, die in willkürlicher Anordnung auf dem Boden landeten.

Entsetztes Schweigen folgte. Die braune Hyäne war mit der Unterseite nach oben gefallen. !Ka musterte die Scheiben mit unbewegter Miene. «Ihr seht, dass Erde und Wasser weit weg von mir liegen», sagte er schließlich. «Und ihr seht auch, dass das Feuer näher ist.» Aufmerksam betrachtete er die Scheiben. «Wir werden das Zuhause des kleinen Käfers finden, doch es ist sehr weit von hier.»

«Welche Richtung musst du einschlagen?», fragte Be ängstlich. Dass die braune Hyäne mit dem Gesicht nach unten gelandet war, versetzte sie in Schrecken.

«Ich weiß es nicht», erwiderte !Ka schlicht.

«Es wird etwas Schreckliches geschehen», meinte Be, in der Hoffnung, ihr Mann würde auf die Warnung hören und sein Vorhaben aufgeben.

«Ja», stimmte !Ka zu. «Aber ich kann nicht sagen, wen das Schicksal ereilen wird.»

!Oma trat vor. «Es hat keinen Sinn, sich vor Dingen zu fürchten, die noch gar nicht eingetroffen sind. Der Große Gott will, dass wir das Kind zurückbringen. Ihm nicht zu gehorchen, wäre viel gefährlicher.»

!Ka sammelte die Scheiben ein und erhob sich. «!Oma hat weise gesprochen. Wir brechen morgen früh auf.» Er ging zu seiner Hütte und drehte sich an der Tür noch einmal um. «Komm, Frau. Ich werde drei Monde fort sein. Du kannst deinen Mann nicht nur sinnlose Ängste mit auf den Weg geben.»

Be folgte ihm in die Hütte. Er hatte seine Entscheidung gefällt, und ihr blieb nichts anderes übrig, als zu gehorchen. Der Große Gott wollte es so. Manchmal war es schwer, seine Wege zu verstehen, aber er hatte ihnen den kleinen Jungen aus einem ganz bestimmten Grund geschickt. Vielleicht hatte sie etwas falsch gemacht und wurde jetzt dafür bestraft. Jedenfalls sah Be die Dinge so. Der kleine Junge mit den blaugrünen Augen und dem Haar so silbern wie der Mond hatte sich bereits einen Platz in ihrem Herzen erobert. Sie wusste genau, dass sie ihn ihr Leben lang nicht vergessen würde.

Am Morgen rieb Be den kleinen Körper des Kindes mit ihrer kostbaren *tsamma*-Salbe ein. Die ölige Substanz war aus einer stark riechenden, wilden Melone hergestellt. Wenn man sie auf die Haut auftrug, blieb eine feine Schicht Kalaharisand daran haften und schützte so vor der sengenden Sonne. Das Muttermal behandelte Be besonders sorgfältig, damit es ja keinen Schaden nahm, denn in ihren Augen handelte es sich um das Zeichen der Gottesanbeterin oder des Mondes – vielleicht sogar von beiden. Sie gab !Ka einen Teil der Salbe mit, damit er sie unterwegs benutzen konnte.

Als der kleine Junge schließlich nackt auf !Kas Schultern saß, verabschiedete Be sich von ihm. Tränen standen in ihren schwarzen Knopfaugen. Das Kind spürte ihre raue Hand auf seinem Bein und schien ihre Trauer zu verstehen. «Da», sagte es und fuhr mit den Fingern sanft über die rituellen Narben auf ihrem runzeligen, wettergegerbten Gesicht.

«Da», erwiderte sie gerührt.

«Wir gehen», verkündete !Ka.

Das Letzte, was Be von dem Kleinen erblickte, war sein rundlicher kleiner Po, der auf den Schultern ihres Mannes auf und nieder hüpfte. Seine hellen, auf wundersame Weise wieder zum Vorschein gekommenen Locken schimmerten in der Morgensonne. «Da, kleiner Käfer», murmelte sie. «Lebewohl, mein Sohn.»

An der Stelle, wo sie den Jungen gefunden hatten, stießen !Ka und !Oma auf Reifenspuren und Fußabdrücke. Das Höschen und die Windel waren verschwunden.

«Ein Mann und eine Frau waren hier», stellte !Ka fest, nachdem er die Spuren untersucht hatte.

!Oma stimmte zu. «Offenbar haben sie etwas gesucht.» Zwei Paar Fußabdrücke führten in verschiedene Richtungen.

!Ka ging in die Hocke. «Die Frau hat hier gekniet. Sie hat *!ebilis* Kleider entdeckt.» Er erhob sich und musterte die Reifenspuren. Die ersten zeigten geradewegs dorthin, wo Höschen und Windel gelegen hatten. Die zweiten verliefen in Schlangenlinien, als hätte der Fahrer plötzlich die Kontrolle über den Wagen verloren. «Ich sehe große Trauer», sagte !Ka schließlich.

«Werden wir diesen Spuren folgen?», fragte !Oma und wies darauf.

«Nein», erwiderte !Ka leise. «Wir werden die Leute auf unsere Weise finden. Wenn wir den Spuren nachgehen, verirren wir uns genau so wie diejenigen, die sie hinterlassen haben.»

!Oma nickte. «Welche Richtung schlagen wir ein?», wollte er wissen. «Woher kommt *!ebili*?»

«Nicht von da hinten.» !Ka zeigte in die Richtung, aus der sie gekommen waren. «Dann hätten wir seine Spuren gesehen, als wir ihn zum Dorf brachten.» Er wandte sich um und blinzelte in die Sonne. «Auch nicht von dort, wo wir das Warzenschwein erlegt haben», fügte er hinzu. «Und auch nicht von dort, wo die Sonne untergeht, denn da gibt es viele Löwen. Deshalb», schloss er, «kommt der kleine Käfer gewiss von dort, wo die Gottesanbeterinnen leben.» Mit diesen Worten wandten sich die beiden Männer nach Norden. !Oma hatte keine Einwände, denn er war derselben Ansicht.

Etwa fünfzig Kilometer westlich befand sich ein kleiner Polizeiposten, der für das gewaltige Zentralgebiet der Kalahari zuständig war. Der Posten war immer besetzt und verfügte über ein Funkgerät, mit dem man die Eltern des Kindes sicher hätte benachrichtigen können. Die San wussten zwar von der Existenz des Polizeipostens, aber sie hatten keinerlei Vorstellung davon, wozu ein Funkgerät diente. Allerdings hätten sie um den Polizeiposten in jedem Fall einen großen Bogen gemacht, denn das Personal bestand aus Weißen und Bantus.

Im Norden lag die riesige Einöde von Bechuanaland, fünfhundert Kilometer Wüste, praktisch ohne Wasser und – mit Ausnahme der umherziehenden Buschleute und hin und wieder eines weißen Jägers – völlig menschenleer. Doch !Ka und !Oma kannten sich dort gut aus und hatten deshalb keine Angst davor. Sie wussten, wo sie nach Wasser und saftigen Knollen graben mussten und sogar, wo man Honig fand. Außerdem waren sie in der Lage, die Baue von Märzhasen und Ameisenbären aufzuspüren und Mongongonüsse und Sauerpflaumen zu pflücken. Sie hatten das Ziel vor Augen, den kleinen Käfer zu seiner Familie zurückzubringen, wo er hingehörte. Und deshalb machten sie sich auf den Weg durch eines der unwirtlichsten Gebiete der Erde.

Unterwegs trafen sie andere Clans. Da beide Männer dort entfernte Verwandte hatten, nutzten sie die Gelegenheit, die neuesten Nachrichten auszutauschen. Zu seiner Freude traf !Ka einen seiner jüngeren Brüder wieder, der vor Jahren fortgegangen war, um sich eine Frau zu suchen. Seit zwölf Sommern hatte !Ka ihn nicht gesehen. Sie sprachen über Cousinen und Onkel, Neffen und Nichten, und !Ka achtete darauf, sich jede Einzelheit zu merken, um sie später seinem Clan zu berichten. So hielten die San Verbindung zueinander.

Stets wurden sie eingeladen, über Nacht zu bleiben. Und !Ka war erleichtert, wenn er den Jungen einer der Frauen zur Aufsicht überlassen konnte. Ständig war er in Sorge, der Kleine könnte erkranken, und deshalb war er froh, wenigstens für eine Nacht die Verantwortung abgeben zu können. Um das Kind zu schützen, fuhr er sich immer wieder mit der Hand unter die Achselhöhle und strich den Schweiß auf die Stirn des Kindes. Der Schweiß eines gesunden Menschen war eine wirksame Medizin, und der Junge bekam mehr als seinen Teil davon ab. !Ka und !Oma fragten jeden, dem sie begegneten, ob er vielleicht vom Verschwinden eines weißen Kindes gehört hätte. Aber derartige Neuigkeiten waren für die umherziehenden Stämme ohne Bedeutung, und niemand konnte ihnen weiterhelfen.

Auf ihrem Weg nach Norden erfuhren sie schließlich doch von einem Gerücht, das besagte, dass sich ein weißes Kind in der Wüste verirrt hatte. Allerdings wusste der Mann nicht, woher das Kind stammte. Also marschierten !Ka und !Oma weiter. Sie waren überzeugt, dass die Richtung stimmte.

In der Nähe des fast vollständig ausgetrockneten Lake

Xau, südlich von Makgadikgadi Pans, erhielten sie endlich eine gute Nachricht: Im Süden werde ein kleines, weißes Kind vermisst; bis jetzt sei die Suche vergeblich gewesen. Die trauernden Eltern seien schließlich widerstrebend nach Hause in den Nordwesten zurückgekehrt, in dem Glauben, dass ihr Kind den Löwen zum Opfer gefallen sei oder den heftigen Sandsturm nicht überlebt habe. Nur ein paar Kleidungsstücke des Jungen seien gefunden worden.

Ermutigt wandten !Ka und !Oma sich weiter nach Westen. Ein paar Tage später hörten sie, das Kind komme aus der Gegend der «Armbänder des Morgens», der geheimnisvollen Hügel, die die Bantu Tsodilo Hills nannten.

Weder !Ka noch !Oma waren bis jetzt so weit im Norden gewesen, doch sie kannten die Legende: Vor langer Zeit, als die Welt noch nicht so aussah wie heute, war der größte der vier Hügel ein Mann gewesen. Dieser Mann hatte zwei Frauen gehabt, aber nur die zweite von ihnen geliebt. Zwischen dem Mann und seiner ersten Frau kam es deshalb zu einem schrecklichen Streit. Die Frau nahm einen Stock und schlug ihren Mann auf den Kopf. Die tiefe Wunde war bis heute zu sehen. Dann schleuderte sie ihr jüngstes Kind zu Boden und lief davon. Da kam der Große Gott zu dem Mann und fragte ihn, wo seine Frau sei. Als er von dem Streit erfuhr, beschloss er, die ganze Familie in Stein zu verwandeln, weil sie in Menschengestalt den Frieden nicht bewahren konnten. Und als Steine blieben sie dort, bis zum heutigen Tag.

Das Okavango-Delta war eine freudige Überraschung für !Ka und !Oma. Da sie ein Leben im heißen, trockenen Sand der südlichen Kalahari gewohnt waren, trauten sie ihren Augen nicht. «Das muss das Land der Gottesanbeterinnen sein», flüsterte !Oma ehrfürchtig. Palmen, wilde Feigen, grüne Papyrushaine, Schilf, dichte Wälder und saftige Wiesen ersteckten sich bis zum Horizont.

Die beiden wussten allerdings nicht, dass sie das Okavango-Delta in seiner schönsten Pracht erlebten. Denn nach der Regenzeit im neunhundert Kilometer entfernten Angola stiegen die Wasser, flossen nach Osten und überfluteten die Ebene des Deltas, bis diese sich in ein gewaltiges Gewirr aus gewundenen Bächen und kleinen Inseln verwandelte. Doch nun, im Hochsommer, floss der Okavango-Fluss sanft zwischen klar begrenzten Ufern dahin, an manchen Stellen mehr als hundert Meter breit. Bei Hochwasser war es schwierig, aber nicht unmöglich, das Delta zu Fuß zu überqueren. Nun aber konnten die Buschmänner mühelos den Bodenerhebungen folgen und fanden instinktiv einen Weg durch das Delta. Da sie anderen Afrikanern und auch Weißen lieber aus dem Weg gingen, sprachen sie ausschließlich mit Angehörigen ihres eigenen Volkes. Der Dialekt im Norden unterschied sich zwar von ihrem eigenen, doch sie konnten sich wenigstens darauf verlassen, dass sie freundlich willkommen geheißen wurden.

In Sepopa, am nördlichen Rand des Deltas, erfuhren sie, dass das Kind weißen Farmern gehörte, die nur zwei Tagesmärsche entfernt wohnten. «Ihr solltet den Jungen der Polizei übergeben», riet man ihnen. «Die bringt ihn dann nach Hause.» Aber !Ka und !Oma hingen inzwischen sehr an dem Kind und hielten es für den Wunsch des Großen Gottes, ihn selbst abzuliefern. Also machten sie sich wieder auf den Weg.

Die Tiere im Süden hatten das seltsame Trio – zwei klein gewachsene Buschmänner und ein weißes Kind – kaum eines Blickes gewürdigt. Doch da im Delta intensiver gejagt wurde, waren die Tiere dort scheuer. Und weil !Ka und !Oma sonst nur auf dem trockenen Wüstenboden nach Spuren suchten, fanden sie sich im hohen Gras und den Sumpfgebieten des Deltas nur schlecht zurecht.

Eines Tages stießen sie auf eine weidende Büffelherde. Noch nie hatten sie so große Rinder gesehen, denn Büffel wagen sich nicht bis in die Kalahari. Unbekümmert gingen !Ka und !Oma weiter und setzten ihr Gespräch fort, denn sie erwarteten, dass die Rinder sie – wie die Herden, denen sie hin und wieder im Süden begegneten – nicht beachten würden. Doch ein riesiger Bulle hatte den Kopf gehoben und die Buschmänner bemerkt. Er schnaubte wütend. Aus reiner Neugier lief !Oma auf ihn zu. Er rechnete damit, dass der Bulle wie die Kühe zu Hause die Flucht ergreifen würde. Aber der Bulle schnaubte noch einmal und warf seinen gewaltigen Schädel hin und her.

«Verschwinde und friss dein Gras», spottete !Oma und wandte sich wieder !Ka zu.

Jetzt griff der Bulle an. !Oma, der das Ganze immer noch für ein Spiel hielt, hüpfte schreiend auf den Fluss zu. Schließlich konnte er schneller laufen als die meisten

Menschen und Tiere. Außerdem bestand immer noch die Möglichkeit, auf einen Baum zu klettern. Er hatte einen Heidenspaß.

!Ka hingegen bekam es mit der Angst zu tun. Dieser Bulle, der !Oma mit gesenktem Kopf und trommelnden Hufen nachstürmte, schien es ernst zu meinen. Offenbar wollte er ihn niedertrampeln. Und der Abstand zwischen ihm und !Oma verringerte sich zusehends.

!Ka warf einen Blick auf den Rest der Herde, der auf einmal gar nicht mehr so friedlich wirkte wie die Rinder zu Hause. Ein zweiter Bulle trottete nach vorne. Er hob seinen gewaltigen Schädel und blickte zwischen seinem Artgenossen, der !Oma verfolgte, und !Ka hin und her.

Ohne nachzudenken, machte !Ka kehrt und rannte, so schnell es die Kraft seines mageren sehnigen Körpers erlaubte, in die entgegengesetzte Richtung. Das Kind wippte auf seinen Schultern auf und nieder. Er erreichte einen großen Baum, setzte den Jungen auf einen der unteren Äste, kletterte selbst hinauf und zog das Kind dann nach oben in die höher gelegenen Zweige, wo es in Sicherheit war. Von dort aus konnte er das Schicksal seines Freundes, Jagdgefährten, Verwandten und Stammesbruders !Oma gut beobachten. Die Orakelscheiben irrten sich nie. Der kleine Buschmann hatte keine Chance.

Erst einige Stunden später wagte !Ka, den sicheren Baum wieder zu verlassen. Er trauerte um seinen Freund. Der Bulle hatte nicht viel von ihm übrig gelassen, was er noch hätte beerdigen können. Dennoch scharrte er mit den Händen ein flaches Grab in die Erde und legte !Omas sterbliche Überreste hinein. Da er keine Steine oder Felsen finden konnte, um die Leiche seines Freundes vor Hyänen zu schützen, schichtete er abgebrochene Zweige darüber. Das Kind half ihm und sammelte kleine Stöckchen. Offenbar spürte der Junge !Kas Bestürzung, denn er war ungewöhnlich still.

!Ka hatte sein Bestes getan. Zwar hatte er !Oma nicht in kauernder Stellung bestatten können, wie es bei den Buschleuten Sitte war, doch er hatte seine Leiche nach Osten zum Großen Gott hin ausgerichtet. Dann zerbrach er !Omas Pfeile und seinen Bogen und verstreute sie über das Grab, damit jeder wusste, worum es sich handelte, und Abstand davon hielt.

!Ka fürchtete nun, !Omas Geist könnte aus Zorn über den verfrühten Tod versuchen, ihn ins Totenreich nachzuholen. Das geschah häufig, wenn jemand jung sterben musste. Nachdem !Ka seinen Freund so gut wie möglich beerdigt hatte, nahm er den Jungen wieder auf die Schultern und ging weiter.

Am nächsten Tag erreichten sie ihr Ziel. Ein kleiner Clan von San aus dem Norden, die in der Nähe einer viel befahrenen Straße lagerten, berichtete !Ka, dass hier tatsächlich Weiße wohnten, die über das Verschwinden ihres kleinen Sohnes untröstlich seien. Auf Umwegen näherte sich !Ka dem Haus, wobei er einen großen Bogen um die Rinder und die Farmarbeiter machte. Vor dem Tor nahm er das Kind sanft von seinen Schultern und zeigte auf das Haus. «Geh», sagte er.

«Da.» Der kleine Junge sah ihn lächelnd an.

«Geh, kleiner Käfer. Hier ist dein Zuhause.»

Der Junge betrachtete das Haus. Plötzlich erschauderte er, rannte mit seinen rundlichen Beinchen darauf zu und schrie: «Mama, Mama.»

Eine Frau kam mit wehenden Röcken aus dem Haus gestürzt. «Ali», rief sie, als sie ihren Sohn erkannte. «Ali, mein kleiner Engel.» Sie nahm ihn in die Arme, küsste ihn, zerzauste ihm das Haar und drückte ihn an sich. «Alexander, mein lieber kleiner Junge! Wo warst du nur? Woher kommst du?» Dann brach sie in Tränen aus und musterte ihn ungläubig, als befürchte sie, er könne sich wieder in Luft auflösen.

Ein Mann eilte nach draußen. «Mein Gott, ich kann es nicht glauben», stieß er hervor, als er die beiden sah.

Der kleine Buschmann verstand zwar kein Wort, aber er wusste, dass der Kleine in Sicherheit war. Das weiße Ehepaar liebte sein Kind offenbar sehr. Also hatte er, !Ka, das Richtige getan, und sein Freund !Oma war nicht vergebens gestorben. !Ka machte kehrt und ging langsam davon. Da er einen Fußmarsch von mehr als sechshundert Kilometern vor sich hatte, wollte er keine Zeit verlieren.

Der Mann hob sein tränennasses Gesicht und bemerkte !Ka. «Warten Sie!», rief er. Doch !Ka blieb nicht stehen, und der Mann war so von der Wiedersehensfreude gefangen, dass er ihm nicht nachlief.

«Da», sagte Alexander und wollte nach dem Beutel greifen, um seinem Vater den bunt schillernden Stein zu zeigen.

Aber der Beutel war fort. Als sie auf der Flucht vor dem Büffel auf den Baum geklettert waren, war der Lederriemen an einem Ast hängen geblieben. Und der kleine Junge, der den Sonnenbrand, die Trennung von seinen Eltern, das ungewohnte Essen, die fremden Menschen, den anstrengenden sechswöchigen Fußmarsch von der Kalahari im Süden bis hinauf nach Shakawe an der Grenze zu Angola und den mörderischen Angriff des Büffels klaglos ertragen hatte, brach in Tränen aus.

Drei

Im Alter von sechs Jahren hatte Alexander Theron den beunruhigenden Gedanken, dass mit seiner Mutter etwas nicht stimmte. Er erinnerte sich noch genau an den Zwischenfall. Trotzig und allein hatte sie dagestanden und sich den Wind ins Gesicht wehen lassen. Ein Unwetter zog auf, schiefergraue, tief hängende Wolkenwirbel, so weit das Auge blickte. Die Fetzen der wenigen verbliebenen weißen Wolken wurden vom Sturm ergriffen und durchgerührt wie Sahne in einer Kaffeetasse, als die Wut der Natur sich über das Land entlud. Die Tsodilo Hills in der Ferne waren nicht mehr zu sehen. Ihre kargen, sandigen Abhänge und schartigen Felswände wurden von einem Sturm aus Angola umtost, der prasselnden Regen brachte und die Niederschläge weiter in die weiße Ebene trug.

«Diesmal kriegen wir auch etwas ab», rief sie Alex' Vater zu. Ohne auf den wehenden Sand zu achten, der gegen ihre Haut peitschte, fiel sie auf die Knie und erhob betend die Hände. «Bitte, lieber Gott», flehte sie. «Bitte, schick uns Regen.» Doch die einzige Feuchtigkeit waren die Tränen, die ihr über die Wangen liefen.

Alex schaute von dem Mikadospiel auf, das er gerade mit seinem jüngeren Bruder Paulie spielte. Da Paulie noch ziemlich klein war, rutschten ihm die Mikadostäbchen noch meistens aus den Händchen, doch er gab sich alle Mühe, seinen großen Bruder nachzuahmen. Als Alex die Tränen seiner Mutter bemerkte, bekam er es mit der Angst zu tun. In letzter Zeit weinte sie sehr häufig. Und in diesem Moment hatte er zum ersten Mal den Verdacht, dass sie vielleicht nicht ganz richtig im Kopf war.

«Komm doch rein, Mum», rief er ihr zu. Er blickte seinen Vater an. «Sag ihr, sie soll reingehen, Pa.»

Doch der Vater beobachtete seine Frau mit einer seltsam bedrückten Miene und hatte ihn offenbar nicht gehört.

Alex sah einige Regentropfen auf dem Sandboden aufschlagen. Sie waren so groß und schwer, dass sie einen Abdruck von der Größe eines Pennys hinterließen. «Bitte, lass es regnen», betete er, nicht zu Gott wie seine Mutter, sondern an irgendjemanden gewandt, der ihm möglicherweise zuhörte. «Bitte mach, dass Mum wieder glücklich wird.»

«Du bist dran.» Ungeduldig hielt Paulie ihm die Mikadostäbchen hin.

Alex warf sie hoch und fing vier davon mit dem Handrücken auf.

«Wahnsinn!» Paulic war beeindruckt.

Ein bedrohlich wirkender Blitz zuckte inmitten des prasselnden Regens auf, der zum Greifen nah schien. Alex zählte, wie sein Vater es ihm beigebracht hatte: «Einhunderteins – einhundertzwei – einhundertdrei – einhundertvier – einhundertfünf – einhundertsechs.» Es donnerte. «Sechs Meilen, es ist sechs Meilen weit weg, Pa.» Er hatte schreckliche Angst um seine Mutter.

«Mach schon», drängte Paulie. «Du bist immer noch dran.»

Alex warf die vier Mikadostäbchen in die Luft, griff rasch nach dem fünften und fing die anderen vier auf.

«Spitze!», meinte Paulie. «Das würde ich auch gern können.»

«Das schaffst du schon noch», meinte Alex tröstend. Wieder sah er seinen Vater verzweifelt an.

«Komm auf die Veranda, Peta», rief dieser schließlich.

Aber sie blieb wie angewurzelt stehen, erhob die Hände zu ihrem Gott und flehte um Regen.

Das Unwetter zog nach Norden davon, und der Regen sah aus der Entfernung aus wie ein straff gespannter, schwarzer Vorhang. Die wenigen Tropfen, die gefallen waren, hatten nicht einmal gereicht, um den Staub zu binden. Peta Theron ließ die Arme sinken und stand auf. Mit hängenden Schultern ging sie die Stufen zur Veranda hinauf und ließ sich neben ihren Mann in einen Rattansessel fallen. «Es ist immer das Gleiche. Wir kriegen nie etwas ab», schimpfte sie ärgerlich. «Warum mussten wir diese elende Farm kaufen? Kein Wunder, dass sie so wenig gekostet hat. Sie liegt genau in einer Regenschneise.»

«Das ist wegen der Berge.»

«Ich weiß, dass es wegen der Berge ist.»

«Ab und zu regnet es doch.» Er tat alles, um ihre Wut zu besänftigen.

«Aber nie genug. Immer zieht der Regen ab, kurz bevor er uns erreicht.»

Alex sammelte die Mikadostäbchen ein. «Komm, Paulie, spielen wir mit den Autos.» Die Autos waren hinter dem Haus, also weit weg von den Eltern, von seiner zornigen Mutter und seinem traurigen Vater. «Gott bestraft uns», hörte er sie im Gehen noch sagen.

Auch Paulie hatte es verstanden. «Warum sollte Gott uns bestrafen?», fragte er, als sie außer Hörweite waren.

Alex hatte keine Ahnung.

Als er später zugedeckt im Bett lag und auf den Schlaf wartete, hörte er, dass seine Eltern sich auf der Veranda unterhielten. Paulie war wie immer eingeschlafen, sobald sein Kopf das Kissen berührte. Bei Alex dauerte es immer ein wenig länger. Ein Geräusch sagte ihm, dass sein Vater seine Pfeife am Schuh ausklopfte. «Ich habe das vorhin beim Essen ernst gemeint, Pets. Sicher wird Paulie einsam sein, wenn Alex uns verlässt. Er sollte einen Spielgefährten bekommen.»

Vor Angst krampfte es Alex den Magen zusammen. Er musste zur Schule, weit weg von seiner Familie, und er fürchtete sich sehr davor.

Seine Mutter seufzte auf und schwieg dann.

«Pets?»

«Ich weiß.»

«Und?»

«Was soll das?» Sie wurde wieder wütend. «Du denkst immer nur an das eine. Es wäre sündig.»

«Du behandelst mich ungerecht, Pets.» Vaters Stimme klang ruhig, doch Alex merkte ihm die Trauer an. «Ich war sehr geduldig mit dir. Aber Paulie ist jetzt drei. Schließlich hat ein Mann Bedürfnisse.»

«Es wäre sündig», wiederholte sie.

Pa seufzte. «Was soll daran sündig sein? Immerhin sind wir verheiratet.»

«Es ist einfach so.» Da er nichts erwiderte, fügte sie hinzu: «Es verstößt gegen das Gesetz.»

Alex spitzte die Ohren. Das hatte seine Mutter schon öfter gesagt. Er wusste, was das Wort Gesetz bedeutete. War das der Grund, warum Gott sie alle bestrafte?

Sein Vater sprach so leise, dass Alex kaum etwas verstehen konnte. «Gegen das südafrikanische Gesetz vielleicht. Aber wir leben in Bechuanaland.»

«Trotzdem.»

Ein Kratzen. Sein Vater schob seinen Stuhl über den Holzboden der Veranda. «Mein Gott, Peta! Nur weil diese Idioten meine Familie nach irgendwelchen schwachsinnigen Beurteilungskriterien als farbig einstufen wollen. Verdammt noch mal, die Hälfte des südafrikanischen Parlaments würde bei dieser Überprüfung durchfallen.»

«Lass das Fluchen.»

«Peta, ich halte das nicht mehr aus. Was ist nur los mit dir? Wir waren früher doch so glücklich.»

Die Mutter weinte wieder. Alex hörte sie schniefen. «Wir werden bestraft. Gott bestraft uns.»

«Das ist totaler Schwachsinn, und du weißt es genau!»

Solche Schimpfwörter benutzte sein Vater nur selten. Alex lauschte aufmerksam.

«Du schämst dich meinetwegen, stimmt's? Du bist genauso wie die anderen. Eine Zeit lang war alles in Ordnung, aber inzwischen genierst du dich, weil ich ein paar Tropfen schwarzes Blut in den Adern habe. Mein Gott, Pets! Ich bin noch derselbe Mann, mit dem du damals durchgebrannt bist. Und ich bin weißer als viele unserer früheren Mitschüler. Außerdem interessiert sich in diesem Land kein Mensch dafür.»

«Ich hasse Bechuanaland.» Inzwischen weinte sie bitterlich.

«Pets, Liebling. Möchtest du nach Hause, deine Familie besuchen?»

«Du weißt, dass das nicht geht. Meine Eltern haben mich verstoßen. Und die Kinder könnte ich auch nicht mitnehmen.»

Warum kann sie uns nicht mitnehmen?

«Keiner würde etwas merken. Sie sehen nicht schwarz aus. Außerdem ist das Gesetz doch noch gar nicht erlassen, Pets.»

Schwarz! Ich bin schwarz! Super! Ich bin schwarz. Alex kannte außer seinen Eltern und Paulie nur die Kinder der Landarbeiter und mit Vorurteilen war er nie in Berührung gekommen. Bis jetzt hatte er immer geglaubt, dass er sich eben von den anderen unterschied. Und nun schien es, als gehörte er doch dazu. Er sprang aus dem Bett und rüttelte Paulie. «Paulie, wach auf.»

«Was …»

«Pssst! Pass auf.»

Draußen war wieder seine Mutter zu hören. «Ja, aber in Südafrika wird man sie so nennen. Schwarz. Unsere Söhne werden offiziell Schwarze sein.»

«Und ich auch!», rief Pa ärgerlich.

Wahnsinn! Pa ist auch schwarz. Das ist ja prima.

«Paulie, hast du das gehört? Wir sind schwarz!», flüsterte Alex.

Vor Angst und Verwirrung fing Paulie an zu weinen.

«Pssst.»

Aber es war zu spät. Die Eltern hatten es bemerkt und kamen ins Zimmer. «Bin ich schwarz, Mum?», fragte Alex.

Schluchzend stürzte die Mutter aus dem Zimmer. Pa setzte sich auf Paulies Bett. «Nein, mein Sohn, du bist nicht schwarz. Aber nach dem südafrikanischen Gesetz wärst du es.»

«Warum?»

«Weil die Gesetze da eben anders sind. Wenn man in einem schwarzen Land lebt, wird man dort als Schwarzer bezeichnet.»

«Was ist ein schwarzes Land?»

«Das ist ein Land, das später einmal von seinem eigenen Volk regiert werden wird, von den Schwarzen. In Südafrika herrschen jetzt die Weißen. Und deshalb nennen sie uns schwarz.»

Paulie legte sich wieder ins Bett. «Werde ich jetzt schwarz, Pa?»

«Nein, Sohn. Deine Farbe bleibt dieselbe.» Seine

Stimme klang belustigt. Er stand auf und sah Alex an. «Alles in Ordnung? Hast du mich verstanden?»

«Ja, Pa.»

«Vergesst nicht, ihr zwei: Nur das, was in euren Herzen ist, ist wichtig.» Er ging hinaus und schloss leise die Tür.

Alex glaubte ihm nicht. Er hatte zu viel gehört.

Am nächsten Morgen versuchte er, mit seiner Mutter über das Thema Hautfarbe zu reden, aber sie las in der Bibel und runzelte verärgert die Stirn, bevor er nur ein Wort sagen konnte. Weil er darauf brannte, mit jemandem zu sprechen, lief er zur Haushälterin. «Denao, rate mal, was passiert ist.»

Achselzuckend blickte sie ihn an. Alex mochte sie nicht besonders. Anders als die Landarbeiter blieben die Hausangestellten nie lange. Denao war mürrisch und wortkarg und gab sich keine Mühe, freundlich zu ihm zu sein. Sie trug wie alle Hererofrauen ein seltsames langes Kleid und redete ständig davon, dass sie nach Südwestafrika zurückkehren wollte, oder, wie sie es nannte, in das alte Land. Pa sagte, das würde sie sicher nie tun, weil es von Südafrika kontrolliert wurde. Dennoch hatte Alex im Moment keine andere Ansprechpartnerin.

«Ich bin schwarz.»

Ihre langen Röcke und die unzähligen Unterröcke raschelten, als sie sich in der Küche zu schaffen machte. «Papperlapapp! Sei nicht albern. Natürlich bist du nicht schwarz.» Sie rauschte an ihm vorbei, sodass er zurückspringen musste, um Platz für ihre bauschigen Röcke zu machen.

Nun, sie musste es eigentlich wissen. Schließlich war sie sehr schwarz. Vielleicht hatte Pa ja Recht. Möglicherweise lag es nur daran, dass sie in Bechuanaland wohnten. Enttäuscht darüber, dass er nun doch nicht schwarz war wie seine Freunde, ging er hinaus, um mit Paulie zu spielen.

Vier

Auf die Frage, welche Hautfarbe er nun wirklich hatte, erhielt Alex auch in den nächsten drei Jahren keine Antwort. Immer wenn er versuchte, mit seiner Mutter darüber zu sprechen, wurde sie entweder wütend oder, was öfter geschah, sie brach in Tränen aus. Also gab er es auf. Auch sein Vater vertröstete ihn nur mit einem «Irgendwann, wenn du älter bist, Sohn». Als Alex neun war, fragte er sich, wie alt er denn noch dafür werden musste. Meistens jedoch dachte er gar nicht daran. Inzwischen ging er nämlich zur Schule und hatte weiße, indische und schwarze Freunde. Seine Hautfarbe war für ihn nicht weiter wichtig.

In der Schule hatte er sich gut eingelebt. Anfangs litt er an Heimweh, doch nach den ersten Ferien zu Hause hatte er begriffen, dass er seine Familie regelmäßig wieder sehen würde. Er hatte Spaß an der Schule. Als Paulie drei Jahre später ebenfalls eingeschult wurde, war Alex bereits ein alter Hase. Beide Jungen mochten ihre Tante

Dorie sehr, bei der sie in Francistown wohnten. Ihrem Onkel Hugh gingen sie allerdings lieber aus dem Weg, denn er interessierte sich nur für seine Drinks.

Alex spielte in der Rugbymannschaft für die unter Elfjährigen mit und behauptete sich sehr tapfer für seine neun Jahre. Er war wegen seiner Größe und seines kräftigen Körperbaus in die Mannschaft aufgenommen worden, denn er überragte bereits die meisten Zehnjährigen. Paulie wuchs genauso schnell. Die beiden Jungen verfügten über eine rasche Auffassungsgabe und hatten Freude am Lernen. Außerdem war Francistown verglichen mit Shakawe eine Großstadt, in der sie sich sehr wohl fühlten.

Für gewöhnlich war es nicht weiter schwer, von Shakawe nach Francistown und wieder zurück zu kommen. Das Dorf Shakawe war entstanden, weil die Firma Wenela, die Bergleute vermittelte, dort ihren Hauptsitz eingerichtet hatte. Männer aus der Umgebung und auch aus Angola und Südafrika konnten sich dort um Arbeit in den südafrikanischen Berkwerken bewerben. Wenela brachte die Männer in DC3-Flugzeugen nach Shakawe und an ihren Einsatzort. Mit denselben Maschinen wurden die Kinder der leitenden Wenela-Angestellten nach Francistown transportiert, wo sie Anschlussflüge zu ihren Internaten in Südrhodesien oder Südafrika erreichen konnten. Also gelang es Alex meistens, einen Platz in einem Flugzeug zu ergattern.

Diesmal jedoch musste er mit dem Auto fahren. Seine Mutter hatte nämlich gehört, dass Shakawe einen neuen Prediger bekommen sollte. Vor lauter Begeisterung hatte sie dem Mann ihre beiden Söhne als Reisebegleiter für die Fahrt von Francistown nach Shakawe angeboten. «Es ist so ein weiter Weg», hatte sie ans südafrikanische Missionsbüro geschrieben. «Die Jungen können ihm alles über die Gegend erzählen und ihm Gesellschaft leisten.»

Paulie, der auf dem Rücksitz des Landrovers saß, beugte sich vor. «Wann sind wir endlich da?»

Alex hatte Mitleid mit ihm. Es war Paulies erste Fahrt nach Hause, und er hatte wirklich Pech, sie mit dem Wagen machen zu müssen. Zweieinhalb langweilige Tage in einem überhitzten Auto auf einer holperigen, staubigen Straße. Geschlafen wurde nachts, sechs Stunden lang am Straßenrand in der engen Fahrerkabine.

Reverend Frith blickte kurz in den Rückspiegel und schmunzelte. «Noch ein paar Stunden.»

Mit einem Aufstöhnen lehnte Paulie sich zurück.

Der Reverend wandte seine Aufmerksamkeit wieder der Straße zu. Das Fahren war ein ständiger Kampf, denn dieser Weg wurde hauptsächlich von größeren Fahrzeugen benutzt. Also passte der schmalere Radabstand des Landrover nicht in die tiefen Spurrillen, sodass einer der Reifen meist den sandigen Rand entlangholperte. Hin und wieder reichte der Busch bis zum Straßenrand; staubiges Laub ragte bis in die Fahrbahn. Die rasiermesserscharfen Dornen der Akazien lauerten darauf, einem unachtsamen Autofahrer den Arm bis hinunter auf den Knochen aufzuritzen. Der Reverend hatte sich gestern zweimal verletzt, bis ihm klar wurde, dass es ratsam war, den Arm vom offenen Fenster fern zu halten.

Alex hatte noch nie zuvor einen Geistlichen «Scheiße» sagen hören.

Er kannte auch keinen, der «Himmel, Arsch und Zwirn» fluchte. Drei Elefanten überquerten mit wild flatternden Ohren vor ihnen die Straße. Sie waren einfach aus dem Nichts aufgetaucht, verschwanden zwischen den Bäumen und waren bald nicht mehr zu sehen. Ihr unerwartetes Erscheinen und ihre Größe hatten den Reverend sichtlich beeindruckt. «Tut mir Leid, Jungs. Ich war so überrascht.»

«Schon gut.» Alex musste ein Lachen unterdrücken.

Dem Reverend war sein Ausrutscher offenbar peinlich. «Habt ihr Elefanten auf eurer Farm?»

«Nein, aber manchmal Löwen.»

«Fallen die das Vieh an?» Der Reverend kam frisch aus England und wollte so viel wie möglich über dieses wilde Land, seinen ersten Einsatzort, wissen.

«Nur hin und wieder.» Das war nicht ganz gelogen. Einmal hatte ein räudiger, halb verhungerter Löwe ein Kalb gerissen. Er hatte so schlechte Zähne, dass er bei jedem Bissen vor Schmerzen laut gebrüllt hatte. Mitleidig hatte Pa ihn eine Weile beobachtet und ihm dann den Gnadenschuss verpasst.

«Ob Michael-John wohl sehr gewachsen ist?»

«Wer ist Michael-John?»

«Unser Bruder», erwiderte Paulie.

«Wie alt ist er denn?»

«Zwei», sagte Alex.

«Dann wird er bestimmt bald mit euch beiden zur Schule gehen.»

«Ich weiß nicht. Vielleicht.» Alex glaubte das nicht. Michael-John kränkelte seit seiner Geburt. Er war sehr mager und hatte Schwierigkeiten mit den Beinen und der Wirbelsäule. Alex glaubte, dass man das die pagetsche Krankheit nannte. Dieses Wort hatte Pa wenigstens benützt. Seine Mutter weigerte sich, darüber zu sprechen. Doch Alex hatte sie öfter sagen hören, es handele sich um einen weiteren Beweis dafür, dass Gott sie bestrafte.

«Wie ist es denn so in Shakawe?» Der Reverend lenkte um ein Schlagloch herum. «Wie groß ist die Stadt?»

«Nun …» Alex hatte keine Ahnung. «Dort gibt es Wright's Kolonialwarenhandlung und die Firma Wenela. Dann noch ein großes afrikanisches Dorf, das sich immer wieder verlagert. Außerdem ein Polizeirevier.» Er überlegte. «Und natürlich die Schule.»

«Warum geht ihr nicht in Shakawe zur Schule?»

«Die ist für schwarze Kinder.»

«Oh.» Die unverblümte Bemerkung brachte den Reverend zum Schmunzeln.

«Ich habe Ihr Haus gesehen. Es ist hübsch», sagte Alex, um ihm eine Freude zu machen.

«Nein, ist es nicht. Es ist eine Bruchbude.» Paulie neigte nicht dazu, die Dinge zu beschönigen.

Der Reverend lachte. «Vielleicht ist es ja eine hübsche Bruchbude.»

Auch Alex musste kichern. Er mochte den neuen Reverend.

Inzwischen war ihm die Landschaft vertraut. Die Straße folgte dem Panhandle, einem schmalen Seitenarm des Okavango-Deltas, das sich bis zur Grenze von

Südwestafrika erstreckte. An den Ufern des Leben spendenden Wassers befanden sich etwa alle dreißig Kilometer kleine Dörfer. Um vier Uhr nachmittags kam endlich Shakawe in Sicht. «Wir sind da. Wir sind zu Hause», jubelte Paulie.

«Das soll es sein?» Der Reverend wirkte erstaunt. Neben dem sandigen Buschpfad tauchten ein paar Hütten auf. In der Ferne erkannte er weitere Hütten, um die sich willkürlich der Weg schlängelte. Die Umgebung unterschied sich nicht von der Landschaft, durch die sie in den letzten sechs Stunden gefahren waren.

«Das da drüben ist Wenela.» Alex zeigte mit dem Finger voraus.

Das Gebäude der Firma wirkte ziemlich provisorisch, aber wenigstens war es im europäischen Stil errichtet. Der Reverend war erleichtert.

Rechts von ihnen war durch die dichten Bäume am Ufer das verlockend glitzernde Wasser zu sehen. Bis auf diese Bäume gab es weit und breit nur nackten Sandboden.

Mum und Pa warteten vor Wright's Kolonialwarenhandlung. Das Haus, das hauptsächlich aus Wellblech bestand, war die einzige Einkaufsmöglichkeit in Shakawe. Allerdings konnte man sich nicht darauf verlassen, dass die gewünschte Ware auch vorrätig war, denn fast alles musste eingeflogen werden, und das klappte nur, wenn die DC3-Flugzeuge noch Laderaum frei hatten. Dennoch hatte Alex seit drei Tagen nichts Schöneres gesehen als dieses windschiefe Dach und die eingesunkene Veranda.

Wie immer war es Pa, der die Jungen umarmte und sie zu Hause willkommen hieß. Mum war zu sehr damit beschäftigt, sich beim Reverend zu bedanken, über seine Ankunft entzückt zu sein und ihn zum Essen einzuladen. Alex hatte einmal belauscht, wie einer der Piloten von Wenela seiner Tante Dorie erklärte, warum er Alex nur ungern mitnahm. «Es liegt nicht an dem Jungen, der ist in Ordnung, sondern an seiner dämlichen Mutter. Sie treibt einen in den Wahnsinn. Meistens weiß man nicht, ob sie betet oder mit einem redet.»

Alex hörte das Nilpferd im Fluss plantschen und grunzen. Er sah zu, wie seine Mutter dem Reverend vor Freude fast um den Hals fiel, und bemerkte den alten Ndete, den Metzger, der unter seinem Baum saß und Fleisch verkaufte. Er war froh, endlich zu Hause zu sein, obwohl noch eine zweistündige Fahrt zur Farm auf einer unbeschreiblich holperigen Straße vor ihm lag.

Zu Hause erwartete ihn eine Überraschung. «Schau dir mal dein Zimmer an», sagte Pa.

Das Haus war ohne einen Plan erbaut worden. Ursprünglich hatte es nur aus einem einzigen Zimmer bestanden, dessen eines Ende mit einem Vorhang als Schlafraum abgetrennt war. Im Laufe der Jahre war es immer wieder erweitert worden, wenn die Einnahmen der Farm es gestatteten. Zuerst hatten sie vorne eine große Veranda angebaut, dann hinten eine Küche und ein Esszimmer, und schließlich zwei Schlafzimmer und ein Bad.

Alex rannte, gefolgt von Paulie, los und riss die Schlafzimmertür auf. Die beiden blieben erstaunt stehen. Hinter der Tür befand sich nicht mehr ihr Zimmer, sondern ein Flur, von dem drei weitere Türen abgingen.

«Dein Zimmer ist ganz hinten, Alex. Du wohnst in der Mitte, Paulie.» Pa war ihnen nachgegangen.

«Spitze!» Paulie stürmte in sein Zimmer.

«Wahnsinn, Pa. Wann hast du das gemacht?» Am liebsten hätte Alex sich sofort sein Zimmer angesehen, aber Pa wirkte so mit sich zufrieden, dass er sich verpflichtet fühlte, ein paar Fragen zu stellen.

«Kurz nach Weihnachten. Wir wollten dir eine Freude machen.» Pa ahnte, wie ungeduldig Alex war. «Schau es dir an.»

Paulie kam zurück in den Flur gerannt. «Das kannst du dir nicht vorstellen, Alex! Es ist Spitze!»

Alex öffnete seine Zimmertür und betrachtete sein neues Reich, während Paulie hinter ihm auf und ab sprang, um auch einen Blick darauf zu erhaschen. Das Fenster zeigte nach hinten auf den Garten. In die Wand war ein Schrank eingebaut. An den Wänden standen sein Bett, eine Kommode und ein Bücherregal. Mitten auf dem Boden lag ein runder bunt gemusterter Baumwollteppich.

«Gefällt es dir?» Pa lächelte über Paulies Begeisterung.

«Prima.» Anfangs hatte Alex bei Tante Dorie ein eigenes Zimmer gehabt, das er nun jedoch mit Paulie teilen musste. Er hatte seinen kleinen Bruder zwar sehr gern, brauchte aber hin und wieder Zeit zum Alleinsein.

«Mannomann, ich kann es kaum erwarten, ins Bett zu

gehen.» Paulie rannte zwischen seinem und Alex' Zimmer hin und her.

«Immer mit der Ruhe.» Papa erwischte ihn am Hosenboden. «Mach ein bisschen langsamer. Du überanstrengst dich sonst.»

Doch Paulie, der drei Tage lang im Landrover eingesperrt gewesen war, war nicht mehr zu bremsen. Er stürmte hinaus, um mit dem Hund zu spielen.

Als Dank dafür, dass er die Jungen nach Hause gefahren hatte, war Reverend Frith am Mittwoch zum Mittagessen eingeladen. Er trug Khakishorts, ein Hemd und hohe Schnürstiefel, um sich vor den Schlangen zu schützen. Nachdem er Pa die Hand geschüttelt hatte, klopfte er ihm auf den Arm. «Schön, Sie wieder zu sehen, Mr. Theron.»

«Nennen Sie mich bitte Danie.»

«Einverstanden. Ich heiße übrigens Harry.»

Pa kratzte sich die Stirn. «Gehört sich das denn? Ich meine, einen Geistlichen beim Vornamen anzusprechen?» In Gegenwart von Geistlichen fühlte Pa sich immer verlegen. Er wusste nie, worüber er mit ihnen reden sollte.

Harry Frith lachte. «Warum nicht? Da ich nun mal einen habe, sollte ich ihn auch benutzen.»

Pa wirkte nicht mehr so verschüchtert. «Gut, dann also Harry. Aber ich sage Ihnen gleich, dass es meiner Frau gar nicht gefallen wird. Kommen Sie raus auf die Veranda. Möchten Sie ein Bier?»

Paulie hatte Mum gerufen. Nun trat sie auf die Veranda und nahm sich die Schürze ab. «Ach, ist das schön. Willkommen, Vater, willkommen in unserem bescheidenen Heim. Gott, der Herr, hat uns wieder einen schönen Tag geschenkt. Allerdings könnten wir ein wenig Regen gut gebrauchen. Aber man darf nicht klagen. Wir sind alle gesund, gelobt sei der Herr.»

Mist, sie benimmt sich wieder so komisch.

«Bitte nennen Sie mich Harry.» Reverend Frith lächelte sie an.

«Ach, Vater, das geht doch nicht. Ein Mann in Ihrer Stellung …»

Der Reverend lächelte zwar weiter, aber Alex fand, dass es ein wenig gezwungen wirkte.

Während Mum sich entschuldigte und in die Küche ging, um der neuen Haushälterin Dampf zu machen, schenkte Pa dem Reverend ein Bier ein.

«Seit wann wohnen Sie schon hier, Danie?» Der Reverend trank einen Schluck Bier und zog anerkennend die Augenbrauen hoch. «Donnerwetter, das schmeckt aber.»

«Schon was anderes als das Bier in England.» Pa grinste. «Trinken Sie es dort wirklich ungekühlt?»

Harry Frith nickte. «Sie dürfen nicht vergessen, dass die Zimmertemperatur bei uns um einiges niedriger ist als hier.»

«Trotzdem …» Pa konnte sich nichts Scheußlicheres vorstellen.

«Tut mir Leid, dass ich Sie unterbrochen habe. Sie wollten mir doch erzählen, wie lange Sie schon hier sind.»

«Seit 1940.» Alex bemerkte den Tonfall seines Vaters. Er wusste nicht, warum Pa immer ein bisschen gereizt klang, wenn er darüber sprechen sollte, wie er nach Bechuanaland gekommen war.

Harry Frith pfiff durch die Zähne. «Seit dreizehn Jahren. Das ist aber eine lange Zeit, hier in dieser Einöde. Warum sind Sie denn nach Shakawe gekommen?»

Das war eine gute Frage, denn sie waren die einzigen Farmer in der Gegend. Der Reverend stammte zwar aus der Stadt, aber ihm war aufgefallen, dass es für das Vieh hier nicht viel zu fressen gab.

«Es gefällt uns eben», lautete Pas barsche Antwort.

Alex, der auf den Stufen saß und ihnen den Rücken zukehrte, musste grinsen, denn für gewöhnlich war sein Vater der Inbegriff der Freundlichkeit und Höflichkeit.

Der Reverend ließ nicht locker. «Sind Sie Südafrikaner?»

«Ja.» Nur seine guten Manieren hinderten Danie Theron daran, dem Reverend zu sagen, dass ihn das nichts anging.

«Und warum leben Sie hier? Konnten Sie in Südafrika keine Landwirtschaft betreiben?» Alex hörte, wie der Reverend schlürfend sein Bier trank. «Meine Neugier stört Sie doch hoffentlich nicht?»

Pa schwieg so lange, dass Alex schon glaubte, er habe die Frage nicht verstanden. «Sie sind neu auf diesem Kontinent, Harry», meinte er schließlich. «Südafrika ist … Nun, es ist dort einiges geschehen. Wir mussten fort.»

«Warum?»

Sehr gut! Alex wollte die Antwort auch gerne hören.

«Geh und hilf deiner Mutter, Sohn.»

«Aber Pa ...»

«Tu, was ich dir sage.»

Wenn Pa diesen Ton anschlug, gab es keine Widerrede. Alex ging ins Haus und zur Hintertür wieder hinaus. So konnte er unbemerkt jedes Wort belauschen.

«... es bahnt sich schon seit vierzig Jahren an. General Louis Botha hat 1910 damit begonnen. Jan Smuts und James Hertzog hielten den Gedanken am Leben. Weil die Weißen es so wollten, wurde es zum politischen Thema. Und zwar zu einem wichtigen. Nun hat Dr. Malan es zum Gesetz gemacht: Mischehen sind verboten.»

«Was hat das mit Ihnen zu tun?»

Alex hörte das Erstaunen in der Stimme des Reverend. Und auch den traurigen Tonfall seines Vaters.

«Meine Urgroßmutter war mit einem Mann verheiratet, der zu einem Viertel Schwarzer war. So etwas geschah auch damals nicht häufig, aber hin und wieder kam es eben vor. Offenbar wusste sie es nicht, denn mein Urgroßvater sah aus wie ein Weißer. Als sich jeder nach seiner Rassenzugehörigkeit klassifizieren lassen musste, kam es ans Licht. Offiziell ist unsere ganze Familie schwarz, selbst mein Vater, der genauso weiß ist wie Sie. Als Peta schwanger wurde, mussten wir gehen. Verstehen Sie jetzt?»

«Haben Sie noch ein älteres Kind?»

Das wäre Alex neu gewesen.

«Nein», erwiderte Pa bedrückt. «Peta hatte eine Fehlgeburt. Trotzdem konnten wir nicht nach Südafrika zurück, wenn wir zusammenbleiben wollten.»

«Was würde man in Südafrika mit Ihnen machen?»

«Ich käme ins Gefängnis. Peta vielleicht auch. Jedenfalls wäre sie für den Rest Ihres Lebens eine gesellschaftliche Außenseiterin.»

«Das ist skandalös.» Harry Frith war schockiert. «Ich habe zwar von der Apartheid gehört, aber ich wusste nicht, dass ...»

«Und die Südafrikaner sind noch nicht am Ende. Warten Sie ab, sie werden immer weitermachen, und niemand kann sie aufhalten. Sie fordern sogar die behördliche Kontrolle über Bechuanaland, um die Hälfte ihrer schwarzen Bevölkerung dorthin zu vertreiben.» Pa kicherte. «Zum Glück sind die Briten nicht einverstanden. Sie sehen nämlich, was sich dort tut.»

«Und diese Menschen nennen sich Christen!»

«Jeden Sonntag in der Kirche sagt man ihnen, dass Schwarze minderwertig sind.» Pa erhob die Stimme. «Na, mein Sohn, hast du auch alles mitgekriegt?»

Mist! Alex kam um die Hausecke. «Entschuldige, Pa.»

Doch sein Vater lächelte. «Wahrscheinlich war es an der Zeit, dass du es erfährst. Aber verrat es nicht deiner Mutter. Sie findet, du bist noch zu klein.»

Nun war das Geheimnis gelüftet. Alex war enttäuscht, dass es nicht so dramatisch war, wie er sich erhofft hatte. Ein entfernter Verwandter vor vielen Generationen, der ein bisschen schwarzes Blut in den Adern hatte, hatte dafür gesorgt, dass Alex nun als Schwarzer galt. Er begriff nicht, warum seine Eltern deshalb ein solches Theater veranstalteten, denn er wusste nicht, was Apartheid bedeutete.

Kurz darauf wurden sie zum Essen hineingerufen. Mum hatte sich selbst übertroffen. Schimmernde Gläser, das beste Geschirr und Besteck und in der Mitte des Tisches ein Blumenarrangement, das besser in eine Kirche gepasst hätte. Außerdem hatte sie ihre guten Bierkrüge aus Porzellan auf den Tisch gestellt, die Pa nicht leiden konnte, weil das Bier daraus abgestanden schmeckte. Aber er sagte nichts und schenkte sich und dem Reverend noch etwas ein.

Seine Mutter wachte über das Festmahl wie eine Glucke und wartete, bis alle Platz genommen hatten. «Es wäre eine große Ehre», meinte sie mit leuchtenden Augen, «wenn Sie das Tischgebet sprechen würden.»

Alex machte sich schicksalsergeben auf einen langen Monolog gefasst.

Paulie stibitzte einen Fleischkloß von einem Teller.

Mum faltete fromm die Hände.

Pa verzog wieder verlegen das Gesicht.

In der Küche schrie Michael-John, weil er nicht bei ihnen sitzen konnte.

Paulie kaute verstohlen vor sich hin.

Dann räusperte sich Reverend Frith aus England.

«Jetzt geht's los», dachte Alex.

«Gott segne dieses Haus, Kind und Kegel, Mann und Maus.»

Ein halb zerkauter Fleischkloß schoss aus Paulies Mund, prallte auf dem Tisch auf und sauste durch die Luft. Wie in Zeitlupe drehte er sich, dass die Sauce in alle Richtungen spritzte, und segelte dann wie ferngesteuert in die ihm vorherbestimmte Richtung. Unbemerkt von allen – bis auf Alex und Paulie – landete er schließlich mit einem leisen Platschen im Bierkrug des Reverend.

«Also», sagte Pa mit einem erleichterten Lächeln und griff nach einer Schüssel. «Lasst es euch schmecken.»

Mum starrte den Reverend entgeistert an.

Er bemerkte ihren Blick. «Hoffentlich sind Sie mir nicht böse, Mrs. Theron. Dieses Essen sieht großartig aus, und ich bin am Verhungern. Ich habe es einfach nicht mehr ausgehalten.»

Alex hielt die Luft an, als der Reverend seinen Bierkrug nahm und einen Schluck trank. Er wagte nicht, Paulie anzusehen, der kurz vor dem Ersticken schien.

Der Reverend stellte den Krug weg. Pa reichte ihm eine Platte und nahm sich dann etwas von dem Kartoffel-Zwiebel-Auflauf. Alex betrachtete den Bierkrug. Er war zu weit weg, um ihn umzustoßen. Also riss er sich zusammen und warf Paulie einen Blick zu. Doch das bereute er sofort. Sein Bruder hatte solche Mühe, ein Lachen zu unterdrücken, dass ihm die Tränen in den Augen standen. Verzweifelt versuchte Alex, nur an das Essen zu denken, doch sein Magen zitterte, und bald fingen auch seine Schultern an zu beben. Tränen schossen in seine Augen. Paulie schnaubte. Alex hoffte, den Lachreiz mit Husten bekämpfen zu können. Aber als er den Mund öffnete, kam eine Lachsalve heraus. Als Paulie wieder schnaubte, schossen ihm Essensbröckchen aus der Nase, eine schleimige Masse aus zerkautem Fleischkloß und Rotz. Sofort schlug Paulie sich die Hand vors Gesicht und sah Alex Hilfe suchend an.

«Was ist denn los mit dir, Paulie?», fragte Mum.

Paulie war machtlos. Lachend und prustend senkte er den Kopf und schlug mit der Faust auf den Tisch.

«Der Junge erstickt», rief Pa erschrocken aus und sprang auf. Er klopfte Paulie auf den Rücken.

Alex hielt es nicht länger aus. Obwohl er sich allergrößte Mühe gab, nicht zu lachen, stieg ein Geräusch in ihm auf wie von einer Katze, die sich erbrechen muss. Er schob seinen Stuhl zurück und floh durchs Wohnzimmer und über die Veranda zum Garten hinaus in den Busch, wo er sich gegen einen Baum lehnte und lachte, bis ihm der Bauch wehtat.

Niemand kam ihm nach. Er wusste, dass er sich ernstliche Schwierigkeiten eingehandelt hatte. Fünfmal versuchte er, zum Haus zurückzukehren. Doch jedes Mal, wenn er auf die Veranda trat, standen ihm erneut der Fleischkloß im Bier des Reverends oder Paulies Gesichtsausdruck vor Augen, und er musste wieder lachend die Flucht ergreifen. Schließlich entschied er sich, auf das Mittagessen zu verzichten.

Er saß unter einem Baum und dachte an die Schelte, die er sicher bekommen würde, als Paulie erschien. «Mum hat mich rausgeschickt.»

«Jetzt kriegen wir Ärger.»

«Der Reverend hätte sich fast an dem Fleischkloß verschluckt.»

Sie brachen wieder in Gelächter aus.

«Was hat Pa gesagt?» Alex wischte sich die Augen.

«Ich glaube, er holt den Lederriemen.»

Auweia!

«Ich habe Hunger», jammerte Paulie. «Was glaubst du? Wie oft wird Pa uns hauen?»

«Mindestens zehnmal», erwiderte Alex bedrückt.

«Es tut aber nicht so weh wie mit dem Stock.»

«Wann hast du denn Stockschläge bekommen?»

«Kurz vor den Ferien. Der alte Leadbottom hat mich in der Schule erwischt, als ich gegen den Zaun gepinkelt habe.»

«Und warum hast du das gemacht?»

«Ich musste aufs Klo.»

Wieder lachten sie los.

Zwei Stunden lang saßen sie unter dem Baum. Schließlich sahen sie, wie der Reverend aus dem Haus kam und in seinen Landrover stieg. Während Mum und Pa winkend auf der Veranda standen, fuhr er davon und verschwand in einer Staubwolke.

«Da kommt Pa.» Paulie hätte sich die Bemerkung sparen können, denn Alex beobachtete seinen Vater mit Argusaugen. «Er sieht gar nicht sauer aus», flüsterte Paulie.

Pa setzte sich zu ihnen unter den Baum, ohne sich um den Sand zu kümmern, obwohl er seine gute Hose anhatte. «Was sollte das vorhin?»

«Entschuldige, Pa», erwiderten die beiden Jungen wie aus einem Munde.

«Alex?»

«Ach, nichts.» Alex wollte Paulie nicht noch mehr in Schwierigkeiten bringen.

«Paulie?»

Paulie senkte den Kopf und malte mit dem Finger Schlangenlinien in den Sand.

«Paulie?»

«Ich konnte nichts dagegen tun, Pa. Der Fleischkloß ist einfach so rausgekommen.»

So sehr Alex sich auch zu beherrschen versuchte, er musste wieder lachen.

«Das ist überhaupt nicht komisch», schimpfte Pa, aber seine Mundwinkel zuckten. Dann senkte er den Kopf. Seine Schultern bebten, und bald japste er lachend nach Luft wie seine Söhne. «Das war ein toller Schuss, Sohn», stieß er schließlich hervor.

«Wetten, du könntest es nicht, wenn du es mit Absicht machen wolltest», sagte Alex vergnügt.

«Wenn einer von euch noch einmal so was anstellt, ziehe ich euch die Hammelbeine lang, verstanden? Eure Mutter ist sehr böse auf euch», drohte Pa. «Der arme Mann wäre fast erstickt.»

«Wir haben den Reverend nicht ausgelacht, Pa. Ehrenwort.» Alex befürchtete, sein Vater könnte glauben, sie hätten dem Geistlichen einen Streich spielen wollen.

Pa legte den Arm um Alex. «Ich weiß, Sohn.»

Mit der Unverblümtheit eines Sechsjährigen brachte Paulie die Sache genau auf den Punkt. «Sein Tischgebet war schuld, Pa.»

Pa zog auch Paulie an sich. «Ihr Jungen glaubt doch an den lieben Gott, oder?»

«Ja, Pa», antworteten sie im Chor.

«Reverend Frith auch», fuhr Pa fort. «Er ist ein guter

Mensch und glaubt an dieselben Dinge wie eure Mutter.»

«Aber Mum redet die ganze Zeit nur über Gott», protestierte Paulie. «Und dabei ist sie nicht einmal ein Reverend.»

Pa kicherte.

«Wir dachten, der Reverend würde ein ellenlanges Tischgebet sprechen, so wie Mum», sagte Alex. «Wir haben es erwartet.»

«Sprecht ihr nicht gerne ein Tischgebet?»

Alex spürte, dass sein Vater sich seine Worte sorgfältig überlegte. In allen Dingen, bis auf die Religion, war ihr Vater immer offen mit ihnen. Alex begriff nicht, warum Pa, wenn das Thema Glaube auf den Tisch kam, um den heißen Brei herumredete. Doch er wusste, dass es keinen Sinn hatte, ihn darauf anzusprechen – vor allem nicht ausgerechnet jetzt. «In der Schule sind die Tischgebete immer kurz, und das Essen wird dabei nicht kalt. Ich habe nichts gegen Tischgebete, Pa, aber ich mag kein kaltes Essen.»

Pa drückte mitfühlend seine Hand.

«Warum ist Mum so?» Alex hielt den Atem an. Bis jetzt hatte er nie gewagt, diese Frage zu stellen. Vielleicht würde Pa sie ihm auch nicht beantworten.

Es war heiß und totenstill. Pa schien tief in Gedanken. «Als eure Mutter so alt war wie ihr, sind ihre Eltern jeden Sonntag mit ihr in die Kirche gegangen», sagte er schließlich. «Und sie haben vor dem Essen immer ein Tischgebet gesprochen. Deshalb betet sie jeden Abend. Sie ist sehr fromm, und die Gebete zu Gott geben ihr

Kraft. Die Menschen sind eben verschieden. Vielleicht redet Reverend Frith nicht so viel über Gott wie sie, und sein Tischgebet war wirklich eine Überraschung. Aber er ist genauso gläubig wie sie.»

«Aber warum muss sie ständig darüber reden?», beharrte Alex. «Es ist mir irgendwie peinlich.»

Pa zog die Augenbrauen hoch. «Peinlich?» Sein Tonfall war gereizt. Alex war zu weit gegangen.

«Mir ist es auch peinlich.» Paulie hatte Pas Stimmungswechsel nicht bemerkt.

Unvermittelt stand Pa auf, stemmte die Hände in die Hüften und sah seine beiden Söhne an. «Passt gut auf, ihr zwei. Eure Mutter liebt euch sehr. Sie würde alles für euch tun. So etwas will ich nie wieder von euch hören. Kapiert?» Er ging davon, ohne ihre Antwort abzuwarten.

Alex blickte seinem Vater nach. In ihm tobten widerstreitende Gefühle. Er hatte seinen Vater verärgert, und das machte ihm zu schaffen. Allerdings ahnte er, dass Pa Verständnis für ihn und Paulie hatte. Doch Alex war zu jung, um zu begreifen, dass sein Vater Kritik an seiner geliebten Peta trotzdem nie zulassen würde.

Alex wusste, dass noch mehr hinter den Dingen steckte, die Pa Reverend Frith anvertraut hatte. Es hatte etwas mit Strafe zu tun, damit, dass sie Farbige waren und dass es nie regnete. Und dass Mama die ganze Zeit weinte.

«Aber es ist mir trotzdem peinlich», meinte Paulie störrisch.

«Mir auch», stimmte Alex ihm zu, der sich mit seinen

neun Jahren viel weiser fühlte als Paulie. «Aber ich glaube, wir sollten es besser nicht mehr erwähnen.»

Die Jungen standen auf und kehrten langsam zum Haus zurück. Sie würden eine Standpauke von Mum über sich ergehen lassen müssen, die alles tun würde, um ihnen ein schlechtes Gewissen einzureden. Zur Strafe würde sie sie anstatt der üblichen halben Stunde eine ganze Stunde lang in der Bibel lesen lassen. Aber Alex war das egal. Ihm war alles recht, solange nur Pa nicht mehr böse auf ihn war.

Fünf

Dass Annie Carter eine Schwäche für Rugbyspieler hatte, war ein offenes Geheimnis. Sie ging gerne mit ihnen ins Bett. Mehr steckte nicht dahinter. Das Problem war nur, dass ihr die Sache selbst eigentlich keinen Spaß machte.

Die Jungs hatten ihr Taschengeld gewettet. Wer es schaffte, eine Reaktion in Annie hervorzurufen, würde den Preis bekommen. Die Schiedsrichter versteckten sich hinter der Biegung des Flusses, damit niemand der Versuchung erlag, irgendetwas zu übertreiben.

Eine Woche bevor Alex die Schule für immer hinter sich ließ, wurde er zum Star seiner Rugbymannschaft, denn es gelang ihm noch kurz vor Schluss, das Endspiel zu retten.

«Ich warte bei den Duschen auf dich», sagte Annie. So machte sie es immer.

Die freundlichen Witze, anzüglichen Bemerkungen und undurchführbaren Ratschläge seiner Freunde hallten Alex noch in den Ohren, als er bemüht lässig aus den Duschräumen trat.

Er war sechzehn und voll entwickelt. Vor zwei Jahren war er in den Stimmbruch gekommen, und sein Körper war durchtrainiert und muskulös. Seit einem halben Jahr musste er sich rasieren. Alex war einen Meter fünfundachtzig groß. Seine silberblonden Locken waren honigfarben nachgedunkelt. Er trug das Haar kurz geschnitten und versuchte, es am Scheitel mit einer harten Bürste zu glätten. Doch im Nacken ringelten sich immer wieder kleine Löckchen. Die Mädchen fanden ihn attraktiv, und er war wegen seiner offenen, freundlichen Art auch bei den Jungen sehr beliebt. Allerdings hatte er noch keine Erfahrung mit Frauen. Bis heute.

Annie erwartete ihn. «Hallo.»

«Hallo.»

Sie nahm seinen Arm. «Tolles Spiel.»

«Ja.»

«Du warst große Klasse.»

«Danke.»

Ihr langes, dunkelrotes Haar kitzelte ihn am Arm. Er spürte ihre warmen Finger auf der Haut. «Wohin gehen wir?» Er wusste wohin – sie brachte alle ihre Liebhaber zu derselben Stelle – und wollte nur irgendetwas sagen.

«Zum Fluss.»

Der Tati Fluss verlief mitten durch Francistown und

teilte die Stadt in zwei Hälften. Eigentlich handelte es sich eher um einen ausgetrockenen Flusslauf. Das sandige Flussbett und das mit Gras bewachsene Ufer waren Zeugen der Entjungferung von fünfzig Prozent der Jugendlichen in Francistown geworden – und alle waren überzeugt davon, dass sie als Einzige dort gewesen waren. Annie brachte Alex zu ihrem Lieblingsplatz, etwa anderthalb Kilometer vor der Stadt.

«Wir sind da. Setzen wir uns.»

Erleichtert ließ Alex sich auf den Boden fallen. Seine Beine zitterten bedenklich. «Schön hier.» Mit klopfendem Herzen drehte er sich um und überlegte, was er als nächstes sagen sollte.

«Hierher kommt niemand.»

«Bist du sicher?» Er dachte an die anderen, die jenseits der Flussbiegung lauerten.

Sie lächelte ihn an. «Komm her.» Sie wirkte so selbstsicher im Vergleich zu ihm.

Er rutschte näher. Sie strich mit den Fingern über sein Gesicht und über seine Lippen. Als er sie küssen wollte, schüttelte sie ungeduldig den Kopf und legte sich ins Gras. «Jetzt darfst du mich küssen.»

Er beugte sich über sie und küsste sie mit fest zusammengepressten Lippen.

«Nicht so. Mach den Mund auf.»

Als er der Aufforderung folgte, spürte er, wie sie ihre weiche, warme Zunge hinein schob. Er bekam eine Erektion, und sein Herz klopfte wie wild.

«Magst du mich?»

Er nickte und wagte nicht, etwas zu sagen.

Sie ließ die Finger über seine Brust gleiten. «Möchtest du es tun?»

Wieder nickte er. Das Herz schlug ihm bis zum Hals.

«Dann zieh dich aus, Dummkopf.»

Er brauchte nur fünf Sekunden, um die Kleider abzustreifen, und wartete bebend vor Ungeduld, bis auch sie nackt war. Als er sie ansah, stockte ihm der Atem. Kleine runde Brüste mit rosigen Brustwarzen. Ein dunkelroter Busch zwischen ihren Schenkeln.

«Komm schon.» Sie legte sich auf den Rücken und spreizte die Beine.

Obwohl er völlig unerfahren war, empfand er einen Moment lang Enttäuschung. Er wusste nicht warum, aber eine innere Stimme sagte ihm, dass sie zu unbeteiligt war. Allerdings war er zu erregt, um länger darüber nachzudenken. Er legte sich auf sie und konzentrierte sich darauf, mit seinem Penis in sie einzudringen. Für eine Sekunde geriet er in Panik. Er war zu groß. Sie war zu klein. Er würde ihn nie hineinbekommen. Aber dann glitt er in sie, zwischen den haarigen Lippen hindurch, in eine weiche Tiefe hinein. Er keuchte, als ob er gerade einen Hundertmeterlauf hinter sich hätte. Sein letzter klarer Gedanke war, warum sie nicht dasselbe empfand wie er. Sie lag auf dem Rücken und betrachtete den Himmel, ein gefrorenes Lächeln auf den Lippen.

Er brauchte nicht lange. Annie blieb reglos liegen, und er bewegte sich unregelmäßig in ihr. Sein Orgasmus kam unerwartet. Er hatte sich schon öfter selbst befriedigt, aber das hier war schneller und viel intensiver.

Als er wieder normal atmen konnte, rollte er so schnell wie möglich von ihr herunter. Sie versuchte nicht, ihn zurückzuhalten. «Hat es dir gefallen?»

Er hatte keine Lust, darüber zu reden. «Ja.» Auf einmal war er verlegen.

«Hast du es schon mal gemacht?»

«Na klar. Schon oft.»

«Mit wem?»

Alex saß in der Klemme. Schließlich war er zu sehr Gentleman, um den Namen eines unschuldigen Mädchens zu nennen und es dadurch in Schwierigkeiten zu bringen. Andererseits konnte er auch nicht zugeben, dass er gelogen hatte. Doch schließlich kam ihm der rettende Gedanke. «Ich habe versprochen, es geheim zu halten.»

Sie warf den Kopf in den Nacken. Alex beobachtete sie. «Hat es dir denn gefallen?»

Sie zog ihren Rock hoch. «War schon in Ordnung.»

Man schrieb das Jahr 1960. Die sexuelle Revolution ging zwar schon um die Welt, war aber noch lange nicht in Francistown angekommen. Alex' Wissen über Frauen stammte aus einem abgegriffenen Buch mit vielen Eselsohren, das ihm ein Mitschüler geliehen hatte.

Das meiste, was er dort gelesen hatte, ergab für ihn keinen Sinn. Andere Dinge klangen absolut unwahrscheinlich. Doch er beschloss, es zu wagen. Sein männliches Ego hatte den Ehrgeiz, sie aus ihrer Gleichgültigkeit herauszureißen, sie sollte sich wie die Heldin des Buches in stöhnender Ekstase winden. Und außerdem hatte er schließlich um Geld gewettet. «Warte mal.»

Sie zog gerade ihre Bluse an und hielt in der Bewegung inne.

«Zieh sie wieder aus.»

Achselzuckend folgte sie der Aufforderung.

«Den Rock auch.» Sein Herz hatte wieder zu klopfen angefangen.

Er spreizte ihre Beine und dann die Lippen, die in dem dunkelroten Haar verborgen waren. Da war es, genau wie in dem Buch. Eine kleine Knospe. Er steckte den Kopf zwischen ihre Beine. «Was machst du da?», fragte sie argwöhnisch.

Seine Zunge berührte die Knospe. «Oh, ja, ja!» Es funktionierte. Er fing an zu lecken. Sie hatte einen angenehmen Geruch, wie Hefe. Das hatte er nicht erwartet.

«Oh Gott, ja!» Jetzt keuchte sie.

Wieder leckte er über die Knospe. «Oh Gott, bitte, weiter!»

Ihre Beine nahmen ihn in die Zange. «Ja! Ja! Ja!»

Sie begann zu zittern und sich herumzuwälzen. «Fick mich, komm schon, fick mich endlich!» Diesmal betrachtete sie nicht den Himmel.

Danach lag sie träumerisch und mit geschlossenen Augen da und machte keine Anstalten, sich anzuziehen. Alex rutschte ein Stückchen weg. Er lächelte. Das Buch hatte Recht gehabt: Mädchen hatten ebenso viel Spaß daran, man musste nur den richtigen Punkt finden. Sie drehte den Kopf zur Seite und sah ihn durch halb geschlossene Lider an. «So etwas habe ich bis jetzt noch nie erlebt.»

«Hat es dir diesmal gefallen?»

«Ja.»

«Willst du es irgendwann wieder machen?»

«Am liebsten sofort.»

Sofort! Er glaubte nicht, dass er das noch schaffen würde. Sein Penis hing schlaff herunter und fühlte sich wund an.

«Wir müssen es ja nicht richtig tun. Du könntest doch einfach, na ja, du weißt schon – so wie vorhin.»

Er drehte sich wieder zu ihr. In dem Buch stand auch etwas über Brustwarzen …

Als sie eine Stunde später in die Stadt zurückkehrten, fragte Annie ihn, ob er fest mit ihr gehen wolle.

«Ich gehe in einer Woche aus Francistown weg», erinnerte er sie.

«Wo willst du denn hin?»

«Wahrscheinlich nach Hause. Wenigstens für eine Weile.» Er wusste noch nicht, was er vorhatte, außer Spaß haben und Geld verdienen. Ohne Annie.

Sie hatten ihr Gartentor erreicht. «Aber wir tun es noch mal, bevor du fährst, oder?»

«Na klar, Annie.»

Sie lächelte ihn an. «Bis bald.» Dann lief sie den Gartenweg entlang.

«Bis bald Annie.» Schuldbewusst winkte er ihrer Mutter zu, die an der Vordertür erschien. «Hallo, Mrs. Carter.»

«Hallo, Alex, mein Junge. Ich habe gehört, du hast gewonnen.»

Die anderen erwarteten ihn an der nächsten Ecke. «Mannomann, was hast du bloß mit ihr gemacht?»

Auf einmal war ihm alles peinlich. Annie hatte nicht gewusst, dass die anderen sich versteckt hatten. Auch wenn sie ziemlich leichtlebig war, war sie ein nettes Mädchen. «Ach, eigentlich nichts.»

«Komm schon, Mann. Wir haben sie doch gehört.»

«Genau. Jetzt schieß los.»

«Also, Jungs, ich mag nicht darüber reden.»

Sie starrten ihn ungläubig an.

Alex griff in seine Schultasche und warf einem seiner Freunde das abgegriffene Buch zu. «Lies das.» Dann rannte er davon, während die anderen ihm hinterherschrien. Sie verfolgten ihn bis zur Gartentür der Bakers.

«Ich kenne das Buch.» Colin Tigg, der Leiter der Rugbymannschaft, schwenkte es in der Luft. «Du hast doch nicht wirklich was von dem getan, was da drinsteht?»

Alex fühlte sich wie ein neuer Mensch. Aus dem kleinen Buch hatte er mehr gelernt als in zehn Jahren Schule. «Dreimal dürft ihr raten», erwiderte er gedehnt, drehte sich um und schlenderte betont lässig auf das Haus zu.

Paulie saß in der Küche und machte Schularbeiten. «Ich habe gehört, du hast das Spiel gerettet.»

«Richtig, kleiner Bruder.»

«Und? Wie war sie?»

Alex knuffte ihn. «Warte, bis du älter bist, du Frechdachs.»

Tante Dorie blickte auf und lächelte. Sie hatte keine Ahnung, wovon die beiden sprachen. «Gehst du heute Abend zum Ball, Alex?»

«Selbstverständlich.» Es war der Abschlussball. Die meisten Sechzehnjährigen würden die Schule verlassen. Da die Universität nur den sehr guten Schülern und den Wohlhabenden offen stand, sparten sich die anderen die letzten beiden Schuljahre.

«Soweit ich weiß, sieht der Club sehr feierlich aus. Einige der Mütter haben ihn heute geschmückt. Es soll eine Kapelle aus Gaberones kommen, eine neue afrikanische Combo, die angeblich ausgezeichnet ist.» Tante Dorie rieb beim Sprechen Käse.

«Ich würde auch so gerne hingehen», sagte Paulie.

«Alles zu seiner Zeit, junger Mann.» Doris Baker war wie eine zweite Mutter für die beiden. Und was das Beste war: Sie war nicht fromm. Alex und Paulie mochten sie sehr.

«Wenn du willst, fahr ich dich hin.» Der Club lag am Stadtrand.

«Das brauchst du nicht.» Alex stibizte ein Stück Käse und wich dem Hieb mit der Käsereibe aus. «Ein paar von uns treffen sich in der Stadt, um zusammen hinzugehen.»

«Betrink dich bloß nicht.» Es war ein jährlich wiederkehrendes Ritual, dass betrunkene Schulabgänger nach Mitternacht johlend durch die Stadt zogen und in jedem verfügbaren Fahrzeug herumkurvten. Francistown war eine Grenzstadt und während des Goldrauschs entstanden. Die Bewohner hatten ihren Pioniergeist nicht verloren. Also drückten die Erwachsenen und vor allem auch die Polizei ein Auge zu und gestatten den Jugendlichen diese eine Nacht im Jahr.

«Traust du mir so etwas zu, Tante Dorie?»

Sie lächelte und wischte sich die Hände an einem Lappen ab. «Schmier mir keinen Honig um den Mund, junger Mann. Und nebenbei, wenn du es nicht tust, enterbe ich dich.»

Paulie lachte schallend.

«Und jetzt raus mit euch.»

Dorie war nicht ihre wirkliche Tante, sondern eine Freundin ihrer Eltern. Die Jungen hatten sie schon gut gekannt, bevor sie nach Francistown kamen. Da Dorie keine eigenen Kinder hatte, hatte sie zuerst Alex und dann Paulie unter ihre Fittiche genommen. Alex hatte sie schon immer gern gehabt. Als Michael-John im Alter von fünf Jahren schließlich an der pagetschen Krankheit starb, war sie ihnen ein großer Trost gewesen.

Er ging mit Paulie nach draußen, um seinem kleinen Bruder zu zeigen, wie er das Spiel gewonnen hatte. Trotz des Altersunterschieds standen sich die beiden Brüder sehr nah. Paulie war fast schon so groß wie Alex und kam gerade in die Pubertät.

«Hast du es getan?», fragte Paulie, sobald sie außer Hörweite waren.

Alex brannte darauf, mit jemandem darüber zu reden. Er hatte zwar vor seinen Freunden nicht damit angeben wollen, doch Paulie war schließlich sein Vertrauter, vor dem er keine Geheimnisse hatte. Als er erzählte, wurden Paulies Augen immer größer.

«Hast du sie wirklich da unten abgeleckt?»

«Ja.»

«Igitt!»

Um halb neun traf er sich mit fünf von seinen Freunden vor dem Hotel. Einer der Jungen hatte sich den alten Pick-up seines Vaters ausgeliehen. Colin Tigg, der schon siebzehn war, wurde dazu auserkoren, den Alkohol zu besorgen. Es würde auf der Tanzveranstaltung zwar Bier geben, doch die anwesenden Lehrer achteten mit Argusaugen darauf, dass niemand zu viel abbekam. Auf Rat der Absolventen vom Vorjahr hatte die Clique deshalb beschlossen, draußen vor dem Clubhaus einen Vorrat von Schnapsflaschen anzulegen. Obwohl der Barkeeper wusste, wie alt Colin war, verkaufte er ihm eine Flasche Whisky und eine Flasche Gin.

Alex hatte noch nie hochprozentigen Alkohol getrunken. «Was wollt ihr, Jungs, Gin oder Scotch?» Colin hielt die Flaschen hoch. «Trinken wir uns vor dem Ball ein bisschen warm.»

Da keiner sich entscheiden konnte, öffnete Colin die Ginflasche und reichte sie herum. Alex fand den Geruch zwar nicht sehr angenehm, trank aber trotzdem einen großen Schluck und schauderte, als ihm der scharfe Alkohol durch die Kehle rann und im Magen brannte. «Mein Gott!» Als er die Flasche weitergab, standen ihm Tränen in den Augen.

Annie und die anderen Mädchen waren auch auf dem Ball. Normalerweise hätte ihnen Alex' ganze Aufmerksamkeit gegolten, doch als er ins Clubhaus kam, fühlte er sich, als hätte ein Hurrikan ihn herumgewirbelt. Er blieb wie angewurzelt stehen und starrte an die Decke: Dort hing eine leuchtende Kugel, die sich langsam drehte. Sie funkelte rot, grün und blau und ließ bunte

Lichtblitze durch den Raum schweifen. Die Haare auf seinen Armen sträubten sich. Er hatte am ganzen Körper eine Gänsehaut und tausend Schmetterlinge im Bauch. Er begriff nicht, warum er plötzlich so aufgeregt war. Das Atmen fiel ihm schwer. Irgendetwas an dieser Kugel kam ihm bekannt vor, doch er war sicher, sie noch nie gesehen zu haben.

«Komm, Alex, holen wir uns ein Bier.»

«Gleich», murmelte er.

Er fühlte sich wie in Trance und konnte den Blick nicht von den Lichtblitzen abwenden. Kurz glaubte er sich zu erinnern, und ein angenehmer, scharfer Geruch stieg ihm in die Nase. Doch im nächsten Moment war der Eindruck schon wieder verflogen. Er schüttelte sich, um einen klaren Kopf zu bekommen, doch er fühlte sich weiterhin wie benommen. Das Licht zog ihn magisch an und versetzte ihn in eine andere Zeit zurück.

Was war das? Wann hatte er dieses Licht schon einmal gesehen? Die Schatten schienen zu tanzen. Leise Stimmen. Eine seltsame schnalzende Sprache. Erinnerungsfetzen wirbelten durch seinen Kopf, aber er bekam sie einfach nicht zu fassen.

«Hey, Alex, willst du jetzt ein Bier oder nicht?»

«Ich komm ja schon.»

Das Licht war überall, erfüllte den Raum und seinen Kopf und schlug ihn in seinen Bann. Ganz gleich, ob er tanzte oder an einem der Tische saß und Bier trank, er musste ständig an das Licht denken und es ansehen.

Als die Wirkung des Gins gegen Mitternacht nachließ, gingen drei der Jungen nach draußen, um den Scotch zu versuchen. Ein paar Mädchen folgten ihnen. «Kommst du mit, Alex?»

«Geht schon mal vor.» Er saß an einem Tisch und betrachtete das Licht. Am liebsten hätte er nach den bunten Farben gegriffen. Sie lösten in ihm eine Sehnsucht aus, nach etwas, das er sich nicht erklären konnte und das er doch so gut kannte. Seine Augenlider waren schwer. Ein Lagerfeuer und ein runzeliges, altes Kindergesicht. Warmer Sand. Aber es blieb unerreichbar, war so nah und dennoch so fern. Und es wollte ihm nicht gelingen, weiter zurück in die Vergangenheit zu gehen.

«Der ist total blau», meinte einer der Jungen lachend. Sie ließen ihn sitzen.

Um halb drei schüttelte Doris Baker ihn wach. «Alex! Gott sei Dank, dass du hier bist.»

«Tante Dorie!» Er sah sich nach dem Licht um, aber es war verschwunden. Er war allein im Clubhaus. Dann bemerkte er, dass Tante Dorie weinte. «Was ist denn los?»

«Es hat einen Unfall gegeben. Unten am Fluss. Die Polizei hat uns angerufen. Wir dachten ... Oh, Alex, Gott sei Dank, dass du nicht dabei warst.»

«Bei wem? Was für ein Unfall?» Wohin war das wunderschöne Licht verschwunden? Die grelle Clubhausbeleuchtung stach ihm in die Augen. Sie war gelb und hell, und die warmen Blau-, Grün- und Rottöne waren verschwunden. Auch Tante Dories Stimme hatte nichts Warmes an sich, und ihre Worte waren ernüchternd und gellten ihm laut in den Ohren. Eine schreckliche Angst machte sich in ihm breit.

«Kevin, Colin Tigg, der Junge der Davidsons, Annie Carter und zwei andere Mädchen. Der Pick-up ist umgekippt. Ein entsetzlicher Unfall.»

Alex rappelte sich auf. «Sind sie verletzt?» Er glaubte, nicht richtig zu hören. Noch vor ein paar Stunden hatten sie gelacht und ihren Spaß gehabt. Was wollte Tante Dorie ihm sagen?

Tränen strömten ihr über die Wangen. «Annie und Kevin sind tot, zwei der anderen in einem kritischen Zustand. Die Polizei sagt, sie werden nach Südafrika geflogen, wenn es hell wird. Colin und eines der Mädchen liegen hier im Krankenhaus. Colin ist schwer verwundet. Vielleicht wird er blind. Oh, Alex, wir dachten, du bist auch dabei.»

Alex versuchte zu begreifen. Annie war tot! Und Kevin, sein bester Freund! Vor wenigen Stunden waren sie noch am Leben gewesen. Die Wahrheit traf ihn so plötzlich wie die grelle Clubhausbeleuchtung. Wieder hörte er kurz das leise Schnalzen und sah das runzelige Kindergesicht. Er fühlte sich geborgen. Es war nicht das erste Mal, dass er so empfand. Er war in Sicherheit, nichts konnte ihm geschehen. Das Licht hatte ihm das Leben gerettet. Wie früher schon einmal.

Natürlich fand kein Unterricht mehr statt. Die Abschlussklasse blieb in der letzten Woche zu Hause, wie gelähmt von dem Schock. Die Lehrer hatten Verständnis dafür. Schließlich waren die Prüfungen schon vorbei.

Jamie Davidson starb noch in derselben Nacht, bevor man ihn nach Johannesburg hätte fliegen können. Die Leute sagten, für ihn sei es wahrscheinlich das Beste gewesen. Das Mädchen lebte zwar noch, lag aber weiter im Koma. Wilde Gerüchte über rauschhafte Orgien und betrunkene Jugendliche gerieten in Umlauf. «Mein Gott, Junge, ich dachte, du wärst tot», sagte ein Mann auf der Straße zu Alex. Onkel Hugh, der selbst schon einiges intus hatte, murmelte: «Verdammte Halbstarke, immer müssen sie es übertreiben.» Ältere Damen schüttelten nur missbilligend den Kopf.

Tante Dorie hatte sich von der Polizei sämtliche Einzelheiten berichten lassen. Colin Tigg und eines der Mädchen hatten vorne gesessen, die anderen vier hinten auf der Ladefläche. Colin hatte den Arm um das Mädchen gelegt. In einer mit Sand bedeckten Kurve hatte plötzlich ein Esel vor ihnen gestanden. Da Colin nur eine Hand am Steuer hatte, lenkte er zu scharf zur Seite. Der Pick-up kam wegen des weichen Sandes von der Fahrbahn ab, geriet ins Rutschen, kippte um und stürzte die mit Gras bewachsene Böschung hinab. Kevin und Annie wurden eingeklemmt und waren sofort tot. Stücke der zerborstenen Windschutzscheibe ergossen sich über die beiden Jugendlichen im Führerhaus. Colin hatte Glassplitter in beiden Augen. Das Mädchen neben ihm war mit erstaunlich leichten Verletzungen davongekommen.

Zwei Tage später wurden Kevin und Jamie in einer traurigen Zeremonie beigesetzt. Am nächsten Morgen ging Alex zu Annies Beerdigung. Als er die Worte des

Geistlichen hörte und sah, wie wieder ein Sarg in die Grube gesenkt wurde, begriff er, dass es genauso gut auch sein eigener hätte sein können.

Auch der Leichenschmaus unterschied sich nicht sehr von dem am Vortag. Entsetzte und trauernde Eltern, erschrockene Geschwister, die die Welt nicht mehr verstanden, und bedrückte Freunde und Verwandte saßen herum und versuchten, sich normal zu benehmen und die Tränen zu unterdrücken. Alex hatte seinen Platz neben einem wortkargen, niedergeschlagenen Mann, der einen Whisky nach dem anderen trank und das Essen barsch ablehnte.

«Was für eine verdammte Verschwendung», murmelte er in sein Glas hinein.

«Was?» Alex glaubte nicht, dass der Mann mit ihm sprach.

Der Mann drehte sich um und betrachtete ihn. Er hatte blassblaue Augen, buschige Augenbrauen, eine schmale Nase und einen breiten Mund. Bekleidet war er mit Jeans und einem nagelneuen karierten Hemd. Er sah aus, als wollte er zu einer Party. «Ich sagte, es ist eine Verschwendung. Ein junger Mensch ist gestorben. Wofür?»

Alex kannte den Mann nicht. «Ja.»

«Waren das Freunde von dir?»

«Ja.» Trauer stieg in ihm hoch.

«Sie war meine Nichte.»

«Oh, mein Beileid.»

«Ein nettes Mädchen. Ein bisschen wild vielleicht.» Er lachte bitter auf. «Zum Teufel, sie war erst sechzehn. Sie hatte das Recht, ein bisschen wild zu sein.»

«Ja.»

Der Mann sprach etwas schleppend und er klang gereizt, so wie Onkel Hugh, wenn er aus der Kneipe zurückkam. Am liebsten hätte Alex sich woanders hingesetzt.

«Warst du in ihrer Klasse?»

«Ja.»

«Also bist du jetzt auch mit der Schule fertig?»

«Ja.»

«Bist aber nicht besonders gesprächig.»

Die guten Manieren siegten. «Tut mir Leid, Sir.»

«Ach, ist schon gut, Junge. Wahrscheinlich bist du genauso traurig wie ich.»

Wieder musste Alex die Tränen unterdrücken. «Sie waren alle meine Freunde, Sir. Mit Kevin war ich am besten befreundet.»

«Kevin? Einer der Jungen, die gestern beerdigt wurden?»

Alex nickte. Er verlor den Kampf gegen die Tränen und wischte sie ärgerlich weg.

«Du kannst ruhig weinen, mein Junge.»

Alex holte tief Luft. Der Mann beobachtete ihn schweigend. «Ich heiße Jeff. Jeff Carter. Annie war die Tochter meines Bruders», sagte er schließlich.

«Freut mich, Sie kennen zu lernen, Sir. Ich bin Alex Theron.» Alex hielt dem Mann seine Hand hin. Mr. Carters Hand war schwielig und gebräunt. «Ich komme aus Shakawe», fügte Alex mit zittriger Stimme hinzu, während Jeff Carter seine Hand kräftig schüttelte.

«Shakawe! Das ist ja mitten in der Einöde.»

«Ja, Sir.»

«Deine Eltern sind dort sicher bei Wenela.»

«Nein, Sir. Wir haben eine Farm.»

«Eine Farm?» Jeff Carter wirkte erstaunt. «Ich wusste gar nicht, dass es dort Farmen gibt.»

«Wir sind die Einzigen. Meinem Dad gefällt es da.»

Der Mann lachte. «Was züchtet ihr denn?»

«Vieh.»

Wieder lachte der Mann auf. «Womit füttert ihr es? Fisch?»

Alex bemerkte zwar den Spott des Mannes, war aber zu jung, um sich dagegen zur Wehr zu setzen. Er schwieg.

Jeff Carter spürte, dass er den Jungen verlegen gemacht hatte. «Du wohnst also in Shakawe.»

«Ja, Sir.»

«Willst du auf der Farm arbeiten?»

Alex wusste es nicht. Einerseits wäre es die einfachste Lösung gewesen, bei Pa zu bleiben. Aber er wollte in die Welt hinaus und neue Erfahrungen sammeln, und Pa hatte ihn dazu ermutigt. «Schau dich zuerst um», hatte er ihm gesagt. «Wenn du möchtest, kannst du später immer noch auf der Farm arbeiten. Die bleibt dir erhalten.»

«Vielleicht», antwortete er Jeff Carter. «Doch vorher würde ich gerne …» Er hielt inne. Was wollte er eigentlich? Er zuckte die Achseln. «Ich weiß nicht, Sir. Ich dachte …»

Jeff lächelte. «Etwas über das Leben lernen? Dir die Hörner abstoßen?»

Das hatte er erst vor ein paar Tagen getan. Mit Annie. Aber der grobschlächtige Mann neben ihm wurde ihm immer sympathischer. «Wahrscheinlich schon.»

Jeff betrachtete ihn. «Wie alt bist du?»

«Sechzehn.»

«Ich könnte Hilfe gebrauchen. Hast du Lust, eine Weile für mich zu arbeiten?»

«Als was, Sir?»

«Viehtreiber. Kannst du reiten, mein Junge?»

«Ja. Ich habe Pa schon beim Viehtreiben geholfen.»

«Wohin?»

«Nach Südwest, Sir.»

Jeff hielt ihm die Hand hin. «Was sagst du dazu?»

Alex zögerte. Er hatte nie daran gezweifelt, dass er einmal eine Farm besitzen würde wie Pa. Außerdem hatte Mum ihn angefleht, nach dem Schulabschluss nach Hause zu kommen. «Dein Vater könnte Hilfe gebrauchen», hatte sie gesagt. «Der liebe Gott hat uns Söhne geschenkt, damit sie uns unterstützen. Also ist es deine Pflicht.»

Wie immer hatte sich Alex' schlechtes Gewissen geregt, doch schließlich war er sechzehn Jahre alt, und sein Trotz war erwacht. Jeff Carter erwartete eine Antwort von ihm. «Ja, Sir. Sehr gerne, Sir.» Wieder zitterte seine Stimme, als Jeff ihm kräftig die Hand schüttelte.

«Freu dich nicht zu früh, Junge. Die Arbeit ist schwer.»

Alex war überglücklich. Einen Tag nach dem Schulabschluss hatte er schon eine Arbeit gefunden. Da konnte seine Mutter doch nicht dagegen sein. Er würde ihr erklären, dass er erst anderswo Erfahrungen sammeln musste. Und zu seiner Erleichterung hatte er nun einen ausgezeichneten Vorwand, nicht zu seinen Eltern zurückkehren zu müssen. «Wo wohnen Sie, Sir?»

«Ghanzi.»

Auweia! Auch wenn Shakawe in der Einöde lag, Ghanzi befand sich noch viel weiter im Süden, in der heißen, trockenen Sandwüste. «Und wohin treiben Sie das Vieh, Sir?»

«Lobatse.»

Du heiliger Strohsack! Siebenhundertfünfzig Kilometer Schinderei! Alex hatte von diesen Viehtrieben gehört, die als die anstrengendsten der Welt galten. Außerdem hieß es, dass die Männer, die daran teilnahmen, kein Pardon kannten. Von Ghanzi bis Kang waren es fast dreihundert Kilometer, und dazwischen gab es nur vier ganzjährige Wasserstellen. Die letzte davon lag auf halbem Wege zum Ziel. Von da aus musste man sich hundertfünfzig Kilometer durch Sand und Hitze kämpfen.

«Bist du noch dabei, Junge?»

Die große, weite Welt. Irgendwo musste er schließlich anfangen. Seine drei toten Freunde fielen ihm ein. Das Leben war schließlich dazu gedacht, etwas damit anzufangen, anstatt bei seinen Eltern zu versauern. Vor allem, wenn diese einem ständig das Gefühl gaben, dass man an all ihren Enttäuschungen schuld war. Da hätte er genauso gut auch sterben können. Also schluckte er und sagte: «Jawohl, Sir.»

«Guter Junge. Ich breche übermorgen auf. Du kannst mit mir reiten.»

«Reiten?» Alex malte sich aus, wie er auf dem Pferderücken durch das halbe Land trabte.

«Aber klar. In meiner kleinen einmotorigen Cessna. Der beste Vogel, den es gibt.»

Alex bekam es mit der Angst zu tun. Der Mann klang ihm zu prahlerisch, und das machte ihn misstrauisch. Er wollte mehr wissen. «Haben Sie einen Pilotenschein, Mr. Carter?»

«Nein. Hatte bis jetzt keine Zeit dazu. Außerdem ist es nicht weiter schwierig. Wenn man erst man oben in der Luft ist, gibt es nur noch eine Möglichkeit.»

«Wie lange fliegen Sie denn schon, Sir?»

«Zwei Monate.»

Tante Dorie hatte ebenfalls ihre Zweifel. «Was ist mit deinen Eltern, mein Junge? Sie erwarten dich.»

«Tante Dorie, ich bin fertig mit der Schule. Ich muss für mich selbst sorgen.»

«Lass den Jungen in Ruhe, Doris.» Onkel Hugh war zur Abwechslung einmal nüchtern. «Er hat Recht. Jetzt ist er ein Mann und muss sein eigenes Leben führen.»

«Aber Hugh! Ghanzi ist so weit weg.»

«Nicht weiter als Shakawe. Genau genommen sogar näher.»

«Für Krähen vielleicht», entgegnete sie spitz.

Onkel Hugh kicherte. «Er fliegt ja.»

«Ja.» Sie hatte immer noch Bedenken. «Und was ist mit dem Viehtrieb?»

«Was soll damit sein? Es wird einen Mann aus ihm machen.»

«Wenn er es überlebt», murmelte sie.

Es gab keine Möglichkeit, die Eltern zu informieren. Paulie würde es ihnen sagen müssen.

Paulie beneidete seinen Bruder. «Mensch, hast du ein Glück. Nie mehr in die Schule. Und du wirst eine Menge Geld verdienen.»

Das dachte Alex auch. «Keine Sorge, in drei Jahren hast du es ausgestanden.»

«Fünf.» Paulie hatte vor, auch noch die letzten beiden Klassen zu besuchen und an der Universität in Basutoland Wirtschaft zu studieren.

Alex fand, dass sein Bruder verrückt geworden war. Erstens bot die Schule in Francistown wegen mangelnder Nachfrage die letzten beiden Klassen nicht an, sodass Paulie nach Gaberones würde ziehen müssen, um seinen Abschluss zu machen. Und zweitens gab es in Bechuanaland keine Unversitäten. Da die Hochschulen in Südafrika Paulie aufgrund der Rassengesetze nicht aufnehmen würden, würde er im britischen Territorium Basutoland studieren müssen, einer kleinen bergigen Region, mehr als eintausendfünfhundert Kilometer östlich von Shakawe.

Weil Basutoland auf allen Seiten von Südafrika umgeben war, würde Paulie für seine Reisen einen überfüllten Bus benutzen müssen, den das weiße Regime in Südafrika für die schwarze Bevölkerung eingerichtet hatte. Und auf der Fahrt durch Südafrika würde man Paulie als Menschen zweiter Klasse behandeln.

«Willst du immer noch Wirtschaftsexperte werden?» Die Betriebswirtschaft war ein neuer Beruf, von dem

Paulie vor einem halben Jahr erfahren hatte. Da er schon immer ein Händchen für Mathematik gehabt hatte, war er fest entschlossen, es zu versuchen.

«Die Wirtschaft wird eines Tages die Welt regieren.»

Alex hatte ihn ausgelacht. Doch andererseits beneidete er seinen Bruder. Wenigstens lag Mum ihm nicht ständig damit in den Ohren, dass er nach Hause kommen sollte.

«Richte Mum und Pa liebe Grüße aus.» Sein Herz klopfte. Er wusste, dass seine Eltern überrascht sein würden, und fragte sich, ob er das Richtige tat.

«Mum wird einen Tobsuchtsanfall kriegen.»

«Sag ihr, es täte mir Leid.»

«Alex?»

Paulies Miene war plötzlich ernst, und Alex hörte ihm aufmerksam zu.

«Meinst du, du könntest mich von jetzt ab Paul nennen? Paulie klingt ... wie bei einem Baby.»

Alex zog die Augenbraue hoch. «Klar.»

«Ich werde Pa und Mum auch darum bitten.»

«Pa tut es sicher. Mum sagt immer noch Ali zu mir.» Er grinste. «Außer, wenn sie sauer auf mich ist.»

Paulie lachte. «Ich glaube, dann wirst du in der nächsten Zeit sicher Alexander für sie sein, denn sie wird eine Mordswut haben, wenn ich ohne dich nach Hause komme.»

Sechs

Als Paulie am nächsten Tag mit Tante Dorie zum Flugplatz abfuhr, fiel er fast aus dem Autofenster, so weit beugte er sich vor, um Alex zum Abschied zuzuwinken. Alex blickte ihm nach. Er hatte einen Kloß im Hals. Paulie war das letzte Verbindungsglied zu seiner Familie. Nun war er auf sich allein gestellt. Vor ihm lag eine Angst einflößende und unbekannte Zukunft. Bis zu Paulies Abfahrt hatte er sie sich aufregend vorgestellt. Nun war er nicht mehr so sicher, doch es war zu spät, um es sich anders zu überlegen.

Jeff Carter hatte ihn aufgefordert, sich am nächsten Morgen um sechs am Flugplatz einzufinden. Tante Dorie brachte ihn hin. Alex hatte seine ganzen Habseligkeiten in einem kleinen Koffer bei sich. «Ist das alles?»

«Ja, Sir.»

«Den Sir kannst du dir sparen, Junge. Ich heiße Jeff.»

«Okay.»

«Schmeiß den Koffer hinten rein.»

Alex spähte in die Maschine, deren Heck mit Voratskisten voll gestapelt war.

«Ist schon gut. Leg ihn einfach oben drauf.»

Alex hatte Magenschmerzen vor Aufregung. Noch nie hatte er in einer so kleinen Maschine gesessen. Während er sich von Tante Dorie verabschiedete, wünschte er, er wäre mit Paulie nach Hause geflogen. Er wusste genau, dass das kleine Flugzeug abstürzen würde. Seine Überreste würden über die heiße Wüste verstreut und von

Schakalen und Ameisen abgenagt werden. Jeff Carter, der ihm vor zwei Tagen noch so sympathisch erschienen war, wirkte auf ihn nun wie ein zu allem entschlossener Selbstmordkandidat. Und falls sie beide dennoch lebend nach Ghanzi kamen, würde sein neuer Chef ihn zu Tode schinden. Er hatte einen Fehler gemacht, seine erste selbständige Entscheidung war ein schwerer Irrtum gewesen.

Als Jeff die Instrumente prüfte, zitterte die kleine Maschine so heftig, dass Alex überzeugt war, dass sie auseinander brechen würde. Dann rollten sie über die Startbahn. Tante Dorie blickte ihnen aus der Ferne nach. Alex verrenkte sich den Hals, um sich nach ihr umzuschauen. Jeff hatte die Startposition erreicht. «Los geht's.»

Zu spät. Er konnte nichts mehr unternehmen. Außerdem musste er plötzlich dringend auf die Toilette. Das Flugzeug machte einen Satz nach vorne. Schneller und schneller rasten sie die mit Gras bewachsene Rollbahn entlang, vorbei an Tante Dorie und den Hütten zu beiden Seiten des Flugplatzes.

«Los, du Miststück, Nase hoch.» Jeffs Miene war angespannt. Das Ende der Starbahn näherte sich zusehends.

Das war's. Wir werden gegen den Zaun stoßen. Das ist das Ende.

Das Flugzeug erbebte leicht und erhob sich in die Luft. «Komm schon, komm schon.» Jeff riss das Steuerhorn zurück. Die Maschine hatte mit dem Gewicht der Vorräte zu kämpfen und kippte leicht zur Seite. Mit heulendem Motor stieg sie langsam hoch und schaffte es nur knapp, den Zaun des Flugplatzes zu überfliegen. Bäume sausten unter ihnen vorbei. Die Hausdächer schienen zum Greifen nah. Da war auch Tante Dories Haus, so dicht unter ihnen, dass Alex den Hund im Garten erkannte. Die Maschine flog mit dröhnendem Motor über die Stadt nach Westen und stieg immer weiter. Jeffs Hände umklammerten die Kontrollhebel in einer verzweifelten Bemühung, das Flugzeug in der Luft zu halten.

«Mein Gott!» Jeff hatte Schweiß auf der Stirn. «Das war knapp. Offenbar haben wir zu viel Gewicht.»

Es kostete Alex alle Mühe, sich nicht vor Angst in die Hosen zu machen. «Kehren Sie jetzt um?»

«Umkehren? Kommt nicht in Frage, mein Junge. Wir schaffen das schon.»

Sie stiegen weiter. Das Motorengeräusch war leiser geworden und hatte sich in ein stetiges Röhren verwandelt. Der Boden unter ihnen wirkte ebener.

«In welcher Richtung haben wir die Stadt verlassen?»

Du meine Güte! Er weiß nicht, wo wir sind. «Westen.»

«Bist du sicher? Ich erkenne die Gegend nicht wieder.» Er spähte seitlich aus dem Fenster.

«Wir sind wieder zurück über den Flugplatz geflogen.»

«Aha!» Jeff klang belustigt. «Anscheinend bin ich besser, als ich dachte.» Er steuerte leicht nach Süden. «Kann sein, dass ich ein bisschen zu weit nach Norden abgekommen bin. Schauen wir uns mal um.»

«Wonach suchen wir?»

«Die Straße nach Orapa wäre nicht schlecht.»

Ein paar Minuten später hatten sie die Straße gefunden. «Und jetzt folgen wir ihr einfach. In der Gegend von Orapa wird nach Diamanten gesucht. Die Firma De Beers räumt die Straße immer wieder frei, darum kann man sie von oben gut sehen.»

Inzwischen war das Röhren einem ruhigen Dröhnen gewichen. Die kleine Maschine hatte es geschafft. Eine halbe Stunde später erreichten sie eine Flughöhe von neuntausend Metern. Nun mussten sie nur noch bis Ghanzi kommen und die Landung schaffen. Vor sich in der Ferne entdeckte Alex die Makgadikgadi Pans. Gewaltige Flächen wirbelnden, salzigen Sandes, die in der Wüstensonne funkelten. Weiter nordwestlich waren die Pans mit goldenem Gras bewachsen und wurden von Tausenden von Wildpfaden durchzogen. Doch hier sah die endlose, weiße Ebene aus wie eine unwirtliche Eisfläche, nur hin und wieder unterbrochen von riesigen ausgetrockneten Tümpeln.

Nach einer Viertelstunde bemerkten sie Anzeichen dafür, dass hier Bergbau betrieben wurde. Als die Straße sich nach Norden wandte, flogen sie auf die riesigen Weiten der Kalahari zu. «Wonach richten wir uns jetzt?»

«Mit ein bisschen Glück stoßen wir auf das Deception Valley. Von hier oben ähnelt es einer Untertasse. Wenn ich mich nördlich davon halte, kommen wir nach Ghanzi.» Jeff grinste. «An den Tsau Hills biegen wir links ab.»

«Haben Sie denn keinen Kompass?»

«Klar doch.» Er schlug mit der Hand darauf. «Aber

ich verlasse mich lieber auf meine Augen. Ich weiß nicht, wie man das verdammte Ding liest.»

Alex, der keine große Lust hatte, sich weiter über Jeffs mangelnde Flugerfahrung zu unterhalten, wechselte das Thema. «Wie weit entfernt von Ghanzi ist denn Ihre Farm?»

«Nicht sehr weit. Etwa eine halbe Autostunde.»

«Und wie ist Ghanzi so?»

«Kneipe, Krankenhaus, Polizeirevier und Kolonialwarenladen. Sonst ist nicht viel los. Du kannst es dir am Samstag ja anschauen. Am Samstagabend fahren alle Männer hin.»

Männer! Er war jetzt ein Mann. Der Gedanke brachte ihn zum Schmunzeln.

«Trinkst du gern mal einen?»

«Nur Bier, keine harten Sachen.»

Jeff lachte. «Offenbar kennst du den Unterschied schon.»

«Ich habe beim Abschlussball Gin probiert.»

Wieder lachte Jeff auf. «Womit hast du ihn gemixt?»

«Mit gar nichts. Ich habe ihn einfach pur aus der Flasche getrunken.»

«Ach, du meine Güte! Kinder!» Er schwieg. «Hat Annie auch welchen getrunken?», fragte er dann.

«Annie? Nein. Sie war gar nicht dabei.»

«Armes kleines Luder.» Er sah Alex an. «Versteh mich jetzt nicht falsch, mein Junge. Das, was jetzt kommt, sage ich allen meinen Männern. Ich habe auch eine Tochter, so alt wie Annie. Sie kommt in den Ferien nach Hause. Lass die Finger von ihr, verstanden?»

Was hat das zu bedeuten? «Wo geht sie denn zur Schule?»

«England.»

England. Für Alex lag das auf einem anderen Planeten.

«Maddie ist jünger als Annie. Weißt du, was ich meine?»

«Nicht genau.»

«Annie war … Nun, sie hatte so ihre Erfahrungen.» Als er Alex' Miene bemerkte, fügte er hinzu: «Sie war ein nettes Mädchen, aber sie wusste mehr über die Tatsachen des Lebens als Maddie.»

«Maddie?» Alex fand das einen seltsamen Namen.

«Madison. Wir nennen sie Maddie. Das heißt, die Familie. Sonst niemand.» Jeff runzelte die Stirn. «Sie ist da ein bisschen eigen. Du wirst Madison zu ihr sagen.»

«Okay.»

«Und halt dich von ihr fern. Ich weiß, wie ihr jungen Burschen seid. Ihr denkt mit dem Schwanz. Maddie ist nicht so eine, kapiert?»

«Ja, Sir.»

«Jeff.»

«Okay, Jeff.»

Unvermittelt wechselte er das Thema. «Hast du schon mal Rindern ein Brandzeichen verpasst?»

«Klar, schon oft.»

«Gut. Damit wirst du ein paar Wochen beschäftigt sein.»

«Wann beginnt der Viehtrieb?»

«Wenn der Regen anfängt. Dann ist es einfacher.»

Das konnte Wochen oder auch Monate dauern. Alex hatte keine Ahnung, wann es in diesem Teil des Landes regnete, oder ob überhaupt. Nun war es Dezember. Zu Hause regnete es bestimmt schon. Doch das braune, ebene Land unter ihnen zeigte ihm, dass es hier in letzter Zeit sicher keine Niederschläge gegeben hatte. Jeff las seine Gedanken. «Ich habe dieses Land schon voller Wildblumen erlebt. Ein wunderschöner Anblick. Die Seen füllen sich. Der Wunderbusch blüht auf. Ein Traum.»

«Wunderbusch?»

«Ja, bei uns wirst du ihn öfter sehen. Totes Gestrüpp, das jahrelang keine Blüte hervorbringt. Doch wenn es ein paar Tropfen regnet, hat es am nächsten Tag grüne Blätter. Du kannst es ja selbst versuchen. Brich einen Zweig ab und stell ihn in ein Glas Wasser. Ich garantiere dir, dass er morgen grün ist.»

Sie flogen immer weiter. Alex wusste nicht, was er von Jeff halten sollte. Er machte einen freundlichen Eindruck, aber Alex vermutete, dass mit ihm nicht gut Kirschen essen war. Seine Warnung wegen Maddie zum Beispiel. Und das, was er über Annie gesagt hatte. Alex hatte das gar nicht gefallen. Gut, Annie war kein Kind von Traurigkeit gewesen, doch das gab Jeff noch lange nicht das Recht, schlecht über sie zu reden. Auch wenn er ihr Onkel war. Gerade deshalb hätte Alex von ihm erwartet, dass er sie verteidigte.

«Hier ist Ghanzi.»

Alex sah hin. Ein paar sandige Pfade. Ein Gewirr von Blechdächern. Eine Staubstraße, die von Südwesten her durch die Stadt verlief und schließlich nach Nordwesten abbog. Eine weitere Straße führte nach Norden. Wahrscheinlich würde dort der Viehtrieb beginnen. Obwohl Alex keine festen Vorstellungen gehabt hatte, war er enttäuscht. Ghanzi galt als Viehzüchterhauptstadt von Bechuanaland. Doch aus der Luft ähnelte es eher den kleinen Dörfern, durch die man auf dem Weg nach Shakawe kam. Sie überflogen die Stadt und steuerten nach Westen.

«Wollen Sie hier landen?»

«Das darf ich nicht. Als ich vor sechs Wochen in der Stadt runtergegangen bin, hätte ich fast die Kolonialwarenhandlung gerammt. Außerdem habe ich gerade meinen eigenen Flugplatz gebaut. Ein bisschen provisorisch zwar, aber er genügt.»

Alex dachte plötzlich wieder ans nächste Klo.

Jeff bediente einen Hebel zwischen den Sitzen. «Die Klappen», erklärte er. «Damit wir langsamer werden.» Als er noch einmal an dem Hebel zog, schien das Flugzeug in der Luft Schluckauf zu bekommen. «Hoppla, das war ein bisschen zu viel.» Er schob den Hebel wieder zurück. Die Maschine beruhigte sich. «Da ist das Haus.»

Alex erkannte einen leuchtend grünen Fleck in der ansonsten kahlen Landschaft. Er fragte sich, wie die Bäume wohl hier überlebten. Als sie über den grünen Baldachin hinwegsausten, konnte er kurz einen Blick auf ein rotes Dach werfen.

Jeff flog eine Kurve, sodass sich das Flugzeug scharf zur Seite neigte. Direkt vor ihnen befand sich ein freigeräumter Sandstreifen, der in unregelmäßigen Abständen beidseitig mit weiß bemalten Steinen markiert war.

Verdammt! Hier will er landen? Die Rollbahn war nicht breiter als eine Straße und wirkte kaum länger als ein Rugbyfeld.

Jeff stellte noch einmal die Klappenhebel ein. Als der Motor wieder stotterte, krampfte sich Alex der Magen zusammen. Immer näher kam der Boden, doch sie waren immer noch viel zu schnell. Jeff zog den Hebel zurück. Die Maschine senkte sich, landete auf einem Rad, sprang wieder nach oben, senkte sich erneut und kam auf beiden Rädern auf. Als Jeff den Hebel nach vorne schob, wurde der Bug heruntergedrückt. Alles schien zu klappen, bis Jeff sich an einigen Pedalen zu schaffen machte. Das Flugzeug schlingerte erst nach links, dann nach rechts und rollte in atemberaubender Geschwindigkeit weiter. Es dauerte eine Ewigkeit, bis es schließlich dicht vor einem Ameisenhügel und einige Meter links neben der Bahn zum Stehen kam.

«Wir sind da.» Jeff bemerkte Alex' leichenblasses Gesicht. «Das war bis jetzt meine beste Landung.»

Alex konnte nur noch erleichtert aufseufzen.

Jeff ließ die Maschine zurückrollen und parkte sie neben einer alten Zapfsäule. «Hilf mir, mein Junge. Bis die anderen kommen, dauert es eine Weile.»

Sie hatten die Maschien bereits entladen und gesichert, als zwei Landrover heranrumpelten. «Hallo, Boss, wie geht's?» Alex betrachtete den Fahrer des erstens Wagens, der gerade ausstieg. Noch nie hatte er einen so hässlichen Mann gesehen.

«Und wie läuft's bei dir, Artie?» Jeff schüttelte den Mann die Hand.

Artie grinste Alex zu. «Wer ist denn das?»

«Alex Theron. Er ist gerade mit der Schule fertig geworden. Seine Eltern haben eine Farm oben in Shakawe. Er wird uns beim Viehtrieb helfen.»

Artie kam auf Alex zu und musterte ihn prüfend. «Bist du schon oft geritten, Kleiner?»

«Ab und zu.»

«Und hast du schon mal einen Viehtrieb mitgemacht?»

«Ja.»

Artie klopfte ihm auf die Schulter. «Dann bin ich zufrieden. Ich heiße Artie Black. Du wirst für mich arbeiten.»

«Freut mich, Sie kennen zu lernen, Sir.»

Artie lachte auf. «Hier gibt es keinen Sir, junger Mann. Schließlich sind wir nicht in der Schule. Sag Artie zu mir.»

Alex mochte ihn auf Anhieb. Artie war sehr klein und reichte ihm nur bis zur Brust. Er hatte ein faltiges, offenes Gesicht und das breiteste Grinsen, das Alex je gesehen hatte. Seine Nase war mindestens zweimal gebrochen worden, denn sie war oben flach und zur Seite gebogen. Seine Augen wurden von grau melierten Brauen überschattet, sein schütteres, ergrautes Haar war kurz geschnitten und stand ihm wie eine Bürste vom Kopf ab. Er hatte eine breite Brust und kräftige Schultern; Alex hatte gar nicht gewusst, dass man an Armen und Händen solche Muskeln haben konnte. Artie hatte eine schmale Taille und ausgeprägte O-Beine. Eines seiner Augen schielte stark nach außen. Einer seiner Mundwinkel wurde von einer Narbe nach oben gezogen. Wenn er lächelte, kamen große, gelbliche Zähne zum Vorschein und sein ganzes Gesicht strahlte.

«Komm, mein Junge, du kannst bei mir mitfahren.»

Alex warf seinen Koffer auf den Rücksitz des Landrovers. Dann bemerkte er das Mädchen, das neben dem anderen Wagen stand und Jeff anlächelte. Noch nie hatte Alex ein so schönes Mädchen gesehen. Dunkles Haar umrahmte ein ebenmäßiges, ovales Gesicht. Ihre Haut war so weiß wie Milch, ihre dunklen Brauen waren vollkommen geschwungen. Sie hatte leuchtende, freundliche Augen, eine gerade Nase, ein reizendes Lächeln, einen langen, weißen Hals und ihre Brüste ... Oh Gott, ihre Brüste waren ein Traum.

«Augen geradeaus», flüsterte Artie. «Du gaffst gerade die Tochter vom Chef an. Das ist streng verboten.»

Mühsam wandte Alex den Blick ab. Doch er konnte der Versuchung nicht widerstehen, sie noch einmal anzusehen. Auch sie betrachtete ihn. Als er ihr zulächelte, warf sie den Kopf zurück und reckte die Nase in die Luft.

«Geschieht dir recht, Kleiner. Los, steig ein. Du musst die anderen kennen lernen.»

«Ist das Maddie?», fragte Alex beim Abfahren.

«Madison. Ja, das ist sie. Und nein, sie ist nichts für dich. Jeff würde jeden erschießen, der auch nur wagt, daran zu denken.»

Zu spät!

Alex sah sich aufmerksam um. Aus der Luft hatte er

den Eindruck gehabt, dass alles hier nur aus braunem Sand bestand. Doch das stimmte nicht. So weit das Auge reichte, war die Ebene mit braunem, etwa dreißig Zentimeter hohem Gras bewachsen. «Ist das Gras hier gut?», wollte er von Artie wissen, wobei er das Motorengeräusch des Landrovers überbrüllen musste.

«Erstaunlicherweise ja. Wir haben auch ziemlich viel Wasser hier.»

«Wo? Ich habe noch keins gesehen.»

«Unterirdisch. Wir bohren alle paar Kilometer ein Loch. Wasser ist also jede Menge vorhanden.»

«Wird es hier auch mal grün?»

Artie lachte. «Klar. Alle fünf Jahre, wenn es mal ordentlich regnet.»

Alle fünf Jahre! Und seine Mutter dachte, sie hätte Grund, sich zu beschweren.

Sie fuhren um das Haupthaus herum zu einem lang gestreckten Gebäude, das etwa dreihundert Meter daneben stand. Rinderkoppeln, Schuppen, Scheunen, Werkstätten, ein Silo und eine große Unterkunft für die Arbeiter waren zu einem Viereck angeordnet. «Wir sind da.»

Alex war enttäuscht. Das Gebäude wirkte kahl, schmutzig und schlecht belüftet. Die Arbeiterunterkunft bestand aus Betonquadern und hatte ein Wellblechdach. An zwei Seiten verlief eine breite Veranda. Artie hatte Alex' Blick bemerkt. «Jeff hat alte Stallungen umgebaut. Drinnen sieht es besser aus.»

Auf der Veranda saßen einige Männer. Sie hatten ihre Stühle zurückgekippt und die Füße aufs Geländer gelegt. Als Alex seinen Koffer aus dem Wagen holen wollte, rief einer von ihnen: «Wer ist das, Art?»

«Ein Neuer.»

«Anscheinend noch ein bisschen grün hinter den Ohren.» Die anderen lachten.

Alex errötete verlegen. Dennoch ging er mit ausgestreckter Hand auf die Veranda zu. «Immerhin habe ich einen Flug mit Jeff überlebt. Ich heiße Alex Theron.»

Lachend nahm der Mann die Füße vom Geländer und stand langsam auf. Er überragte Alex um einige Zentimeter, war lang und schlaksig und hatte ein freundliches, schmales Gesicht. «Das ist mehr, als die meisten hier von sich behaupten können. Wir haben alle eine Heidenangst, wenn Jeff wieder mit seinem Flugzeug unterwegs ist.» Er schüttelte Alex die Hand. «Willkommen, Alex Theron. Ich bin Bob.» Er wies auf seine beiden Kollegen. «Der Dreckskerl da vorne ist Pat, und der andere Dreckskerl da drüben heißt Willie. Pat ist Ire, aber sprich ihn nicht darauf an, das könnte gefährlich werden.» Alex schüttelte einem gedrungenen, blonden Mann, den er auf etwa dreißig schätzte, die Hand. Seine hellblauen Augen und das gewinnende Lächeln straften Bobs Warnung Lügen. Willie war ein drahtiger älterer Mann, der beim Lächeln zwei goldene Schneidezähne entblößte.

«Kannst du reiten?», fragte Willie.

«Ja. Meine Familie hat eine Farm in der Nähe von Shakawe. Ich habe auch schon ein paar Mal beim Viehtrieb geholfen.»

«Gott sei Dank. Der letzte Grünschnabel, den Jeff mitgebracht hatte, konnte einen Gaul nicht von einem

Schaukelpferd unterscheiden. Kennst du dich mit Brandzeichen aus?»

«Ein bisschen.»

«Also dann, willkommen bei Carters verrückter Truppe, mein Kleiner.»

«Zeig ihm sein Bett», sagte Artie. «Ich muss mit dem Boss reden.»

«Trink erst mal ein Bier», lud Pat Alex ein und fügte dann besorgt hinzu: «Du trinkst doch hoffentlich Bier?»

«Ab und zu. Nicht oft.»

«Wie alt bist du, Kleiner?», wollte Bob wissen.

«Sechzehn.»

«‹Sweet sixteen and never been laid›», trällerte Willie. Er hatte eine gute Stimme.

Allmählich fühlte Alex sich ein wenig wohler.

«Den Rest der Bande lernst du heute Abend kennen. Morgen fängst du mit der Arbeit an. Wir machen gerade Brandzeichen. Scheißjob, aber es muss eben sein. Außerdem ist es verdammt heiß da draußen. Also setz dir eine Mütze auf. Und jetzt komm rein, mein Junge. Wenn ich weiter hier draußen mit dir rede, sterbe ich noch vor Durst.» Pat schob ihn durch die Tür und in einen Lehnstuhl. «Setz dich.» Alex blieb auch gar nichts anderes übrig.

Offenbar handelte es sich um den Aufenthaltsraum. Zwei Kühlschränke standen nebeneinander, und als Pat einen davon öffnete, bemerkte Alex, dass er von Bierflaschen überquoll.

«Das Bier ist da drin», teilte Pat ihm überflüssigerweise mit. «Cola und das andere Weibergesöff da drüben.» Er schlug mit der Hand gegen die Tür des zweiten Kühlschranks. In den Schränken daneben befanden sich Gläser, Teller, Tassen, Schüsseln und Besteck. Am Ende des Raums gab es eine Tischtennisplatte, in der Mitte einen Billardtisch. Neben der Tür hingen ein paar Dartscheiben. Nach den Löchern in der Wand zu urteilen, nahm niemand hier das Spiel allzu ernst. Sogar die Decke hatte Löcher.

Das andere Ende des Raumes war mit einigen Sesseln und Sofas gemütlich eingerichtet. Vor dem Kühlschrank stand ein langer Esstisch aus Holz. Mit den rotweißen Baumwollvorhängen und der passenden Tischdecke wirkte das Zimmer erstaunlich anheimelnd.

Pat reichte ihm eine Flasche. «Wir nehmen hier keine Gläser. Das Bier wird einfach zu warm. Komm und schau dir dein Zimmer an. Du kannst dich später häuslich niederlassen. Zuerst gehen wir schwimmen.»

Pat, der seinen Willen offenbar durchsetzte, indem er die Leute einfach herumschubste, zerrte ihn aus dem Sessel.

Das Schlafzimmer machte nicht besonders viel her. Ein Bett, ein Schrank und eine Kommode. «Wir richten unsere Zimmer hier nach Geschmack ein. Das nötige Zeug kannst du im Laden in der Stadt kaufen. Aber manche von uns sparen sich die Mühe. Wir sitzen sowieso meistens im Aufenthaltsraum. Los, such dir was zum Anziehen und nimm dir ein Handtuch.»

Pat öffnete Alex' Koffer, holte eine Badehose heraus, griff ein Handtuch, das auf der Kommode lag, und warf es ihm zu. Alex hätte ihm durchaus zugetraut, beim Umkleiden selbst Hand anzulegen.

«Wo ist das Bad?» Alex gefiel es gar nicht, so herumgeschubst zu werden.

«Am Ende des Flurs. Beeil dich, Junge. Wir warten auf der Veranda.»

Im Bad gab es vier Duschen, zwei Toiletten und zwei Waschbecken. Der Boden bestand zwar nur aus Beton, doch die Wände waren weiß gefliest. Alex erleichterte endlich seine Blase, zog seine Badehose an, nahm sein Bier und ging hinaus zu den anderen. Pat betrachtete ihn. «Mein Gott, Junge, so kannst du aber nicht reiten.»

«Reiten?»

«Ja, runter zum Wasserloch.»

«Tut mir Leid.» Er kehrte in sein Zimmer zurück. Nachdem er in Jeans und Stiefel geschlüpft war, gesellte er sich wieder zu den anderen.

«Bist du jetzt endlich fertig?», spöttelte Pat gutmütig.

Willie führte vier Pferde an die Veranda. «Das da ist deins.»

Die Stute tänzelte und warf den Kopf hin und her. Alex war ein guter Reiter. Er kannte sich mit Pferden aus, und dieses hier versprach Ärger. Die Männer wollten ihn auf die Probe stellen. Als er versuchte aufzusteigen, wandte das Pferd den Kopf, um nach ihm zu schnappen. Doch er war darauf vorbereitet und stieß es mit dem Ellenbogen ins Gesicht. Obwohl die Stute schnaubte und zu entkommen versuchte, schwang er sich in den Sattel. «Wie heißt sie denn?», fragte er, während er sich mühelos auf dem Rücken des im Kreis herumgaloppierenden Tiers hielt.

«Alptraum», entgegnete Bob. «Mach sie fertig, Junge.»

«Okay, Alptraum», zischte Alex mit zusammengebissenen Zähnen. «Wollen wir doch mal sehen, was in dir steckt.»

Will rannte los, um das Gatter zu öffnen. Die Stute raste los wie von wilden Furien gehetzt. «Wenigstens bockt sie nicht», rief Alex, während er die Schenkel fest zusammenpresste und die Zehenspitzen nach innen drehte. Dann ließ er das Pferd laufen.

An Einzelheiten des Ritts konnte Alex sich später nicht erinnern. Alptraum galoppierte, so schnell sie konnte. Alex sah nichts von der unbekannten Landschaft, die an ihm vorbeisauste, denn es bedurfte seiner ganzen Konzentration, nicht abgeworfen zu werden. Er betete, dass die Stute den Weg kannte. Nach zehn Minuten spürte er, wie sie müde wurde. Kurz darauf verfiel sie in einen leichten Trab, trottete schließlich nur noch und blieb zu guter Letzt zitternd stehen. Alex beugte sich vor und tätschelte ihr den bebenden Hals. «Gutes Mädchen, Alptraum. Gutes Mädchen.»

In diesem Moment bäumte sich das Pferd auf, sodass Alex durch die Luft geschleudert wurde und auf dem Rücken landete.

Nachdem der Staub sich gesenkt und sich das Dröhnen in seinen Ohren gelegt hatte, blickte er hoch und stellte fest, dass das Pferd sich ohne ihn auf den Heimweg machte. Alex rappelte sich auf und klopfte sich den

Staub von der Jeans. Er grinste übers ganze Gesicht. «Okay, Alptraum. Eins zu null für dich.»

Der Rückmarsch dauerte fünfzig Minuten. Bob, Willie und Pat saßen auf der Veranda und winkten ihm mit den Bierflaschen zu. «Wo warst du denn so lange?», schrie Bob.

Alex versuchte es mit Humor. «In Johannesburg.»

Als die Männer johlten, setzte er noch eins drauf. «Und wieder zurück.»

«Du bist in Ordnung, Kleiner.» Willy schlug ihm auf den Rücken. Eine Staubwolke stieg hoch.

Pat rieb sich die Augen. «Wenigstens bockt sie nicht», äffte er Alex nach. «Hier hast du ein Bier, Junge. Du hast es dir verdient.»

Alex trank einen Schluck. In der Flasche war kalter Kaffee.

Sieben

Als die anderen Männer müde und staubbedeckt eintrafen – er hatte Mühe, die Namen und Gesichter auseinander zu halten –, fühlte Alex sich schon wie zu Hause. Artie war zurückgekehrt, hatte ihm die Höfe und Schuppen gezeigt und ihm dabei seine Aufgaben erklärt. «Du arbeitest mit Pat und dem anderen Neuen zusammen. Er heißt Kel, du lernst ihn später noch kennen. Ein komischer Kauz, ziemlich wortkarg. Noch recht jung, etwa so alt wie du. Vielleicht bringst du ihn ja zum Reden. Er wirkt ein bisschen mürrisch, aber möglicherweise ist er nur schüchtern.»

«Wo kommt er her?», fragte Alex. Er war froh, einen Altersgenossen zu haben.

«Gaberones. Sein Vater ist ein Freund von Jeff. Ich glaube, Kel gefällt es hier nicht besonders. Jeff hat ihn eingestellt, um seinem Vater einen Gefallen zu tun. Aber …» Artie zuckte die Achseln. «Kann sein, dass er sich noch macht.»

Alptraum fraß Hafer aus einem Trog. «Habe gehört, du bist ihr schon vorgestellt worden.» Artie grinste. «Es war richtig von dir, sie einfach laufen zu lassen. Aber sie bockt immer, offenbar ist das für sie eine Frage des Stolzes.»

«Hat es je einer geschafft, sie zu reiten?» Bewundernd betrachtete Alex das Pferd, das nun, da kein Reiter in Sicht war, gegen den es sich zu behaupten galt, entspannt dastand. Es war ein wunderschönes Tier, ein Rotfuchs, dessen Fell sich schimmernd über kräftigen Muskeln spannte.

Artie lachte auf. «Sie reiten? Niemals. Die meisten schaffen es nicht mal bis zum Gatter. Dieser Kel hat genau zwei Sekunden durchgehalten. Alptraum hat ihn auf die Veranda geworfen. Er hat es ihr ziemlich übel genommen. Die anderen mussten ihn festhalten, sonst hätte er mit dem Stock auf sie losgeprügelt.»

Kel kam als einer der Letzten zurück. Alex schüttelte ihm die Hand und musterte ihn. Er war ziemlich muskulös, so groß wie Alex und ebenso kräftig gebaut. Obwohl die meisten Männer ihr Haar kurz geschoren trugen, wuchs das von Kel bis auf den Kragen hinab. Er hatte eine Adlernase und einen winzigen Mund, der an den eines Babys erinnerte und nicht zu ihm zu passen schien. Er wich Alex' Blick aus, betrachtete ihn allerdings eingehend. «Ich habe gehört, du kommst morgen mit.»

«Stimmt.» Alex versuchte, ihm in die Augen zu sehen. Dass Kel stets den Kopf abwandte, machte ihn misstrauisch.

«Dann steh uns bis dahin nicht im Weg rum. Wir sind beschäftigt.» Er machte kehrt und marschierte in Richtung Schlafzimmer.

Alex wurde rot. «Kümmere dich nicht um ihn», sagte Willie. «Vor ein paar Wochen hat er das Brandeisen noch falsch herum gehalten.»

«Das tut er jetzt auch», knurrte Pat. «Am liebsten würde ich es diesem arroganten Pinkel in den Hintern rammen.»

Willie lachte. «Der Kleine denkt, er wäre was Besseres», erklärte er Alex. «Sein Vater besitzt einige Firmen in Gaberones, und sein Onkel ist ein hohes Tier bei der Verwaltung. Man sagt, Kel hätte ein Mädchen in Schwierigkeiten gebracht. Sein Vater hat ihn deshalb zu uns geschickt, bis Gras über die Sache gewachsen ist. Jedenfalls hält sich dieser Bursche für einen tollen Hecht, aber er ist eine richtige Nervensäge.»

Den restlichen Abend ging Kel Alex aus dem Weg. Er zeigte ihm die kalte Schulter und setzte sich ein wenig abseits, um zu lesen.

Die Männer legten sich früh schlafen, da die meisten von ihnen um vier Uhr aufstehen mussten. «Ich sollte an Mum und Pa schreiben», dachte Alex, als er ins Bett schlüpfte. «Am Samstag besorge ich mir in der Stadt Papier.» Er war eingeschlafen, kaum dass sein Kopf das Kissen berührte.

Als Pat ihn auf die ihm eigene Art wachrüttelte, war es noch dunkel. «Aufstehen, Kleiner, die Arbeit ruft.» Er riss Alex die Decke weg, zerrte ihn am Arm hoch und schubste ihn ins Bad. Allmählich gewöhnte Alex sich daran, obwohl er so früh am Morgen gern darauf verzichtet hätte.

Zum Frühstück gab es so viel, wie jeder essen konnte. Immer wieder brachte ein gut gelaunter Schwarzer neue Gerichte aus der Küche und stellte sie auf den Tisch, nicht ohne zuvor alles zu kosten und genüsslich die Augen zu verdrehen. Auf Tellern türmten sich Berge von Toastscheiben. Mehrere Platten waren mit in Fett schwimmenden Speckstreifen und Spiegeleiern beladen, die vom Warmhalten im Ofen ein wenig hart geworden waren. Geröstete Zwiebeln und Tomaten waren mit Chilischoten vermischt. Weiße Bohnen und knusprige aufgeplatzte Würstchen, die Gemüsereste von gestern Abend, zu kleinen Kuchen geformt und goldbraun ausgebacken, zähe, durchgebratene Steaks. Kannen voller Kaffee. Milchkrüge.

«Greif zu», sagte Pat und schaufelte mehr Bohnen auf Alex' Teller. «Bis zum Mittagessen dauert es eine Weile.»

Draußen graute der Morgen. Die Vögel stimmten ihr

Lied an. Webervögel, Schwalben, Tauben und Stare wetteiferten mit dem am Boden pickenden Geflügel. In der Wüste waren die Nächte zwar kühl, doch wenn die Sonne am Horizont aufging, würde es wieder ein sengend heißer Tag werden. «Hast du einen Hut?» Pat nahm den erstbesten von einem Haken an der Tür und stülpte ihn Alex über den Kopf.

Sie ritten zu der zehn Kilometer enfernten Viehkoppel. Das weiche Morgenlicht warf lange, graue Schatten auf das bräunliche Gras, in dem die Tautropfen funkelten. Zarte, rosige Wolken hingen am Himmel. Der Horizont wirkte so scharf gestochen wie auf einer Lithographie. Bäume hoben sich pechschwarz vom hellblauen Himmel ab. Die Luft war frisch und wohlriechend und duftete leicht nach Tau. Als Alex neben den anderen herritt, dem Knirschen des Leders und dem steten Schlag der Hufe lauschte, fühlte er sich, als finge sein Leben eben erst an.

Auf dem Heimritt bei Sonnenuntergang – bedeckt mit Asche, Staub und Dung, verschwitzt, mit Rückenschmerzen, geschwollenen Füßen, drückenden Stiefeln, sonnenverbrannten Armen und geröteten Augen – hatte Alex eher den Eindruck, als müsse er jeden Moment sterben.

Er hatte schon früher Rinder mit Brandzeichen markiert und wusste, dass diese Arbeit schwer war. Doch noch nie hatte er so angestrengt und so lange geschuftet. Die Sandwolken nahmen einem den Atem, die Luft war so trocken, dass es in den Lungen schmerzte, und die Hitze so gnadenlos, dass er am ganzen Körper glühte.

Um sich abzukühlen, tauchten die Männer immer wieder voll bekleidet und mit Stiefeln in einem Wasserbottich unter. Doch zehn Minuten später waren die Sachen wieder trocken. Und das Wasser im Bottich wurde so warm wie in einer Badewanne.

Alex hatte mit Pat und Kel zusammengearbeitet. Pat keuchte und grunzte den ganzen Tag und stöhnte immer wieder «Jesus, Mutter Marias», was nicht viel Sinn ergab. Doch Alex war zu erschöpft, um ihn darauf hinzuweisen. Rasch hatte er eine Abneigung gegen die dummen und störrischen Rinder entwickelt. Kel verdrückte sich ständig zum Wasserbottich, sodass Pat und Alex den Großteil der Arbeit allein erledigen mussten. Als er kurz vor der Mittagspause wieder loszog, rief Pat: «Wo willst du hin, zum Teufel?»

«Zum Wasser.»

«Komm sofort zurück.»

«Leck mich.»

Pat schüttelte den Kopf. «Mistkerl. Verdammtes Arschloch. Jesus, Mutter Marias», flüsterte er Alex zu.

Als Alex nach Hause kam, führte ihn sein erster Weg zum Kühlschrank mit den Bierflaschen, doch Pat hielt ihn zurück. «Trink erst ein paar Limos, du brauchst Flüssigkeit. Sonst bist du sofort sturzbesoffen.» Er drückte Alex zwei Flaschen Limonade in die Hand.

Alex hätte schwören können, dass die erste einfach verdunstete.

Artie erschien und hängte den Dienstplan für die nächste Woche auf. Niemand durfte mehr als drei Tage am Stück arbeiten und hatte danach zwei Tage frei.

«Im Winter läuft es anders», erklärte Willie. «Dann sind wir nicht so viele, und das Wetter ist ausgezeichnet.»

«Warum stellt Jeff keine Schwarzen ein?»

«Macht er ja. Aber nicht für die Brandzeichen. Das kapieren die einfach nicht.»

«Mein Pa beschäftigt welche.»

«Wie viel Stück Vieh hat dein Pa denn?»

«Etwa sechshundert.»

«Jeff besitzt mehr als sechstausend.»

«Und wie viele davon haben schon Brandzeichen?»

«Tausend.»

Verdammter Mist!

Am Sonntag wurde nicht gearbeitet. Alex hatte am Samstag Dienst und fühlte sich am Abend eigentlich nicht in der Lage, nach Ghanzi zu fahren. Doch Pat hatte andere Pläne mit ihm, und da Alex zu erschöpft war, um ihm zu widersprechen, schloss er sich dem Konvoi von vier Landrovern an, der sich auf den Weg in die Stadt machte.

Da es bei ihrer Ankunft noch einigermaßen hell war, konnte Alex die Stadt besichtigen. Nicht dass es viel zu sehen gegeben hätte. Eine staubige, breite Straße, zerfurcht und nahezu menschenleer, einen Kolonialwarenladen und ein paar weitere Gebäude, die alle von großen Grundstücken umgeben waren. Platzmangel schien hier nicht das Problem zu sein. In der Mitte der Stadt stand das Hotel Kalahari Arms, dessen massive Backsteinmauern für die Ewigkeit errichtet schienen.

Die Bar wimmelte von Männern, die an den Samstagabenden genauso kräftig soffen, wie sie an den anderen Tagen arbeiteten.

«Wie läuft's denn so, Kleiner?» Jeff Carter, der Alex auf ein Bier eingeladen hatte, klopfte ihm auf den Rücken.

Seit seiner Ankunft hatte Alex ihn nicht mehr gesehen. «Ziemliche Schufterei», entgegnete er.

Jeff lachte. «Artie sagt, dass du gut klarkommst.»

«Ja. Ich arbeite gern mit Pat zusammen.»

«Pat ist schon seit ein paar Jahren bei mir.» Jeff blickte zu Pat hinüber, der gerade mit einer zierlichen Afrikanerin sprach. «Ein tüchtiger Mann. Natürlich hat er eine Vergangenheit, aber das haben die meisten, die länger hier bleiben.»

Alex fragte sich, warum Jeff ihm das erzählte. Es war ihm unangenehm, und er kam sich so vor, als würde er Pat unfreiwillig nachspionieren.

«Er hat in Irland einen Mann umgebracht.» Jeff hatte seine Miene bemerkt. «Du kannst ihn ruhig darauf ansprechen. Er macht kein Geheimnis daraus.»

Alex sah zu Pat hinüber. Er bemerkte, dass Kel gerade auf ihn zusteuerte und etwas sagte. Pat schüttelte den Kopf.

Willie gesellte sich zu Alex und Jeff. Die drei ahnten, dass sich drüben etwas zusammenbraute, denn die Frau rutschte verlegen von Pat und Kel weg.

«Dieser Kel ist wirklich eine Landplage», meinte Willie. «Ständig hackt er auf Pat herum. Man sollte ihm mal den Kopf zurechtrücken. Sonst macht Pat ihn fertig, wenn er einmal in Rage gerät.»

«Der Junge ist in Ordnung», widersprach Jeff. «Vielleicht ein bisschen verschroben, aber er kommt aus einem guten Stall.»

«Verschroben», höhnte Willie. «Er tut alles, um seinen Mitmenschen auf die Nerven zu gehen, er legt es regelrecht darauf an. Ich sag Ihnen was, Boss: Irgendwann wird jemand diesem kleinen Mistkerl eine Lektion erteilen. Ich freue mich schon darauf.»

Jeff zuckte die Schultern. «Dann muss er es eben auf die harte Tour lernen.» Er ging zu Artie hinüber, um mit ihm zu reden.

Willie bemerkte Alex' besorgte Miene. «Jeff ist in Ordnung», sagte er, da er seinen zweifelnden Blick falsch verstanden hatte. «Streng, aber fair.»

«Stimmt es, dass Pat jemanden umgebracht hat?»

«Hat er dir das erzählt? Ja, es stimmt. Pat wird es dir selbst sagen, wenn du ihn fragst. Aber Jeff hätte trotzdem den Mund halten sollen. Hier ist nicht der richtige Ort, um über Pats Leben zu sprechen.»

Inzwischen hatte sich der Streit in eine Rempelei verwandelt. Pat versetzte Kel einen Stoß, und dieser holte nach ihm aus. Doch Pat wehrte den Hieb mühelos ab und drehte sich um. Er fühlte sich wegen seiner Körperkraft überlegen. Aber Kel griff sich ein Glas vom Tisch, zerbrach es und stieß mit dem schartigen Ende nach Pat. Der hatte das allerdings geahnt und wich rasch aus. Dann schlang er Kel den Arm um den Hals und schnürte ihm die Luft ab. «Kleine Jungs sollten die Finger von gefährlichen Spielzeugen lassen. Zeit für eine Abkühlung, Bürschchen.» Er schleppte Kel nach draußen, gefolgt von einer Horde Männer, die zusehen wollten. Vor der Tür tauchte Pat Kels Kopf in einen Wassertrog.

«Von jetzt an muss er auf der Hut sein», meinte Willie besorgt. «Dieser Kel ist ein hinterhältiger Dreckskerl.»

Kel ließ sich nicht mehr blicken. Niemand wusste, wie er auf die Ranch zurückgekommen war. Doch als sie eintrafen, standen seine Stiefel am gewohnten Platz auf der Veranda.

Es war Sonntag. Niemals im Leben hatte der Tag der Ruhe Alex so viel bedeutet. Er schrieb einen langen Brief an seine Familie und ging dann Alptraum besuchen. Beim Anblick von Zaumzeug und Sattel wich sie ängstlich zurück. Noch nie hatte es jemand auf einen zweiten Versuch ankommen lassen. Aber sie blieb ruhig stehen und ließ sich satteln. Einige Männer schlenderten vorbei.

«Du fliegst wohl gerne, Kleiner!», rief Artie.

«Nein, es gefällt ihm nur, wenn der Schmerz nachlässt», witzelte Bob.

Alex achtete nicht auf sie. Beim letzten Mal hatte Alptraum ihn überrascht, diesmal jedoch war er vorbereitet. Er schwang sich in den Sattel und wich ihren Zähnen aus, als sie nach seinem Hinterteil schnappte. Alptraum verharrte reglos, die Muskeln an ihrem Hals spielten. Als Alex ihr die Fersen in die Flanken stieß, zuckte sie zusammen. Und als er sich vorbeugte, um ihr den Hals zu tätscheln, bäumte sie sich auf.

Mein Gott, sie hat es schon wieder geschafft!

Die Männer feuerten ihn an, während er sich aufrappelte. Inzwischen hatten sich noch mehr von ihnen eingefunden, um sich den Spaß nicht entgehen zu lassen.

Alex näherte sich vorsichtig der Stute. Er hatte eines der Pferde seines Vaters zugeritten und war der Ansicht, dass man dabei sanft und geduldig zu Werk gehen musste. Also redete er leise auf das Tier ein und hielt ihm die Hand hin. Alptraums Zähne verfehlten ihn so knapp, dass er den Luftzug spürte. Rasch schwang er sich in den Sattel. Alptraum bockte wieder.

Doch diesmal blieb Alex einfach sitzen und presste fest die Schenkel zusammen. Als die Stute sich aufbäumte, behielt er das Gleichgewicht. Dann schien sie den Widerstand aufzugeben und trabte langsam über den Hof.

«Hey, Kleiner, du hast es geschafft!», jubelte Pat.

Das glaubte Alex allerdings nicht. Und auch Alptraum war nicht dieser Ansicht. Sie bockte fünfmal rasch nacheinander. Aber Alex klammerte sich beharrlich fest, obwohl ihm sein Frühstück in der Kehle hochzusteigen drohte. Schnaubend warf Alptraum den Kopf hin und her. Offenbar konnte sie es nicht fassen, dass er immer noch im Sattel saß. Im nächsten Augenblick schob Kel einen Stock durch den Zaun und stieß ihn gegen ihre weiche Flanke. Alptraum begann zu toben, wirbelte herum, machte Sätze wie ein Springbock und zitterte am ganzen Körper. Wie gerne wäre Alex schon allein ihr zuliebe abgestiegen, damit sie sich nicht selbst verletzte, doch das war unmöglich. Endlich blieb das Pferd bebend vor Erschöpfung stehen.

Rasch glitt Alex aus dem Sattel und untersuchte ihre Flanke. Ein dünnes Rinnsal Blut floss aus der Wunde, die der Stock gerissen hatte. Alex reichte Pat, der auf der anderen Seite des Zaunes stand, die Zügel. «Nimm ihr den Sattel ab.» Dann sprang er über den Zaun und ging auf Kel zu.

«Warum zum Teufel hast du das getan?»

«Was soll ich denn getan haben?», erwiderte Kel selbstzufrieden und scheinheilig.

Alex konnte sich nicht erinnern, je so wütend gewesen zu sein. Als er die Hand ausstreckte, rechnete Kel mit einem Hieb und wich zurück. Doch Alex griff nach dem Stock und stieß ihn Kel in den Arm. «Wie gefällt dir das?»

Kel schlug nach ihm, aber daneben.

Noch nie hatte Alex sich richtig geprügelt. Natürlich hatte er ein paar Mal mit seinem Vater zum Scherz geboxt und in der Schule ein paar Mal gerauft, sich aber nie im Ernst geschlagen. Kel kämpfte mit unfairen Mitteln und wollte Alex zwischen die Beine treten. Alex konnte zwar ausweichen, doch der Tritt traf ihn am Oberschenkel, sodass ihm fast das Bein wegknickte. Als Kel zum nächsten Tritt ausholte, geschah etwas, das Alex bis jetzt noch nie passiert war: Er sah rot. Er verlagerte sein Gewicht auf das unverletzte Bein und warf sich auf Kel, sodass dieser von seinem Gewicht umgerissen wurde. Eine Weile rollten sie sich ringend am Boden. Jeder versuchte, die Oberhand zu gewinnen. Dann nahm Kel eine Hand voll Erde. Doch da Pat rasch einen Warnruf ausstieß, gelang es Alex gerade noch, rechtzeitig die Augen zu schließen.

Kels unfaire Methoden steigerten Alex' Zorn nur noch. Das Blut rauschte ihm in den Ohren und pulste durch seine Adern. In seiner rasenden Wut hatte er nur noch den Wunsch, seinen Gegner zu töten, und spürte keine Schmerzen, nur eine tiefe Genugtuung, wenn seine Faust in Kels Gesicht schlug. Pat musste die beiden trennen. Als sich der Nebel lichtete und Alex wieder klar sehen konnte, bemerkte er entsetzt, was er angerichtet hatte. Kal lag halb bewusstlos auf dem Rücken. Sein Gesicht war mit Blut und Dreck verschmiert. Alex' blinder Hass verflog so rasch, wie er gekommen war. Als er taumelnd dastand und Kel betrachtete, stieg Widerwille in ihm hoch. Er stürzte in Richtung Haus, denn er schämte sich für das, was er getan hatte. Dann bemerkte er, dass ihn jemand beobachtete, und blickte auf. Es war Madison. In ihrem schönen Gesicht standen Verachtung und Abscheu geschrieben: Sie hatte den ganzen Kampf beobachtet.

Alex stellte sich unter die Dusche. Er fühlte sich erschöpft und ausgelaugt. Pat, der ihm gefolgt war, warf ihm ein Handtuch zu, brachte ihn in sein Zimmer und hätte ihm wahrscheinlich sogar beim Anziehen geholfen, wenn Alex das zugelassen hätte. «Das hast du gut gemacht, Kleiner. Dieser Kel legt es schon seit seiner Ankunft darauf an.»

Alex schüttelte den Kopf. «Nein, Pat, ich bin wütend geworden. Ich hätte ihn umbringen können.»

Das Bett wackelte, als Pat sich neben ihn setzte. «Ich habe einmal jemanden auf diese Weise getötet. Danach habe ich mir geschworen, immer die Ruhe zu bewahren.»

«Es ist so schnell passiert», flüsterte Alex, immer noch

erschüttert, weil er sich so wenig unter Kontrolle gehabt hatte.

«Dir gibt niemand die Schuld, Kleiner. Kel ist ein Mistkerl. Artie würde ihn am liebsten feuern, aber Jeff will ihm noch eine Chance geben. Geh ihm von nun an aus dem Weg, mehr kannst du nicht tun.»

Dass er seine erlernten Verhaltensregeln so einfach hatte vergessen können, machte Alex Angst. Er hätte sich eine derartige Gewalttätigkeit selbst nicht zugetraut. «Was hatte der Mann getan, den du umgebracht hast?»

«Eine Frau geschlagen.»

Alex senkte den Kopf. Schließlich hatte Kel nur ein Pferd gequält. Pat wusste, was in ihm vorging.

«Das Pferd hätte dich töten können, Kleiner. Wie konnte er nur etwas so Idiotisches tun?»

Jeff kam herein. «Artie hat mir erzählt, was passiert ist. Diesmal lasse ich es dir noch mal durchgehen, mein Junge. Wenn ihr Männer euch gegenseitig umbringen wollt, dann viel Vergnügen. Mir soll es egal sein. Aber wenn du vor meiner Tochter noch einmal so ein Theater abziehst, fliegst du. Kapiert?» Er machte auf dem Absatz kehrt und ging hinaus.

Die Prügelei hatte Alex in gedrückte Stimmung versetzt. Eigentlich war er ein friedfertiger Typ und hatte noch nie zuvor einem Menschen oder einem Tier wehgetan. Er schämte sich, weil er derart die Beherrschung verloren hatte, und Jeffs Worte dröhnten ihm in den Ohren. Am liebsten hätte er sich bei Kel entschuldigt, doch Pat hielt ihn davon zurück. «Das ist ein ganz mieser Bursche, glaub mir. Mach einfach einen Bogen um ihn.»

Bob, Willie und die anderen waren auch dieser Ansicht. Alex beschloss, sich in Zukunft mehr zusammenzunehmen.

Eine neue anstrengende Woche begann. Alex arbeitete am Montag und am Dienstag, hatte Mittwoch und Donnerstag frei und musste am Freitag, am Samstag und am kommenden Montag wieder antreten. Am Dienstagnachmittag tat ihm jeder einzelne Knochen weh. Kel ging ihm aus dem Weg. Sein Gesicht erinnerte unübersehbar an den Kampf, denn er hatte eine gebrochene Nase und eine Narbe unter dem Auge davongetragen, die ihm wahrscheinlich ein Leben lang erhalten bleiben würde. Bob wurde in Alex' und Pats Gruppe eingeteilt. Die drei arbeiteten gut zusammen. Am Mittwoch fuhren sie nach Ghanzi, wo Alex den Brief an seine Familie abschickte. Am Donnerstag versuchte er noch einmal, Alptraum zu reiten, die ihn zweimal abwarf, bevor sie ruhig stehen blieb.

«Mach das Tor auf», rief er Pat zu.

«Bist du sicher?»

«Ja. Ich lasse sie im Hof herumgehen.»

Alptraum war nervös. Aber sie bockte nicht, sondern stolzierte ängstlich um das Wohnhaus der Arbeiter und das Haupthaus herum und kehrte dann durch das Tor in den Hof zurück. Beim kleinsten Geräusch fuhr sie zusammen. «Das reicht für heute.» Alex glitt aus dem Sattel. Alptraum stürmte auf ihn zu und trat mit dem Hinterbein aus. Lachend sprang Alex zur Seite. Als er ihr das Zaumzeug abnahm, wollte sie ihn beißen. Alex legte ihr die Hand auf die Nüstern und streichelte sie sanft. Das Pferd zitterte und schnaubte und warf den Kopf hin und her. Doch Alex pustete zart auf ihre geblähten Nüstern. Sie stand reglos da und schnupperte seinen Atem.

«Das gefällt ihr», sagte Pat, der sich hinter dem Zaun in Sicherheit gebracht hatte.

«Alle Pferde mögen das», meinte Alex. «Mein Pa glaubt, dass sie so küssen.»

«Vielleicht schaffst du es ja, Kleiner.»

Aber Alptraum war nicht so leicht zu überzeugen. Sobald sein Atem nicht mehr auf ihr Gesicht fiel, wurde sie wieder bösartig. Ihre Zähne verfehlten nur knapp seinen Oberarm.

«Ich denke, sie hat mich gern.»

Pat schüttelte den Kopf. Der Junge war offenbar übergeschnappt.

Am Sonntag beschloss Alex, auf Alptraum über die Ranch zu reiten. Nach ein paar Versuchen, ihn abzuwerfen, beruhigte sie sich und wehrte sich nicht, als er sie durch das Tor führte. Er ließ sie langsam gehen und hinderte sie am Galoppieren. Als sie mit dem Huf gegen einen Stein stieß, fuhr sie heftig zusammen. Alex wurde klar, dass sie nicht wild, sondern nur verängstigt war. Deshalb redete er ständig auf sie ein und tätschelte sie, so gut er konnte, ohne sich dazu vorbeugen zu müssen. Inzwischen kannte er sie. Wer sich im Sattel nach vorne lehnte, riskierte einen kurzen Flug und eine harte Landung.

Offenbar hatte die Stute Bewegungsdrang. Sobald sie die Häuser hinter sich gelassen hatten und sich das weite

Land endlos vor ihnen erstreckte, ließ Alex die Zügel locker. Alptraum raste los, ihre kräftigen Beine trommelten einen Takt unter ihm, als sie schneller und schneller lief. Alex passte sich ihren Bewegungen an und wartete, bis sie müde geworden war. Inzwischen hatten sie einen Teil der Ranch erreicht, den er noch nicht kannte. Die Gebäude waren nicht mehr in Sicht. Doch Alex machte sich keine Sorgen. Artie hatte ihm erklärt, die Wasserlöcher seien nummeriert und befänden sich in drei Kilometer Abstand voneinander. Wenn er ihnen folgte, würde er den Rückweg mühelos finden, vorausgesetzt, dass die Nummern abnahmen, je mehr man sich dem Haus näherte.

Da sich Alptraums Anspannung inzwischen gelegt hatte, ging sie langsamer, was Alex die Gelegenheit gab, sich umzuschauen. Das Land erstreckte sich bis zu den Hügeln am Horizont. Nur hin und wieder gab es eine Baumgruppe, deren Wurzeln wohl bis hinunter zu einer unterirdischen Wasserquelle reichten. Beim Wasserloch Nummer acht, etwa fünfundzwanzig Kilometer vom Haupthaus entfernt, machten sie Rast. Alex stieg vom Pferd und nahm Alptraum den Sattel ab. Da er befürchtete, sie könnte davonlaufen, band er sie mit einem langen Seil an einem Baum fest, sodass sie aus dem Trog trinken konnte. Es herrschte Totenstille. Alex fühlte sich an zu Hause erinnert, wo in der Hitze des Spätnachmittags kein Vogel am endlosen blauen Himmel sang, kein Tier einen Laut ausstieß und sich nichts rührte.

Da, plötzlich, wieherte ein Pferd. Alex schaute sich um, konnte aber nichts erkennen, doch Alptraum blickte zu einer etwa einen Kilometer entfernten Baumgruppe hinüber. Erneut wieherte das Pferd, und Alptraum antwortete. Alex wurde neugierig. Er sattelte die Stute wieder. Sie schien darauf zu brennen, loszulaufen, und verfiel sofort mit nach vorne gerichteten Ohren in einen raschen Trab. Immer noch sah Alex nichts. Doch als sie die dornigen Akazien erreichten, trat ein anderes Pferd aus dem Schatten und beobachtete sie. Es trug einen Sattel, die Zügel schleiften am Boden. Im nächsten Moment erblickte Alex Madison. Sie lag zusammengekrümmt auf dem Boden. Das Blut rann ihr aus einer Kopfwunde auf den weißen Kragen ihrer Bluse.

Alex stieg ab und ging zu ihr hinüber. Sie war leichenblass, doch er konnte ihren Puls fühlen. Er war ratlos; schließlich konnte er sie nicht allein lassen, um Hilfe zu holen. Allerdings wagte er auch nicht, sie zu bewegen, denn er wusste nicht, wie schwer ihre Verletzungen waren. Alex holte tief Luft. Er hoffte, dass er das Richtige tat, als er vorsichtig nach einem ihrer Beine griff und ihr das Knie beugte. Es schien nichts gebrochen. Auch das andere Bein erwies sich als unverletzt. Während er sie untersuchte, bewunderte er ihre Schönheit. Er war machtlos dagegen. Sie war so makellos wie ein Filmstar.

Sicher hatte sie eine Gehirnerschütterung. Er musste sie nach Hause bringen. Zögernd ging er um sie herum und hatte Angst, sie vom Boden aufzuheben. *Los, Theron, tu etwas.* Also bückte er sich und nahm sie in die Arme. Da ihr Körper schlaff war und immer wieder zur Seite kippte, war es schwierig, sie in den Sattel zu setzen. Endlich gelang es ihm, sie gegen den Hals des Pferdes zu lehnen. Er schwang sich hinter ihr in den Sattel, nahm die Zügel und zog sie an sich, sodass ihr Rücken an ihm ruhte. Nein, so war es unbequem. Deshalb schob er eines ihrer Beine über den Hals des Pferdes, sodass sie seitlich zu sitzen kam und sich gegen ihn stützte. So war es besser. Alptraums Zügel wickelte er sich um den Arm. Das Pferd ging ziemlich dicht hinter ihm. Er konnte nur hoffen, dass es nicht biss.

Der Ritt dauerte zwei Stunden. Das Pferd hatte wegen der Hitze sehr mit dem zusätzlichen Gewicht zu kämpfen. Madison war den Großteil der Zeit ohne Bewusstsein. Nur hin und wieder wachte sie kurz auf und murmelte zusammenhanglose Worte. Offenbar phantasierte sie. Gewiss hatte sie jemand kommen sehen, denn er war noch fast zwei Kilometer von der Farm entfernt, als ihnen ein Landrover entgegenkam. Jeff sprang aus dem Wagen, noch ehe er zum Halten kam. «Was ist passiert?»

«Ich weiß nicht, Jeff. Ich habe sie so gefunden.»

Gemeinsam legten sie die Verletzte auf den Rücksitz. Sie stöhnte leise. «Bring das Pferd zurück.» Jeff fuhr rasch davon, musste sein Tempo aber schon nach wenigen Metern drosseln, da das Rütteln des Landrovers Madison anscheinend Schmerzen verursachte.

Alex ritt Madisons Pferd und führte Alptraum am Zügel.

An diesem Abend wurde er von den Carters zum Essen eingeladen. Er hatte Mrs. Carter bis jetzt noch nicht kennen gelernt, sie nicht einmal gesehen. Doch als er vor ihr stand, wusste er sofort, woher Madison ihre Schönheit hatte. Sie war das, was seine Mutter eine englische Rose genannt hätte.

Mrs. Carter begrüßte ihn freundlich. «Bitte kommen Sie doch herein. Wir stehen tief in Ihrer Schuld. Ich weiß nicht, wie ich Ihnen danken soll.»

«Wie geht es Madison?»

«Noch ein wenig verwirrt, aber sonst recht gut. Ich habe über Funk mit dem Arzt gesprochen. Er sagt, sie müsse ein paar Tage ruhen.»

«Hat sie erzählt, was passiert ist?»

«Eine Schlange. Ihr Pferd hat gescheut. Offenbar ist sie gestürzt und mit dem Kopf gegen einen Stein geschlagen. Sie hat eine scheußliche Platzwunde. Zum Glück oberhalb des Haaransatzes.»

Alex musste ihr Recht geben. So ein vollkommenes Gesicht durfte einfach nicht von einer Narbe verunstaltet werden. «Muss das nicht genäht werden?» Alex kannte sich zwar in medizinischen Fragen nicht sehr gut aus, wusste aber, dass man große Wunden normalerweise nähte.

«Schon passiert.» Jeff kam ins Zimmer. «Ich habe das selbst erledigt.» Er hielt Alex die Hand hin. «Danke, mein Junge. Wir hätten sie wahrscheinlich erst kurz vor Einbruch der Dunkelheit vermisst. Weiß Gott, was geschehen wäre, wenn du sie nicht gefunden hättest. Wir sind dir sehr dankbar.»

«Äh …» Alex fühlte sich in Jeffs Haus beklommen. In der Unterkunft der Männer ging es locker und gemütlich zu. Jeffs Haus hingegen war formell im englischen Stil eingerichtet. «Schön, dass es ihr wieder besser geht.»

«Komm, mein Junge. Sie möchte dir selbst danken.»

Er führte Alex eine breite Treppe hinauf und einen langen, mit Teppich ausgelegten Gang entlang. Die Ahnen an den Wänden blickten missbilligend auf Alex herab. Er hoffte, dass seine Schuhe einigermaßen sauber waren, denn der Teppich war cremefarben. Verstohlen sah er sich um: zum Glück keine Fußabdrücke. Madisons Zimmer war größer als das Wohnzimmer zu Hause in Shakawe. Sie lag, auf Kissen gestützt, in einem Himmelbett. Ihr Zimmer war cremefarben und rosa eingerichtet, es roch nach Parfüm. Alex fühlte sich in diesem dezent beleuchteten Raum wie ein ungehobelter Bauernbursche.

«Hallo.» Etwas anderes fiel ihm nicht ein. «Schön, dass es Ihnen wieder besser geht.»

Als sie ihn ansah, bemerkte er zu seinem Erstaunen ihren feindseligen Blick. «Danke», sagte sie. «Ich glaube, Sie haben mich gefunden.»

«Ja.» Obwohl Alex eben erst geduscht hatte, kam er sich schmutzig vor und befürchtete, schlecht zu riechen.

«Ich bin Ihnen wirklich sehr dankbar.» Sie musterte ihn ungnädig. Für sie war er offenbar nur der ungebildete Farmarbeiter, den sie letztens bei einer Prügelei beobachtet hatte.

Ganz sicher konnte sie seine Socken riechen. Er spürte, wie ihm unter den Achseln der Schweiß ausbrach. «Das war doch selbstverständlich.» *Bitte, Jeff, lass uns gehen!*

Aber Jeff setzte sich neben seiner Tochter aufs Bett, sodass Alex allein mitten im Raum stand.

«Ich wusste schon, dass dieser Junge etwas taugt, als ich ihn das erste Mal in Francistown sah. Du bist in Ordnung, Kleiner. Wenn du willst, kannst du das ganze Jahr über bleiben.»

«Danke.» Alex wollte nur noch aus diesem Zimmer verschwinden, bevor sich an seinem Hemd Schweißränder zeigten oder sich der Geruch seiner Socken in der parfümierten Luft ausbreitete.

Als Madison sich im Bett bewegte, rutschte ihr Umhängetuch beiseite, und Alex erhaschte einen Blick auf ihre milchweiße Haut am Brustansatz. So sehr er sich auch bemühte, nicht hinzusehen, er konnte einfach nicht anders. Sie bemerkte es, und ihre Ablehnung verwandelte sich in kalten Hass. «Ich bin müde, Daddy.»

«Okay, Maddie. Komm, Kleiner, gehen wir zu Tisch.»

Alex war erleichtert, das Zimmer verlassen zu können. Madison verabscheute ihn, und er nahm es ihr nicht übel. Schließlich war er hässlich und ungehobelt und stank.

Mrs. Carter war eine gute Gastgeberin und tat alles, damit er sich zu Hause fühlte. Sie erkundigte sich nach seiner Familie und schien aufrichtig interessiert an seinen Antworten. Doch Alex war die Situation entsetzlich peinlich. Als sie ihm noch einmal ausführlich für Madisons Rettung dankte, fühlte er sich gönnerhaft behandelt. Und als sie darauf bestand, seinen Teller nachzufüllen, kam er sich vor wie ein schlecht erzogener Vielfraß.

Jeff benahm sich genauso wie immer. Alex wusste genau, dass der Boss ihn nur ungern bei sich zu Gast hatte. Nach dem Essen bot er ihm Kaffee an, doch wie Alex fest glaubte, konnte er es kaum erwarten, dass er endlich ging. Bei der Verabschiedung standen die Carters auf der Veranda und bedankten sich noch einmal lächelnd bei ihm. Alex war überzeugt, dass sie sich erleichtert in ihre Sessel sinken lassen würden, sobald er ihnen den Rücken kehrte.

Er war froh, wieder in der Unterkunft bei den anderen ungehobelten, schlecht riechenden Männern zu sein, wo er hingehörte.

«Du kannst dich noch so sehr bei ihrem Daddy einschleimen, die lässt dich nicht ran», höhnte Kel.

Alex unterdrückte die aufkommende Wut. Die anderen forderten Kel auf, den Mund zu halten.

Draußen donnerte es. «Der Regen kommt. In ein paar Wochen geht der Viehtrieb los.» Artie spähte aus dem Fenster. «Langsam Zeit, dass es mal anständig schüttet.»

In ein paar Wochen! Würde die grässliche Schinderei mit den Brandzeichen denn nie aufhören?

Weihnachten kam und verging. Ein zusätzlicher freier Tag war das einzige Zugeständnis an das Fest. Seine Mutter schickte Alex eine Bibel und ein Hemd. In dem Brief, der bei dem Geschenk lag, stand:

Wir vermissen dich sehr, Alexander. Pa könnte deine Hilfe gut gebrauchen. Jeden Tag bete ich, dass du wohlbehalten nach Hause kommst. Hoffentlich sorgt der liebe Gott dafür, dass du bald wieder zu uns zurückkehrst. Dank der harten Arbeit deines Vaters geht es der Farm recht ordentlich. Aber er ist nicht mehr der Jüngste, und ich mache mir Sorgen um seine Gesundheit. Ohne dich ist Weihnachten bei uns nicht mehr wie früher. Eine Familie sollte gemeinsam die Geburt Christi feiern. Betest du auch jeden Tag? Gott segne und beschütze dich. Deine dich liebende Mutter.

Alex las den Brief dreimal und fühlte sich zunehmend schuldiger.

Paulie hatte eine Karte geschickt:

Rate mal, was passiert ist. Ich bin aufs Dach geklettert und runtergefallen. Dabei habe ich mir den linken Arm gebrochen. Schade, dass es nicht der rechte ist, dann müsste ich über die Ferien keine Hausaufgaben machen. Frohe Weihnachten.

Alex fragte sich, warum seine Mutter Paulies Arm mit keiner Silbe erwähnt hatte.

Auch Pa hatte geschrieben:

Uns allen geht es gut. Hoffentlich hast du eine schöne Zeit. Pass auf dich auf und verbringe ein erholsames Weihnachtsfest, mein Sohn. In Liebe, Pa.

Alex bemerkte, dass der Brief seiner Mutter ihm nur Schuldgefühle bereitete, weil er nicht nach Hause fuhr. Die Karten von Pa und Paulie hingegen lösten Heimweh in ihm aus. «Ich bleibe noch zum Viehtrieb», dachte er. «Dann gehe ich zurück zu meiner Familie.»

Zwei Wochen später kam Jeff in die Unterkunft, um mit den Männern zu sprechen. «Sieht fast so aus, als würden wir in diesem Jahr nicht viel Regen kriegen. Also werden wir nicht länger warten. Der Viehtrieb beginnt in zwei Tagen. Artie hat die Liste. Alle, die nicht dabei sind, reparieren die Zäune.»

Zu Alex' Erleichterung stand sein Name auf der Liste. Obwohl er Madison seit dem Abend in ihrem Zimmer nicht mehr gesehen hatte, fühlte er sich überall von ihrer Abneigung verfolgt.

Artie und Pat starrten ihn entgeistert an, als er verkündete, er werde auf Alptraum reiten. «Mein Gott, Junge, warum denn das?»

«Sie läuft schnell, und sie ist stark.»

«Sie wird dir eines Tages noch den Arm abbeißen.» Das Pferd schnappte bei jeder Gelegenheit nach ihm, doch es versuchte nicht mehr, ihn abzuwerfen.

Schließlich setzte Alex sich durch. Alptraum wurde sein Pferd.

Wer mit auf den Viehtrieb ging, hatte am Tag davor frei. Alex saß mit Pat auf der Veranda, als Jeffs Flugzeug über sie hinwegdröhnte. «Wo will er hin?»

«Nach Gaberones. Da ist er etwa alle sechs Wochen.»

«Wann kommt er zurück?»

«Du siehst ihn erst nach dem Viehtrieb wieder.»

«Ist Madison auch weg?»

«Keinen Schimmer, mein Junge. Du solltest besser gar nicht an sie denken.»

«Sie ist wunderschön», sagte er leise.

«Schlag sie dir aus dem Kopf. Es gibt doch genügend andere Mädchen.»

«Nicht hier draußen.»

Pat grinste. «Stimmt, Kleiner, aber du kannst die versäumte Zeit todsicher in Gaberones nachholen. Dort bleiben wir eine Woche. Dann wirst du Madison vergessen, mein Junge.»

Alex glaubte das nicht.

Pat packte ihn am Arm. «Reiß dich zusammen, Kleiner. Das Mädchen ist tabu. Sie liegt so lange auf Eis, bis ihr Daddy sie freigibt. Wenn du es so nötig hast, kannst du es genauso gut mit einer kleinen Schwarzen aus dem Pub probieren. Ich sag dir was, mein Junge, ich kenn da eine ganz Wilde.»

Alex schüttelte den Kopf. Pat war unverbesserlich. Es war sinnlos, ihm zu erklären, dass er überhaupt nicht an Sex dachte. Na ja, das stimmte nicht ganz. Aber hauptsächlich wollte er, dass Madison ihn mochte. Pat hätte ihm das nie geglaubt. Außerdem war jetzt Zeit für ein Bier, und Pat schleppte ihn schon ins Haus.

Bei Morgengrauen wollten sie aufbrechen. Alex wickelte ein paar Sachen in seinen Schlafsack. «Nimm nicht zu viel mit», riet Willie. «Da draußen stört es niemanden, wenn du stinkst. Wir riechen alle nicht besser. Du kannst dir ja in Gaberones was Neues kaufen.»

Alex hatte seinen ganzen Lohn gespart, bis auf das wenige, das er in Ghanzi ausgegeben hatte. «Steck es ein, Kleiner. Bestimmt wirst du ein bisschen feiern wollen.»

Alex verstaute sein Geld in einem Taschentuch, steckte das Päckchen in die Hemdtasche und knöpfte sie zu. Er freute sich auf den Viehtrieb, obwohl ihm die Männer von Strapazen, Staub, Hitze, Fliegen, Löwen und Durst erzählt hatten.

Die meisten Farmer in dieser Gegend trieben Herden von sechshundert oder achthundert Stück zum Verkauf auf den Markt. Begleitet wurde das Vieh vom Farmer selbst, vielleicht von seinem Sohn und dazu noch von ein paar Afrikanern. Etwa zwanzig Buschleute folgten der Herde und trieben die verirrten Tiere zusammen. Jeff Carter hingegen ging die Sache anders an. Möglicherweise lag es daran, dass seine Farm dreimal größer als die seiner Nachbarn war, jedenfalls heuerte er nie Buschleute an. Außerdem hatte er genügend Personal. Pat erklärte Alex, dass Jeff die Buschleute für unzuverlässig hielt und ihnen nicht zutraute, die gesamten dreißig Tage bei der Herde zu bleiben. «Wenn sie Leute aus ihrer Sippe treffen, sind sie verschwunden», meinte Pat. «Also nimmt Jeff lieber seine fest angestellten Arbeiter. So kann er sicher sein, dass sich niemand vorzeitig verdrückt.»

«Kommt Jeff manchmal mit auf den Viehtrieb?»

«Manchmal. Hängt davon ab, wie beschäftigt er ist.»

«Hat Madison …»

«Hörst du jetzt endlich auf damit, Kleiner?»

Am nächsten Tag standen sie um vier Uhr auf. Pat, Bob, Willie, Kel, Alex und zwei weitere Männer waren mit von der Partie. Bei den Pferden wurden sie von einem Dutzend Afrikaner erwartet, die sie begleiten würden. Alex sattelte Alptraum, die offenbar spürte, dass sich etwas Außergewöhnliches tat, und daher beschloss, Schwierigkeiten zu machen. «Ich hab dich ja gewarnt, mein Junge», meinte Pat.

«Sie wird sich schon beruhigen.»

Mit seinen Stiefeln stimmte etwas nicht. Also zog Alex sie noch einmal aus und wieder an. Jetzt war es in Ordnung.

Er blickte dem Proviantwagen nach, der von vier Ochsen gezogen wurde und aussah, als stamme er aus dem letzten Jahrhundert. Sechs Ersatzpferde trotteten, angebunden an den Wagen, dahinter her. Andere Pferde liefen mit der Herde. Mit dem Wagen waren Treffpunkte vereinbart worden. Er würde den ganzen Weg lang die Kolonne anführen.

Die Männer ritten die zehn Kilometer zu den Koppeln. Sie sollten zweitausend Stück Vieh zu einer Farm treiben, die Jeff in der Nähe von Sekoma besaß. Wenn es geregnet hätte, hätten sie die Tiere gleich bis nach Lobatse gebracht, aber ohne Wasser würden die Rinder Zeit brauchen, sich von dem langen Marsch zu erholen. Die Flügel der großen Tore zum Pferch wurden geöffnet, Rinder brüllten, Peitschen knallten, Befehle wurden geschrien.

Pat ritt zu Alex hinüber. «Los Junge, oder willst du hier Wurzeln schlagen?»

Alex grinste ihn an und ließ die Peitsche knallen.

Die Tiere strömten durch das Tor. Der Viehtrieb hatte begonnen. Alex zog sich ein Tuch über Mund und Nase. Alptraum war zwar ziemlich nervös, aber es gelang ihm, sie zu bändigen. Als er wieder mit der Peitsche knallte, zuckte sie zusammen, doch sie lief weiter. Als die ersten Rinder die Straße erreichten, stiegen dicke, gelbe Staubwolken zur aufgehenden Sonne empor. Alex blickte sich um. Madison stand allein da und sah ihnen nach. Ausgelassen hob er den Hut und winkte ihr zu, erhielt allerdings keine Antwort. Aber er hatte auch nicht mit einer gerechnet.

Acht

Alex ritt mit Pat und Bob auf der linken Seite der Herde. Zu seiner großen Erleichterung musste er nicht nach hinten, denn die armen Teufel dort waren schon nach wenigen Minuten über und über mit Staub bedeckt. Nach der ersten Stunde hatte Alptraum sich ein wenig beruhigt, doch die anderen hielten weiterhin einen Sicherheitsabstand – schließlich konnten ihre scharfen Zähne kräftig zubeißen. Also war Alex gezwungen, ziemlich laut zu schreien, als er von Pat wissen wollte, warum die Vorräte mit einem Ochsenkarren und nicht mit einem Truck transportiert wurden.

«Vor ein paar Jahren haben wir es versucht. Es passt aber nicht so viel rein. Und wenn sie kaputtgehen, muss man sie einfach stehen lassen. Außerdem sind sie zu schnell. Die Fahrer sitzen den ganzen Tag nur in der Hitze herum und warten.»

«Was ist, wenn jemand krank wird? Mit einem Auto könnte man ihn zu einem Arzt bringen.»

«Das Ding ist mehr als nur ein alter Ochsenkarren, Kleiner. Ein Funkgerät ist drin und ein Haufen Medikamente, mit denen man alles von der Erkältung bis zum Tripper kurieren kann. Bob hat vor ein paar Jahren einen Erste-Hilfe-Kurs gemacht. Seitdem müsste man ihn fesseln, damit er einem nicht die Leber rausschnippelt, wenn er glaubt, dass das helfen könnte. Und falls jemand wirklich schwer verletzt wird, kann Jeff ihn mit dem Flugzeug rausholen.» Pat grinste. «Allerdings würden sich die meisten von uns lieber auf Bob verlassen. Da stehen die Überlebenschancen höher als bei einem Flug mit Jeff.»

Alex war halbwegs beruhigt.

Die Rinder bestimmten das Tempo. Immer wieder hielten sie inne, um das braune Gras abzuweiden. Als der Tag zu Ende ging, befanden sie sich noch immer auf Jeff Carters Land. «Wir hetzen sie nicht», erklärte Pat, «bis wir nach Takatshwane kommen. Zwischen dort und Kang gibt es keine zuverlässigen Wasserlöcher, und der Sand ist sehr tief. Wir müssen auf dieser Strecke mindestens vierzig Kilometer am Tag schaffen. Es ist die schwierigste Etappe. Hundertsechzig Kilometer Hölle. Dafür dürfen sie sich jetzt noch ausruhen.»

Am Abend schlugen sie ihr Lager an der südöstlichen Grenze von Jeffs Besitz auf. «Hier kampieren wir immer in der ersten Nacht.» Willie hielt den Fuß hoch, damit Bob ihm den Stiefel ausziehen konnte. «Ach, tut das gut.»

Willie hatte eine Schwäche für amerikanische Cowboystiefel, die er aus dem Versandhauskatalog von Sears and Roebuck bestellte. Immer wenn ein neues Paar eintraf, orderte er sofort das nächste, denn die Lieferung konnte bis zu einem Jahr dauern. So lange brauchte es, bis die Bestellung von Bechuanaland nach Amerika gelangt war und die Stiefel die weite Seereise zum südafrikanischen Hafen Durban und von dort aus die beschwerliche Fahrt nach Ghanzi zurückgelegt hatten. Sicher schwitzte man in diesem Schuhwerk entsetzlich, doch Bob weigerte sich stur, etwas anderes zu tragen. Die anderen (mit Ausnahme von Alex, der noch seine in einem Laden in Francistown gekauften Reitstiefel benutzte) gingen zu einem einheimischen Schuster in Ghanzi, der Stiefel aus weichem Springbockleder anfertigte. Sie passten wie angegossen und waren unglaublich bequem. Alex plante, sich nach seiner Rückkehr auch so ein Paar zu besorgen.

Der Ochsenkarren war schon vor ihnen eingetroffen. Der Fahrer, ein Bantu, hatte bereits das Essen vorbereitet, die Schlafsäcke entrollt und Bierflaschen im Wasserloch kalt gestellt. Das Bier war zwar immer noch lauwarm, aber durchaus trinkbar.

Die Gespräche drehten sich ausschließlich um Frauen. «Na Kleiner, schon das Hörnchen abgestoßen?»

Alex errötete. «Ja.»

«Dein Glück. In Gaberones geht es nämlich rund. Da gibt es Weiber wie Sand am Meer.»

Willie lachte. «Dieser verrückte Ire hat wirklich nur zwei Dinge im Kopf.»

«Was ist das Zweite?» Alex grinste Pat an, der ihm mit dem Finger drohte.

«Bier.» Willie schnappte nach Luft, als Pat ihm den Finger in die Magengrube stieß.

«Falsch, es sind drei Dinge, an die ich denke.»

«Was gibt es denn noch, außer Bier und Weibern?», fragte Bob.

«Irland», entgegnete Pat leise. «Ich denke an grüne, sanft geschwungene Hügel.»

«Hier draußen? Du willst wohl unbedingt durchdrehen.» Bob schüttelte den Kopf. «Ich denke nie an zu Hause.»

«Woher kommst du denn, Bob?» Alex konnte seinen Akzent nicht einordnen.

«Eigentlich müsste ich Kapstadt sagen, obwohl ich in England geboren bin. Ja, Kapstadt. Das hübscheste Städchen der Welt. Warst du schon mal dort?»

Alex verneinte. «Ich habe Bechuanaland noch nie verlassen und mein ganzes Leben in der Nähe von Shakawe verbracht. Bis ich anfing, in Francistown zur Schule zu gehen, war ich noch nie woanders gewesen.»

«Das kommt schon noch, Kleiner. Du wirst sehen.»

«Woher stammst du, Willie?»

Willie betrachtete seine nackten Zehen. «Ich war schon überall.»

«Und wo bist du aufgewachsen?»

«Ghanzi.»

«Aber du bist sicher viel herumgekommen.»

«Klar, jedes Jahr. Ghanzi, Lobatse, und wieder Ghanzi, über den Viehpfad durch die Kalahari.» Er richtete sich auf. «Weißt du, mein Junge, ich bin zufrieden damit. Ich brauche nichts anderes zu sehen.»

«Ist Jeff auch aus Ghanzi?»

«Jeff? Aber nein! Er kommt aus Südafrika und ist vor zwanzig Jahren in diese Gegend gezogen. Als die Briten Farmen verteilten, hat Jeff sofort die Hand aufgehalten. Natürlich hat er schwer geschuftet. Und er hat sich bis über beide Ohren verschuldet, um das Land seiner Nachbarn aufzukaufen. Es hat sich gelohnt. Inzwischen ist er der reichste Farmer im Umkreis.»

«Warum geht Madison in England zur Schule?»

«Jetzt fängst du schon wieder an. Vergiss sie endlich.»

«Ich kann aber nicht.» Alex zuckte grinsend die Achseln. «Sie will mir einfach nicht aus dem Kopf.»

Pat lachte auf. «Das nützt dir gar nichts, mein Junge. Die ist außerhalb deiner Reichweite.»

«Außerdem kann sie mich sowieso nicht leiden.»

«Also denk nicht mehr an sie», riet Willie. «Wenn Jeff auch nur ahnen würde, dass sie dich beschäftigt, würde er einen Anfall kriegen.» Er griff nach seiner Gitarre, zupfte ein paar Akkorde und stimmte das Instrument. Dann sang er den anderen am knisternden Lagerfeuer stundenlang etwas vor. Als er mit seinem kräftigen Tenor Cowboylieder zum Besten gab, schimmerten seine Goldzähne im Schein der Flammen. Alex hörte zufrieden zu. Das letzte Lied, «Oh, Give Me a Home, Where The Buffalo Roams», kannten auch die Afrikaner, und aus der Dunkelheit heraus erhoben sie ihre Stimmen.

Am nächsten Morgen mussten zweitausend Rinder durch ein fünf Meter breites Tor getrieben werden. «Ein bisschen so, als wenn man einen Nasenpopel durch ein Nadelöhr quetscht», meinte Willie, bevor er losritt, um wieder einmal ein verlorenes Tier einzufangen.

«Wie viele von diesem dämlichen Toren gibt es denn unterwegs?» Sie waren bereits seit zwei Stunden an der Arbeit.

«Nur noch eins. Das Quarantänelager auf der anderen Seite des Kang.»

Alex war erleichtert. Alptraum stand vor Erschöpfung schon der Schaum vor dem Mund, als es die letzten Tiere endlich geschafft hatten.

«Findest du das etwa anstrengend?» Willie verzog das Gesicht. «Warte, bis der Sand kommt.»

Auch am zweiten Tag hatten sie alle Hände voll zu tun. Auf Jeffs Land hatten die Rinder mehr oder weniger frei herumlaufen können, solange sie die richtige Richtung einhielten. Entlang der Straße verliefen Viehwege, einige von ihnen bis zu achthundert Meter breit. Die meisten Farmen waren nicht eingezäunt. Wenn gerade kein Viehtrieb stattfand, ließen die anliegenden Rancher ihre Rinder neben der Straße weiden. Offiziell waren die Wege Privatbesitz. Es bestand zwar ein stillschweigendes Abkommen zwischen den Ranchern, doch es gab einige Regeln: Wer sich auf fremdem Grund befand, war verpflichtet, seine Tiere im Herdenverband zu halten und sie bis zur abendlichen Rast am Grasen zu hindern. Allerdings wurde Alex rasch klar, dass Rinder auch in diesem Fall ihren eigenen Kopf hatten.

Als die Männer nachts müde in der Dunkelheit saßen, erlebten sie das beeindruckende Naturschauspiel eines heftigen Gewitters. Blitze zuckten in bizarren Mustern über den Himmel. Das Land wurde in grelles Licht getaucht, während drohend der Donner grollte. In der Ferne lösten die Blitze einen Steppenbrand aus. Der Wind ließ ihn hoch emporlodern, sodass er sich rasch ausbreitete und vor dem Hintergrund des dunklen Horizonts wie eine Explosion wirkte.

«Morgen müssen wir auf der Hut sein», sagte Bob. «Im Augenblick kann uns zwar nichts passieren, doch es hängt davon ab, in welche Richtung der Wind dreht. Vielleicht müssen wir einen Tag länger hier bleiben.»

Plötzlich übertönte das Gebrüll von Löwen das Donnergrollen. «Mistviecher!», schimpfte Pat ärgerlich. «Wir brauchen heute Nacht zusätzliche Wachen. Komm, Kleiner, wir übernehmen die erste Schicht.»

Für gewöhnlich errichteten die Buschmänner auf einem Viehtrieb nachts einen *kraal*, einen Wall aus Dornengebüsch, rings um die Tiere. Doch wegen der Größe von Jeff Carters Herde war das nicht möglich. Also mussten die Männer sich beim Wachehalten abwechseln.

Um Alptraum ihre wohlverdiente Ruhe zu gönnen, ritt Alex auf einem anderen Pferd rund um die Herde. Er war völlig erschöpft und sehnte sich nach Schlaf. Aber die Löwen waren ganz in der Nähe, sie kauerten nur etwa zehn Meter entfernt in der Dunkelheit und warteten auf eine Gelegenheit, ein Rind zu reißen. Wenn ein Blitz aufzuckte, konnte Alex sie in bedrohlicher Haltung geduckt sehen. Auch die Rinder hatten die Löwen bemerkt. Sie waren unruhig. Alex' Pferd war ebenfalls nicht unbedingt ein Freund von Raubkatzen und begann nervös zu tänzeln, wenn ihm ihre Witterung in die Nase stieg. Als Pat plötzlich einen Warnruf ausstieß, wirbelte Alex herum und wehrte mit der Peitsche ein besonders kühnes Weibchen ab, das sich von hinten an ihn angeschlichen hatte.

Nach der harten Arbeit des Tages hatte Alex gedacht, dass es nicht mehr schlimmer kommen konnte. Aber das war noch nichts im Vergleich damit, ständig Löwen zu vertreiben. Als er nach dem Ende seiner Schicht in seinen Schlafsack kroch, war er so müde, dass er sich nicht einmal mehr vor ihnen fürchtete.

Am Morgen waren keine Löwen in Sicht. Allerdings

hatten sie es dennoch geschafft, vier Rinder zu reißen und wegzuschleppen. «Nicht schlecht», meinte Bob. «Letztes Jahr haben sie hier zwölf erwischt.» Die Luft war zwar noch rauchig, doch der Steppenbrand war erloschen. Der Qualm vergrößerte – zusammen mit Hitze, Fliegen, Sand und Staub – die Strapazen zusätzlich. Alex zog sich ein Tuch vor Mund und Nase, um sich vor Sand und Fliegen zu schützen. Aber der Rauch drang ungehindert durch den Stoff, sodass er Mühe hatte zu atmen. Seine Augen tränten, und er hatte einen abscheulichen Geschmack im Mund. Schlimmer konnte es nun wirklich nicht mehr kommen.

Ein schwerer Irrtum.

Mit dem Mut der Verzweiflung rissen die Löwen ein Rind nach dem anderen. Das Vieh wurde unruhig, dasselbe galt auch für die Pferde. Man musste Alptraum zugute halten, dass sie weiterhin gehorchte, doch Alex spürte ihre innere Anspannung. Die Männer waren übermüdet und gereizt. Sie griffen häufiger zur Peitsche, und wenn sie dabei versehentlich ein Rind verletzten, zog das Blut aus der offenen Wunde weitere Löwen an. Es war ein Teufelskreis. Alex war so erschöpft, dass er kaum noch klar denken konnte. Ihm tat jeder Knochen im Leibe weh, und er verabscheute Rinder von ganzem Herzen. Er hasste die Wüste, und selbst die anderen Männer konnte er kaum noch ertragen.

Als sie weiter nach Süden kamen, wurde der Boden sandiger. Am dritten Tag verließen sie das Farmland. Nun waren sie wirklich in der Wüste. Es wurde leichter, das Vieh beisammenzuhalten, da weit und breit kein

Grashalm wuchs. Außerdem erschwerte der tiefe Sand das Gehen, sodass die Rinder lieber auf der zerfurchten Straße blieben. Zwei Männer ritten voraus, fünf hinterher, und der Rest rechts und links von der Herde. Obwohl Alex sich völlig zerschlagen fühlte, musste er zwei Tage hinten und dann noch drei auf der linken Seite verbringen, bis er vorneweg reiten durfte. Qualvollere fünf Tage hatte er bis jetzt noch nie erlebt. Der Sand durchdrang sogar sein Tuch. Er hatte Staub in Nase, Augen, Ohren und Mund, in der Kehle, zwischen Fingern und Zehen, unter den Nägeln und sogar in der Unterhose. Seine Kleider waren wie versteinert, seine Haare verklebt, Brauen und Wimpern weiß verfärbt und sein Hut von einer Sandschicht bedeckt. Der Sand klebte an seinen durchgeschwitzten Kleidern wie Metallspäne an einem Magneten. Außerdem schien das Sonnenlicht so grell auf die weißen Dünen, dass es in den Augen schmerzte. Die Löwen waren inzwischen so frech geworden, dass sie sich nicht einmal mehr die Mühe machten, sich tagsüber zu verstecken.

«Eines begreife ich nicht», meinte Alex an diesem Abend mürrisch am Lagerfeuer. «Um uns herum ist alles weiß, und trotzdem sind wir so dreckig.»

Seit zwei Tagen hatten sie kein Wasser mehr zum Waschen benutzt. Noch ein Tag im Sand, und erst dann kam wieder eine Wasserstelle – außer es regnete, was nicht sehr wahrscheinlich war. Der Himmel war jeden Tag strahlend blau und obwohl es jeden Abend donnerte und blitzte, fiel kein Tropfen von dem ersehnten Regen. Die Männer waren alle mit Dreck verkrustet.

Kein gesunder, brauner Dreck, sondern eine schmierige, graue Schicht, die in jede Hautfalte einzudringen schien.

«Es kotzt mich an. Warum bin ich bloß mitgekommen?» Pat war genauso verdreckt wie die anderen.

«Das sagst du jedes Jahr.»

«Und weshalb warnt mich nie einer?»

«Das haben wir doch getan!», fauchten Bob und Willie. Die Stimmung war auf dem Siedepunkt.

Sie hatten mitten in der Einöde ihr Lager aufgeschlagen. Seit zwei Tagen hatte das Vieh weder getrunken noch gefressen. Nur die Pferde, die sie zur Arbeit brauchten, wurden gefüttert und getränkt. Wenn sie sich beeilten, würden sie morgen mit ein wenig Glück die Koppel in der Nähe von Kang erreichen. Gras gab es zwar dort auch nicht besonders viel, aber dafür genug Wasser. Von dort ab würde der Marsch einfacher werden. Die meisten Rinder hielten gut durch. Allerdings machte sich Bob Sorgen um zwölf von ihnen, die bald kalben würden.

«Es ist hart für sie», sagte er zu Alex. «Sie machen bald schlapp. Aber wenn wir die neugeborenen Kälber auf den Wagen legen, spielen die Muttertiere verrückt. Anscheinend verstößt es für sie gegen den natürlichen Lauf der Dinge.»

«Warum findet der Viehtrieb eigentlich nicht im Winter statt?» Kel sah ihn mürrisch an. Seit sie Ghanzi verlassen hatten, hatte er kaum ein Wort gesagt und war immer möglichst weit weg von Alex geritten. Abends am Lagerfeuer beteiligte er sich nur selten an den Gesprächen, und wenn er den Mund aufmachte, dann meistens nur, um sich zu beklagen. «Das wäre doch weniger anstrengend für das Vieh und für die Männer.»

«Aber es gibt weniger Wasser und praktisch kein Gras», erwiderte Bob geduldig. «Und auch wenn du es nicht glaubst, im Winter kann es hier draußen so kalt werden, dass die Kälber erfrieren.»

Erfrieren! Das sollte wohl ein Witz sein! Alex konnte sich das nicht vorstellen.

Inzwischen war der Sand sogar in seinen Schlafsack gekrochen.

Am nächsten Tag war Alex erleichtert, endlich vorneweg reiten zu können. Und noch froher war er darüber, als sich ihnen auf der Straße ein Landrover näherte. Grinsend drehte er sich zu Pat um. «Wie kommt der jetzt an uns vorbei?»

«Das wird ganz schön schwierig werden.» Pat lächelte zurück. «Die Jungs werden sich ordentlich abmühen müssen. Auf dieser Straße einem Fahrzeug auszuweichen, ist kein Kinderspiel.»

«Helfen wir ihnen?»

«Das würde ich ja gerne tun, Kleiner.» Pat lachte. «Aber jemand muss hier vorne die Stellung halten.»

Sie trabten voran, um den Fahrer zu begrüßen, der stehen geblieben und ausgestiegen war. Ungläubig betrachtete er das wogende Meer von zweitausend Rindern, das genau auf ihn zuhielt.

Pat schob sich den Hut aus der Stirn. «Bleiben Sie einfach im Wagen, mein Junge. Die weichen Ihnen aus.»

«Wirklich?» Das Auto hatte ein südafrikanisches Nummernschild und war mit Campingausrüstung und Vorräten beladen. Touristen. Achselzuckend griff der Mann in den Wagen. «Wenn ich nicht weiterfahren kann, trinke ich eben erst mal ein Bier. Wollen Sie auch eins?»

Pat und Alex wechselten Blicke. Dann betrachteten sie die mit kühlen Wasserperlen bedeckte Bierflasche, die der Fahrer des Wagens aus der Kühlbox genommen hatte. Kurz dachte Alex an die Männer, die hinter der Herde herritten – aber wirklich nur für einen Augenblick. «Nichts dagegen.»

Das Mädchen auf dem Beifahrersitz hatte langes, blondes Haar. Sie trug knappe Shorts und kniehohe braune Stiefel. «Ich mache sie Ihnen auf.» Sie sprang aus dem Wagen und entfernte an der Stoßstange die Kronkorken. Alex und Pat erhielten ausreichend Gelegenheit, sich am Anblick von Beinen und Po zu weiden. «Wie lang wird es dauern?», fragte sie und reichte jedem von ihnen eine Flasche. Dann streckte sie sich und ging um das Auto herum.

«Nicht lang genug», flüsterte Pat Alex zu. «Etwa zwei Stunden», antwortete er ihr dann.

«Ach du meine Güte!» Sie lachte. «Bis dahin sind wir ja sturzbetrunken.»

Die Herde war noch einige hundert Meter entfernt. «Wir müssen weiter.» Mit zwei großen Schlucken leerte Pat seine Flasche und gab sie dem Fahrer zurück. «Schließen Sie die Fenster und bleiben Sie im Wagen. Danke für das Bier.»

Die Koppel in Kang war eine Zwischenstation für alle, die mit ihren Herden nach Süden wollten. Wassertröge gab es genug. «Hier fängt der Spaß erst richtig an, Kleiner.» Sie waren vorausgeritten und warteten nun auf die Herde.

Alex sah zu, wie sie näher kam. Eine weiße Staubwolke mit Köpfen, aber ohne Beine. Ein faszinierender Anblick.

Die Rinder in der vordersten Reihe rochen das Wasser. Die Koppel war etwa siebeneinhalb Kilometer lang und drei Kilometer breit und hatte kein Tor. Man hatte im Zaun eine Lücke von ungefähr zweihundert Meter Breite freigelassen. Alex bezog Posten auf der einen Seite, Pat auf der anderen. Alex hatte noch nie erlebt, wie eine Rinderherde durchdrehte. Doch da die Tiere nun zum ersten Mal seit drei Tagen wieder Wasser witterten, war die Wahrscheinlichkeit hoch. Und dann tat Alptraum das Einzige, was einem Pferd, das etwas auf sich hielt, in einer solchen Situation übrig blieb – sie bockte.

Alex landete im Sand. Der Boden erzitterte. Die Vibration von achttausend Rinderhufen fühlte sich unter seinen Händen und Knien an wie ein Erdbeben. Er kroch, so schnell er konnte, um sich in Sicherheit zu bringen. Die Rinder am Rand der Herde sprangen über ihn hinweg. Alex kroch weiter. Der Zaun gab nach. Zweihundert Meter waren einfach nicht breit genug.

Später – er hatte etwa hundert Meter hinter sich gebracht – witzelte Pat, er habe geglaubt, Alex wolle bis nach Angola kriechen. Doch zuerst suchte er den ganzen Körper seines Freundes nach Verletzungen ab.

Er hatte großes Glück gehabt. «Rinder mögen es nicht, wenn sie auf etwas Weiches treten», lautete Willies Kommentar.

Als Alex Alptraum suchen ging, machte sie einen ziemlich verlegenen Eindruck. Aber er hatte kein Mitleid mit ihr. «Böses Pferd», schimpfte er. Das Ganze war ihr so peinlich, dass sie sogar vergaß, nach ihm zu schnappen, als er sich in den Sattel schwang.

Der Wagen war nach Kang zur Kolonialwarenhandlung gefahren, um eisgekühltes Bier zu holen. Als er zur Koppel zurückkehrte, stürmten die Männer fast ebenso eilig los wie zuvor die Rinder.

Ein eiskaltes Bier in der Hand, ließ Alex sich nackt in einem Wasserbecken aus Beton treiben. Das Wasser war zwar schmutzig, doch das war ihm und den anderen Männern egal. Aus einem Wasserkanister auf Stelzen war eine provisorische Dusche gebaut worden. Also konnte sich Alex den Dreck auch noch später vom Körper spülen. Das Wasser im Becken reichte, um sich den Sand aus den Poren zu waschen. Außerdem waren er und Pat als Letzte mit dem Duschen dran – ihre Strafe, weil sie sich von den Touristen auf ein Bier hatten einladen lassen.

In Kang hatte es ein paar Tropfen geregnet, deshalb wuchs in der Koppel etwas Gras. Der Fahrer des Wagens hatte gehört, dass es weiter im Süden noch mehr Gras gab. «Jetzt haben wir das Schlimmste hinter uns, Kleiner. Von hier aus wird es ein Spaziergang.»

«Halt die Klappe. Jedes Mal, wenn du das sagst, passiert etwas.» Willie bespritzte Pat mit Wasser. «Das behauptest du nämlich immer in Kang. Im letzten Jahr hatte Perce einen Blinddarmdurchbruch. Im Jahr davor wurde der Weg überflutet. Und dann hat Ken sich mit den Löwen angelegt und dabei fast ein Bein verloren.»

«Sonst würde es ja langweilig werden», meinte Pat wohlwollend und wischte sich das Gesicht ab. Dann lächelte er Alex an. «Hör nicht auf ihn, Kleiner. Uns passiert schon nichts.»

Alex hatte sie alle wieder ins Herz geschlossen. In den letzten Wochen waren sie seine Familie gewesen, besonders Pat. Nun war der schwerste Teil des Ritts vorbei, und die allgemeine Stimmung besserte sich wieder.

Der Wagen hatte nur wenig Staub abbekommen. Jeder der Männer hatte Kleider zum Wechseln mitgebracht, fest verschnürt in einer Plastiktüte. Genüsslich seufzte Alex, als er nach dem Duschen in die sauberen Sachen schlüpfte. Seine Stiefel ließ er bei denen der anderen stehen, denn an diesem Abend gönnten die Männer ihren Füßen ein wenig frische Luft. Der Fahrer, der nach allgemeiner Auffassung die leichteste Aufgabe hatte, wurde dazu verdonnert, die schmutzigen Kleider zu waschen. Er musste fünfmal das Wasser wechseln, bevor der gröbste Dreck entfernt war.

Alex fuhr sich mit der Hand durchs Haar. Es war ziemlich gewachsen, fing an sich zu locken und war von der Sonne hellblond gebleicht. Nachdem sie das Vieh abgeliefert hatten, wollte er es in Gaberones schneiden lassen.

Am nächsten Morgen mussten er und Kel zurückbleiben, bis das letzte Rind losmarschiert war, und die Schäden am Zaun reparieren. Sie hatten gerade mit der Arbeit begonnen, als ein Flugzeug über sie hinwegdröhnte, eine Kehre flog und auf Kang zuhielt. «Das ist ja Jeffs Flieger», meinte Alex erstaunt.

Kel blickte kurz auf. «Wahrscheinlich will er uns kontrollieren.»

«Das würde ich sicher auch, wenn ich so viel Vieh hätte.»

«Ja, ja, schon gut. Und jetzt hör auf zu quatschen und gib mir die Zange.»

In der nächsten Viertelstunde arbeiteten sie schweigend. Dann hörten sie ein Auto, das über das holperige Gelände auf sie zugerast kam. Jeff Carter sprang aus dem Wagen. «Zeigt mir eure Stiefel.»

Die Begrüßung erstarb Alex auf den Lippen. Jeff schien vor Wut zu kochen. Er hielt ihm den Fuß hin.

«Die Sohle, du Idiot.»

Alex drehte sich um und hob den Fuß. Kel folgte seinem Beispiel.

Der kleine Buschmann-Schuster in Ghanzi stellte mit seinem altertümlichen Werkzeug primitive Stiefel mit glatten Ledersohlen her. Nur Alex' Stiefel hatten Gummisohlen mit einem welligen Profil.

«Du perverser kleiner Dreckskerl!» Jeffs Faust krachte gegen sein Ohr. Da er ihm den Rücken zukehrte, hatte er es nicht kommen sehen.

Alex wirbelte herum. Sein Ohr schmerzte höllisch. «Jeff, was …» Jeffs Faust traf ihn am Mund. Er spürte, wie seine Zähne wackelten.

«Heimlich meine Tochter zu beobachten! Ich werd's dir zeigen, du mieser Spanner. Du bist auf einen Baum geklettert und hast zu ihr ins Fenster geschaut. Ich habe deine Stiefelabdrücke gefunden.» Jeff war außer sich vor Zorn.

«Ich habe nicht …»

«Jetzt lüg nicht auch noch, du Schwein!» Jeff versetzte ihm einen Schlag auf die Schulter.

Alex sprang einen Schritt zurück. «Moment mal, Jeff! Ich habe nicht …»

Jeff stürzte auf ihn zu. Alex zögerte. Er wollte sich nicht mit ihm prügeln. Nach seiner Auseinandersetzung mit Kel hatte er geschworen, nie wieder jemanden zu schlagen. Außerdem hatte Jeff offenbar etwas falsch verstanden. Doch während er noch überlegte, warf Jeff sich auf ihn. Hiebe prasselten auf seinen Kopf, seine Arme, seine Brust und seinen Bauch nieder. Alex sank auf die Knie. Die Schmerzen waren fürchterlich, und Jeff ließ nicht locker. Er versetzte Alex einen Schlag in die Nieren, sodass er aufschrie und zu Boden fiel. «Steh wieder auf, du Schwein.»

Alex spürte nur noch Schmerzen. Er schmeckte Blut und der Schweiß brannte ihm in den offenen Wunden.

«Boss, ich glaube …» Kel klang verängstigt.

«Halt das Maul», brüllte Jeff. «Los, aufstehen.»

Stöhnend versuchte Alex, sich aufzurichten, doch sein Körper wollte ihm nicht gehorchen.

«Ich scheiß auf dich!», schrie Jeff. «Du bist gefeuert! Wehe, wenn du mir oder meiner Familie noch einmal zu nahe kommst. Dann leg ich dich nämlich um.»

Alex spürte, wie sich jemand an seiner Hemdtasche zu schaffen machte.

«Was tust du da?», bellte Jeff.

«Wenn Sie ihn hier zurücklassen, braucht er das da nicht mehr.» Kel hielt Alex' Geld hoch.

«Steck es zurück.»

«Aber Boss …»

«Steck es zurück. Es gibt nur eine Sorte von Leuten, die ich genauso wenig leiden kann wie Perverse, nämlich Diebe. Also, wird's bald?»

Das Geld wurde wieder zurückgesteckt. Alex stützte sich auf Hände und Knie. Brechreiz überkam ihn. Als er sprechen wollte, brachte er nur ein heiseres Flüstern heraus. Dann hörte er, wie der Landrover davonfuhr. Kel beugte sich über ihn und nahm das Geld wieder an sich. «Es wäre ein Jammer, es zu verschwenden. Du brauchst es sowieso nicht mehr.» Alex hatte nicht die Kraft, ihn daran zu hindern. Er fiel wieder um.

«Tschüs, Kleiner.»

Alptraum wieherte, und Kel griff nach ihren Zügeln. «Komm her, du Mistvieh.»

Leder knirschte, als Kel sein eigenes Pferd bestieg.

Alex lag im heißen Sand und hatte am ganzen Körper Schmerzen. «Bestimmt kommt Pat zurück und holt mich», dachte er noch. Dann verlor er das Bewusstsein.

Als er die Augen aufschlug, stand die Sonne hoch am Himmel, und die Schatten der kleinen Bäume waren kreisrund. Wasser, er brauchte Wasser. Keuchend schleppte er sich zum Wasserbecken, in dem er am vergangenen Abend gebadet hatte, und zog sich daran hoch. Ihm tat alles weh. Er lehnte sich an das Becken und zog sich aus. Jede Bewegung schmerzte. Während das lauwarme Wasser ihn umflutete, betastete er mit der Zunge seine Mundhöhle. Einige Zähne wackelten.

Seine Lippen waren geschwollen, und das Wasser brannte in einer Platzwunde am Mund. Er befühlte sein Gesicht: eine Wunde über der Braue und anscheinend ein blaues Auge. Auch Brust und Rippen schmerzten höllisch, doch nachdem er sie vorsichtig berührt hatte, kam er zu dem Schluss, dass nichts gebrochen war. Ein stechender Schmerz fuhr ihm durch die Nieren.

Jeff hatte ganze Arbeit geleistet. Alex fühlte sich schwindelig, und er konnte nur verschwommen sehen. Doch das Wasser belebte ihn ein wenig. Er bemerkte, dass Alptraum mit am Boden schleifenden Zügeln nur wenige Meter neben ihm stand. Kel hatte sie doch mitgenommen! Was tat sie denn hier? Ob sie Kel gebissen hatte? Alex hoffte das von ganzem Herzen.

Er spürte ein Brausen im Kopf. Sicher würde er gleich wieder das Bewusstsein verlieren. Er drehte den Hahn ab, machte drei Schritte und fiel bäuchlings zu Boden. Es wurde schwarz um ihn.

Er wusste nicht, wie viel Zeit vergangen war, als ein seltsam schnalzendes Flüstern ihn weckte. Kurz huschte eine Erinnerung durch sein Gehirn, aber er konnte sie sich nicht erklären. Er wälzte sich auf den Rücken, und ein Schmerz durchschoss ihn. Verschwommen wie durch einen Wasserschleier sah er einige zierliche Buschmänner vor sich. Sie standen dicht beisammen, etwa fünf Meter entfernt von ihm, und zeigten mit dem Finger auf seinen nackten Körper.

«*!ebili.* Er ist wieder da.» !Ka hatte das halbmondförmige Muttermal auf seiner linken Gesäßhälfte erkannt.

Alex hielt sich die Hände vors Geschlecht und griff nach seinen Kleidern.

Ein anderer Mann namens N!ou, ein Verwandter von !Oma, wies auf ihn. «Schaut euch sein Haar an. Wir müssen warten, ob es wieder die Farbe des Mondes annimmt.»

«Bestimmt ist es der kleine Käfer. Seht nur, wie er gewachsen ist. Aber er ist verletzt. Wer könnte ihm so etwas Schreckliches angetan haben?»

Wie alle Buschleute verabscheute !Ka Gewalt. Falls es in der Sippe zu Auseinandersetzungen kam, wurden sie in einer hitzigen Debatte beigelegt, bis alle darüber lachen konnten. Wenn es wirklich einmal nicht gelang, einen Streit durch ein Gespräch zu schlichten, packten die Widersacher für gewöhnlich ihre Sachen und verließen den Stamm, damit es ja nicht zu einem gewalttätigen Konflikt kam.

!Ka näherte sich Alex. «*!ebili* ist fast am Ende seiner Kräfte», sagte er zu den anderen.

Unter den aufmerksamen Blicken der fünf Buschmänner zog Alex sich mühsam an. Jede Bewegung schmerzte, und außerdem hatte er ständig mit Brechreiz zu kämpfen. Als er sich vorsichtig niederließ, um in seine Stiefel zu schlüpfen, hatte die Sonne sein sonnengebleichtes Haar bereits getrocknet, sodass es sich zu locken begann. Warum lächelten ihn die Männer so an? Ihre Mienen waren gütig und freundlich. Als einer von ihnen mit ausgestreckter Hand herankam und Alex in einer seltsamen, schnalzenden Sprache anredete, regte sich die Erinnerung in ihm.

«Da», sagte !Ka.

Alex starrte ihn an.

Das zerfurchte Gesicht verzog sich zu einem noch breiteren Lächeln. «Da», wiederholte !Ka, hielt Alex weiter die Hand hin und nickte heftig.

«Da», erwiderte Alex zögernd. Mühsam rappelte er sich auf und streckte dem Buschmann ebenfalls die Hand hin.

«Da, da.» Mit einem leisen Kichern ergriff der Buschmann Alex' Hand.

!Ka wandte sich an die anderen. «Seht ihr, er weiß es noch.»

N!ou war sich da nicht so sicher. «Sag ihm deinen Namen.»

Der Buschmann tippte sich mit beiden Händen auf die Brust. «!Ka. !Ka.»

Alex neigte den Kopf zur Seite und musterte ihn fragend. Er glaubte, sich an etwas zu erinnern, doch wegen der Schläge auf den Kopf konnte er nicht klar denken. Als er auf Alptraum zuging, wäre er fast gestolpert, wenn die Buschmänner ihn nicht gestützt hätten.

«Er ist schwer verletzt. Wir müssen ihn mitnehmen. Be wird wissen, was zu tun ist.»

«Sicher freut sie sich sehr, den kleinen Käfer wieder zu sehen.» Wie die ganze Sippe wusste auch N!ou, wie sehr Be das Kind des Mondes geliebt hatte. «Bestimmt macht sie ihn wieder gesund.»

!Ka zupfte Alex am Ärmel und zeigte lächelnd hinaus in die Wüste. Alex ahnte, dass der Buschmann ihn zum Mitkommen aufforderte. Er fühlte sich seltsam ruhig und geborgen. Er wies auf Alptraum. !Ka nickte und half Alex zu dem Pferd hinüber. «Bitte beiß ihn nicht», zischte Alex mit zusammengebissenen Zähnen. Sein Kiefer schmerzte. Alptraum warf den Kopf zur Seite. «Und lass um Himmels willen das Scheuen», murmelte Alex, während !Ka ihn auf den Pferderücken schob. Alptraum blieb stocksteif stehen.

Alex sackte im Sattel zusammen. Vorsichtig nahm !Ka die Zügel. Er hatte keine Erfahrung mit Pferden, und das große Tier machte ihm Angst. Allerdings folgte ihm das Pferd gehorsam. Die anderen gingen zu Fuß daneben her und plauderten leise miteinander.

So legten sie die zwölf Kilometer durch die Wüste zum Lager des Clans zurück. Wieder rannte ein Kind zu Be und erzählte ihr, dass ihr Mann etwas Seltsames mitbrachte. Und wieder schrie sie beim Anblick des verwundeten Alex «Oh, oh, was hast du getan», sodass ihr Mann sie zurechtweisen und ihr die Geschichte erzählen musste.

«*!ebili?*», meinte sie fragend und betrachtete Alex' Kopf, der auf dem Hals des Pferdes ruhte. «Ist es wirklich der kleine Käfer?»

«Er hat hier das Zeichen des Mondes.» !Ka klopfte sich aufs Hinterteil.

«Was ist mit ihm passiert?»

«Ich weiß nicht. Aber er ist verletzt. Du musst ihn pflegen.»

Inzwischen war Alex viel zu groß, als dass sie ihn wie damals hätte in die Arme nehmen können. Also wartete sie neben dem Pferd, bis er sich mit !Kas Hilfe aus dem

Sattel gequält hatte. Dann legte sie ihm den Arm um die Taille und führte ihn auf wackeligen Beinen in ihre Hütte. «Ach, kleiner Käfer, was ist dir nur Schreckliches zugestoßen?»

Alex hörte ihre Stimme und merkte ihrem Gesicht die Besorgnis an. Er wusste, dass er bei diesen Menschen in Sicherheit war – nicht nur außer Gefahr, sondern auch gut aufgehoben. Also ließ er sich von Be untersuchen und sträubte sich auch nicht, als sie ihn auszog. Er spürte die kühlende, scharf riechende *tsauma*-Salbe auf seiner Haut. Wieder regte sich sein Gedächtnis. Doch er schlief ein, bevor er darüber nachdenken konnte.

Als er aufwachte, war es stockfinster. Vor der Hütte tanzten die Männer des Clans. Alex robbte zur Tür und blickte hinaus. Die Frauen saßen um ein Feuer, sangen und klatschten in die Hände. Die Männer stampften mit den Fersen auf den Boden und tanzten um die Frauen herum. Einige der Tänzer umfassten die Hüften ihres Vordermannes. Das Klappern ihres Beinschmucks mischte sich mit dem Gesang und dem Klatschen. Eine der Frauen spielte auf einem Saiteninstrument, das aus Drähten von unterschiedlicher Länge und Spannung bestand und unheimliche, hohe Töne von sich gab. Es war eine außergewöhnlich schöne und träumerische Melodie.

Alex ahnte nicht, dass !Ka und sein Clan für seine Genesung tanzten. Bei den Liedern handelte es sich um Medizin. Die Tänzer wollten sich in Trance versetzen, damit ihre Geister den Körper verließen und sich dem Streit mit den Geistern der Toten stellten. Dadurch erhielten sie die Macht, Alex von seiner Krankheit zu heilen. Alex saß auf der Schwelle der kleinen Grashütte und lauschte gebannt.

Als eine der Frauen ihn bemerkte, stieß sie ihre Nachbarin lächelnd an. Auch diese lächelte, doch sie hörten nicht auf zu singen und zu klatschen. Sie wagten es nicht, weil sie ihre Männer sonst den bösen Geistern ausgeliefert hätten.

Alex stellte fest, dass er wenigstens auf einem Auge wieder besser sehen konnte. Die pochenden Kopfschmerzen hatten sich ein wenig gelegt, und die Übelkeit hatte nachgelassen. Er betastete sein anderes Auge, das völlig zugeschwollen war. Sicher würde es blau anlaufen. Auch seine Nieren und seine Rippen taten höllisch weh, und Müdigkeit ergriff ihn. Deshalb kroch er zurück in die Hütte, legte sich auf die geflochtete Matte und fiel sofort in einen traumlosen Schlaf.

Neun

Zwei Wochen lang lag Alex in der Hütte und erholte sich langsam von den schweren Verletzungen, die Jeff ihm zugefügt hatte. Die meisten seiner Wunden und Blutergüsse heilten rasch, doch er hatte weiterhin Blut im Urin, und das Wasserlassen schmerzte. Als sich dieser Zustand nach zehn Tagen noch immer nicht gebessert hatte, beschloss Be, einen Medizinmann von einem anderen Stamm zu rufen. Alex ließ alles über sich ergehen, und er stellte ihre fremdartigen Behandlungsmethoden nie in Frage. Er gab keinen Laut von sich, als man ihm kleine Schnitte in den Rücken ritzte. Und er protestierte nicht, als der Medizinmann Tierhörner darauf setzte, die Luft absaugte und die kleinen Löcher in den Spitzen mit einer klebrigen Masse verschloss. Nach ein paar Minuten entfernte der Medizinmann die Siegel, nahm die Hörner vorsichtig weg und kippte das geronnene Blut aus, das er den Wunden entzogen hatte.

Alex hatte keine Ahnung, ob er es dieser Behandlung zu verdanken hatte oder ob er ohnehin auf dem Weg der Besserung war, aber er fühlte sich schlagartig wohler. Später erfuhr er, dass die Pfeilspitze, mit der man seine Haut geritzt hatte, zuvor in das Gift getaucht worden war, das die Buschleute auch zur Jagd benutzten. Für sie war es das beste Mittel gegen «schlechtes Blut».

Einige Tage nach dem Besuch des Medizinmannes war Alex stark genug, um die Hütte zu verlassen. Auf wackeligen Beinen ging er zu einer Gruppe von Männern und Frauen hinüber, die draußen saßen. Sie lächelten ihm zu und kehrten dann wieder zu ihrem Gespräch zurück, sodass er mit seinen Gedanken allein war. Als er ihrer schnellen, schnalzenden Sprache lauschte und ihre freundlichen Gesichter betrachtete, empfand er einen tiefen Frieden.

!Ka schnitzte etwas aus einem Tierknochen. Alex beobachtete ihn neugierig. Als !Ka ihn bemerkte, nahm er das eine Ende des Knochens in den Mund, sog Luft ein, pustete sie wieder und ahmte ausdrucksvoll das Rauchen einer Pfeife nach. «*n|i!xu*», sagte er.

Alex hatte die Bedeutung des Wortes zwar verstanden, konnte es aber nicht aussprechen. «N…tsk…i…-pop…pop…u.»

Die Buschleute wälzten sich vor Lachen am Boden.

«N», kam !Ka ihm zur Hilfe.

«N.»

!Ka nickte beifällig. «Tsk», fuhr er fort und zeigte Alex, wie man die Zunge hinter den Vorderzähnen zurückzog. «N … tsk.»

«N|», wiederholte Alex.

Einige der Männer applaudierten.

«N … tsk … i.»

«N|i.» Alex lächelte. Es war zwar schwierig, vom «N» zum «tsk» und dann sofort zum «i» zu kommen, ohne sich einen Knoten in der Zunge zuzuziehen, aber er schaffte es.

«N…tsk…i…pop.» !Ka ließ die Zunge über den Gaumen am Oberkiefer schnalzen, wobei ein lautstarkes «pop» entstand.

Da !Ka seine Begeisterung bemerkte, begann er langsam und geduldig, Alex die Sprache und die Gebräuche der Buschleute beizubringen. Alex machte das Lernen Spaß, schließlich war er fast noch ein Junge. Für ihn verkörperten !Ka und Be eine Welt der Geborgenheit, in der es keine Menschen wie Jeff und Kel gab. Bei ihnen und den anderen Mitgliedern des Clans konnte er wieder Kind sein. Auch wenn er dieses Gefühl nie hätte in Worte kleiden können, ahnte er es wahrscheinlich, denn als er weit genug wiederhergestellt war, um die Buschleute zu verlassen, zögerte er den Abschied hinaus.

Als es ihm wieder besser ging, machte er sich auf die Suche nach Alptraum. !Ka hatte sein Bestes getan, doch er wusste nichts über Pferdepflege. Außerdem war der Boden hier karg, und Alptraums schier unersättliche Gier nach Gras und Wasser bedeutete eine große Belastung für ihn. Alex konnte sich zwar noch nicht in !Kas Sprache unterhalten, aber er bemerkte, dass dieser das Tier loswerden wollte. Dennoch zögerte er, Alptraum einfach laufen zu lassen, denn zwischen ihm und dem Pferd hatte sich eine Freundschaft entwickelt. Außerdem war Alptraum an Menschen und die Sicherheit von Pferchen gewöhnt und würde sicher bald den Löwen zum Opfer fallen.

Doch Alptraum löste das Problem auf ihre Weise, indem sie rossig wurde.

In diesem kargen Land, wo es nur wenigen Tierarten gelang zu überleben, war kein Platz für Wildpferde. Es gab sie hier einfach nicht. Wildpferde waren in Bechuanaland unbekannt.

«Das hat der Bursche wohl nicht mitbekommen», murmelte Alex leise, als plötzlich aus dem Nichts ein schwarzer Hengst auftauchte. Nach der Reaktion der Buschleute zu urteilen, waren auch sie dem Tier niemals zuvor begegnet. Der Hengst stand auf einer Anhöhe und warf majestätisch den Kopf zurück, sodass seine schwarze Mähne flatterte wie das Haar einer Frau. Sein Fell schimmerte im Sonnenlicht fast bläulich. Als er kräftig mit dem Huf aufstampfte, flog der Sand in alle Richtungen. Noch nie hatte Alex ein derart prachtvolles Pferd gesehen, das so stolz und kraftstrotzend wirkte.

Alptraum erging es offenbar ebenso. Es war Liebe auf den ersten Blick. Sie bäumte sich auf und versuchte, sich loszureißen.

«Pssst. Ganz ruhig.» Alex pustete ihr sanft in die Nüstern. Sie beruhigte sich ein wenig und blieb bebend stehen. Alex hatte einen Kloß im Hals, als er ihr das Zaumzeug abnahm. Alptraum trabte im Kreis herum, kam zurück und stupste ihn mit der Nase am Arm. Dann blickte sie zu dem Hengst hinüber. Eine Sandwolke stob auf, als sie sich wieder aufbäumte und fröhlich auf ihn zugaloppierte. Die beiden Tiere verharrten nebeneinander, warfen die Köpfe hin und her und sahen Alex an. Im nächsten Moment wirbelten sie unvermittelt herum und stoben davon.

Alex rannte die Anhöhe hinauf und sah ihnen nach. Er sagte sich, dass er das Richtige getan hatte, doch der Kloß im Hals ließ sich nicht so leicht vertreiben. «Sie hat die Freiheit verdient.» Alex wartete, bis sie verschwunden waren. Sie liefen nebeneinanderher und schauten sich immer wieder an. Alex wurde klar, dass sie miteinander flirteten. Er wurde von einem Hochgefühl ergriffen. Monate später, als er die Sprache der San ausreichend beherrschte, erklärte ihm !Ka, dass es sich dabei um den Geist seiner eigenen Freiheit gehandelt habe, ein seltenes Ereignis, da Menschen für gewöhnlich Gefangene ihrer Gedanken waren.

Danach begegnete er Alptraum noch ein paar Mal – immer in Begleitung des Hengstes. Aber sie kam nie näher als hundert Meter. Es war, als wolle sie sich vergewissern, dass er noch da war.

Alex sprach fließend Setswana, die Sprache, in der sich die meisten Bantustämme in Bechuanaland verständigten. Er hatte sie schon beherrscht, bevor er Englisch lernte, da er auf der Farm immer mit den schwarzen Kindern gespielt hatte.

Die Sprache der Buschleute hingegen unterschied sich von Region zu Region. Oben im Norden, in der Nähe von Shakawe, lebten die Kung-Buschleute, die einen anderen Dialekt hatten als ihre Verwandten in der Wüste. Alex kannte ein paar Wörter ihrer Sprache, da Pa die Kung hin und wieder auf der Farm beschäftigt hatte. Meistens blieben sie nur ein paar Monate und kehrten dann zu ihren Clans unweit der Tsodilo Hills zurück. Doch sie waren immer sehr freundlich zum kleinen Sohn ihres weißen Arbeitgebers gewesen.

Nach einer Weile ergaben die Schnalz- und Platzlaute für Alex einen Sinn. Er kam dahinter, dass die San fünf verschiedene Schnalzer benutzten. Einer klang so ähnlich wie ein Kuss, ein anderer erinnerte an das Geräusch zum Antreiben eines Pferdes. Allerdings dauerte es ein wenig länger, bis er begriff, dass Wörter mit demselben Schnalzlaut dennoch völlig verschiedene Dinge bedeuten konnten, was davon abhing, ob man den Vokal eher nasal hauchte oder normal aussprach. Außerdem hatte auch die Tonhöhe einen Einfluss.

Doch er ließ sich nicht beirren und konnte sich bald verständlich machen und dem allgemeinen Thema der Gespräche folgen. Aber als !Ka ihm dann erklärte, er habe ihn schon einmal gefunden, und zwar als Baby, glaubte Alex zunächst, sich verhört zu haben.

Es dauerte einen Monat, bis !Ka, der seine Geschichte mehrmals wiederholte, ihm geduldig klargemacht hatte, was er ihm sagen wollte. Selbst dann war Alex überzeugt davon, dass der Buschmann sich irrte. Sicher hätten seine Eltern das erwähnt. Er hatte den Vorfall vergessen, obwohl seine Erinnerung, vor allem im Traum, immer wieder kurz zurückkehrte. Bis jetzt hatte er angenommen, dass es sich nur um Träume handelte.

Wenn es jedoch wirklich stimmte, ergaben einige Dinge plötzlich einen Sinn. Warum fühlte er sich bei !Kas Clan so geborgen? Warum hatte er als Kind so oft die Gesellschaft der Kung gesucht, die für Pa arbeiteten? Warum war er immer so froh gewesen, ihre kleinen, runzeligen Gesichter zu sehen? Und warum musste er immer seine Wut im Zaum halten, wenn andere die Buschmänner als faul, ungebildet und verlogen beschimpften?

Alex lebte schon seit vier Monaten bei den Buschleuten, als !Ka verkündete, man werde die Kang-Region verlassen und weiter nach Südosten ziehen. Er schloss sich ihnen ohne zu zögern an.

Er genoss dieses Leben, vor allem abends, wenn Rauch aus den Kochfeuern aufstieg. Überall im Lager waren leise schnalzende Töne zu hören. Streitereien endeten meistens mit Gelächter. Kinder spielten. Alex war an allen Feuern ein gern gesehener Gast. Oft wurde er gerufen, um das Essen zu kosten oder !Ka und Be etwas davon mitzubringen. Je besser er ihre Sprache beherrschte, desto mehr wuchs seine Achtung vor ihren Gebräuchen. Sie waren bedürfnislos und kannten weder

Habgier, Neid noch Hass. Alex wusste, dass er irgendwann in den letzten Tagen siebzehn geworden war. Doch es störte ihn nicht, dass er das genaue Datum nicht kannte. Das Leben und die Verteilung der Aufgaben des Alltags wurden von den fünf Jahreszeiten bestimmt.

!Ka erklärte ihm, wie wichtig die fünf Jahreszeiten waren und wie sehr das Überleben von ihnen abhing. Alex war im Januar zu ihnen gekommen, mitten im *bara*, der wichtigsten Regenzeit des Sommers. In dieser Jahreszeit wurde gejagt, und auch pflanzliche Nahrung war in Hülle und Fülle vorhanden. Also wurde auf Vorrat gegessen, um Fettreserven anzulegen. Darauf folgten *≠obe*, die Zeit der Nussernte, und dann *!gum*, die Wintermonate Juni, Juli und August. Es gab genug Lebensmittel, und die Jagd war meist erfolgreich. Am entbehrungsreichsten war *!ga*, die Periode vor der Regenzeit. Wasser war schwer zu finden, weshalb die Buschmänner Wasservorräte in Straußeneiern sammelten und im Boden vergruben. Diese wurden im *!huma*, der Frühlingsregenzeit vor dem Sommer, wieder aufgefüllt.

Von Alex wurde erwartet, dass er auch seinen Teil zur Gemeinschaft beitrug, was er gerne tat. Er wurde eine Art Quartiermeister, da er sich bei der Errichtung der beiden Sorten von Hütten, die der Clan bewohnte, besonders geschickt anstellte. Wenn man nicht vorhatte, lange an einem Ort zu bleiben, baute man nur eine vorübergehende Hütte, damit die Natur rasch wieder von dem Terrain Besitz ergreifen konnte, nachdem der Stamm weitergezogen war. Dazu wurden die Spitzen von im Halbkreis angeordneten Baumschösslingen zur

Mitte hin gebogen und mit trockenem Gras zusammengebunden. Über dieses lebende Gerüst breitete man Gräser oder Binsenmatten. Die Feuerstelle legte man vor dem Eingang an, um die Hütte zu wärmen und Raubtiere fern zu halten. Wenn die Sippe diese provisorischen Behausungen verließ, nahm sie nur die Binsenmatten mit. Nachdem die zum Zusammenbinden benutzen Gräser verfault waren, richteten sich die jungen Bäume wieder auf. Das zum Abdecken verwendete Gras verrottete ebenfalls von selbst.

Falls eine dauerhaftere Hütte gebraucht wurde, errichtete man eine Art Gerüst und verstärkte es durch Querbalken, die man mit Rinde an den senkrechten Pfeilern befestigte. Bald wurde Alex klar, dass !Ka und seine Leute beim Hüttenbau stets auf drei Dinge achteten: Man durfte die Unterkünfte aus der Ferne nicht sehen, aus der Nähe betrachtet mussten sie unauffällig sein, und es war wichtig, dass die Natur danach wieder in ihren ursprünglichen Zustand zurückkehrte, so als wäre der Mensch nie da gewesen. Es war fast, als wollten sich die Buschleute dafür entschuldigen, dass sie dieses, wenn auch nur winzige, Gebiet bewohnt hatten.

Er lernte, Bogen zu schnitzen, Fallen zu stellen, Pfeile mit tödlicher Treffsicherheit abzuschießen und das Gift zu mischen, mit dem man Tiere bewegungsunfähig machte. Be schenkte ihm ein *kaross*, eine Decke aus Schakalleder, die ihn nachts warm hielt. Seine Kleidung vertauschte er mit dem durch Sehnen zusammengehaltenen Schambeutel, den auch die anderen Männer trugen.

Nach einigen Monaten erhielt er das erste Geschenk, das weder von !Ka noch von Be stammte. Wie Alex festgestellt hatte, herrschte im Stamm ein ständiges Schenken und Weiterschenken. Niemand behielt ein Geschenk länger als ein paar Monate, sondern gab es nach einer Weile einem Tauschpartner, der sich irgendwann mit einem ähnlichen Gegenstand revanchierte. Streitigkeiten entstanden in der Sippe eigentlich nur um Nahrung oder wegen einer Nachlässigkeit beim Schenken. Als Alex also einen Köcher und von einem anderen Mann eine Jagdausrüstung erhielt, wusste er, dass er sich beeilen musste, ein Gegengeschenk herzustellen. Nach den Wertvorstellungen der Sippe war er ein armer Mann, solange er nicht in den Kreislauf des Schenkens eingebunden war. Also machte er sich daran, diesem Missstand Abhilfe zu schaffen, und schließlich konnte er – dank der ausführlichen Unterweisung durch !Ka – N!ou stolz einen Köcher überreichen. Inzwischen hatte er noch weitere Geschenke erhalten. Sein Köcher enthielt fünf Pfeile, ein paar Stäbe zum Feueranzünden und ein zugespitztes Stück Holz, um Fleisch über der Flamme zu braten. Dazu einen hohlen Halm, mit dem man Feuchtigkeit aus Baumhöhlen oder unter dem Sand aufsaugen konnte, und Stückchen von Kautschuk und einer aus Pflanzen hergestellten Masse, die dazu diente, auf der Jagd provisorische Reparaturen an den Waffen durchzuführen. In seiner Jagdtasche befanden sich ein Grabstock und ein Teller aus Rinde. All diese Dinge hatte er geschenkt bekommen. Also lernte Alex, wie man sie machte, um seinerseits etwas zum Verschenken zu haben.

Die Zeit verging. Immer gab es etwas zu lernen und zu tun und Alex hatte keine Eile. Er war zufrieden damit, seine Aufgaben zu erledigen. Dann kam !Ka eines Tages von der Jagd zurück und zeigte ihm einen Stein. «So einen hattest du bei dir, als wir dich fanden. Er brachte dich zum Lachen.»

Alex hielt den Diamanten gegen die Sonne. Er erinnerte sich an seine Aufregung beim Anblick der Lichter während des Abschlussballs. Und nun geschah wieder das Gleiche. Ein Schauder lief ihm den Rücken hinunter. Damals hatte er es nicht verstanden und nicht gewusst, warum ihm das Licht so vertraut erschienen war. Nun glaubte er zu begreifen. Der Diamant schillerte in allen Farben. «Wo hast du ihn her?»

!Ka zeigte nach Osten. «Aus der Kehle eines Straußes. Genau wie du damals.»

«Zeigst du mir morgen die Stelle?»

!Ka versprach es.

Alex hatte einen neuen Namen. Sie nannten ihn !Oma nach dem Mann, der zu den Geistern eingegangen war, als er ihn in seiner Kindheit zu retten versucht hatte. Obwohl er mit seinen Rettern nicht verwandt war, schrieben die Stammesgesetze vor, dass er nie eine Frau namens Be heiraten durfte. Da es für jedes Geschlecht nur etwa fünfunddreißig Namen gab, wurden diese nach strengen Regeln von den Großeltern an die Enkel weitergegeben. Und durch das Verbot, eine Frau, die Be hieß, zu heiraten, sollte Alex vor der Gefahr des Inzest geschützt werden. Alex hätte nie im Traum daran gedacht, dagegen zu verstoßen, da es der Sippe sehr wichtig zu sein schien. Er bezweifelte zwar, dass er je davon betroffen sein würde, behielt es aber für sich, um sie nicht zu beleidigen.

Nachdem Alex einen Springbock erlegt hatte, wurde er in den Augen des Stammes offziell zum Mann. Es war ein wichtiges Ereignis, da ein Mann, der kein Tier tötete, für immer ein Kind blieb, dem es untersagt war zu heiraten. !Ka nahm seine Rolle als Alex' Ersatzvater ausgesprochen ernst und unterwarf seinen Schützling dem Ritus der ersten Jagd. Ein kleiner Ritzer auf Alex' Rücken wurde mit verkohltem Fleisch eingerieben. Alex würde für den Rest seines Lebens eine Narbe zurückbehalten, die dafür sorgte, dass ihm das Jagdglück immer treu blieb. Von nun an durfte keine Frau mehr seinen Bogen und seine Pfeile berühren, da ihnen das die tödliche Kraft genommen hätte.

Bis jetzt hatte Alex geglaubt, er müsse erst einundzwanzig werden, damit ihm das Leben endlich offen stand. Doch nun wurde er von einem Stolz ergriffen, von dem er nie zu träumen gewagt hätte. Er fühlte sich als Erwachsener, als Mann. Und das war er in den Augen der Sippe auch, obwohl er in der Welt, aus der er kam, noch vier Jahre würde warten müssen. Da ihn seine neue Rolle mutig machte, beschloss er, sein Schicksal selbst in die Hand zu nehmen.

Sie hatten ihr Lager im Jwaneng-Gebiet aufgeschlagen, so weit der aufgehenden Sonne entgegen, wie sie es wagten. Weiter im Osten lebten die Bantu und die weißen Menschen, und die Buschleute gingen beiden lieber aus dem Weg. Von Jwaneng aus wanderten sie meistens nach Norden. Als sich der Clan wieder zum Aufbruch anschickte, war Alex sicher, genug gelernt zu haben, um in der unwirtlichen Wüste zu überleben. Seit !Ka ihm den Diamanten gezeigt hatte, wollte er mehr davon finden. Obwohl er das Leben der Buschleute und ihr völliges Desinteresse an materiellen Dingen genoss und sie darum beneidete, sagte ihm seine Erziehung, dass er diese Gelegenheit beim Schopf ergreifen musste. Gewiss konnte er noch weitere dieser Steine entdecken. Er war machtlos dagegen. Diamanten bedeuteten eine Absicherung für seine Zukunft, und Alex war zu sehr europäisch geprägt, um diese Chance zu verpassen. !Ka hatte ihn zu der Stelle gebracht, wo er auf den Diamanten gestoßen war. Die Verlockung war zu groß. Also zog der Stamm ohne ihn weiter.

Die Bedürfnislosigkeit der Buschleute zeigte sich auch beim Aufbruch. Jede Familie packte ihre Habseligkeiten in zwei Lederbeutel, keiner größer als eine kleine Reisetasche. Der Abschied war kurz, so als würde man sich bald wieder sehen. Be legte Alex die Hände aufs Gesicht. «Viel Glück, mein Sohn», sagte sie. !Ka erklärte ihm, wo er vergrabene Straußeneier finden konnte, falls ihm das Wasser ausgehen sollte. Dann machte sich der Clan auf den Weg. Alex war allein, und das flaue Gefühl in seinem Magen war um einiges stärker, als er es sich ausgemalt hatte.

Doch !Ka war ein guter Lehrmeister gewesen. «Ein Mann muss zwei Dinge beherrschen», hatte er erklärt. «Erstens sollte er wissen, wie man allein überlebt, und zweitens sollte er mit sich selbst zurechtkommen. Dann braucht er sonst nicht viel.» Als Alex nun nach Westen ging, fühlte er sich dem Clan mit einem unsichtbaren Band der Liebe verbunden, das ihm Kraft gab.

Immer wieder holte er den Stein aus seiner Jagdtasche und bewunderte seine glatte, weiße Oberfläche. Wenn er ihn richtig gegen das Licht hielt, funkelte er rot, blau, grün, gelb und weiß. Offenbar war der Diamant irgendwann von einem größeren Stück abgebrochen, weshalb eine Seite makellos eben war. Der Riss hatte sich im Inneren des Steins in verschiedene Richtungen fortgesetzt, wodurch ein natürliches Prisma entstand, das das Sonnenlicht widerspiegelte.

Alex nahm an, er würde auf weitere solche Steine stoßen, denn er wusste nicht, dass die hübschen Farben für gewöhnlich der Arbeit eines geschickten Juweliers zu verdanken waren. Sein Stein war wie der, den er damals als Kind entdeckt hatte, beim Austreten aus der Erdkruste und durch chemische Veränderungen beim Erhärten beschädigt worden. Doch das wäre Alex auch einerlei gewesen. Er wollte nur mehr davon finden.

Als Alex allein durch die Wüste ging, sah er sich wie ein Wanderer zwischen zwei Welten. Sein Verstand war der eines Weißen, der amüsiert betrachtete, wie sehr er sich an die Sitten und Gebräuche der Buschmänner angepasst hatte. Doch in seinem Herzen war er ein San geworden und hatte Dinge gelernt und erfahren, von denen er nie zu träumen gewagt hätte. Und da er sich mit beiden Welten eins fühlte, versuchte er, sich das jeweils Beste davon zu Eigen zu machen. Kein einziges Mal empfand er Einsamkeit, Hunger oder Durst. Das Alleinsein und die endlose Weite der Landschaft erfüllten ihn mit Frieden.

Der Junge in Alex betrachtete das Ganze als Abenteuer. Der Mann, zu dem !Ka ihn gemacht hatte, konnte selbst für sich sorgen. Und weil er jetzt erwachsen war, begann er, an die Zukunft zu denken.

Schon immer hatte er sich eine eigene Farm gewünscht. Solange er jung war, wollte er das Leben genießen, Mädchen kennen lernen, feiern, Spaß haben und die Welt erleben. Gleichzeitig jedoch sehnte er sich nach einem Leben, wie die San es führten – nach einfachen Freuden, Zufriedenheit und Selbstgenügsamkeit. Alex brauchte ein Ziel, war sich aber nicht sicher, ob er diesen Bedürfnis nachgeben sollte.

«Du musst dich entscheiden», mahnte sein europäisch geprägter Verstand. «Warum?», widersprach sein Buschmannherz.

Dieser Widerstreit der Gefühle verwirrte ihn. Er saß zwischen den Stühlen, und die Erkenntnis, dass er sich mit seinem nächsten Schritt auf einen Weg festlegen würde, ängstigte ihn.

«Denk nach», sagte sein Verstand. «Stell eine Liste der Vor- und Nachteile auf.»

Doch sein Herz konnte sich mit dieser Idee nicht anfreunden. «Setz dich hin», meinte es. «Setz dich hin und fühle. Was bringt dich zum Lächeln?»

«Diamanten bringen mich zum Lächeln», dachte er.

«Warum?», fragte sein Verstand.

«Weil ich mit ihnen kaufen kann, was ich will.»

«Was willst du denn kaufen?»

Und so ging es immer weiter. Immer wenn er glaubte, eine Lösung gefunden zu haben, entzog sie sich ihm wieder.

Ein Pferd gab ihm die Antwort.

Seit neun Wochen war er nun schon allein unterwegs, wanderte durch die Wüste und suchte nach etwas, von dem er keine Vorstellung hatte. Alptraum entdeckte ihn, wahrscheinlich mit Hilfe einer Fähigkeit, über die nur Pferde verfügen. Als Alex nach einer einsamen Nacht morgens aufwachte, bemerkte er, dass er Besuch bekommen hatte: der Hengst, Alptraum und ihr Fohlen. Das kleine Pferd war wahrscheinlich kaum zwei Monate alt und hatte das pechschwarze Fell seines Vaters geerbt. Doch im Sonnenlicht schimmerte etwas Rötliches durch, wie bei einem Diamanten, dessen Schattierung sich im Licht ändert. Deshalb taufte Alex das Fohlen auf den Namen Diamant. Die Pferde blieben einige Tage lang bei ihm und verschwanden dann wieder. Offenbar hatte Alptraum ihm ihr Kind zeigen wollen. Alex vermisste sie sehr.

Allmählich machte sich Einsamkeit in ihm breit. Er ertappte sich dabei, dass er laut mit sich selbst sprach. Und da er ein junger Mann war, dachte er immer häufiger an Sex und empfand ein unstillbarer Verlangen. Wenn er die silbrigen Flugzeuge betrachtete, die auf dem Weg nach Südafrika oder nach Europa über ihn hinwegflogen, stellte er sich die Menschen darin vor, und bekam Sehnsucht nach ihnen. Traurig wurde ihm klar, dass es Zeit war zu gehen. Der Verstand hatte gesiegt.

Er brauchte zwei Wochen, um die Sippe wieder zu finden. «Du bist wie mein Vater», meinte er abends am Kochfeuer zu !Ka.

!Ka nickte lächelnd. «Und du bist wie mein Sohn.»

«Du hast mich vieles gelehrt. Ich habe eure Sitten verstanden, und mein Herz sagt mir, dass sie gut sind. Und dennoch ist da noch mehr in meinem Herzen.» !Ka hatte ihm erklärt, dass Buschmänner mit dem Herzen fühlten und dachten. Der Kopf verursachte ihrer Ansicht nach nichts weiter als Kopfschmerzen.

«Und was sagt dein Herz?»

«Ich muss zu meinem Volk zurückkehren.»

!Ka sog schweigend an seiner Pfeife.

Alex wartete ab.

«Komm mit.» !Ka stand auf. «Wir sprechen mit den anderen.»

Sie setzten sich zu den übrigen Männern ans Feuer. «!Oma hört auf die Stimme seines Herzens», erklärte !Ka. «Und es sagt ihm, dass er uns verlassen muss.»

Die Männer nickten. Es war ihnen nichts Neues. Menschen schlossen sich der Sippe an und gingen wieder, und jeder von ihnen hatte seine eigenen Gründe dafür. Manchmal war es einfach nur Fernweh.

«!Omas Herz ist wie das des Elefantenmädchens.»

Die San glaubten, dass das Elefantenmädchen manchmal mit einem Elefanten verheiratet war. Dann wieder war sie die Frau des älteren Bruders der einzigen beiden Söhne des Großen Gottes. Alex hatte das nie verstanden. Wie konnte das Elefantenmädchen einen Mann heiraten, den es nicht gab, denn schließlich hatte der Große

Gott ja nur zwei Söhne. Und warum konnte sie sich nicht zwischen einem Mann und einem Elefanten entscheiden? Mehr als einmal hatte er !Ka um eine Erklärung gebeten, doch der konnte ihm da nicht weiterhelfen. Er glaubte an die Legende und stellte sie nicht in Frage.

Indem !Ka Alex mit dem Elefantenmädchen verglich, zeigte er ihm, dass er seine Verwirrung verstand. Dann versuchte er, ihm Mut zu machen. «Schau, !Oma, kannst du das Rückgrat des Himmels sehen?» !Ka wies auf den Himmel.

Alex blickte auf. Es hatte ihn schon immer beeindruckt, wie deutlich die Milchstraße über der Wüste zu erkennen war. Sie schien genau über ihren Köpfen zu schweben. «Ich sehe es, Vater.»

«Kannst du es morgen beim Aufwachen auch sehen?»

«Nein, Vater.»

«Bedeutet das, dass es nicht immer da ist?»

«Nein, Vater. Es ist immer da.»

!Ka zog an seiner Pfeife. «Und es wird immer da sein, mein Sohn, auch wenn du es nicht sehen kannst.»

N!ou beugte sich zu Alex hinüber. «Denk daran, *!ebili*, der einsame Bock ist leichte Beute. Er ist trübsinnig und kümmert sich nicht um die anderen. Oft ist er fett. Er vergisst alles, was er beobachtet hat, schon im nächsten Moment. Er riecht anders als die anderen und kann sich ihnen deshalb nicht anschließen. Und ich glaube nicht, dass du so krank bist wie der einsame Bock.»

Alex hatte seine Antwort erhalten.

Be brachte ihm seine Kleider. Alex war gewachsen und breiter geworden. Außerdem fand er die Sachen nach der Zeit, in der er nichts weiter als einen ledernen Schambeutel getragen hatte, unbequem. Es dauerte fast eine Woche, die Kleider mit eingesetzten Lederflicken weiter zu machen. Be half ihm dabei und war sehr stolz auf das Ergebnis. Alex wusste, dass er wahrscheinlich ziemlich merkwürdig aussah, aber das spielte keine Rolle.

Er hatte einen Kloß im Hals, als er sich von den San verabschiedete. Während er über die riesige Kalahari davonging, fragte er sich, ob er sie wohl je wieder sehen würde.

Neun Tage später kam er in Molepolole an, einem ziemlich großen Dorf etwa fünfundvierzig Kilometer nordwestlich von Gaberones. Sein Herz klopfte vor Aufregung. Schwarze Kinder liefen lachend und mit dem Finger zeigend neben ihm her. Doch sie hatten keine bösen Absichten, sondern waren einfach nur neugierig, denn er unterschied sich sehr von den anderen weißen Männern, die sie kannten. Als er den Kolonialwarenladen betrat und den weißen Mann hinter der Theke bemerkte, wurde ihm klar, dass er nun zum ersten Mal seit fast achtzehn Monaten wieder Englisch sprechen würde.

In seinem achtundzwanzigjährigen Leben hatte Marvin Moine viel Merkwürdiges gesehen. Er war Südafrikaner und mit zwanzig Jahren in die Armee eingetreten. Nach seiner Ausbildung zum Mechaniker war er mit vierundzwanzig zur Forschungsabteilung der Streitkräfte gegangen, deren Aufgabe darin bestand, neue Fahrzeuge zu entwickeln, denen die zerstörerische Wirkung von Landminen nichts anhaben konnte.

Doch eine Testreihe hatte ein böses Ende genommen. Marvin war von einer Panzerplatte getroffen worden, die sich bei einer Explosion von einem ferngesteuerten Testfahrzeug gelöst hatte.

Seitdem hinkte er. Die Armee hatte ihn großzügig abgefunden und ehrenhaft entlassen, sodass er ein neues Leben anfangen konnte. Und mit sechsundzwanzig hatte sich Marvin, von seinen Freunden Marv genannt, auf die Wanderschaft begeben.

Irgenwann hatten ihn seine Reisen nach Bechuanaland geführt, bei Marvin Liebe auf den ersten Blick. Zunächst hatte er im Okavango-Delta gearbeitet, und zwar als Mädchen für alles bei einem Reiseveranstalter für Safaris. Nach Ende der Jagdsaison hatte er dann seinen eigenen Safariposten in der kleinen Stadt Palapye eröffnet. Bald jedoch war ihm klar geworden, dass er sich noch nicht festlegen wollte, und er hatte sein Geschäft wieder verkauft. Vor acht Monaten war er nach Molepolole gekommen und als Mechaniker und Verkäufer in die Dienste von Jacob van Zyl getreten, der den Kolonialwarenladen, die Reparaturwerkstatt, den Getränkemarkt und die Apotheke am Ort besaß. Jacob hatte auf Anhieb gewusst, dass er nicht so leicht wieder einen derart aufrichtigen, fleißigen und tüchtigen Mitarbeiter finden würde.

Bevor Marv nach Bechuanaland gekommen war, hatte ihn seine Wanderschaft in die entlegensten Winkel des südlichen Afrika geführt, und er hatte Männer kennen gelernt, die mit allen Wassern gewaschen waren. Nach einem Blick auf Alex beschloss er, ihn wieder vor die Tür zu setzen.

Alex' Haar war zwar hin und wieder mit einem scharfen Messer gekürzt worden, fiel ihm aber in einer wirren, verfilzten, sonnengebleichten Lockenmähne bis hinunter auf die Schultern. Auch gegen seinen kräftigen Bartwuchs hatte das Messer nichts ausrichten können. Die Kleider, die er und Be so liebevoll geflickt hatten, wirkten zerlumpt und fadenscheinig. Außerdem hatte er sich mit *tsamma*-Salbe beschmiert, um seine Haut zu schützen, und !Ka hatte ihn mit seinem Schweiß eingerieben. Unterwegs war Alex nur selten mit Wasser in Berührung gekommen. Es war zwar Juni und noch nicht so heiß in der Wüste, doch neun Tage ohne ein Bad waren nicht folgenlos geblieben. Um es kurz zu sagen: Er sah ebenso Furcht erregend aus, wie er roch.

«Bitte», flehte Alex, als Marv ihn in Richtung Tür schob. «Ich brauche Arbeit.»

Jacob van Zyl war gerade dabei, eine Limonadenlieferung in seinem Kühlraum zu verstauen. Er steckte den Kopf durch die Tür, musterte Alex und kam zu demselben Schluss wie Marv.

«Arbeit, mein Junge? Was könnte ein Taugenichts wie du schon arbeiten?»

«Ich bin kein Taugenichts. Ich habe den ganzen Weg von Khutse bis hierher zu Fuß zurückgelegt. Und ich brauche Geld. Ich bin kräftig und tue alles, was Sie von mir verlangen.»

«Hör auf mit dem Unsinn! Es ist unmöglich, von Khutse bis hierher zu Fuß zu gehen. Du willst mich wohl für dumm verkaufen.»

«Aber es stimmt. Ich habe in der Wüste gelebt.»

«Verschwinde, du stinkst.»

«Ich kann mich ja waschen. Es ist nur Schweiß. Bitte, Sir.»

Jacob hielt inne und blickte Alex in die Augen – und war überrascht. Trotz des verfilzten Haars, des säuerlichen Geruchs und des Schmutzes erkannte er, dass er einen ehrlichen, aufrichtigen und vertrauenswürdigen jungen Mann vor sich hatte. Offenbar war dieser Bursche es wert, dass man ihn sich näher ansah. Seine blaugrünen Augen wirkten viel ruhiger, weiser und erfahrener als bei anderen seiner Altersgenossen. Er bedeutete Marv, Alex' Arm loszulassen. «Wie alt bist du denn, mein Junge?»

«Achtzehn, glaube ich.»

«Und was zum Teufel denkst du dir dabei, so herumzulaufen? Warum weißt du nicht genau, wie alt du bist?» Er wandte sich an Marv. «Was stehst du hier rum und grinst dämlich? Es gibt viel zu tun. Also beweg deinen Arsch nach draußen und komm erst zurück, wenn mein Pick-up wieder funktioniert. Los! Oder soll ich dir Beine machen?»

Marv ging grinsend hinaus.

Alex spürte, dass die ruppige Art des Ladenbesitzers nur gespielt war. Er holte tief Luft. «Wenn Sie möchten, erzähle ich Ihnen die ganze Geschichte. Aber sie ist ziemlich lang. Doch jedes Wort stimmt. Ich schwöre.»

Der Mann schüttelte den Kopf. «Ich muss verrückt sein, mich mit einem Burschen wie dir abzugeben. Geh hinten raus, da steht ein Badeofen mit einer Dusche. Und zieh diese Sachen aus. Ich gebe dir neue. Du kannst mir das Geld von deinem Lohn zurückzahlen.»

Alex wollte nach seiner Hand greifen. «Danke, Sir. Vielen Dank.»

Der Mann riss sich los. «Lass das. Raus mit dir. Du stinkst ja noch schlimmer als ein Buschmann.» Er zeigte auf die Hintertür. «Wie heißt du, mein Junge?»

«Alex Theron.»

«Theron. Das ist ja Afrikaans.»

«Ja, Sir, mein Vater ist Südafrikaner.»

«Dann sprich Afrikaans mit mir.»

«Das kann ich nicht, Sir. Meine Mutter stammt aus Europa. Zu Hause haben wir nur englisch gesprochen.»

«Und woher kommst du, mein Junge?»

«Shakawe.»

Der Mann lachte auf. «Mein Name ist Jacob van Zyl. Wenn du Theron heißt und aus Shakawe kommst, bist du sicher Danie Therons Sohn. Richtig?»

Pa! Wie gerne hätte Alex jetzt seinen Vater gesehen. «Ja, Sir.»

Jacob musterte ihn wieder. Er sah wirklich zum Fürchten aus. Und dennoch wiesen der Blick, die Haltung und die Stimme des Jungen darauf hin, dass er über Selbstachtung verfügte und deshalb Respekt verdiente. Und wenn er Danie Therons Sohn war, konnte man ihn sicher vertrauen. «Bist du der Junge, der als Baby in der Kalahari verloren gegangen ist?»

Also war es wahr. Warum hat es mir niemand erzählt?
«Ja, Sir.»

«Offenbar hast du dich damals schon an die gelben Zwerge gewöhnt.»

Alex schluckte seinen Ärger herunter. «Ja, Sir.»

«Also, mein Junge, ich brauche ein Mädchen für alles. Es ist genug Arbeit für sechs Monate da. Danach kannst du dich verdrücken, kapiert? Ich betreibe hier schließlich keine Wohltätigkeitsorganisation.»

«Danke, Sir.»

«Schlafen kannst du hinten auf der Veranda. Sie hat an einem Ende eine Mauer. Ein Bett steht da. Und noch was, mein Junge, verbrenn diese ekelhaften Kleider.»

Marvs Kopf steckte unter der Motorhaube eines alten Ford-Pick-up. «In einem hat er Recht», sagte er, als Alex an ihm vorbeiging. «Du stinkst.»

In seiner ersten freien Stunde setzte sich Alex sofort hin und schrieb einen langen Brief an seine Eltern. Dabei dachte er daran, wie rücksichtslos er sich verhalten hatte. Sicher hatten sie schreckliche Angst um ihn.

Als zwei Wochen später die Antwort seiner Mutter eintraf, bekam er sofort wieder Schuldgefühle. Einige Zeilen waren verwischt, als wären Tränen der Erleichterung auf das Papier gefallen. Auf drei Seiten lobte sie siebenmal Gott den Herrn, ermahnte Alex und erwähnte in einem Satz, wie sehr sie ihn liebte. Außerdem betonte sie ausdrücklich, dass Pa seine Hilfe gebrauchen könnte.

Alex hatte zwar bei den San erlebt, wie sehr die Alten unterstützt und geachtet wurden, doch den Brief seiner Mutter empfand er als ärgerlich.

Sie verfügte über die Fähigkeit, jegliches Gefühl in ihm zu ersticken, ihm Vorwürfe zu machen und ihm ein schlechtes Gewissen einzureden, obwohl sie behauptete, ihn zu lieben. Und wegen seiner Unerfahrenheit gelang es ihm nicht, ihr die Schuld dafür zu geben. Er war sicher, etwas falsch gemacht zu haben.

Sieben Monate lang arbeitete Alex bei Jacob, der trotz seiner barschen Art und seiner unfreundlichen Worte eigentlich ein weichherziger Mensch war. Nachdem Alex geduscht, sich rasiert, frische Sachen angezogen und sich von Marthe, Jacobs Frau, das Haar hatte schneiden lassen, nahm er ihn unter seine Fittiche und behandelte ihn wie seinen eigenen Sohn.

Auch mit Marv freundete sich Alex rasch an. Alex mochte den älteren Mann, der nach eigenen Regeln lebte und sich keine Mühe gab, sich bei anderen beliebt zu machen. Es war nicht leicht, mit ihm auszukommen, denn er hatte eine raue Schale und neigte zu groben Bemerkungen. Die Männer mochten seine zupackende Art, doch Frauen konnten nicht viel mit ihm anfangen. Alex fand das schade, denn Marv war ein liebenswerter und treuer Freund. Er trug das Herz am rechten Fleck und war eigentlich sehr gefühlvoll, man musste ihn nur besser kennen lernen, um dahinter zu kommen. Wer sich diese Mühe machte, stellte – so wie Alex nach einigen Wochen – fest, dass dieser ungehobelte Bursche in Wirklichkeit über einen scharfen Verstand und viele Talente verfügte. Leider taten ihn die meisten als Dummkopf ab. Marv spürte das zwar, aber es störte ihn nicht sonderlich.

Häufig hatte er starke Schmerzen in seinem verwundeten Bein, und sein Standardspruch lautete: «Bestimmt regnet es bald. Mein Bein zwickt.» Mit der Zeit achtete und liebte Alex diesen rauen Mann wie einen Bruder.

Nach sieben Monaten und vielen flehenden Briefen seiner Mutter konnte Alex die Heimreise nicht länger hinausschieben. Außerdem hatte Jacob ohnehin keine Arbeit mehr für ihn.

«Wird langsam Zeit, dass du deine Eltern besuchst, mein Junge.» Er wusste, dass Alex Post von zu Hause erhielt.

«Ja, stimmt schon, Jacob. Ich sollte hinfahren.»

«Was wirst du gegen den Burschen unternehmen, der dich ausgeraubt hat?»

Alex zuckte die Achseln. «Nichts.»

Jacob sah ihm in die Augen und erkannte keinen Zorn darin. Wieder wunderte er sich, wo dieser junge Mann eine solche Reife hernahm.

Marv schüttelte Alex die Hand. «Du kommst sicher zurück. Wir beide gehen Diamanten suchen.»

Alex hatte Marv den Stein gezeigt, den !Ka ihm gegeben hatte. Marv begann, sich in Molepolole zu langweilen, und betrachtete die Diamantensuche in der Kalahari als einen angenehmen Zeitvertreib. «In ein paar Wochen, Marv. Bis bald.»

Jacob brummte unwirsch. «Ich muss verrückt sein. Erst nehme ich einen Spinner bei mir auf, und dann verliere ich den besten Mechaniker in der ganzen Gegend. Das ist also mein Dank.»

Alex umarmte ihn grinsend. Jacob hatte sich über ihren Plan lustig gemacht, ihnen aber dann einen der alten

Landrover angeboten, die hinten auf dem Hof verrosteten. «Wenn ihr eine von den Kisten wieder zum Laufen kriegt, gehört sie euch. Ach, ihr könnt meinetwegen auch zwei nehmen. Sie stehen mir sowieso nur im Weg herum. Doch um die Wahrheit zu sagen, würde ich in diesen Rostlauben nicht mal zu meiner eigenen Beerdigung fahren. Unzuverlässiger britischer Schrott. Und außerdem höllisch unbequem.»

Marthe wischte sich beim Abschied die Augen. «Wir werden dich vermissen, Alex.»

«Hör auf zu heulen, du albernes Frauenzimmer. Ihn vermissen! Warum sollten wir einen Spinner vermissen? Also lass diesen Unsinn.» Doch auch Jacob hatte Tränen in den Augen, als Alex Lebewohl sagte. «Melde dich, verstanden? Und geh bloß nicht wieder allein in die Wüste. Mein altes Herz würde so einen Schrecken nicht noch mal überstehen.»

Aus den Briefen seiner Mutter wusste Alex, dass Paul inzwischen die Oberschule in Gaberones besuchte. Also fuhr er zuerst zu seinem Bruder.

«Mum wird dir die Hölle heiß machen», prophezeite Paul. «Schade, dass ich nicht dabei sein kann.»

«Wie geht es den beiden?»

«Mit Pa ist alles in Ordnung. Er hat sich im letzten Jahr den Rücken verletzt, aber es war nicht so schlimm.»

«Und Mum?»

«Seit sie aus Ghanzi zurück ist, führt sie sich schlimmer auf als je zuvor.»

«Sie war in Ghanzi?»

«Genau. Pa hat versucht, es ihr auszureden, allerdings vergebens. Sie hat deinen Boss ins Gebet genommen, weil er einen Minderjährigen eingestellt hat. Anscheinend hat sie ihm eine ordentliche Szene hingelegt, denn er hat sie rausgeschmissen. Aber sie hat sich davon nicht beirren lassen und ihm die Polizei auf den Hals gehetzt.»

«Das darf doch nicht wahr sein!»

«Doch, es stimmt. Sie hat ihm nicht geglaubt, als er sagte, du hättest dich einfach aus dem Staub gemacht. Also hat sie deinen Steckbrief überall in Gaberones und Francistown ausgehängt. Hat sie das nicht erwähnt?»

Wieder wurde Alex von Schuldgefühlen gepackt. «Nein, sie hat nichts davon geschrieben. Nur das Übliche ...»

Paul verzog das Gesicht. «Gott, Trauer und ein schlechtes Gewissen.»

«Ja», entgegnete Alex ruhig. «Aber diesmal habe ich es verdient.»

Paul war gewachsen und nun ein wenig größer als Alex. Die beiden Brüder sahen sich sehr ähnlich, obwohl Paul wie Pa dunkles, glattes Haar hatte. Er war fest entschlossen, Wirtschaftswissenschaften zu studieren.

«Irgendwann wird Bechuanaland unabhängig. Und dann will ich mitmischen», sagte er Alex beim Abschied.

«Und was willst du tun?» Alex wünschte, er hätte auch so klare Zukunftspläne gehabt.

«Zahlen hin und her schieben», erwiderte Paul ernst. «Und dafür sorgen, dass sie zu mir sprechen. Das ist jetzt große Mode.»

Alex lachte auf. «Und was sagen dir die Zahlen?»

«Alles, was ich hören will.»

«Da kann man ja richtig Angst kriegen.»

«Unsinn», antwortete Paul mit der Würde und Ernsthaftigkeit eines Schuljungen. «Das ist der Lauf der Welt.»

Alex übernachtete im einzigen Hotel in der Nähe des Bahnhofs, um am nächsten Tag den Zug nach Francistown zu nehmen. Als er in die Hotelbar kam, hörte er eine Stimme: «Eins sage ich dir, mein Junge, du kannst dir deinen Viehtrieb sonst wohin stecken. Das war mein allerletzter.»

Alex drehte sich um. Pat hatte ihm den Rücken zugewandt und schlug mit der Faust auf den Tresen. Willie grinste Pat an, und Bob, der ihm gegenüberstand und sein Glas hob, bemerkte Alex als Erster. «Ach, du meine Güte.»

Willie blickte auf. Pat wandte den Kopf. «Jesus Christus, Mutter Marias.»

Grinsend ging Alex auf sie zu. «Wie oft soll ich dir noch sagen, dass das keinen Sinn ergibt?»

Pat packte ihn an der Schulter. «Wo kommst du denn her? Warum bist du einfach abgehauen? Du hast dich nicht einmal von uns verabschiedet.»

«Mir blieb nichts anderes übrig.»

«Was soll das heißen? Kel hat erzählt, du wärst einfach aufgestanden und gegangen. Jeff war so sauer, dass er sich geweigert hat, drüber zu reden.»

«Ist Kel hier?» Alex sah sich um.

«Kel? Nein! Jeff hat ihn rausgeschmissen. Der Mistkerl war auf den Baum vor Madisons Zimmer geklettert. Jeff hat ihn erwischt. Das Schwein hatte Willies amerikanische Stiefel an, damit er die Schuld bekommt.»

«Was hat Jeff mit ihm gemacht?»

«Ihn rausgeschmissen eben.»

«Mehr nicht?»

«Nein. Warum?»

Alex erzählte ihnen, was in Kang geschehen war.

Pats Augen funkelten zornig. «Diese Schweinehunde. Sie haben kein Wort darüber verloren. Und wenn ich mir vorstelle, dass ich wegen dem, was mit Kels Gesicht passiert ist, noch Mitleid mit ihm gehabt habe!»

«Was ist denn mit seinem Gesicht passiert?»

«Er ist vom Pferd gefallen und hat sich ein paar Beulen zugezogen», antwortete Pat ausweichend. «Es geschah kurz nach deinem Verschwinden. Der kleine Stinker hat nicht gesagt, was Jeff mit dir angestellt hat.»

«Ich wusste schon immer, dass man Jeff nicht trauen kann.» Bob wirkte besorgt. «Er hätte es uns erzählen sollen.»

«Ist er auch hier?» Alex wollte diesem Mann nie mehr im Leben begegnen.

«Nein, er ist in Ghanzi. Aber Madison ist hier.»

«Was! Auf dem Viehtrieb?»

Pat lachte auf. «Madam Madison? Aber nein, mein Kleiner. Viel zu schmutzig. Sie hat hier vorübergehend einen Job angenommen, bevor sie nach Europa fährt.»

«Wo arbeitet sie denn?»

«Du kannst es wohl nicht lassen, Junge. Hast du in den letzten Jahren nichts dazugelernt?»

Alex grinste. «Doch. Nämlich dass Madam Madison und ihr verdammter Vater meinetwegen von der nächsten Klippe fallen können.»

«Da bin ich aber erleichtert.» Pat hielt inne und wechselte einen Blick mit Willie.

«Was ist los?» Die beiden sahen über Alex' Schulter.

«Sie ist gerade reingekommen.»

Alex wirbelte herum. Madison Carter war inzwischen neunzehn und noch schöner, als Alex es sich in seinen kühnsten Träumen ausgemalt hatte. Als sie die Männer sah, winkte sie lächelnd und näherte sich. Alex beobachtete sie. Das dunkle, seidige Haar reichte ihr bis zum Kinn. Ihre glatte Haut war leicht gebräunt. Sie hatte dunkelgraue Augen. Ihre wohlgeformten Brüste waren unter einer schneeweißen Bluse verborgen. Madison hatte eine schlanke Taille, schmale Hüften und endlos lange Beine.

«Hallo.» Sie lächelte Pat, Bob und Willie zu.

«Hallo Madison, was können wir für Sie tun?»

«Dad hat angerufen und gesagt, dass Sie in der Stadt sind.» Sie musterte Alex prüfend.

Er starrte sie an. Wusste sie, was ihr Vater ihm angetan hatte?

Sie erwiderte seinen Blick. Eine kleine Falte entstand auf ihrer makellosen Stirn, als versuche sie, sich zu erinnern.

Mein Gott, sie ist so wunderschön.

«Möchten Sie einen Drink, Madison? Das Bier ist hier sehr kalt. Das beste in Bechuanaland.» Pat redete dummes Zeug, um das beklommene Schweigen zu brechen.

Wie gerne hätte Alex sie gehasst. Doch sie versuchte, die Verlegenheit zu überbrücken, die zwischen ihnen entstand. «Dad möchte Sie wieder sehen und sich bei Ihnen entschuldigen.»

Wut auf Jeff stieg in Alex hoch, und es kostete ihn Mühe, sie zu unterdrücken. Allerdings hatte er viel von !Ka gelernt, zum Beispiel, dass Wut zu Gewalt führte und dass diese wiederum Leid zur Folge hatte. Also war es das Beste, erst gar keine Wut zu empfinden, wenn man niemandem wehtun wollte. Aber im Gegensatz zu !Ka, dem diese Einstellung in Fleisch und Blut übergangen war, musste Alex sich anstrengen, um sich zu beherrschen. «Ihr Vater kann sich zum Teufel scheren, Miss Carter.»

Sie errötete zornig und verlegen. «Es war ein Irrtum.»

«Nein, sein einziger Fehler war, dass er mich nicht umgebracht hat. Er hätte mir gleich den Rest geben sollen.»

«Er hat nicht … Dad würde nie … Er hat gesagt, er hätte Ihnen gekündigt.»

Alex lachte höhnisch auf. «Ihr Vater hat einen sechzehnjährigen Jungen halb totgeschlagen und ihn in der Wüste liegen gelassen. Also kann ich mich nur wiederholen, Miss Carter: Ihr Vater soll sich zum Teufel scheren.»

Sie starrte ihn immer noch an. «Sie lügen», entgegnete sie kühl.

Alex zuckte die Achseln. «Wie Sie meinen.» Lässig musterte er sie von Kopf bis Fuß und drehte sich dann lächelnd um. Er wusste, dass er sich falsch verhielt. Sie war nicht schuld an dem Zwischenfall. Und sie war wirklich wunderschön. Also wandte er sich, eine Entschuldigung auf den Lippen, wieder zu ihr um.

«Mein Vater hat Sie ganz richtig eingeschätzt», stieß sie mit hasserfüllt funkelnden Augen hervor. «Sie sind ein ungehobelter Trampel.»

«Er ist kein Trampel, Madison», wandte Pat leise ein. «Ihr Vater hat ihn grundlos zusammengeschlagen. Und dabei war er nur ein Junge. Wenn hier also jemand ein Trampel ist …»

«Sind wir das», unterbrach Willie ihn rasch, bevor Pat seinen Job gefährden konnte.

Sie warf den Kopf zurück. «Nun, offenbar bin ich hier unerwünscht. Gute Nacht.» Sie machte auf dem Absatz kehrt und stolzierte davon, ohne sich umzublicken.

«Was hast du jetzt vor?» Pat packte Alex am Kinn und hinderte ihn so daran, Madison nachzuschauen.

«Ich suche einen neuen Job und dachte mir, ich fahre vorher für eine Weile nach Hause. Es ist lange her.» Das Sprechen fiel ihm schwer, weil Pat seinen Kiefer festhielt. «Lass los, Pat, bevor ich noch ein paar Zähne verliere.»

Pat gehorchte. «Du fährst nirgendwo hin, mein Junge. Noch nicht. Wir sind noch zwei Tage in der Stadt, und du bleibst bei uns.»

Offenbar kannte Carters verrückte Truppe die ganze Stadt. Die Männer zogen von Party zu Party und von Kneipe zu Kneipe. Pat war fest entschlossen, die Alkoholvorräte jeder Bar zu leeren und jede Frau ins Bett zu kriegen, die ihm über den Weg lief. Am zweiten Abend fand Alex sich im Haus von Pats Bekannten wieder. Den Großteil des Nachmittages hatte er getrunken, und er war schon ziemlich beschwipst, als Madison mit einem Mann auftauchte. Sie ging sofort auf Alex zu und kam gleich auf den Punkt.

«Ich habe mit Dad gesprochen. Er sagt, es tut ihm Leid. Ich muss mich auch bei Ihnen entschuldigen. So etwas hätte ich ihm nie zugetraut.»

Mit glasigen Augen sah er sie an. Er bewunderte ihren Mut. «Vergessen Sie's.» Er wünschte, er hätte weniger getrunken.

«Das kann ich nicht. Er hat sich abscheulich benommen. Ich muss ständig daran denken.»

«Können Sie mir einen Gefallen tun?» Warum stand sie nicht endlich still?

«Was?»

«Holen Sie mir bitte einen Kaffee.»

Den Namen ihres Begleiters fand Alex nie heraus. Nachdem er einige Stunden lang nur schwarzen Kaffee zu sich genommen hatte, wurde er ein wenig nüchterner. Offenbar war Madison damit zufrieden, bei ihm zu sitzen und mit ihm zu sprechen.

In seiner Zeit mit !Ka hatte Alex eine Menge gelernt. Zum Beispiel, dass man Dinge, die einem Angst machten, nicht vor sich herschieben durfte. Wie !Ka vernünftigerweise betont hatte, war es sinnlos, sich über etwas den Kopf zu zerbrechen, das möglicherweise nie eintreten würde. Wenn es dennoch geschehen sollte, hätte man es ohnehin nicht verhindern können. Deshalb bekämpfte man seine Furcht am besten dadurch, dass man etwas unternahm. Alex befolgte diesen Rat. «Darf ich Sie nach Hause bringen?»

Sie zögerte. «Meinetwegen.»

Na also, sie hatte ihm nicht den Kopf abgerissen. «Was ist mit …»

«Kümmern Sie sich nicht um ihn.»

Er verabschiedete sich von Pat und den anderen. «Lass wieder mal von dir hören, mein Junge.»

«Wird gemacht.»

«Und sieh dich vor. Sie ist immer noch die Tochter ihres Vaters.»

«Sie ist über achtzehn, und ihr Vater kann sich zum Teufel scheren.»

«Das habe ich nicht gemeint.» Pat wirkte besorgt. «Sie ist keine Frau für eine Nacht. Wenn du dich mit ihr einlässt, bleibst du bei ihr hängen.»

«Jesus, Mutter Marias, Pat. Ich bringe sie doch nur nach Hause.»

Pat zog wissend die Augenbraue hoch. «Das ergibt keinen Sinn, mein Junge», meinte er nur wohlwollend.

In ihrer Wohnung bot sie ihm Kaffee an, doch er hatte auf der Party schon so viel davon getrunken, dass er jetzt Durst hatte. «Ein Bier wäre mir lieber.»

Sie holte zwei Flaschen.

«Wie lange wohnen Sie denn schon in Gaberones?» Er und Marv waren am Wochenende meistens von Molepolole hierher gefahren. Das ruhige Dorfleben war zwar sehr angenehm, doch freitags und samstags lockten die Bars der Hauptstadt. Alex wunderte sich, warum er ihr noch nie begegnet war.

«Erst seit kurzem.» Sie trank einen Schluck aus der Flasche. Als sie den Kopf in den Nacken legte, schwang ihr Haar zurück. Die Geste hatte für Alex etwas Burschikoses an sich und passte gar nicht zu der Madam Madison von früher.

«Wollen Sie hier bleiben?»

«Nein.» Das Haar fiel ihr ins Gesicht. «Im nächsten Monat geht es weiter nach Maun.»

«Was haben Sie dort vor?»

«Ich werde für die Wildschutzbehörde arbeiten. Zwar nur eine Zeit lang, bis ich nach Europa fahre, aber es macht Spaß.»

«Arbeiten Sie hier auch für die Wildschutzbehörde?»

Sie musterte ihn forschend. «Sie haben sich seit damals sehr verändert.»

«Ich bin älter geworden.»

«Nein, daran liegt es nicht.» Als sie wieder einen Schluck trank, betrachtete Alex ihr Haar. «Ich hielt Sie für einen Rowdy.»

«Wegen der Schlägerei?»

«Ja.»

Das hatte er sich selbst eingebrockt. «Darauf bin ich nicht stolz. Ich habe die Beherrschung verloren, aber der Kerl hatte es verdient. Ich prügele mich nicht gern, Madison, aber manchmal muss es sein, wenn es um etwas Prinzipielles geht.» Er erzählte ihr von Alptraum und dem Stock. Und schließlich schilderte ihr er ihr die Begegnung zwischen der Stute und dem Hengst. Dabei bemerkte er, dass sie ihm freundlich und aufmerksam lauschte.

«Sie haben wirklich bei den Buschleuten gelebt?»

«Ja.»

«Wie sind sie denn so?»

Er erklärte ihr auch das und sprach von ihrer Sanftmut, ihrer Achtung vor der Natur und voreinander, ihrer Kinderliebe, ihrer Treue und ihrem Wissen von den Abläufen in der Wildnis und in ihrem Körper, obwohl sie nicht über Schulbildung verfügten. Madison blickte ihm ins Gesicht und lächelte und nickte hin und wieder. «Man kann sich ihrem Einfluss nicht entziehen», meinte er schließlich. «Ihre Lebensweise ergibt mehr Sinn als alles, was ich bis jetzt gesehen habe.»

Sie stellte die Bierflasche weg. «Alex, Sie reden zu viel.»

Er folgte ihrem Beispiel. «Weil Sie mich nervös machen.»

Sie stand auf. «Warum?»

Alex trat einen Schritt auf sie zu. «Sie sind so verdammt schön.»

Madison lachte auf und lehnte sich an ihn, sodass ihre Brüste ihn streiften. Dann wandte sie ihr Gesicht zu ihm empor. Er senkte den Kopf. Das Knistern zwischen ihnen begann ganz sanft, doch als er ihre Lippen und ihre Zungenspitze spürte, wurden ihm die Knie weich. Alex schlang die Arme um sie und drückte sie fest an sich. Als sie sich leidenschaftlich küssten, schlug sein Herz so heftig, dass er es förmlich hören konnte.

Sie machte sich los. «Warte, Alex, das ist zu schnell.» Der wilde Kuss hatte sie verwirrt. «Das war kein gewöhnlicher Kuss.»

Er zog sie wieder an sich. «Das stimmt. Ich warte schon so lange darauf.» Wieder küsste er sie lange und zärtlich und spürte, wie ihr Widerstand nachließ. Begierde ergriff sie.

Als sie sich voneinander lösten, sah er ihr tief in die Augen. Er erkannte Sehnsucht, aber auch Furcht, und ihm wurde klar, dass er die Frau in ihr geweckt hatte, während das Kind noch zögerte. Trotz seiner Unerfahrenheit wusste er, dass er sich ihrem Tempo anpassen musste. Liebevoll strich er ihr das Haar aus dem Gesicht. «Bist du sicher, Madison?», flüsterte er.

Ihre Augen suchten seine. Zweifel und Verwirrung wichen einem Ansturm von Gefühlen, die sie bis jetzt unterdrückt hatte. «Ja», flüsterte sie zurück.

Alex streckte die Hand aus und sie griff danach, vertrauensvoll wie ein Kind. Dann zog er sie sanft an sich und nahm sie fest in die Arme. Sie schaute ihm weiter in die Augen. Er hielt sie an sich gedrückt, um ihr Zeit zum Nachdenken und noch eine Gelegenheit zu geben, ihre Meinung zu ändern. Doch sie schmiegte sich weiter an ihn, und ihr stoßweise gehender Atem sagte ihm, dass sie dasselbe wollte wie er. «Komm», meinte er und ging mit ihr ins Schlafzimmer.

Vor ihrem Bett blieben sie einander gegenüber stehen. Als Alex ihr in die klaren grauen Augen mit dem tiefblauen Ring um die Iris blickte, sah er, dass sie ihm vertraute, und diese Erkenntnis berührte ihn so sehr wie noch nichts in seinem Leben. Langsam öffnete er ihre Bluse, und das seidene Kleidungsstück schwebte zu Boden. Kurz darauf folgte ihr Büstenhalter aus Spitze.

Dann beugte er sich vor und saugte an ihren Brustwarzen, bis sie sich zusammenzogen und hart wurden. Das Gefühl der Erregung war so stark, dass sie aufstöhnte.

Alex hielt seine eigene Begierde zurück, als er sie völlig entkleidete und mit Händen und Zunge sanft ihre glühende Haut liebkoste, bis ihm ihr Beben und ihr leises Stöhnen sagten, dass sie für ihn bereit war und ihn ebenso begehrte wie er sie.

Für ihn war Madison vollkommen, und er wollte, dass diese Erfahrung auch vollkommen für sie wurde. Deshalb liebkoste er sie immer weiter und eröffnete ihr bislang unbekannte Gefühle der Leidenschaft, bis sie die Begierde nicht mehr ertragen konnte. Als er in sie eindrang, stieß sie einen kehligen Schrei aus. Sie bewegten sich gemeinsam, erreichten gemeinsam den Höhepunkt und fielen gemeinsam in das warme Meer der Befriedigung. Danach lagen sie aneinander geschmiegt da und fühlten sich auch im Herzen und im Geiste vereint.

«Madison», flüsterte er, nachdem er die Sprache wieder gefunden hatte. «Es war wunderschön.»

«Ich hatte ja keine Ahnung», erwiderte sie leise und mit zitternder Stimme. «Ich fühle mich so lebendig und befreit.» Leicht fuhr sie mit den Fingernägeln über seinen Rücken, sodass ihn eine Gänsehaut überlief. «Es ist, als wäre ich aus einer Achterbahn geschleudert worden und hätte plötzlich festgestellt, dass ich fliegen kann.»

Er rollte von ihr herunter und blickte hinauf zur Decke. Wegen seiner geringen Erfahrung mit Frauen hatte er nicht mit so etwas gerechnet. Zum ersten Mal hatte er nicht das Bedürfnis aufzustehen und zu gehen. Dass

Frauen danach meistens ein Gespräch beginnen wollten, war ihm immer unangenehm gewesen. Diesmal jedoch freute er sich darüber. «Es war bei dir das erste Mal», meinte er. «Ich habe dir doch nicht wehgetan?»

«Nein.» Sie klang erstaunt. «Dabei heißt es immer, dass es wehtut. Hat es aber nicht.»

«Wie schön.»

Er nahm sie in die Arme, hatte den Wunsch, sie an sich zu drücken und ihren weichen Körper zu spüren. Aneinander gekuschelt lagen sie da und genossen den Zauber der Vertrautheit, der sie umfing wie ein warmer Umhang. Am liebsten hätte Alex sie gar nicht mehr losgelassen.

Nach einer Weile bewegte sie sich. «Alex», sagte sie zögernd. «Können wir über Dad sprechen?»

Alex war so mit seinen eigenen Gefühlen beschäftigt, dass er nicht ahnte, wie sehr sie sich nach Vergebung für das Verhalten ihres Vaters sehnte. Ihre Frage hätte ihm zeigen sollen, dass sie nicht so stark war, wie sie sich gab, dass sie sich diese Schwäche nicht eingestehen konnte und dass sie ein Vertrauensverhältnis zu ihm aufbauen wollte. Aber Alex hatte keine Lust, über ihren Vater zu reden. Immer wenn er an die Prügel und an die Gleichgültigkeit dachte, mit der Jeff ihn seinem Schicksal überlassen hatte, stieg Wut in ihm hoch. Außerdem hatte er im Augenblick, als er so nackt neben Madison lag, nur das Bedürfnis, sie weiter zu streicheln und ihr Herz schlagen zu hören.

«Vergiss es», sagte er, und wegen seines Zorns klang seine Stimme barscher als beabsichtigt. «Es ist passiert, und nichts kann es mehr rückgängig machen. Lass es einfach dabei.»

Sie setzte sich auf. «Ich will es aber nicht vergessen.» Sie erhob sich und zog ihren Morgenmantel an. «Ich versuche, es zu verstehen.» Madison nahm am Frisiertisch Platz und bearbeitete ihr Haar so heftig mit einer Bürste, dass Alex ein elektrisches Knistern hören konnte. «Er ist immerhin mein Vater», meinte sie zwischen zwei Bürstenstrichen. «Er hat etwas Schreckliches getan, das ich ihm nie zugetraut hätte. Dir ist doch sicher klar, warum ich darüber sprechen will.»

Auch Alex zog sich an. Er ärgerte sich, dass ihr Vater ihnen die Stimmung verdorben hatte. «Deine Jungfräulichkeit ist bei deinem Vater eine krankhaft fixe Idee», sagte er ohne nachzudenken. «Als er glaubte, dass ich dich durchs Schlafzimmerfenster beobachtet habe, ist er durchgedreht. Er hat die Nerven verloren. Mehr war nicht dabei.»

Sie hörte auf zu bürsten und starrte ihn an. «Was meinst du mit ‹krankhaft›?» Ihr Ton hätte ihm eine Warnung sein sollen.

«Er hatte allen Männern streng verboten, dir zu nahe zu kommen. Du bist seine Prinzessin. Die meisten Väter wollen ihre Töchter beschützen, aber deiner hat es übertrieben.» Die Wut gewann die Oberhand über seine Versuche, ruhig zu bleiben, und er ließ seinen Zorn an ihr aus. «Wenn es nach deinem Vater ginge, wärst du mit fünfzig noch Jungfrau.»

Sie sah ihn hasserfüllt an. «Hast du mich deshalb verführt?» Sie stand auf und atmete schwer. «Ich habe dir vertraut, und du wolltest dich nur an meinem Vater rächen.» Eine Zornesträne lief ihr über die Wange. «Du hast mich benutzt, du Schwein. Raus. Geh zurück in die Gosse, wo du hingehörst.»

Er war entsetzt, dass sie so etwas von ihm glauben konnte. «Madison, das stimmt nicht.» Er machte einen Schritt auf sie zu. «Ich habe dich nicht benutzt.» Er konnte sich gerade noch rechtzeitig ducken, als die Haarbürste auf ihn zugeflogen kam. «Um Himmels willen, Madison, so beruhige dich doch.»

«Dad hat dich ganz richtig eingeschätzt.» Ihre Augen blitzten. «Du bist nicht gut genug für mich.»

Das war Tropfen, der das Fass zum Überlaufen brachte. Immerhin war Alex in den letzten Stunden einem Wechselbad der Gefühle ausgesetzt gewesen, die von Euphorie bis Wut reichten. «So besonders bist du auch nicht, Madam Carter. Und vor zehn Minuten hattest du noch gar nichts gegen mich. Oder hast du etwa ‹Vergewaltigung› geschrien?» Er wandte sich zum Gehen. «Zum Teufel mit dir», zischte er. «Du bist nichts weiter als eine verwöhnte Göre. Du kannst mich mal.»

Er knallte die Eingangstür hinter sich zu und trat in die Nacht hinaus. Der Rückweg zum Hotel war sehr weit. Ihre Worte gellten ihm in den Ohren. *Du bist nicht gut genug für mich.* Er hatte schon fast ein Viertel der Strecke hinter sich gebracht, als ihm einfiel, dass eine Frau wie Madison sich wohl kaum einem Mann hingeben würde, den sie als nicht ebenbürtig empfand. Also hatte sie diese herablassende Bemerkung sicher nur deshalb gemacht, damit er ihr nicht anmerkte, wie gekränkt sie war. Er überlegte, ob er umkehren und sich entschuldigen sollte, doch er verwarf diesen Gedanken wieder. Er hatte es vermasselt. Er hätte sich wegen seiner Dummheit ohrfeigen können.

Zehn

Da sein Zug nach Francistown erst gegen Mittag abfuhr, ging Alex am Morgen noch einmal zu Madison. Er konnte nicht anders. Es war unerträglich, dass sie glaubte, er hätte sie benutzt. Allerdings bekam er nur zwei Worte heraus: «Madison, ich …»

«Was du mir zu sagen hast», erwiderte sie kühl, «interessiert mich nicht. Letzte Nacht habe ich einen Fehler gemacht, den ich so schnell wie möglich vergessen will.» Ihre Augen funkelten zornig. «Ich gebe dir einen guten Rat, Alex Theron: Bleib bei deinesgleichen.» Sie wollte ihm schon die Tür vor der Nase zuschlagen, doch dann fiel ihr noch etwas ein: «Und denk bloß nicht, dass die letzte Nacht irgendeine Bedeutung hatte. Ich will nichts mehr mit dir zu tun haben.» Die Tür knallte zu, und Alex blieb wie erstarrt auf der Schwelle stehen.

«Wenigstens habe ich es versucht», dachte er, als der Zug den Bahnhof von Gaberones verließ. Aber er war bedrückt. Hatte er Madison Carter in der vergangenen Nacht tatsächlich von einer anderen Seite kennen gelernt? Wer war sie wirklich? Er sah zu, wie die Landschaft an dem immer schneller werdenden Zug vorbeisauste. Ganz gleich, was sich in ihr abspielte, sie hasste ihn nun noch mehr als je zuvor, so viel stand fest. Und dagegen war er machtlos. «Schlag sie dir aus dem Kopf, mein Junge», hatte Pat ihm einst empfohlen. Und als Alex zusammengesunken auf seinem Platz saß, während seine Ratlosigkeit sich in Wut verwandelte, beschloss er, genau das zu tun.

In Shakawe hatte sich nichts verändert. Das verschlafene Städtchen inmitten der blassgrauen Sandebene wirkte so, als wäre die Zeit hier stehen geblieben. Allerdings prangte nun ein neues Dach auf Wrights Kolonialwarenhandlung. Dieselbe Afrikanerin wie damals stand hinter der Theke. «*Dumela mma*», begrüßte Alex sie.

«*Duméla rra.*» Sie erkannte ihn nicht. Doch das war nicht weiter verwunderlich, denn bei ihrer letzten Begegnung war Alex noch ein Schuljunge gewesen.

«Wie geht es Ihrem Mann?», fragte er in Setswana.

Die Frau musterte ihn prüfend. «Na, so was, der kleine Alex! Mein Gott, bist du aber gewachsen.» Lachend klatschte sie in die Hände. «Du bist ja ein richtiger Mann geworden.»

Alex fragte, ob jemand in Richtung Farm fuhr. Allerdings war das ziemlich unwahrscheinlich. Auf dieser Straße waren nur hin und wieder Touristen unterwegs, die in die Tsodilo Hills wollten. Bis jetzt hatte Alex Glück gehabt, denn zwei afrikanische Lehrer hatten ihn von Francistown nach Maun mitgenommen. Nachdem er dort einen halben Tag in Riley's Hotel gewartet hatte, hatte ihn ein Lieferwagen bis nach Shakawe gebracht.

Allerdings wollte der Fahrer sofort zurück nach Maun und hatte keine Lust auf einen Umweg.

Die Frau, die froh war, ihm helfen zu können, klatschte in die Hände. «Dein Vater kommt heute Morgen. Ich mache gerade die Bestellung fertig, die er abholen will. Er ist bald hier.»

Alex spürte ein nervöses Flattern im Magen. Er freute sich auf ein Wiedersehen mit seinem Vater, aber er wusste, dass er zu lange fort gewesen war. Zuerst hatte er überlegt, ob er seinen Eltern Bescheid geben sollte, sich aber dann dagegen entschieden. Vielleicht würde seine Mutter ja vor lauter Überraschung die Gardinenpredigt vergessen.

Also setzte sich Alex auf die Veranda vor dem Laden, um auf Pa zu warten. Er dachte an alles, was seit seinem letzten Besuch hier geschehen war. Der Tod seiner Mitschüler, die Freunde, die er auf Jeff Carters Ranch gefunden hatte, !Ka, Be und ihre kleine Sippe, Jacob und Marv und am Ende Madison. Obwohl er erst neunzehn Jahre alt war, hatte er den Eindruck, dass die Erfahrungen der vergangenen zweieinhalb Jahre seine Zukunft bestimmen würden. Dann hielt er schützend die Hand vor die Augen und blickte die tief zerfurchte Straße entlang, die mitten durch das Dorf Shakawe verlief. Nichts zu sehen.

Eines war gewiss, seine Zukunft lag jedenfalls nicht hier.

Die Nilpferde im Fluss machten einen solchen Lärm, dass er den Wagen erst hörte, als dieser den Laden schon fast erreicht hatte. Alex kannte den Pick-up nicht, aber

Pa saß hinter dem Steuer. Er rührte sich nicht von der Stelle und beobachtete seinen Vater beim Aussteigen. Seine Bewegungen waren steif, als ob ihm der Rücken schmerzte. Außerdem war er älter geworden. Sein Gesicht war faltig. Doch er trug noch immer denselben verbeulten Hut. Alex betrachtete seinen Vater, während dieser in der Tasche nach seiner Pfeife suchte, sie stopfte, zwischen die Zähne steckte, die Hand schützend um den Pfeifenkopf hielt und sie anzündete. Jede Geste war viel langsamer, als Alex es in Erinnerung hatte. Nachdem die Pfeife brannte, stieg Pa die Stufen hinauf, ohne auch nur einen Blick in Alex' Richtung zu werfen.

«Pa!»

Sein Vater blieb stehen und drehte sich zögernd um. «Alex?» Er konnte es offenbar nicht fassen. «Alex? Bist du es wirklich?»

«Ja, Pa.» Alex stand auf. «Ich bin wieder zu Hause.»

Die beiden Männer umarmten sich. Pa war mager geworden. Alex hatte Mühe, die Tränen zu unterdrücken. Zum ersten Mal wurde ihm klar, wie seine Eltern unter seiner Abwesenheit gelitten haben mussten, und er schämte sich. «Wie geht es Mum?» Er machte sich los, wollte nicht über das Leid sprechen, das er ihr zugefügt hatte.

«Wie immer.» Pa lächelte ihn glücklich an. «Woher kommst du? Wie lange bleibst du? Ach, Sohn, ich habe dir so viel zu erzählen.»

Kein Mensch verdient es, dass man ihm seine Liebe so dankt, wie ich es getan habe. Wieder zog Alex seinen Vater an sich. «Ich habe dich vermisst, Pa.»

Sein Vater wischte sich die Augen. «Komm, laden wir die Sachen ein, und dann fahren wir nach Hause. Mum wird außer sich sein vor Freude.»

Bei Ndetes Baum machten sie Halt, um Fleisch zu kaufen. Während Pa sorgfältig ein paar Stücke auswählte, fragte sich Alex, wie viele Rinder wohl schon auf Nedetes Holztisch zerlegt und an die Bewohner von Shakawe verkauft worden waren. So war es zwar üblich in Afrika, doch nach den Metzgereien in Gaberones, Jacobs Kühlraum und nach dem sorgsamen Umgang mit Fleisch bei den Buschleuten wurde ihm beim Anblick der Fliegenschwärme und Blutpfützen auf dem Boden ein wenig übel.

Auf der Heimfahrt redete Pa wie ein Wasserfall. Die vertraute Landschaft zog vorbei, und schließlich erreichten sie die Farm. Braune, magere Rinder zerrten verzweifelt an den dürren Grasbüscheln, die auf dem blassen Sand wuchsen. In der Ferne ragten massiv und geheimnisvoll die Tsodilo Hills empor.

Das Haus sah genauso aus wie früher. Nur das Dach über der Veranda hing in der Mitte ein wenig durch. Mum kam aus dem Haus, um Pa beim Ausladen der Einkäufe zu helfen. Ihr blondes Haar hatte ein bisschen an Glanz verloren, doch ihre Bewegungen waren flink, und sie hatte noch immer den leichten, schwingenden Gang, an den Alex sich erinnerte. Er sprang aus dem Wagen und lief auf sie zu.

«Oh Gott, lieber Gott, ich danke dir. Mein Sohn. Mein Sohn ist zurück. Dir sei Dank, himmlischer Vater.»

Manche Dinge ändern sich offenbar nie.

Zehn Minuten später fühlte sich Alex, als wäre er nie fort gewesen. Pa plante immer noch, den alten Schuppen zu reparieren. Mum machte sich in der Küche zu schaffen, lobte den Herrn und scheuchte ihr derzeitiges Dienstmädchen. Alex wollte die Tür seines Zimmers öffnen. «Geh da nicht rein», sagte seine Mutter. «Wir haben zurzeit einen Logiergast. Sie wohnt in deinem Zimmer. Du musst Paulies nehmen. Wenn du uns früher Bescheid gegeben hättest …»

«Wer ist es?», unterbrach er sie.

«Du kennst sie nicht. Chrissy Cameron. Erinnerst du dich an Reverend Frith? Inzwischen ist er wieder in England, aber er hat ihr unsere Adresse gegeben. Sie ist seine Cousine und hat das Zimmer gemietet.»

«Warum?» Alex war neugierig. Weshalb sollte jemand in dieser Einöde ein Zimmer mieten?

«Sie arbeitet hier.»

«Wo? Auf der Farm?»

Mum lächelte verkniffen. «Sei nicht albern, Ali. Woher sollten wir das Geld nehmen?»

«Wo ist sie jetzt?»

«Sie fährt jeden Tag in die Hügel. Sie ist Anthropologin aus England und katalogisiert die Höhlengemälde.»

«Ganz allein!» Um die Tsodilo Hills rankten sich viele Mythen und Legenden. Die Kung hatten Alex erzählt, dass die Geister der Toten durch die Höhlen schlichen und die Lebenden lockten, sich ihnen anzuschließen. Er hatte das Flüstern einmal gehört – ein leises Stöhnen und Rascheln, wenn ein Windhauch durch die winzigen Nischen fuhr, in die kein Mensch folgen konnte. Mit zwölf hatte ihm das eine Gänsehaut über den Rücken gejagt. Und heute wäre das bestimmt ebenso.

Er wechselte das Thema. «Ich habe Paul in Gaberones besucht.»

«Er macht sich sehr gut. Er hofft, dass man ihm nach der Unabhängigkeit eine Stelle in Gaberones beim neuen Wirtschafts- und Handelsministerium anbietet. Natürlich muss er dazu erst studieren.» Sie redete, als hätte sie Alex gar nicht zugehört.

«Ich weiß das alles schon, ich habe doch erst vor ein paar Tagen mit ihm gesprochen.»

«Du gehst hoffentlich nicht wieder fort, Ali? Dein Vater …»

«Mum», erwiderte er, so sanft er konnte. «Ich liebe dich und Pa sehr, aber ich kann nicht bleiben.» Er legte ihr die Hände auf die Schultern und sah sie an. Er hatte sie immer wunderschön gefunden, und das traf auch weiterhin zu, obwohl ihr Blick ein wenig leer wirkte. «Bitte, versteh mich. Ich muss selbst über mein Leben bestimmen.»

«Über dein Leben bestimmt der Herr, Ali», entgegnete sie streng.

«Die Alten wissen so viel mehr als du und ich», hatte !Ka ihm einmal gesagt. «Und deshalb hören wir ihnen zu, wenn sie sprechen. Sie schenken uns die Erfahrung ihrer Jahre. Wenn wir sie missachten, ist es, als hätten sie nie gelebt, und das, mein Sohn, wäre ein Jammer. Denn wenn sie nicht gelebt hätten, gäbe es uns heute nicht.»

«Ach, !Ka», dachte Alex. «Würdest du mit deinen Weisheiten bei meiner Mutter weiterkommen?» Doch er küsste sie auf den Scheitel und meinte: «Natürlich tut er das, Mama. Aber ich glaube, er hat andere Pläne mit mir.»

«Ich kümmere mich um das Essen.» Tränen standen in ihren seltsam leer dreinblickenden Augen.

«Ich frage mich, wie es ist», überlegte Alex trübsinnig, «nur Enttäuschung im Herzen zu haben und dazu einen Verstand, der glaubt, dass die einzige Wahrheit der Welt in der Bibel zu finden ist.»

Er saß mit Pa vor dem Haus, als die Anthropologin zurückkam. Alex hatte eine energische Lady mit einem weichen Kern erwartet und war deshalb ziemlich überrascht. Er sah eine schlanke junge Frau mit kurzem, flammend rotem Haar, bernsteinfarbenen Augen, einer Stupsnase und dem verführerischsten Mund, den er je gesehen hatte. Als Pa die beiden einander vorstellte, streckte sie die Hand aus und schüttelte die von Alex erstaunlich kräftig. «Hallo. Offenbar ist der verlorene Sohn zurückgekehrt.»

Chrissy Cameron stammte aus Schottland und hatte einen Singsangton in der Stimme, der ebenso angenehm erfrischend war wie ihre ganze Person. Beim Lächeln entstanden kleine Fältchen um ihre Augen. Und wenn sie lachte, was sie oft tat, legte sie den Kopf in den Nacken und zeigte ihren langen, weißen Hals. Ihr Haar war so leuchtend rot, dass es mit Sicherheit nicht gefärbt war. Außerdem hatten ihre Brauen und die Härchen an ihren Armen eine ähnliche, wenn auch dunklere Farbe. Soweit Alex feststellen konnte – denn sie hatte sich ausgiebig mit Zinksalbe beschmiert –, hatte sie Sommersprossen. Er mochte sie auf Anhieb.

Beim Essen erzählte sie von ihrer Arbeit. «Ich bin fast fertig. Nur noch ein paar Wochen. Schade, dass ich dann fortmuss. Es ist so friedlich hier.»

«Fahren Sie nach England zurück?» Alex schob eine Gabel Rindsgulasch in den Mund und ließ das Fleisch auf der Zunge zergehen. Seine Mutter kochte nach wie vor ausgezeichnet.

«Nein, mein Büro ist in Gaberones. Ich bin im Auftrag des Naturgeschichtlichen Museums in London hier. Nach der Unabhängigkeit will man eine Mischung aus Museum und Kunstgalerie einrichten. Meine Aufgabe besteht darin, die Felsenzeichnungen aufzulisten und zu fotografieren und mir dann etwas auszudenken, wie man sie ausstellen kann. Die Feldforschungen sind fast erledigt, aber es wird noch etwa zwei Jahre dauern, alles zusammenzustellen.» Sie grinste ihn über den Tisch hinweg an. «Das Zeug zu finden, ist eine einfache Sache, aber die Recherche dauert eine Ewigkeit.»

Alex war froh, dass sie nicht das Land verließ.

Er wechselte das Thema. «Alle reden von der Unabhängigkeit. Ich dachte, die Briten planen, das Land an Südafrika zu übergeben.»

«Das glaubten die Südafrikaner bislang auch», erklärte Pa. «Aber das wollen weder die Leute hier noch die Briten. Seretse Khama ist der Mann, an den man sich halten muss, denk an meine Worte. Er hat viele Freunde, nicht nur unter den Bamangwato. Die anderen Stämme respektieren ihn auch.»

«Ein Schwarzer als Regierungschef? So einen Unsinn habe ich ja noch nie gehört. Der hat doch keine Ahnung von diesem Geschäft.» Mum war immer noch verärgert, weil Alex sie aufgefordert hatte, sich beim Tischgebet kurz zu fassen.

«Ich habe ihn einmal kennen gelernt», widersprach Pa. «Er ist ein gemäßigter Politiker, dem viel an einer friedlichen Übernahme liegt. Er und ein Farmer namens Quett Masire haben einen sehr detaillierten Plan vorgelegt. Sie wollen Wahlen abhalten. Wahlen! So etwas ist in Afrika noch nie vorgekommen.» Pa schüttelte den Kopf. «Meine Stimme kriegt er jedenfalls.»

«Und welche Einstellung hat er zu Südafrika?» Alex gefiel, dass Chrissy seinen Vater ernst nahm. Denn Pa hatte eine Menge zu sagen, wenn er sich erst einmal für ein Thema erwärmte.

«Er lehnt die Apartheid ab und ist mit Verwoerd und dessen Politik nicht einverstanden. Das Gleiche gilt für Ian Smith und seine geplante einseitige Unabhängigkeitserklärung. Doch es ist eine Gratwanderung. Er darf sich nicht zu offen gegen sie aussprechen. Denn wir hängen, was die Lebensmittelversorgung angeht, zu sehr von Südafrika und Rhodesien ab.»

«Und wie sieht die Zukunft für Weiße aus?», fragte Chrissy.

«Wir brauchen uns keine Sorgen zu machen. Wie Sie sicherlich wissen, ist Seretse Khama mit einer Engländerin verheiratet. Gut, die Briten haben ihm übel mitgespielt, doch das ist vorbei und vergessen. Seretse weiß, dass er mit der augenblicklichen Verwaltung zusammenarbeiten muss. Er hat bereits betont, dass er bestehende Eigentumsverhältnisse anerkennen will. Die Einwohner können Staatsbürger werden, wenn dieses Land erst einmal Botswana heißt.» Pa legte das Besteck weg. «Das Essen ist ausgezeichnet, Pets.»

«Botswana? Das klingt gut.» Alex gefiel der Name. Schließlich nannte man einen Einwohner von Bechualand Motswana, sein Volk Batswana, und die Sprache hieß Setswana.

«Sie haben von Wahlen gesprochen», meinte Chrissy. «Werden sie wirklich demokratisch sein?»

«Soweit ich feststellen kann, schon», antwortete Pa. «Drei Parteien stellen sich zur Wahl: die Volkspartei, die Unabhängigkeitspartei und Khamas Demokratische Partei. Dr. Motsete will als parteiloser Kandidat antreten, aber er hat keine Chance. Außerdem ist er Malawier.»

Chrissy trank einen Schluck aus ihrem Wasserglas. «Wie sieht Seretse Khamas Vergangenheit aus?» Sie stellte das Glas weg. «Ist er fähig, das Land zu regieren?»

«Ich weiß nicht viel über ihn», erwiderte Pa. «Er hat studiert. Ich glaube Jura, und zwar in Großbritannien. Als er Ruth heiratete, haben alle verrückt gespielt.»

«Warum? Weil sie weiß ist?»

«Ja. Sein Onkel, Tshekedi Khama, hatte vorübergehend den Posten des Häuptlings der Ngwato übernommen, bis Seretse mit dem Studium fertig war. Er war der Ansicht, sein Neffe habe gegen Stammesgesetze verstoßen. Schließlich würde ein Sohn von Seretse, wie es Sitte ist, die Häuptlingswürde erben. Würden die Ngwato einen Häuptling anerkennen, der zur Hälfte Weißer ist?»

«Und würde ein Halbblut mit den Ngwato zurechtkommen?», wandte Alex ein.

«Ich verstehe», meinte Chrissy.

«Und das ist noch nicht alles. Damals verlangte Südafrika, Bechuanaland in den Bund aufzunehmen. Und eine Ehe wie die von Seretse und Ruth wäre dann ungesetzlich gewesen.» Pa lächelte Peta traurig zu, doch sie starrte auf ihren Teller. «Und zwar wegen der Apartheid und den damit einhergehenden Vorschriften. Seretse und Ruth waren also Gesetzesbrecher. Wenn Bechuanaland an die Südafrikaner gefallen wäre, hätten sie die beiden ins Gefängnis stecken müssen. Stellt euch mal den Skandal vor.»

«Und wie wurde das Problem gelöst?»

Pas Augen funkelten. «Sie haben es auf die typisch britische Methode angepackt und Seretse ins Exil geschickt. Frei nach dem Motto: Aus den Augen, aus dem Sinn.»

«Aber es hat nicht geklappt», sagte Chrissy.

«Seretse hat die Sache selbst angepackt. Er hat die Häuptlingswürde aufgegeben und sich auf diese Weise mit seinem Onkel versöhnt. Dann hat er alles Menschenmögliche getan, um die Briten zu überzeugen, Bechuanaland nicht an Südafrika zu übergeben. Sobald die Briten deutlich gemacht hatten, dass sie dieses Land eigenhändig verwalten würden, gab es wegen Seretses Ehe keine Schwierigkeiten mehr. Seretse kehrte zurück und ist heute zweiter Vorsitzender des Rates der Ngwato.»

«Offenbar ist er wie geschaffen für das politische Leben.» Chrissy reichte dem Dienstmädchen ihren Teller und bedankte sich mit einem Lächeln. «Ich frage mich, welche Gründe er hat. Machtgelüste? Pflichtgefühl?»

«Seine Gründe?» Pa überlegte kurz. «Der Zeitpunkt ist richtig. Großbritannien hat Länder wie Njassaland und Bechuanaland bis an den Rand des Abgrundes getrieben, und die Menschen sind nun für den Sprung bereit. Seretse Khama ist rechtmäßiger Häuptling des Stammes, der die Mehrheit der Bevölkerung darstellt. Er ist intelligent und gebildet. Natürlich kann ich nur Vermutungen anstellen, aber ich glaube, dass es in seinem Fall Pflichtgefühl ist.»

«Es ist sicher nicht leicht für ihn, weil er mit einer Engländerin verheiratet ist. Lehnen die Leute sie nicht ab?»

«Inzwischen nicht mehr», erwiderte Pa. «Sie hat sich große Mühe gegeben, sich mit der Sprache und den Sitten vertraut zu machen.»

Mum bedachte Pa mit einem tadelnden Blick. «Es ist widerwärtig. Eine weiße Frau, die lebt wie eine Eingeborene. Das muss schief gehen.»

«Hin und wieder klappt es auch», entgegnete Pa mit leiser, trauriger Stimme. «Es müssen eben beide Seiten etwas dazutun.»

Alex wurde klar, dass es gerade zwei verschiedene Gesprächsthemen gab. *Ist Mum deshalb so geworden? Weil Pas Urgroßmutter einen Mann geheiratet hat, der ein wenig schwarzes Blut in den Adern hatte?*

Während seines Aufenthalts sah Alex Chrissy nur selten. Sie fuhr im Morgengrauen los und kehrte erst in der

Abenddämmerung zurück. Danach verbrachte sie meist einige Stunden in ihrem Zimmer, arbeitete und kam nur zum Essen heraus. Doch Alex fand sie faszinierend, obwohl er nur wenig Gelegenheit hatte, sie besser kennen zu lernen. Ihm gefiel, wie sie sich in die Familie einfügte, als ob sie dazugehörte. Sie behandelte seine Mutter freundlich und respektvoll und plauderte oft in der Küche mit ihr. Ganz offensichtlich hatte sie Pa besonders ins Herz geschlossen, stellte ihm häufig Fragen und hörte aufmerksam zu, wenn er ihr antwortete.

Madison hatte er als ständige Herausforderung empfunden, während Chrissy ihn an ein Paar bequemer Hausschuhe erinnerte. «Nein, das ist unfair», dachte er schmunzelnd. «Es ist nur so angenehm, mit ihr zusammen zu sein.» Er versuchte, Madison zu vergessen. Sie hasste ihn und glaubte, er sei nur mit ihr ins Bett gegangen, um sich an ihrem Vater zu rächen. Und er hatte nicht die Möglichkeit, sie vom Gegenteil zu überzeugen. !Kas Worte fielen ihm ein.

«Wenn du dir eine Frau suchst, *!ebili*, denk stets daran, dass ihr beide in großer Trauer zusammen weinen und in großer Freude zusammen lachen werdet. Diese Dinge sind leicht. Selbst Menschen, die einander fremd sind, können das. Doch die Zeit zwischen den guten und den bösen Tagen ist am schwersten zu bewältigen. Wenn zwei Menschen nicht gemeinsam schweigen können, füllen sie die Stille mit leeren Worten. Bald aber sind sie der leeren Worte müde, werden zornig und belügen sich. Stell deine Frau mit Schweigen auf die Probe, *!ebili*. Und sieh, ob sie dann zornig wird.»

Bedrückt dachte Alex daran, dass er bei Madison gar nicht so weit zu gehen brauchte. Sein Anblick allein würde genügen, um sie zornig werden zu lassen.

Er verbrachte die Tage mit Pa, der ihm jeden Winkel der Farm und jede Ecke des Hauses zeigte und ihn kreuz und quer über das Anwesen schleppte. Als er ihn stolz zu den Viehkoppeln führte, brachte Alex es nicht übers Herz, ihm zu sagen, dass er sie bereits kannte, da sie schon fertig gewesen waren, als er mit der Schule begonnen hatte. Mum benahm sich, als wäre Alex nie fortgegangen. Pa hingegen ließ ihn keinen Moment aus den Augen, und Alex wurde klar, wie einsam er war. «Bestimmt ist es nicht leicht», überlegte Alex an seinem zweiten Tag, «mit einer Frau zusammenzuleben, die den lieben langen Tag nur aus der Bibel zitiert.»

Pa hingegen war unterschütterlich in seiner Treue zu seiner geliebten Peta. Erst als Alex ihm die Frage stellte, die ihm schon lange auf den Lippen lag, deutete er an, dass er manchmal unzufrieden war.

«Wie bin ich in der Kalahari verloren gegangen, Pa?»

Sein Vater sah ihn erstaunt an. «Wer hat dir das erzählt?»

Alex setzte sich auf den Boden und wartete, bis auch sein Vater sich mühsam niedergelassen hatte. Dann berichtete er ihm alles – davon, dass Jeff ihn verprügelt hatte und dass er von den Buschleuten gerettet worden war. Nach einer Weile habe er ihre Sprache gelernt und von ihnen erfahren, dass sie ihn als Baby schon einmal gefunden hatten. «Warum habt ihr es mir verheimlicht?», wollte er zum Schluss wissen.

Sein Vater wirkte bedrückt. «Ich hatte vor, es dir zu sagen», meinte er.

«Und warum hast du es nicht getan?»

Umständlich kramte Pa den Tabak hervor, stopfte seine Pfeife und zündete sie mit einem Streichholz an. «Als ich deine Mutter kennen lernte», begann er schließlich, «war sie noch nicht so … ach, du weißt schon, so fromm. Doch, das war sie schon», fügte er eilig hinzu, «aber nicht so wie heute.» Langsam zog er an seiner Pfeife. «Wir waren sehr verliebt ineinander», fügte er verträumt hinzu.

Alex schwieg. «Wenn du in das Herz eines Mannes eindringst, während er in der Vergangenheit weilt», hatte !Ka ihm einmal erklärt, «erfährst du vielleicht nie, was er dir mitteilen wollte, sobald er erst einmal nach vorne blickt.»

«Die Sache in der Kalahari war wirklich seltsam. Immer wieder habe ich mich gefragt, was dir dort draußen zugestoßen ist.»

«Wie bin ich denn verloren gegangen, Pa?» Er hörte den Tabak knistern, als sein Vater heftig an der Pfeife zog.

«Damals fuhren deine Mutter und ich jedes Jahr zum Jagen in die Wüste. Wir liebten den Busch, und dieser Jagdausflug war gewissermaßen unser Urlaub. Wir haben den halben Haushalt in den Kofferraum gepackt und uns für zwei Wochen verdrückt. Es war ein Riesenspaß.»

«Was habt ihr gejagt?»

«Hauptsächlich Böcke, denn wir brauchten Fleisch.

Wenn wir heimkamen, hatten wir genug Dörrfleisch für mehrere Monate. Als du gezahnt hast, haben wir dir immer Dörrfleisch gegeben.»

Alex erinnerte sich gut an die in der Sonne getrockneten Fleischstreifen, die immer als Zwischenmahlzeit zur Verfügung standen, auch wenn alle anderen Leckereien knapp waren.

«Habt ihr auch Löwen gejagt?»

Pa schüttelte den Kopf. «Nie. Ich sammle keine Trophäen, mein Sohn. Und was man nicht essen kann, soll man nicht schießen. Das ist mein Motto.»

Alex dachte daran, wie sehr die Lebensphilosophie seines Vaters der der San ähnelte, aber er schwieg.

«Du warst erst gut zwei Jahre alt, aber schwerer zu hüten als ein Sack Flöhe. Ständig hast du dich aus dem Staub gemacht, und wenn wir dich suchten, warst du verschwunden. Du bist irgendwo hingelaufen. Wenn du müde warst, hast du dir einfach ein ruhiges Plätzchen gesucht und dich hingelegt.» Pa lachte. «Einmal haben wir dich fest schlafend im Hundezwinger entdeckt.»

Alex musste auch lachen. Er kannte die Geschichte zwar schon, fand sie aber immer wieder komisch.

Plötzlich runzelte Pa die Stirn. «An dem Tag, als du verloren gingst, bist du hinten auf den Pick-up geklettert und eingeschlafen. Ich hatte keine Ahnung, dass du dort warst. Ich bin losgefahren, um einen Springbock zu schießen. Immer wieder habe ich angehalten, um frische Spuren zu suchen. Und als ich eine gefunden hatte, bin ich natürlich ausgestiegen und ihr zu Fuß gefolgt. Die Flinte hatte ich vorne im Führerhaus, und deshalb gab es keinen Grund für mich, auf die Ladefläche zu sehen. Wahrscheinlich bist du aufgewacht, nachdem ich weg war, und hast dich nach mir umgeschaut. Deine Spuren habe ich nicht bemerkt, als ich mit dem Springbock zurückkam, und sie wären auch das Letzte gewesen, womit ich gerechnet hätte. Als ich zu unserem Lager zurückkam, fragte mich deine Mutter, wo du denn wärest.»

«Also bist du umgekehrt, um mich zu suchen?»

Sein Vater schüttelte den Kopf. «Nicht sofort. Zuerst haben wir das ganze Lager auf den Kopf gestellt, nur für den Fall, dass du wieder einmal irgendwo eingeschlafen warst. Als uns klar wurde, dass du hinten auf dem Landrover gewesen sein musstest, war es fast dunkel. Deine Mutter war außer sich vor Sorge.» Ein Lächeln huschte um Pas Lippen. «Und um ehrlich zu sein, war ich auch ziemlich erschrocken. Da draußen wimmelte es von Löwen.»

Alex erschauderte, als er an seine glimpflich verlaufene Begegnung mit der Löwin mit dem verletzten Fuß dachte, von der !Ka ihm erzählt hatte.

Daniel Theron fuhr fort. «Wir folgten meinen Reifenspuren. Als wir zu der Stelle kamen, an der ich angehalten hatte, um den Springbock zu jagen, fanden wir deine Fußabdrücke. Und auch die einiger Löwen. Es muss ein Rudel von etwa fünfzehn oder zwanzig Tieren gewesen sein, und die Spuren führten in dieselbe Richtung wie deine. Inzwischen war ein heftiger Wind aufgekommen, der den Sand aufwirbelte, doch wir gingen immer weiter deinen Spuren nach. Dann begann der Sandsturm. Ich kann dir sagen, mein Sohn, so etwas hatte ich noch nie erlebt. Deine Mutter und ich haben es nur mit knapper Not zurück zum Wagen geschafft. Wir saßen fest. Der verdammte Sturm wütete die ganze Nacht und den Großteil des nächsten Tages. Wir konnten nichts weiter tun, als in dem Pick-up zu sitzen und abzuwarten. Deine Mutter war völlig aufgelöst. Sie war im sechsten Monat mit Paul schwanger und ich konnte sie nicht allein lassen. Als man wieder gefahrlos aus dem Wagen steigen konnte, waren deine Fußabdrücke verschwunden. Doch wir suchten weiter und riefen deinen Namen.»

Alex erkannte an der Stimme seines Vaters, dass er alles noch einmal durchlebte, als geschehe es in diesem Augenblick.

«Als wir deine Hose und deine Windel in einem Dornenbusch entdeckten, hielten wir dich für tot, mein Junge. Es war entsetzlich. Deine Mutter fiel neben den Sachen auf die Knie, und ich dachte, das Herz würde ihr brechen.» Pa schnappte erschaudernd nach Luft. «Wir suchten und suchten, aber du hattest dich einfach in Luft aufgelöst. Noch nie ist mir eine Entscheidung so schwer gefallen wie die, nach Hause zurückzukehren, ohne zu wissen, was aus dir geworden ist.»

«Wahrscheinlich hatte ich einen Schutzengel.»

«Das hat Peta auch gesagt, als du wiederkamst.»

«Ich begreife nicht, warum du mir das nie erzählt hast, Pa.»

«Deine Mutter war danach nie mehr wie früher. Sie war sehr religiös erzogen worden, und in ihrem Schmerz hat sie Trost im Glauben gesucht. Als du plötzlich vor der Tür standest, war das für sie ein Wunder. Sie war überzeugt, dass ihre Gebete erhört worden waren.» Pa warf ihm lächelnd einen Blick zu. «Und sie war von der Vorstellung besessen, dass dir etwas Schreckliches zustoßen würde, wenn wir den Vorfall noch einmal erwähnten. Ich weiß nicht. Sie dachte wohl, ihr Glaube sei auf die Probe gestellt worden. Von dem Wunder zu sprechen, hieß für sie, das Schicksal herauszufordern. Oder so ähnlich.»

«Klingt einigermaßen einleuchtend», meinte Alex zögernd.

«Sag ihr nicht, dass du es weißt», fuhr Pa fort. «Sie ist immer noch abergläubisch. Vor allem, weil du ein zweites Mal verschwunden und zurückgekommen bist.»

«Du liebst sie sehr, nicht wahr, Pa?»

«Mehr, als ich es je für möglich gehalten hätte», erwiderte sein Vater leise. «Selbst wenn ich ...» Er beendete den Satz nicht. Alex hakte nicht weiter nach. Es war Sache seines Vaters und ging ihn nichts an.

An seinem letzten Tag fing Alex Chrissy vor dem Abendessen ab. «Darf ich dich in Gaberones besuchen?»

«Klar.» Sie lächelte. «Ich wusste gar nicht, dass du dort wohnst.»

«Tu ich auch nicht. Ich habe vor, wieder in die Kalahari zu gehen. Aber ich komme hin und wieder nach Gaberones.»

«Ich würde gern einmal die Wüste sehen.»

«Warst du schon mal bei den Buschleuten?»

«Na ja», erwiderte sie zweifelnd, «wenn die Kung als richtige Buschleute zählen.»

«Es gibt verschiedene Buschleute. Manche leben als Jäger und Sammler in der Wüste, andere besitzen Farmen und einige – wie die in Shakawe – wohnen am Fluss. Die Kung siedeln in den Tsodilo Hills. Jeder der vielen Stämme in diesem Land hat seinen eigenen Dialekt. Es hat einige Debatten zu dem Thema gegeben, was die Buschleute eigentlich verbindet. Ein paar Leute glauben, es hat mit einer gemeinsamen Sprachgruppe zu tun. Wieder andere halten es für eine kulturelle Angelegenheit und bezeichnen nur die Jäger und Sammler als Buschleute oder San, wie man sie auch nennt. Und einige sagen, es ist eine biologische Kategorie.» Da sie ihm aufmerksam lauschte, sprach er weiter. «Ich persönlich gehe nach dem Äußeren. Die Vorfahren der Kung waren ganz sicher richtige Buschleute, doch heutzutage haben sich die meisten mit Bantustämmen vermischt.»

«Das erklärt vieles», meinte Chrissy. «Ich habe ein paar von ihnen in den Dörfern nahe der Stelle, wo ich arbeite, kennen gelernt. Sie sind zwar anders, aber zivilisierter, als ich gedacht hätte. Ich würde gerne einmal traditionell lebenden Buschleuten begegnen. Ich finde sie sehr interessant.»

«Dazu musst du in die Wüste. Vielleicht kann ich dich einmal mitnehmen.»

Sie gab ihm ihre Telefonnummer in Gaberones. Als er sich am nächsten Morgen von seinen Eltern verabschiedete, war sie schon in die Hügel aufgebrochen.

«Bleib diesmal nicht so lange weg.» Es war das erste

Mal, dass Pa ihn für seine lange Abwesenheit tadelte. Beim Sprechen wühlte er in seiner Tasche. «Hier hab ich was für dich. Mum und ich haben es dir zum achtzehnten Geburtstag gekauft. Da ich wusste, dass du wiederkommst, habe ich es für dich aufgehoben. Nimm.»

Pa streckte die Hand aus. Auf seiner Handfläche lag ein dicker, quadratischer Siegelring aus Silber und Onyx.

«Aber Pa, das wäre doch nicht nötig gewesen.» Alex war nicht sicher, ob ihm das Geschenk gefiel. Eigentlich entsprach ein Siegelring nicht seinem Geschmack. Doch Pa sah so zufrieden aus, und Mum lächelte aufgeregt. Er beschloss, den Ring zu tragen, um ihnen eine Freude zu machen.

Als er ihn an den Finger steckte, passte er wie angegossen. «Danke», sagte er verlegen. Er küsste seine Mutter, umarmte Pa und merkte ihnen an, was ihnen dieses Geschenk bedeutete. «Danke», sagte er noch einmal, und er meinte es ehrlich.

«Vielleicht erinnert dich der Ring an uns, und du kommst öfter nach Hause.»

«Diesmal bleibe ich nicht so lange weg, Pa. Ehrenwort.»

Mum betete, lobte den Herrn und weinte ausgiebig. «Warum musst du fort? Bleib hier und hilf deinem Vater.»

Aber Alex wollte nicht bleiben. Er fühlte sich in ihrer Gegenwart unter Druck gesetzt, obwohl er sich dieser Empfindung schämte.

Pa fuhr ihn nach Shakawe. «Du tust das Richtige, mein Sohn. Du musst dein Leben selbst in die Hand nehmen. Mach dir keine Sorgen um Mum, sie will nur mein Bestes. Aber mir geht es gut.»

Ob es ihm wirklich gut geht?, dachte Alex, als er seinem Vater nachblickte. Dann aber bemerkte er, dass sein schlechtes Gewissen verflogen war. Und gleichzeitig wurde ihm klar, dass er seine Mutter von ganzem Herzen liebte. Er war nur einfach nicht gern mit ihr zusammen.

Ein Angestellter von Wenela bot Alex an, ihn nach Francistown mitzunehmen. Eigentlich hatte er dort Tante Dorie besuchen und vielleicht eine Nacht bei ihr verbringen wollen. Doch er bekam sofort eine andere Mitfahrgelegenheit nach Gaberones. Um sechs Uhr am Freitagabend kam er erschöpft in der Hauptstadt an. Er übernachtete bei einem Freund und schlief bis Samstagmittag. Als er aufwachte, stand Marv neben ihm, der unbedingt sofort in die Wüste aufbrechen wollte.

«Moment mal, Marv. Ich kenne hier eine Frau, die ich heute Abend noch sehen will.»

«In Ordnung. Wohin gehen wir?»

Alex wurde schlagartig klar, dass Marv nicht das Feingefühl hatte, um ihn mit Chrissy allein zu lassen. «Ins Hotel», antwortete er, da er ihn nicht kränken wollte.

«Super», meinte Marv. «Die Steaks dort sind erstklassig.»

Chrissy schien erfreut, dass er sich meldete. «Mein Partner kommt mit», sagte Alex. «Hoffentlich stört es dich nicht.»

Sie hatte nichts dagegen.

«Hast du saubere Sachen?» Marv sah aus, als wäre er gerade unter einem Auto hervorgekrochen.

Ihr Gastgeber lieh ihm eine frische, wenn auch fadenscheinige Jeans, und Alex warf ihm ein T-Shirt zu. «Jetzt bist du einigermaßen vorzeigbar.»

Nachdem sie den alten Landrover aufgeräumt hatten, fuhren sie los, Marv hinter dem Steuer, um Chrissy abzuholen. Marv hatte geduscht, sich die Haare mit so viel Wasser zurückgekämmt, dass es auf sein T-Shirt tropfte, und einen Schnitt vom Rasieren mit Toilettenpapier verarztet. So sehr Alex Marv auch mochte, er wünschte sich, er hätte sich verdrückt.

Chrissy reagierte auf Marv wie die meisten Frauen. «Hallo», meinte sie kühl, als sie einander vorgestellt wurden.

Marv grinste übers ganze Gesicht. «Hallo, Karrottenkopf.» Er stieß Alex an. «Vor der musst du dich in Acht nehmen. Rothaarige können gefährlich werden.»

Das Problem war, er meinte es nicht böse und wollte mit seinen derben Scherzen niemanden kränken. Marv behandelte alle Frauen gleich – nämlich genauso wie seine Kumpel.

Es sah aus, als wäre der Abend verdorben, noch bevor er richtig angefangen hatte. Chrissy konnte Marv nicht leiden, und der bekam das überhaupt nicht mit.

Man musste Chrissy zugute halten, dass sie nicht unfreundlich zu Marv war. Doch als sie das Hotel betraten, konnte sie sich eine Bemerkung nicht verkneifen: «Marv, du hast Klopapier am Kinn.»

Marv riss das Papier so hastig ab, dass der Schnitt wieder zu bluten begann. Die nächste halbe Stunde verbrachte er damit, ihn unauffällig zu betupfen.

Der Abend verlief angenehmer als erhofft. Alex erinnerte sich an !Kas Ratschlag: «Kein Mensch ist wertlos, ganz gleich, was für Fehler er haben mag. Wenn es dir nicht gelingt, die Vorzüge eines Menschen zu entdecken, ist das deine Schuld, nicht seine.» Also brachte Alex Marv dazu, von den beiden Landrover-Wracks aus Jacobs Garten zu berichten, die er wieder flottgemacht hatte.

Marvin Moine war in seinem Element und begann ernsthaft, die technischen Einzelheiten zu erläutern. Wenn er bemerkte, dass Chrissy ihn nicht verstand, erklärte er es ihr geduldig und verdeutlichte seine Ausführungen mit Hilfe von Tellern, Servietten und anderen Gegenständen. Als dieses Thema erschöpft war, bat Alex ihn, Chrissy zu erzählen, warum er hinkte. Er wusste, dass Marv nicht gerne mit dem Unfall prahlte und deshalb bescheiden und tapfer wirkte.

Siehst du, !Ka, dachte er, als er bemerkte, wie Chrissys Achtung vor Marv wuchs. *Aber jetzt gehen mir die Ideen aus.* Doch wenigstens war das Eis gebrochen.

Zuerst fuhren sie Marv nach Hause. «Bis später», sagte Alex und ließ den Motor aufheulen, um Marvs «Wie viel später?» zu übertönen. Gegen das anzügliche Zwinkern jedoch war er machtlos.

Chrissy machte in ihrer Wohnung Kaffee. «So einen komischen Vogel habe ich noch nie kennen gelernt.»

Alex holte eine Flasche Milch aus dem Kühlschrank. «Ein bisschen verschroben ist er schon, aber ein geschickter Handwerker.»

«Er ist bestimmt kein schlechter Mensch, wenn er nur nicht so vulgär wäre.» Sie sah ihn an, ohne auf die Milchflasche zu achten, die er ihr hinhielt.

«Dafür ist er total ehrlich.» Alex erwiderte ihren Blick und stellte die Flasche auf die Anrichte.

«Und ungehobelt.» Sie kam näher.

«Und sehr tapfer.» Er legte die Arme um sie.

«Sogar sein Name ist merkwürdig.» Ihr Gesicht war nur noch wenige Zentimeter von seinem entfernt.

«Aber er ist vertrauenswürdig.» Er drückte sie an sich. «Möchtest du wirklich noch Kaffee?»

Sie ließen sich Zeit. Sie entdeckten einander und genossen schweigend die Nähe, ohne es nur auf wilde und heftige Leidenschaft anzulegen. Als er in sie eindrang, kannte er ihren Körper schon sehr gut. Er fühlte sich eingehüllt in einen warmen Kokon sanfter Vertrautheit. Und während er sich in ihr bewegte, sah er ihr in die Augen. Sie erwiderte seinen Blick offen und liebevoll, und er wurde von einem Glücksgefühl ergriffen. Es war, als hätte er sie schon immer gekannt. Sie beide gaben lieber als zu nehmen. Und dabei erhielt jeder von ihnen mehr, als er sich je zu träumen gewagt hätte. Sie schenkten sich einander, voller Nähe, Zärtlichkeit und Liebe. Danach blieb er in ihr und küsste ihre Lippen, ihre Nase und ihre Augen. Und als er sich von ihr rollte, hielt er sie weiter in den Armen und vergrub sein Gesicht in ihren Haaren.

Dann starrte er hinauf zur Decke und hörte auf die Stimme seines Herzens. Ihr Haar roch so frisch wie die Luft an einem milden Herbstmorgen. Ihr Atem an seinem Hals flüsterte wie der Atem der sanften Gottesanbeterin. Und ihre Haut fühlte sich so weich an wie der Bauch einer Gazelle.

«Chrissy, Chrissy, Chrissy», murmelte er in ihr Haar. «Ich habe es schon auf der Farm gewusst.»

«Ich auch», erwiderte sie leise. «Ich hatte das Gefühl, als würde ich dich schon sehr lange kennen.»

Er blickte ihr ins Gesicht. «Das hier ist nicht nur für eine Nacht.»

«Nein», erwiderte sie langsam. «Viel mehr als das.»

Er war voller Erstaunen über seine eigenen Gefühle. «Ich möchte dich sehr gut kennen lernen, Chrissy Cameron. Meinst du, du hältst das aus?»

Sie unterhielten sich stundenlang, denn es gab so viel zu sagen. Chrissy hatte eine Stelle in Gaberones, Alex würde bald in die Wüste aufbrechen. Also mussten sie einen Weg finden, einander sehen zu können. Im Moment war es nur am Wochenende möglich, und sie schmiedeten Pläne. Und sie erzählen einander ihre Geheimnisse. Sie war vierundzwanzig, er neunzehn, doch das störte ihn nicht. Sie hatte ein Studium abgeschlossen, er mit sechzehn die Schule verlassen, doch das war für sie kein Hinderungsgrund. Ihr Vater war Direktor einer der angesehensten Privatschulen Schottlands, sein Pa nur ein Farmer, der in der finstersten afrikanischen Provinz mehr schlecht als recht seinen Lebensunterhalt bestritt, doch das machte keinem von beiden etwas aus.

Sie liebten sich wieder. Zärtlich und voller Zuneigung. Noch nie hatte Alex so etwas erlebt, und der Ausdruck «Liebe machen» erhielt dadurch eine völlig neue

Bedeutung. Es war mehr als bloße körperliche Begierde, die in ihm den Wunsch auslöste, sie zu berühren. Vielmehr war es das Bedürfnis, sein Innerstes mit jemandem zu teilen und jemandem so sehr zu vertrauen, dass er ihm seine ganze Seele hingab. Er wollte sie an sich drücken, sie beschützen und bewahren und nie zulassen, dass etwas sie verletzte. Und als er ihr in die Augen sah, erkannte er darin dieselben Gefühle. Es fiel ihm unendlich schwer, sich von ihr zu verabschieden.

Alex versprach, am übernächsten Wochendende nach Gaberones zurückzukommen. Sie sollte ihn besuchen, sobald er eine Unterkunft gefunden hatte. Er fuhr los und ließ sie in ihrer Wohnung zurück. Doch der Abschied machte ihn noch trauriger als damals in seiner Schulzeit der von seinen Eltern. Es verwunderte ihn, dass er so kurz nach seiner einzigen Nacht mit Madison solche Gefühle entwickeln konnte. Vor Madison hatte er immer eine Art ängstlicher Ehrfurcht gehabt.

«Vielleicht liegt es daran», dachte er, «dass Madison ein unerreichbarer Traum war. Chrissy ist wirklich.»

Er ging zu Bett, um noch ein paar Stunden zu schlafen, und ließ dabei, wie er es oft tat, seinen Gefühlen und Gedanken freien Lauf. Es überraschte ihn nicht, dass ihm bei Chrissy nur Geborgenheit, Sicherheit und Glück einfielen, während Madison nur Verwirrung und Kränkung auslöste. Zufrieden schlief er ein.

Am nächsten Morgen fuhr er mit Marv nach Molepolole. Der alte Jacob van Zyl freute sich, ihn zu sehen, das erkannte Alex schon an der Begrüßung. «Ich habe keine

Arbeit für dich, du kleiner Taugenichts. Verschwinde, bevor ich die Hunde auf dich hetze.» Beim Sprechen klopfte er Alex auf die Schulter und strahlte über sein ganzes wettergegerbtes, faltiges Gesicht.

«Mutter, schau, wer hier ist!», rief er.

Marthe van Zyls beleibte Gestalt erschien in der Tür. «Alex!» Sie lächelte ihn fröhlich an. «Komm her und gib mir einen Kuss!»

«Vorsicht, Mutter, zu viel Aufregung ist schlecht für dein Herz.»

Alex lachte. «Hier hat sich wohl nichts verändert.»

Marthe wischte sich die Hände an der Schürze ab. «Ach, der alte Dummkopf. Ich weiß nicht, wie ich es mit ihm aushalte.»

Marv machte sich im Laden zu schaffen. «Was suchst du?», rief Jacob. «Du arbeitest nicht mehr hier, schon vergessen? Du hast am Freitag gekündigt.»

«Vorräte», erwiderte Marv grinsend. «Wenn Sie natürlich möchten, dass wir anderswo einkaufen ...»

«Schon gut, schon gut. Pack ein, was du brauchst. Sicher erwartest du, dass ich dir Rabatt gebe.»

«Bei Ihren hohen Preisen können Sie sich das sicher leisten.» Marv zwinkerte Alex zu. «Mit etwa zwanzig Prozent wären wir zufrieden.»

Jacob tat, als hätte er ihn nicht verstanden. «Wie lange wollt ihr in der Wüste bleiben?»

«Keine Ahnung», antwortete Alex fröhlich. «So lange, bis wir Diamanten finden.»

«Ach, Unsinn. Da draußen in dieser Einöde gibt es keine Diamanten.»

«Wir versuchen es trotzdem mal.»

«Ihr beide seid vollkommen übergeschnappt. Aber was nützt das schon. Ihr jungen Leute hört sowieso nicht auf einen alten Mann. Passt bloß auf, dass ihr da draußen keine Schwierigkeiten bekommt. Schließlich wimmelt es da von Buschleuten und Löwen. Ihr werdet noch an meine Worte denken.»

Schließlich hörte Jacob auf zu brummeln und bot ihnen an, seinen Rinderpferch mit dazugehöriger Hütte als Basislager zu benützen. «Das ist etwa hundertfünfzig Kilometer westlich von hier», sagte er. «Ich fahre alle paar Monate einmal hin. Ihr könnt euch also gerne dort häuslich einrichten. Die Hütte steht offen, da gibt es nämlich nichts zu stehlen. Außerdem wimmelt es von Schlangen», fügte er mit einem finsteren Grinsen hinzu. «Ihr müsst Kochgeschirr mitnehmen, das gibt es dort nicht.»

An den beiden Wagen waren noch einige Reparaturen nötig. Nach zwei weiteren Tagen, in denen sie die übrigen Autowracks ausschlachteten und die Teile einbauten, waren die Landrover ziemlich gut in Schuss. Marv, der sich wunderbar in die Funktionsweise eines Motors einfühlen konnte, erledigte den Großteil der Arbeit. Jacob van Zyl stand ihnen mit Rat und Tat zur Seite und machte immer wieder Vorschläge. «Ich muss verrückt sein, diesen beiden Halbstarken meine besten Autos zu überlassen», murmelte er vor sich hin, als er ihnen zum Abschied nachwinkte. «Ich hätte was dafür verlangen sollen.»

Auch Marthe winkte. «Ach, hör auf mit dem Unsinn,

Jacob», sagte sie. «Die beiden Jungs sind schwer in Ordnung.»

Alex fühlte sich großartig. Er hatte einen Partner und zwei Wagen. Chrissy wartete in Gaberones auf ihn. Und er würde in die Wüste zurückkehren und reich werden.

Elf

Bis zum Viehpferch dauerte es fast drei Stunden. Die Fahrt führte sie über kaum erkennbare sandige Pfade, aus denen immer wieder harte, weiße Kalksteine ragten, die den Reifen gefährlich werden konnten. «Ihr müsst die Abzweigung mit dem weißen Felsen nehmen, dann kommt ihr zu meiner Hütte», hatte Jacob gesagt. Allerdings hatte er vergessen zu erwähnen, wie steinig der Weg war. Außerdem hatte er auch kein Wort über die Dutzende von Wildpfaden und unbezeichneten Weggabelungen verloren, die von der Hauptstraße abgingen wie die Beine eines Tausendfüßlers. Alex, der den vorderen Wagen steuerte, konnte nur aufs Geratewohl losfahren. Einige Mal war er sicher, Jacobs Abzweigung gefunden zu haben, doch der Weg hörte jedes Mal plötzlich auf oder brachte sie zur Hauptstraße zurück. Sie waren schon über zwei Stunden unterwegs, als sie wieder einmal neben einem weißen Felsen anhielten, um sich zu besprechen.

Marv machte sich allmählich Sorgen. «Was ist, wenn

wir die Hütte nicht finden? Kehren wir dann um nach Molepolole?»

«Wir kampieren draußen.»

«Was? Hier? Du tickst wohl nicht mehr richtig! Was ist mit den Löwen?»

«Und was ist mit dir? Als du bei dem Safariunternehmen gearbeitet hast, hast du doch sicher auch draußen übernachtet.»

«Das ist etwas anderes.»

«Warum?»

«Weil hier alles ungeschützt ist», entgegnete Marv. «Schau dich doch nur mal um. Keine Bäume, kein Wasser, keine Hügel.»

«Dann sehen wir sie wenigstens kommen.»

«Wen sollen wir kommen sehen?»

«Die Löwen, Hyänen und Schakale und all die anderen Viecher, vor denen du solche Angst hast. Warum stellst du dich so an?»

Marv wedelte eine Fliege weg. «Ich weiß nicht», meinte er und versuchte noch einmal gereizt, das hartnäckige Insekt zu vertreiben. «Ich fühle mich hier wie auf dem Präsentierteller.»

«Marv», sagte Alex geduldig. «Wir befinden uns in einer Ebene, in einer Halbwüste. Was hast du denn erwartet, Teerstraßen und Hotels?»

«Natürlich nicht.» Marv wirkte gekränkt. «Es ist nur alles so groß hier», fügte er ausweichend hinzu.

Alex gab es auf. Er war sicher, dass er den Viehpferch finden würde. Und eine halbe Stunde später war es tatsächlich so weit.

Wie die meisten Farmer in diesem Teil der Kalahari war Jacob van Zyl nicht der Besitzer des Landes, sondern nur Pächter. Offiziell gehörte das Land den Einwohnern des Kreises Molepolole und wurde vom Häuptling verteilt. Da Jacob nicht viel Geld für eine Unterkunft hatte ausgeben wollen, hatte er nur einen Schuppen errichtet, der ihn vor der Witterung schützte, wenn er hier draußen übernachtete. Allerdings hatte er sogar den Fußboden betoniert, ein Luxus, den man nicht überall antraf. Marv war dennoch enttäuscht. Er hielt neben Alex an und rief: «Soll es das etwa sein?» Offenbar traute er seinen Augen nicht. Das Gebäude war mit Wellblech verkleidet, das eindeutig schon bessere Tage gesehen hatte. Löcher in den Wänden dienten als Fenster, nur geschützt durch Maschendraht, der neugierige Löwen und Schakale fern halten sollte. An der Decke waren fleckige, ausgeblichene Leinenrollos angebracht, die man bei Regen oder Wind hinunterlassen konnte. Die Eisentür verfügte über einen von innen und außen zu öffnenden Riegel. Das riesige Vorhängeschloss schien keinen besonderen Zweck zu erfüllen. Drinnen befanden sich ein paar Regale, ein rostiger, mit Kerosin betriebener Kühlschrank und ein massiver, wenn auch ziemlich verkratzter Holztisch. Die drei Stühle – zwei passend zum Tisch, der dritte mit Metallrahmen und rotem Kunstlederbezug – waren wie Wachposten auf einer Seite aufgereiht. Marv rüttelte an den Stühlen. Der Metallstuhl schien recht stabil zu sein, die anderen waren etwas wackelig auf den Beinen.

Auf der anderen Seite des Raums standen drei Eisenbetten mit bis zum Boden durchhängendem Drahtgeflecht, auf denen sehr zweifelhaft wirkende Matratzen lagen. Auf jeder prangte eine zusammengefaltete Armeedecke. Die unbezogenen Kopfkissen sahen aus wie klumpige, graue Pfannkuchen.

Draußen stand ein Badeofen auf einer nicht sehr fachmännisch gemauerten Feuerstelle. Aus dem Ofen ragte ein Schlauch, der sich ein paar Meter weit über den Boden schlängelte und schließlich ungestützt in einem Wasserhahn mit Duschkopf mündete. Alex fühlte sich an die Kobra eines Schlangenbeschwörers erinnert. Neben diesem Inbegriff eines modernen Freiluftbades thronte eine Toilettenschüssel aus funkelndem weißem Porzellan, aber ohne Deckel, die allerdings nicht angeschlossen und deshalb trotz all ihrer Pracht nicht benutzbar war. Zwischen Hütte und Dusche waren ein paar Ziegelsteine in Form eines *braai* angeordnet, obwohl Jacob, nach den Spuren einiger Kochfeuer zu urteilen, seine Mahlzeiten offenbar lieber auf die traditionelle Weise zubereitete, und zwar indem er sie über einer in einem Halbkreis aus Steinen entfachten Flamme briet. Überall auf dem Hof lagen alte, verroste Eisentanks, von Dornen zerfetzte Autoreifen, Motorblöcke und verschiedener anderer Schrott herum.

«Hat Jacob vor, dieses Zeug irgendwann zu benutzen?» Marv trat gegen einen Haufen von Drainagerohren, der sich neben einem riesigen, verhältnismäßig neuen Bulldozer türmte. «Und was zum Teufel will er damit?» Er schlug mit der Hand auf das Führerhaus des Fahrzeugs.

Alex hingegen war vollauf zufrieden. «Es ist doch picobello hier. Ein Dach über dem Kopf, eine heiße Dusche. Was willst du mehr?»

«Mir fällt eine ganze Menge ein», murmelte Marv. Er spähte in die Toilette. «Die hat er ganz sicher nicht benutzt? Was dann?»

Alex wies auf die Umgebung. «Geh aufs Katzenklo.»

Marvin schnaubte, er hätte noch nie ein so verdammt großes Katzenklo gesehen.

Sie schafften Ausrüstung und Lebensmittel ins Haus. Als Marv eines der Rollos ausprobierte, purzelten etwa sechs riesige Skorpione heraus und liefen davon. «Ach, du meine Güte!» Marv ließ sämtliche Rollos herunter und verbrachte die nächste halbe Stunde damit, die Skorpione zu vertreiben oder totzutreten. Alex achtete nicht auf ihn.

Weil Marv darauf bestand, machten sie die Hütte gründlich sauber. Wie Alex zugeben musste, war es danach um einiges gemütlicher.

«Was jetzt?», fragte Marv.

«Wir sollten Holz holen.»

Sie sahen sich um. Überall nur Sand, Gestrüpp, Gras und verkrüppelte Akazienbüsche. Doch Alex wusste, dass es in der Umgegend sicher tote Bäume gab. Sie fuhren in einem der Wagen los und stießen zehn Minuten später wirklich auf passables Feuerholz. Nachdem sie den Baum an die Stoßstange gebunden hatten, schleppten sie ihn zurück.

Während Alex das Holz zurechthackte, schürte Marv den Badeofen an und entfachte ein Kochfeuer. «Was gibt es zum Abendessen?» rief Alex und schwang die Axt. Er hatte einen Riesenspaß.

«Am besten essen wir zuerst die Steaks, bevor sie schlecht werden.»

Bald zog der Geruch von bratendem Fleisch über den Hof. Alex zündete eine Sturmlaterne an und hänge sie an einen Nagel an der Außenwand der Hütte. «Lust auf ein Bier?»

«Gute Idee.»

Er holte zwei Flaschen aus dem Kühlschrank, der zum Glück sofort angesprungen war und nach zwei Stunden Gurgeln und Keuchen fast Gefriertruhentemperatur erreicht hatte.

Nach dem Essen und ein paar Bieren war Marv besserer Stimmung. Er zerrte den Stamm des Baumes herbei, den Alex noch nicht zerhackt hatte, und legte ein Ende ins Feuer. Das andere Ende ragte auf den Sandboden hinaus. Der Stamm war etwa einen Meter achtzig lang und fast sechzig Zentimeter dick. Marv machte es sich bequem.

«Wie fangen wir an?», wollte er wissen.

Alex hatte mit dieser Frage gerechnet und sie gleichzeitig gefürchtet. Denn trotz seiner Begeisterung hatte er keine Ahnung davon, wie man eigentlich nach Diamanten suchte. Doch Marv schien genau das von ihm zu erwarten, schließlich hatte er zwei Jahre lang in der Wüste gelebt. Alex musste sich schuldbewusst eingestehen, dass er vielleicht ein bisschen geprahlt hatte. In Wahrheit hatte er nicht mehr zu bieten als zwei Steine – den einen hatte er als Kind gefunden, den anderen hatte !Ka entdeckt, und beide stammten aus dem Verdauungstrakt eines toten Straußes. Außerdem hatte !Ka ihm erzählt, er sei in der Gegend schon auf ähnliche Steine gestoßen. Alex hatte sich während seiner Tätigkeit bei Jacob in seiner Freizeit ein wenig in das Thema eingelesen. Allerdings wirklich nur ein wenig, denn es gab kaum Literatur dazu. Aber für den Anfang musste es genügen. Den Rest würden sie durch praktische Erfahrung lernen. Alex war felsenfest davon überzeugt, dass sich unter dem Sand ungeahnte Reichtümer verbargen.

Alex hatte keine Angst vor der Wüste. Als er auf Pas Veranda gesessen hatte, hatte er es sich so einfach ausgemalt: Er würde in die Wüste ziehen und Diamanten suchen. Aber er musste sich eingestehen, dass er nur über äußerst geringe Kenntnisse verfügte.

Marv betrachtete ihn argwöhnisch. «Bist du noch da?»

«Entschuldige, ich habe nachgedacht.»

«Hast du vor, meine Frage zu beantworten?»

Alex beschloss, sich möglichst einfach auszudrücken. «Äh, Marv, wenn wir einen toten Strauß sehen …»

Doch Marvs Misstrauen blieb, und er musterte Alex zweifelnd. «Einen, der einfach so rumliegt?»

Gut, dann würde er es eben umständlicher beschreiben müssen. «Felsen», sagte Alex verzweifelt. «Felsformationen», fügte er hinzu.

Marv seufzte auf. «Die Fahrt hierher hat drei Stunden gedauert, richtig?»

Alex nickte.

«Und es waren etwa hundertfünfzig Kilometer?»

Wieder ein Nicken.

«Und sind dir unterwegs irgendwelche Felsformationen aufgefallen?»

Ein Kopfschütteln.

«Abgesehen von den dämlichen Kalksteinen habe ich keine Felsen gesehen, überhaupt keine. Nur ein Meer aus Sand, keinen einzigen großen Stein. Nicht einmal ein Kieselchen.» Er holte tief Luft. «Und wenn ich es mir genau überlege, bin ich auch keinem bescheuerten Strauß begegnet.» Er starrte Alex ärgerlich an. «Besteht vielleicht die Möglichkeit, dass du auch mal was sagst, oder führe ich hier Selbstgespräche?»

Alex ahnte nicht, wie unglaubwürdig er klang. «Hör mal, Marv, reg dich doch nicht gleich auf. Es gibt hier Diamanten, das weiß ich genau. !Ka hat es mir bestätigt. Wir brauchen nur ...»

«So lange durch dieses riesige Katzenklo zu stapfen, bis wir über die Glitzersteinchen stolpern. Meinst du das?»

«Ich habe ein paar Bücher gelesen ...»

«Wie reizend.» Marvs Miene war freundlich, er sah aus wie ein argloses Kind. Alex hätte sich davon nicht täuschen lassen dürfen – dennoch atmete er erleichtert auf. Und dann bekam Marv einen Wutanfall. «Warum hast du nicht gleich den Doktor in Geologie gemacht, wenn du schon mal dabei warst?» Er schüttelte den Kopf. «Mein Gott! So was nennt man wohl Optimismus. Du hast anscheinend wirklich keinen Schimmer, habe ich Recht? Wo fangen wir an? Hier draußen. Was tun wir? Wir suchen. Wonach suchen wir? Nach etwas, das glitzert. Verdammt, Alex, wir hätten bessere Chancen, wenn …» Plötzlich starrte er auf das Feuer. «Verflucht und zugenäht!» Er stand auf. «Schau dir das mal an.»

Eine Skorpionfamilie hatte den dicken Baumstamm als Nest benutzt. Aufgescheucht durch den Rauch, waren die Tiere in Richtung Ausgang gelaufen, hatten ihn aber durch die Flammen versperrt vorgefunden. Nun kletterten sie auf den Stamm, um zu fliehen, doch da der Großteil des Holzes inzwischen brannte, kam auch dieser Fluchtweg nicht in Frage. Mit einem angewiderten Blick auf die herumwimmelnden Skorpione stellte Marv den Wasserkessel ein wenig vorwärts geneigt auf den Stamm, damit das Wasser, wenn es zu kochen begann, überschwappte und die Skorpione verbrühte. Wer sich durch einen Sprung zu retten versuchte, würde von den Flammen verschlungen werden. Das Schicksal der Tiere war so oder so besiegelt.

«Das ist aber nicht sehr nett von dir.» Alex hatte keine Schwierigkeiten mit Skorpionen. Seiner Erfahrung nach gehörte schon eine Menge Pech dazu, dass man von einem angegriffen wurde. Allerdings freute er sich über die Störung. Denn Marv war im Begriff, sich in eine Laune hineinzusteigern, die, wie Alex sehr wohl wusste, zu einer ellenlangen, gegen ihn gerichteten Tirade führen würde. Also waren die Skorpione eine willkommene Ablenkung.

Nachdem Marv sich vergewissert hatte, dass die Skorpione ihm nicht zu nahe kommen konnten, lehnte er sich zurück. «Kennst du die Geschichte von dem Tierarzt aus Maun?»

Alex schüttelte den Kopf.

«Er war in Johannesburg zu einer Hochzeit eingeladen und hatte seinen Koffer schon gepackt. Doch bevor er ihn zumachen konnte, ist ein Skorpion reingeklettert und hat sich in seiner guten Hose eingenistet. Wahrscheinlich hat es dem Skorpion dort gefallen, ganz kuschelig, weich und dunkel, und deshalb ist er drin sitzen geblieben. Der Mann war völlig ahnungslos. Am nächsten Tag zog er sich an und ging zu der Hochzeit. Mitten während der Trauung hat ihn das Mistvieh in die Eier gezwickt, und zwar genau in dem Moment, als der Priester die Gemeinde fragt, ob jemand einen Grund kenne, warum die beiden nicht im heiligen Stand der Ehe vereint werden sollten. In diesem Augenblick stieß der Mann einen Schrei aus, dass fast das Dach eingestürzt wäre. Der Priester kriegte einen Riesenschreck, die Braut brach in Tränen aus und der arme Teufel sprang hin und her und versuchte, sich die Hose vom Leibe zu reißen.»

Alex lachte. «Was ist mit ihm passiert?»

«Sie haben ihn sofort ins Krankenhaus gebracht und ihm ein Gegengift gespritzt. Gestorben ist er zwar nicht, aber es dauerte drei Monate, bis seine Eier wieder ihre normale Größe hatten.» Ernst betrachtete Marv die herumlaufenden Skorpione. «Und deshalb müssen diese Viecher weg. Wir haben kein Gegengift dabei.»

Alex musste ihm Recht geben.

«Sechs Wochen», sagte Marv unvermittelt. «Wenn wir in sechs Wochen nichts gefunden haben, blasen wir die Sache ab. Einverstanden?»

«Aber Marv ...»

«Sechs Wochen. Keine Sekunde länger.»

«Aber …»

Marv verschränkte die Arme vor der Brust und starrte Alex trotzig an. «Sechs Wochen sind noch großzügig von mir. Es ist die heißeste Zeit des Jahres, und ich sitze hier in der Wüste mit einer Horde von Skorpionen und einem Spinner fest. Sechs Wochen, und damit basta. Und hör endlich mit deinem ständigen ‹Aber Marv› auf.»

«Aber Marv, ich wollte mich doch nur bei dir bedanken.»

«Oh!» Marv schien zufrieden. «Also gut.» Er beobachtete einen riesigen Skorpion, der sich selbstmörderisch in die Flammen stürzte. «Was weißt du wirklich?», fragte er dann. Als Alex antworten wollte, unterbrach er ihn. «Die Wahrheit bitte, und kein dämliches Gequatsche über Strauße.»

«Das ist kein dämliches Gequatsche.» Alex nahm sich eine Zigarette, zündete sie an und pustete geräuschvoll den Rauch aus. «Strauße schlucken dauernd kleine Steine. Die brauchen sie, um ihre Nahrung zu verdauen. Und sie werden von glitzernden Gegenständen angezogen. Deshalb muss man sich ihre Mägen ansehen.»

«Wir können schlecht jeden blöden Strauß abknallen, dem wir über den Weg laufen. Komm schon, Alex, da steckt doch noch mehr dahinter.»

Alex fühlte sich ein wenig wie damals, wenn seine Mutter ihn Bibelverse abgefragt hatte. Er erzählte Marv das wenige, was er wusste. «Schon mal was von Glimmer gehört?»

Marv schüttelte den Kopf.

«Das sind große Gesteinszapfen, die vor Millionen

von Jahren die Erdkruste durchbrochen haben.» Er zog an seiner Zigarette. «Dabei haben sie eine Menge von Mineralien an die Oberfläche gebracht – Diamanten, Granate, Rubine, Saphire und noch anderes Zeug.»

«Zeug?» Da Marv ein methodischer Mensch war, genügte ihm die Bezeichnung «Zeug» nicht.

Alex zuckte die Achseln. «Nickel, andere Gesteinsarten, solches Zeug eben.»

«Meinetwegen. Zeug.»

Alex ging nicht auf den spöttischen Ton ein. «Glimmer setzt sich normalerweise dicht unterhalb oder oberhalb der Erdoberfläche fest. Also müssen wir nach natürlichen Becken oder Kuppen suchen. Und», sprach er laut weiter, als er bemerkte, dass Marv ihn unterbrechen wollte, «wir müssen nach dichtem Pflanzenwuchs Ausschau halten. Wenn man Glimmer Sonne, Wind und Regen aussetzt, zerfällt er und verfärbt sich gelblich. Dieses Zeug ... äh ... dieser Boden», verbesserte er sich rasch, «speichert Feuchtigkeit besser als Böden ohne Glimmer. Also wachsen dort mehr Pflanzen.»

Marvs Miene war mürrisch. «Und was machen wir dann hier?» Er zeigte mit dem Finger. «Weit und breit kein gottverdammter Baum.»

«Das ist nur unser Ausgangspunkt. Von hier aus können wir verschiedene Gebiete erkunden. Und wir haben wenigstens ein Dach über dem Kopf.»

Marv grunzte. «Weiter.»

«Wenn wir auf eine Gegend mit Glimmervorkommen stoßen, müssen wir Termitenbauten suchen.»

«Mein Gott, was haben denn Termiten damit zu tun?»

«Marv, Termiten gibt es seit Tausenden von Jahren. Ich habe gelesen, dass sie Schlamm und Feuchtigkeit brauchen, um die Pilze zu züchten, von denen sie sich ernähren. Manchmal müssen sie dafür bis zu hundert Metern tief graben.»

«Unmöglich. Hundert Meter! Du spinnst wohl.»

«Nicht alle Termiten tun das, aber sie graben jedenfalls sehr tief. Und weil sie dabei den Sand und Kies loswerden müssen, schaffen sie ihn an die Oberfläche.»

Zum ersten Mal wirkte Marv beeindruckt. «Jetzt verstehe ich. Die Ameisen sollen für uns das Buddeln übernehmen.»

«Zumindest geben sie uns die nötigen Hinweise, Bruchstücke von Kristallen zum Beispiel. Dann teilen wir das Gebiet in Quadrate ein und nehmen Bodenproben. Wir suchen nach Konzentrationen von kristallinen Gesteinssplittern, hauptsächlich Granate und Feldspat.»

«Was ist Feldspat?», fragte Marv mürrisch.

«Schwarzes Zeug», erwiderte Alex verzweifelt, weil er nicht so recht weiterwusste. «Auch Mangan und so weiter.»

Marv ließ ihm das «Zeug» noch mal durchgehen. «Los, weiter.»

«Und wenn wir genug Hinweise finden, graben wir.»

«Wie tief?»

«Keine Ahnung», meinte Alex. «Hängt davon ab.»

«Nur so ungefähr.»

«Zwischen zwanzig Zentimetern und ein paar Hundert Metern.»

«Vergiss es!»

Alex achtete nicht auf diesen Einwand. «Dann holen wir Proben hoch und nehmen wieder die Siebe.»

«Wieder?»

«Ja, Marv, denn damit haben wir ja schon vorher nach Hinweisen gesucht.»

«Das hast du aber eben gar nicht erwähnt.» Marv beugte sich vor und ließ noch etwas Wasser aus dem Teekessel laufen. Doch diese Mühe hätte er sich sparen können. Die Skorpione waren alle bei ihrer selbstmörderischen und vergeblichen Rettungsaktion verbrannt. Er lehnte sich wieder zurück. «Also nehmen wir wieder die Siebe. Ich dachte immer, dazu braucht man Wasser. Davon haben wir nicht genug.»

«Wir können auch trocken sieben. Ist zwar schwieriger, aber möglich.»

Marv ließ die Schultern hängen. «Okay, und was kommt dann?»

«Es dauert ein bisschen, bis man es richtig hinkriegt. Man schwenkt das Sieb einfach herum, bis sich die schwereren Teile auf dem Boden senken. Wenn man es danach umdreht, liegt das ganze schwere Zeug oben.»

Marvin hatte da seine Zweifel. «Hast du damit Erfahrung?»

«Äh ... kann man eigentlich nicht so sagen.» Alex zog an seiner Zigarette. «Offen gestanden, nein. Aber es kann doch nicht so schwer sein. Wir schwenken einfach die Siebe, bis wir den richtigen Dreh raushaben.» Er merkte Marv an, dass dieser fieberhaft überlegte. «Wir können ja morgen ein bisschen üben», fügte er rasch hinzu.

«Schon gut.» Marvs Tonfall triefte vor Hohn. «Wonach suchen wir eigentlich. Sehen alle Diamanten so aus wie der, den !Ka dir gegeben hat?»

«Nein.» Alex nahm den Diamanten, den er stets bei sich trug, aus der Hemdtasche. «So einer wie der da ist ziemlich selten. Die meisten Diamanten sind Oktaeder. Das heißt achteckig», fügte er rasch hinzu. Er reichte Marv den Stein. «Siehst du, wie glatt die Seiten sind? Diamanten sind für gewöhnlich glatt und normalerweise funkeln sie. Nichts hat so scharfe Konturen wie ein Diamant. Man erkennt sie leicht.» Er zeichnete etwas in den Sand. «Sie sehen etwa so aus.»

Marv studierte den Sand. «Aha. Und wenn wir so ein Ding finden, das aussieht wie zwei aneinander gelegte Pyramiden, dann ist das ein Diamant?»

«Vielleicht.»

«Was heißt das, ‹vielleicht›?»

«Kann sein, dass es Quarz ist.»

«Na toll. Und dann kommen wir mit einer Ladung Quarz nach Gaberones zurück, was?»

Alex streckte seine Hand aus. «Siehst du den Ring? Wenn wir einen Stein finden, der ihn zerkratzen kann, dann ist es ein Diamant.»

Marv war empört. «Du hast das Ding doch gerade erst von deinen Eltern bekommen! Und jetzt willst du ihn zerkratzen?»

«Hast du eine bessere Idee?»

Marv hatte keine.

Alex schlief schon seit einer halben Stunde, als Marv sich endlich vergewissert hatte, dass wirklich keine Skorpione in seinem Bett lauerten. Mürrisch legte er sich hin. Er hatte keine Möglichkeit gefunden, die Dusche am Wasserhahn zu befestigen, sodass beim Waschen auch weiterhin ständig die Brause herunterfiel und einen schmerzhaft am Kopf traf. Außerdem war das Wasser zu heiß gewesen; Marv hätte sich fast verbrüht. Und es beschäftigte ihn noch immer die Frage, warum er sich im weiten, offenen Land so unwohl und wie auf dem Präsentierteller fühlte. Da er neun Jahre älter war als Alex, hatte er nicht dessen bedingungsloses Vertrauen, dass die Natur, Gott oder wer auch immer schon alles richten würde. Er zweifelte stark daran, dass es wirklich möglich war, hier Diamanten zu finden. Auch den giftigen Skorpionen konnte er nur wenig abgewinnen. Und zu allem Überfluss hatte Alex, der sonst nur selten rauchte, genüsslich eine nach der anderen gequalmt, obwohl er wusste, dass Marv gerade versuchte, es sich abzugewöhnen. Alles in allem war es ein verpfuschter Tag gewesen. Inzwischen hatte Marv fast vergessen, dass die Idee ihn anfangs genauso begeistert hatte wie Alex.

Die Suche nach Straußen, gelbem Sand oder dichtem Pflanzenwuchs erwies sich als schwierig, genau genommen als ergebnislos. Die ganze Woche lang mühten sie sich ab, ohne etwas zu finden. Sie stießen zwar auf Hunderte von Termitenbauten, aber nicht auf Granat- oder Feldspatsplitter. Nachdem die beiden Männer zehn Tage lang den Umkreis von fünfundsiebzig Kilometern durchkämmt hatten, waren sie reif für ein Wochenende in Gaberones.

Alex hatte vor, bei Chrissy zu übernachten, Marv

wollte bei einem Freund unterschlüpfen. Sie machten sich in einem Wagen auf die dreistündige Fahrt und sahen unterwegs noch rasch bei Marthe und Jacob in Molepolole vorbei.

In diesen zehn Tagen hatte Alex häufig an Chrissy gedacht. Bis jetzt hatte er sich noch nie eine feste Beziehung gewünscht. Doch seit ihrer gemeinsamen Nacht hatte Chrissy einen festen Platz in seinem Herzen. Sie machte ihn glücklich, auf eine Art, die Alex noch nicht gekannt hatte. Er hatte immer geglaubt, die Liebe wäre etwas, das einen traf wie ein Blitzschlag. Auf dem Weg nach Gaberones erinnerte er sich an ihren warmen Körper in seinen Armen. Nachdem er Marv bei seinem Freund abgesetzt hatte, fuhr er zu ihr. Er sehnte sich nach einer Dusche, er hatte Hunger und eine Erektion. Als sie die Tür aufriss und sich ihm in die Arme warf, vergaß er die Dusche und den Hunger.

Anders als beim letzten Mal liebten sie sich nicht langsam und zärtlich, sondern fielen in wilder Leidenschaft übereinander her. «Beeil dich», stöhnte sie und kratzte ihm mit den Fingernägeln über den Rücken.

Fünf Minuten später kamen sie gemeinsam zum Höhepunkt. «Mein Gott», flüsterte er.

«Wie ich dich vermisst habe», hauchte sie.

Es war so schön, wieder bei ihr zu sein, ihren süßen Duft zu riechen, ihre weiche Haut zu spüren und ihre sanfte Stimme zu hören. Er ertappte sich dabei, wie er unwillkürlich lächelte. Er war so überglücklich und fühlte sich unglaublich warm und geborgen. Deshalb war er nicht sonderlich erfreut, als es plötzlich an der Tür klopfte. «Geh nicht hin. Tu einfach so, als ob niemand da wäre.» Sie schmiegte sich fester an ihn.

«Ich weiß genau, dass ihr zu Hause seid. Macht auf.» Es war Marv.

«Ach, verdammt.» Sie warf die Decke zurück und griff nach ihrem Morgenmantel. «Was will er denn von uns?»

Auch Alex zog sich an. «Keinen Schimmer. Ich habe ihn am anderen Ende der Stadt abgesetzt.»

Wieder hämmerte Marv an die Tür. «Aufmachen.»

Anscheinend ahnte Marv nicht, dass er wieder einmal ins Fettnäpfchen getreten war. «Warum hat das so lange gedauert?»

Chrissy bedachte ihn mit einem Blick, der hätte töten können. Auch Alex war nicht gerade glücklich über Marvs Besuch. «Was hast du hier zu suchen?»

«Mein Kumpel ist nicht da. Ich komme nicht ins Haus. Also muss ich wohl bei euch bleiben.» Diese Vorstellung schien Marv nicht im Geringsten zu stören.

«Das dritte Zimmer ist mein Arbeitszimmer.» Offenbar war Chrissy gar nicht damit einverstanden.

«Das macht nichts.» Marv setzte sich aufs Sofa und wippte ein paar Mal auf und nieder. «Ich kann ja hier schlafen.» Er grinste die beiden an. «Was gibt es denn zum Abendessen? Ich verhungere.»

Alex konnte Marv zwar gut leiden, doch seine Anwesenheit verdarb ihm und Chrissy das Wochendende. Chrissy konnte ihn einfach nicht ausstehen, und Alex hatte Verständnis dafür. Marv war eben gewöhnungsbedürftig, und dass er dauernd im Weg herumstand und unpassende Bemerkungen machte, trug nicht eben dazu bei, die Lage zu entspannen. Außerdem benahm er sich, als gehöre die Wohnung ihm.

Chrissy hatte ein Essen für zwei Personen vorbereitet, aber dank eines improvisierten Salats reichte es auch für drei. Marv schlang seine Portion hinunter und meinte dann: «Ihr beide esst wohl nicht sehr viel. Ich habe immer noch Hunger.»

Sie schickten ihn zum Eisholen. «Kannst du ihn nicht irgendwie loswerden?»

«Wie denn? Er hat sonst keine Übernachtungsmöglichkeit.»

«Das ist sein Problem. Der Kerl hat ganz schön Nerven, einfach so hereinzuplatzen. Ich kenne ihn doch kaum.»

Alex legte den Arm um sie. «Ich schlage vor, wir wechseln uns ab. Ein Wochenende kommt er nach Gaberones, am nächsten komme ich. Was hältst du davon? Kannst du ihn noch einen Tag ertragen?»

Sie lehnte sich an ihn. «Was bleibt mir anderes übrig?»

Als er sie gerade küsste, kam Marv hereingestürmt. «Schlüssel vergessen. Hey, hört mit der Knutscherei auf.» Er grinste sie an wie ein stolzer Vater.

Das Problem war, dass Marv es wirklich nicht böse meinte. Er glaubte ehrlich, willkommen zu sein. Da Alex sein Freund war, erstreckte sich seine Zuneigung auch auf Chrissy. Im umgekehrten Fall hätte er für Alex dasselbe getan. Dass er störte, kam ihm überhaupt nicht in den Sinn.

Am Sonntagnachmittag ahnte Alex, dass Chrissy jeden Moment in die Luft gehen würde. Marv hatte ihre

Biervorräte ausgetrunken, ihren Kühlschrank geplündert, ihre Platten viel zu laut abgespielt, jedes Gespräch dominiert und ihr – sein schwerster Fehler – in einem ausgelassenen Augenblick einen scherzhaften Klaps auf das Hinterteil versetzt, offenbar in dem Irrglauben, dass sie das komisch finden würde. Alex schlug vor aufzubrechen. «Bis zum nächsten Mal!», rief Marv ihr aus dem Auto noch zu. Chrissy hatte Mühe, sich zu beherrschen.

«Ich werde nicht zu Hause sein», stieß sie mit zusammengepressten Lippen hervor.

«Woher weiß sie, ob sie zu Hause sein wird? Wir haben doch gar nicht gesagt, wann wir wiederkommen», fragte Marv, als Alex losfuhr.

«Vielleicht hast du dich verhört.» Alex brachte es nicht über sich, Marv zu kränken, obwohl er ihm an diesem Wochenende einige Male mit Vergnügen den Hals umgedreht hätte.

«Nein, ich habe es genau verstanden. Sie hat es wirklich gesagt. Frauen können manchmal echt seltsam sein.»

Anfang Februar war die Kalahari kein Aufenthaltsort für Menschen mit schwachen Nerven. In der nächsten Woche schufteten Alex und Marv unter sengender Sonne. «Das ist ja noch schlimmer als oben im Norden», klagte Marv und wischte sich den Schweiß von der Stirn. «Ich dachte immer, in der Wüste herrscht eine trockene Hitze.»

«Meistens schon.» Auch Alex fand die Witterungsbedingungen ziemlich anstrengend. Immer wieder drohte eines der letzten Sommergewitter niederzugehen, doch es regnete nie. Am Horizont war der Himmel schwarz, und es war so schwül wie in einem Dampfbad. Die Fliegen, die einen für gewöhnlich in Ruhe ließen, wurden immer lästiger. Außerdem wimmelte es inzwischen von Küchenschaben. Wenn man durch die Fliegengittertür ins Haus trat, huschten sie in alle Richtungen davon.

Sie entdeckten lebendige Strauße. Marv war mittlerweile so gereizt und verärgert, dass er einen davon erschoss.

«Warum hast du das getan?», schrie Alex, der auch nicht besserer Stimmung war, ihn an.

«Ich habe es satt. Wenn das so weitergeht, werfe ich das Handtuch. Wir können das Vieh ja essen.»

«Strauße sind fett und schmecken scheußlich. Was für eine gottverdammte Verschwendung.»

«Wenn du so ein toller Typ bist, dann verpiss dich doch und schieß uns einen Bock.»

«Das traust du mir wohl nicht zu, du Penner.»

«Nein, zum Teufel. Du tust nichts anderes, als ständig blöd rumzumeckern.»

«Leck mich.»

«Du kannst mich mal kreuzweise.»

«Das kotzt mich alles an. Scheiße, Scheiße, Scheiße!»

Auf einmal fanden beide es furchtbar lustig. Lachend und keuchend wälzten sie sich auf dem Boden. «Tut mir Leid, Alter», meinte Alex, nachdem er sich die Tränen aus den Augen gewischt hatte.

Marv stützte sich auf die Ellenbogen. «Schon gut. Mir auch.»

«Komm, schauen wir uns den Vogel an.»

«Wir könnten ihn zu Dörrfleisch verarbeiten.» Angewidert betrachtete Marv den Strauß. Abgesehen von den Hinterbacken war sein Fleisch mit schmierigem orangefarbenem Fett marmoriert. Selbst wenn man es in der Sonne trocknete, würde es weiter tranig schmecken.

«Die Ameisen würden drüber herfallen.»

«Sollen sie doch.»

Alex hatte bei den San Straußenfleisch gegessen. Es gehörte zwar nicht zu ihren Lieblingsspeisen, doch gedünstet mit gemahlenen Nüssen und Wurzeln war es durchaus genießbar. Aber dieser Vogel sah nicht sehr appetitanregend aus. !Ka hatte einmal darauf verzichtet, einen männlichen Strauß zu erlegen, und zwar mit der Erklärung, er sei zu alt zum Verzehr. Damals hatte Alex angenommen, der Buschmann wolle dem alten Vogel seinen Respekt erweisen, etwas, das die San häufig taten. !Ka hatte es ihm erklärt. «Ein sehr altes Tier ist ein sehr kluges Tier und verdient es, gut behandelt zu werden.» Doch beim Anblick dieses Straußes fragte sich Alex, ob !Ka nicht vielleicht auf den Geschmack angespielt hatte.

Nachdem sie Sand und Steine aus dem Muskelmagen des toten Tiers untersucht hatten, ließen sie den Kadaver für die Hyänen liegen.

Die Tage waren zwar von Sonnenaufgang bis Sonnenuntergang schwül und heiß, aber nachts wurde es empfindlich kalt. «Ich hasse Sand», sagte Marv.

«Warum?» Alex legte ein Stück Holz ins Feuer.

«Erst ist er so heiß, dass man ein Ei drauf braten könnte, und dann friert man sich drauf den Arsch ab.»

«Wir können ja reingehen», schlug Alex freundlich vor.

Allerdings war es im Inneren der Hütte um einiges unangenehmer. Denn Wände und Dach aus Wellblech heizten sich tagsüber auf, bis es so heiß war wie in einem Backofen. Bis etwa zehn Uhr abends waren die Temperaturen unerträglich. Dann kühlte sich das Metall in der abendlichen Kälte unter lautem Knacken und Krachen ab, und der Backofen verwandelte sich in einen Kühlschrank. Bei hohen Temperaturen fühlten sich Ameisen und Küchenschaben pudelwohl, doch sobald es kalt wurde, verschwanden sie wie durch Zauberhand. Alex und Marv blieben draußen am Feuer sitzen.

«Glaubst du, Chrissy gefällt es hier, wenn sie am Wochenende kommt?», fragte Marv.

«Hoffentlich. Sie hat schon Schlimmeres gesehen. Wegen ihres Jobs hat sie schon in ziemlichen Bruchbuden übernachtet.» Alex machte sich weniger Sorgen um die spartanischen Bedingungen als um Marvs Anwesenheit. Deshalb hatte er Marv zu überreden versucht, das Wochenende in Gaberones zu verbringen.

«Ich bleibe lieber bei euch.»

Alex hätte keine andere Wahl gehabt, als ihn ausdrücklich rauszuschmeißen, und er sah nicht die Möglichkeit, ihn zum Wegfahren zu bewegen, ohne ihn zu kränken. Marv war gegen dezente Andeutungen immun. Also drückte Alex sich selbst die Daumen und beschloss, das Beste daraus zu machen.

Am nächsten Tag fuhren sie weiter als gewöhnlich. Wie immer ballten sich gegen zwei Uhr nachmittags Gewitterwolken zusammen. Diesmal jedoch kam auch Wind auf. «Meinst du, es regnet endlich?» Das war eine rhetorische Frage, die Marv jeden Tag stellte.

Alex dachte an seine Mutter. Pa hatte einmal gesagt, es müsse stets jemanden geben, der nichts mehr von dem Regenschauer abbekam, und seine Mutter hatte spitz geantwortet: «Schon, aber warum trifft es immer uns?» Allmählich verstand Alex ihre Enttäuschung. Wenn man sich diese Wolken ansah, musste es doch irgendwo regnen. Falls der Wind, wie gerade jetzt, ein wenig auffrischte, konnte er es geradezu riechen. Doch der Regen fiel stets einige Kilometer entfernt.

Sie saßen im Landrover auf einer Anhöhe und blickten über die mit Gras bewachsene Ebene, wo sich hin und wieder ein paar verkrüppelte Akazien mit abgeflachten Kronen erhoben. Inzwischen wehte der Wind ein wenig heftiger, und der Sand, der gegen den Wagen prasselte, klang wie Tausende von Nadelstichen auf einem Blatt Papier.

Plötzlich bewegte sich etwas auf dem Abhang links von Alex. Wie aus dem Nichts war der schimmernde schwarze Hengst aufgetaucht. Alex stieß Marv an und legte den Finger an die Lippen. Der Hengst stand nur etwa sieben Meter von ihnen entfernt und hatte den Kopf abgewandt. Alex vermutete, dass er sie nicht bemerkt hatte.

Dann erschien Alptraum auf der Anhöhe. Alex hielt den Atem an. Nach den Jahren in der Wüste war sie muskulöser, kräftiger und schlanker geworden. Ein Fohlen kam näher, und im nächsten Moment war ein weiteres

Pferd zu sehen. Alex erkannte es als das Tier, das er Diamant getauft hatte. Das Fohlen hatte dieselbe Farbe wie Alptraum. Alex wusste, dass er ihre ganze Familie vor sich hatte. Als die Stute den Landrover bemerkte, schnaubte sie ängstlich, stampfte mit den Hufen und warf fluchtbereit den Kopf zurück.

Langsam öffnete Alex die Wagentür. «Was tust du da? Steig wieder ein. Der Hengst wird dich töten.» Alex rief Alptraum leise zu. Sie blieb bebend stehen und schleuderte den Kopf herum. Wieder rief Alex. Sie machte einen Schritt auf ihn zu.

Es dauerte zehn Minuten, bis sie wagte, sich ihm zu nähern. Denn alle zwei Schritte hielt sie inne, tänzelte, wartete, wich zurück und schnaubte dabei die ganze Zeit. Aber Alex redete immer weiter auf sie ein.

Endlich stand sie zum Greifen nah vor ihm und streckte ihm den Kopf entgegen. Alex hob sein Gesicht und pustete sanft auf ihre Nasenlöcher. Kurz zuckte Alptraum zusammen, doch dann ließ sie sich genüsslich von dem einzigen Menschen liebkosen, dem sie je vertraut hatte.

Es wäre ein Leichtes für sie gewesen, ihn ins Gesicht zu beißen, aber trotz des langen Lebens in der Wildnis schien sie sich an Alex zu erinnern. Alex pustete weiter, sie schnupperte seinen Atem und wusste, dass er ihr Freund war.

Dann hob er die Hand und streichelte zärtlich ihren Hals. Der Hengst rief, und Alptraum fuhr zurück. Ihre Augen jedoch blickten nicht mehr ängstlich, sondern vertrauensvoll. «Lauf los, meine Königin.» Als sie seine

Stimme so dicht an ihrem Ohr hörte, schrak sie zusammen. Sie wirbelte herum, galoppierte davon, dass der Sand in alle Richtungen stob, und lief den Abhang hinunter zu ihrer Familie. Die Pferde verschwanden so rasch, wie sie gekommen waren.

Alex' Atem ging schwer. Die Begegnung hatte ihn sehr berührt. Alptraum war ein starkes, stolzes und freies Tier, das ihm dennoch vertraute. Und das erfüllte ihn mit einem unbeschreiblichen Hochgefühl.

«Du Idiot.» Marv stand neben ihm. «Warum hast du das getan?»

«Ich kannte sie vor vielen Jahren. Sie erinnert sich an mich.»

Marv schnaubte verächtlich. «Schwachsinn!»

Aber Alex war ganz sicher. Er betrachtete ihre Spuren auf der Anhöhe. In diesem Moment wirbelte der Wind den Sand auf und gab einen Felsen frei.

Ein Felsen! Ein richtiger Felsen! Ein echter dunkelgelber Felsen! Alex rannte darauf zu, fiel auf die Knie und wischte den Sand weg. Der Stein sah seltsam aus, so als wäre er einmal geschmolzen und dann wieder erstarrt – glatt und ohne schartige Ränder. Der Großteil davon war unter Bodenwellen verborgen. «Marv, komm her.»

Als Alex weiter den Sand beiseite wischte, stieß er an etwas Scharfkantiges. Mit einem Aufschrei zog er die Hand zurück und sah sie an. Blut. Er schob noch mehr Sand weg. Da stieß Marv einen Pfiff aus. Neben dem Felsen lag ein vollkommen achteckiger, leuchtender Stein, etwa so groß wie ein Daumennagel. Alex hob ihn auf und entfernte den losen Sand. Der Stein fühlte sich kalt und glatt an und sah aus wie Glas.

«Ist es das, wofür ich es halte?», fragte Marv mit zitternder Stimme.

Alex leckte sich das Blut von der Hand. «Ich glaube, schon.»

«Probier es an deinem Ring aus.» Vor Aufregung hüpfte Marv auf und nieder.

Alex entschuldigte sich im Geiste bei seinen Eltern, als er mit der Spitze des Steins über den Onyxring kratzte. «Wir haben's geschafft! Oh Mann! Wir haben's geschafft, Marv!» Quer über den Ring verlief ein Kratzer.

Im Landrover lagen Schaufeln und Siebe. Die beiden arbeiteten, bis es dunkel wurde. Doch sie fanden nichts mehr.

Den Rückweg zum Lager zeichneten sie sorgfältig in der Karte ein. Marv war so begeistert, dass er sogar vergaß, sich über die Küchenschaben und Ameisen zu beklagen, und er beschwerte sich auch nicht, als wieder einmal die Brause herunterfiel und ihn am Kopf traf.

«Wie machen wir weiter?» Sie saßen am Feuer und verzehrten auf gekrümmte Metallgabeln gespießte Würstchen.

Alex trank einen Schluck Bier. «Wir fahren morgen wieder hin und graben. Dann nehmen wir jede Menge Sand mit, sieben fleißig und hoffen, dass wir noch was finden. Es muss dort Diamanten geben, Marv. Unwahrscheinlich, dass nur einer allein da rumliegt.»

«Eine Ader vielleicht?»

«Kann sein. Da draußen sind Diamanten, das weiß ich

genau. Möglicherweise haben wir noch nicht die richtige Stelle entdeckt. Aber sie sind da.»

«Ich habe keine Hinweise bemerkt.»

«Ich auch nicht, und ich verstehe nicht, warum. Aber vergiss nicht, die größten Steine, die entdeckt wurden, haben einfach so auf dem Boden herumgelegen.»

«Wem gehört das Land?»

«Den Stämmen. Die Häuptlinge erlauben den Farmern, ihre Rinder dort weiden zu lassen. Doch da wir kaum Rinder gesehen haben, wird es vermutlich nicht benutzt. Das heißt, dass wir es vielleicht pachten können.» Nach kurzem Zögern fügte Alex hinzu: «Wenn wir einen großen Fund machen, kann es sein, dass wir die Behörden informieren müssen. Offiziell ist das Land Eigentum der Bevölkerung von Bechuanaland, also wäre es Ehrensache, es zu melden.»

«Einverstanden. Solange ich dabei nur reich werde.»

«Gewiss wird das Leben für die Batswana nach der Unabhängigkeit nicht leicht werden», fuhr Alex fort, als hätte er Marv nicht gehört. «Außer Vieh haben sie nichts. Wenn man also in Bechuanaland oder Botswana, wie es dann heißt, größere Mengen von Diamanten findet, wäre das ein wunderbarer Neuanfang.»

«Schon gut. Vergiss nur nicht, dass wir auch noch was dran verdienen wollen.»

«Würde ich je so etwas tun, Marv?»

«Wer weiß? Du bist manchmal ein ganz schöner Spinner.»

Alex grinste nur.

Am nächsten Tag, einem Freitag, fuhren sie mit beiden Autos zur Fundstelle. Fluchend und schwitzend arbeiteten sie den ganzen Tag in der sengenden Hitze. Doch sie fanden nichts mehr. Etwa dreißig Meter von der Fundstelle entfernt flachte der Abhang ab. Am Abend kehrten sie müde und enttäuscht zum Lager zurück. Der Landrover ging unter dem Gewicht der Sandproben, die sie noch sieben mussten, ordentlich in die Knie.

«Wahrscheinlich verläuft die Diamantenader unterirdisch», meinte Alex und ließ sich stöhnend in einem Liegestuhl nieder.

«Wir finden schon noch weitere Felsen», beruhigte ihn Marv.

«Hoffentlich. Diese Schufterei muss doch etwas bringen.»

«Wir sind noch nicht fertig mit der Arbeit», erinnerte ihn Marv.

Wie sie nach einer Weile feststellen mussten, war auch das Sieben kein Kinderspiel. Am Ende des Tages taten ihnen von der steten kreisförmigen Bewegung Rücken und Arme weh. Den Sand zu sieben, wäre mit Wasser einfacher gewesen, und auch das Schütteln des Siebes wäre ihnen dann weniger schwer gefallen. Außerdem hätten sie die Proben so vor dem Ausschütten auf Rupfensäcke durchspülen und schneller sichten können. Aber ohne Wasser war jeder Arbeitsschritt doppelt so mühsam.

«Morgen haben wir Pause», meinte Alex. Chrissy wollte am nächsten Tag kommen. «Äh, noch was, Marv.»

«Ja?»

«Meinst du, du kannst uns an diesem Wochenende auch mal ein bisschen allein lassen?»

«Wie?»

«Keine Ahnung. Fahr spazieren oder so.»

Marv nickte nachdenklich, sagte aber nichts mehr. Doch sein wissender Blick hätte Alex eine Warnung sein sollen. Kurz nach Chrissys Ankunft am Samstagmorgen verkündete er lautstark, er werde jetzt spazieren fahren. Unter heftigem Winken und mit einem anzüglichen Grinsen auf dem Gesicht machte er sich auf den Weg.

Mit offen stehendem Mund blickte Chrissy ihm nach. «Was zum Teufel ...»

Alex lachte. «Ich habe ihn gebeten, uns auch mal allein zu lassen. Dass er so schnell reagiert, hätte ich nicht erwartet.»

Sie schüttelte den Kopf. «Wie hältst du ihn bloß aus?»

«Er ist in Ordnung und meint es nicht böse.» Alex brachte Chrissy in die Hütte. «Nun, wie findest du es?»

Chrissy sah sich um. «Spitze. Ihr habt hier alles, was ihr braucht. Ich hatte es mir nicht so komfortabel vorgestellt.» Sie spähte durchs Fenster. «Du meine Güte!»

Nachdem Marv deutlich gemacht hatte, dass er sie nur allein ließ, damit sie miteinander ins Bett gehen konnten, war er etwa einen Kilometer weit gefahren und dort einfach stehen geblieben. Chrissy erkannte in der Ferne den Landrover. Marv saß darin und wartete. «Er denkt doch nicht etwa ...»

Alex war eher belustigt als wütend. «Ich fürchte schon. So ist Marv nun einmal.»

«Es ist die Höhe!» Chrissy fand das überhaupt nicht komisch.

«Chrissy, er glaubt, er tut uns einen Gefallen. Er will nicht unhöflich sein. Marv denkt eben einfach anders als die anderen.»

«Denkt er denn überhaupt?», höhnte sie.

Alex gab es auf und half ihr, die mitgebrachten Vorräte ins Haus zu tragen. Es war zwecklos, Marvs Verhalten erklären zu wollen.

Zwanzig Minuten später kehrte Marv zurück und fragte Alex grinsend: «War ich lange genug weg?»

Irgendwie brachten sie den Rest des Tages herum. Alex wollte Chrissy die Stelle zeigen, wo sie auf den Diamanten gestoßen waren. Marv war von der Idee begeistert. «Wartet, ich hole ein paar Biere.» Alex hörte, wie Chrissy mit den Zähnen knirschte.

Am nächsten Morgen machten sie einen Ausflug in einen Teil der Wüste, den Alex und Marv vor ein paar Tagen entdeckt hatten. Eigentlich gab es dort nichts Besonderes zu sehen, nur die Bäume waren ein wenig höher als gewöhnlich und spendeten wohltuenden Schatten. Chrissy sprang aus dem Wagen und streckte sich. Alex, der hinter dem Steuer gesessen hatte, folgte ihrem Beispiel und ging um den Landrover herum. Marv hatte auf dem wegen des Schalthebels unbequemen Platz in der Mitte bestanden; nun kletterte er ebenfalls hinaus. In diesem Moment bemerkte er die Löwin, die nur gut drei Meter von ihnen entfernt im Schatten lag.

«Mist! Beweg dich nicht.»

Chrissy, die ein paar Schritte weitergegangen war, drehte sich zu Marv um und sah die große Katze. «Rühr dich nicht von der Stelle», zischte Marv ihr zu.

Alex spähte um das Auto herum und fragte, ob jemand Lust auf ein Bier hatte. Beim Anblick der Löwin fuhr er entsetzt zusammen. Marv hatte die Hände nach Chrissy ausgestreckt, die wie angewurzelt dastand. Aus weit aufgerissenen Augen starrte sie die Löwin an. Diese hatte sich inzwischen erhoben und setzte zum Sprung an. Alle drei – Chrissy, Marv und die Raubkatze – wirkten wie mitten in der Bewegung erstarrt.

Die Löwin schlug mit dem Schwanz. *Mein Gott, gleich greift sie an.* Alex wollte etwas unternehmen, doch er stellte fest, dass er sich nicht rühren konnte. So sehr er es auch versuchte, seine Beine wollten ihm nicht gehorchen.

«Schau zu Boden», keuchte Marv mit zusammengebissenen Zähnen. «Um Himmels willen, Chrissy, schau runter, sonst fühlt sie sich provoziert.»

Aber Chrissy war so verängstigt, dass sie ihn gar nicht hörte, und reagierte deshalb nicht.

Die Löwin legte die Ohren an.

Auf einmal stieß Marv, der immer noch ruhig dastand, einen markerschütternden Schrei aus. Es begann wie ein leises Knurren, das sich zu einem lauten Kreischen steigerte, mit einem leichten Zittern von Furcht darin. Alex war wie gelähmt. Die Löwin, die schon zum Sprung angesetzt hatte, beäugte jetzt Marv. Inzwischen klang sein Schrei wie eine Art Jodeln. Er ruderte mit den Armen. Dann stürmte er vorwärts, direkt auf die Löwin zu. Dabei kreischte er wie eine Windmühle auf Beinen, die ein paar Tropfen Öl bitter nötig gehabt hätte. Beim Anblick dieser Grauen erregenden Gestalt beschloss die Löwin, den Rückzug anzutreten. Sie wandte sich um und verschwand im Busch.

Mit weichen Knien lief Alex zu Chrissy hinüber, die am ganzen Leibe zitterte. Er nahm sie in die Arme und drückte sie fest an sich. Als er über ihre Schulter blickte, sah er, wie Marv ihn angrinste, dann plötzlich erbleichte, sich abwandte, ein paar Schritte rannte und sich heftig erbrach. Immer noch kreideweiß im Gesicht und mit dicken Schweißperlen auf der Stirn ging er zum Kofferraum des Landrover, nahm sich mit zitternden Händen ein Bier und entfernte den Kronkorken an der Stoßstange. Erst als die halbe Flasche leer war, ließ er sie wieder sinken. «Verdammte Scheiße. So was will ich nicht noch mal erleben.» Er lächelte den beiden zu.

Alex spürte, dass Chrissy sich bewegte und sich losmachte. Die Tränen liefen ihr über die Wangen, als sie auf Marv zustürzte und ihn umarmte. Marv sah Alex verlegen an. «He, sag ihr, sie soll mich loslassen.»

Lachend umarmte Chrissy ihn noch einmal. «Danke», flüsterte sie. «Das war sehr mutig von dir.»

«Ach zum Teufel, Chrissy.» Marv lächelte erfreut. «Das war doch nichts.»

Alex ging zu den beiden und legte die Arme um sie. Die zwei Menschen, die er am meisten liebte, waren ihm in den letzten Sekunden wichtiger geworden als alles auf der Welt.

Die Löwin hatte ihre Jungen im Gebüsch versteckt.

Vom sicheren Auto aus sahen sie zu, wie die Raubkatze zurückkam, um sie zu holen. Sie war zwar nach Marvs Attacke verwirrt und verängstigt, doch der Mutterinstinkt hatte sie zurückgetrieben. Sie knurrte warnend und baute sich mit schlagendem Schwanz neben ihrem Wurf auf. «Lassen wir sie in Ruhe», meinte Alex und startete den Motor.

Halbherzig verfolgte die Löwin den Wagen noch ein Stück, um das Gesicht zu wahren.

Auf einmal konnte Marv nichts mehr falsch machen. Chrissy bewunderte ihn. «Tut mir Leid, wenn ich grob zu dir war», entschuldigte sie sich.

«Schon gut.» Marv war bereit, ihr alles zu vergeben. Schließlich war sie Alex' Freundin.

«Du weißt ja, dass ich dich nicht sonderlich sympathisch fand.»

«Ach was, Chrissy. Das macht nichts.»

Sie legte den Arm um ihn. «Doch.»

«Aber jetzt kannst du mich leiden?» Die Berührung gefiel ihm zwar, machte ihn aber verlegen.

Sie küsste ihn auf die Wange. «Du bist wunderbar.»

«Ach, Chrissy, hör auf damit.» Er war wie ein großer Junge.

Lächelnd sah Alex sie an. Offenbar hatte Chrissy soeben etwas entdeckt, was er schon immer gewusst hatte. Marvs Treue war etwas sehr Kostbares. Auch wenn er einem zuweilen ein wenig Geduld abverlangte und manchmal eine richtige Landplage sein konnte, hatte er viel zu geben.

Im nächsten Monat waren die drei unzertrennlich. Sie

trafen sich entweder in Gaberones oder im Lager. Doch sie stießen nicht mehr auf Diamanten.

Nach zwei ergebnislosen Monaten beschloss Alex, !Ka einen Besuch abzustatten. Er wusste, dass er die Sippe aufspüren konnte. Chrissy wollte ihn begleiten. Sie war persönlich und beruflich begeistert von der Aussicht, eines der wenigen noch existierenden Völker von Jägern und Sammlern kennen zu lernen, die ihre Lebensweise seit Tausenden von Jahren nicht verändert hatten. «Außerdem brauche ich ein bisschen Urlaub», sagte sie.

Zur Abwechslung war Marv einverstanden, sie diesmal allein ziehen zu lassen.

Eine Woche vor dem geplanten Aufbruch bekam Alex den Eindruck, dass Chrissy sich über etwas Gedanken machte. «Was ist los?», fragte er. Alex und Marv waren übers Wochenende in Gaberones. Nun saßen die drei im Tennisclub und genossen das kühle Bier.

«Eine alte Schulfreundin will mich besuchen. Ich kann nicht mitkommen, Alex. Sie trifft nächste Woche ein. Ich habe versucht, sie anzurufen, aber sie war schon weg. Zurzeit ist sie irgendwo in Südafrika unterwegs. Schade, dass ich mir den Ausflug mit dir entgehen lassen muss, ich hatte mich so darauf gefreut.»

«Ich könnte sie vom Flughafen abholen», schlug Marv hilfsbereit vor. Schließlich war sie eine Freundin von Chrissy. «Ich bringe sie zum Lager. Sie kann dort auf euch warten und wird sich schon einleben. Außerdem kann sie mir beim Graben helfen.»

Chrissys Miene war zweifelnd.

«Was ist? Glaubst du, sie mag die Wüste nicht?» Alex

ahnte, dass Chrissy diese Lösung nicht recht war, doch er wollte unbedingt, dass sie ihn begleitete, um die Sippe kennen zu lernen.

«Pru ist ein bisschen anders», erwiderte Chrissy zögernd. «Die Wüste gefällt ihr bestimmt, aber ... nun, ich bin nicht sicher, ob sie zu uns passt.»

«Zu uns passt jeder», entgegnete Marv vergnügt. «Wir sind doch so nett.»

«Schon, ja, aber Pru ... Ich mag sie sehr gern, aber sie kann manchmal ziemlich herrschsüchtig und rechthaberisch sein. Außerdem ist sie ein Snob und versucht ständig, anderen Leuten Vorschriften zu machen.» Chrissy wirkte verlegen. «An Pru muss man sich erst gewöhnen. Wir kennen uns schon sehr lange. Aber viele Leute kommen mit ihr nicht zurecht.»

«Mach dir keine Sorgen um Pru», meinte Marv freundlich. «Ich kümmerte mich schon um sie.» Er stand auf. «Will noch jemand ein Bier?»

Chrissy erhob sich ebenfalls. «Entschuldigt mich.» Sie ging zur Damentoilette.

Alex sah sich um. Die Menschen spielten Tennis auf dem Platz, hatten es sich auf Stühlen gemütlich gemacht oder plauderten an der Bar. Nach der Hitze dem Sand und den Entttäuschungen in der Wüste genoss er diesen kurze Aufenthalt in der Zivilisation.

«Hallo.»

Alex blickte hoch. Er hatte sie nicht kommen sehen. «Madison!» Er sprang auf. «Möchtest du dich zu uns setzen?»

Als sie den Kopf schüttelte, wippte ihr seidiges Haar.

«Nein, ich habe dich nur bemerkt und wollte ...» Sie biss sich auf die Lippe. «Hör zu», meinte sie fast ärgerlich. «Es tut mir wirklich Leid, was ich dir damals vorgeworfen habe.»

Er merkte ihr an, wie schwer ihr diese Entschuldigung fiel. «Schon gut, Madison. Vergessen wir es.»

Wie immer hatte er das Falsche gesagt. «Genau das ist ja das Problem mit dir. Du schiebst unangenehme Dinge einfach weg und schweigst sie tot.» Mühsam beherrschte sie sich. «Wir beide müssen miteinander reden», stieß sie dann hervor.

Chrissy kehrte von der Toilette zurück. Sie winkte Alex lächelnd zu und blieb dann an einem Tisch stehen, um mit einigen Leuten zu plaudern.

Madison war seinem Blick gefolgt. «Wer ist das?»

Madison hatte etwas an sich, das Alex' Widerspruchsgeist herausforderte. Ständig hatte er das Gefühl, dass sie ihn provozieren wollte, vor allem, wenn sie über ihren Vater redeten. Chrissy kam auf sie zu, ein Fragezeichen im Gesicht. «Chrissy?», sagte Alex so laut, dass alle ihn hören konnten. «Das ist die Frau, die ich heiraten werde.»

Eigentlich hatte er das nicht sagen wollen. Madison sollte nur begreifen, dass sie nicht die einzige Frau auf der Welt war. Er erschrak, als sie schmerzlich das Gesicht verzog.

«Nun ... ich gratuliere ...», stammelte sie.

Chrissys Augen leuchteten. Alex stellte die beiden Frauen einander vor. Dabei überlegte er, was nur mit Madison los war. «Möchtest du dich nicht zu uns setzen?», fragte Chrissy.

Madison machte einen Schritt rückwärts und schüttelte den Kopf. «Nein, ich bin mit Freunden hier. Ich wollte nur mal hallo sagen. Jetzt muss ich aber los.» Sie stürzte davon.

Besorgt blickte Alex ihr nach. Er hatte nicht vorgehabt, ihr wehzutun, aber offenbar hatte er sie wieder gekränkt. Nur wie? Er war sicher, dass sie ihn nicht leiden konnte. Was ging bloß in ihr vor?

«Wer war das?» Chrissy merkte ihm seine Verwirrung an.

«Ich habe früher für ihren Vater gearbeitet.»

«War das der Mann, der dich zusammengeschlagen hat?»

«Ja.»

«Empfindest du etwas für sie, Alex?»

Was sollte er darauf antworten?

Chrissy sah ihn abwartend an. Er wusste, dass er ehrlich zu ihr sein musste. Also legte er ihr die Hände auf die Schultern und blickte ihr tief in die Augen. «Damals glaubte ich das», erwiderte er, und er war überzeugt, dass das die Wahrheit war. «Doch dann habe ich dich kennen gelernt.»

Sie betrachtete ihn forschend und glaubte ihm. «Danke», flüsterte sie.

Marv kehrte mit den Bieren zurück. Während er und Chrissy Pläne schmiedeten, um Pru zu unterhalten, hörte Alex nur bedrückt zu. Es machte ihn traurig, als er sah, wie Madison ins Auto stieg und rasch davonfuhr, denn er wusste, dass sie gekränkt und wütend war, und zwar seinetwegen. Er kam nur nicht dahinter, was der

Grund sein könnte. Also gab er sich Mühe, nicht mehr an sie zu denken. Neben ihm saß die Frau, die er, wie er gerade selbst verkündet hatte, heiraten wollte. Eine ganz neue Vorstellung, die in ihm ein Glücksgefühl auslöste.

«Ihr könnt euch also in aller Seelenruhe amüsieren», sagte Marv gerade. «Ich passe schon auf, dass Pru sich nicht langweilt.»

«Eigentlich habe ich eher Angst um Marv», gestand Chrissy Alex später. «Pru wird ihn roh zum Frühstück verspeisen. Ich möchte nicht, dass sie ihn vor den Kopf stößt.»

In diesem Moment meldete sich wieder Alex' schlechtes Gewissen, weil er Madison beleidigt hatte. Doch je mehr er darüber nachgrübelte, desto weniger verstand er sie. Nach einer Weile kam er zu dem Schluss, dass sie sicher noch glaubte, er habe sie benutzt, um ihrem Vater eins auszuwischen. Also hatte er nur ihren Stolz verletzt. «Sie wird schon darüber hinwegkommen», sagte er sich.

Als Alex und Chrissy sich in der nächsten Woche auf die Suche nach !Ka machten, wirkte sie immer noch bedrückt. «Pru muss eine ziemlich harte Nuss sein», meinte Alex. «Ich habe dich noch nie so besorgt erlebt.»

«Warte, bis du sie kennen lernst. Dann weißt du, wovon ich rede.»

«Marv ist ein großer Junge. Außerdem sind wir vielleicht schon zurück, bevor sie ankommt.»

«Hoffentlich», seufzte Chrissy inbrünstig.

Zwölf

!Ka und sein Clan hatten ihr Lager in der Nähe des Ortes aufgeschlagen, wo sie damals den kleinen Alex gefunden hatten. Wie bei den San üblich, waren sie in dieser Zeit erst zweimal an diesen Lagerplatz zurückgekehrt, um der Natur die Möglichkeit zu geben, sich zu erholen. In der Nacht zuvor hatten sie getanzt, und !Ka hatte zu Be gesagt: «Der kleine Käfer ist nicht weit von hier.» Be stellte das nicht in Frage und wunderte sich auch nicht, wie ihr Mann darauf kam. Doch die Nachricht sprach sich herum, und als der Landrover ins Lager rollte, waren alle Kochtöpfe in Erwartung von *!ebilis* Rückkehr reicher gefüllt als gewöhnlich.

Auch Alex hatte gespürt, dass der Clan nicht mehr weit sein konnte. Das lag daran, dass es jetzt *≠obe* war, die Zeit zwischen dem sommerlichen Regen und dem kühleren *!gum*. Alex wusste, dass die kleinen Wasserlöcher dann austrockneten, sodass die Sippe zu einem größeren oder gleich zu einer Quelle weiterzog, um im langen, dürren Winter genug Wasser zu haben. !Ka und seine Leute ernährten sich um diese Jahreszeit hauptsächlich von Mongongonüssen, Beeren und Sommermelonen. Sie gingen zwar weiter auf die Jagd und stellten Fallen, aber die Ausbeute war nur sehr gering.

Alex kannte acht verschiedene Lagerplätze, die der Clan im *≠obe* benutzte. An einem davon würden sie zu finden sein.

Er und Chrissy bemerkten das Lager erst, als sie es

schon fast erreicht hatten. Selbst Alex, der wusste, wonach er suchte, hätte es beinahe übersehen. Aber dann entdeckte er Kinder, die mit einem *zani*-Stab spielten. Bei ihrem Anblick wurde Alex von Freude ergriffen. Mit sechzehn hatte er sich auch in diesem Spiel versucht. Das Spielzeug war sehr einfach – ein hohles Rohr, in dessen einem Ende kleine Perlhuhnfedern steckten. Am anderen Ende war ein kurzer Lederriemen befestigt, mit einem Stück Akaziengummi beschwert und mit einer Sehne am gegenüberliegenden Ende verschnürt. In der Mitte war eine große Feder festgebunden. Mit diesem Spielzeug konnte man sich stundenlang beschäftigen. Wenn man es in die Luft warf, schwebte es spiralförmig zu Boden und trieb langsam im Wind. Das Ziel war, es mit der Spitze eines anderen Stocks aufzufangen und wieder emporzuschleudern.

Alex stoppte den Wagen, um den Kindern zuzusehen. Doch diese starrten die beiden Weißen und das Auto neugierig an. Der *zani* lag vergessen am Boden. Alex öffnete die Tür und stieg aus. «Ich bin es, !Oma, das Kind des Mondes, *!ebili!*», rief er.

Die Kinder tuschelten und kicherten aufgeregt. Dann lief einer der Jungen auf sie zu. «Komm, *!ebili*, spiel mit uns.»

Alex nahm den Stab, den der Kleine ihm hinhielt. Ein anderer Junge reichte ihm den *zani*. Aber als Alex ihn in die Luft warf, landete er mit einem Platsch auf dem Boden. Die Kinder hielten sich vor Lachen die Bäuche.

Alex schmunzelte und schüttelte den Kopf über seine eigene Ungeschicklichkeit. Er stieg wieder in den Wagen und fuhr, gefolgt von den Kindern, die letzten hundert Meter. «Anscheinend wussten sie, dass wir kommen. Sie haben uns erwartet», meinte Chrissy erstaunt.

«Sicher hast du Recht.» Alex hatte zwar keine Ahnung, wie sie davon erfahren hatten, doch er hatte schon oft erlebt, dass der Clan die Ankunft von Besuchern vorausahnte.

«Sie hatten gar keine Angst vor dir. Was hast du zu ihnen gesagt?»

«Nur meinen Namen.»

«Aber sie sind zu klein, um sich an dich zu erinnern.»

«Das brauchen sie auch nicht. !Oma ist ein Stammesname, an dem sie erkennen, dass ich zu ihnen gehöre. Gewiss hat man ihnen erzählt, dass ich das Zeichen des Mondes am Körper habe. Also bin ich für sie ein Familienmitglied. Außerdem haben die Erwachsenen bestimmt darüber gesprochen, dass ich komme.» Er hielt vor ein paar im Kreis angeordneten Hütten. «Da sind sie», sagte er leise und mit vor Rührung belegter Stimme. «Meine zweiten Eltern.»

Be humpelte auf ihn zu. Sie lächelte übers ganze runzelige Gesicht. !Ka erhob sich würdig und schritt zu dem Wagen hinüber. Um sie herum tanzten kreischend die Kinder.

«Willkommen, !Oma, kleiner Käfer, Kind des Mondes.» Be und !Ka waren älter geworden, denn sie führten ein hartes Leben. Bald würden sie nicht mehr mit der umherziehenden Sippe Schritt halten können. Solange ihre Kraft noch reichte, würden die anderen ihnen wegen ihres Alters Respekt erweisen. Doch wenn sie zur

Last wurden, würde man sie zurücklassen, in einer Hütte, ausgestattet mit so viel Nahrungsvorräten, wie der Clan entbehren konnte. Wahrscheinlich würden sie einem Löwen zum Opfer fallen. Aber sie lehnten sich nicht gegen dieses Schicksal auf.

Sie setzten sich in den Schatten einiger Bäume. Immer wieder gesellten sich Besucher zu ihnen. Chrissys flammend rotes Haar erregte großes Erstaunen, besonders bei den Frauen, die sie umringten und es immer wieder berührten.

«Sie sagen, dein Haar ähnelt dem Feuer bei Nacht.»

«Ist das ein Kompliment?»

Alex lächelte ihr zu. «Meines vergleichen sie mit dem Mond. Außerdem haben sie gefragt, ob du meine Frau bist, der Mond und das Feuer passen nämlich gut zusammen. Wir sollen nur vorsichtig sein, denn das Feuer darf den Mond nicht verbrennen, und der Mond muss darauf achten, dass das Feuer niemals verlischt.»

«Erklär ihnen, dass ich nicht vorhabe, ihren kostbaren Mond zu verbrennen. Und wenn der Mond mich verlöschen lässt, zieh ich ihm die Hammelbeine lang.»

«Das erzähle ich ihnen bestimmt nicht. Als Frau hast du kein Recht, bei wichtigen Themen mitzureden.»

«Darüber sprechen wir später.»

Die Buschmänner hatten dem Gespräch höflich gelauscht. Dann meinte Alex etwas zu !Ka, der leise auflachte. Er wandte sich wieder an Chrissy. «Ich habe ihm gesagt, das Licht des Mondes und das Licht des Feuers werden viele strahlende Kinder hervorbringen.»

Als Anthropologin fand Chrissy das Leben des Clans

höchst spannend. Obwohl sie die Sprache nicht beherrschte und sich deshalb nicht verständigen konnte, ließ sie Alex bei den Männern sitzen und begleitete Be, die Melonen zum Rösten vorbereiten wollte. Aufmerksam musterte sie Bes bescheidene Küche. Ein kleines Feuer, ein eiserner Topf, einige Holzlöffel und ein paar angespitzte Knochen. An der Wand der Hütte waren verschiedene glatte Steine gestapelt. Als Be Chrissys Interesse bemerkte, griff sie nach zweien von ihnen. Sie nahm eine nicht sehr appetitlich wirkende Wurzel, legte sie auf den größeren Stein und zermahlte sie mit raschen heftigen Bewegungen. Chrissy hätte das auch gern einmal ausprobiert. Sie streckte die Hände aus und hoffte, dass Be sie verstehen würde. Doch diese verstaute die Steine mit einem fast entschuldigenden Lächeln wieder an ihrem Platz.

Chrissy kannte den Grund dafür nicht, doch sie wusste, dass Beharrlichkeit hier fehl am Platz gewesen wäre. Die Mahlsteine hatten für die Frauen der San eine so große Bedeutung, dass sie bei ihrem Tod mit ihnen beerdigt wurden. Dass Be so höflich geblieben war, als Chrissy die Steine berühren wollte, lag nur nur an ihrer tiefen Zuneigung zu Alex. Sie wusste, wie gern der kleine Käfer die Frau mit dem Feuerhaar hatte. Und deshalb hatte sie nicht ärgerlich reagiert, sondern war über ihren eigenen Schatten gesprungen und hatte Chrissy ihre Unwissenheit verziehen.

Inzwischen schmerzten Chrissys Knie vom langen Kauern, obwohl Be offenbar stundenlang in dieser Haltung verharren konnte. Außerdem hinderten ihre Jeans sie daran, die Knie bis zu den Schultern anzuziehen, wie Be es tat. Also stand sie mit einem Lächeln auf und streckte sich.

Auch Be erhob sich. Chrissy spürte eine raue Hand auf ihrem Arm. Be fuhr ihr mit dem Finger beide Arme entlang und umfasste eine Weile fest ihre Handgelenke. Als Chrissy die San-Frau betrachtete, bemerkte sie verwundert Tränen in ihren Augen. Be betastete die Venen an Chrissys Händen. Dann stieß sie plötzlich einen fast angewidert klingenden Schrei aus, ließ Chrissy los und wandte sich wieder ihrem Kochfeuer zu.

Chrissy ahnte, dass etwas Merkwürdiges geschehen war. Gerne hätte sie Alex danach gefragt, doch der war mit den Männern ins Gespräch vertieft. Eine andere Frau winkte Chrissy zu sich, um ihr etwas zu essen anzubieten. Bald beboachtete sie gebannt einige Mädchen, die aus den Schalen von Straußeneiern eine Kette herstellten. Der merkwürdige Zwischenfall mit Be war vergessen.

Abends gab es geröstete Melonen und einen Eintopf, der hauptsächlich aus Wurzeln bestand. Alex schien es sehr zu schmecken, doch Chrissy aß nur ein paar Bissen, lehnte eine zweite Portion ab und meinte, die Melonen hätten sie sehr satt gemacht. Da sie sich ungewöhnlich müde fühlte, zog sie sich in die Hütte zurück, die die Buschmänner eigens für ihre Besucher errichtet hatten. Die fremdartigen Menschen, die frische Wüstenluft und die vielen neuen Eindrücke hatten sie erschöpft.

Bis tief in die Nacht saß Alex bei den Männern, redete und zeichnete Skizzen von Gebieten in den Sand, die

die San gut kannten. Schließlich verstanden sie, dass er nach Diamanten suchte. !Ka nickte. «Ich habe in dieser Gegen hin und wieder leuchtende Steine gesehen.»

Er zog heftig an seiner Pfeife. Alex hatte Tabak mitgebracht, denn er wusste, dass die San nichts so sehr liebten, wie beim Plaudern eine Pfeife zu rauchen. Schließlich fuhr !Ka fort. «Als ich ein Junge war, sah das Land noch anders aus. Die Jahreszeiten verändern es. An manchen Stellen hat der Wind den Sand so verweht, dass der Boden hart geworden ist wie unsere Kochtöpfe. An anderen Orten hat sich der Sand zu hohen Bergen angehäuft. Dort wirst du sehr tief graben müssen, um zu finden, was du suchst.»

«Wie tief werde ich denn graben müssen?»

!Ka zeigte mit seiner Pfeife auf die etwa zehn Meter entfernte Hütte, wo Chrissy schlief. «So weit ungefähr. Vielleicht noch weiter.» Wieder zog er genüsslich an der Pfeife. «Schon lange Zeit habe ich dort keine Steine mehr entdeckt. Doch an den Stellen, wo der Boden hart ist, bin ich zuletzt als junger Mann gewesen.» !Ka lächelte Alex zu. «Da du viel von uns gelernt hast, ist dir klar, dass so ein Land uns nichts nützt. Die Gottesanbeterin hat beschlossen, den Sand zu verwehen. Wer weiß! Vielleicht weht sie ihn aus irgendeinem Grund wieder weg. Möglicherweise kennst du ihn, !Oma, denn du trägst das Zeichen des Mondes.»

«Ja, mein Vater. Ich werde nach meiner Rückkehr den harten Boden und den tiefen Sand absuchen.»

«Versuch es erst am harten Boden. Als Junge bin ich dort auf viele dieser Steine gestoßen. Wenn nicht, geh dorthin, wo der Sand ist. Folge der Richtung des Windes, mein Sohn, und bleib dort stehen, wo der Sand so tief ist, dass du den Boden darunter nicht mehr ertasten kannst.» Er schüttelte den Kopf. «Hoffentlich ist es die ganze Mühe wert.»

Alex lächelte. «Ich weiß, dass ihr mit diesen Steinen nichts anfangen könnt. Doch für die Weißen sind sie sehr wertvoll.»

«Was machen die weißen Menschen mit diesen Steinen?»

«Schmuckstücke für die Frauen.»

!Ka war beeindruckt. «Sie müssen sehr klug sein. Wir können diese Steine nicht bearbeiten, weil sie zu hart sind.»

«Die Weißen haben dazu besondere Werkzeuge.»

!Ka seufzte. «Offenbar sind sie wirklich klug. Doch das war schon immer so, auch damals, als sie uns um unseren Anteil an den Tieren betrogen haben. Sie sind anscheinend ruhelos, denn nur ruhelose Menschen suchen Dinge, die schwer zu finden sind.»

Alex nickte. «Du hast Recht. Sie sind ruhelos wie die Schakale.»

«Und wer ruhelos ist, ist nicht leicht zufrieden zu stellen. Ganz wie der Schakal.»

«Richtig.»

«Sind alle Weißen so?»

Alex schmunzelte. «Die meisten.»

«Findest du das nicht unsinnig? Nehmen sich Weiße nie die Zeit, sich zusammenzusetzen und zu reden? Warum müssen sie ständig in Bewegung sein?» Wie alle

Buschleute hielt auch !Ka die Ruhelosigkeit des Schakals für eine schlechte Eigenschaft, obwohl er ihn wegen seiner Geschicklichkeit beim Jagen bewunderte.

«Deine Frage ist schwer zu beantworten», meinte Alex. «Die San verstehen das Herz des weißen Mannes nicht, und umgekehrt ist es ebenso.»

«Das stimmt», erwiderte !Ka leise. «Will *!ebili* es uns nicht erklären?»

Alex überlegte, wie er das am besten anstellen sollte. «Schon als Kind bringt man einem Weißen bei, alle anderen zu übertreffen», sagte er schließlich. «Man ermutigt ihn, schneller zu laufen und stärker und klüger zu sein als die übrigen Kinder. Damit fängt es an. Wenn er erwachsen ist, hat er die Ruhelosigkeit verinnerlicht, weil er immer etwas sucht, was sich außerhalb seiner Reichweite befindet. Er muss seinen Mitmenschen zeigen, wie klug er ist. Dagegen ist er machtlos.» Die Männer lauschten aufmerksam. Alex wusste, dass seine Worte sich bald überallhin verbreiten würden. «Euer Volk hält es für falsch, zu kämpfen, zu prahlen und selbstsüchtig zu sein. Ihr glaubt, dass es sinnlos ist, mehr zu wollen, als man braucht. Ganz im Gegenteil zum weißen Mann. Er betrachtet diese Dinge als Zeichen der Stärke. Versteht ihr, was ich meine?»

!Ka schüttelte den Kopf. «Dann verrate uns eines, !Oma: Wohin werden die Weißen sich wenden, wenn sie nicht weitergehen können?»

Alex wurde klar, dass !Ka ihm nicht mehr folgen konnte. Die Männer hätten ihm nie geglaubt, wenn er ihnen von der Raumfahrt und von neuen Technologien erzählt hätte. Und sie wären sogar gekränkt gewesen, weil sie denken würden, dass er ihnen etwas vorflunkerte. «Meiner Meinung nach werden die Weißen so unzufrieden werden, dass sie sich selbst vernichten, wenn sie nicht weitergehen können», antwortete er deshalb.

!Ka klatschte leise in die Hände. «Dann, !Oma, sind die Weißen nicht so klug wie der Schakal. Wäre es nicht besser für dich, wenn du dich bei der Suche nach den Steinen nicht so beeilst? Was willst du mit deinem Leben noch anfangen, wenn du sie schon als junger Mann findest?»

Lange blickte Alex ins Feuer, bevor er etwas erwiderte. Alle schwiegen und warteten höflich ab, bis er sich seine Worte zurechtgelegt hatte. «Ich habe nur ein Leben», meinte er nach einer Weile. «Ich möchte diese Steine haben, damit ich es so gestalten kann, wie mein Herz es sich wünscht. Ihr habt mich eure Sitten gelehrt, doch ich bin auch mit denen der Weißen aufgewachsen. Mit diesen Steinen kann ich beides haben. Ich brauche sie, um mich nicht für einen der beiden Wege entscheiden zu müssen.» Wieder hielt er inne und hoffte, dass er sich verständlich ausgedrückt hatte. «Als der Große Gott sich selbst erschuf, sagte er: ‹Ich bin *Chi-dole*, und niemand kann mir befehlen.› Und dann schuf er Nahrung und Wasser, damit alle Menschen leben können.»

«Richtig.» !Ka nickte.

«Hat er Nahrung und Wasser auch für die Weißen geschaffen?»

«Das weiß ich nicht», entgegnete !Ka ernst. «Wahrscheinlich schon.»

«Die Weißen haben ihren eigenen Großen Gott», wandte ein anderer Mann streng ein. «Sie glauben nicht an denselben Gott wie wir.»

«Und sie teilen auch ihr Land und ihre Nahrung nicht mit uns», meinte ein anderer. «Woran liegt das?»

«Weil sie ruhelos sind», antwortete Alex.

«Bist du auch ruhelos, *!ebili*?»

Wieder zögerte Alex. Es war wichtig, dass seine Freunde ihn begriffen. «In meinem Herzen», meinte er schließlich, «wohnt der alte Schakal. Ich kann nichts dagegen tun. Der Große Gott des weißen Mannes hat ihn mir eingepflanzt. Der Schakal ist schuld daran, dass ich mein eigenes Land haben möchte.»

Alle hingen an seinen Lippen. «Doch als ich bei euch lebte, wurden außerdem noch andere Dinge in mein Herz gelegt. Wenn ich diese Steine finden, kann ich mir Land kaufen, und der ruhelose Schakal wird zufrieden sein. Und dann kann ich auf die Worte der San in meinem Herzen hören.»

Einige Männer nickten, aber !Ka zog an seiner Pfeife und sagte: «Dann sei auf der Hut, mein Sohn. Wenn du dich an unsere Sitten hältst, bist du in der Welt des weißen Mannes hilflos wie ein Kind. Also ist es besser für dich, sie zu vergessen.»

«Ja», erwiderte Alex ernst. Anscheinend hatte er ihnen nicht klarmachen können, wonach er sich sehnte. «Aber es muss doch möglich sein, das Gute aus beiden Welten miteinander zu verbinden.»

Einer der Männer beugte sich vor. «Hast du einen Löwen je Tränen der Reue vergießen sehen?»

Darauf hatte Alex keine Antwort.

«*!ebili* schweigt», stellte !Ka leise fest. «Vielleicht fragt er sich, wie man den Löwen zum Weinen bringt.»

Die düstere Stimmung verflog. Alle brachen in fröhliches Gelächter aus.

«Erzähl uns von der Frau, die dich begleitet», forderte !Ka ihn auf, als die Heiterkeit sich wieder gelegt hatte.

Also berichtete Alex ihnen von dem fernen Land, aus dem sie stammte, wo es so kalt war, dass der Regen in weißen Flocken fiel, die dem weichen Bauchpelz des Springbocks ähnelten. Er sprach von geschwungenen grünen Hügeln, von Meeren, von Städten und von Menschen mit seltsamen Sitten. Die Männer lauschten gebannt. Noch nie hatte ihnen jemand diese Dinge so erklärt, dass sie sie auch verstehen konnten.

Alex genoss es, wieder bei den San zu sein. Lange hatte er überlegt, ob es richtig war, Chrissy mitzubringen, denn schließlich gingen !Ka und seine Leute den Weißen immer aus dem Weg. Einige der Kinder hatten heute zum ersten Mal im Leben Weiße gesehen. Alex fragte sich, ob er gegen die Etikette verstoßen hatte und ob !Ka vielleicht nur aus Höflichkeit schwieg. Doch als er das Thema zögernd anschnitt, lächelte !Ka nur und meinte: «Bist du glücklich bei deinem Volk, !Oma?»

«Ich bin glücklich in der Wüste, Vater. In den Städten fühle ich mich nicht wohl.»

!Ka nickte. «Die Wüste hat dir mehr als einmal dein Leben zurückgegeben. Aber zu denen, die nicht auf sie hören, kann sie sehr grausam sein. Nun bist du ein Teil der Wüste, *!ebili*, und die Wüste ist ein Teil von dir. Hör auf ihre Stimme.» War das ein Tadel gewesen? Alex wusste es nicht.

Trotz ihrer anfänglichen Sorge, Marv könnte nicht mit Pru zurechtkommen, war Chrissy sofort einverstanden, noch einen Tag zu bleiben. Sie hatte gut geschlafen und brannte nun darauf, mehr über die San zu erfahren. Schließlich konnte sie so eine Menge darüber lernen, wie alle Menschen bis vor zehntausend Jahren gelebt hatten.

Als ein heftiger Streit ausbrach, erklärte ihr Alex, worum es dabei ging, und übersetzte, was gesprochen wurde.

«N!ou hat ein Stachelschwein erlegt», sagte er. «Und nun erörtern sie, wie das Fleisch verteilt werden soll.»

«Wurde das Tier vergiftet?» Der Gedanke, vergiftetes Fleisch zu essen, erschien Chrissy ziemlich abstoßend.

«Bei Stachelschweinen nimmt man selten Gift. Sie verschließen alle Löcher im Bau bis auf den Eingang. Dann zünden sie dicht dahinter ein Feuer an und warten. Wenn das Tier zu fliehen versucht, erschlagen sie es mit Knüppeln.» Er lachte. «Bei Stachelschweinen ist das nicht weiter schwer. Aber bei Warzenschweinen kann es ganz schön gefährlich werden.»

«Warum schreien sie einander denn jetzt an? Es sieht aus, als würden sie sich gleich prügeln.»

«So was kommt öfter vor. In ein paar Minuten werden sie darüber lachen.»

Chrissy beobachtete die San. Einige der Männer schienen einer gewalttätigen Auseinandersetzung nicht abgeneigt zu sein. Doch dann sagte einer ein paar

Worte, und plötzlich bogen sich alle vor Lachen. «Kaum zu fassen.»

Alex grinste. «Manchmal glaube ich, sie streiten sich nur, damit sie hinterher einen Grund zum Lachen haben.»

«Was war eigentlich das Problem? Wenn N!ou das Warzenschwein getötet hat, gehört das Fleisch doch ihm.»

In gespieltem Entsetzen sah er sie an. «Das ist Gotteslästerung, meine Liebe. Bei den San läuft das anders. Lebensmittel müssen immer geteilt werden. Die Art und Weise hängt von der Größe des Beutetiers ab. Kleine Tiere wie Hasen, Vögel und Schlangen werden von der Frau des Jägers zubereitet und von der Familie verspeist. Aber wenn sie Besuch bekommen, müssen sie dem Gast etwas davon anbieten. Anderenfalls gibt es einen Streit, der sich sehen lassen kann.»

«Und was passiert jetzt mit dem Stachelschwein?»

«Das wird ebenfalls von der Frau des Jägers gebraten. Das fertige Gericht wird dann an alle anderen verteilt.»

«Ich wette, N!ous Frau ist erleichtert, dass er keinen Elefanten mit nach Hause gebracht hat.» Bei der Vorstellung, wie die Bedauernswerte versuchte, einen Elefanten in einen Kochtopf zu stopfen, musste sie schmunzeln.

«Die San jagen keine Elefanten. !Ka hat mir erklärt, dass sie Elefanten mit Menschen gleichsetzen. Deshalb lassen sie sie in Ruhe.»

«Ob dieser Glaube seinen Grund wohl darin hat, dass Elefanten so groß sind?»

«Du denkst wie eine weiße Frau.»

«Vermutlich bin ich das auch.» Sie sah ihn an. «Ich finde es wunderschön hier, Alex. Danke, dass du mich mitgenommen hast.»

Er legte den Arm um sie. «Danke, dass du mitgekommen bist. Wenn ich die Dinge durch deine Augen sehe, merke ich erst, wie viel sie mir beigebracht haben.» Er küsste sie aufs Ohr. «Um das Thema Lebensmittelverteilung abzuschließen: Wenn N!ou ein größeres Tier getötet hätte, wäre es zerlegt und auf folgende Weise verteilt worden – etwa ein Fünftel hätte N!ou gehört, ein Fünftel wäre zu Dörrfleisch verarbeitet worden und den Rest hätten seine Verwandten im Lager erhalten. Wie die ihre Portion dann wiederum mit ihren Verwandten teilen, ist ihre Sache.»

«Aber eines verstehe ich immer noch nicht.»

«Was denn?»

«Wenn die Fleischverteilung hier nach so festen Regeln abläuft, begreife ich nicht, warum die beiden so einen Riesenkrach haben.»

Alex lachte auf. «Weil ein Riesenkrach die Lieblingsbeschäftigung dieser Leute ist. Es gibt immer einen Grund zum Streiten. N!ou zum Beispiel hat gerade eine Auseinandersetzung mit dem Ehemann seiner Schwester. Sie schreien sich an, weil er seinem Schwager weniger von dem Fleisch abgeben will als allen anderen. Das Stachelschwein ist !Kas Totemtier, also darf er es nicht essen. Er brüllt N!ou an, weil dieser so dumm war, ein Tier zu töten, das er nicht anrühren kann. Der Mann, der mit dem Arm rudert, sagt, er habe eine sehr große Familie und deshalb ein Anrecht auf mehr Fleisch.»

Wieder brach der Streit ab, und die Männer rollten sich vor Lachen auf dem Boden.

«Warum lachen sie jetzt?»

Auch Alex krümmte sich vor Lachen. Als er wieder Luft bekam, erklärte er: «!Ka hat sie gerade an den Tag erinnert, an dem N!ou ein Warzenschwein mitbrachte. Als sie es verteilen wollten, kam es wieder zu Bewusstsein und jagte die meisten der Männer auf die Bäume hinauf.»

Chrissy grinste. «Er ist ein sehr weiser Mann.»

«Der weiseste, den ich kenne», stimmte Alex zu. «Warum sagst du das?»

«Er hat die Situation durch Humor aufgelockert.»

«Das tun sie alle. Sie streiten sich zwar gern, aber sie halten nicht viel von Prügeleien. Da sie alle wissen, dass sie ihren Gegner mühelos töten könnten, geben sie sich die größte Mühe, ernsthafte Auseinandersetzungen zu vermeiden. Sie verlassen lieber den Clan, als zu körperlicher Gewalt zu greifen.»

«Ich frage mich, warum sie so sind.»

«Das kann ich dir auch nicht beantworten. Jedenfalls lernen sie es von Kindheit an. Begriffe wie Ehre, Tapferkeit oder Männlichkeit sind ihnen fremd. Wenn Kinder spielen, entsteht anders als bei uns nie Konkurrenz. Als ich bei ihnen lebte, habe ich die Haut eines Springbocks mit Gras ausgestopft, zugenäht und mir so einen Fußball gebastelt. Ich habe versucht, den Kindern das Rugbyspielen beizubringen. Doch sie begriffen den Sinn einfach nicht und fanden es viel lustiger, herumzurennen und einander den Ball zuzuwerfen. Der Sinn und Zweck ihrer Spiele ist es, das Teilen zu lernen, nicht einander auszustechen.»

Das Stachelschwein war mit wildem Spinat und einer mit gemahlenen Mongongonüssen eingedickten Sauce gekocht worden. Chrissy griff genauso hungrig zu wie Alex. Als sie bemerkte, dass Be sie beobachtete, rieb sie sich lächelnd den Bauch und nickte. Be erwiderte das Lächeln, doch ihre Augen hielten Chrissys Blick fest und blieben ernst.

An diesem Abend saß Chrissy eine Weile bei Alex und den Männern. Doch da sie bemerkte, wie sehr ihn das ständige Übersetzen ablenkte, sagte sie bald gute Nacht. Nachdem sie fort war, meinte Be: «Das Feuer, das auf ihrem Kopf lodert, brennt auch in ihrem Herzen.»

«Ja», meinte Alex lächelnd. «Und auch in meinem.»

Be nickte nachdenklich. «Du solltest sie heiraten, !Oma, und Kinder haben, und zwar rasch.»

Alex war überglücklich, dass sie ihm ihren Segen gab. «Sobald sie einverstanden ist, Mutter.» Alex war zwar erst zwanzig, doch er wusste genau, was er wollte. Außerdem war er sehr beeindruckt von Chrissys Interesse an den San und davon, wie gut sie mit den anderen Frauen zurechtkam. Er wusste, warum er sie liebte.

«Das Feuer brennt auch in ihren Adern, !Oma», sagte Be.

«*!ebili* kennt dieses Feuer», unterbrach !Ka sie streng. «Hör auf mit dem Geschwätz, Frau. Du ermüdest uns.»

Alex warf ihm einen erstaunten Blick zu.

«Wir haben andere Dinge zu besprechen», fuhr !Ka

fort. «Wir möchten, dass *!ebili* uns mehr von den fernen Ländern erzählt.»

Und so plauderten sie, bis der Mond untergegangen und das Rückgrat des Himmels verblasst war.

Der Abschied am nächsten Morgen fiel ihm schwer. Alex kniete vor !Ka und ließ sich den Kopf mit Schweiß einreiben, und er hielt Bes Hand ein wenig länger, als es üblich war. Die beiden wurden alt, und er fragte sich, ob er sie je wieder sehen würde.

Da Chrissy seine Niedergeschlagenheit spürte, schwieg sie die erste halbe Stunde. Schließlich jedoch platzte sie heraus: «Bitte lass uns anhalten und deine Haare waschen.» Während sie ihm aus einem Kanister Wasser über den Kopf goss, sagte sie leise: «Dich dort draußen mit diesen Leuten zu erleben, hat mir viel über dich verraten.»

Er richtete sich auf und schüttelte den Kopf, dass Wassertropfen in alle Richtungen flogen. «Dass ich ein verrückter Buschmann bin?» Er wischte sich das Gesicht ab und grinste sie an.

«Nein.» Sie sah ihm in die Augen. «Sondern, dass du ein ganz besonderer Mensch bist.» Sie schmiegte sich an ihn. «Ich muss dich unbedingt küssen.»

Alex hatte dagegen nichts einzuwenden.

Je näher sie dem Lager kamen, desto mehr machte Chrissy sich Sorgen wegen Pru und Marv. «Sie ist doch erst gestern eingetroffen», widersprach Alex. «In so kurzer Zeit kann sie ihn noch nicht ermordet haben.»

«Pru würde es schaffen, innerhalb von zehn Minuten selbst aus dem Teufel persönlich Hackfleisch zu machen.»

«Aber Marv ist doch so nett.» Er sah sie an. «Warum redest du so schlecht über sie? Immerhin ist sie deine Freundin.»

Sie schmunzelte. «Ich rede nicht schlecht über sie. Es ist nur … Pru hat eine seltsame Kindheit hinter sich. Ihre Mutter hat wahrscheinlich noch nie im Leben jemanden geliebt, am allerwenigsten Pru. Ihr Vater ist so geistesabwesend, dass er seine Tochter vermutlich längst vergessen hat. Also wurde Pru mehr oder weniger von den Dienstboten großgezogen. Ihre Eltern reisten sehr viel und nahmen sie nie mit, und auch in den Ferien kamen sie nicht nach Hause. Ich weiß noch, wie aufgeregt sie einmal war, weil ihre Eltern zurückerwartet wurden. Doch dann fand sie all die Briefe, die sie ihnen während des Schuljahres geschrieben hatte, ungeöffnet in einer Schublade. Als sie ihre Mutter fragte, warum sie die Briefe nicht gelesen hätte, antwortete Lady Darlington-Brown, das alte Miststück: ‹Aber Liebes, sie sind so grässlich langweilig.›»

«Auweia!» rief Alex aus.

«Also hat Pru sich eine Fassade zugelegt. Und als Vorbild diente ihr ihre Mutter, die sie vergöttert. Ich fürchte, das Ergebnis ist ein sehr unsicheres junges Mädchen, das sich aufführt wie eine Herzogin und ihre Schüchternheit hinter beleidigenden Bemerkungen verbirgt. Außerdem hat sie solche Angst, verletzt zu werden, dass sie niemanden an sich ranlässt. Wir waren schon zusammen auf der Grundschule, deshalb vertraut sie mir.»

«Manche Leute hätten nie Kinder kriegen sollen.» Alex schaltete einen Gang herunter und wich einem Schlagloch aus. «Wahrscheinlich hat sie nicht mehr viel Kontakt zu ihren Eltern.»

«Ganz im Gegenteil. Ihre Mutter und sie sind ein Herz und eine Seele, sprechen einander mit Liebling an und besuchen gemeinsam Premieren. Mit ihrem Vater geht sie auf die Jagd, und sie überschlägt sich fast, um seine Anerkennung zu erringen. Es ist ein Trauerspiel. Ihre Mutter nörgelt nur an ihr herum, und ihr Vater ist mit seinen jeweiligen Geliebten so beschäftigt, dass er kaum ein Wort mit Pru wechselt. Und sie tut alles, was sie kann, um von ihnen überhaupt wahrgenommen zu werden.»

Alex fragte sich, was !Ka und seine Leute wohl zu so einem Verhalten sagen würden.

Um vier Uhr nachmittags erreichten sie das Lager. Von Pru und Marv war nichts zu sehen, doch zwei Koffer in der Hütte wiesen darauf hin, dass sie bereits angekommen war.

Etwa eine Stunde später hörten sie einen Landrover. «Da sind sie ja!», rief Alex.

Er wusste nicht genau, wie er sich Pru vorgestellt hatte, jedenfalls wie einen ziemlich schrägen Vogel. Allerdings war er nicht auf die Prudence Darlington-Brown vorbereitet, die theatralisch winkend aus dem Wagen sprang. «Gott sei Dank, meine Liebe, dass du da bist. Die Gesellschaft hier lässt einiges zu wünschen übrig», kreischte sie und warf sich Chrissy mit übertriebener Freude in die Arme. Alex bedachte Marv mit einem Blick: Sein Freund saß mit bedrückter Miene im Landrover. Zwei Tage mit Pru hatten ihren Tribut gefordert. Marv sah aus wie durch die Mangel gedreht.

Chrissy machte Pru und Alex miteinander bekannt. «Ein bisschen jung für dich, meine Liebe», sagte sie zur Begrüßung.

Inzwischen war Marv ausgestiegen. «Willkommen daheim», meinte er zu Alex. Die Erleichterung stand ihm ins Gesicht geschrieben.

«Komm, Liebes, wir haben uns so viel zu erzählen.» Pru zog Chrissy ins Haus.

«Wie war's denn?», flüsterte Alex.

«Einfach grässlich.» Marv ahmte Prus Akzent so gut nach, dass Alex lachen musste.

«Aber sie sieht gut aus.» Und das stimmte auch. Hoch gewachsen, langbeinig, schlank, kurzes blondes Haar und ein Gesicht, nach dem sich die Männer auf der Straße umdrehten.

«Schon», brummte Marv niedergeschlagen. «Wenn sie nur den Mund halten könnte.»

Aus der Hütte drang schrilles, gekünsteltes Gelächter. Alex berichtete Marv das wenige, was er über Pru wusste. «Alles nur Theater», meinte er abschließend.

Marv betrachtete mitleidig die Hütte. Er hatte eben ein weiches Herz.

Später saßen sie mit den Frauen am Feuer und tranken Bier aus der Flasche. Inzwischen hatte sich Pru ein wenig beruhigt, doch ihre Sprechweise war immer noch überkandidelt und exaltiert. Sie unterhielt sich hauptsächlich mit Chrissy und erzählte ihr von gemeinsamen Bekannten. Alex gegenüber verhielt sie sich höflich und distanziert. Doch Marv wurde immer wieder zur Zielscheibe ihrer bissigen Bemerkungen.

«Ach, wie überaus reizend von meinem Lieblingssklaven», verkündete sie, als er ihr ein Bier brachte.

«Igitt, Sie haben es ja mit den Fingern angefasst. Nein danke», lehnte sie das von ihm angebotene Bratwürstchen ab.

Als sie über die Kälte klagte, holte er ihr eine Strickjacke. «Nein, nicht die da, die blaue. Gehen Sie suchen, sie muss ja irgendwo sein.» Also trottete Marv gehorsam los, um die blaue Strickjacke aufzustöbern. Pru bedankte sich nicht einmal bei ihm.

Alex merkte Chrissy an, dass sie allmählich die Geduld verlor. Auch ihm ging diese Frau ziemlich auf die Nerven. Allerdings hätte niemand mit Marvs Wutausbruch gerechnet.

«... also kochte Mum vor Wut. Schließlich hat sie Daddys Seitensprünge schon seit Jahren ertragen, du weißt ja, wie er ist. Armer Daddy, er kann einfach nicht anders, aber was zu viel ist, ist zu viel. Schließlich ist Janice Mums beste Freundin. Sie ...»

«Jetzt reicht's», knurrte Marv.

Entgeistert sah Pru ihn an. «Verzeihung, aber ich habe mit Chrissy gesprochen, nicht mit Ihnen.»

«Ich sagte, es reicht.»

«So eine Unverschämtheit!»

Marv stand auf. «Haben Sie denn überhaupt kein

eigenes Leben?» Er kratzte sich am Kopf. «Ihre Eltern interessieren mich einen feuchten Dreck. Reden Sie nie über etwas anderes?»

Pru blieb der Mund offen stehen. Hilfe suchend drehte sie sich zu Chrissy um.

«Eigentlich hat er Recht», meinte Chrissy leise.

Immer noch sprachlos wandte sich Pru an Marv, der die Achseln zuckte und ihr ein Bier reichte. «Trinken Sie einen Schluck.»

Ärgerlich riss sie ihm die Flasche aus der Hand.

Marv nahm wieder Platz und betrachtete sie nachdenklich. Alex ahnte, dass er nach den richtigen Worten suchte, und machte sich schon auf einen von Marvs Ausrutschern gefasst. «Sie können sich wohl selbst nicht besonders gut leiden?»

«Ganz im Gegenteil.»

Wieder grinste Marv. «Schwachsinn.»

Pru sprang auf. «So etwas muss ich mir nicht bieten lassen.» Sie wollte gehen.

«Hinsetzen!», befahl Marv barsch, als spräche er mit einem Hund.

«Das kommt überhaupt nicht in Frage. Wofür halten Sie sich eigentlich?»

Marv stöhnte auf, erhob sich, legte ihr die Hände auf die Schultern und zwang sie, wieder Platz zu nehmen. Dann blieb er vor ihr stehen. «Mein Gott, Lady, ich bin nur ein Mann, der Sie gern besser kennen lernen würde. Müssen Sie es einem denn so schwer machen?»

Pru verschlug es wieder die Sprache.

Alex und Chrissy versuchten, das beklommene Schweigen durch Konversation zu übertönen, gaben den Versuch aber bald auf.

Plötzlich wurde Alex klar, dass sein Freund sich von Pru angezogen fühlte, allerdings nicht wusste, wie er ihren Schutzpanzer durchbrechen sollte. Doch er übertraf sich heute selbst und sagte genau das Richtige. «Sie sind schön, intelligent und könnten sehr nett sein, wenn Sie sich nicht aufführen würden wie eine verwöhnte Göre. Also hören Sie besser mit dem Theater auf und benehmen sich einfach ganz natürlich.»

Prus Mund hatte sich zu einem kreisrunden O geöffnet.

«Ich glaube, Marv meint damit, dass du hier unter Freunden bist», ergänzte Chrissy rasch. «Du bist draußen im afrikanischen Busch, über dir die Sterne und um dich herum jede Menge Platz. Außer uns ist niemand hier. Du brauchst also nichts darzustellen.»

Unvermittelt stand Pru auf.

«Wo wollen Sie hin?»

«Nach drinnen.»

«Warum?»

«Um eine Flasche Wein zu holen. Ich habe nämlich welchen mitgebracht.» Ärgerlich funkelte sie Marv an. «Natürlich nur, wenn Sie einverstanden sind.»

«Bringen Sie gleich vier Gläser mit.»

«Holen Sie sie doch selbst.»

Kopfschüttelnd folgte Marv ihr in die Hütte.

Als Alex etwas sagen wollte, hielt Chrissy den Finger an die Lippen. «Sie hat etwas kapiert, offensichtlich wirkt es», flüsterte sie.

«Woran erkennst du das?»

Sie grinste. «Daran, dass Marv noch lebt.»

Sie konnten Marv und Pru in der Küche hören. «Ich nehme nicht an, dass es hier einen Korkenzieher gibt.»

«Genügt Ihnen ein Schweizer Messer? Oder ist Ihnen das zu proletarisch?»

«Stehen Sie nicht so dumm rum, machen Sie schon endlich den Wein auf.»

«Zu Befehl, gnädige Frau.»

Immer noch streitend kamen sie wieder nach draußen. Marv schenkte den Wein ein und verteilte die Gläser. «Französisch», stellte er fest, nachdem er gekostet hatte.

«Daddy sagt …» Sie hielt inne. «Er ist aus Bellet. Die Einheimischen schwören darauf. Und der Transport macht ihm nichts aus.»

«Sie haben ihn aus Frankreich mitgebracht?»

«Nein. Ich habe ihn in einer Weinhandlung in Johannesburg entdeckt. Ich dachte, dass Chrissy vielleicht zur Abwechslung mal Lust auf einen guten Wein hat.»

«Haben Sie was gegen südafrikanischen Wein?», fragte Marv gekränkt.

«Nein.» Sie zögerte und fügte dann hinzu: «Wenn man Essig mag.»

«In Südafrika gibt es ausgezeichnete Weine», widersprach Marv.

«Wirklich?», entgegnete Pru kühl. «Dann werden sie wahrscheinlich gut versteckt.»

Spitze Bemerkungen flogen hin und her. Schließlich hielten Alex und Chrissy es nicht länger aus. Sie sagten gute Nacht und überließen die beiden ihrem Schicksal. «Sie sind schlimmer als Kinder», sagte Alex, als sie in der Hütte waren. «Bestimmt reißt Marv bald der Geduldsfaden.»

«Sie ist gerade dabei, ihn ins Herz zu schließen, glaub mir.» Chrissy grinste ihn an. «Noch nie hat es jemand geschafft, sich gegen sie zu behaupten.»

Als Alex einschlief, wurde draußen immer noch gestritten. Irgendwann in der Nacht wachte er von Gepolter und Gekicher auf. Marv und Pru holten noch eine Flasche Wein aus dem Kühlschrank und flüsterten, um Alex und Chrissy nicht zu wecken. Doch wie bei den meisten Leuten, die zu viel Alkohol intus hatten, klang ihr Flüstern eher, als sprächen sie in ein Mikrofon. Alex drehte sich um und schlief wieder ein. Wenigstens hatte das Streiten aufgehört.

Es schien ihm, als wären nur wenige Sekunden vergangen, als ihn plötzlich ein schreckliches Getöse aus dem Schlaf riss. Erst nach einer Weile wurde ihm klar, dass Pru und Marv, ohne Rücksicht darauf, dass keiner von ihnen einen Ton halten konnte, aus vollem Halse das Lied «Arme, kleine Butterblume» schmetterten. Die Komponisten von *Die Piraten von Penzance* hätten ihr eigenes Werk wohl nicht wieder erkannt.

Am nächsten Tag kehrten Chrissy und Pru nach Gaberones zurück. Inzwischen war es nicht mehr zu übersehen, dass es zwischen Marv und Pru gefunkt hatte.

«Was ist denn mit den beiden los?», wollte Alex von Chrissy wissen.

«Vermutlich hat Marv durch seine unverblümte Art direkten Zugang zu ihrer Seele gefunden», meinte Chrissy. «Vielleicht braucht sie einen Mann wie ihn.» Sie wies auf die vier leeren Weinflaschen. «Doch auf den Kater, den sie heute haben wird, würde sie sicher gern verzichten.»

Alex lachte. «Hast du sie gehört?»

«Gehört!» Chrissy verzog das Gesicht. «Wahrscheinlich haben sie halb Gaberones geweckt.»

«Ich finde es jedenfalls großartig. Noch nie habe ich zwei Menschen gesehen, die weniger zusammenpassen, und jetzt schau dir die beiden mal an. Kann sein, dass Marv eine Frau wie sie braucht», erwiderte Alex. «Sie appelliert an sein weiches Herz. Wahrscheinlich weckt sie seine Mutterinstinkte.»

«Möglicherweise auch noch andere.» Chrissy grinste. «Wirf mal einen Blick auf die Körpersprache.»

!Ka hatte ihm geraten, in einem Gebiet nordwestlich von der Stelle zu suchen, wo sie den ersten Diamanten gefunden hatten. Bis jetzt hatten sie sich dort noch nie umgesehen, und soweit Alex wusste, gehörte das Gelände auch nicht mehr zum Land des Häuptlings von Molepolole.

Zweifelnd blickte Alex sich um. «Wenn wir hier auf etwas stoßen, müssen wir vermutlich nach Mafeking fahren, um den Besitzer des Landes zu ermitteln.» Sie hatten sich gleich nach dem Aufbruch der Frauen auf den Weg gemacht.

Marv wirkte mürrisch. Außerdem war er schrecklich

verkatert. «Dann tu es. Es würde mich sehr beruhigen zu wissen, dass wir nicht wegen Landfriedensbruchs verklagt werden können.»

Die Landschaft hier war völlig anders. Keine Wüste und auch kein Weideland. Der Boden war weiß, nicht gelblich wie weiter im Osten, und erinnerte an zerstoßene Kreide. Und er war so hart, wie !Ka gesagt hatte.

«Verdammt!» Alex' Spitzhacke prallte gegen einen Stein, sodass ihm ein Schmerz durch den Arm schoss. «Hoffentlich hat !Ka sich geirrt. Ich bin nicht unbedingt scharf darauf, ausgerechnet hier etwas zu finden.»

«Das nimmst du besser zurück. Uns geht nämlich bald das Geld aus.»

Nachdem sie sich zwei Tage lang vergeblich abgemüht hatten, erkannten sie an den Geiern, die am Himmel kreisten, dass irgendwo ein totes Tier liegen musste. Sie fanden einen verendeten Strauß, schlitzten den Muskelmagen auf und durchsuchten den Inhalt – und da waren sie: nicht nur einer, sondern gleich sechs Steine, der größte davon etwa wie eine Erbse.

Als sie zu der Stelle zurückkehrten, wo sie gegraben hatten, fiel Alex auf, dass das Terrain leicht anstieg. Er blieb stehen und sah sich um. Der Boden war in einem Oval von etwa zehn Metern Durchmesser gelblich gefärbt. «Marv.»

Marv hielt inne und kam zurück.

«Irre ich mich, oder hat der Boden hier wirklich eine andere Farbe?»

Marv musterte ihn. «Kann sein.» Er hielt sich schützend die Hand vor Augen. «Ja. Es ist eine Art Kreis.»

Die beiden blickten sich an. «Das könnte es sein», flüsterte Alex.

«Aber es gibt hier keine Bäume. Du hast doch gesagt, Pflanzenbewuchs ...»

«Auf so einem Boden wächst nichts, Marv.»

Ein Grinsen breitete sich auf Marvs Gesicht aus. «Worauf warten wir noch?»

«Du holst den Landrover. Ich bleibe hier. Wahrscheinlich sind wir schon öfter hier entlanggelaufen, ohne dass es uns aufgefallen ist. Ich will die Stelle nicht verlieren.»

Drei Tage lang hackten sie den gelben Erdboden auf. Es wimmelte zwar nicht gerade von Diamanten, aber die Steine, die sie entdeckten, genügten als Ermutigung, um weiterzuarbeiten. Es gab weder Ameisenhügel noch andere Hinweise, über die Alex in den Lehrbüchern gelesen hatte, dafür aber Diamanten. Nachdem sie ein paar davon gefunden hatten, erkannten sie die charakteristische Form bald auf Anhieb. «Ich wäre nie auf die Idee gekommen, hier zu graben», meinte Marv. Sie entdeckten durchschnittlich vierzehn Steine täglich, allerdings war keiner so groß wie der von dem Abhang, auf dem sie Alptraum begegnet waren. Die meisten waren kaum größer als ein Stecknadelkopf. Nach drei Tagen beschloss Alex, sich zu erkundigen, wem das Land gehörte.

Marv wollte zurückbleiben und weitersuchen. Alex nahm die wertvolle Diamantenausbeute mit, um sie sicher in einem Banksafe unterzubringen. Chrissy zu besuchen, hatte er keine Zeit. Er schaffte es gerade noch, die Diamanten zu deponieren, und hätte trotzdem fast den Zug nach Mafeking verpasst. Kurz vor der Abfahrt rief er Chrissy vom Bahnhof in Gaberones aus an. «Ich bin übermorgen zurück. Bis dann.»

«Was hast du vor? Warum fährst du nach Südafrika? Kannst du nicht ein bisschen bleiben?«

«Das geht nicht. Ich erzähle dir alles, wenn ich wieder da bin. Bist du erkältet? Deine Stimme klingt so komisch. Ich muss los, der Zug fährt gleich ab. Ich liebe dich.»

«Ich dich auch. Tschüs», krächzte sie.

Es erwies sich als unmöglich herauszufinden, wem das Land gehörte. In Mafeking, wo die Verwaltung von Bechuanaland ihren Sitz hatte, wurden sämtliche Dokumente und Urkunden aufbewahrt, obwohl die Stadt sich im benachbarten Südafrika befand.

«Tut mir Leid», sagte der Beamte. «Da die Bevölkerung von Bechuanaland laut Bericht des Distriktkommissars die Unabhängigkeit anstrebt, haben wir von London Anweisung erhalten, den Transport der Unterlagen vorzubereiten. Wir haben bereits begonnen, sie in Kisten zu packen. Die Grundbücher gehörten zu den ersten Papieren, die wir weggeräumt haben, da wir davon ausgingen, dass in so unsicheren Zeiten wohl kaum Land den Besitzer wechseln wird. Ich fürchte, Sie werden warten müssen.»

«Bis wann?»

«Das hängt davon ab, ob Großbritannien die neue Verfassung anerkennt. Gerüchten zufolge könnte das schon im nächsten Februar sein.»

«Februar! Bis dahin sind es ja noch zehn Monate.»

«Tut mir Leid, Sir. Mir sind die Hände gebunden. Ich habe Verständnis für Ihre Ungeduld, aber sie müssen auch unseren Standpunkt sehen. Unsere Unterlagen gehen bis auf das Jahr 1895 zurück. Wenn wir nicht rechtzeitig mit dem Packen anfangen würden, wäre das Durcheinander unvorstellbar. Schon jetzt befinden wir uns im Wettlauf mit der Zeit. Dazu kommen noch die aktuellen Verwaltungsaufgaben. Schließlich müssen wir nicht nur jede verdammte Akte, die in den letzten siebzig Jahren angelegt wurde, beschriften und verstauen.» Der Mann deutete auf seinen voll gestapelten Schreibtisch. «Also Geburts-, Sterbe- und Heiratsurkunden, Strafregister, Grundbücher, Gerichtsakten ...» Er holte tief Luft.

«Schon gut», unterbrach Alex rasch seinen Redeschwall. «Danke für Ihre Hilfe.»

«An Ihrer Stelle würde ich ohnehin warten, vor allem, wenn Sie Land kaufen wollen. Das System wird sich ändern. Bald haben die Schwarzen das Sagen. Was bringt es, wenn Sie Land kaufen und dann von der neuen Regierung enteignet werden?» Selbstzufrieden verzog der Beamte das Gesicht. «Die Weißen dort werden ihre Entscheidung noch bereuen, denken Sie an meine Worte. Die verdammten Kaffer werden Sie ausplündern, und auch Sie haben sich dann all die Jahre lang umsonst abgeplagt. Und anschließend werden diese Faulpelze einfach nur unter den Bäumen herumhocken. Geben Sie denen zehn Jahre, und dann wird das Land aussehen, als wären Sie nie dort gewesen.»

Seine Einstellung ärgerte Alex. «Mich wird das nicht

betreffen, ich bin dort geboren. Außerdem», fügte er hinzu, um den Mann zu provozieren, «bin ich kein Weißer. Mein Vater wurde in diesem Land als Farbiger eingestuft. Also bin ich auch einer.» Zum ersten Mal im Leben verstand Alex, warum seine Eltern nach Bechuanaland ausgewandert waren. Der Beamte hatte ihm unmissverständlich klargemacht, dass Südafrika seiner Ansicht nach im Recht war. Schwarze waren für ihn eine Seuche wie die Pocken.

Der Mann starrte ihn entgeistert an. Alex erwiderte seinen Blick, ohne mit der Wimper zu zucken. «Sie wollen mich wohl auf den Arm nehmen. Sie sind doch kein Farbiger», meinte der Mann schließlich. «Aber – wenn Sie tatsächlich einer sind, haben Sie die falsche Tür benutzt. Schwarze müssen den anderen Eingang nehmen», sagte er und runzelte missbilligend die Stirn.

Alex sah in die Richtung, in die er mit dem Finger zeigte. Die beiden Eingänge lagen nebeneinander. Die Halle wurde von einer dünnen Trennwand in zwei Hälften geteilt, obwohl die Antragsteller am selben Schalter und von demselben Beamten abgefertigt wurden. Offenbar verfolgte die Trennwand einzig und allein den Zweck, den weißen Besuchern den Anblick von Schwarzen zu ersparen.

Alex wandte sich zu dem Beamten um, der ihn argwöhnisch beobachtete. «Tut mir Leid, *baas*. Ich habe die andere Tür nicht gesehen.» Er wollte gehen.

«Moment mal!»

Alex musste ein Grinsen unterdrücken, als er sich umdrehte. «Jawohl, *baas.*»

«Lassen Sie sofort den Unsinn, verstanden? Auch wenn Sie das vielleicht lustig finden, wird die Polizei da anderer Ansicht sein. Solche Dinge sehen wir nämlich gar nicht gern.»

Enttäuscht kehrte Alex nach Gaberones zurück. «Warum fragst du nicht Jacob?», schlug Chrissy vor. «Schließlich grenzt dieses Land an seines an. Vielleicht weiß er etwas.»

Er erkundigte sich nach ihrer Erkältung, aber sie sagte, sie sei schon wieder vorbei. Pru hatte einen eintägigen Ausflug in die nähere Umgebung unternommen. «Sie schwärmt ziemlich für Marv», meinte Chrissy. «Sie überlegt sogar, ob sie bleiben und sich einen Job suchen soll.»

«Das muss ich Marv erzählen. Er hat sie zwar mit keinem Wort erwähnt, aber er freut sich sicher.»

Am nächsten Morgen fuhr Alex nach Molepolole. Er hätte Jacob auch anrufen können, doch er wollte ihm die Lage des Gebiets genau auf der Karte zeigen. Jacob hatte eine ziemlich lockere Einstellung zu Landbesitz, vor allem wenn es um Land ging, das an seines angrenzte. Und Alex hatte vor, Fehler und Missverständnisse unter allen Umständen zu vermeiden, denn dazu stand zu viel auf dem Spiel.

Jacob wusste tatsächlich, wem das Land gehörte. «Warum hast du mich nicht gleich gefragt, du Idiot? Das Land gehört dem Häuptling.»

«Nutzt er es?» Alex war sich darüber im Klaren, dass

der Häuptling einer Region über große Macht verfügte. Es oblag ihm, das Land zu verteilen. Und ein Diamantenfund auf dem Besitz eines Häuptlings konnte – abhängig davon, mit was für einer Sorte Mensch man es zu tun hatte – monatelange Verhandlungen nach sich ziehen. Jedoch hing alles davon ab, ob das Land genutzt wurde. Wenn nicht, durften andere das Nutzungsrecht für sich in Anspruch nehmen, ohne dass der Häuptling Einwände erheben konnte.

Jacob wusste das auch. «Habt ihr dort Rinder gesehen?»

«Nein.»

«Letztes Jahr hat er es genutzt.»

«Wo finde ich ihn?»

Jacob zeigte mit dem Finger. «Siehst du die große Hütte da drüben? Dort wohnt er.» Als Alex schon losgehen wollte, hielt er ihn zurück. «Moment mal. Ihr jungen Leute wollt immer gleich alles übers Knie brechen. Es findet gerade eine *kgotla*-Sitzung statt. Da kannst du nicht einfach hineinplatzen.»

Das *kgotla* war die wichtigste Pflicht des Häuptlings. Inmitten eines Halbkreises von Pfosten thronend und umringt von den Dorfbewohnern, befasste er sich mit allen Fragen der Verwaltung und des Stammesrechts, die sein Dorf betrafen. Außerdem musste er in schweren Familienstreitigkeiten schlichten. Nur Probleme, die sich beim besten Willen nicht lösen ließen, wurden dem Häuptling vorgetragen. Das *kgotla* war so etwas wie ein oberster Gerichtshof, und Alex hätte nie im Traum daran gedacht zu stören.

Also zügelte er seine Ungeduld und vereinbarte mit Jacob, dieser solle dem Häuptling mitteilen, dass Alex etwas Wichtiges mit ihm zu besprechen hatte. Dann kehrte er nach Gaberones zurück, um zu warten. Drei Tage später ließ ihm der Häuptling sagen, dass er ihn jetzt empfangen könne.

Die Wartezeit nutzte Alex aus, um endlich einmal mit Chrissy allein zu sein. Obwohl sie nun schon seit einem Vierteljahr zusammen waren, war Marv stets mit von der Partie gewesen. Pru hingegen war kaum zu Hause. Offenbar war ihre Neugier, was Bechuanaland anging, unstillbar, und sie unternahm jeden Tag einen anderen Ausflug. Wenn sie doch einmal da war, behandelte sie Alex genauso gleichgültig wie zuvor. Allerdings schienen die Abwechslung und die vielen neuen Eindrücke ihr gut zu tun, denn sie erwähnte ihre Eltern kaum. Alex freute sich für sie. Aber er war dennoch jedes Mal erleichtert, wenn sie das Haus verließ.

Da sie unter sich waren, schliefen sie viel, liefen nackt durch die Wohnung, badeten zusammen, lasen gemeinsam südafrikanische Zeitungen, frühstückten und liebten sich häufig. Alex fand es wunderschön, mit Chrissy zusammen zu sein. Sie war intelligent und wortgewandt, hatte immer die passende Antwort auf Lager, wusste viele lustige Geschichten und erzählte ihm von ihrer Vergangenheit. Er lernte sie in diesen wenigen Tagen so gut kennen, dass es war, als wäre er schon immer mit ihr befreundet gewesen.

Sie stammte aus Stirling in Schottland. «Es ist wie ein zu groß gewordenes Dorf», meinte sie. «Das Schloss ragt über die Stadt, sodass man es schon aus der Ferne sieht. Ein malerischer Anblick, besonders an einem Sommerabend. Es gibt dort eine traumhafte Statue von Sir William Wallace, der im dreizehnten Jahrhundert eine wichtige Schlacht gegen die Engländer angeführt hat.»

Er hörte ihr so gerne zu. Ihr weicher schottischer Akzent klang wie ein leises, ruhiges Lied. Überhaupt strahlte sie für ihn Ruhe aus. Er glaubte nicht, dass sie je an sich zweifelte, und ihre Gelassenheit sorgte dafür, dass er sich warm und geborgen fühlte.

Am Montag, als Chrissy bei der Arbeit war, rief Jacob an. «Der Häuptling möchte dich heute Morgen sehen. Um halb zwölf.»

Alex blickte auf die Uhr. Molepolole war eine Autostunde entfernt, und es war bereits nach zehn. Den Häuptling warten zu lassen, wäre eine Beleidigung gewesen und hätte sicher dazu geführt, dass sein Anliegen abgelehnt wurde. Also stürzte er aus der Wohnung, ohne Chrissy einen Zettel zu schreiben. Sicher würde sie ihn verstehen.

Der Häuptling von Molepolole, der auch über den Großteil des Gebietes westlich des Dorfes herrschte, hörte aufmerksam zu, als Alex ihn um Erlaubnis bat, das Stammesland nutzen zu dürfen. Schweigend wartete er ab, bis Alex fertig war.

«Es ist richtig», sagte er dann, wobei er nicht Alex ansah, sondern die etwa vierzig Männer, die sich um ihn versammelt hatten. «Ich nutze das Land nicht.»

Alex hielt den Atem an. Als Einwohner von Bechuanaland hatte er zwar ein Recht darauf, um die Erlaubnis zur Nutzung des Landes zu bitten, doch da er ein Weißer war, standen die Chancen auf Ablehnung hoch. Natürlich hätte er auch bei der britischen Verwaltung einen Kaufantrag stellen können. Allerdings würde sich das vermutlich eine Ewigkeit hinziehen, und außerdem konnte die bevorstehende Unabhängigkeit durchaus zur Folge haben, dass er sich eine Abfuhr holte. Also erschien es ihm als die zeitsparendste Methode, sich direkt an den Häuptling zu wenden.

«Hast du Vieh?» wollte einer der Ältesten wissen.

«Nein, *rra*, ich habe kein Vieh.»

«Warum brauchst du dann das Land?» fragte der Häuptling.

Jetzt wurde es schwierig, denn Alex wollte keine falschen Hoffnungen wecken. Falls sie tatsächlich Diamanten fanden, würde das ganze Dorf Molepolole davon profitieren, doch es war noch zu früh, um Versprechungen zu machen. «Ich beabsichtige, welches zu kaufen.»

Der Häuptling schmunzelte in sich hinein. Offenbar hatte er es mit einem Dummkopf zu tun. Schließlich war bekannt, dass auf diesem Land kein Vieh gedieh.

«Was bekomme ich, wenn ich dir erlaube, das Land zu nutzen?»

Alex schluckte seine Wut hinunter. Der Häuptling hatte kein Recht, Forderungen zu stellen. Doch er beherrschte sich und antwortete: «Was hätte der Häupting den gerne?»

Alle riefen durcheinander und machten Vorschläge. Aber der Häuptling brachte sie mit einer Handbewegung zum Schweigen. «Jedes Jahr ein Rind, dann kannst du das Land haben. Wenn du dich nicht an die Bedingungen hältst, vergebe ich es anderweitig.»

Alex bedankte sich überschwänglich und schickte sich zum Gehen an. Aber der Häuptling lächelte ihn an. «Du kannst anfangen, das Land zu nutzen, sobald ich das erste Rind bekomme.»

Alex bat Jacob um Hilfe. «Ich verkaufe dir eines meiner Rinder», erwiderte dieser. «Wenn du jetzt noch kein Geld hast, kannst du mich ja bezahlen, nachdem du reich geworden bist.» Nach Jacobs Miene zu urteilen, glaubte der alte Kaufmann nicht, dass dieser Glücksfall jemals eintreten würde. «Übrigens war kürzlich jemand hier und hat nach dir gesucht.»

«Wer denn?»

«Keine Ahnung. Marthe hat mit ihm geredet und ihm den Weg zu eurem Lager erklärt. Ein junger Bursche, etwa so alt wie du. Marthe hat seinen Namen nicht richtig verstanden, er hatte es ziemlich eilig.» Jacob runzelte die Stirn. «Er hat ihr ein bisschen Angst gemacht. Sie sagt, er hätte anscheinend einen Unfall gehabt, denn er sah ziemlich seltsam aus.»

Alex kehrte zum Lager zurück. Jacob hatte versprochen, dem Häuptling in seinem Namen einen Stier zu bringen. Als er die Hütte erreichte, war es schon früher Abend. Marv war bei seinem Anblick nicht sehr erfreut. «Wo zum Teufel hast du gesteckt?»

Alex erklärte ihm alles. «Ich muss noch einmal nach

Gaberones oder nach Mafeking, um uns die Schürfrechte für dieses Land zu sichern. Niemand will uns helfen. In Mafeking war man erleichtert, die Unterlagen loszusein, doch in Gaberones ist niemand bereit, sie zu übernehmen. Alle wimmeln mich nur ab. Angeblich muss man sich an das Amt für geologische Untersuchungen wenden, doch denen sind die Hände gebunden, weil eine neue Bergbaubehörde gegründet werden soll. Ständig nennt man mir den Namen Segoko, aber der Mann ist wie vom Erdboden verschluckt. Die Sache ist so, Marv, dass im Moment kein Verantwortlicher greifbar ist. Sie warten auf die Wahlen im nächsten März.»

«Der Häuptling hat uns doch erlaubt, das Land zu nutzen.»

«Für die Viehzucht. Die Diamanten habe ich nicht erwähnt.»

Marv steckte die Hände in die Taschen. «War wahrscheinlich auch das Beste.» Er hielt Alex die Hand hin. «Die hier habe ich gefunden, aber das heißt nicht, dass man auf Schritt und Tritt über sie stolpert.» Es waren etwa zwanzig kleine Diamanten.

«Vielleicht suchen wir immer noch an der falschen Stelle. Gut, wir wissen, dass sie hier irgendwo sind, allerdings nicht genau, wo. Möglicherweise gibt es weiter westlich eine größere Ablagerung.»

«Unser erster Stein war der beste.» Marv verstaute die Früchte seiner Arbeit in einem Briefumschlag. «Eine ganz schöne Schufterei ist das. Meinst du, das bringt wirklich was?»

«Du musst nur dran glauben und Geduld haben, mein Freund.»

«Glauben!» Mürrisch verzog Marv das Gesicht. «Ich habe nachgedacht», fügte er dann hinzu.

«Das könnte gefährlich werden.» Alex grinste. «War nur ein Witz. Worüber denn?»

«Meine Zukunft. Ich bin achtundzwanzig und habe noch nichts vorzuweisen. Ich lasse mich einfach so treiben. Es ist an der Zeit, dass ich sesshaft werde.»

«Wie kommst du denn auf die Idee?» Alex konnte sich den Grund schon denken, wollte aber, dass Marv es aussprach.

Marv wich seinem Blick aus. «Einfach so eben.»

«Ach, wirklich?»

Marv schmunzelte.

Alex klopfte ihn auf die Schulter.

«Du meinst sicher eine Farm. Ich hätte auch gern eine. Du wärst sicher ein guter Farmer. Nicht jeder ist dafür geeignet, aber für dich wäre es genau das Richtige.»

Marv schien noch nicht überzeugt. «Das Geld, das mir die Army als Entschädigung gezahlt hat, ist schon fast aufgebraucht.»

«Na und? Dein Anteil an den Diamanten, die wir bis jetzt gefunden haben, reicht für eine Anzahlung auf eine Farm. Jedenfalls ist es mehr, als du hättest, wenn du bei der Army geblieben wärst.»

Marv wirkte erleichtert. «Hast du Bier mitgebracht?»

«Sechs Kartons.»

Fast hätte Marv gelächelt.

«Und das hier habe ich auch noch für dich.» Alex gab seinem Freund ein Kuvert, das einen Brief von Pru enthielt.

Marv wäre ihm beinahe um den Hals gefallen.

«Willst du den Brief denn nicht lesen?»

Ein besorgtes Stirnrunzeln. «Was steht drin?»

«Woher zum Teufel soll ich das wissen?»

Ein breites Grinsen auf den Lippen lief Marv zur Hütte, um den Brief zu lesen. Kurz darauf kam er bemüht lässig nach draußen geschlendert. «Sie will eine Weile in Gaberones bleiben und sich einen Job suchen. Ihr gefällt es in Bechuanaland.»

«Und weiter?», fragte Alex.

«Nichts weiter. Das war's.»

«Also?», bohrte Alex weiter.

«Also.» Wieder grinste Marv. «Ich fahre am Wochenende nach Gaberones.»

Alex klopfte ihm auf die Schulter.

Marv betrachtete ihn nachdenklich. «Ach, übrigens, vor ein paar Tagen wollte dich ein Typ besuchen.»

«Das hat Jacob mir schon erzählt. Wer war es denn?»

«Machte einen ganz netten Eindruck. Kel soundso. Er sagte, er kennt dich noch von früher. Und es hat ihn sehr interessiert, was wir hier so treiben.»

Kel! Alex hatte schon seit Jahren nicht mehr an ihn gedacht. Warum sollte er sich die Mühe machen, Alex wieder zu sehen? Was führte der Mistkerl im Schilde? Ganz gleich, welches Märchen er Marv auch aufgetischt haben mochte, ein Freundschaftsbesuch war es sicher nicht gewesen. «Du hast es ihm doch hoffentlich nicht gesagt!»

«Er hat jede Menge Fragen gestellt. Ich dachte, du hättest nichts dagegen. Schließlich war er ja ein alter Freund.»

«Marv, hast du ihm etwa gezeigt, wo wir graben?» Alex war entsetzt. Ein gutmütiger, vertrauensseliger Mensch wie Marv war Wachs in den Händen von Kel und seinesgleichen.

«Er hat mich einmal begleitet. Hatte mich drum gebeten. Was ist los? War das ein Fehler?»

Alex antwortete nicht auf diese Frage. «Hat er erwähnt, woher er wusste, dass ich hier bin?»

«Er meinte, er wohnt in Molepolole und hätte mitgekriegt, dass du dich mit dem Häuptling treffen wolltest.»

«Um Himmels willen, Marv! Hast du ihm was von den Schürfrechten erzählt?»

«Na klar.» Marv betrachtete ihn erstaunt. «Warum auch nicht?»

Alex sprang auf. «Dieses Schwein wird versuchen, uns zuvorzukommen. Wir hatten mal eine Prügelei und ich habe ihn vor allen anderen blamiert. Das hat er mir nie verziehen. Ich muss sofort zurück nach Gaberones. Du fährst bei Morgengrauen wieder raus und suchst weiter.»

Alex hatte ein ungutes Gefühl. Er wusste, dass Kel in Gaberones sehr gute Beziehungen hatte. Bestimmt würde es ihm gelingen, den Dienstweg zu umgehen und sich die Schürfrechte zu beschaffen. Und es war ihm durchaus zuzutrauen, dass er es tun würde, nur um Alex eins auszuwischen. Marv hatte ihm die Informationen auf einem silbernen Tablett serviert, und er würde sie dazu benutzen, Alex zu schaden. Eine Katastrophe bahnte sich an.

Um halb zehn parkte er seinen Wagen vor dem Haus, in dem Chrissy wohnte. Es brannte noch Licht. Alex schloss auf und trat ein. Chrissy arbeitete am Esstisch. Überrascht blickte sie auf, als er hereinkam. «Ach, du bist es.»

Alex war gereizt, denn er machte sich wegen Kel große Sorgen. «Wen hast du denn erwartet?»

Sie legte den Stift weg. «Keine Ahnung», erwiderte sie spitz. «Du glaubst wohl, du kannst kommen und gehen, wie es dir passt.»

«Chrissy, es tut mir Leid, dass ich einfach so verschwunden bin. Jacob rief an, und die Zeit reichte kaum, um nach Molepolole zu fahren. Der Häuptling wollte mich sehen.»

Pru, die gerade in einem Buch las, zog sich diskret in ihr Zimmer zurück.

Ärgerlich funkelte Chrissy Alex an. «Einen Zettel zu schreiben, hätte nicht länger als dreißig Sekunden gedauert.»

«Ich habe nicht richtig darüber nachgedacht. Entschuldige.»

Chrissy rieb sich die Augen. Sie sah müde aus. «Dann solltest du besser mit dem Nachdenken anfangen, Alex. Ich bin es nicht gewöhnt, dass man mich als Nebensache behandelt, und es gefällt mir nicht.»

«Mein Gott, Chrissy, wie oft soll ich mich noch entschuldigen?»

«Gut. Solange du nur weißt, wie ich mich dabei

fühle.» Als sie ihn anblickte, wurde ihre Miene versöhnlicher. «Warum bist du schon wieder zurück?»

Alex erklärte ihr rasch die ganze Geschichte. Er war erleichtert, dass sie nicht mehr böse auf ihn war.

«Er ist ein seltsamer Typ, und es macht ihm Spaß, andere zu quälen. Ich habe ihm damals ein bisschen das Gesicht verbeult. Wahrscheinlich will er sich an mir rächen.»

«Anscheinend hast du ihm auch noch nicht verziehen.» Ein Lächeln huschte über ihr Gesicht.

«Ich dachte schon. Nein, verdammt, ich habe es nicht. Aber wenn er mir nie mehr in die Quere gekommen wäre, hätte ich ihn vergessen. Ich frage mich, was er von mir will, Chrissy. Jetzt kommen die ganzen Erinnerungen wieder zurück. Das Geld, das er mir gestohlen, und die Prügelei, die er den anderen verheimlicht hat. Außerdem hat er vom Baum aus in Madisons Zimmer geschaut und mir ganz buchstäblich die Schuld in die Schuhe geschoben.» Er spürte, wie Wut in ihm hochstieg. «Also gut. Wenn er Ärger will, kann er welchen haben. Schließlich hat er angefangen, und ich werde mich nicht drücken. Einmal habe ich ihn schon mit den Fäusten fertig gemacht, und es wird mir auch jetzt gelingen, ihn auszutricksen. Er hat es sich selbst zuzuschreiben. Ich hätte da draußen in der Wüste draufgehen können.»

Ein plötzlicher Schmerz flog über ihr Gesicht. Dann stand sie auf, schlang die Arme um seine Taille und schmiegte sich an ihn. «Ein Glück, dass es nicht so weit gekommen ist», sagte er.

Er küsste sie, bis der letzte Rest ihres Grolls gegen ihn

verflogen war. Auch seine Wut legte sich. Doch die Entschlossenheit blieb.

Um Viertel nach sieben am nächsten Morgen sprach er beim Amt für geologische Untersuchungen vor. Laut dem Schild über der Tür öffnete die Behörde um halb acht. Drei Minuten vor halb acht erschien eine Motswanerin, öffnete die Tür, schloss sie fest hinter sich und drehte den Schlüssel um. Um Viertel vor acht klopfte Alex ungeduldig an. Vergeblich. Um fünf nach acht wurde die Tür schließlich wieder geöffnet. Die Motswanerin kam heraus und entschuldigte sich. «Wir sind heute spät dran.»

Als Alex ihr ins Gebäude folgte, sah er Kel durch eine offen stehende Tür. Entsetzt starrte Alex ihn an. Offenbar hatte er einen schrecklichen Unfall gehabt. Seine rechte Gesichtshälfte war eingedrückt, als wäre der Wangenknochen weggeknickt. Eine Narbe, die auf eine schlecht vernähte Wunde hinwies, verlief quer über die Wange und zog das Auge hinunter, sodass es tiefer saß als das andere. Die Nase krümmte sich nach rechts, und die rechte Oberlippe war verzerrt, sodass er aussah, als hätte er ständig ein höhnisches Grinsen auf dem Gesicht. Bei Alex' Anblick verzog er die unverletzte Gesichtshälfte, sodass die andere noch abstoßender wirkte. Erschrocken stellte Alex fest, dass Kel lächelte.

«Zu spät, Theron», meinte er und schwenkte ein Stück Papier. Seine Sprache klang verwaschen, als käme er gerade vom Zahnarzt und stünde noch unter dem Einfluss der Betäubungsspritze. «Die Schürfrechte gehören mir. Du hättest deine Freunde bitten sollen, den

Mund zu halten. Bis später, Onkel Ben», rief er dann dem Mann zu, der sich im Büro befand. Dann schlenderte er lässig an Alex vorbei, spitzte die Lippen und versuchte zu pfeifen – aber vergeblich.

Wütend blickte Alex ihm nach. Er war zornig, weil Kel ihn ausgetrickst hatte. Aber andererseits bedauerte er ihn wegen seines entstellten Gesichts. Als er um ein Gespräch mit dem Leiter der Behörde bat, teilte die Motswanerin ihm mit, «Onkel Ben» sei zu beschäftigt, um ihn zu empfangen.

Dreizehn

Also tat Alex das Erstbeste, was ihm einfiel: Er stattete dem Häuptling einen Besuch ab. Doch Kel hatte auch diesen Schritt vorausgesehen. Auf den ersten Blick wurde Alex klar, dass der Häuptling lieber Kel vertraute, den er gut kannte. Er hielt Alex für einen unverschämten jungen Mann, der ihn außerdem belogen hatte. Verächtlich sah er Alex an und knurrte auf Setswana: «Was suchst du am Fluss, Schakal, obwohl du behauptet hast, kein Wasser zu trinken?» Alex war bestürzt. Wenn der Häuptling nur ein wenig verärgert gewesen wäre, hätte er den Besucher höflich auf Englisch ermahnt. Im Zorn hätte er ihn auf Setswana zurechtgewiesen. Doch dass er nun ein Sprichwort zitierte, zeigte Alex, wie unbeschreiblich aufgebracht er war.

«Es tut mir Leid.» Inzwischen war Alex klar, dass es ein großer Fehler gewesen war, den Häuptling täuschen zu wollen. Auch wenn er nur ein ungebildeter kleiner Stammesfürst war, hatte er eine hohe Stellung nicht umsonst inne. Alex hatte ihm die Wahrheit verschwiegen, weil er nicht über Reichtümer hatte sprechen wollen, die es noch gar nicht gab. Früher oder später wäre es ohnehin bekannt geworden, was er auf dem Land des Häuptlings trieb. Allerdings hatte Alex mit ein bisschen mehr Zeit gerechnet.

«Ein anderer wird das Land nutzen. Du wirst es nicht mehr betreten.»

«Häuptling ...», flehte Alex mit ausgestreckter Hand.

Der Häuptling zog den ledernen Umhang fest über den Schultern zusammen, erhob sich und blickte Alex wütend und gleichzeitig listig an. «Du hast uns nur ein Rind angeboten, von dem anderen Mann können wir Reichtümer bekommen. Dieses Land gehört dem Stamm. Du hättest die Schätze an dich genommen, ohne uns ein Wort zu sagen, und wärest ein wohlhabener Mann geworden. Unseren Anteil, der rechtmäßig uns gehört, hättest du für dich behalten.»

Alex wusste, dass es zwecklos war. Der Häuptling hätte seiner Erklärung nicht geglaubt, er wolle den Wohlstand mit dem Stamm teilen und Arbeitsplätze für die Einwohner von Molepolole schaffen. Dennoch versuchte er, den Stammesfürsten zu warnen.

«Sedibana pele gaseikanngwe – aus der Quelle, die noch vor uns liegt, können wir nicht lesen», sagte er, was den Häuptling ein wenig überraschte. Es gab zwar viele

Weiße, die fließend Setswana sprachen, doch solche, die sich in der Kultur gut genug auskannten, um Sprichwörter zitieren zu können, kamen selten vor. «Hoffentlich irre ich mich», fuhr Alex fort. «Aber ich fürchte, du bist getäuscht worden. Die Menschen, mit denen du Geschäfte machst, sind nicht ehrlich.»

«Genauso wie du?» Die dunklen Augen des Häuptlings beäugten ihn kühl und verächtlich. «Soll das heißen, dass ich ein schlechter Menschenkenner bin?»

Alex gab es auf, um den Häuptling nicht weiter zu verärgern.

Da Jacobs Land ebenfalls dem Stamm gehörte, musste Alex auch von dort verschwinden. Er fuhr hinaus, um Marv die Hiobsbotschaft zu überbringen.

«Was glaubst du, wie viel kriegen wir dafür?» Obwohl Marv ununterbrochen gearbeitet hatte, hatte er nicht viel vorzuweisen. Sie betrachteten die Steine.

«Genug für den Anfang, aber lange wird es nicht reichen.»

Marv war zufrieden. «Dann kaufe ich mir Land und eine Farm. Irgendwo in der Nähe von Francistown. Mein Anteil sollte für eine Anzahlung genügen. Und was ist mit dir?»

«Das habe ich mir immer gewünscht. Mir gefällt es am besten in der Gegend von Tuli. Das ist gutes Weideland.» Ernst sah er Marv an. «Findest du, dass ich noch zu jung zum Heiraten bin?»

«Ja», erwiderte Marv wie aus der Pistole geschossen.

Alex war da zwar anderer Ansicht, aber er sprach nicht mehr über seine Idee, die immer mehr Gestalt annahm.

Sie hörten ein Auto näher kommen. Marv bedeckte die Diamanten mit der Asche des Feuers der letzten Nacht, denn sie beide vermuteten, dass es Kel war.

Allerdings hatte Alex nicht erwartet, dass Kel so weit gehen würde: Ein zweiter Wagen folgte dem ersten. Weiße Polizisten sprangen heraus. «Sie werden hier alles durchsuchen», verkündete Kel. «Alle Diamanten, die ihr hier aufbewahrt, werden beschlagnahmt. Da euch der Zutritt zu diesem Gebiet verboten ist, gehören sämtliche Diamanten, die ihr gefunden habt, mir. Denn ich bin jetzt der rechtmäßige Besitzer des Landes.» Er wedelte mit seiner Genehmigung herum.

«Darf ich mal sehen?» Alex hätte es sich denken können: Die Genehmigung war zwei Monate rückdatiert. Juristisch betrachtet konnte Kel sämtliche Diamanten einfordern.

Marv hätte genauso gut mit den Fingern aufs Feuer zeigen können, denn er setzte sich auf die Umrandung aus Ziegelsteinen und beugte sich beschützend über die kalte Asche. Doch weder Kel noch die Polizisten kannten Marv so gut wie Alex und achteten deshalb nicht auf ihn. Sie durchwühlten die Küche, leerten den Kühlschrank aus, warfen die Betten um und schlitzten die Matratzen auf. Als sie die Rollos herunterließen, machten sie Bekanntschaft mit den Hausskorpionen, an die Marv sich inzwischen gewöhnt hatte. Alex und Marv mussten sich einer Leibesvisitation unterziehen, gegen die Marv sich so heftig wehrte, dass man ihm mit Festnahme drohte. Doch nach den Blicken der drei Polisten zu urteilen, glaubten sie, auf einer falschen Fährte zu sein. Allerdings ließ Kel nicht locker. Als sie mit leeren Händen wieder abziehen mussten, war er wütend und enttäuscht. «Ich werde euch beobachten», sagte er Alex mit zornig funkelnden Augen. «Sobald ihr versucht, die Steine zu verkaufen, kommt ihr ins Gefängnis.»

«Du musst ihn damals ja ziemlich in die Mangel genommen haben», murmelte Marv, nachdem sie abgefahren waren. «Hast du ihm das Gesicht so verbeult?»

«Ich habe keine Ahnung, was mit ihm passiert ist», erwiderte Alex. «Ich war es jedenfalls nicht.»

Alex gärte vor ohnmächtiger Wut. Er hatte von Reichtümern geträumt, die für die junge Nation Botswana, für ihn und für Marv ausreichten. Und nun würden Kel und seine ohnehin schon wohlhabende Familie das Geld kassieren. Er gab sich keinen Illusionen hin. Die Einwohner von Molepolole würden nichts von dem Profit zu sehen bekommen. Menschen wie Kel teilten nicht, ganz gleich, was sie einem vorher auch versprochen haben mochten.

Es dauerte einige Stunden, die Schäden zu reparieren und die Hütte notdürftig aufzuräumen. Aber die Matratzen waren nicht mehr zu flicken. Danach holten sie die Diamanten aus ihrem Versteck und schoben sie durch einen Riss im Polster in den Sitz eines der Landrover.

In Molepolole machten sie Halt, um Jacob und Marthe zu erzählen, was geschehen war. Weinend machte Marthe sich Vorwürfe, weil sie Kel den Weg gezeigt hatte. «Aber woher solltest du es denn wissen, Mutter?», versuchte Jacob, sie zu trösten.

«Er hat Recht, Marthe», meinte Alex. «Marv ist auch auf ihn hereingefallen.»

Als sie Jacob die zerschnittenen Matratzen ersetzen wollten, lehnte dieser ab. «Du beleidigst mich, mein Junge. Die alten Dinger waren sowieso schon fast hinüber. Ich wollte seit Jahren neue anschaffen.» Außerdem, sagte er, sie könnten die Landrover behalten.

Sie konnten die Diamanten nicht in Bechuanaland verkaufen. Auch Südafrika kam nicht in Frage. Wenn die Südafrikaner oder auch die Briten auf den Gedanken kamen, dass in Bechuanaland Reichtümer zu finden waren, stand die Unabhängigkeit des Landes auf dem Spiel – und die lag Alex ganz besonders am Herzen.

Also beschlossen sie, mit ihren Diamanten nach Südrhodesien zu fahren. Schließlich scherte sich dieses Land nicht um die Briten, und es gab Gerüchte über eine einseitige Unabhängigkeitserklärung. Außerdem wimmelte es dort von Glücksrittern, von Leuten, die sich nicht um die Meinung anderer kümmerten. Bestimmt würden sie die Diamanten dort losschlagen können.

Chrissy war wieder einmal wütend, weil Alex sich einfach verdrückt hatte, und machte aus ihrem Herzen keine Mördergrube. Marv und Pru murmelten etwas von einem Film im Club und verdrückten sich rasch.

Chrissy kam sofort auf den Punkt: «Du bist nicht der Mittelpunkt der Erde, Alex Theron. Es gibt außer dir auch noch andere Menschen, die Bedürfnisse haben.»

«Hör zu, ich habe dir doch erklärt, was passiert ist. Ich bin sofort zum Häuptling gefahren, und dann musste ich zu Marv. Tut mir Leid.»

«Deine Entschuldigungen genügen mir nicht. Ich erwarte nur, dass du erst nachdenkst, bevor du etwas tust.» Wenn sie zornig wurde, verfärbte sich ihre Nasenspitze weiß. «Ich habe nicht vor, geduldig hier zu sitzen, während du in der Weltgeschichte herumgondelst.»

«Schon gut.» Beschwichtigend hob er die Hände. «Was soll ich dazu sagen? Es wird nicht wieder vorkommen.»

Sie wandte sich ab. Erst nach einer Weile bemerkte er, dass sie weinte.

«Chrissy!» Alex hatte nicht geahnt, wie sehr er sie durch sein Verhalten gekränkt hatte. Er legte den Arm um sie. «Es tut mir wirklich Leid, Liebling.»

Sie rieb sich die Augen. «Okay», schniefte sie. «Denk einfach öfter daran, wie ich mich fühle.»

Reumütig und verwirrt drehte er sie zu sich herum. Er konnte sich nicht vorstellen, was sie so aufgebracht haben mochte. Ihren Ärger konnte er nachvollziehen, doch ihre verletzten Gefühle waren ihm ein Rätsel. Sanft küsste er sie. Ihre Lippen zitterten. Er hatte den Eindruck, einen zerbrechlichen Schmetterling in den Armen zu halten.

«Ich lade dich zum Essen ein.»

Sie grinste schief. «Das ist aber nicht nötig.»

«Doch. Ich bin ein rücksichtsloser Trampel.»

Nun lächelte sie breit.

Er neigte den Kopf zur Seite und sah sie an. «Also?»

«Also was?»

«Du hättest mir jetzt eigentlich widersprechen müssen.»

Lachend umarmte sie ihn. «Okay.»

«Was ist okay?»

«Du bist ein rücksichtsloser Trampel.»

Gelächter brach aus. Der Friede war wiederhergestellt.

Beim Essen im Hotel erklärte er ihr seine vagen Zukunftspläne. «Marv und ich müssen die Steine verkaufen. Wir versuchen es in Südrhodesien. Hoffentlich reicht es, damit Marv ein Stück Land anzahlen kann. Eigentlich hatten wir viel mehr erwartet. Er wird es in den ersten Jahren sehr schwer haben, bis die Farm Gewinn abwirft.»

«Und was ist mit dir?»

Er betrachtete sie fragend. «Ich weiß nicht so recht, Chrissy. Ich würde ja auch gerne eine Farm haben, aber das Leben dort ist sehr einsam, wenn man niemanden hat, mit dem man es teilen kann.» Er wollte ihren Blick auffangen, aber sie senkte den Kopf.

«Du bist noch zu jung, um dich an eine Farm zu binden. Du solltest es zuerst mit etwas anderem versuchen.»

Er wusste, dass sie ihm auswich, und es kostete ihn Mühe, seine Enttäuschung zu verbergen. «Ich habe sonst nichts gelernt.»

Erstaunt sah sie ihn an. «Das stimmt doch nicht. Du gehörst zu den wenigen Menschen, die die Buschleute verstehen. Du sprichst sogar ihre Sprache. Für ein neues Land wie dieses ist das von unschätzbarem Wert. Du bist hier geboren, und Botswana wird Leute wie dich brauchen. Dir stehen alle Wege offen.»

«Die Politik, meinst du?»

«Nicht direkt. Aber du könntest die Interessen der Buschleute vertreten und ihr Sprecher werden.»

«Ich frage mich, ob sie einen Sprecher haben wollen.» In dem Jahr, das er bei !Ka und seinem Clan verbracht hatte, hatte er sie nicht ein einziges Mal über ihre Lebensweise klagen hören. Sie waren zufrieden, ungestört und völlig unberührt von Technik und moderner Entwicklung. Da sie in Gebieten lebten, die sonst niemanden interessierten, würde es, wie Alex glaubte, immer so weitergehen. Und dennoch nahmen die Zäune zu, seit Bechuanaland dichter besiedelt wurde. Außerdem erlegten professionelle Jäger immer mehr Wild auf dem Gebiet der Buschleute. Vielleicht war ihre Zukunft wirklich in Gefahr.

Alex wusste, dass die Buschleute dank ihrer gefestigten Gesellschaftsform in der Lage waren, Veränderungen zu verkraften. Sie hatten diese unwirtliche Gegend nicht als Lebensraum gewählt, sondern sich aus Notwendigkeit an die Bedingungen angepasst. Viele Angehörige dieser Stämme siedelten zwar in der Wüste, suchten aber regelmäßig in den Städten und Farmen nach Arbeit. Wieder andere wurden selbst Farmer und wagten sich nie tief in die Kalahari hinein. Das hieß, dass die Buschleute durchaus wandlungsfähig waren, aber die Zeit arbeitete gegen sie. Sie brauchten mehr als nur einen Sprecher. Er verstand, worauf Chrissy hinauswollte, und begann, sich für dieses Thema zu erwärmen. Sie benötigen ein Konzept, um in einer sich ständig verändernden Umgebung überleben zu können.

Er sprach einen noch unfertigen Gedanken aus, der ihm gerade eingefallen war: «Während meiner Zeit bei ihnen habe ich mir öfter überlegt, dass sie ihre Fähigkeiten auch kommerziell nutzen könnten, vorausgesetzt, ihre Lebensweise leidet nicht darunter.»

«Wie zum Beispiel?» Seine Begeisterung brachte sie zum Schmunzeln.

«Die Dinge des alltäglichen Gebrauchs, die sie aus Häuten, Knochen und sogar aus Straußeneiern herstellen. Das afrikanische Kunsthandwerk ist schon seit längerem ein Begriff, doch die Arbeiten der Buschleute fast niemand. Man könnte Handel damit treiben. So könnten die San bleiben, wo sie sind, und ihre Traditionen bewahren, aber gleichzeitig ihren Lebensstandard erhöhen.» Seine Idee gefiel ihm. «Sie führen ein hartes Leben. !Ka erwartet, mit etwa fünfundvierzig zu sterben. Er findet sich damit ab, aber er würde sicherlich gerne älter werden.» Alex schlug mit der Hand auf den Tisch. «Chrissy, der Plan ist großartig!»

«Du darfst nichts überstürzen. Wenn du sie mit Geld in Berührung bringst, könnte das unabsehbare Folgen haben. Außerdem gibt es meiner Ansicht nach zurzeit keinen Bedarf, ihren Lebensstandard zu erhöhen und gleichzeitig ihre Kultur zu bewahren.»

«Ihr größtes Problem ist die Gesundheit. Wenn sie mit ihrem Kunsthandwerk Krankenhäuser finanzieren könnten ... Begreifst du das denn nicht, Chrissy? Sie könnten ihre Produkte verkaufen und sich dafür medizinisch behandeln lassen. So ein Tauschhandel würde ihnen gefallen. Man gibt etwas und bekommt etwas zurück.»

«Nicht so schnell. Du musst dir das gründlich überlegen.»

«Das werde ich.» Er sprudelte über vor Ideen. Mit vollem Mund sprach er weiter: «Wir besorgen uns Startkapital und exportieren nach Amerika und Europa. Wir …»

Erstaunt riss Chrissy die Augen auf. Alex wollte sich gerade nach dem Grund erkundigen, als ihm eine Hand so kräftig zwischen die Schulterblätter schlug, dass er fast an seinem Steak erstickt wäre.

«Hallo, mein Junge! Jesus, Mutter Marias! Du bist ja ein richtiger Mann geworden.»

Pat, Willie, Bob und Artie beugten sich grinsend über ihn.

«Ganz bestimmt ist er ein Mann. Er hat nämlich eine tolle Frau dabei. Entschuldigen Sie, Ma'am, mein Name ist Artie. Das da ist Pat. Und der andere heißt Bob. Von Willie sollten Sie sich besser fern halten.»

«Das sagst du immer. Warum musst du mich immer so schlecht machen?» Willie lächelte, dass seine Goldzähne blitzten.

Chrissy lächelte zwar ebenfalls, schien aber ein wenig konsterniert. «Nett, Sie kennen zu lernen, Gentlemen.»

Pat war erfreut. «Gentlemen! Sie hat uns Gentlemen genannt. Miss, Sie gefallen mir.»

«Ich heiße Chrissy.» Sie sah Alex an, dem es offenbar die Sprache verschlagen hatte. «Sag doch endlich was.»

«Was?», krächzte er, nachdem es ihm endlich gelungen war, das Stück Steak loszuwerden, das ihm in der Kehle steckte.

«Der Kleine erstickt ja.» Heftig klopfte Pat auf Alex' Rücken und Schultern. «So, mein Junge, jetzt ist es wieder gut.»

Artie zog sich einen Stuhl heran und setzte sich. «Jeff ist da drüben. Er will mit dir sprechen.»

«Ich aber nicht mit ihm.» Alex wischte sich die Tränen aus den Augen. «Mein Gott, Pat, du hättest mich fast umgebracht.»

Pat holte weitere Stühle und stellte sie an den Tisch. Nachdem er sich niedergelassen hatte, forderte er die anderen auf, ebenfalls Platz zu nehmen. «Iss weiter, Kleiner. Wie ein braver Junge, bis der Teller leer ist. Wir haben eine Menge zu erzählen. Möchten Sie was zu trinken, Chrissy? Sehr gut.» Ohne ihre Antwort abzuwarten, rief er dem Barkeeper zu: «Hey, Max, fünf Flaschen sollten für den Anfang genügen!» Er griff nach Alex' Weinglas, leerte es mit einem Zug und rümpfte die Nase. «So, das ist aus dem Weg. Das ist doch was für kleine Mädchen.»

Inzwischen hatte Alex sich wieder erholt. Rasch steckte er den letzten Bissen in den Mund und kaute schnell, bevor Pat Gelegenheit bekam, ihm wieder auf den Rücken zu klopfen. «An deiner Stelle würde ich schnell essen, Chrissy», sagte er und schluckte. «Sonst frisst Pat es dir weg.»

Der Barkeeper brachte ihnen fünf Literflaschen eisgekühltes Castle-Bier und sechs Gläser. Pat, der inzwischen auch Chrissys Glas ausgetrunken hatte, schenkte allen etwas ein. Chrissys Miene war anzumerken, dass sie sich ziemlich überrumpelt fühlte.

Plötzlich spürte Alex, dass Jeff hinter ihm stand. «Hat Artie dir nicht gesagt, dass ich dich sprechen will?»

«Doch.» Alex sah ihm in die Augen.

«Und?» Jeff reckte das Kinn.

Als Alex Jeff betrachtete, war sein Groll auf einmal verflogen. «Wenn du Hass im Herzen trägst», hatte !Ka ihm einmal erklärt, «weiß dein Herz, dass das falsch ist. Dann geschehen zwei Dinge: Dein Herz wird so voller Hass sein, dass es nicht mehr zu dir sprechen kann. Und wenn die böse Geister bemerken, dass dein Herz mit anderen Dingen beschäftigt ist, werden sie versuchen, darin einzudringen. Dann ist ein Mann leichte Beute. Deshalb ist es besser, keinen Hass im Herzen zu tragen.» Mittlerweise begriff Alex, was !Ka damit gemeint hatte. Warum sollte er sein Leben damit verschwenden zu hassen? Es gab doch so viel Angenehmeres zu tun.

Also zuckte er die Achseln. «Ich wollte Sie nicht sehen.» Seine Stimme klang leise und er blickte Jeff weiter in die Augen.

Jeff wirkte verärgert. «Ich kann dich nicht leiden, Kleiner. Du bist zu sehr von dir selbst überzeugt. Aber ich muss mich bei dir entschuldigen. Es tut mir Leid, dass ich dich zusammengeschlagen habe.» Er machte auf dem Absatz kehrt und ging davon.

«Das wollte er dir schon seit Jahren sagen», meinte Bob leise.

«Dann hätte er sich die Mühe machen sollen, ihn zu finden, anstatt einfach abzuwarten», wandte Pat ein.

Alex zuckte die Achseln. «Es ist mir egal, ob er sich entschuldigt oder nicht. Ich will nichts mit ihm zu tun haben.» Er hielt inne und fügte dann hinzu: «Oder mit seiner bescheuerten Tochter.»

«Sehr gut, mein Junge.»

Da Alex den Schlag auf den Rücken schon vorausgeahnt hatte, konnte er gerade noch ausweichen.

«Außerdem ist sie sowieso in Europa», ergänzte Willie. «Damit sie den richtigen Schliff kriegt.»

Inzwischen hatte sich Chrissy an die Männer gewöhnt, die so überfallartig über sie hereingebrochen waren. Doch bei Willies Bemerkung zuckte sie zusammen. «Schliff?», stieß sie mit erstickter Stimme hervor. Alex wusste, dass sie nur mit Mühe ein Lachen unterdrückte.

«Ja, Schliff. Sie wissen schon.» Er suchte nach den richtigen Worten. «Wenn man lernt, wie man Blumen arrangiert und so weiter», meinte er schließlich. «Und welches Messer man wann benutzt. Solche Sachen eben.» Sein Tonfall verriet eindeutig, dass er das für Zeitverschwendung hielt.

«Oh!» Nur Alex ahnte, dass Chrissy jeden Moment loslachen würde. Die anderen behandelten das Thema mit gebührendem Ernst.

«Hoffentlich schleifen sie ihr auch ihre Launen ab», sagte Pat. «In letzter Zeit benimmt sie sich wie ein Bär mit Kopfweh.»

«Entschuldigen Sie», krächzte Chrissy und eilte zur Damentoilette.

Pat redete nicht lange um den heißen Brei herum. Er packte Alex fest am Oberarm. «Eine richtige Schönheit, mein Junge. Wo hast du sie denn aufgegabelt?», fragte er.

«Bei meinen Eltern. Sie ist Anthropologin.»

«Anthropowas?» Willies Miene war verdutzt.

«Anthropologin, du Idiot», hänselte Artie. «Sie buddelt altes Zeug aus und erzählt uns dann was von unserer Vergangenheit. Hey, Alex, hat sie schon mal einen Dinosaurier gefunden?»

Am liebsten wäre Alex Chrissy auf die Toilette gefolgt.

Pat pfiff leise durch die Zähne. «Da ist ja Kel, dieser Dreckskerl. Mein Gott, hübscher wird der auch nicht.» Er sah Bob an. «Entschuldige, war nicht so gemeint.»

«Was ist denn mit ihm passiert?», wollte Alex wissen. Auch wenn er Kel noch so sehr verabscheute, hatte er wegen seines Gesichts dennoch Mitleid mit ihm.

«Schuld daran sind wahrscheinlich verschiedene Dinge», erklärte Bob. «Es passierte beim Viehtrieb, kurz nachdem Jeff dich zusammengeschlagen hatte. Kel wollte Alptraum am Zügel zurückführen. Sie hat gescheut und ihn vom Pferd gerissen. Er ist mit dem Gesicht zuerst gelandet.»

Alex erinnerte sich, wie er zu Bewusstsein gekommen war und Alptraum mit schleifenden Zügeln gesehen hatte. Er hatte sich gefragt, wie sie dorthin gekommen war. Ihm fiel ein, wie sehr er sich gewünscht hatte, sie möge Kel gebissen haben.

«Wo ist er denn draufgefallen? Einen Felsen?» Der Boden dort bestand doch aus weichem Sand, sodass man sich unmöglich solche Verletzungen holen konnte.

Pat wirkte verlegen. «Versteh das jetzt nicht falsch, mein Junge.»

Sie wollten ihm etwas verheimlichen. «Raus mit der Sprache, Bob.» Alex sah ihm in die Augen.

Bob warf Pat einen Hilfe suchenden Blick zu, doch der stämmige Ire sagte nur: «Der Junge wird sowieso dahinter kommen. Also hört er es besser von uns.»

«Deine Prügelei mit ihm», erwiderte Bob zögernd. «Kel behauptet, er hätte sich dabei einen Haarriss am Kieferknochen zugezogen. Denn als er hinfiel, ist der Knochen gebrochen. Ein scharfer Splitter hat sich durch die Haut gebohrt.»

«Oh, mein Gott.» Alex wurde von Schuldgefühlen ergriffen.

«Er hatte es verdient», meinte Pat tröstend.

«Als er bei uns ankam, sah er ziemlich mitgenommen aus», fuhr Bob fort. «Der Knochen ragte raus, und die ganze linke Gesichtshälfte war eingedrückt. Doch er hat mich nicht rangelassen. Nicht, dass mir das besonders Leid getan hätte. Ich hätte sowieso nicht gewusst, was ich mit ihm machen soll.»

«Ich war zwar nicht dabei, aber mir geht's genauso», mischte Artie sich ein. «Wenn einer nicht will, kann man ihn nicht zwingen, sich behandeln zu lassen.»

«Was passierte dann?» Alex warf einen Blick auf Kel, doch der lehnte am Tresen und hatte ihnen den Rücken zugewandt.

«Er beharrte darauf, dass alles in Ordnung wäre. Nicht einmal Antibiotika wollte er nehmen. Und zwei Tage später hatte er dann eine Infektion. Er bekam hohes Fieber, sein Gesicht schwoll an, und er hatte schreckliche Schmerzen. Bis zur nächsten Siedlung waren es noch mindestens zwei Tage, und das verdammte Funkgerät war kaputt. Wir konnten niemanden informieren.»

«In diesem Schlamassel hat Bob ausgezeichnete Arbeit geleistet», fuhr Pat fort. «Kel änderte seine Meinung und flehte uns an, ihm zu helfen. Zwei von uns haben ihn festgehalten. Bob hat den rausstehenden Knochen abgesägt und die Wunde genäht. Das war kein Spaß. Und weil die ganze Wange inzwischen vereitert war, musste Bob auch noch einen Teil der Haut entfernen.»

«Ohne Narkose?», fragte Alex entsetzt.

«Ich hatte eine Flasche Äther. Aber mit dem Zeug muss man vorsichtig sein. Zu viel davon kann einen umbringen. Also hat Kel das meiste gespürt.»

«Oh, mein Gott!», seufzte Alex. «Die Schmerzen müssen schrecklich gewesen sein.»

«Er hatte Glück, dass er nicht den Löffel abgegeben hat», knurrte Pat. «Der kleine Mistkerl hat sich das alles selbst zuzuschreiben.»

«Er wollte Bob verklagen», fügte Artie hinzu. «Aber keine Chance. Ein Arzt im Krankenhaus hier hat bestätigt, dass Bob keine andere Möglichkeit hatte.»

«So viel zum Thema Dankbarkeit», ergänzte Willie. «Wenigstens lebt er noch.»

«Du solltest auch den Rest erfahren», meinte Bob leise. «Er gab dir die Schuld und drohte, dich ebenfalls vor den Kadi zu zerren. Doch dann hat Artie ihn darauf hingewiesen, jeder Mann auf der Ranch würde bezeugen, dass er die Schlägerei angefangen hat. Kel hat geschworen, sich an dir zu rächen.»

Alex warf einen Blick auf den Tresen. Kel war verschwunden. Ihm war übel. Ja, Kel hatte die Prügelei provoziert, und außerdem konnte Alex nichts dafür, dass Alptraum ihn vom Pferd gerissen hatte. Dennoch fühlte er sich dafür verantwortlich, dass Kel für den Rest seines Lebens entstellt sein würde. Dann fielen ihm !Kas Worte ein, als ein unliebsames Mitglied des Clans seine Sachen gepackt und sich davongemacht hatte. Alex war erleichtert gewesen, den Mann gehen zu sehen. «Was ein Mann heute in seinem Herzen trägt, trägt er morgen auf den Schultern.»

Kel hatte bekommen, was er verdiente, und Alex konnte nichts dagegen tun. Dann kehrte Chrissy an den Tisch zurück und das Gespräch drehte sich um angenehmere Themen.

Erst lange nach Mitternacht kamen sie nach Hause. Von Pru und Marv war nichts zu sehen. «Muss ja ein toller Film sein», meinte Alex.

Chrissy schlang ihm die Arme um den Hals.

Aus dem kleinen Buch in seiner Schulzeit hatte Alex zwar eine Menge über Frauen gelernt, aber er hatte dennoch nichts von der Tiefe der Gefühle geahnt, die ihn ergriffen, wenn er und Chrissy miteinander ins Bett gingen. Ihre Nähe löste in ihm den Wunsch aus, sie zu beschützen, und sie strahlte für ihn Wärme und Geborgenheit aus. Außerdem weckte sie in ihm eine Zärtlichkeit, die ihn selbst überraschte. «Ich liebe dich, Chrissy», murmelte er, als sie zusammen im Dunkeln lagen.

Die Laken raschelten, als sie sich ihm zuwandte und einen Arm über seine Brust legte. «Ich dich auch.» Sie küsste seine Brustwarze und saugte sie sanft.

Er spürte, wie seine Begierde sich regte. Doch er schob Chrissy weg. «Wenn mein Plan mit den Buschleuten erst einmal funktioniert, würde ich die ganze Sache gern an jemand anderes weitergeben. Dann kaufe ich mir eine Farm. Was hältst du davon, wenn …»

Chrissy umfasste seinen Penis und strich zärtlich mit den Fingernägeln darüber. «Ah, Chrissy.»

Sie liebten sich so leidenschaftlich, dass er danach atemlos dalag. Es dauerte eine Weile, bis ihm wieder einfiel, was er sie hatte fragen wollen. Doch etwas hinderte ihn daran, es auszusprechen, denn er ahnte, dass sie ihm absichtlich auswich. Vielleicht war sie noch nicht bereit. Vielleicht liebte sie ihn ja nicht genug.

Am nächsten Morgen fuhren er und Marv los, um die Diamanten zu verkaufen. Die Straße nach Francistown war gut vierhundertfünfzig Kilometer lang, staubig und nicht sehr abwechslungsreich. Sie sahen zu, wie die endlose, kahle Ebene kilometerweit an ihnen vorbeizog, und hingen ihren Gedanken nach. Es waren nur wenige andere Wagen unterwegs. Nur hin und wieder hüpfte eine Gazelle oder Antilope über die Straße und brachte sich im letzten Augenblick in Sicherheit. Alex träumte mit offenen Augen. Chrissy, Ehe, Buschleute, Diamanten, Kel, Jeff. In seinem Kopf wirbelte alles wild durcheinander und vermengte sich zu einem Gewirr aus Ratlosigkeit und Ungewissheit. Er hatte das Gefühl, sich im Kreis zu bewegen. Warum hatte Chrissy Zweifel? Er hätte schwören können, dass sie dasselbe für ihn empfand wie umgekehrt. Weshalb also wich sie ihm jedes Mal aus, wenn er über ihre gemeinsame Zukunft sprechen wollte, obwohl sie behauptete, ihn über alles zu lieben?

Zuerst fuhren sie zu Tante Dorie. Sie bot ihnen einen Platz an dem großen Küchentisch an und setzte ihnen eine Mahlzeit vor, wie Alex sie schon seit Jahren nicht mehr gegessen hatte. Beim Kochen redete sie ununterbrochen. Onkel Hugh war vor zwei Jahren gestorben. «Jetzt hat er endlich seine Ruhe. Gott gebe seiner Seele Frieden.» Der Hund war seinem Herrchen zwei Wochen später gefolgt. «Ein launischer Mistkerl, aber ich vermisse ihn.» Alex war nicht sicher, ob sie ihren Mann oder den Hund meinte.

«Deine Eltern waren im letzten Monat hier. Deiner Mutter geht es nicht sehr gut, sie hat irgendwas am Herzen. Dein Pa macht sich ziemliche Sorgen um sie.»

Alex bekam ein schlechtes Gewissen. «Was sagt der Arzt?»

«Ach, der.» Sie machte eine wegwerfende Handbewegung. «Und so was schimpft sich Arzt! Er meint, sie soll sich nicht überanstrengen. So ein Trottel. Ich hätte eigentlich erwartet, dass er ihr etwas verschreibt.»

«Hat sie Schmerzen?»

«Du kennst doch deine Mutter. Sie würde es mit keinem Sterbenswörtchen verraten und wiederholt ständig, alle Sünden müssten gebüßt werden, was immer das auch heißen soll. Den ganzen Tag lang liest sie in der Bibel, als ob sie dadurch wieder gesund würde.»

«Wenn ich aus Rhodesien zurück bin, besuche ich meine Eltern», dachte Alex.

Tante Dorie setzte ihnen die vollen Teller vor. «So,

davon solltet ihr beide satt werden.» Sie nahm ihnen gegenüber Platz und sah ihnen beim Essen zu. «Wissen Sie, als Alex damals nach Ghanzi flog, hatte ich wirklich Angst um ihn», meinte sie zu Marv. «Ich fand, er war noch viel zu jung, um ganz allein wegzugehen.»

Alex konnte dazu nichts sagen und verdrehte die Augen. Marv schien sich ähnlich zu fühlen.

Dann lächelte Tante Dorie Alex liebevoll an. «Wie ich sehe, hast du immer noch einen gesunden Appetit.»

Er nickte mit vollem Mund.

«Willst du ein paar deiner Freunde besuchen, wenn du schon mal hier bist?»

Alex schluckte. «Wer wohnt denn noch in der Stadt?»

«Der Junge von Tiggs. Der wird wohl auch hier bleiben, denn er ist blind.»

Alex dachte an Colin Tigg, der Leiter der Rugbymannschaft gewesen war, ein kräftiger, freundlicher Junge. Er hatte nach dem Schulabschluss Mechaniker werden wollen. Alex hatte den Unfall schon fast vergessen. «Was macht er jetzt?»

«Er trinkt sich zu Tode», erwiderte Tante Dorie unverblümt. «Und soweit ich höre, hat er es bald geschafft.»

Alex stellte fest, dass er keine Lust hatte, ihn zu sehen. Was sollte es auch nützen? Colin war so lebendig gewesen und hatte glänzende Zukunftsaussichten gehabt. Nun blieb ihm wahrscheinlich nichts anderes übrig, als sich täglich zu besaufen. Alex fühlte sich unsterblich. Doch wenn er blind geworden wäre, hätte er es vermutlich genauso wie Colin gemacht.

«Was führt euch hierher?», fragte Tante Dorie, während sie nach dem Essen starken Kaffee tranken. Niemand kochte Kaffee so wie Tante Dorie. Der Löffel muss darin stecken bleiben, sagte sie immer.

«Marv will in dieser Gegend Land kaufen. Weißt du, was zurzeit zu haben ist?»

Sie neigte den Kopf zur Seite. «Hier steht immer Land zum Verkauf. Am besten erkundigt ihr euch bei der Grundstücksbehörde. Aber da ist jetzt schon geschlossen. Ihr könnt bei mir übernachten. Ich habe gern ein bisschen Gesellschaft.»

Als sie am nächsten Morgen ankamen, öffnete die Grundstücksbehörde gerade. Ja, es gab tatsächlich Land zum Verkauf, etwa eintausendsechshundertachtzehn Hektar, aufgeteilt in acht Koppeln. Die Zäune waren reparaturbedürftig, und es stand kein Haus auf dem Grundstück. Die eine Seite wurde vom Shashe-Fluss begrenzt.

«Klingt gut. Wo ist es?» Marv war interessiert.

«Etwa zwei Stunden westlich von hier.»

«Ein bisschen abgelegen», meinte Alex.

«Die Straße ist in gutem Zustand, Sir», erklärte der Beamte. «Außerdem ist es ausgezeichnetes Weideland, da es dort ständig Wasser gibt. Wegen der kaputten Zäune ist es ziemlich preiswert.»

Marv nickte Alex zu. Offenbar wollte er gern unter vier Augen mit ihm sprechen. Sie gingen hinaus.

«Äh, Alex?»

«Ja.»

«Wie viel Bargeld hast du?»

Alex war praktisch pleite. «Ungefähr fünfzig Pfund.»

«Ich habe noch dreihundert. Kann ich mir von dir was leihen?»

«Möchtest du dir das Land nicht vorher ansehen?»

«Nein.»

«Das ist ziemlich riskant.»

«Leihst du mir jetzt was oder nicht?»

«Aber klar.»

Der Beamte bei der Grundstücksbehörde war ein wenig verdattert. «Eine Anzahlung auf eine Anzahlung? Ich weiß nicht, das verstößt eigentlich gegen die Vorschriften. Da muss ich mit dem Verkäufer Rücksprache halten.»

«Reservieren Sie es einfach für mich», meinte Marv. «In zwei Wochen bringe ich Ihnen den Rest.»

Der Beamte sah aus, als wolle er ablehnen. «Machen Sie es ihm doch nicht so schwer», wandte Alex ein. «Wenn die Unabhängigkeit kommt, werden Sie solche Entscheidungen ständig treffen müssen. Mafeking ist weit weg, man wird es dort nie bemerken. Sie bekommen den Rest so schnell wie möglich.»

Alex hatte es geschafft, dass sich der Mann wichtig vorkam, und ihm die Entscheidung praktisch in den Mund gelegt. Knurrend schrieb er eine Quittung aus, stempelte die Grundbucheintragung ab und zählte das Geld dreimal, bis er und Alex, was die Summe anging, endlich einer Meinung waren.

Alex schleppte Marv aus dem Gebäude, bevor er widersprechen konnte.

«Was ist, wenn er unser Geld in die eigene Tasche steckt?»

«Na und? Ich habe die Grundbucheintragung. Sie ist abgestempelt, und darauf steht, dass der gesamte Kaufpreis bezahlt wurde.»

«Das wäre doch Betrug.»

«Wir nutzen es nur aus, wenn er uns über den Tisch ziehen will.»

Bis zur Grenze in Plumtree waren es etwa fünfundsiebzig Kilometer nach Norden. Von dort aus musste man weitere einhundertzwanzig Kilometer nach Bulawayo in Südrhodesien fahren. Da sie dort niemanden kannten, gingen sie mit ihrem Diamanten zum erstbesten Juwelier. Es war ein dämmriger, schäbiger Laden in einer Seitenstraße. «Qualität von Kramer» stand in goldenen Buchstaben auf der Fensterscheibe.

Vor dem Zweiten Weltkrieg war Solomon Kramer Diamantenschleifer im Odenwald gewesen. Er hatte bei seinem Vater gearbeitet, der ihm alles über diese seltene Kunst beigebracht hatte.

Er hatte das Konzentrationslager überlebt und war nach dem Krieg in den Odenwald zurückgekehrt. Dort hatte er feststellen müssen, dass seine Mutter bereits 1942 verstorben war. Von seinem Vater, den beiden Schwestern und dem Bruder gab es keine Nachricht. Also eröffnete Solomon Kramer wieder den alten Laden, aber er war mit dem Herzen nicht mehr bei der Sache. 1951 war er dann, in der Hoffnung, dass ihn weit weg von den traurigen Erinnerungen ein besseres Leben erwartete, nach Afrika ausgewandert, auch um den Vorurteilen zu entgehen, die immer noch existierten. In Budawayo hatte er wieder ein Juweliergeschäft aufgemacht und wohnte wie damals in Deutschland hinter seinem Laden.

Reich zu sein, gewann für Solomon immer größere Bedeutung, denn er wollte nie wieder am Hungertuch nagen. Die Wohlhabenden betrachtete er nicht als Kunden, sondern als Opfer, die er hemmungslos ausnahm, beleidigte und mit ausgesuchter Gleichgültigkeit behandelte. Doch weil er die kunstvollsten Schmuckstücke anfertigte, vergötterten sie ihn, obwohl er sie von ganzem Herzen verabscheute.

Solomon hatte zwei Schwächen. Eine davon war Clara, seine zierliche, zehn Jahre jüngere Ehefrau, die nach ihrer Haft in einem Konzentrationslager keine Kinder mehr bekommen konnte. Die zweite waren ehrliche, offene junge Menschen, wie er selbst einer gewesen war, bevor ein wahnsinniger Diktator aus Österreich sein Leben zerstört hatte. Bei Marvs und Alex' Anblick ahnte er zu seiner Bestürzung auf Anhieb, dass diese beiden ihn nur Geld kosten würden.

«Guten Morgen, Gentlemen.»

Alex sah sich im Laden um und betrachtete die kunstvoll gearbeiteten Uhren, das Kristall, das Silber, die Vitrinen voller Ringe, Halsketten, Broschen und Armbanduhren. Er wusste, dass dieser Mann ein Meister seines Fachs war. Zu seiner Erleichterung waren keine anderen Kunden anwesend. «Kaufen Sie Steine?»

Solomon spitzte die Ohren. «Nur, wenn sie etwas wert sind.»

«Ich meine echte Steine, Diamanten.»

Solomon stockte das Herz. «Wo haben Sie sie gestohlen?»

Ihre Mienen sagten ihm, dass sie es ehrlich meinten. «Wir haben sie nicht gestohlen, sondern gefunden. In der Kalahari.»

«Und warum bringen Sie sie zu mir?» Er unternahm keine Anstalten, in ihren Stoffbeutel zu blicken.

Stattdessen tat er so, als mache er sich hinter der Theke zu schaffen. «Erzähl ihm alles», zischte Marv laut. Am liebsten hätte Solomon geweint. Diese beiden waren richtige Kinder. Eine Ecke seines Herzens begann zu schmelzen.

«Los», flüsterte Marv. «Sag es ihm.»

Also erzählte Alex die ganze Geschichte.

«Dann schauen wir uns die Steine einmal an.» Niemand hätte Solomon angemerkt, wie wütend er auf Kel war, als Alex seinen Bericht beendet hatte. Er war froh, dass die zwei Jungs wenigstens ein paar Steine hatten retten können. Es war immer wieder schön, wenn aufrichtige Menschen einen Sieg davontrugen.

Er untersuchte die Steine und wusste sofort, dass es sich um erstklassige Qualität handelte. Die meisten waren frei von Kohleablagerungen, Rissen oder Einschlüssen. Außerdem waren sie völlig durchsichtig und farblos. Wie er auf den ersten Blick feststellte, wog der Großteil knapp ein Karat. Ein oder zwei womöglich sogar mehr. Sehr gut, denn für einen einzelnen großen Stein konnte er mehr verlangen als für kleinere, auch wenn diese zusammengenommen das gleiche Gewicht ergaben.

Und dann die Menge. Offenbar ahnten diese Jungen nicht, was sie da gefunden hatten. Solomon war zwar nicht mehr ganz auf dem Laufenden, aber er schätzte den Marktwert der Steine auf etwa einhundertfünfzigtausend britische Pfund.

«Ich gebe Ihnen zehntausend Pfund.» Er hatte ein schlechtes Gewissen dabei. Natürlich wollte er Geld verdienen, und er hatte nicht vor, wegen dieser beiden jungen Burschen sein Geschäft zu schädigen. Schließlich hatte er im Gegensatz zu ihnen die Kontakte und das Fachwissen, um die Diamanten für mindestens das Zehnfache zu vermarkten.

«Das ist aber nicht sehr viel.» Marvs Enttäuschung konnte man fast mit Händen greifen. «Mein Anteil würde nicht reichen, um die Farm zu kaufen.»

Solomon verkniff sich ein Lächeln. Die beiden waren wirklich unglaublich naiv. «Wenn man hart verhandelt, kann man mehr rausholen.»

«Was?»

Solomon kicherte. Er mochte die jungen Männer. Sie hatten etwas Geradliniges an sich. «Lassen wir den Unsinn. Ich gebe Ihnen fünfundzwanzigtausend, mein letztes Angebot, mehr kann ich mir beim besten Willen nicht leisten.»

Dann zog Alex den Diamanten, den sie zuerst gefunden hatten, aus der Tasche. Solomon zuckte zusammen. Er schätzte, dass er zwischen zwanzig und fünfundzwanzig Karat hatte, und bewertete die Steine im Geiste neu.

«Fünfzigtausend», sagte Alex.

Sehr gut, der Junge ist nicht auf den Kopf gefallen.

Solomon betrachtete den großen Diamanten. Noch nie war ihm ein Stein von dieser Größe untergekommen. Er würde in den Ruhestand gehen und mit Clara Reisen unternehmen können. Diese Jungen waren jung und kräftig. Sie konnten weitere Steine finden. Erschrocken hob er die Hände. «Fünfzig! Halten Sie mich etwa für eine Bank? Ich gebe Ihnen vierzig.»

«Abgemacht.» Alex hielt ihm die Hand hin.

«Schon gut, schon gut. Was soll ein Mann tun? Dann eben fünfzig.» Solomon hatte ein schlechtes Gewissen. Warum war er nur so nett zu den beiden? Er hatte sie einfach gern.

«Aber Sie sagten doch ...»

Solomon wandte den Blick ab, als Alex Marv einen Rippenstoß versetzte.

«Können Sie uns bar bezahlen?» Vor Aufregung tänzelte Marv hin und her.

Solomon schüttelte ungläubig den Kopf. «Kommen Sie mit nach hinten. Kommen Sie schon, ich beiße nicht.»

Sie folgten ihm durch einen Perlenvorhang in sein kleines Büro. Auf dem Schreibtisch drängten sich Bücher, Figürchen, Uhren, Papierstapel und eine Schreibmaschine von Olivetti. Solomon kramte eine Kiste Zigarren hervor. «Rauchen Sie?» Er war erleichtert, als sie ablehnten, denn es handelte sich um teure Havannas. Dann holte er einen Schlüsselbund aus der Schreibtischschublade, musterte ihn, wählte einen Schlüssel aus und steckte ihn ins Schloss seines Safes. «Hoffentlich ziehen Sie mir jetzt nicht eins über den Schädel.»

«Warum sollten wir so etwas tun?» Marv war entgeistert. Solomon musste sich wieder ein Lächeln verkneifen. Die zwei waren richtige Goldjungs.

Solomon bewahrte sein ganzes Geld zu Hause auf. Clara erklärte ihn zwar für verrückt, doch er erinnerte sich noch zu gut daran, wie die Deutschen damals die Bankkonten und Schließfächer von Juden geplündert hatten. Außerdem hatte er Banken noch nie vertraut. Er besaß zwei Safes. Der im Büro diente nur der Tarnung. Er bewahrte ein paar Steine und Summen bis zu zehntausend Pfund darin auf, eine Beute, die Räuber bei einem Überfall sicher zufrieden stellen würde. Unter den Bodendielen seiner Werkstatt befand sich der andere, der Solomons Vermögen enthielt.

Er zählte fünftausend Pfund ab. «Warten Sie einen Moment. Wenn ein Kunde kommt, rufen Sie meine Frau, sie ist da drin.» Er wies auf eine geschlossene Tür. «Fassen Sie nichts an.» Solomon ging hinaus und machte die Tür hinter sich zu.

Marv fielen fast die Augen aus dem Kopf, als Solomon mit dem restlichen Geld zurückkam.

«Warum haben Sie so viel Geld im Hause? Befürchten Sie denn nicht, überfallen zu werden? Wir könnten doch genauso gut Banditen sein.»

Solomon blickte in Marvs aufrichtiges Gesicht. «Junger Mann», log er, «ich würde nicht immer gleich das Schlimmste von den Menschen denken.»

Nun waren sie zwar nicht gerade reich, hatten aber genug Geld für einen Start in die Zukunft. Da sie sich beide weder mit dem Wert von Diamanten noch mit den verschiedenen Qualitäten auskannten, war Alex verblüfft, dass sie so viel Geld bekommen hatten. Er hatte mit weniger gerechnet.

Sie fuhren nach Francistown zurück, wo Marv seine Farm kaufte. Eine Woche lang kampierten sie dort, überprüften die Zäune, planten Dämme, steckten Rinderpferche ab und suchten einen geeigneten Platz, um ein Haus zu bauen.

«Wird es dir hier draußen nicht zu einsam werden?», fragte Alex am vierten Tag. Seit ihrem Aufbruch aus Gaberones hatte Marv Pru mit keiner Silbe erwähnt.

Marv grinste und schüttelte den Kopf. «Wer sagt denn, dass ich allein leben werde?»

«Du alter Mistkerl», meinte Alex schmunzelnd. «Du verheimlichst mir doch etwas.»

«Stimmt nicht ganz», widersprach Marv. «Ich habe sie nämlich noch gar nicht gefragt.»

Vierzehn

Fast alle Bewohner von Gaberones nahmen Marv und Prus Hochzeit zum Anlass für ein gewaltiges Besäufnis. Obwohl die meisten der Leute Alex kannten, war nur eine Hand voll Marv je begegnet, und Pru hatten sie wenige Tage vor dem Fest zum ersten Mal zu Gesicht bekommen. Doch das spielte keine Rolle. Das Leben der

Männer und Frauen in Gaberones war hart. Sie waren Pioniere in einem Land, das kurz vor der Unabhängigkeit stand, und die meisten waren in Südafrika nicht willkommen, weil sie der Meinung waren, dass eine Regierung die tatsächlichen Mehrheitsverhältnisse widerspiegeln sollte. Außerdem freuten sie sich königlich über jede Liebesgeschichte mit einem glücklichen Ende. Reichtümer hatten für sie nur wenig Bedeutung. Sie waren großzügig, treu gegenüber ihren Freunden und nachsichtig, was die Fehler anderer anging. Wer sich mit ihnen anlegte, musste sich vorsehen, doch wer ihr Freund war, konnte mit jeder Unterstützung rechnen. Sie betrachteten Alex als einen von ihnen. Auch Marv wurde mit offenen Armen aufgenommen. Und Pru gehörte wegen ihrer gradlinigen und unverblümten Art ebenfalls rasch dazu. Die ganze Stadt war begeistert, dass zwei ihrer Mitbürger heiraten wollten.

Die Veränderung, die in Pru vorgegangen war, grenzte an ein Wunder. Nach zwei Monaten mit Marv war sie nicht mehr wieder zu erkennen. Natürlich nahm sie noch immer kein Blatt vor den Mund, und wer sie nach ihrer Meinung fragte, bekam sie schonungslos zu hören. Es kümmerte sie nicht, ob sie ihr Gegenüber damit kränkte. Diese Eigenschaft gehörte einfach zu ihr, und sehr häufig brachte sie ihre Mitmenschen durch ihre Direktheit dazu, die Dinge von einer anderen Warte aus zu betrachten und ihre Vorurteile zu überdenken. Doch die Schutzmauer, die sie um sich herum aufgebaut hatte, ihre Hochnäsigkeit, die spitzen Bemerkungen und die ständigen Anspielungen auf ihre Eltern, das alles war verschwunden. Zum ersten Mal im Leben hatte Pru Selbstvertrauen entwickelt. Chrissy und Alex rätselten immer noch, wie es zu diesem Wandel gekommen sein mochte.

«Es fing in der Nacht an, als sie sich zusammen betrunken haben, stimmt's?»

Chrissy nickte. «Irgendwann hatten sie das Streiten satt und haben sich richtig miteinander unterhalten.»

«Sie sind beide komische Vögel. Vielleicht liegt es daran.»

Chrissy überlegte. «Außer ihm ist sie noch nie einem Menschen begegnet, der es gewagt hätte, ihr den Mund zu verbieten. Es war sicher ein Schock für sie, dass er tatsächlich gesagt hat, ihre Eltern würden ihn langweilen.»

Alex grinste. «Ein Wink mit dem Zaunpfahl.»

«Typisch Marv eben.» Chrissy schmunzelte. «Und dann hat er sie gefragt, was in ihr vorgeht. Er hat sie gezwungen, von sich selbst zu erzählen. Selbst beim Streiten hat er das Gespräch immer wieder auf ihre Person gebracht. Und bei der vierten Flasche Wein war sie wahrscheinlich so entspannt, dass sie ihm nichts mehr vorzuspielen brauchte.»

«Und es hat ihr gefallen?»

«Überleg doch mal. Bis zu diesem Tag war sie immer abgeschoben, kritisiert, missachtet und ausgeschlossen worden. Und plötzlich sitzt sie mitten in der Wüste unter einem Sternenhimmel. Neben ihr ein fremder Mann, der ihr aufmerksam zuhört und das, was sie zu sagen hat, ernst nimmt. Und der nicht vor ihr katzbuckelt.» Sie lächelte. «Feingefühl ist zwar ein Wort, das ich nicht unbedingt im Zusammenhang mit Marv benützen würde, doch als er ihr gesagt hat, dass er sie attraktiv und interessant findet, aber nicht vorhat, sich von ihr herumkommandieren zu lassen, hat er eine Menge Takt bewiesen.»

Alex nickte. «Offenbar hat er genau den richtigen Ton getroffen.»

Chrissy stimmte zu. «Marv wird sie lieben bis ans Ende ihrer Tage. Darauf vertraut sie. Das ist ein ganz schön großer Schritt für eine Frau, die fünfundzwanzig Jahre lang ausschließlich versucht hat, unter allen Umständen aufzufallen.»

«Sie passen sehr gut zusammen.»

«Ausgezeichnet.»

Am liebsten hätte Alex noch etwas hinzugefügt, doch er verkniff sich die Bemerkung. Er hatte nämlich einen Plan.

Prus Eltern hatten telegrafiert, sie könnten leider nicht zur Hochzeit kommen. Pru zeigte Chrissy das Telegramm: MUSST LEIDER OHNE UNS HEIRATEN (STOP) ANDERE VERPFLICHTUNGEN (STOP) DADDY SCHICKT GESCHENK (STOP) GLÜCKWUNSCH (STOP) MAMA

«Ein Geschenk!» Chrissy war empört über diese unpersönliche Nachricht.

«Sie meint Geld», erwiderte Pru knapp. «Doch das ist viel zu gewöhnlich, um es in einem Telegramm zu erwähnen.»

Chrissy umarmte ihre Freundin. «Bist du traurig?»

Pru runzelte die Stirn. «Nein, eher sauer.» Sie knüllte das Telegramm zusammen und warf es in die Ecke. «Zum Teufel mit ihnen», sagte sie leise. «Jetzt habe ich Marv.»

Es war ein wunderschöner Maitag. Der Himmel war strahlend blau, kein Windhauch regte sich, der Herbst lag in der Luft. Pru sah in ihrem weißen Seidenkleid einfach traumhaft aus. Marv hatte sich elegant ausstaffiert und platzte fast vor Stolz. Alex, der bei der schlichten kirchlichen Trauung als Trauzeuge fungierte, konnte den Blick nicht von Chrissy abwenden, die Pru den Mittelgang entlang folgte.

Danach versammelten sich die wenigen geladenen Gäste und die vielen Einwohner Gaberones, die es für ihre moralische Pflicht hielten, auf die Zukunft von Mr. und Mrs. Moine anzustoßen, im Notwane-Club.

Marvs Familie war aus Südafrika angereist: Mutter, Vater, eine Schwester und zwei Brüder. Die Mutter legte den Arm um Pru. «Ist das nicht wunderbar», meinte sie, «dass ich jetzt zwei Töchter habe.» Pru sah aus, als würde sie gleich vor lauter Glück in Tränen ausbrechen.

Am nächsten Tag unternahm Alex mit Chrissy einen Ausflug in ein Gebiet, das er bereits vor einiger Zeit entdeckt hatte. «Hier ist es fast so schön wie in der Wüste», sagte er.

Chrissy sah sich um. «Es ist so ruhig.»

Die Bäume waren höher als gewöhnlich. Ihre Schatten fielen auf offenbar gerodete Lichtungen. Durch Lücken im Busch konnte man weit nach Westen blicken.

Verglichen mit der wilden, rauen Kalahari wirkte dieser kleine Hain so idyllisch, als sei die Hand Gottes sanft darüber gestrichen, um die schroffe Einöde zu befrieden.

«Komm mit.» Er hielt ihr die Hand hin und sie griff danach. Dann ging er mit ihr auf einem schattigen, mit Gras bewachsenen Pfad einen flachen Abhang hinauf.

«Was ist das hier?» Die verfallenen Ruinen verlassener Gebäude ragten vor ihnen auf.

«Kolobeng. Hier hat David Livingstone seine Schule und seine Mission erbaut.»

«Mein Gott!» Sie ließ die Hand über einen umgestürzten, behauenen Stein gleiten. «Bist du sicher?», flüsterte sie. «Es ist, als gingen hier die Engel umher.»

Er spürte, dass dieser Ort auf sie dieselbe Faszination ausübte wie auf ihn. Der beeindruckende Anblick erfüllte ihn jedes Mal mit Ehrfurcht.

«Anfangs war ich nicht sicher. Doch vor ein paar Monaten habe ich den Beweis gefunden.» Als er an ihrer Hand zog, folgte sie ihm. «Am Ende dieses Pfads ist er.»

Der winzige Friedhof war überwuchert. Kleine Holzkreuze neigten sich zur Seite. Sie trugen keine Inschriften, sodass nicht festzustellen war, wer dort begraben lag. Alex zeigte auf einen Grabstein aus Granit, der ebenfalls umzukippen drohte. Doch er war beschriftet. Alex näherte sich dem Stein.

«Warte.»

Er wandte sich um. «Komm, ich zeige es dir.»

«Nein», flüsterte sie. «Nein, Alex. Lass uns bitte gehen.» Sie war blass geworden.

«Was ist los?» Er drückte ihr die Hand.

«Ich möchte weg von hier.»

Sie fuhren etwa anderthalb Kilometer weiter zu einem schattigen Plätzchen. Der Bach, der dort die Straße überquerte, führte während des ganzen Jahres Wasser, und die mit Gras bewachsenen Ufer eigneten sich ausgezeichnet für ein Picknick. Chrissy und Alex hatten einen Picknickkorb gepackt und sich eine Decke ausgeliehen und suchten sich nun eine ebene Stelle mit Blick auf den Bach. Nachdem Alex es Chrissy gemütlich gemacht und ihr Wein eingeschenkt hatte, setzte er sich neben sie. «Wir müssen miteinander reden, Chrissy. Warum weichst du mir immer aus, wenn ich über unsere Zukunft sprechen will?»

«Das kleine Grab, das war von einem Kind, richtig?»

Er fragte sich, ob das wieder ein Ablenkungsmanöver war, doch der Anblick des Friedhofs hatte sie offenbar so mitgenommen, dass er ihr verzieh. «Eines von Livingstones Kindern. Man kann die Daten lesen. Ein Mädchen von ungefähr drei Jahren.»

«Die arme Kleine. So allein da draußen. Ich finde das nicht in Ordnung.»

«Du hast doch selbst gesagt, der Ort strahle Ruhe aus.»

«Ich weiß», erwiderte sie traurig. «Es ist nur so wild und einsam dort.»

«Sie ist bestimmt glücklich. Man spürt dort keine Trauer, nur Frieden und Liebe. Schöne Dinge haben sich dort ereignet, und das spürt man noch immer, die Erde strahlt es aus.»

«Wie kommst du darauf?»

«!Ka hat mir beigebracht, auf meine innere Stimme zu hören.»

Sie lächelte ihn an. «Auch ich habe mich dort friedlich gefühlt. Es erschien mir nur falsch, die Ruhe zu stören.» Achselzuckend betrachtete sie das gekräuselte Wasser des Baches. «Irgendwie kam es mir wie ein Sakrileg vor.»

Er reichte ihr ein Weinglas. «So, mein Schatz, deine Galgenfrist ist um. Antworte mir.»

Sie sah ihn lange an. «Du hast wunderschöne Augen», sagte sie schließlich.

Wieder wich sie ihm aus. Doch Alex hatte nicht vor, so schnell lockerzulassen. Er blickte sie an.

«Ich liebe dich sehr.» Sie trank einen Schluck Wein.

«Ich dich auch, aber das habe ich nicht gemeint.»

Sie senkte den Kopf.

Er umfasste ihr Kinn mit der Hand. «Ich möchte dich heiraten», flüsterte er.

Sie starrte weiter zu Boden. «Ich bin zu alt für dich.»

«Fünf Jahre?» Er grinste. «Ich stehe auf ältere Frauen.»

Chrissy lächelte. Endlich trafen sich ihre Blicke. «Ich kann dich nicht heiraten, Alex. Eines Tages wirst du wissen, warum. Können wir dieses Thema jetzt bitte beenden?»

Trauer stand in ihren Augen, und Alex wurde von Angst ergriffen. «Warum, Liebling?»

Sie sprang auf, lief zum Wasser hinüber und blieb mit verschränkten Armen stehen. «Ich habe meine

Gründe.» Beim Sprechen drehte sie sich nicht um. «Es sind sehr gute Gründe, und du wirst sie bald erfahren. Ehrenwort.»

Er trat hinter sie, um sie zu umarmen. Sie schmiegte sich an ihn. «Liebst du mich?»

«Ja», erwiderte sie leise. «Ja, Alex, ich liebe dich mehr, als ich es je für möglich gehalten hätte.»

«Wenn du einen Bock jagen willst», hatte !Ka ihm beigebracht, «dann such dir einen Platz zum Sitzen und warte, bis er zu dir kommt. So weiß er nicht, dass du ihm auflauerst. Wenn du ihn verfolgst, wirst du ihn mit deiner Eile verscheuchen. Also ist es besser, sich in Geduld zu üben und Fleisch im Kochtopf zu haben, als Zeit zu sparen und zu hungern.»

!Ka behielt in den meisten Fällen Recht. «Gut, Chrissy, ich warte.»

Sie wandte sich um und klammerte sich an ihn. «Danke», flüsterte sie. «Du kannst dir gar nicht vorstellen, wie sehr ich dich dafür liebe.»

Als er sie küsste, schmeckte er das Salz ihrer Tränen.

Fünfzehn

Alex betrachtete die ernsten schwarzen Gesichter der Männer, die sich am Tisch versammelt hatten. Alle hatten höflich zugehört, als er seinen Plan erklärte. Timon Setgoma hatte besonders aufmerksam gelauscht und immer wieder beifällig genickt, was Alex sehr erleichterte. Timon arbeitete nämlich beim neuen Ministerium für Bezirksangelegenheiten und Landvergabe und unterhielt deshalb enge Beziehungen zu Minister Lemmie Makgekgenene.

Dieses Treffen war nach acht Monate langen Vorarbeiten zustande gekommen. Nun würde sich herausstellen, ob die Regierung seine Vorschläge annehmen würde. Alex hatte sich gründlich mit der Materie beschäftigt und viel dabei gelernt. Anfangs hatte er keine großen Schwierigkeiten gesehen und sich darauf gefreut, seinen Freunden, den San, helfen zu können. Mit nervenaufreibenden Verzögerungen und bürokratischen Hürden hatte er jedoch nicht gerechnet. Fast wäre sein Projekt schon in der Anfangsphase gescheitert, denn ein einflussreicher Mann hatte heftigen Widerspruch angemeldet. Oft war Alex kurz davor gewesen, das Ganze aufzugeben, aber Chrissy hatte ihn immer wieder zum Weitermachen ermuntert.

Bald nach Marvs und Prus Hochzeit hatten Alex und Chrissy ein Haus mit vier Zimmern im alten Teil der Stadt bezogen. Da die Unabhängigkeit vor der Tür stand, wuchs Gaberones immer schneller, denn man rechnete mit einem Einwandererstrom und außerdem mit Zuzug aus dem ländlichen Botswana in die neue Landeshauptstadt. Der älteste Stadtteil von Gaberones wurde inoffiziell «Dorf» genannt, um ihn von den hypermodernen Gebäuden zu unterscheiden, die überall wie Pilze aus dem Boden schossen. Alex entdeckte ein liebenswertes altes Backsteinhaus mit großen Zimmern, hohen Decken und einen bereits bepflanzten Garten. Chrissy war mit dem Umzug einverstanden und behauptete, überglücklich zu sein. Alex gab ihr so viel Raum, wie sie offenbar brauchte, und erwähnte das Thema Ehe kaum. Doch im Innersten seines Herzens hoffte er, dass sie ihre Meinung ändern und endlich Ja sagen würde.

Er richtete sich ein Büro ein und ging an die Arbeit. Großbritannien hatte die neue Verfassung, die von Seretse Khama und Quett Masire entworfen worden war, noch immer nicht akzeptiert, doch im ganzen Land herrschte Aufbruchsstimmung. Es hieß, dass das Land sicher bald unabhängig sein würde. Allerdings wurden bis dahin keine politischen Entscheidungen getroffen. Trotz fieberhafter Geschäftigkeit herrschte in Bechuanaland Stagnation.

Alex fuhr in die Wüste, um !Ka zu besuchen. Es war ihm sehr wichtig, dass !Ka das Projekt verstand und guthieß. Doch die Reaktion seines Ziehvaters war typisch.

«Wenn der schlaue alte Schakal erwacht, blickt er zum Himmel. Falls er einen Geier sieht, folgt er ihm, denn er weiß, dass er ihn zur Nahrung führt.»

Alex nickte.

«Der Geier ist ein Jäger wie der Schakal.»

«Ja, Vater.»

«Der Geier wartet nicht immer auf den Tod, bevor er frisst. Sein Herz ist genauso leer wie sein Magen.»

Wieder nickte Alex.

«Doch der Schakal weiß in seinem Herzen, wie er sich den Bauch voll schlagen kann.»

Alex war klar, worauf !Ka hinauswollte, aber er schwieg. Es wäre eine unverzeihliche Grobheit gewesen, !Ka die Pointe zu stehlen.

«Bin ich ein Geier oder ein Schakal?», fragte !Ka lächelnd.

Das war als Zustimmung zu werten. Auf indirekte Art hatte !Ka die San mit dem schlauen alten Schakal verglichen, der sich bei der Nahrungssuche die Fähigkeiten anderer zunutze machte – ganz im Gegensatz zum Geier, der sich nicht um das Leid anderer kümmerte und oft Hunger litt. Es war zwar kein eindeutiges Ja, aber Alex wusste, dass !Ka ebenso wie die anderen San es wenigstens auf einen Versuch würden ankommen lassen.

Alex war überzeugt, dass die Unabhängigkeit Bechuanalands nur eine Frage der Zeit war. Da er dann eine fundierte Studie vorlegen wollte, kehrte er nach Gaberones zurück und machte sich an die Arbeit. Er finanzierte die Untersuchung selbst. Einen Anfang zu finden, war nicht schwer: Die San verfügten nur über begrenzte, wirtschaftlich nutzbare Fähigkeiten, weshalb jedes Projekt – wenigstens zunächst – tatsächlich vorhandenes Können zur Grundlage haben musste. Die Clans konnten kunstgewerbliche Gegenstände herstellen und gleichzeitig ihrem gewohnten Alltag nachgehen, wodurch sich ihr Leben kaum verändern würde. Schließlich gehörte das Fertigen von Dingen zum Weiterverschenken zu ihrer Kultur. Bis jetzt hatten sie allerdings nur Materialien verwendet, die im alltäglichen Überlebenskampf anfielen. Wenn ein Bock erlegt wurde, verzehrten sie das Fleisch, nähten Kleidung aus dem Leder und verarbeiteten Knochen und Hörner zu Gerätschaften. Die Buschleute verbrauchten nie mehr als dringend nötig, ein Grundsatz, der unter allen Umständen gewahrt werden musste.

Deshalb war das erste Problem, den San Arbeitsmaterialien – insbesondere Tierhäute – zur Verfügung zu stellen, ohne dass sie ihre Achtung vor dem Gleichgewicht der Natur verloren. Denn das hätte nicht nur verheerende Folgen für die Umwelt gehabt, sondern auch die einzigartige Kultur der Buschleute zerstört, indem es sie ermutigte, mehr zu verbrauchen, als zum Überleben nötig war. Das zweite Problem war die Bezahlung. Die Nomadenvölker der Kalahari hatten keine Verwendung für Geld. Der Kontakt mit einem auf Geld aufgebauten Wirtschaftssystem würde ihre traditionelle Kultur des Schenkens und Beschenktwerdens in Frage stellen. Deshalb musste er einen sinnvollen Weg finden, den San nicht nur Material für kunsthandwerkliche Gegenstände zu beschaffen, sondern sie auch angemessen dafür zu entlohnen.

Besonders die Frage der Tierhäute bereitete ihm anfangs einiges Kopfzerbrechen. Bei der Planung des Projekts war er eigentlich davon ausgegangen, dass die Clans mit traditionellen Werkstoffen arbeiten würden. Die Naturschutzbehörde, die ihm gern helfen wollte, erklärte sich bereit, ihm sämtliche Tiere zu überlassen, die in den neuen Wildreservaten Chobe und Morebi erlegt wurden. Zwar war die Versorgung mit Leder so gesichert, doch das Häuten, Reinigen, Einsalzen, Trocknen und der weite Transport bis zur Kalahari waren ein großes Problem. Während Alex noch über einer Lösung grübelte, fand er heraus, dass die meisten Länder die Einfuhr von nicht industriell, sondern im Busch gegerbten Tierhäuten gar nicht genehmigen würden.

Alex wurde klar, dass er noch viel zu lernen hatte. Aber er war noch immer fest dazu entschlossen, die Häute von Wildtieren zu verwenden. Also erkundigte er sich, ob es möglich wäre, in der Nähe von Lobatse Impalas, Springböcke und Duikers in Farmen zu züchten. Der Schlachthof in Lobatse würde die Tiere dann erwerben, das Fleisch weiterverkaufen und die Häute zur fachmännischen Gerbung nach Südafrika schicken. Danach würde man sie nach Bechuanaland rückimportieren, damit die Clans sie benutzen konnten.

Doch auch das war nicht machbar. Die Schlachthofvereinigung von Bechuanaland und der Viehzüchterverband verhandelte gerade mit der Europäischen Gemeinschaft wegen einer neunzigprozentigen Abnahmegarantie für Rindfleischexporte. Da in der EG strikte Hygienevorschriften galten, durften in den Schlachthöfen nur Rinder verarbeitet werden.

Alex' nächster Einfall bestand darin, einen kleinen Schlachthof zur ausschließlichen Verarbeitung gezüchteter Wildtiere zu bauen. Er besuchte eine ähnliche Einrichtung in Südafrika und stellte dort fest, dass ein Schlachthof zwar keine großen technischen Voraussetzungen erforderte, dafür aber jede Menge Wasser. Der Schlachthof von Lobatse bedeutete bereits eine gewaltige Belastung für die Wasserversorgung der Stadt, weshalb ein zweiter derartiger Betrieb dort nicht in Frage kam. Es war auch nicht möglich, irgendwo sonst im Land einen neuen Schlachthof zu eröffnen, da die Stadtplaner schon jetzt nicht mehr wussten, woher sie das Wasser für die vielen Menschen nehmen sollten. Eine Weile spielte Alex mit dem Gedanken, den Betrieb im Okavango-Delta anzusiedeln, doch er verwarf ihn rasch wieder. Wasser gab es dort zwar in Hülle und Fülle, doch die Gegend war zu abgelegen, das Straßennetz bestenfalls provisorisch. Während er immer noch über dieser Frage brütete, erfuhr er, dass es bis jetzt noch niemandem gelungen war, Wildtiere erfolgreich zu züchten. In Gefangenschaft weigerten die Tiere sich schlichtweg, sich zu vermehren.

Widerstrebend fand Alex sich damit ab, dass nur Rindsleder in ausreichender Menge und zu günstigen Preisen zur Verfügung stand. Der Schlachthof von Lobatse lieferte die rohen Häute an eine südafrikanische Gerberei. Alex überlegte, ob es sich lohnte, eine Gerberei in Bechuanaland einzurichten. Die Idee hatte etwas für sich, und er arbeitete ein Geschäftskonzept aus, das alle nötigen Daten und Fakten und auch eine Kalkulation enthielt. Allerdings hatte er eigentlich andere Pläne und wollte zuerst sein ursprüngliches Projekt auf die Beine stellen.

Außerdem stieß er auf ein Hindernis, das seinem gesamten Vorhaben beinahe den Garaus gemacht hätte.

Er hatte sich vorgestellt, die Gerberei in Molepolole zu bauen – also genau in der geographischen Mitte zwischen der Wüste, wo die San lebten, dem Schlachthaus, das die unbehandelten Häute lieferte, und der Bahnverbindung nach Südafrika, wohin die fertigen Waren transportiert werden sollten. Molepolole eignete sich also großartig.

Doch er hatte seine Rechnung ohne den Häuptling von Molepolole gemacht. Dieser war immer noch wütend auf Alex, weil er ihm damals nicht die Wahrheit gesagt hatte. Er misstraute ihm und scheute sich nicht, seine Sicht der Dinge überall zu verbreiten.

Seit Jahrhunderten genossen die acht Häuptlinge und fünf Unterhäuptlinge in Bechuanaland uneingeschränkte Macht und waren niemandem Rechenschaft schuldig. Sie fungierten als Herrscher, Richter, Gesetzgeber, Landbesitzer, Feldherren, Priester und Zauberer in einer Person, und niemand hatte das Recht, ihre Entscheidungen anzuzweifeln. Ihr Einfluss war so groß, dass selbst die fanatischen und häufig irregeleiteten Missionare im neunzehnten Jahrhundert hatten einsehen müssen, dass sie das Volk nicht bekehren konnten, ohne zuerst die Häuptlinge zu überzeugen.

Also ließ der Häuptling von Molepolole seine Muskeln spielen, lehnte Alex' Plan rundheraus ab, brachte Gerüchte über ihn in Umlauf und hatte sich bald die Unterstützung einiger seiner Amtskollegen gesichert. Und ihr Einwand hatte etwas für sich: Das neue Botswana solle seine Kraft und seine Finanzen besser zum Wohle der Bevölkerungsmehrheit verwenden, nicht nur für eine Hand voll nomadisierender Buschleute.

In seiner Verzweiflung suchte Alex den Kommissar Ihrer Majestät, Sir Peter Fawcus, auf. Da Sir Peter ein sehr beschäftiger Mann war, musste Alex zehn Tage auf einen Termin warten.

«Ich habe von Ihrem Projekt gehört», verkündetete Sir Peter barsch, noch bevor Alex richtig saß. «Ich würde es gern irgendwann ausführlich mit Ihnen erörtern.»

Alex klappte den Mund auf, um etwas zu sagen.

«Allerdings nicht heute», fuhr Sir Peter fort. «Zu viel zu tun.»

«Der Häuptling ...»

«Kümmern Sie sich nicht um ihn. Machen Sie einfach weiter. Die Zeiten ändern sich.»

«Aber ...»

«Die Welt hat erst vor kurzem von der Existenz der San erfahren. Denken Sie an meine Worte, junger Mann. Sie werden Unterstützung und Geld bekommen.»

«Aber ...»

«Wenn Sie mich jetzt bitte entschuldigen.» Sir Peter erhob sich mit einem höflichen Lächeln. «Ich habe noch eine Verabredung.» Er betätigte einen Knopf auf seinem Schreibtisch und streckte die Hand aus, als seine Sekretärin hereinkam. «Begleiten Sie Mr. Theron hinaus, meine Liebe.»

Alex schüttelte ihm die Hand. «Die Häuptlinge ...», versuchte er es ein letztes Mal.

Sir Peter runzelte finster die Stirn.

«Bitte folgen Sie mir, Mr. Theron.»

Die Audienz hatte nur zwei Minuten gedauert.

«Ich habe gerade mal sechs verdammte Wörter rausgekriegt», schimpfte Alex, als er am Abend mit Chrissy sprach. «Er dachte, mir ginge es um Fördergelder.»

«Doch er sagte auch, dass sich die Zeiten ändern.»

«Wahrscheinlich wollte er mich nur vertrösten.»

Sie tätschelte ihm den Arm. «Mehr durfte er dir wahrscheinlich nicht verraten, aber mir ist zu Ohren gekommen, dass die Häuptlinge einen Großteil ihrer Macht verlieren werden. Gib also die Hoffnung nicht auf, Liebling. Du wirst es schaffen.»

Ohne Chrissys Aufmunterung hätte er vermutlich noch an diesem Tag das Handtuch geworfen.

Ein Teil seiner Untersuchung befasste sich mit der Vermarktung der Waren. Afrikanische Kunstgegenstände wurden auf der ganzen Welt immer beliebter, allerdings hatte noch niemand je vom Kunsthandwerk der Buschleute gehört. Monatelang trug Alex so viele Arbeiten der San wie möglich zusammen: Binsenmatten und Körbe, Töpfe und Trinkgefäße, bemalte Straußeneier, Bogen, Pfeile, Speere, Saiteninstrumente, Armbänder aus Perlen und Fäden, Halsketten und verschiedene Gegenstände aus Leder und Baumrinde stapelten sich in seinem Büro. «Was hast du mit den ganzen Sachen vor?», fragte Chrissy.

«Ich brauche einen Katalog, der professionell aussieht. Paul kennt einen Grafiker in Johannesburg, der sich auf Kataloge spezialisiert hat. Er wird uns – natürlich für ein kleines Honorar – ein Lay-out erstellen.»

«Es wird ein Vermögen kosten.»

«Ich weiß. Aber es bleibt mir nichts anderes übrig.»

Doch bevor er den Katalog in Auftrag geben konnte, musste Alex die Preise festsetzen. Und dazu war es zuerst nötig, mit den Sippen eine Form der Bezahlung zu vereinbaren, die nicht dazu führte, dass ihre Traditionen unter dem Einfluss von Geld litten.

«Kliniken», sagte er zu Chrissy. «Ich weiß, dass die San häufig an Geschlechtskrankheiten leiden. Männer, die in den südafrikanischen Bergwerken gearbeitet haben, haben sie eingeschleppt. Unter den Erwachsenen haben sie sich inzwischen fast epidemisch verbreitet.»

«Mich wundert, dass sie noch keine Behandlungsmethode entwickelt haben. Sonst sind sie doch ziemlich einfallsreich.»

«Diesmal ist es anders. Sie begreifen nicht, wie sie sich diese Krankheit zugezogen haben können, denn sie kommt von außen und ist deshalb etwas Fremdes. !Ka glaubt, es handle sich wieder um einen Versuch der Weißen, sie reinzulegen, und in gewisser Weise hat er Recht damit. Und aus diesem Grund ist er davon überzeugt, dass es in der Wüste nichts gibt, was sie heilen könnte. So denkt er eben.»

«Würden die San dann überhaupt in eine Klinik gehen?»

«Sicher wird es zuerst schwierig sein, sie zu überreden, doch wenn sie erst Mal verstehen, dass sie dort gesund werden, tun sie es bestimmt.»

«Was ist, wenn durch unsere moderne Medizin ihre natürlichen Widerstandskräfte gegen andere Krankheiten leiden? Immerhin sind Herzkrankheiten oder Krebs bei ihnen so gut wie unbekannt. Antibiotika würden dieses natürliche Gleichgewicht sicher stören.»

«Das ist mir klar.» Besorgt kratzte Alex sich am Kopf. «Doch wie soll ich das entscheiden, Chrissy? Heute sterben sie an Gonorrhoe, Tuberkulose, rheumatischem Fieber und Lepra. Augeninfektionen sind weit verbreitet, ihre Zähne meistens miserabel, und Gott schütze ihre Kinder, wenn jemand die Masern bei ihnen einschleppt, denn sie haben überhaupt keine Antikörper dagegen.»

«Gut. Aber ich finde, du solltest dich beraten lassen. Wer sich in die Natur einmischt, kann alle möglichen Dinge auslösen.» Sie überlegte. «Warum wendest du dich nicht an die Universität von Witwatersrand? Dort gibt es ein Institut für die Erforschung der Menschen in Afrika. Der Leiter ist derselbe Mann, der auch dem Forschungskomitee Kalahari vorsteht. Jemand hat mir letztens von ihm erzählt. Wenn er dir nicht weiterhelfen kann, kann er dir vielleicht jemanden empfehlen.»

«Wie heißt er?»

«Keine Ahnung, doch ich kann das morgen rauskriegen.» Sie runzelte die Stirn. Plötzlich erhellte sich ihre Miene, und sie sah ihn an. «Was ist mit Wasser? Schließlich haben die San ständig mit Wassermangel zu kämpfen. Du hast mir doch erklärt, dass es in der Kalahari überall unterirdische Wasservorkommen gibt. Wäre es nicht möglich, Löcher zu bohren und das Wasser irgendwie an die Oberfläche zu pumpen? Dann könnten sie selbst Ackerbau betreiben.»

Er schüttelte den Kopf. «Das ist eine gute Idee, löst aber das Problem nicht. Die San sind Jäger und Sammler. Wenn sie Felder bestellen, müssen sie sesshaft werden.»

«Ich besorge dir morgen den Namen des Mannes. Du solltest so schnell wie möglich nach Pretoria fahren und mit ihm sprechen.»

Allerdings scheiterte das Treffen mit Professor Tobias

daran, dass der Wissenschaftler sich auf einer Vortragsreise durch Kanada und die Vereinigten Staaten befand und erst in vier Monaten zurückerwartet wurde. Alex vereinbarte einen Termin mit einer Assistentin, die ihm Folgendes erläuterte: «Die Buschleute brauchen Schutz. Störende Einflüsse von außen können jedoch nicht ganz und gar vermieden werden. Das haben Sie ja gerade selbst festgestellt. Eigentlich ist es ganz gleich, woran man stirbt. Doch wenn ein Mann verhungert, weil er blind geworden ist, obwohl man ihm das Augenlicht hätte retten können, ist das sträflich. Die Buschleute bevorzugen zwar das Nomadenleben, doch es ist kein Problem, ihnen für harte Zeiten Brunnen zur Verfügung zu stellen. Tut mir Leid, dass Professor Tobias nicht hier ist. Er hätte Ihnen besser weiterhelfen können. Aber auch er würde Ihnen sicher bestätigen, dass jedes Projekt, das den Buschleuten ermöglicht, mit anderen Kontakt zu pflegen und dennoch ihre Kultur zu bewahren, gefördert werden sollte.»

Sie lächelte ihn an. «Sie sollten in Ihr Konzept einen Ansatz einarbeiten, wie die Buschleute ihre eigenen Angelegenheiten verwalten können. Niemand sollte sich einmischen dürfen. Die Buschleute haben ausgeprägte moralische Grundsätze und sind durchaus in der Lage, eine Regierungsform zu entwickeln, die ihre eigenen Gesetze mit denen von Bechuanaland verbindet. Wenn wir ihnen unsere Vorschriften aufzwingen, werden wir sie nicht nur verwirren und verärgern, sondern auch ihre eigenen Regeln aufweichen. Und dann haben wir wirklich ein Problem.»

Alex kaute an seiner Unterlippe. «Sind Sie sicher? Ich meine, ist es eine gute Idee? Allmählich habe ich den Eindruck, dass jeder Vorschlag eine Menge unerwünschte Nebenwirkungen hat. Ich möchte den Leuten helfen – und nicht in die Geschichte eingehen als der Mensch, der ihre Kultur vernichtet hat.»

«Die San werden sich früher oder später ändern müssen, so wie wir anderen auch. Schließlich leben sie nicht in einem Vakuum. Aber Sie sollten nicht vergessen, dass jeder Wandel im Einklang mit ihren Moralvorstellungen stehen muss. Meiner Erfahrung nach werden sie ohnehin alles verweigern, was ihnen nicht in den Kram passt.»

«Gerade das zeichnet sie aus. Die San sind tief in ihrer Kultur verwurzelt, und deshalb verfügen sie über so viel Selbstachtung.»

Wieder lächelte sie. «Es wäre kein Fehler, die Öffentlichkeit über sie aufzuklären. Die Menschen müssen sie verstehen. Und dafür sollte Ihre Untersuchung sorgen.»

«Vielen Dank», sagte Alex und stand auf. «Ich freue mich, dass Sie sich die Zeit für dieses Gespräch genommen haben.»

Auch sie erhob sich. «Und was wollen Sie für die Buschleute tun, die bereits sesshaft geworden sind?»

Alex grinste sie an. «Alles zu seiner Zeit. Eigentlich bin ich für diese Arbeit gar nicht qualifiziert. Ich möchte nur meinen Freunden helfen.»

Sie betrachtete ihn ernst. «Sie sind wahrscheinlich besser qualifiziert als die meisten Menschen, die ich kenne. Ich glaube, Sie haben diese Leute wirklich gern. Also verfolgen Sie weiter Ihren Plan. Sie haben zwar nicht studiert, aber Sie wollen wenigstens etwas unternehmen. Und das ist das allerwichtigste.»

«Möglicherweise hat sie Recht», dachte Alex, als er das Gebäude verließ. «Ich hoffe nur, dass ich auch das Richtige tue.»

Während seiner Zeit bei den San hatte er bemerkt, dass sie zufrieden waren. Ihrer Ansicht nach brauchten sie keine Hilfe. Aber Alex erkannte Dinge, die sie selbst noch nicht ahnten: Mit der Zeit würden ihre traditionellen Jagd- und Sammelgründe aufgrund der Wildreservate und Farmen schrumpfen. Die Rinderzüchter hatten neue, widerstandsfähige Rassen entwickelt, die auch in der Wüste überleben konnten. Und wenn nicht bald etwas passierte, würden die San unweigerlich die Verlierer sein.

Eine Entlohnung in Form von Kliniken und Brunnen war nur der Anfang, das wusste Alex ganz genau. Irgendwann würden die San sich wie alle anderen an die Geldwirtschaft anpassen müssen. Und sobald das geschah, würden sich ihre althergebrachten Sitten verändern. Es machte ihn traurig, dass er durch seine Hilfe dazu beitrug, ihre einzigartige Kulur zu zerstören. Doch schließlich konnte er sich nicht zurücklehnen und mit ansehen, wie der Fortschritt sie überrollte. Die San mussten darauf vorbereitet werden.

Im Juni 1964, einen Monat nachdem Alex sein Projekt begonnen hatte, erkannten die Briten die neue Verfassung an. Vier Monate später suchte Alex wieder Sir Peter Fawcus auf. In der Zwischenzeit hatte er aus eigener Tasche eine erhebliche Summe für einen vorläufigen Katalog bezahlt, der Hunderte von Farbfotografien enthielt. Außerdem hatte er eine Verteilerliste erworben, in der sämtliche wichtigen Adressen aus dem Kunst- und Andenkenhandel in Amerika und Europa verzeichnet waren.

«Ich bin heute sehr beschäftigt, junger Mann. Warum wenden Sie sich nicht an den Ausschuss zur Förderung der gesellschaftlichen und wirtschaftlichen Entwicklung, damit Sie endlich beruhigt sind?»

Doch diesmal ließ Alex sich nicht so leicht abwimmeln. «Es geht mir nicht um Fördergelder, Sir, sondern ...»

«Ja, ja, natürlich wollen Sie irgendeine Entschädigung haben. Das finde ich sehr verständlich.» Er drückte auf den Knopf, stand auf und streckte die Hand aus. «Begleiten Sie Mr. Theron hinaus, meine Liebe.»

Verdammt! Schon wieder! Und diesmal hatte das Gespräch nur dreißig Sekunden gedauert. Doch als Alex das Gebäude verließ, wurde ihm klar, dass Sir Peter trotz seiner abweisenden Art erneut den Nagel auf den Kopf getroffen hatte.

Eigentlich rechnete Alex schon mit einer weiteren zermürbenden Verzögerung, als er beim Ausschuss zur Förderung der gesellschaftlichen und wirtschaftlichen Entwicklung anrief, um einen Termin zu vereinbaren. Doch zu seinem Erstaunen lud man ihn nicht nur für den nächsten Tag ein, sondern sagte auch, Sir Peter Fawcus habe bereits wegen dieses Projekts angefragt und empfohlen, ein Gespräch mit Alex zu führen.

Bis jetzt hatte Alex sein Vorhaben ausschließlich mit Chrissy ausführlich erörtert. Er hatte es zwar auch anderen gegenüber immer wieder beiläufig erwähnt, aber da wegen der bevorstehenden Unabhängigkeit überall fieberhaftes Treiben herrschte, hatte niemand die Geduld gehabt, ihn anzuhören. Deshalb konnte er nicht beurteilen, ob an seinen Vorschlägen überhaupt etwas dran war. Er hatte nur den Wunsch, den San zu helfen. Also überraschte es ihn sehr, als die Mitglieder des Ausschusses nicht nur ganz Ohr waren, sondern sich sogar bereit erklärten, ihm den Großteil des bislang ausgegebenen Geldes zurückzuerstatten. Außerdem drängte man ihn, die Produktion des Katalogs fortzusetzen, ihn zu verschicken und dem Ausschuss die Resultate mitzuteilen. So ermutigt, beschloss Alex, seine Idee von der Einrichtung einer Gerberei in sein Konzept aufzunehmen, obwohl die Häuptlinge sich dagegen sperrten.

Auf einmal gab es in Bechuanaland jede Menge Geld, und überall wurden Pläne geschmiedet. Für die Briten war dieses verarmte Land, das sie verwaltet und in dem sie halbherzige Reformen durchgeführt hatten, ein Klotz am Bein, weshalb sie froh waren, es wieder loszuwerden. Und da Großbritannien seine Zweifel hatte, wie ein Land mit einem Bruttosozialprodukt von weniger als fünfzehn Millionen englischen Pfund überleben sollte, flossen plötzlich Fördergelder in alle möglichen Projekte.

Das Geld stammte allerdings nicht nur von den Briten. Die Weltgesundheitsorganisation, die die Aufgabe hatte, den Gesundheitszustand der Bevölkerung aller Länder zu verbessern und die Verbreitung von Krankheiten durch Ausbildung, Information und Anleitung einzudämmen, steuerte ebenfalls etwa fünf Millionen Pfund an Fördergeldern bei. Zufällig waren diese ausdrücklich an die Bedingung geknüpft, dass für die San gesonderte Kliniken eingerichtet werden sollten. Das Museum für Volkstümliche Kunst in New York spendete achtzigtausend Dollar, ohne Forderungen zu stellen. Man hatte es auf die Felsenmalereien der Buschleute abgesehen, hütete sich aber, das zu erwähnen. Auch die Nationalversammlung trug ihr Scherflein bei. Und die Vereinten Nationen leiteten – zuweilen mit einem verschwörerischen Zwinkern – die Hilfspakete der verschiedensten Organisationen in Afrikas neuestes unabhängiges Land um. Der Ausschuss für die Förderung der gesellschaftlichen und wirtschaftlichen Entwicklung teilte Alex mit, dass sein Projekt ganz oben auf der Liste der förderungswürdigen Vorhaben stand. Wie Alex allerdings bald feststellte, lag das nicht daran, dass man sich sonderlich für die San interessierte – man wollte sich einfach nicht bei einem Versäumnis ertappen lassen.

Einen Monat nachdem der offizielle Startschuss für sein Projekt gefallen war, kam es zwischen den Häuptlingen und der neuen Verwaltung zu einer schweren Krise. Den Häuptlingen gefiel es gar nicht, dass sie immer mehr an Macht einbüßten. Also schlug jeder Versuch von Alex fehl, sich für seine Gerberei ein Stück Land zuweisen zu lassen. Immer wieder versuchte er, ein Grundstück in Molepolole zu pachten. Doch der

Häuptling erwiderte nur wütend, er sei nicht mehr für die Landvergabe zuständig, und verwies ihn an die Bezirksverwaltung. Die Bezirksverwaltung hielt sich auch nicht für befugt und schickte ihn zur Grundstücksbehörde weiter. Doch diese existierte noch nicht lange genug, um Alex eindeutige Auskünfte geben zu können, und schlug vor, er solle es doch bei der Zentralregierung versuchen. Und da man bei der Zentralregierung andere Dinge im Kopf hatte, behauptete man einfach, man habe noch nie von Alex' Plan gehört.

Endlich wurde ein Gremium von Häuptlingen eingerichtet, unter dessen Zuständigkeit die Verteilung von Land fiel – das dachte Alex wenigstens. Nach einigen Monaten setzte man ihn gnädigerweise davon in Kenntnis, das Gremium werde seinen Antrag prüfen, könne jedoch nur Empfehlungen abgeben, die für das Parlament nicht bindend seien.

Und so mahlten die Mühlen der nun unabhängigen Bürokratie, während immer mehr Zeit verging. Unabhängigkeit bedeutete nicht, dass man abends in Bechuanaland zu Bett ging und anderntags in Botswana aufwachte. Nachdem die Briten im Juni 1964 den Verfassungsentwurf anerkannt hatten, wurde hinter den Kulissen für die vollständige Unabhängigkeit gearbeitet. Doch das dauerte seine Zeit. Die erste Volkszählung wurde durchgeführt, und am Ende des Jahres 1964 hatte man die Stimmberechtigten in einunddreißig verschiedene Wahlkreise eingeteilt. Man richtete Schattenministerien ein, und im Februar 1965 verlegte man den Regierungssitz von Mafeking in die neue Hauptstadt

Gaborone – ehemals Gaberones, wie die Kolonialherren Häuptling Gaborones Dorf irrtümlich genannt hatten. Im folgenden Monat wurde die Selbstverwaltung endlich Wirklichkeit. In der ersten jemals abgehaltenen Wahl errangen Seretse Khama und seine Demokratische Partei einen erdrutschartigen Sieg und bekamen achtundzwanzig von einunddreißig Sitzen.

Am 30. September 1966 wurde die Flagge der unabhängigen Republik Botswana zum ersten Mal gehisst. Drei Wochen zuvor hatte ein weißer Parlamentsbote den südafrikanischen Premierminister Hendrick Frensch Verwoerd erstochen, der an jenem Abend spät in seinem Büro gearbeitet hatte. So blieb dem Staatsoberhaupt die Schmach erspart, die Entstehung eines weiteren unabhängigen schwarzen Staates mitzuerleben. Der Mord erregte in Bechuanaland, das sich auf den wichtigsten Tag in seiner Geschichte vorbereitete, jedoch kaum Aufsehen.

Nachdem Alex achtzehn Monate lang gegrübelt, geplant, Märkte erkundet, den Vertrieb organisiert, mit den Buschleuten verhandelt und eine achtzigseitige Dokumentation zur Erläuterung seines Vorhabens erabeitet hatte, fühlte er sich völlig erschöpft. Die Fördergelder aus dem Ausland waren versiegt. Nun lag es an der Regierung von Botswana, das Projekt zu genehmigen oder abzulehnen. Und Alex' Aufgabe war es, sie zu überzeugen.

«... wie Sie sehen, hätte eine Umsetzung dieses Plans zur Folge, dass auch die San einen Platz im neuen Botswana erhielten, ohne dass ihre Kultur gefährdet würde. Sie wollen teilhaben. Sie wünschen sich bessere Lebensbedingungen. Und als Gegenleistung möchten sie gerne ihre Fähigkeiten einbringen. Wir können hier in Gaborone einen Andenkenladen eröffnen und ihre Arbeiten verkaufen.»

«Ich stelle fest, dass Sie eine Menge Mühe in diesen Plan investiert und gründlich nachgedacht haben.» Timon Setgoma deutete auf die achtzigseitige Studie. «Wie lautet das Fazit?»

Alex reichte ihm ein Blatt Papier. Timon rückte seine Brille zurecht und studierte es gründlich, bevor er es an den Vorsitzenden der Bezirksregierung von Kweneneg weitergab. Nachdem dieser es ebenfalls gelesen hatte, schob er es seinem Nebenmann zu, der für den Bezirk Kgalagadi zuständig war. Alex hielt den Atem an. Er war auf die Fürsprache dieser Männer angewiesen. Auch wenn sie hauptsächlich für das Schul- und Gesundheitswesen, die Wasserversorgung und die Instandhaltung der Straßen verantwortlich waren, würde sein Vorschlag viele Bewohner ihrer Bezirke betreffen. Beide Männer überflogen die Zahlenkolonnen auf dem Papier, bevor sie es wieder Timon übergaben. Alex wurde klar, dass keiner von ihnen seine Meinung äußern würde, ehe er nicht wusste, wie Timon darüber dachte.

«Die San interessieren sich nicht fürs Geschäftliche», sagte Timon.

«Nur, weil sie nie die Gelegenheit dazu hatten.»

«Geld wird ihre Kultur zerstören.»

«Sie verkaufen bereits Speere und Ähnliches, um sich

Tabak besorgen zu können. Viel Geld wollen sie nicht verdienen. Mir haben sie erklärt, Kliniken und eine bessere Wasserversorgung wären ihnen Bezahlung genug.»

Timon deutete mit dem Finger auf eine Passage im Text. «Warum brauchen Sie so viel Geld für die Einrichtung einer Gerberei?»

Das Feilschen hatte begonnen.

Drei Stunden später verließ Alex benommen, überglücklich und aufgeregt den Sitzungsraum. Es war besser gelaufen, als er gedacht hatte. Man würde sein Projekt finanziell unterstützen, allerdings war die Hilfe an einige Bedingungen geknüpft.

Der Vorsitzende der Bezirksregierung in Kgalagadi verlangte, dass die Gerberei in Ghanzi gebaut wurde, wo anscheinend der Großteil seiner arbeitslosen Verwandten lebte. Timon Setgoma hatte dieses Ansinnen zurückgewiesen und Alex den Standort in Molepolole genehmigt. Doch um den Mann aus Kgalagadi zufrieden zu stellen, hatte er ihm versprochen, die Auslieferung der Häute an feste Sammelplätze in der Wüste einer kleinen Spedition in Ghanzi zu übertragen, die zufällig dem Halbbruder des Vorsitzenden gehörte.

Um die San zu unterstützen und sicherzustellen, dass kein Geld ins Spiel kam, würde die Regierung dem Schlachthof die Häute abkaufen und die Gerberei finanzieren. So mussten die Buschmänner nichts für das Leder bezahlen. Stattdessen würde man jede Haut stempeln und in eine Liste eintragen. Jeder Teilnehmer an dem Projekt war zum Empfang von drei Häuten gleichzeitig berechtigt. Die Größe des fertigen Produkts musste der des ausgegebenen Leders entsprechen – natürlich abzüglich des unvermeidlichen Verschnitts. Der Verkaufspreis der Kunstgegenstände würde die Kosten des subventionierten Leders decken und zur Finanzierung der Gerberei beitragen. Den Überschuss würde man in einen Fonds einzahlen und zum Bau von Kliniken und Brunnen benutzen.

Sämtliche Kunstgegenstände, die nicht aus Leder bestanden, waren Sache der Buschmänner. «Eins nach dem anderen», sagte Timon, als Alex widersprechen wollte. «Wir sind bereit, Leder zu subventionieren. Wenn es funktioniert, befassen wir uns mit Perlen, Malereien und die anderen Dinge, die in Ihrer Studie stehen.»

«Und was ist mit den übrigen Punkten?», fragte Alex. «Der Selbstverwaltung zum Beispiel und der Öffentlichkeitsarbeit?»

Timon nahm die Brille ab und musterte ihn. «Mr. Theron», meinte er nachsichtig. «Wir sind ein neues Land und erst vor kurzem unabhängig geworden. Glauben Sie allen Ernstes, dass wir vorhaben, auch nur ein Stückchen der Macht abzugeben?»

Die Enttäuschung stand Alex ins Gesicht geschrieben.

«Wir verstehen Sie, Mr. Theron», fuhr Timon fort. «Einige Ihrer Vorschläge sind wirklich gut. Doch im Augenblick müssen sich die Buschleute wie alle anderen auch damit abfinden, dass sie Nutznießer einer Art von Experiment sind.»

Was den Andenkenladen in Gaborone anging, wies man ihn an, so lange zu warten, bis der Markt und die Nachfrage außerhalb Botswanas gesichert seien.

«Außerdem», meinte Timon schmunzelnd, «ist Botswana momentan ganz sicher keine Touristenattraktion. Ein Andenkenladen wäre also ein wenig verfrüht.»

Dieser Einwand leuchtete Alex ein.

Man beauftragte ihn mit der Leitung des Projekts und wies ihm ein Büro im Rathaus zu. Der Raum war zwar winzig und finster, doch so hatte er nun wenigstens eine Sekretärin, einen Fotokopierer, Telefone und einen Briefkasten. Es gab noch viel zu tun.

Chrissy und Alex trafen sich hin und wieder mit Marv und Pru, besuchten sie gelegentlich auf ihrer Farm oder verabredeten sich mit ihnen, wenn sie nach Gaborone kamen. Marv war der geborene Farmer. Und dank seiner praktischen und handwerklichen Begabung war jedes Problem im Nu gelöst. An das Haus hatte er schon zweimal angebaut, um Raum für die Gründung einer Familie zu schaffen. Doch obwohl bei Marv und Pru sonst alles glänzend lief, ließ der Kindersegen auf sich warten.

«Es ist nicht, als ob wir es nicht versuchen würden», vertraute Marv Alex an.

Rasch hatte Marv den Jargon der Viehzüchter gelernt, und er hatte ein Händchen dafür, die richtigen Tiere zum richtigen Zeitpunkt zu kaufen. Wie Alex neidlos feststellen musste, war er von morgens beim Aufstehen bis abends beim Schlafengehen rundum glücklich. Er liebte sein Vieh, seine Farm und seine Frau – natürlich nicht notwendigerweise in dieser Reihenfolge. Nun fehlte nur noch ein Kind.

Paul, der gerade seinen Abschluss an der Universität

von Basutoland gemacht hatte, kehrte nach Gaborone zurück und bekam sofort eine Stelle als Wirtschaftsexperte im Finanzministerium. Quett Masire, der Wirtschaftsminister, war auch Vizepräsident des Landes.

Alex und Chrissy sahen Paul häufig. Da Paul der Fachmann war, berechnete er die Zahlen in Alex' Studie und hielt den Plan für äußerst erfolgversprechend.

«Ich würde ja gern auf dem Amt ein gutes Wort für dich einlegen, aber das sähe zu sehr nach Vetternwirtschaft aus», sagte er.

Kel und sein Onkel Ben hatten beim Finanzministerium Fördergelder für den Diamantenabbau beantragt. «Dr. Masire hat sie rauswerfen lassen», meinte Paul vergnügt zu Alex. «Ich glaube, sie werden bald finanzielle Schwierigkeiten kriegen.» Alex, der bis über beide Ohren in seinem Projekt steckte, stellte zu seiner Freude fest, dass Pauls Neuigkeit ihn gleichgültig ließ.

Chrissys Untersuchungen hatten länger gedauert als erwartet, doch nun war sie fast fertig. Das Museum hatte ihr für die Ausstellung der Fotografien von den Felsenmalereien in den Tsodilo Hills einen eigenen Raum zugeteilt. Allerdings verrieten die kurzen Beschreibungen der verwendeten Materialien, kulturellen Hintergründe und geschichtlichen Bedeutung der Gemälde nicht, dass hinter jedem dieser Texte monatelange geduldige Nachforschungen steckten. Chrissy war eine feste Stelle im Museum und in der Kunstgalerie angeboten worden, doch sie hatte noch nicht zugesagt, und Alex drängte sie nicht. Inzwischen kannte er sie gut genug, um zu wissen, dass sie es hasste, unter Druck gesetzt zu werden.

Auch das Thema Ehe schnitt er nicht mehr an, obwohl sie ihr Versprechen, ihm eines Tages den Grund zu verraten, noch nicht eingelöst hatte. Sie lebten als Mann und Frau zusammen und lachten und stritten wie jedes ganz normale Ehepaar. Chrissy schien das zu genügen. Also redete Alex sich ein, dass er auch damit zufrieden war.

Nur einmal kam er darauf zu sprechen, und zwar nach einem aufgeregten Anruf von Marv, der verkündetete, dass Pru nun endlich schwanger sei.

Als Alex das Chrissy erzählte, zuckte sie nur die Achseln. «Das ist aber nett», sagte sie.

«Nett! Es ist eine tolle Nachricht. Marv ist ganz aus dem Häuschen. Seit einem Jahr versuchen sie es schon.»

«Das freut mich für ihn.»

«Was ist denn los mit dir? Du klingst fast, als wärst du neidisch.»

«Sei nicht albern.»

«Ich habe doch Recht: Du bist neidisch. Verdammt, Chrissy, wir könnten auch ein Kind haben.»

Darauf folgte der übliche Streit zum Thema Hochzeit. Wie immer weinte Chrissy. Und wie immer befürchtete Alex, sie würde ihn vielleicht nicht wirklich lieben. Doch dann versöhnten sie sich wieder, und Alex hielt von nun an den Mund. Allerdings verstand er Chrissy nicht. Schließlich hatte er selbst erlebt, wie gut sie mit Kindern umgehen konnte. Während ihrer seltenen Besuche bei Pru und Marv hörte er zu, wie die beiden Frauen begeistert über das Baby sprachen. Aber er ahnte, dass Chrissy ihn möglicherweise verlassen würde, wenn er sie weiter drängte, denn obwohl sie nie damit gedroht hatte, hatte er ein ungutes Gefühl. Er wollte, dass sie bei ihm blieb, auch wenn es ihn ängstigte, dass sie diese eine Sache totschwieg.

Immer wieder sagte er sich, welches Glück er gehabt hatte, ihr zu begegnen. Sie beide waren ein perfektes Paar, voller Treue, Liebe, Zärtlichkeit, Glück, Lachen und Einigkeit. Wenn er den Kopf hob, bemerkte er manchmal, dass sie ihn beobachtete, ein leichtes Lächeln auf dem Gesicht. Dann warf er ihr eine Kusshand zu und widmete sich wieder seiner Arbeit. Das Wissen, dass Chrissy bei ihm war, löste in ihm ein Gefühl der Geborgenheit aus.

Inzwischen konnte er in ihrem Gesicht lesen, er spürte, wenn sie müde war und nach Hause gehen wollte, und er erkannte es an ihrem träumerischen Blick, wenn sie Lust hatte, Liebe mit ihm zu machen. Sie war seine Freundin, Geliebte, Vertraute und Gesprächspartnerin, sie hielt immer zu ihm und war stets an seiner Seite.

Wenn sie eine Party besuchten, wusste er immer, wo sie gerade war und mit wem sie sich unterhielt. Es war nicht Eifersucht, denn er vertraute ihr absolut und hätte sie nie daran gehindert, mit anderen Menschen zu sprechen. Aber er brauchte dieses Gefühl der Sicherheit, und sobald er Zweifel bekam, wurde er von einer namenlosen Angst ergriffen. Er verstand den Grund dafür nicht, diese Furchtsamkeit passte sonst so gar nicht zu ihm.

Aber die Angst blieb. Für ihn hatte Chrissy etwas Vergängliches an sich. Wenn er sie betrachtete, und sie sich unbeobachtet glaubte, erkannte er manchmal tiefe Trauer in ihrem Gesicht. Er fragte sie nie, was sie gerade dachte, denn er fürchtete sich zu sehr vor der Antwort.

Obwohl sie sich so nahe standen, hatte sie zwischen ihnen eine Mauer errichtet, die ihn zutiefst verunsicherte. Er wusste nie genau, woran er mit ihr war.

Sie saßen zusammen auf der Veranda und betrachteten den lilafarbenen Teppich aus herabgefallenen Jacarandablüten in ihrem Garten. «Ich habe beschlossen, die Stelle im Museum anzunehmen.»

«Phantastisch. Ich dachte schon, du würdest abreisen.» Er konnte seine Erleichterung gar nicht in Worte fassen.

Sie streichelte seinen Arm. «Ich will dich nicht verlassen», sagte sie leise. Tränen liefen ihr übers Gesicht. Das geschah öfter und hatte ihn anfangs besorgt, doch inzwischen hatte er sich daran gewöhnt. Chrissy behauptete dann immer, sie sei eben sentimental und nah am Wasser gebaut. Und da sie meistens weinte, wenn sie über ihre Beziehung sprachen, glaubte er ihr.

«Wein doch nicht, Chrissy, meine Liebste», sagte er dann immer.

Die Tränen versiegten so rasch, wie sie gekommen waren. «Musst du weiter so viel reisen, jetzt, wo deine Untersuchung fertig ist?»

«Am Anfang muss ich wahrscheinlich noch öfter zu den Buschleuten, um mit ihnen zu reden. Das wird seine Zeit dauern, du kennst ja die San. Die Hälfte von ihnen hat das Projekt inzwischen sicher schon wieder vergessen. Schließlich ist es anderthalb Jahre her, dass ich zuletzt mit ihnen darüber gesprochen habe. Ich werde versuchen, !Ka zu überreden, mich zu unterstützen, dann hören die anderen sicher auf ihn. Außerdem ist das Problem mit der

Gerberei noch nicht gelöst. Man hat mir fünf Standorte gezeigt, und die verdammte Bezirksregierung streitet jetzt darüber, welcher sich am besten eignet. Also muss ich noch mal hinfahren und sie zu einer endgültigen Entscheidung zwingen. Wenn die Sache erst mal läuft, brauche ich bloß noch ein paar Mal im Jahr weg.»

Sie nickte. «Auf einmal geht alles so schnell. Übermorgen fährst du schon wieder weg. Ich werde dich vermissen.»

«Ich dich auch.»

Wieder Tränen. «Vermiss mich nicht zu sehr, Liebling. Kümmere dich um deine Aufgaben.»

Man hatte Alex einen Landrover als Dienstwagen zur Verfügung gestellt. Zwei Tage später brach er auf. Chrissy winkte ihm nach. Sie lächelte zwar, doch ihre Augen blickten traurig.

In den nächsten vier Wochen war Alex sehr beschäftigt. Er fuhr nach Molepolole, wählte einen Standort für die Gerberei aus und blieb fünf Tage, um mit der Bezirksregierung zu verhandeln. Der Häuptling kochte wegen des Machtverlustes auch weiterhin vor Wut, und außerdem hatte sich sein Groll gegen Alex noch nicht gelegt. Deshalb tat er alles, um das Projekt so sehr wie möglich zu behindern. Doch nach einer Weile achtete niemand mehr auf seine ständigen Seitenhiebe und Beschwerden, und er wurde überstimmt.

Während dieser Zeit übernachtete Alex bei Marthe und Jacob. Der alte Kaufmann nahm wie immer kein Blatt vor den Mund. «Warum verschwendest du deine

Zeit mit so was, mein Junge? Die verdammten Buschleute werden es dir nicht danken.»

Alex erwiderte nur: «Ich will gar nicht, dass sie mir danken. Ich möchte ihnen nur helfen.» Jemand musste es schließlich tun, bevor sie endgültig ausstarben.

Nach seinen Verhandlungen mit der Bezirksregierung fuhr Alex quer durch die Kalahari nach Ghanzi, machte an jedem Leder-Vergabeposten Halt, verteilte Listen für die Katalogisierung der Häute, erklärte, welche Buchführung die Regierung vorschrieb, und vergewisserte sich so gut es ging, ob die verschiedenen Clans noch zu einer Teilnahme an dem Projekt bereit waren. Es überraschte ihn nicht weiter, dass viele Buschmänner ihre Meinung inzwischen geändert oder das Interesse an seinem Vorhaben verloren hatten. Ihre nomadische, nicht von Hierarchien geprägte Lebensweise verhinderte, dass sie Entscheidungen fällten, die nicht nur für den Einzelnen, sondern für die ganze Gruppe bindend waren. Außerdem war ihnen die Vorstellung einer Entlohnung völlig fremd. Und wegen ihrer unübertroffenen Höflichkeit nickten sie nur freundlich und vergaßen Alex' Worte, sobald er ihnen den Rücken kehrte. Doch Alex war nicht übermäßig besorgt. Er wusste, welche Verbindungen die Buschmänner untereinander pflegten und wie mitteilungsfreudig sie waren. Irgendwann würde sich sein Vorhaben schon herumsprechen. !Kas Clan konnte er trotz aller Suche nicht finden. Aber er war sicher, dass seine Chancen gut standen, wenn !Ka seinen Plan billigte.

In Ghanzi nahm Alex sich ein Zimmer im Kalahari-Arms-Hotel. Er hoffte, zufällig Pat zu begegnen. Am

Samstagabend kamen einige von Jeffs Männern in die Stadt, und er erfuhr von ihnen, dass Pat, Willie, Artie und Bob gerade zu einem frühen Viehtrieb aufgebrochen waren. «Jeff will dieses Jahr noch mehr Viehtriebe veranstalten als sonst», erzählte der Mann. «Er schindet uns wie ein Wahnsinniger.»

Alex hatte keine Lust, über Jeff zu reden. «Wem gehört denn das Land westlich der Stadt, auf dem die alte Hütte steht?» Die Spedition, die anzuheuern man ihn gezwungen hatte, bestand nur aus einem Mann und einem Lastwagen. Er brauchte eine Lagerhalle für die Häute.

«Jeff Carter.»

«Und das eingezäunte Grundstück an der Maun Road mit dem Straßenschild davor?»

«Dem Stamm.»

«Und wo kann man den Häuptling finden?»

«Der sitzt nachmittags meistens im Pub herum.»

Alex machte sich mit dem Häuptling von Ghanzi bekannt, der ziemlich betrunken war. «Du willst eine Lagerhalle bauen! Für die Buschleute? Diese miesen, kleinen Gauner? Ich bin nicht mehr für die Landvergabe zuständig, aber wenn ich es wäre, würden die von mir bestimmt nichts kriegen.»

Schließlich fand Alex ein Stück Land, das sich ausgezeichnet eignete. Vor der Unabhängigkeit hatte man geplant, dort das Haus des neuen Bezirkskommissars zu bauen. Doch das Projekt war eingestellt worden und das Grundstück in Vergessenheit geraten. Und da es bereits der Regierung gehörte, war es nicht schwierig, es für die Lagerhalle zu bekommen.

Alex war schon fast einen Monat unterwegs, als Paul sich per Funktelefon aus Gaborone meldete. Seine Stimme klang blechernd und sehr weit entfernt. «Kannst du zurückkommen? Chrissy geht es nicht gut.»

Die Verbindung wurde unterbrochen, bevor Alex mehr in Erfahrung bringen konnte.

Er zögerte keine Minute. Wenn Paul sich eigens die Mühe gemacht hatte, ihn anzurufen, litt Chrissy ganz sicher nicht nur an Grippe. Also ließ Alex alles stehen und liegen und fuhr den langen Weg zurück nach Süden. Um Mitternacht, am Tag nach Pauls Anruf, bog er in den Hof vor seinem Haus ein. Drinnen brannte Licht. Pauls Auto stand da und auch noch ein anderer Wagen, den Alex nicht kannte. Er stürmte die Stufen hinauf und ins Haus.

Paul kam ihm entgegen. «Der Arzt ist bei ihr.»

«Was fehlt ihr denn?» Alex hatte Todesangst.

Paul reichte ihm ein Glas Scotch. «Setz dich.»

Alex machte sich auf das Schlimmste gefasst. Pauls Miene sagte ihm, dass es etwas Entsetzliches sein musste. Dennoch war er nicht auf den Schock vorbereitet, als Paul ihm sagte: «Sie hat Leukämie, Alex. Sie weiß es schon seit einer Weile. Aber sie wollte es dir verheimlichen.»

Alex spürte, wie der Scotch ihm in der Kehle brannte. Seine Arme waren steif von der langen Fahrt, und er konnte kaum noch die Augen offen halten. Doch er bemerkte nicht, dass ihm die Tränen über die Wangen liefen. Er hatte einen schmerzenden Kloß im Hals, und Eiseskälte machte sich in ihm breit, während er gleichzeitig von Zorn ergriffen wurde.

Als er langsam den Kopf wandte, sah er Paul nur wie durch einen roten Schleier. «Nein», flüsterte er. Seine Chrissy, seine warme, liebevolle Chrissy, die in ihm ein solches Glücksgefühl auslöste. Seine sanfte Frau, die immer so plötzlich in Tränen ausbrach. «Nein.»

Der Arzt kam mit bedrückter Miene aus Chrissys Zimmer und hinderte Alex daran, hineinzugehen. «Sie schläft. Ich habe ihr ein Beruhigungsmittel gegeben.»

«Wie lange weiß sie es schon?»

Der Arzt musterte ihn prüfend. Alex kannte ihn vom Sehen. Er war in Basutoland geboren, hatte eine Frau aus Botswana geheiratet und lebte seitdem dort. Ein kompetenter Mann. «Seit einigen Jahren. Hat sie es Ihnen nicht gesagt?»

«Nein», erwiderte Alex leise und niedergeschlagen. Er fragte sich, warum er nicht von selbst darauf gekommen war. «Ich hatte keine Ahnung.»

«Die Krankheit war schon ziemlich weit fortgeschritten, als wir die Diagnose stellten. Die meisten Behandlungen hat sie abgelehnt. Eine Zeit lang besserte sich ihr Zustand, doch dann kam es zu einem schweren Rückfall. Ein Wunder, dass sie überhaupt so lange durchgehalten hat.»

«Wie lange …» Die Worte blieben ihm in der Kehle stecken. «Wie lange hat sie noch …» Er brachte es nicht über sich, es auszusprechen.

«Nur noch kurze Zeit. Ein paar Tage vielleicht.»

Oh, Gott! Oh, Gott, Chrissy! Warum hast du mir nichts gesagt, Liebste? Doch sie hatte es angedeutet, immer wieder. Er hatte einfach nicht richtig zugehört.

Der Arzt verabschiedete sich und sagte zu Paul, er würde am Morgen wiederkommen. Paul begleitete ihn zur Tür. Dann kehrte er ins Haus zurück und streckte die Arme nach Alex aus. Trauer stand in seinem Gesicht. Alex fiel seinem Bruder um den Hals und weinte bitterlich. Er schämte sich, weil er es nicht geahnt hatte. Und er hasste sich, weil er sie zu einer Ehe gedrängt hatte, die für sie nur noch wenige Monate gedauert hätte – und zu Kindern, deren Geburt sie nie erlebt hätte. Er fürchtete sich vor dem Leben ohne Chrissy, das ihm erschien wie ein großes, schwarzes Loch, bedrohlich, fremd und voller Schmerz und Einsamkeit.

Paul führte ihn zum Sofa, setzte sich neben ihn, legte ihm den Arm um die Schulter und zog ihn an sich. Er versuchte, seinen älteren Bruder zu trösten, zu dem er als kleiner Junge stets aufgeblickt hatte. «Sie wollte nicht, dass du es weißt. Als sie erfuhr, dass ich dich verständigt habe, hat sie mir trotz ihrer Schwäche die Hölle heiß gemacht.»

Warum habe ich es nicht gespürt? War er denn so unsensibel, dass er nicht bemerkte, was sich genau vor seiner Nase abspielte?

Paul stand auf und schenkte ihm noch einen Scotch ein.

«Wie bist du dahinter gekommen?» Er nahm das Glas von Paul entgegen. «Danke.»

«Sie rief mich an. Sie hatte Angst. Als ich hier war, sah ich auf den ersten Blick, dass etwas nicht stimmte. Sie hatte stark abgenommen und wollte nicht einmal, dass ich einen Arzt holte. Aber ich konnte nicht anders.»

Sie hatte Angst! Seine Frau hatte Angst, sie war krank, und er war nicht für sie da gewesen. An etwas anderes konnte Alex im Moment nicht denken. «Oh, Gott, Paulie!»

«Soll ich bleiben?»

«Nein.» Er zwang sich zur Ruhe. «Nein, ich möchte allein mit ihr sein.»

Paul nickte verständnisvoll.

Nachdem er fort war, ging Alex zur Schlafzimmertür. Eine Lampe verbreitete ein dämmriges Licht. Chrissys flammend rotes Haar auf dem weißen Kissen erinnerte ihn an ein züngelndes Feuer. Ihr Gesicht war so weiß wie die Bettwäsche. Dunkle Ringe lagen unter ihren Augen. Ihr Gesicht war erschreckend mager geworden. Auch ihre Lippen waren weiß.

Trauer ergriff ihn. Und er konnte den Blick nicht davon abwenden, wie sich ihre Brust hob und senkte. Bald würde sie still daliegen. Bald würde sie nicht mehr atmen. Bald würde das koboldhafte Funkeln in ihren Augen verlöschen. Bald würde ihre Intelligenz, die er so an ihr schätzte, aufhören zu existieren. Bald. Viel zu bald.

Leise zog er sich aus, schlich nackt ins Bad und stellte sich unter die heiße Dusche. Er hatte das Bedürfnis, sie in die Arme zu schließen, aber dazu wollte er sauber sein. Sauberer als je zuvor. So sauber, dass er ihr nicht schaden konnte, wenn er sie berührte.

Als er neben ihr ins Bett schlüpfte, bewegte sie sich und murmelte etwas. Vorsichtig, um ja nicht ihren Schlaf zu stören, schob er den Arm unter ihren Kopf. Dann zog er sie langsam an sich, wiegte sie in den Armen und küsste sanft ihr Haar, ihre Stirn und ihre geschlossenen Augen. Als er sich an sie schmiegte, stellte er erschrocken fest, wie ausgemergelt ihr zierlicher Körper war. Seine Tränen benetzten ihr Haar, während er versuchte, den Kloß loszuwerden, der ihm in der Kehle steckte. Und als er an die Einsamkeit dachte, die ihn erwartete, fühlte er sich, als bräche ihm das Herz. Er versuchte, ihrem Körper Kraft einzuflößen, sie wieder gesund zu machen, und er empfand einen Schmerz, so tief und so heftig, dass er zitterte. Er drückte sie an sich, spürte ihren Atem an seinem Hals und wusste, dass er nun das verlieren würde, was ihm auf der Welt am meisten bedeutete. Und das tat unbeschreiblich weh.

Chrissy wachte nicht mehr auf. Sie starb noch in dieser Nacht in seinen Armen. Der schreckliche Schmerz, den Alex bis dahin unterdrückt hatte, um sie nicht zu wecken, machte sich in rauen Schluchzern Luft, als er ihren leblosen Körper in den Armen hielt. Bis zum Morgengrauen lag er so da. Als die Sonne am Horizont aufging und sich lange Lichtstrahlen ins Zimmer stahlen, betrachtete er ihr Gesicht und begriff, dass sie fort war und nie wiederkommen würde. Ihr Geist war davongeflogen, nur ihre Hülle war zurückgeblieben.

Natürlich wusste Alex, dass alle Menschen sterben mussten. Von !Ka kannte er die Geschichte vom Hasen und vom Mond und dem Streit, den die beiden vor langer Zeit über die Wiedergeburt geführt hatten. Außerdem hatte !Ka ihn gelehrt, dass der Tod unvermeidlich war. Seine Mutter hatte Alex erklärt, dass es ein Leben nach dem Tod gab. Jeder hatte seine eigene Auffassung zu dieser Frage. Doch niemand hatte Alex auf diese Erfahrung vorbereitet, ihn davor gewarnt, dass ein lebensfroher junger Mensch im Tod einer Wachsfigur ähnelte. Niemand hatte ihm beigebracht, wie er das Wissen ertragen sollte, dass er niemals mehr die Stimme der Frau hören sollte, die nun in seinen Armen lag, dass er nie mehr ihren warmen Atem spüren und nie mehr ihr liebevolles Lächeln sehen würde, das sich für immer tief in seiner Erinnerung eingegraben hatte.

Sie war fort. Sie hatte ihn verlassen. Sie spürte und sah nichts mehr. Am liebsten hätte er gelacht, denn sie sah so albern aus. Er war wütend auf sie und hätte sie am liebsten geschüttelt. Er wusste nicht, dass er weinte. Ein roter Dunst schwebte vor seinen Augen. Er glaubte zu lachen. Jedenfalls lachte jemand, das hörte er ganz deutlich.

Paul und der Arzt lösten Chrissy aus seinen Armen. Paul half Alex beim Anziehen. Dann stand er entgeistert da, während Alex Chrissys Kleider durchwühlte, ihr das Nachthemd abstreifte und sie langsam und liebevoll ankleidete. Dabei sprach er mit ihr, als könne sie ihn verstehen. «Was hältst du davon?», fragte er und hielt ein rosafarbenes Seidenhöschen hoch. «Mir gefällt es.»

«Alex!» Paul versuchte, ihn vom Bett wegzuziehen.

«Nein!», schrie Alex auf. «Siehst du nicht, dass sie meine Hilfe braucht? Hier, Chrissy, Liebste, was meinst du dazu? Es ist deine Lieblingsbluse. Komm, Liebste, ich helfe dir.»

Alex Theron hatte den Verstand verloren.

Sechzehn

Es war Paul, der an diesem schrecklichen Tag die Dinge in die Hand nahm. Zuerst rief er Chrissys Eltern in Schottland an. Als sie ihn baten, die Leiche zur Beerdigung in die Heimat überführen zu lassen, kümmerte er sich um die Formalitäten. Paul arrangierte alles und war immer zur Stelle, wenn man ihn brauchte. Er flößte Alex tassenweise Kaffee ein.

Alex schien das Alleinsein nicht ertragen zu können und folgte Paul auf Schritt und Tritt. Aber als Paul versuchte, telefonisch einen Sarg zu bestellen, riss er ihm den Hörer aus der Hand und schleuderte den Apparat gegen die Wand.

«Es muss sein, Alex.»

«Ich weiß, ich weiß. Aber tu es nicht hier, einverstanden? Sie könnte dich hören.» Er schluchzte so heftig, dass er kaum ein Wort herausbrachte.

«Dann gehe ich eben selbst ins Beerdigungsinstitut.» Paul packte ihn fest am Arm, und Alex empfand die Berührung als tröstlich. «Möchtest du mitkommen?»

Alex schüttelte den Kopf. Er musste bei Chrissy bleiben, falls sie sich fürchtete.

Als Paul zurückkehrte, fand er Alex auf dem Boden sitzend vor dem Bett vor, wo Chrissy lag. Er schien so in sich versunken, dass Paul nicht wusste, wie er ihn erreichen sollte.

«Ich denke, es wäre das Beste, wenn wir sie heute in die Kirche bringen. Morgen geht der Flug.»

Offenbar hatte Alex ihn nicht gehört. Zwei Stunden später erschienen zwei gleichmütige Männer, um die Leiche fortzuschaffen. Sie sprachen leise, bewegten sich hastig und hatten es anscheinend so eilig, Chrissy aus Alex' Leben zu entfernen, dass er aus seiner Trance gerissen wurde. «Nein!», schrie er.

«Es ist besser so.» Paul versuchte, ihn aus dem Zimmer zu ziehen.

«Nein, sie darf nicht weggehen. Nicht heute.»

Hilfe suchend sahen die beiden Männer Paul an. Als Paul Alex in die Augen blickte und die Einsamkeit und den Schmerz darin erkannte, schickte er die Männer weg. «Kommen Sie morgen wieder», sagte er. Also betteten sie Chrissy sanft in den Sarg und gingen. Sie hatten Mitleid mit dem schweigenden, verzweifelten Mann, in dessen Augen sie Schrecken und Leid lasen.

Eine Nacht blieb die auf Hochglanz polierte, grausige Kiste im Flur stehen, denn Alex konnte den Gedanken nicht ertragen, Chrissy allein in einer leeren Kirche warten zu lassen. Doch auch den Anblick des Sarges hielt er nicht aus. Hier lag sie, auf dem Rücken, obwohl er wusste, wie sehr sie das verabscheute, die Hände auf der Brust gefaltet, die Augen für immer geschlossen.

«Sie sieht wunderschön aus, als würde sie schlafen», meinten alle, die kamen, um ihr die letzte Ehre zu erweisen. Am liebsten hätte Alex ihnen entgegengeschrien: «Sie sieht tot aus, einfach nur tot, ihr Schwachköpfe!» Aber er blieb stumm, schwieg und nickte nur benommen. Nachts, als endlich alle gegangen waren – die Menschen mit den mitfühlenden, traurigen Blicken, die ihn wütend machten, und Paul mit seiner liebevollen Sorge um ihn, die ihm einen Stich ins Herz versetzte –, ließ er sich auf dem Boden nieder und lehnte den Kopf an ihren Sarg.

«Chrissy, ich liebe dich.» Doch sie konnte ihm nicht antworten.

Ruhelos wanderte er die ganze Nacht durchs Haus. Ihr Buch, aufgeschlagen auf Seite 145. Nun würde sie nie erfahren, wie die Geschichte endete. Ihre Schuhe, achtlos abgestreift und nebeneinander unter dem Bett liegend. Die Kleider, die sie am letzten Tag getragen hatte, auf den Boden geworfen, bevor sie krank und verängstigt ins Bett gekrochen war. Der Abdruck ihres Kopfes auf dem Kissen. Ein Sandwich auf dem Nachttischchen, vertrocknet und fast unberührt. Sie hatte ein kleines Stück abgebissen, er konnte den Abdruck ihrer Zähne erkennen. Im Badezimmer ein paar schmutzige Kleidungsstücke. Er nahm ihr Hemd, drückte es gegen sein Gesicht und atmete ihren Duft ein. Rote Haare in der Bürste. «Ach, mein Gott, Liebste, warum habe ich es nicht gewusst?»

Trauer ergriff ihn mit aller Macht. Doch als am nächsten Tag der Sarg abgeholt wurde, stand er reglos in der Tür und sah ihm nach. «Sie ist nicht da drin», lallte er und hielt Paul die Scotchflasche entgegen. «Sie hat sie alle reingelegt. Sie ist weggeflogen.» Und er lachte über die kluge Chrissy, die ohne ihn davongeflogen war. Dann brach er in Tränen aus.

Er hörte das Flugzeug, das sie wegbrachte. Es schwebte genau über das Haus hinweg. Aber er blickte nicht auf. «Warum habe ich es nicht gewusst?», schluchzte er, als am nächsten Tag der Arzt kam, um nach ihm zu sehen.

«Sie war fest dazu entschlossen, es Ihnen zu verheimlichen. Sie hatte eine sehr starke Persönlichkeit. Allerdings erstaunt es mich, dass sie es geschafft hat, es Ihnen zu verschweigen. Die letzten Monate waren sehr schwer für sie.»

«Warum?», flüsterte er. «Ich hätte ihr helfen können.»

«Mr. Theron», erwiderte der Arzt voll Mitgefühl. «Die junge Dame wusste, dass sie sich nicht länger hätte belügen können, wenn Sie die Wahrheit gekannt hätten. Auf diese Weise hatte sie in den letzten Monaten immer wieder die Möglichkeit, so zu tun, als wäre alles in Ordnung. Vor einiger Zeit kam sie zu mir und erzählte mir von Ihren Plänen für die Buschmänner. Sie war begeistert, und wissen Sie, was sie zu mir gesagt hat? ‹In ein paar Jahren klappt das Projekt sicher wie am Schnürchen.› Denn sie war fest davon überzeugt, dass sie das noch miterleben würde. Diese Art von Selbsttäuschung brauchte sie. Wären Sie über ihre Krankheit im Bilde gewesen, hätte sie selbst sich der Wahrheit stellen müssen. Ihre Trauer hätte sie täglich daran erinnert, dass ihr Ende nah war. Machen Sie ihr also keine Vorwürfe.»

«Ich mache ihr ja keine Vorwürfe», entgegnete Alex leise, «sondern mir selbst.»

«Sie hätten es nicht verhindern können.»

«Nein, aber vielleicht wäre ich ihr eine Hilfe gewesen.»

Alles erschien ihm unwirklich. Er hörte nur noch das

Geräusch seiner eigenen Schritte, als er verzweifelt in dem leeren Haus auf und ab ging. Aber das war ihm lieber als wohlmeinende Besucher. Chrissys Kleider und Kosmetiksachen verspotteten und quälten ihn, bis er sie zu hassen begann. Aber er brachte es nicht über sich, sie wegzuwerfen.

Also tat Alex das Einzige, was ihm einfiel. Er ging in die Wüste, um !Ka zu suchen.

Be erkannte auf den ersten Blick, was geschehen war. «Das Feuer in deiner Frau ist erloschen.»

«Ja!», schrie er auf. «Woher weißt du das?»

«Es erkaltete bereits, als du sie zu uns brachtest. Sie selbst ahnte es noch nicht, doch die Geister hatten schon die kleinen Pfeile der Krankheit auf sie abgeschossen.»

!Ka tätschelte seinen Arm. «Wir konnten keinen Heiltanz für sie aufführen. Gegen ihre Krankheit kennen wir kein Mittel.»

«Ja», seufzte Alex. «Und nun ist sie fort.»

«Schau nach oben, *!ebili*. Siehst du das Rückgrat des Himmels?»

Aber diesmal konnte !Kas Weisheit ihm nicht helfen. Drei Tage später kehrte Alex einsam und niedergeschlagen nach Gaborone zurück und versuchte, sich durch Arbeit abzulenken. Auch das war vergebens. Er fühlte sich wie ein Schlafwandler, der zwar umherlief, sprach, aß, trank und lachte – die Begeisterungsfähigkeit und der Elan aber, die er in sein Vorhaben gesteckt hatte, waren verschwunden. An manchen Tagen war er zu verkatert, um aufzustehen. Schließlich entzog Timon Setgoma ihm das Projekt. Zu viel Fördergelder waren bereits geflossen, und er durfte nicht zulassen, dass es wegen eines Mannes scheiterte, der offenbar den Verstand verloren hatte.

Drei Wochen nach der schrecklichen Nacht, in der Chrissy für immer von ihm gegangen war, wurde in Gaborone ein Gedenkgottesdienst abgehalten. Paul sagte Alex, ihre Eltern hätten es so gewünscht, denn sie wollten Chrissys Freunde kennen lernen und den Ort besuchen, wo sie ihre letzten Lebensjahre verbracht hatten. Marv und Pru kamen in die Stadt. Pru war hochschwanger, kümmerte sich aber dennoch um die Vorbereitungen. Alex wusste, dass er ihr eigentlich hätte dankbar sein müssen. Doch inzwischen war er fast ständig betrunken. Er verstand nicht, warum dieser Gottesdienst sein musste, behielt das allerdings für sich, plauderte mit seinen Freunden, nahm ihre Beileidsbekundungen entgegen und gab die passenden Antworten. Es war, als beobachte er einen Fremden, als er Chrissys Eltern tröstete, die ebenso entsetzt schienen wie er selbst.

«Warum haben Sie uns nicht früher Bescheid gesagt?», fragte ihr Vater immer wieder. «Warum haben Sie uns ihre Krankheit verheimlicht?»

«Alles wird gut, Sie werden schon sehen.» Alex bemerkte nicht, dass Paul und Marv besorgte Blicke wechselten. Er dachte, dass er seine Sache sehr gut machte, und sein Bestes tat, um die Gefühle von Chrissys Eltern zu schonen. Warum sollte er ihnen Schmerz zufügen und ihnen gestehen, dass er jahrelang mit einer Kranken zusammengelebt hatte, ohne es zu bemerken?

Alle kamen zum Gedenkgottesdienst. Leute, die gerne lachten und ihren Spaß hatten, die jung und stark waren und sich für unsterblich hielten. Dass eine von ihnen gegen diesen Grundsatz verstoßen hatte und einer Krankheit erlegen war, machte ihnen Angst. Sie waren Alex keine Hilfe, denn sie waren viel zu sehr damit beschäftigt, ihr eigenes Entsetzen zu verarbeiten.

Die Leute klopften ihm verlegen auf den Rücken, murmelten etwas von einer Einladung zum Essen und machten sich so schnell wie möglich aus dem Staub. Alex empfand sie als willkommene Ablenkung. Mit Paul, Marv, Pru, Chrissys Eltern und selbst Mum und Pa war das eine andere Sache. Sie lösten in ihm Gefühle aus – und er wollte nichts fühlen.

Pas Anteilnahme konnte er kaum ertragen, denn er litt so sehr mit seinem Sohn, dass es Alex' Schmerz nur noch vergrößerte.

«Du solltest nicht so viel trinken, Ali. Das macht es bloß schlimmer.»

Paul nahm seine Mutter beiseite, als Alex schrie: «Woher zum Teufel willst du das wissen?» Beim Anblick ihrer entsetzten Miene überkam ihn eine fast sadistische Freude.

Er wollte weder fühlen noch denken, noch etwas tun. Einerseits sehnte er sich nach Gesellschaft, doch sobald er unter Leuten war, wünschte er sich, allein zu sein. Er hörte sich selbst sprechen, als er Marvs und Prus Einladung annahm, mit ihnen auf die Farm zu kommen. Er hatte einfach nicht die Kraft abzulehnen. Außerdem war der Schmerz allein im Haus nicht zu ertragen. Er hatte es satt, zu grübeln, sich zu erinnern und zu weinen, durch die Zimmer zu wandern und Chrissys Sachen zu berühren. Ohne dass er selbst es bemerkte, entstand in seinem Kopf ein unbeteiligter Beobachter, der alles im Auge behielt und einen Alex betrachtete, dessen Gefühle erkaltet waren. Dieser neue Alex bewegte sich zwar und redete wie der alte, doch innerlich war er gestorben. Aber der Beobachter fällte nie ein Urteil über ihn, sah einfach zu und lauschte.

Wenn Alex Marv beim Reparieren der Zäune half und stumpf nickte, als sein Freund ihm sagte, harte körperliche Arbeit würde ihn von seiner Trauer ablenken, hörte der Beobachter zu. Er war da, als Pru Wehen bekam und Alex eine gelassene Schwangere und ihren völlig aufgelösten Ehemann ins zwei Stunden entfernte Krankenhaus in Francistown fuhr. Und als Alex Marv drei Monate später erklärte, warum er fortmusste, spitzte der Beobachter die Ohren. Auch Alex' Ausflucht klang ziemlich glaubwürdig: «Ich muss einfach weg und für eine Weile raus aus Botswana. Ich komme wieder.» Die Stimme gehörte zwar Alex, aber der Beobachter wusste, dass es ihn um den Verstand bringen würde, täglich die Liebe und das Glück zwischen Marv, Pru und ihrem neugeborenen Sohn mitzuerleben, und deshalb musste er abreisen.

Also ging Alex fort. Er verließ Botswana und schließlich auch Afrika. Das Leben sah er wie durch einen Nebel. Zu viele Hotels, zu viele Bars, zu viele Frauen, die in ihm nur Leere auslösten, zu viele Flaschen Scotch. Manchmal vergaß er sogar, in welchem Land er sich gerade befand. Sie sahen alle gleich aus. Europa, altmodisch und idyllisch. Puppenhäuser, die Kanäle und Straßen säumten. Enten auf malerischen Teichen. Leuchtend grüne Felder und Hügel, auf denen fette, schwarzweiße Kühe grasten. Kehlige Stimmen und Gesichter, die ihn lächelnd willkommen hießen. Schneebedeckte Berge. Das strahlend blaue Mittelmeer. Weinberge. Fischerboote. Blaue und braune Flüsse. Und immer wieder ein tröstendes Glas bernsteinfarbener Flüssigkeit zu viel.

Hin und wieder erinnerte er sich an Bruchstücke. Hauptsächlich Prügeleien. Er wollte allein gelassen werden, aber die Menschen taten ihm diesen Gefallen nicht. Sie waren jung und unbekümmert und hielten jeden für ihren Freund. Australier mit ihren nasalen Akzent, Amerikaner mit ihrer gedehnten Sprechweise, Holländer, Deutsche und Spanier, die gebrochen Englisch sprachen. Sie gaben einfach keine Ruhe. Meistens schwamm Alex mit dem Strom, schloss sich ihnen an und machte eine Weile gute Miene zum bösen Spiel. Doch wenn sie dann feststellten, dass er ihnen nichts zu geben hatte, ließen sie ihn wieder fallen. Und hin und wieder, wenn Selbstmitleid und Schmerz ihn übermannten, rächte er sich dafür. Er beschimpfte sie lautstark und sah zu, wie sich plötzlich Erstaunen in ihren gerade noch so fröhlichen Gesichtern malte. Manchmal stieß er sie grob beiseite, um einen Anlass für eine Schlägerei zu haben, damit der körperliche Schmerz seine Seelenpein überdeckte.

Gelegentlich blickte Alex auf und stellte fest, was aus ihm geworden war. Doch die Trauer ließ ihn nicht los, und der Schmerz war zu heftig, und so verschwand der wirkliche Alex in der Versenkung und machte dem Beobachter den Platz frei.

Ab und zu verdiente er ein bisschen Geld mit Hilfsarbeiten, konnte sich jedoch nicht daran erinnern, sich je um die Stellen beworben zu haben. Er pflückte irgendwo Trauben, wahrscheinlich war es in Spanien. Er lackierte Boote, vermutlich in Griechenland. Er mistete Schweineställe aus, wo, wusste er nicht, nur dass es eiskalt war und dass die Leute eine seltsame, lispelnde Sprache sprachen und blondes Haar hatten. Bei der schweren Arbeit schwitzte er den Whisky der letzten Nacht aus, nur um sich abends wieder zu betrinken. Geistlose Plackerei, die von ihm keine gedankliche Leistung erforderte. Und der Beobachter in seinem Kopf stellte fest, dass er sich ganz wacker schlug.

Eines Tages, fast drei Jahre später, hörte er aus einem ihm unbekannten Grund auf, sich selbst zu beobachten. Er erwachte in einem fremden Bett in einer fremden Wohnung in einem fremden Land, und das erste Gefühl, das ihn ergriff, war Schmerz. Kopfschmerzen von zu viel Scotch. Doch nun war er es, Alex, der diesen Schmerz empfand, nicht der Beobachter in seinem Kopf. Alles war real und spielte sich in der Gegenwart ab. Er räkelte sich unter dem gelb und weiß gestreiften Bettzeug herum und fragte sich, wem das Bett gehörte. Als er feststellte, dass sein eines Auge zugeschwollen war, stieß er einen Fluch aus. Dann fuhr er sich mit der Zunge über die pelzigen Zähne.

Stolpernd tastete er sich zum Bad und betrachtete sich im Spiegel. Blutunterlaufene Augen, ein paar Narben,

Haare, die dringend geschnitten werden mussten, bartstoppelige Wangen und ein blaues Auge starrten ihm entgegen. Ihm wurde klar, dass er sich seit langer Zeit nicht angesehen hatte. Diesmal jedoch wich er nicht zurück, sondern stellte sich dem Anblick. Er wusch sich das Gesicht mit kaltem Wasser. Seine Hände zitterten, und er bemerkte, dass er entsetzlich stank.

Es war das Badezimmer einer Frau. Alex stellte sich lange unter die heiße Dusche. Er entdeckte einen Rasierapparat und rasierte sich, wobei er sich einige Male schnitt. Dann schlang er sich ein Handtuch um die Hüften und wanderte durch die Wohnung. *Hübsche Aussicht.* Sanfte Hügel und ein Schloss. Er fragte sich, in welchem Land er sich befand, und es fiel ihm ein, dass er zuletzt in Frankreich gewesen war. Wann? Wie lange war es her? Dann ging er in die Küche, um sich Kaffee zu machen. Das Etikett auf der Dose war in Englisch beschriftet. Er überlegte, ob er den Fernseher einschalten sollte, um herauszufinden, welche Sprache das Programm hatte. Aber eigentlich spielte es keine Rolle. Draußen schneite es. Die Wohnung war warm. *Sehr gut.* Er verabscheute Kälte.

Er kehrte ins Schlafzimmer zurück und betrachtete das Bett. Hatten er und die Besitzerin der Wohnung sich geliebt? *Nein, nicht geliebt. Gebumst.* Seit Chrissys Tod hatte er keine Frau mehr geliebt. *Chrissy!* Er hatte ihren Namen nicht vergessen. *Chrissy!* Er konnte ihr Gesicht vor sich sehen. Alex wartete darauf, dass sich wieder Dunkelheit über sein Herz senkte. *Chrissy!* Aber es blieb hell.

Hatte er die Frau gebumst, der das Bett gehörte? Er konnte sich nicht erinnern. Gerade hatte er beschlossen, sich anzuziehen und zu gehen, als er einen Schlüssel im Schloss und leichte Schritte hörte, die sich dem Schlafzimmer näherten.

«Gut, dass du aufgestanden bist. Ich habe dir ein paar Kleider gekauft. Offenbar hast du keine Wohnung.»

Er starrte sie entgeistert an. «Mein Gott, Madison!»

Sie lächelte verkniffen. «In der Tat.»

Alex schüttelte den Kopf und versuchte, einen klaren Gedanken zu fassen. «Wo bin ich?»

«In meiner Wohnung.»

«Ja, aber wo?»

Sie zog die Augenbrauen hoch. «Weißt du das denn nicht?»

«Nein.»

«Stirling.»

«Stirling? Meinst du Stirling in Schottland? Wie bin ich hierher gekommen?»

Sie warf ein Paket aufs Bett. «Ich habe dir einige Sachen besorgt. Deine Kleider waren widerlich. Zieh dich an. Wir unterhalten uns beim Frühstück.»

«Ist auch eine Zahnbürste dabei?»

«Irgendwo da drin.»

Alex hörte ihren Akzent. Unverkennbar südafrikanische Oberschicht, das gab es sonst nirgendwo auf der Welt. Es erinnerte ihn an zu Hause. Gerne hätte er sie gefragt, wie er in ihrer Wohnung gelandet war, doch sie machte auf dem Absatz kehrt, verließ den Raum und schloss die Tür hinter sich.

Er zog die sauberen neuen Sachen an. Madison hatte an alles gedacht. Im Badezimmerschrank fand er Aspirin, schluckte drei Tabletten und würgte, als sie ihm in der Kehle stecken blieben. Dann ging er zu Madison in die Küche.

«Ich erinnere mich an nichts.»

«Kein Wunder. Du bist ganz schön fertig.»

«Ja.»

Sie steckte Orangen in den Entsafter. Der scharfe Geruch der Zitrusfrüchte stieg Alex in die Nase. Ihm lief das Wasser im Mund zusammen. Wann hatte er das letzte Mal etwas anderes als Scotch trinken wollen?

Sie reichte ihm ein volles Glas. «Hier.»

Er stürzte den Saft hinunter.

«Möchtest du mehr?» Sie streckte die Hand nach dem Glas aus.

«Bitte.» Endlich fühlte sich sein Mund nicht mehr pelzig an.

Sie drehte sich zur Spüle um.

«Wie bin ich hierher gekommen?»

«Es war nicht leicht. Du warst schwer wie ein Kartoffelsack.»

«Hast du mich etwa getragen?» Unmöglich, dazu war sie viel zu zierlich gebaut.

«Mehr oder weniger.»

«Haben wir … du weißt schon … irgendwas gemacht?»

«Das soll wohl ein Witz sein!»

«Wo hast du denn geschlafen?»

«Auf dem Sofa.»

«Tut mir Leid.»

«Schon in Ordnung. Das Sofa ist ganz bequem.» Sie

gab ihm ein neues Glas Orangensaft. «Ich habe dich auf der Straße vor einer Bar aufgelesen. Sie hatten dich gerade rausgeschmissen.»

Chrissys Eltern. Jetzt fiel es ihm wieder ein. Er hatte Chrissys Eltern besuchen wollen, wusste aber nicht mehr, was geschehen war. Er erinnerte sich nur noch, dass er sich mit einem Gefühl tiefer Trauer von ihnen verabschiedet hatte. Der Satz «Wir geben Ihnen die Schuld» gellte ihm noch in den Ohren.

«Ich war wohl ziemlich am Ende.»

Ihre Antwort fiel so direkt aus, wie es für die Bewohner eines Landes wie Botswana typisch war, die sich nicht mit Beschönigungen abgeben. «Du warst mit Erbrochenem und Blut verschmiert und hattest offenbar seit Ewigkeiten nicht gebadet. Außerdem trugst du weder einen Mantel noch eine Jacke. Du wärst da draußen erfroren.»

«Und du hast mich mitgenommen?»

«Ja», entgegnete sie spitz. «Sehr zum Amüsement der anderen Kneipengäste.»

Das konnte er sich vorstellen. Die Bruchstücke der Erinnerung, die allmählich zurückkehrten, sagten ihm, dass es kein gehobenes Lokal gewesen war. «Danke.»

«Jetzt sind wir quitt.»

Er ging nicht weiter darauf ein. «Was machst du denn hier? Als ich zuletzt von dir gehört habe, warst du in Europa auf einem Mädchenpensionat.»

Ihr Stöhnen klang gleichzeitig gereizt und belustigt. «Sie haben mich rausgeworfen.»

«Hast du bei Tisch das falsche Messer benutzt?»

Auch sie musste kichern. «Ein paar von uns hatten beschlossen, sich aus einem Fenster im dritten Stock abzuseilen.»

«Und deshalb haben sie dich rausgeschmissen?»

«Nein.»

«Weshalb dann?»

«Ich hasste die verdammte Schule und die dämlichen Zicken dort. Als die Direktorin mich zu sich zitierte und mir verkündete, wohlerzogene junge Damen stiegen nicht aus Fenstern, insbesondere nicht im Nachthemd und so, dass das halbe Dorf sie sehen könnte, ist mir der Kragen geplatzt.»

«Der Kragen geplatzt?» Alex schmunzelte. Er spürte, wie seine Mundwinkel sich nach oben zogen und seine Stimmung sich erhellte. Seit einer Ewigkeit hatte er sich nicht mehr so wohl gefühlt.

«Könnte man sagen.» Sie lächelte ihn an. «Ich habe angedeutet, dass sie zu viel isst, ein Beispiel aus der Zoologie zitiert und ihr geraten, sich ihre Benimmregeln und Vorschriften an einen Ort zu stecken, an dem noch nie zuvor jemand gewesen ist.»

Alex lachte laut auf. Er konnte sich gut denken, in welchen Worten sie das ausgedrückt hatte. Es war so schön, wieder lachen zu können. «Also bist du in Europa geblieben?»

«Nein, ich bin nach Hause gefahren.»

«Aber jetzt bist du wieder hier.»

Sie wich seinem Blick aus. «Ich brauchte Abstand von Afrika. Also bin ich durch Europa gereist und habe ein bisschen rumgejobbt.»

Er wusste, dass sie ihm etwas verheimlichte, doch das kümmerte ihn nicht. Er war viel zu froh darüber, wieder glücklich zu sein. «Ich habe mich kreuz und quer durch Europa gesoffen.»

«Ich habe gehört, was passiert ist. Mein Beileid.»

«Schon gut. Das ist lange her.» Und plötzlich fühlte es sich auch so an. Die alles erdrückende Trauer fiel von ihm ab.

«Du musst sie sehr geliebt haben.»

«Ja.» Er wollte nicht mit Madison über Chrissy sprechen.

Sie stellte Toast und Butter vor ihn hin und setzte sich ihm gegenüber. «Etwas anderes habe ich nicht im Haus, tut mir Leid.»

Als er den Toast und die schmelzende Butter roch, lief ihm wieder das Wasser im Munde zusammen. Ihr Akzent löste Heimweh in ihm aus. Er sehnte sich danach, wieder die Luft des Busches zu atmen und die Freiheit zu spüren, die es bedeutete, der einzige Mensch im Umkreis von vielen Kilometern zu sein. Er wollte dem Flüstern des Windes lauschen, der durch die Sanddünen strich, und die klickende Sprache der San sprechen. Er vermisste den scharfen Geschmack der Tsammamelonen und die saftigen Beefsteaks aus Botswana.

«Ich gehe wieder nach Afrika.»

«Wie denn?»

«Ich glaube, ich habe noch Geld dort auf der Bank. Ich werde mir etwas überweisen lassen.»

«Du glaubst?» Madison konnte es nicht fassen.

«Vielleicht habe ich es auch schon ausgegeben.»

«Du kannst dich nicht erinnern?»

«Eigentlich erinnere ich mich an kaum etwas. Es ist, als hätte ich geschlafen.» Alex runzelte die Stirn. «Komisch, so plötzlich aufzuwachen und dich zu sehen, Madison. Ein sehr seltsames Gefühl.»

«Kann ich mir vorstellen.»

«Ich muss nach Hause und wieder ich selbst sein.» Er blickte sie an. «Verstehst du, was ich meine?»

«Ja.» Sie reichte ihm noch eine Scheibe Toast. «Alles ist besser als das, was hier aus dir geworden ist.»

«Danke sehr», entgegnete er trocken.

«Du wirst feststellen, dass sich eine Menge verändert hat. Gaborone ist viel größer geworden.» Sie knabberte an ihrem Toast. «Weißt du, welches Datum wir heute haben?»

Alex war gekränkt. «So am Ende bin ich nun auch wieder nicht, Madison. Es ist der siebzehnte Januar 1969.»

Sie ließ nicht locker. «Genau genommen der achtzehnte, Samstag, der achtzehnte.»

«Oh.» Er hatte aufgegessen. «Lust auf einen Spaziergang?»

«Wohin?»

Er stand auf. «Ich bin immer noch am Verhungern.»

Sie lachte auf. «So krank kannst du gar nicht sein.»

«Nicht mehr. Soeben bin ich aufgewacht. Ein schönes Gefühl.»

Sie gab ihm ein wenig Geld. «Das habe ich in deinen Taschen gefunden. Sonst nichts. Die Sachen habe ich übrigens verbrannt.»

Er zählte die Scheine: achtzehn Pfund. Zumindest genug für ein Frühstück. «Ich muss zur Bank.»

«Es ist Samstag.»

«Haben die Banken in Schottland am Samstag denn nicht geöffnet?»

«Vormittags schon. Inzwischen ist es Viertel nach eins. Also wirst du dich bis Montag gedulden müssen. Du kannst gerne hier übernachten. Aber ich bekomme das Bett, und du schläfst auf dem Sofa.»

«Einverstanden.»

«Und bilde dir bloß nichts ein. Ich helfe dir nur, weil ich dich kenne.»

«Madison?»

«Was ist?»

«Du bist ein ganz schönes Miststück.»

Kurz kehrte der Beobachter zurück, fragte sich, was sie wohl tun würde, und sagte sich, dass es eigentlich keine Rolle spielte. Aber als sie lachend den Kopf zurückwarf, war es wieder Alex selbst, dem ein Stein vom Herzen fiel.

Als das Wochenende vorbei war, ließ Madison ihn mit seinen Gedanken in ihrer Wohnung allein. Sie arbeitete als Empfangssekretärin bei einem Arzt. Wenn Alex sich nun an Chrissy erinnerte, empfand er nicht mehr den schrecklichen Schmerz; stattdessen spielte ein Lächeln um seine Lippen. Er dachte an Marv und Pru und ihren Sohn, der Alexander James hieß und dessen Anblick ihm stets einen Stich ins Herz versetzt hatte. Er dachte an Paul und an seine Eltern, und gegen Wochenmitte stand seine Entscheidung fest: Er musste zurück.

Die Bank erklärte sich bereit, seinen Kontostand in Gaborone zu überprüfen. «Kommen Sie übermorgen wieder», sagte der Angestellte. «Dann haben wir die Antwort.»

Madison schmunzelte, als sie seine Entschlossenheit bemerkte. «Ich habe auch Heimweh. Wahrscheinlich fahre ich auch bald nach Hause. Mutter ist einsam.»

«Warum?»

«Mein Vater ist im letzten Jahr gestorben. Er wurde in Kang von Rindern niedergetrampelt.»

«Das tut mir Leid.»

«Wirklich?» Ihr Lächeln war spöttisch.

«Ja.» Alex stellte fest, dass er es tatsächlich bedauerte. «Ich will dir nicht verheimlichen, dass ich ihn nicht ausstehen konnte. Ich habe ihn verabscheut. Du weißt ja, was passiert ist. Aber es tut mir trotzdem Leid, dass er so sterben musste und dass du und deine Mutter einen solchen Verlust erlitten habt. Mehr ist nicht dabei.»

«Er hat sein Verhalten dir gegenüber immer bereut.»

«Du wolltest in der Nacht darüber sprechen, in der wir ...» Er beendete den Satz nicht und fragte sich, was sie darauf erwidern würde.

«In der Nacht, in der wir uns geliebt haben.» Ein Lächeln huschte über ihr Gesicht. «Es ist schon in Ordnung, Alex. Du kannst es ruhig sagen.»

«Ich habe dich nicht benutzt. Mir ist klar, dass du das glaubst, aber es stimmt nicht.»

Sie holte zwei Bier aus dem Kühlschrank und stellte eines wieder zurück, als er den Kopf schüttelte. «Inzwischen habe ich es verstanden.» Sie öffnete die Dose und trank einen Schluck. Dann grinste sie ihn an. «Wahrscheinlich habe ich es damals schon geahnt, ich war nur zu arrogant, um es zuzugeben.»

Alex lachte. «Aber ich will immer noch nicht über deinen Vater reden. Es bringt nichts.»

Sie trank noch einmal. Er betrachtete ihr Haar. «Ich auch nicht.» Sie stellte die Dose weg. «Vor ein paar Jahren haben wir uns ziemlich zerstritten. Ich dachte, dass ich ihn kenne, aber ...» Sie zuckte die Achseln. «Belassen wir es dabei.»

Er sah sie an. «Du hast dich irgendwie verändert.»

«Ich bin eben älter und weiser geworden.» Sie schmunzelte.

«Arbeiten Pat und die anderen noch bei euch?»

«Artie ist nach Rhodesien zurückgekehrt. Der Rest ist noch da, ich weiß aber nicht, für wie lange. Mutter will die Farm verkaufen.» Sie blickte ihn an. «Was hast du nach deiner Rückkehr vor?»

«Vermutlich gehe ich wieder nach Shakawe. Sicher kann Pa auf der Farm Hilfe gebrauchen. Er wird ja nicht jünger. Mama versucht schon seit Jahren, mich dazu zu bringen, dass ich zurückkomme.»

Sie nickte. «Dein Buschleute-Projekt läuft. Soweit ich informiert bin, klappt alles wie am Schnürchen.»

Er freute sich, das zu hören. «Wurden in der Nähe von Jwaneng schon Diamanten gefunden?»

«Kel?» Sie lachte. «Der ist Pleite gegangen.»

«Sehr gut.»

«Der Großteil seiner Familie hat seinetwegen ebenfalls Bankrott gemacht.»

«Ausgezeichnet.»

«Schadenfroh bist du wohl gar nicht.»

Er zuckte die Achseln. «Ich mag eben keine verlogenen Schlägertypen.»

Sie sah ihn ärgerlich an, schwieg aber.

«Das war kein Seitenhieb, Madison.»

«Du wirst Daddy wohl nie verzeihen.»

«Das ist vorbei.» Er merkte ihr an, dass sie auf eine Erklärung wartete. «Du hast Recht, verzeihen werde ich ihm nie. Ich habe es versucht, aber es geht einfach nicht.»

«Dabei hat er es immer bereut.»

Erneut wechselte Alex das Thema. Er wollte sich nicht mit ihr streiten. «Was hast du vor, wenn du in Afrika bist?»

«Ich werde mich wieder bei der Naturschutzbehörde um meinen alten Job bewerben. Die Arbeit dort hat mir Spaß gemacht.» Offenbar wollte sie das Thema wechseln.

Alex wurde klar, wie schwer es für sie gewesen sein musste zu erkennen, dass ihr geliebter Vater auch dunkle Seiten gehabt hatte. Eines Tages würden sie vielleicht darüber sprechen können. Aber nicht heute. «Wirst du in Gaborone oder in Maun arbeiten?»

«Dort, wo man mich hinschickt. Es ist mir egal.»

Alex stellte fest, dass es ihm ebenfalls gleichgültig war, wo er hinzog. Die Wüste, das Okavango-Delta, Gaborone, Francistown, er liebte all diese Orte, das weite Land und die offenen Menschen. Er blickte aus dem Fenster und betrachtete die schottische Winterlandschaft. Sie war zwar wunderschön, doch er fühlte sich hier nicht zu Hause.

Die Bank teilte ihm mit, dass auf seinem Konto in Gaborone noch achttausend Rand lagen. Sehr zur Verblüffung des Bankangestellten wusste Alex nicht, dass Botswana nach der Unabhängigkeit den Rand als Währung übernommen hatte. Alex erinnerte sich vage, dass dieses Thema damals erörtert worden war. Aber er sparte sich die Mühe, dem Mann zu erklären, warum er die Summe in Pfund umgerechnet haben wollte.

«Etwa viertausend», erwiderte dieser.

Viertausend. Mehr als genug für den Heimflug und die Fahrt nach Shakawe. Auch in Francistown hatte er sicher noch Geld liegen, falls er es nicht versoffen hatte.

Er ließ sich fünftausend Rand überweisen. Das Hochkommissariat von Botswana in London informierte ihn telefonisch, die Ausstellung eines neuen Passes werde etwa zwei Wochen in Anspruch nehmen. Für Alex eine halbe Ewigkeit.

Seine ruinöse Lebensweise hatte Folgen für seinen Körper gehabt. Alex war leichenblass und fühlte sich schlaff. Also verbrachte er die nächsten zwei Wochen damit, sich wieder in Form zu bringen. Jeden Morgen und jeden Abend joggte er eine Stunde und zog täglich ein paar Runden im städtischen Schwimmbad. Außerdem ernährte er sich ausgewogen und aß viel Obst und Gemüse. Und er rührte keinen Tropfen Alkohol an.

Madison schien nichts dagegen zu haben, dass er bei ihr wohnte. Abends saßen sie meistens zusammen, redeten oder spielten Scrabble. Obwohl sie freundlich zu ihm war, weckte sie seinen Argwohn. Er war sicher, dass sie ihm etwas verschwieg, und eines Abends versuchte er, dem Geheimnis auf den Grund zu kommen.

«Warum hast du eine Wohnung in Stirling?» Er fand es seltsam, dass sie ausgerechnet in Chrissys alte Heimatstadt gezogen war.

Sie machte gerade Salat an und blickte beim Sprechen nicht auf. «Irgendwo musste ich ja hin. Stirling war für mich eine Stadt wie jede andere.»

«Weshalb nicht London oder Edinburgh?»

«Ich habe einige Zeit in beiden Städten verbracht.»

«Madison, sieh mich an.»

Mit ängstlichem Blick hob sie den Kopf.

«Auch du hast etwas Schreckliches erlebt», sagte er leise.

Sie biss sich auf die Lippe. Kurz schien es, als wollte sie etwas sagen, aber sie schwieg. Dann zuckte sie die Achseln. «Ich erzähle es dir ein andermal», meinte sie.

Alex ließ es dabei bewenden. Er wusste, was Schmerz bedeutete.

Er dachte auch weiterhin oft an Chrissy, doch seine Erinnerungen an sie waren warm und liebevoll, und die Trauer um sie schlug ihm nicht mehr aufs Gemüt. Es machte ihm Freude, an sie zu denken. Eines Abends sprach Madison ihn darauf an.

«In den letzten Tagen hast du oft von ihr geredet.»

«Stört es dich?»

Sie schüttelte den Kopf. «Natürlich nicht. Es tut dir gut. Du hast deine Trauer so lange unterdrückt, und sie braucht ein Ventil.»

«Ich trauere nicht mehr.»

«Selbstverständlich tust du das. Doch die Wut und die Schuldgefühle haben sich gelegt.»

«Seit wann bist du Psychologin?»

Sie lächelte. «Als Dad starb, glaubte ich, er hätte Mutter und mich im Stich gelassen. Ich war sehr wütend auf ihn, und deshalb hatte ich Schuldgefühle. Ich kenne mich also damit aus.»

Das stimmte wirklich. Alex griff über den Tisch hinweg nach ihrer Hand. «Tut mir Leid. Ich war wohl ziemlich egoistisch.»

Sie zog ihre Hand weg. «Ziemlich.» Dann legte sie schnell ein paar Scrabblesteine aus und verwandelte Alex' ZOO in ZOOLOGISCH, womit sie ihre Punktzahl verdreifachte.

«Du Schlange!»

Als sie zu lachen anfing, grinste er sie an.

Madison fuhr Alex nach Glasgow zum Flughafen. In Heathrow musste er umsteigen, flog weiter nach Johannesburg und nahm dort eine Maschine der Air Botswana in sein Heimatland. Rührung ergriff ihn, als er auf die kahle, braune Erde hinunterblickte. Die Ansammlung niedriger Gebäude, die den Flughafen von Gaborone darstellten, war ihm noch nie schöner erschienen.

Er stieg aus dem Flugzeug und atmete die Hitze und den Staub Afrikas ein. Dann sah er über die abgeflachten Wipfel der Akazienbäume hinweg hinüber zu den Hügeln unweit der Kgale-Mission. Alex stellte fest, dass sich die Vorstädte von Gaborone inzwischen ziemlich vergrößert hatten. Das Wiehern eines Esels riss ihn aus seinen Gedanken. Dann eine Begrüßung: «*Duméla rra. A o sa tsogile sentlé?*» Paul stand auf der anderen Seite des niedrigen Zauns, der rund um die Ankunftshalle verlief. Endlich war Alex zu Hause angekommen.

Paul war sonnengebräunt, schlank und gesund, sodass Alex sich neben ihm trotz aller sportlichen Betätigung und Diät weiß und schwabbelig vorkam.

«Ich habe mir einen Monat freigenommen», verkündigte Paul, der überglücklich war, Alex wieder zu sehen. «Wir fahren nach Hause. Mum und Pa werden sich sehr freuen, wenn wir beide sie gemeinsam besuchen.»

Paul wohnte in einem der neuen Stadtviertel. Alex war erleichtert, dass er nicht im alten Dorf lebte, denn er hätte den Anblick seines früheren Hauses nicht ertragen. Wie Madison ihn bereits vorgewarnt hatte, hatte Gaborone sich sehr verändert und war gewachsen. Neue Straßen, neue Häuser, ja, sogar ein Einkaufszentrum. «Viele, die damals ausgewandert sind, kommen jetzt zurück», erklärte Paul. «Bis jetzt waren es schätzungsweise zwanzigtausend Menschen, und es werden täglich mehr. Gaborone boomt.»

«Was ist mit Francistown?» Alex hatte für Städte, die boomten, nicht allzu viel übrig.

«Das ist immer noch ein Nest, wo Fuchs und Hase sich gute Nacht sagen.»

«Sehr gut.»

Paul hatte einen Swimmingpool. In den nächsten Tagen ruhte Alex sich an dessen Rand aus und ließ die nach dem Winter blasse Haut von der Sonne bräunen.

Am Wochenende fuhren sie in Alex' Landrover, den Paul für ihn in der Garage aufbewahrt hatte, nach Norden. Sie statteten Marv und Pru einen Besuch ab. Marv hatte zugenommen und tätschelte verlegen seinen Bauch. «Sie füttert mich eben zu gut», meinte er und legte den Arm um Pru.

Pru erwartete ihr drittes Kind. «Eins alle zwei Jahre», sagte sie. «So haben wir es wenigstens geplant.»

Alexander James, den alle nur AJ nannten, war ein schüchterner Dreijähriger, seine Schwester Christine Priscilla ein pummeliges, einjähriges Baby.

Die Farm florierte. Marv hatte das Haus vergrößert, als die Kinder zur Welt kamen. «Ich komme mit dem Anbauen kaum noch nach», jammerte er grinsend und zeigte ihnen stolz das Anwesen. Offenbar war er der geborene Farmer und Familienvater.

Marv und Pru hatten sich nicht verändert. Sie liebten einander noch immer wie am Tag ihrer Hochzeit und konnten sich wegen jeder Kleinigkeit vor Lachen ausschütten. Als Alex beobachtete, wie sie sich umarmten und sich und die Kinder liebevoll ansahen, empfand er nichts weiter als Ruhe und Glück. Er war erleichtert, denn er hatte schon befürchtet, dass er eifersüchtig werden könnte.

Paul behielt Recht: Francistown war noch genau wie früher. Tante Dorie bestand darauf, dass sie bei ihr übernachteten, und tischte ihnen ein Essen auf, das für eine kleine Armee gereicht hätte. «Eure Mutter ist wirklich krank», erzählte sie. «Sie wird froh sein, euch beide zu sehen.»

Am nächsten Tag gestand Paul, dass er seit einigen Jahren nicht mehr zu Hause gewesen war. «Ich hatte einfach zu viel zu tun.»

«Aber du hast trotzdem ein schlechtes Gewissen, richtig?»

Paul seufzte. «Ja. Wenn es nur um Pa ginge …» Er beendete den Satz nicht. Beide Brüder wussten, dass sie ihre Eltern öfter besuchen würden, wenn ihre Mutter nur nicht so seltsam gewesen wäre.

«Liegt sie dir auch ständig in den Ohren, du solltest wieder zu ihnen ziehen und Pa helfen?»

«Nein.» Paul sah ihn an. «Ich habe einen Beruf. Das Nörgeln hebt sie sich für dich auf.»

«Du kennst ja sicher die Geschichte, dass wir schwarzes Blut haben.»

Paul lachte auf. «Darüber kann sich nur ein Südafrikaner aufregen. Es ist einfach lächerlich. Schau dich nur an: blond und blauäugig. Bei uns müsste man das schwarze Blut wahrscheinlich mit der Lupe suchen.»

«Aber das ist die Erklärung. Deshalb benimmt sie sich so.»

«Schließlich hat sie als Kind jeden Sonntag in der Kirche gehört, wie der Pfarrer wegen der minderwertigen Schwarzen Zeter und Mordio schrie.»

«Wenn Pa nur früher einmal mit der Faust auf den Tisch gehauen hätte …» Zum ersten Mal im Leben hatte Alex das Bedürfnis, seinen Vater zu kritisieren.

«Wenn Mum von Pa verlangen würde, in ein Feuer zu springen, würde er es tun. Das weißt du doch.»

Alex verzog das Gesicht. «Schade, findest du nicht? Wenn ich mal heirate, werde ich mich vorher vergewissern, dass meine Frau und ich dieselbe Einstellung zum Leben haben.»

Paul nickte. «Ich auch.»

In Maun sah es aus wie immer. Nur im Osten der Stadt waren einige Unterkünfte für Safaritouristen entstanden. «Das ist jetzt das große Geschäft und bringt eine Menge Devisen ins Land. Das Delta ist eine Touristenattraktion geworden.» Pauls Aufgaben beim Ministerium für Finanzen und Entwicklungsplanung waren breit gefächert. Vor kurzem hatte eine Studie zu der Frage verfasst, ob es finanziell vorteilhaft sei, den Tourismus und die Jagd von Regierungsseite her zu fördern.

«Ich habe empfohlen, die Fördermittel noch zu erhöhen. Offenbar ist der Okavango Botswanas bestgehütetes Geheimnis. Es fehlt die Öffentlichkeitsarbeit.»

«Was ist mit dem ökologischen Gleichgewicht? Können die Sümpfe so viele Menschen verkraften?»

«In den Sümpfen wimmelt es zurzeit von Umweltexperten.» Paul grinste. «Eine Gruppe hat vorgeschlagen, das Bachbett zu räumen. Ein anderer Typ erforscht Würmer. Einer möchte die Bäume am Fluss fällen, ein anderer zusätzliche anpflanzen. Und ein armer Teufel hat ein Bein verloren, als er beweisen wollte, dass Krokodile nicht gefährlich sind. Das absolute Chaos.»

«Und was wird passieren?» Sie fuhren dieselbe Straße entlang, die sie als Schuljungen so verabscheut hatten. Als Alex die Landschaft betrachtete, wünschte er sich, alles solle so bleiben, wie es immer gewesen war.

«Wahrscheinlich dasselbe wie immer, nämlich gar nichts.» Paul grinste wieder. «Sogar die Tsetsefliegen werden geschützt.»

«Warum?»

Alex erinnerte sich noch gut an die gefürchteten Fliegen, die am südlichen Okavango prächtig gediehen. Ihr Stich war so schmerzhaft wie der einer Pferdefliege und übertrug ein Leiden namens Schlafkrankheit auf den Menschen und Rinderpest auf das Vieh. Obwohl die Tsetsefliege ihren gewöhnlichen Wirten wie Warzenschweinen, Büffeln, Buschböcken und anderen Wildtieren keinen Schaden zufügte, war ihr Stich für Menschen und Vieh in vielen Fällen tödlich. Als man herausfand, dass die Fliege Temperaturen über vierzig Grad Celsius nicht überstehen konnte, rodete man große Teile des Busches, um ihr den Lebensraum zu nehmen. Doch die Fliege zog weiter. Man baute Zäune, um ihre Wirtstiere in der Bewegungsfreiheit einzuschränken, und tötete viele von ihnen. Daraufhin ging die Anzahl der Fliegen stark zurück. Die hohen Bäume, in die sich die Fliegen mit Vorliebe zurückzogen, wurden mit DDT besprüht. Es galt als möglich, das Insekt vollständig auszurotten, und die Viehzüchter befürworteten diese Maßnahme sehr. Der Okavango war der einzige Fluss im Land, der ganzjährig Wasser führte. Warum also hatte Paul das Programm zur Bekämpfung der Tsetsefliege einstellen lassen?

«Das Geld, mein Freund. Oder die Devisen, um es präziser auszudrücken. Ob du es glaubst oder nicht, die Natur bringt uns mehr Devisen als die Rinderzucht. Wenn wir die Tsetsefliege beseitigen, kehren die Rinderherden zurück. Und dann ziehen die Farmer Zäune um ihr Land. Das vertreibt aber die Wildtiere. Deshalb rottet die Regierung die Tsetsefliege nicht aus.»

Fluchend umrundete Paul ein Schlagloch. «Natürlich will die Regierung, dass alle zufrieden sind. Also versprühen sie regelmäßig Gift und behaupten, die Fliegen würden immer weniger. Allerdings hätten wir jetzt ein Mittel, um sie für immer zu beseitigen: Endosulphan. Wenn man das einundzwanzig Tage lang sprüht, verringert sich die Anzahl der Fliegen schon nach sechs Anwendungen um neunundneuzig Prozent. Doch wir werden uns hüten, den Farmern das zu verraten.» Er sah Alex an. «Die schöne Welt der Wirtschaft», meinte er lachend. «Kriege, Krankheiten, Politik, du kannst es dir aussuchen. Jede vorstellbare vom Menschen geschaffene oder natürliche Katastrophe nutzt ihr – wobei ich die Politik absichtlich eingeschlossen habe, denn die Politiker müssen nach der Pfeife der Wirtschaft tanzen.»

«Ich finde diese Haltung ziemlich zynisch», widersprach Alex.

«Als Wirtschaftsexperte wird man zwangsläufig zum Zyniker. Und das, was sich hinter den Kulissen abspielt, ist noch deprimierender. Wir nennen es Zahlenspiele. Meistens steht das Ergebnis schon vor der Rentabilitätsstudie fest. Anders gesagt, wir bekommen eine Aktennotiz, in der steht: ‹Führen Sie die Untersuchung durch, nennen Sie die Zahlen, aber sorgen Sie dafür, dass Sie das belegen, was wir hören wollen.› Zum Teufel mit der Wahrheit. Nur der Profit spielt eine Rolle.»

Alex neigte den Kopf zur Seite. «Deine Arbeit macht dir wohl Riesenspaß.»

Grinsend zog Paul die Augenbrauen hoch. «Ich verdiene damit meine Brötchen.»

In Shakawe machten sie Halt, um Lebensmittel einzukaufen. Da ihre Eltern nicht mit ihrem Besuch rechneten, hatten sie sicher nicht genügend Essbares im Haus.

Die Straße zur Farm war noch holperiger, als sie es in Erinnerung hatten. «Mein Gott, man sollte doch annehmen, dass sie ab und zu planiert wird», knurrte Paul, als der Wagenboden wieder über den hohen Wall aus Sand in der Mitte der Straße schrammte.

«Wegen des vielen Verkehrs?»

Paul lachte. «Ein Auto pro Woche kommt bestimmt hier vorbei.»

Beim Anblick des Farmhauses hatte Alex einen Kloß im Hals. Und als er sah, dass sein Vater in seinem Lieblingssessel auf der Veranda saß und seine Pfeife rauchte, wurde er von Rührung ergriffen. Mühsam stand Pa auf und starrte seine Söhne an. «Pets!», rief er dann, wobei sich seine Stimme vor Aufregung fast überschlug. «Pets, komm und schau dir das an! Die Jungs sind wieder da.»

Alex sprang über das Gartentor. Seine Mutter lief aus dem Haus und die Stufen hinunter. Er umarmte seine Eltern und machte dann Platz, damit Paul ihnen auch um den Hals fallen konnte. Alle hatten Tränen in den Augen. «Gelobt sei der Herr, ihr seid heimgekehrt.»

Alex und Paul wechselten über die Köpfe ihrer Eltern hinweg Blicke. Mum hatte sich nicht verändert.

Pa grinste übers ganze Gesicht. «Willkommen daheim», wiederholte er ständig.

«Wie lange bleibt ihr?», fragte Mum.

Alex betrachtete sie. Sie hatte abgenommen und die Falten um Augen und Mund waren tiefer geworden.

«Paul hat ein paar Wochen frei», antwortete er. «Ich dachte, ich wohne für eine Weile bei euch.»

«Ach, Ali, gedankt sei Gott.»

Alex schloss seine Mutter in die Arme und stellte fest, dass Pa sich die Tränen aus den Augen wischte.

«Es war die richtige Entscheidung», dachte er.

Sie saßen auf der Veranda und unterhielten sich. Pa war schweigsam und glücklich, Mum redete vor lauter Freude wie ein Wasserfall. Obwohl sie natürlich immer wieder den Herrn lobte und ihrem Schöpfer dankte, fiel Alex nach einer halben Stunde auf, dass sie nicht ein einziges Mal aus der Bibel zitiert hatte. Sie erschien ihm ausgeglichener.

Er bemerkte, dass offensichtlich jemand versucht hatte, einen Garten anzulegen, und sprach seine Eltern darauf an.

«Früher hatten wir einen wunderschönen Garten», meinte Mum wehmütig. «Aber es regnete nie genug, und irgendwann ist alles eingegangen.»

Alex konnte sich nicht an einen Garten erinnern. Ein paar Bougainvilleas, die sich mühsam den Zaun emporrankten, und hinten im Haus neben der Sickergrube eine Reihe Frangipanis. Zu mehr hatte es nicht gereicht.

«Wir haben einen neuen Brunnen», erklärte Pa. «Jetzt bekommen wir genug Wasser.»

«Gedankt sei Gott», verkündete Mum und stand auf. «Ich kümmere mich um das Essen.»

«Fühlt Mum sich wieder besser?», fragte Paul, sobald sie im Haus verschwunden war.

Pa klopfte seine Pfeife am Schuh aus. «Nein», erwiderte er bedrückt. «Etwas stimmt nicht mit ihrem Herz.«

«Pa», meinte Alex. «Solltet ihr dann so weit draußen wohnen? Warum zieht ihr nicht in die Stadt, wo immer ein Arzt in der Nähe ist?»

Pa blickte zu den Tsodilo Hills hinüber. «Sie will nichts davon hören», antwortete er schließlich.

«Sie macht einen ... ausgeglicheneren Eindruck auf mich. Verstehst du, was ich meine, Pa?» Alex war nicht sicher, wie sein Vater darauf reagieren würde.

«Ausgeglichen?» Pa lächelte traurig. «In gewisser Weise kann man das sagen. Sie hat ihren Frieden mit Gott gemacht und wartet jetzt nur noch darauf, dass er sie zu sich holt. Also, Jungs, ich hoffe, dass ihr trotzdem eine gute Zeit hier habt.»

Durch die Worte ihres Vaters aufgerüttelt, gaben sich Alex und Paul die größte Mühe, ihrer Mutter geduldig zuzuhören, das Essen zu loben und ihre Fragen zu beantworten. Es war zu spät, sie bedingungslos zu lieben, doch sie hatten das Gefühl, ihr etwas schuldig zu sein.

Ihr Interesse schien eine wohltuende Wirkung auf sie zu haben. Dennoch hatte Alex den Verdacht, dass etwas mit ihr nicht stimmte, denn sie wirkte geistesabwesend wie eine Schlafwandlerin.

Nach dem Essen bat sie ihre beiden Söhne, sich zu ihr ins Wohnzimmer zu setzen. Da Alex und Paul mit einer Lesung aus der Bibel rechneten, folgten sie der Aufforderung nur widerstrebend. Pa hatte sich wie immer mit seiner Pfeife auf die Veranda zurückgezogen.

«Ich muss euch etwas sagen», fing sie an, sobald sie

saßen. In ihren Augen lag ein merkwürdiges Funkeln, obwohl sie lächelte. «Euer Vater versucht, mich umzubringen.»

In dem darauf folgenden Schweigen war nur das Ticken der Uhr auf dem Kaminsims zu hören.

«Aber Mum ...», wandte Paul schließlich ein.

Sie unterbrach ihn mit einer Handbewegung. «Ich weiß, dass ihr mir nicht glaubt. Doch er ist ein von Grund auf böser Mensch. Schließlich ist er ein Schwarzer, und die Schwarzen sind eben nicht wie wir.»

Wie betäubt saß Alex da. Sie war nicht gelassener geworden, wie er vorhin vermutet hatte, sondern sie hatte den Verstand verloren. Seine Mutter war geisteskrank. Wie viele psychisch gestörte Menschen konnte sie das die meiste Zeit über verbergen, bis ihre Verwirrung dann irgendwann urplötzlich zutage trat.

Nun weinte sie. Alex und Paul waren ratlos und hielten sie in den Armen, bis ihr Schluchzen verebbte. Als sie aufblickte, wirkte sie wieder ganz wie immer und lächelte, als wäre nichts geschehen. «Ich lese noch eine Weile in der Bibel und setze mich später zu euch.»

Erschüttert gingen die beiden Brüder nach draußen. «Nun wisst ihr es, Jungs», sagte die Stimme ihres Vaters in der Dunkelheit. Alex und Paul stellten fest, dass Danie Theron weinte wie ein Kind.

Zwei Tage später fand Peta Theron endlich ihren Frieden, als sie gerade in der Küche arbeitete. Pa, Alex und Paul hörten ein Krachen und dann den Aufschrei des Dienstmädchens und liefen los, um nachzusehen.

«Ihr Herz, ihr Herz.» Pa eilte an ihre Seite. «Es ist ihr Herz. Pets, mein Liebling.»

Paul hob seine Mutter vom Boden auf, trug sie ins Schlafzimmer und legte sie aufs Bett. Ihr Gesicht war aschfahl.

«Ich rufe den Arzt», sagte Pa händeringend. «Halte durch, Pets, der Arzt ist bald da.»

«Ich erledige das.» Alex wusste, dass es zu spät war. «Du bleibst bei Mum.»

Der Arzt war in seiner Buschklinik, etwa fünfzehn Kilometer entfernt am anderen Ende von Shakawe, beschäftigt, und seine Frau konnte ihn dort nicht erreichen.

Fast vier Stunden später traf er ein. Bei seiner Ankunft war Peta Theron schon seit dreieinhalb Stunden tot.

Zwei Wochen danach kehrte Paul nach Gaborone zurück. Zwischen Alex und Pa hatte sich ein ruhiger Lebensrhythmus eingependelt. Alex übernahm die schwereren Arbeiten, während Pa ihm dabei zusah oder zur Hand ging. Sie sprachen nur wenig. Pa war schon lange daran gewöhnt, allein auf der Veranda zu sitzen, wenn Mutter im Haus die Bibel las. Und Alex war mit seinen eigenen Gedanken beschäftigt. So wurden die Tage zu Wochen und die Wochen zu Monaten.

Alex und Pa reparierten Zäune, versahen Rinder mit Brandzeichen, errichteten einen neuen Damm, flickten das Dach der Veranda, trieben einige Stück Vieh nach Südwestafrika und zementierten neue Wassertröge. Ehe Alex es sich versah, lebte er schon achtzehn Monate auf der Farm. Inzwischen war sein Körper muskulös, schlank, sonnengebräunt und kräftig. Und irgendwann wurde ihm klar, dass er weiterziehen musste.

«Die Farm sieht jetzt wieder prächtig aus, mein Sohn. Alleine hätte ich es nie geschafft.» Pa wusste Bescheid, er konnte Alex' Gedanken lesen.

«Es hat mir Spaß gemacht, mit dir zusammenzuarbeiten, Pa.»

«Und ich war froh, dich hier zu haben, Alex. Aber du fühlst dich in Shakawe nicht wohl, das ist mir klar. Wann willst du fort?»

«Hast du denn nichts dagegen?»

Pa lächelte wehmütig. «Natürlich habe ich etwas dagegen. Ein Mann hat gerne seine Söhne um sich. Doch es würde mich noch mehr stören, wenn du bleiben würdest, nur um mir einen Gefallen zu tun.»

Der gute, alte, arme Pa. Nun war er ganz allein mit seiner Pfeife. Wenigstens hatte Mum ihm ein bisschen Gesellschaft geleistet. «Ich warte, bis die neuen Kälber geboren werden, und helfe dir.»

«Danke, mein Sohn.»

«Pa?»

«Nein, mein Sohn. Ich verkaufe die Farm nicht.»

«Gut. War nur so ein Gedanke.»

Pa stand am Tor und winkte Alex nach. Er trug seine abgewetzten Sachen und seinen schäbigen Hut und rauchte wie immer seine Pfeife. Sein Pa, der früher so jung und stark gewesen war, sein Pa, den Alex sich als kleiner Junge immer zum Vorbild genommen hatte. Nun war er alt und einsam. Alex zerriss es fast das Herz.

Siebzehn

Als Alex Shakawe verließ, hatte er keine konkreten Pläne. Er war achtundzwanzig Jahre alt und völlig abgebrannt, er verfügte weder über eine Ausbildung noch über irgendwelche Qualifikationen, und er hatte keine Ahnung, was er nun mit sich anfangen sollte. Ein anderer Mann hätte sich deshalb wahrscheinlich Sorgen gemacht, aber Alex hatte viel von !Ka gelernt. «Es ist närrisch, in der Wüste Pläne schmieden zu wollen, denn die Wüste hat ein Herz, das anders schlägt als unseres. Die Wüste beherrscht uns immer.»

Um Alex' Zukunft stand es wie um die Wüste, und es lag ihm auch nichts daran, die Vorsehung zu beeinflussen. Er würde die Dinge einfach so nehmen, wie sie kamen, auch wenn er wusste, dass er im Augenblick ziellos dahintrieb. Doch wie !Ka zog er es vor, dem Schicksal freie Hand zu lassen.

Nur über zwei Dinge war er sich absolut im Klaren: Irgendwann in der Zukunft würde er eigenes Land besitzen, und zwar nicht in Shakawe, dessen war er inzwischen sicher. Aber er war überzeugt davon, dass er auf seiner eigenen Farm, mit eigenem Vieh und einem eigenen Zuhause Zufriedenheit finden würde. Und das wünschte er sich für sein Leben. Allerdings lag die Erfüllung dieser Träume noch in weiter Ferne, denn es fehlte das nötige Geld.

Marv nahm kein Blatt vor den Mund. «Du hast es gegen die Wände der Häuser gepinkelt.»

Alex konnte das nicht leugnen, aber er bereute es nicht. Jeder musste auf seine Weise mit dem Leben fertig werden und Alex war eben so über seinen Verlust hinweggekommen. Er fand sich damit ab.

Und noch etwas wusste er genau: Er hatte aufgehört, um Chrissy zu trauern. Eigentlich hatte er sein Leben mit ihr teilen wollen, doch es hatte nicht sein sollen, und inzwischen hatte er es überwunden. Bei ihrem Tod war ihm die Zukunft wie ein schwarzes Loch erschienen. Vielleicht hatte er sich deshalb so verhalten, denn ein Mann ohne Zukunft hatte auch keine Hoffnung mehr. Zumindest deutete Alex es rückblickend so. Nun aber war er geheilt. Vielleicht hatte er nicht nur sein Geld gegen Wände gepinkelt, sondern sich dabei auch von Schmerz, Schuldgefühlen und Verzweiflung befreit. Er vermisste Chrissy nicht mehr, auch wenn er sich noch gerne an sie erinnerte. Seine Zukunft war nicht düster und leer; er sah sie eher wie eine graue Fläche, ein unbeschriebenes Blatt, das darauf wartete, von ihm mit Worten gefüllt zu werden.

Doch das Schicksal – oder vielleicht !Kas Herz der Wüste, das einen anderen Takt schlug – hatte seine eigenen Pläne mit ihm.

Alex wohnte bei Paul in Gaborone. Die Hauptstadt wuchs so rasch, dass er Mühe hatte, das Ministerium für Regionalentwicklung und Landvergabe zu finden. Denn die Behörde hatte die überfüllten Büroräume in der Altstadt gegen ein vorübergehendes Quartier im neuen Einkaufszentrum eingetauscht, bis der geplante Regierungsbau fertig gestellt war. Alex wollte sich erkundigen, wie das Buschleute-Projekt vorankam. Und als er auf der Suche nach dem Büro durch das Einkaufszentrum schlenderte, sah er eine vertraute Gestalt auf sich zukommen.

«N!ou.»

Er hätte den kleinen Buschmann in der westlichen Kleidung kaum wieder erkannt. «*!ebili.*» Vor Freude grinste er übers ganze Gesicht. «Es ist viel zu lange her.»

Alex war froh, ihn zu sehen. «Woher hast du diese feinen Sachen?»

N!ou schien das nicht als Kompliment zu verstehen. «*Ntsa*», meinte er wegwerfend. «In meinen eigenen Kleidern bin ich unerwünscht.»

«Was willst du überhaupt hier? Wo sind die anderen?»

«Sie erwarten mich im Busch. Ich bin gekommen, um mit dem Mann zu sprechen, der dein Nachfolger geworden ist.» N!ou schüttelte den Kopf. «Er ist nicht wie du, *!ebili.* Er verlangt, dass wir ihn aufsuchen.»

«Er weiß doch sicher, dass du zu Fuß gehen musst.» Alex war entsetzt, dass ein derart rücksichtsloser Mensch sein Andenken-Projekt übernommen hatte.

N!ou zuckte die Achseln. «Natürlich weiß er es, aber es ist ihm egal. Ich muss zu ihm kommen, wenn der *bara* am heißesten und wenn der *!gum* am kältesten ist. Das fordert er von allen Ältesten. Anderenfalls gibt er uns keine Kuhhäute.»

«Das ist ja schrecklich. Wie heißt denn der Mann?»

Aber N!ou kannte den Namen nicht. «Es spielt keine Rolle, *!ebili.* Ich habe meinen Auftrag erledigt. Jetzt gehen wir wieder nach Hause.»

«Wo warten die anderen. Kann ich dich hinbringen?» Alex war Paul dankbar, weil dieser seinen Landrover aufbewahrt hatte. Die Karosserie war zwar zerkratzt und zerbeult, doch Marv hatte bei der Reparatur des Motors ganze Arbeit geleistet, sodass der Wagen auch weiter zuverlässig seinen Dienst tat.

Bei der Vorstellung, in einem Auto zu fahren, strahlte N!ou übers ganze Gesicht.

Der Clan lagerte an der Straße nach Molepolole. Sie hatten sich in einem tiefen, ausgetrockneten Flussbett versammelt und versteckten sich, als sie den Landrover hörten.

«Kommt raus und seht euch an, wer hier ist!», rief N!ou. Nacheinander tauchten einige Köpfe zwischen den Büschen auf. !Ka und Be waren nicht dabei.

Sie hatten am Flussufer ein vorübergehendes Lager aufgeschlagen. Alle wollten so rasch wie möglich in die Wüste zurück, denn obwohl das nächste Dorf etwa fünfzehn Kilometer entfernt war, graste in der Nähe Vieh. Und wo Vieh war, da waren auch Menschen. Die Bantu beschuldigten die San häufig des Viehdiebstahls, weshalb die Sippe lieber weiterziehen als einen Streit riskieren wollte. Allerdings reichte die Zeit selbstverständlich für ein ausführliches Gespräch mit *!ebili*.

Inzwischen war N!ou der Anführer. Er berichtete Alex, dass Be und !Ka schon vor vielen Jahreszeiten zurückgelassen worden waren. Mittlerweile waren sie sicher tot. Gefressen von wilden Tieren und mit Sand bedeckt waren sie wieder Teil der wilden Landschaft geworden. «Schade, dass ich sie nicht mehr besucht habe», meinte Alex leise. Ihr Tod kam für ihn nicht überraschend. Für San-Verhältnisse hatten sie ein langes Leben gehabt.

N!ou wühlte in seinem Reisesack aus Gämsenleder. «Sie wollten, dass du das hier bekommst», sagte er und reichte Alex einige Gegenstände.

Alex betrachtete sie: eine kunstvoll geschnitzte Pfeife, fleckig und mit Zahnabdrücken am Mundstück; eine Halskette aus den Schalen von Straußeneiern. Alex war sicher, dass er keines von beiden zuvor gesehen hatte. Er senkte den Kopf, drehte die Sachen in den Händen und musste die Tränen unterdrücken.

Alex wusste, dass er nie wieder ein so kostbares Geschenk erhalten würde. «Danke, dass du so gut auf die Sachen Acht gegeben hast, N!ou», stieß er heiser hervor. «Du hast dein Versprechen erfüllt.»

N!ou, der eigentlich nur froh war, zwei überflüssige Gegenstände aus seinem Beutel loszuwerden, nickte bloß.

Da Alex wusste, dass N!ou nie verstehen würde, welche Gefühle die Pfeife und die Halskette in ihm ausgelöst hatten, wechselte er das Thema und erkundigte sich nach den Pferden, denn er hatte in letzter Zeit häufig an Alptraum gedacht.

«Ein böser Geist geht um», entgegnete N!ou. «Er tut schlimme Dinge, wie wir sie noch nie erlebt haben.»

«Was für Dinge?»

«Er schleudert kleine Steine, die sehr schnell fliegen und Menschen und Tieren die Knochen zerschmettern.»

«Was ist passiert?»

«Die Pferde wurden alle von diesen Steinen getötet. Es waren viele.» Er hielt sechs Finger hoch. «Einige wurden hier getroffen.» Er berührte seinen Kopf. «Andere da.» Er tippte sich auf die Brust. «Wie können so kleine Steine solchen Schaden anrichten?»

Alex glaubte, die Antwort zu kennen. «Der Donnerstab», erwiderte er.

Dieser nickte. Er hatte den Donner schon einige Male gehört, und zwar immer, wenn weiße Männer in der Nähe waren. Die Sippe versteckte sich dann stets. Sie wussten zwar nicht, was es mit einem Gewehr auf sich hatte, doch sie ahnten, dass es gefährlich war und den Tod brachte.

«Schleudert der Donner die tödlichen Steine?», fragte N!ou Alex verwirrt.

«So ähnlich», entgegnete Alex. «In einem solchen Fall ist es das Beste wegzulaufen.»

«Ich glaube, *!ebili*, dass es ratsam für uns ist, vor allen weißen Männern wegzulaufen, wie wir es schon immer gemacht haben.»

«Aber nicht vor mir, N!ou.»

N!ou lächelte. «Ach, kleiner Käfer, du bist ja auch kein richtiger weißer Mann.»

Alex fühlte sich sehr geschmeichelt.

Die Sippe war unterwegs nach Kang, um Kuhhäute abzuholen. Sie berichteten Alex, dass das Projekt ihre Lage verbessert hatte. Brunnen waren gegraben worden, sodass sie nicht mehr ständig nach Wasser suchen mussten. In einer kleinen Buschklinik war einem ihrer Kinder das Leben gerettet worden. Doch obwohl sie von diesem Wunder sehr beeindruckt waren, betonte N!ou, dass sie ihren eigenen Heilmethoden mehr vertrauten und ihre Traditionen nicht aufgeben würden, um sich von der Magie des weißen Mannes helfen zu lassen. Sie zogen immer noch umher und waren Jäger und Sammler. Alex war erleichtert. Er wusste zwar, dass die San sich würden ändern müssen, aber es machte ihn traurig, dass ihre Art zu leben aussterben würde, wenn sie sich der modernen Welt anpassten.

Als Alex mit N!ou und den anderen zusammensaß, wurde ihm plötzlich klar, was aus seiner Zukunft werden sollte. Die Ungewissheit und Ziellosigkeit waren auf einmal wie weggeblasen, und er erkannte genau, was er wollte. Alex beschloss, sein Leben wieder selbst in die Hand zu nehmen, und diesmal würde er sich von nichts aufhalten lassen.

«Erinnerst du dich noch an den Stein, den ich bei mir hatte, als ihr mich als kleines Kind aufgelesen habt?»

N!ou nickte.

«Wir haben oft am Feuer über diese Steine gesprochen. Du hast gehört, wie ich sagte, dass ich mehr davon haben will.»

Wieder nickte N!ou.

«Wo kann ich solche Steine finden?»

Wie !Ka verstand auch N!ou nicht, warum diese glitzernden Steine für Alex so eine Bedeutung hatten. Reichtum spielte keine Rolle für ihn, und er begriff nicht, wie wichtig Wohlstand für Botswana war. Schließlich nahm er kaum wahr, dass Botswana eine Nation war, in der er lebte. N!ous Welt war die Kalahari, und er besuchte die Städte nur, wenn es die Behörden von ihm verlangten. Noch nie hatte er ferngesehen oder Radio gehört, und er hielt die schlanken, silbrigen Vögel, die im Himmel schwebten, für Götter, die einander Botschaften übermittelten. Die funkelnden Steine konnte man weder essen noch anziehen oder als Werkzeug benutzen, weshalb sie für ihn keinen Zweck erfüllten.

«!Ka hat es dir doch erklärt», druckste N!ou herum.

«Mein Vater hat mich wirklich zu einigen dieser Steine geführt. Aber er hat nicht damit gerechnet, dass ich sie finde.» Seit einiger Zeit vermutete Alex, dass !Ka ihm absichtlich in die Irre geführt hatte.

N!ou überlegte lange. Alex wartete geduldig ab. «!Ka war wie dein Vater», sagte N!ou schließlich. «Als er dir das Leben rettete, entstand zwischen euch eine Verbindung. So ist es bei uns üblich. Es war seine Pflicht, dich vor Schaden zu bewahren. Das war der Wille des Großen Gottes, als er dafür sorgte, dass du und !Ka euch begegnet seid.»

«Ja», erwiderte Alex ernst. «Ich weiß, dass !Ka nie begriffen hat, warum ich nach den Steinen suchte. Auch als ich es ihm erklärte, machte er sich Sorgen, dass mir etwas Schreckliches zustoßen könnte. Deshalb hat er mir verheimlicht, wo die Steine sind.»

«Er hatte seine Gründe. Und ich glaube, du kennst sie, *!ebili*. Vergiss nie, dass er dich von ganzem Herzen geliebt hat.» Wieder dachte N!ou nach und traf eine Entscheidung. «Geh zu der Stelle, wo wir im ersten *bara*, den du bei uns verbracht hast, unser Lager aufgeschlagen hatten. Dann suche die drei hohen Bäume, unter denen wir immer unsere Straußeneier im Sand vergraben. Wende dein Gesicht der aufgehenden Sonne entgegen und setzte deinen Weg fort, bis die Sonne über dir steht und dein Schatten rings um dich zu Boden fällt. Dort wirst du die Steine finden.»

Fest entschlossen kehrte Alex nach Gaborone zurück. «Sechs Monate», sagte er sich. «Die Diamanten sind da, ich spüre es genau.»

Seit 1955 suchte der südafrikanische Bergbaukonzern De Beers in Bechuanaland schon nach Diamanten. Die Firma arbeitete unter strapaziösen klimatischen Bedingungen, und ihre Angestellten hatten oft unter Hunger zu leiden, denn das Gebiet eignete sich besser für Pferde und Esel als für Transportfahrzeuge. Doch das Management von De Beers glaubte – wie damals Cecil Rhodes – fest daran, dass es im Inneren der Kalahari reiche Vorkommen an Bodenschätzen gab, insbesondere Kupfer und Diamanten.

Zwölf Jahre später meldete die Firma De Beers den Fund einer viel versprechenden Diamantenader in Orapa. Das Unternehmen war bereits auf weitere Adern gestoßen, die, obwohl weniger ertragreich, weitere Abbaumaßnahmen zu lohnen schienen.

Alex wusste all das. Außerdem hatte er erfahren, dass die Arbeiten in Orapa bereits begonnen hatten. De Beers war nicht nur am Fundort der zweitgrößten Diamantenader der Welt aktiv, sondern grub auch in anderen Landesteilen, beispielsweise in der Umgebung von

Jwaneng. Also war es vielleicht Alex' letzte Chance, Diamanten in der Kalahari zu finden.

Am Abend sprach er mit Paul darüber.

«Wenn du möchtest, kann ich für dich einen Termin vereinbaren. Ich kenne einen der zuständigen Leute bei De Beers und spiele Tennis mit ihm. Auf den ersten Blick wirkt er vielleicht wie ein aufgeblasener kleiner Angeber, doch er kennt sich aus im Geschäft.»

«Vermutlich brauche ich wieder eine Genehmigung», brummte Alex bedrückt. «Verdammte Bürokratie.»

Paul lachte. «Was erwartest du? Botswana verändert sich. Die alten Tage, als man noch überall sein Zelt aufschlagen und sich selbst bedienen konnte, sind endgültig vorbei. Dasselbe gilt für die Ära der Goldgräber. Inzwischen muss das Amt für geologische Untersuchungen jede Ausgrabung von Bodenschätzen genehmigen. Außerdem brauchst du eine Lizenz. Möglicherweise kann De Beers dir dabei helfen.»

«Schon gut», knurrte Alex. «Also arrangiere ein Treffen für mich.»

«Einen Termin, alter Junge. Ein Treffen ist eine Begegnung zwischen zwei Gleichgestellten. Du wirst kleine Brötchen backen müssen.»

Wie meistens am Abend saßen sie am Pool und ließen die Füße ins Wasser baumeln. Alex war gern mit seinem Bruder zusammen, denn sie hatten eine Menge Gemeinsamkeiten. «Ich wollte dich schon länger was fragen», sagte Alex. «Wer hat denn eigentlich das Buschleute-Projekt übernommen? Wie ich höre, klappt es wunderbar.»

«Es hat geklappt», entgegnete Paul finster. «Bis vor drei Monaten. Bist du sicher, dass du wissen willst, wer es jetzt leitet?»

Etwas in Pauls Tonfall ließ Alex aufmerken.

«Dein alter Kumpel Kel. Anfangs hat Timon Setgoma sich selbst darum gekümmert, doch er hat so viele Aufgaben und es deshalb zeitlich nicht mehr geschafft. Also hat Kel seine Beziehungen spielen lassen und den Posten ergattert. Ich habe es dir bis jetzt verschwiegen, weil du ohnehin nichts dagegen tun kannst. Timon und Kel sind die dicksten Freunde.»

«Warum hat Kel sich um diese Stelle beworben? Die San interessieren ihn doch gar nicht. Weshalb ...»

«Die Antwort kennst du sicher selbst», erwiderte Paul leise. «Er möchte, dass das Projekt stirbt.»

«Mein Gott!», stieß Alex angewidert hervor. «Wie lange will er sich denn noch an mir rächen?»

«Er gibt dir die Schuld daran, dass sein Gesicht entstellt ist.»

«Ich weiß. Aber ich kann wirklich nichts dafür. Das hat Kel sich ganz allein selbst zuzuschreiben.»

«Richtig. Man möchte meinen, dass er etwas daraus gelernt hat, aber wie ich höre, ist er immer wieder in Prügeleien verwickelt. Er ist ziemlich unbeliebt, niemand mag ihn. Außerdem ist er ein rachsüchtiger kleiner Mistkerl und schiebt alles, was schief geht, auf sein Gesicht. Er macht es dir sogar zum Vorwurf, dass er durch die Suche nach Diamanten seine Familie fast in den Bankrott getrieben hatt Seiner Ansicht nach hast du ihm absichtlich falsche Informationen gegeben.»

Alex wurde klar, dass Kel nicht lockerlassen würde. «Der Kerl gibt keine Ruhe, bis er mich ruiniert hat.» Er überlegte. «Aber das Projekt wird er nicht kaputtmachen. Ich muss ihn aus dem Weg räumen, bevor er ernsthaften Schaden anrichten kann.» Er sah Paul an. «Ich muss Diamanten finden, denn ich brauche Geld, um ihn aus dem Projekt zu drängen. Timon ist ein vernünftiger Mann. Sicher wird er Kel bald durchschauen.»

«Eigentlich hast du Recht, doch zurzeit klammert Kel sich an ihn wie eine Klette. Timon ist einer der wenigen Freunde, die Kel hat. Und ich habe den Verdacht, dass Kel sich diese Freundschaft erkauft. Denn freiwillig gibt sich bestimmt niemand mit ihm ab.»

«Der Arme.» Alex hatte fast ein wenig Mitleid mit ihm. «Was für ein Hundeleben.»

«Spar dir dein Mitgefühl für jemanden auf, der es verdient», meinte Paul. «Auch wenn er aussehen würde wie Robert Redford, könnten ihn die Leute nicht besser leiden als jetzt. Die Frauen machen einen Riesenbogen um ihn. Im letzten Jahr wurde getuschelt, er habe ein Mädchen vergewaltigt. Seine Familie hat ihn freigekauft, doch das Gerücht war nicht totzukriegen, und schließlich sind das Mädchen und ihre Eltern aus Botswana weggezogen. Der Typ hat eindeutig eine Schraube locker.»

«Das war schon immer so», dachte Alex. «Kels Probleme haben nichts mit seinem Gesicht zu tun.» Kel machte ihm Angst. Er fürchtete nicht um seine eigene Sicherheit, denn Kel war zu feige, um sich einer Auseinandersetzung zu stellen. Aber er war von dem Wunsch besessen, Alex zu wehzutun, und schreckte offenbar nicht davor zurück, sich an seinen Freunden schadlos zu halten. Das Buschleute-Projekt einschlafen zu lassen, war die Tat eines böswilligen Menschen. Alex musste einen Weg finden, ihn zu stoppen.

Da Alex am nächsten Tag nicht viel zu tun hatte, ging er in die Altstadt, wo es genauso aussah wie früher – nur mit dem Unterschied, dass das Haus des Bezirkskommissars abgerissen und durch hässliche Wohnblocks ersetzt worden war. Auch das Haus, in dem er mit Chrissy gewohnt hatte, hatte sich nicht verändert. Die beiden Jacarandabäume, die sie im Garten neben dem Tor gepflanzt hatte, waren allerdings so gewachsen, dass sie nun einen Bogen bildeten. «Chrissy hätte das gut gefallen», dachte er ohne Wehmut.

Alex aß im Notwane-Club zu Mittag. Und dort begegnete er ihr. Madison.

«Wann bist du denn zurückgekommen?» Er war überglücklich, sie zu sehen.

Sie hatte gerade Tennis gespielt und das kurze, weiße Kleid konnte ihre ausgezeichnete Figur nicht verbergen. «Ein paar Monate nach dir. Ich hatte einfach zu viel Heimweh nach Afrika.»

«Und was hast du so getrieben?»

«Ich habe meiner Mutter geholfen. Schließlich musste sie die Farm allein leiten.»

«Willst du wieder nach Ghanzi?»

Sie schüttelte den Kopf, dass ihr seidiges schwarzes Haar hin und her schwang. «Die Farm ist verkauft. Meine Mutter zieht nach Gaborone. Ich fange nächsten

Monat wieder bei der Naturschutzbehörde an. Und was ist mit dir?»

Er erzählte ihr von seinem Plan. «Ich will meine eigene Farm besitzen. Und ein anderer Weg, das Geld dafür aufzutreiben, fällt mir nicht ein.»

«Diamanten», meinte sie. «Bist du sicher, dass du welche findest?»

Er nickte. «Diesmal schon. Marv und ich sind damals auf ein paar gestoßen, aber wir haben an der falschen Stelle gesucht. Sie sind da, Madison, das fühle ich.»

Sie grinste. «Vom Goldrausch habe ich ja schon gehört. Offenbar haben Diamanten eine ähnliche Wirkung.»

«Die San haben mir früher schon erklärt, wo ich suchen soll, aber ich glaube, !Ka wollte nicht, dass ich Erfolg habe. Er hat befürchtet, ich könnte ruhelos werden.» Sie sah ihn verständnislos an. «Ruhelose Menschen zerstören sich selbst», ergänzte er deshalb. «Wenigstens war !Ka dieser Ansicht.»

«Und warum hat er es sich anders überlegt?»

«Er ist gestorben», erwiderte Alex so schlicht, wie !Ka es vermutlich getan hätte. «Ein anderer Mann hat mir die Stelle beschrieben. Wahrscheinlich teilt er !Kas Meinung, aber er liebt mich nicht so wie er.»

Mitleidig berührte sie seinen Arm. «Es tut mir Leid.»

Er lächelte sie an. «Mir auch», räumte er ein. «Aber !Ka hätte nicht gewollt, dass ich trauere. Er hat mich so viel gelehrt und ich habe ihn geliebt und geachtet.» Wieder huschte ein Lächeln über sein Gesicht. «Ich versuche, mich wie die San mit dem Tod abzufinden.»

«Und wie tun die San das?»

«Der Tod ist unvermeidlich und keine Überraschung. Welchen Sinn macht es, um einen Verstorbenen zu trauern, wenn dieser Mensch ein erfülltes Leben hinter sich hatte? Ist es stattdessen nicht besser, ihm eine glückliche Reise in die Welt der Geister zu wünschen?»

Als sie ihm in die Augen blickte, sah sie dort nur Ruhe und Frieden. «Offenbar hast du dir diese Einstellung schon zu Eigen gemacht», sagte sie.

«Ich gebe mir Mühe.»

«Wann fährst du in die Wüste?»

«In ein paar Tagen. Ich muss mit jemanden bei De Beers sprechen, denn ich brauche eine Lizenz, um nach Diamanten zu graben.»

«Alex?»

Er las die Frage in ihrem Gesicht. «Nein.»

Ihr Blick wurde ärgerlich. «Was meinst du mit ‹Nein›?»

«Dass du nicht mitkommen kannst.»

«Warum nicht?»

Alex erkannte, dass sie nicht so rasch lockerlassen würde. «Ich habe kaum Geld. Es gibt dort nicht den geringsten Komfort. Es ist Sommer. Frauen haben in der Wüste nichts verloren.» *Mist, das hätte ich nicht sagen sollen.*

«Frauen gehören in die Küche», höhnte sie. «Von dir hätte ich solche Sprüche nicht erwartet.»

Beschwichtigend hob er die Hände. «Entschuldige, Madison. Aber die Wüste ist im Sommer die Hölle. Die Arbeit ist schwer. Außerdem …» Er grinste sie an.

«… kann ich mir nicht vorstellen, dass du Schlangen essen würdest.»

«Ich liebe Schlangen. In Rotwein mariniert und am Spieß gebraten schmecken sie köstlich.»

Alex musste lachen. «Es kommt nicht in Frage, dass du mich begleitest, und damit basta», meinte er dann.

Am nächsten Morgen suchte Alex Pauls Bekannten bei De Beers auf. «Sei bescheiden», riet ihm Paul. «Tim ist in Ordnung, aber er muss das Gefühl haben, dass er der Boss ist.»

«Der kann mich mal kreuzweise», knurrte Alex. Es ärgerte ihn, dass er vor dem Mann zu Kreuze kriechen sollte. Aber es gelang ihm, so viel Bescheidenheit vorzuspiegeln, dass der Mann ihm ein Angebot machte.

«Wir wären bereit, eine Erkundung zu finanzieren», teilte Tim Boland ihm mit. «Allerdings nicht südlich von Jwaneng. Wenn Sie darauf bestehen, dort zu graben, müssen Sie auf unsere Unterstützung verzichten.»

Alex fand Boland auf Anhieb unsympathisch. Er hatte akkurat gekämmtes Haar, trug ein makellos sauberes Hemd mit breiten blauweißen Streifen und einem übertrieben langen weißen Kragen und eine graue Hose mit messerscharfen Bügelfalten – vom Scheitel bis zur Sohle ein machtgewohnter, selbstgefälliger Bürokrat, also genau das, was Alex am neuen Botswana nicht gefiel.

«Ihre Leute suchen an der falschen Stelle. Die Diamanten sind weiter im Süden.»

«Was macht Sie da so sicher?» Braune Augen musterten Alex' ausgeblichenes Khakihemd und seine Hose.

Dann spielte ein arrogantes Lächeln um Bolands Lippen.

Alex wusste, dass er albern klang. «Die San haben es mir gesagt.»

Mit einem Achselzucken tat der Boland das Wissen der Buschleute ab. «Unsere Geologen sind zu einem anderen Ergebnis gekommen.»

«Dann irren sie sich.» Diese Arroganz machte Alex wütend. !Kas Lebenserfahrung war mehr wert als die Erkenntnisse von tausend Geologen. Doch dann musste er über seine eigene Überheblichkeit schmunzeln. «Nun, jedenfalls glaube ich, dass sie sich irren», ergänzte er. *Sei bescheiden.*

«Wie Sie wollen.» Papiere wurden hin und her geschoben. «Wenn Sie darauf beharren, im Süden von Jwaneng zu suchen, kann ich Ihnen wahrscheinlich Ausrüstung und eine Lizenz besorgen. Mehr nicht.»

Als Alex sich bei ihm bedanken wollte, schüttelte Boland nur den Kopf. «Das können Sie sich sparen. Viel habe ich ja nicht für Sie getan.»

«Warum helfen Sie mir eigentlich?» Verglichen mit den qualifizierten Mitarbeitern, die Boland zur Verfügung standen, war Alex nichts weiter als ein blutiger Anfänger.

«Warum?» Manikürte Fingernägel klopften auf die Glasplatte des Schreibtisches, und plötzlich huschte ein aufrichtiges Lächeln über sein Gesicht, das ihn jungenhaft wirken ließ. «Ich verrate Ihnen den Grund. Sie wissen überhaupt nichts über Diamanten, über Feldspatadern und Ausgrabungen. Wahrscheinlich haben Sie noch nie von Sedimentgestein oder der genauen chemischen Zusammensetzung von Diamanten gehört.» Er holte Luft und fuhr fort. «Kurz gesagt, Sie sind wundervoll unwissend, traumhaft unqualifiziert, unbeirrbar, unerfahren und außerdem stur wie ein Maulesel – also wahrscheinlich genau der Glückspilz, der Diamanten finden wird.» Tim Boland lachte auf. «Lassen Sie sich von mir nicht entmutigen. Ich bin schon so lange im Geschäft und habe gesehen, wie fähige Männer ihr Leben lang vergeblich geschuftet haben. Und dann kommt ein Grünschnabel wie Sie und stolpert über einen zweiten Kohinoor. Sie kriegen von mir so viel Ausrüstung, wie ich entbehren kann. Wenn Sie sich unbedingt da draußen umbringen wollen, sollen Sie wenigstens bequem sterben.»

Er stand auf. Das Gespräch war vorbei. «Noch etwas», meinte er, als er Alex zur Tür begleitete. «Falls Sie wirklich auf etwas stoßen, glauben Sie bloß nicht, dass Sie uns das verheimlichen können. Wir werden es erfahren, und dann schnappen wir Sie uns und machen Sie fertig, dass Ihnen Hören und Sehen vergeht. Alles, was Sie finden, gehört De Beers und der Regierung von Botswana. Vergessen Sie das nie. Sie finden die Diamanten, und wir bezahlen Sie gut dafür. So lautet die Abmachung.»

«Es lag nie in meiner Absicht, etwas zu unterschlagen, um mich zu bereichern. Ich brauche nur genug Geld, um eine Farm zu kaufen. Dann sind Sie mich los.»

«Hoffentlich haben Sie Erfolg, junger Mann. Ich habe von Ihnen gehört, offenbar sind Sie sehr hartnäckig.» Boland schenkte ihm noch ein aufrichtiges Lächeln. «Außerdem brennen Sie sicher darauf, zu beweisen, dass Sie Recht haben und dass die Profis sich irren.»

Alex lachte. «Wahrscheinlich. Ich glaube den Buschleuten und halte sie für klüger als Sie.»

«Ich auch, junger Mann», entgegnete Tim Boland leise. «Aber lassen Sie das bloß nicht die anderen hören.»

Auf einmal mochte Alex den Mann. Und er gefiel ihm sogar noch besser, als er zwei Tage später die Lizenz und die Ausrüstung holen ging. Tim Boland hatte Wort gehalten. De Beers stellte ihm die wichtigsten Werkzeuge und ein vollständig ausgestattetes Zeltlager zur Verfügung. Nun besaß Alex drei große Zelte, zwei Waschkabinen, Tische, Stühle, einen kerosinbetriebenen Kühlschrank, Feldbetten, Gaslaternen, Töpfe und Plastikgeschirr. «!Ka würde mich enterben», dachte Alex. Es war der pure Luxus.

Zusätzlich zur Campingausrüstung bekam er von Boland Äxte, Schaufeln, Siebe, Räucherspiralen gegen Moskitos, Gasflaschen und Wasserkanister. Außerdem mehr als zweihundert professionelle Probenbeutel, beschriftet und gebrauchsfertig – verglichen mit den Rupfensäcken, mit denen er und Marv sich abgeschleppt hatten, ein gewaltiger Fortschritt.

Nachdem Alex alles im Landrover verstaut hatte, reichte der Platz kaum noch, um sich hinter das Steuer zu quetschen. Paul, der ihm beim Aufladen geholfen hatte, stand da und sah ihn an. «Du hast etwas Wichtiges vergessen», meinte er spöttisch.

«Was denn?» Alex schubste das letzte Zelt auf den Rücksitz und schlug die Tür zu.

«Essen.»

«Ich brauche kein Essen.» Alex blickte auf die Uhr. Zu der Stelle, die N!ou ihm genannt hatte, waren es etwa sechs Stunden Fahrt.

«Dann bist du offenbar ein Übermensch», witzelte Paul.

Da hielt ein Auto vor dem Tor. Sie hörten eine Tür zuknallen und dann leichte Schritte. «Sieht aus, als hättest du Platzprobleme.» Grinsend lehnte sich Madison über den Zaun.

Sie war für den Busch gekleidet: Shorts und Hemd aus Khakistoff, ein Tropenhelm und feste Stiefel. Und auf ihrem Gesicht lag ein Ausdruck, der Alex gar nicht gefiel. «Ich habe dir doch schon gesagt, dass du nicht mitkommen kannst, Madison.»

«Wie willst du mich daran hindern?»

Er kam näher. «Du wärst mir nur im Weg.»

«Danke für dein Vertrauen.»

Als Paul sich räusperte, erinnerte Alex sich an seine gute Erziehung und stellte die beiden einander vor. «Entschuldige uns einen Moment, Madison. Wir sind gleich zurück.» Paul zog Alex ins Haus.

«Spinnst du?», fragte er, als sie außer Hörweite waren. «Diese Frau ist umwerfend.»

«Aber sie ist eine Frau.»

«Ach, dass dir das auch schon aufgefallen ist!»

Alex grinste. «Was ich meine, du Idiot, ist, dass sie in der Kalahari nichts zu suchen hat.»

«Auf mich macht sie einen ziemlich entschlossenen Eindruck.»

«Stimmt», erwiderte Alex besorgt. «Das ist typisch Madison.»

«Willst du wissen, was ich davon halte?»

«Nein.»

Aber Paul erzählte es ihm trotzdem. «Wenn du sie zurücklässt, Bruderherz, obwohl sie doch unbedingt mitwill, kommt ein Mann im weißen Kittel und transportiert dich ab.»

Alex seufzte auf. «Sie wird mir nur im Weg herumstehen.»

Paul schmunzelte. «Na und? Eine angenehmere Störung kann ich mir nicht vorstellen.»

Madison steckte den Kopf zur Tür hinein. «Darf ich nun mit oder nicht?»

«Meinetwegen», zischte Alex unfreundlich. «Wenn es unbedingt sein muss. Aber sag hinterher nicht, ich hätte dich nicht gewarnt.»

Paul murmelte, dass Alex nicht nur ein Idiot sei, sondern auch Tomaten auf den Augen habe, doch sein Bruder achtete nicht auf ihn.

Alex hatte fest vor, Madison so lange zu schinden, bis sie genug hatte und ihn in Ruhe ließ. Er war fest davon überzeugt, dass ihre Körperkräfte für diese harte Arbeit nicht ausreichten. Aber sie weigerte sich starrsinnig, das Handtuch zu werfen, und schuftete neben ihm in Hitze und Sand.

«Gib es ruhig zu, Madison. Du bist am Ende.» Sie lag

bäuchlings im nicht sehr ergiebigen Schatten eines Dornenbaums.

Sie hob den Kopf. Der Schweiß hatte ein abstraktes Muster in die Schmutzschicht auf ihrem Gesicht gezeichnet. Das mitgebrachte Wasser war ausschließlich zum Trinken gedacht. «Nein.»

«Warum tust du dir das an?» Alex lehnte mit dem Rücken am Baum. Er war so erschöpft wie noch nie in seinem Leben. Seit fünf Tagen gruben sie nun schon und siebten die Erde durch.

Sie zwang sich zu einem Lächeln. «Aus Spaß», krächzte sie. Ihm wurde klar, dass sie nicht nur müde, sondern halb verdurstet war. Also rappelte er sich auf, um ihr Wasser zu holen. «Setz dich auf.» Er ließ sich hinter ihr nieder, sodass sie sich an ihn lehnen und aus dem Becher trinken konnte. Ihr Haar kitzelte ihn an der Nase. «Besser?», fragte er.

«Danke.» Da sie nicht wegrutschte, schlang er die Arme um sie und stützte das Kinn auf ihren Scheitel.

«Weißt du, dass du verrückt bist?»

Endlich rückte sie von ihm ab und sah ihn an. «Es ist zu heiß, um so dazusitzen.»

«Und gibst du jetzt endlich auf?»

«Warum sollte ich das?»

«Weil du Madison Carter bist.»

«Was meinst du damit?»

«Werd aber nicht böse auf mich.»

«Versprochen.» Allerdings wusste Alex inzwischen, dass sie ärgerlich war, wenn sie die Worte so barsch hervorstieß.

«Nun, Madison, du bist deine ganze Kindheit lang in Watte gepackt worden und in einem Haus mit Klimaanlage aufgewachsen. Du brauchtest keinen Finger zu krümmen, wenn du nicht wolltest. Und weil du es nie nötig hattest, bist du einfach nicht abgehärtet genug. Du wirst dich umbringen und bist zu stur, um das einzusehen.»

Sie erhob sich, baute sich, die Hände in die Hüften gestemmt, vor ihm auf und sah ihn finster an. «Beweg deinen faulen Hintern, Alex Theron. Wir haben noch eine Menge zu tun.» Mit diesen Worten marschierte sie zu der Stelle, wo sie Sandproben genommen hatten.

Alex folgte ihr kopfschüttelnd. Offenbar war sie wirklich übergeschnappt. Doch er widmete sich seiner Arbeit und sagte nur: «Die Katzen sind wieder da.»

Sie blickte nicht einmal zu der Stelle hinüber, wo die Löwen lagen. Sie kamen jeden Nachmittag, ein Männchen und drei Weibchen, und suchten unter den Autos Schutz vor der Hitze. Von dort aus beobachteten sie Alex und Madison träge, näherten sich jedoch nie und starrten sie einfach nur an. Sie waren wie zu groß geratene Hauskatzen und ebenso anmutig und gleichgültig.

«Tut mir Leid», meinte er. Er wusste, sie würde ihm so lange die kalte Schulter zeigen, bis er sich bei ihr entschuldigte.

«Du ...», stieß sie mit zusammengebissenen Zähnen hervor, «... musst noch viel über Frauen lernen.» Sie reichte ihm einen Probenbeutel.

«Ach ja?», erwiderte er gereizt. «Und du willst es mir wahrscheinlich beibringen.»

Sie schleuderte den Beutel weg, dass der Sand, den er gerade einfüllen wollte, zu Boden rieselte. «Verdammt, Madison, sei nicht kindisch.»

«Verpiss dich!», zischte sie, machte auf dem Absatz kehrt und stolzierte zu ihrem Zelt. Das große Löwenmännchen mit der schwarzen Mähne knurrte warnend, als sie an ihm vorbeikam. «Und du kannst dich auch verpissen», fauchte sie. Sie ließ die Zeltklappe so schwungvoll zufallen, als hätte sie eine Tür zugeknallt.

Alex starrte auf den verschütteten Sand. Etwas funkelte ihm entgegen. Er bückte sich, hob den Gegenstand auf und hielt ihn ans Licht. Es war ein kleiner, abgewetzter Granat. Alex begann, den Sand zu durchwühlen. «Mein Gott!», rief er aus. «Madison, komm und schau dir das an!»

Sie steckten ein Terrain ab, arbeiteten weiter und entdeckten in sämtlichen Proben Hinweise auf Diamantenvorkommen.

«Wir müssen Probelöcher graben», sagte Alex, nachdem er in fünf aufeinander folgenden Proben je fünfzehnhundert Granatsplitter gefunden hatte.

«Wie tief?» Madison wischte sich den Schweiß von der Stirn.

«Bis wir auf Kies stoßen.» Alex verzog das Gesicht. «Es wird nicht leicht werden, aber dort unten sind die Diamanten.»

«Das sind ja über zehn Meter.»

«Wir müssen es versuchen.»

Sie stöhnte auf.

«Niemand zwingt dich hier zu bleiben.»

«Hörst du jetzt endlich damit auf!», schrie sie. «Ist dir überhaupt klar, wie sehr es mich kränkt, dass du mich ständig loswerden willst?»

«Und ist dir klar, dass ich hier mit ansehen muss, wie du dich jeden Tag aus reinem Stolz kaputtschuftest?», brüllte Alex. «Verdammt, Madison, ich will dich nicht loswerden. Ich mache mir Sorgen um dich. Wenn wir etwas finden, kriegst du die Hälfte. Du hast sie dir wirklich verdient.»

«Denkst du etwa, dass ich nur des Geldes wegen mitmache?», zische sie. «Willst du mir das unterstellen?»

«Warum sonst solltest du dich jeden Tag hier abplagen? Ich jedenfalls machte es nur deswegen.»

Ihre Augen funkelten zornig. «Nächste Woche muss ich meine Stelle antreten. Ich verlasse dich also am Wochenende. Ich verzichte auf meinen Anteil. Behalt doch dein blödes Geld, wenn dich sonst nichts interessiert.»

«Das ist nicht fair. Hör zu, es tut mir Leid. Ich sehe doch, wie erschöpft du bist.» Wütend sah sie durch ihn hindurch. «Ach, zum Teufel damit. Tu doch, was du willst. Ich kann dich sowieso nicht daran hindern.»

Er wusste, dass die dauernden Streitereien ihren Grund in der vergeblichen Suche nach Diamanten und den ausgesprochen spartanischen Lebensbedingungen hatten. Dennoch gingen ihm ihre Auseinandersetzungen wirklich auf die Nerven, und er freute sich schon auf den Samstag, wenn sie nach Gaborone zurückkehren würde.

Allerdings stritten sie nicht ständig. Wenn sie in der

Nachtkühle die Sterne beobachteten, war es anders. Alex stellte fest, dass Madison zu den seltenen Menschen gehörte, die Schweigen ertragen konnten. Sie war in Gedanken versunken und ließ ihn in Ruhe. Und sie erkundigte sich nie, was gerade in ihm vorging. Alex gefiel das.

«Die Gedanken eines Mannes sind einzig und allein sein Eigentum. Ihn danach zu fragen, ist sehr unhöflich. Vielleicht möchte er es nicht erzählen und wäre dann gezwungen zu lügen. Und wenn er lügen muss, fühlt er sich nicht wohl. Gute Freunde sollten einander nicht in diese Lage bringen.» Hier draußen unter den Sternen fielen Alex !Kas Worte wieder ein. Häufig sprach er mit Madison über diese Erinnerungen, und sie hörte ihm aufmerksam zu, während in der Wüste Stille herrschte.

Zwei Tage vor ihrem Aufbruch fanden sie Diamanten. Sie saßen einander gegenüber und siebten Sandproben durch. Um sich von der Hitze abzulenken, fing Alex ein Gespräch an. «Warum hast du dich mit deinem Vater zerstritten?», fragte er.

Sie schüttelte ihr Sieb. «Das willst du doch gar nicht wissen.»

Alex betrachtete ihren über das Sieb gebeugten Kopf. Sie hatte sich eines seiner Taschentücher umgebunden, um sich das Haar aus dem Gesicht zu halten, und sah aus wie eine Zigeunerin. «Doch, es interessiert mich wirklich.» Er stellte fest, dass das stimmte. Obwohl er sie inzwischen gut kennen gelernt hatte, hatte er den Eindruck, dass sie ihm etwas verschwieg.

Vorsichtig stellte sie das Sieb weg. Als sie ihn ansah, bemerkte er Angst in ihren Augen. «Was ist, Madison?», meinte er leise.

«Es hat nur etwas mit ihm und mir zu tun.» Sie strich mit dem Finger über den Sand im Sieb, holte tief Luft und erwiderte dann: «Ach, zum Teufel damit. Warum sollst du es nicht hören?»

«Du brauchst es mir nicht zu erzählen, wenn du nicht willst.»

Forschend blickte sie ihn an. «Ich wollte es dir schon einmal sagen, an dem Tag, als du mir eröffnet hast, dass du Chrissy heiraten wirst.»

Er erinnerte sich. «Damals warst du schrecklich aufgebracht. Ich bin nicht dahinter gekommen, woran es lag, aber ich hatte das Gefühl, dass ich dich irgendwie gekränkt habe.»

Sie grinste ihn schief an. «Vermutlich hatte ich mir das selbst zuzuschreiben. Schließlich habe ich mich ziemlich übel benommen, in der Nacht, als wir ... na, du weißt schon.»

«Als wir uns geliebt haben?» Er betrachtete sie ernst. «Danach warst du wirklich gemein zu mir.» Er zögerte. «Sicher habe ich dir wehgetan. Verrat es mir Madison. Was habe ich angestellt?»

Sie musterte ihn immer noch. Auf ihn wirkte es Hilfe suchend, doch er verstand den Grund nicht. «Ich würde dich nie bewusst kränken», meinte er deshalb. «Unsere gemeinsame Nacht damals war wunderschön. Du hast mich schon immer angezogen, aber offenbar habe ich es jedes Mal fertig gebracht, dich wütend zu machen. Als wir uns gestritten haben, nachdem wir uns so … so … nah gewesen waren, glaubte ich, ich könnte dich nie zufrieden stellen.»

Sie knabberte an einem abgebrochenen Fingernagel. «Ich war eine verwöhnte Göre», sagte sie, nachdem sie ein Stück Nagel in den Sand gespuckt hatte.

«Stimmt.» Er lächelte, um seiner Bemerkung die Schärfe zu nehmen.

Finster sah sie ihn an. «Ich war Daddys kleine Prinzessin.»

«Fällt es dir schwer, mir das zu gestehen?», fragte er in scherzhaftem Ton.

Sie holte nach ihm aus, traf aber daneben. «Wenn du nicht gleich das Maul hältst, schlage ich dir den Schädel ein.»

«Es tut mir Leid.»

«Tut es nicht.»

«Gut, dann tut es mir eben nicht Leid.»

«Bleib bei der Wahrheit, Theron.» Ungeduldig wischte sie sich den Schweiß von der Stirn. «Ich habe mir schon gedacht, dass es schwierig werden wird.»

«Du hast mir gerade geraten, ich soll bei der Wahrheit bleiben. Warum versuchst du es nicht mal selbst?»

«Weil ich mir nicht sicher bin, wie du darauf reagieren wirst.»

«Ich bin ein großer Junge, nicht gewalttätig und eigentlich sehr nett. Also raus mit der Sprache.»

Sie betrachtete ihn ernst. «Mein Vater fand, dass kein Mann jemals gut genug für mich sein könnte.»

«Und du hast ihm das abgenommen?»

«Bis zu jenem Abend.»

«Warum hast du deine Meinung geändert? Weshalb ausgerechnet ich?» Diese Frage hatte Alex sich schon häufig gestellt.

«Als er zugab, was er dir angetan hatte, stand meine ganze Welt Kopf. Ich hatte ihn vergöttert. Natürlich wusste ich, dass er auch Fehler hatte, aber was er mit dir gemacht hat, das war das Verhalten eines Fremden.»

Schweigend wartete Alex ab.

«Ich konnte dich immer noch nicht leiden, dafür hat Daddy schon gesorgt. Bis zu unserem Gespräch in jener Nacht war mir gar nicht klar, wie er mich beeinflusst hat. Als du von den Buschleuten erzähltest, erkannte ich, dass mein Vater sich in dir geirrt hatte.»

«Du bist eben erwachsen geworden.»

«In vielerlei Hinsicht», entgegnete sie spitz.

Als er zu einer Antwort ansetzte, fügte sie hinzu: «Wage es bloß nicht, dich zu entschuldigen.» Sein Mund klappte zu. Sie grinste ihn an. «Ich hatte nicht vor, mit dir ins Bett zu gehen. Es ist einfach passiert.»

«Gut, dann entschuldige ich mich eben nicht. Aber eines würde ich gerne wissen – bereust du es?»

Sie überlegte. «Auf keinen Fall», entgegnete sie dann spöttisch. «Verglichen mit dem, was die anderen Mädchen so erzählen, habe ich wirklich Glück gehabt.»

«Danke», meinte er trocken. Es machte ihm nichts aus, dass sie Witze darüber riss. Doch auch er war nicht auf den Mund gefallen. «Für eine Jungfrau warst du auch nicht schlecht.»

Er hielt den Atem an. Aber Madison warf nur den

Kopf in den Nacken und fing an zu lachen. «Eins zu null für dich», keuchte sie schließlich.

«Was war mit deinem Vater?», fragte Alex. «Hat er es rausgekriegt?»

Wieder stand Angst in ihren Augen. «Ja und nein», erwiderte sie schließlich. «Er ist nicht von selbst dahinter gekommen, ich habe es ihm erzählt. Denn ich bin in dieser Nacht schwanger geworden, Alex.»

Alex fühlte sich wie nach einem Schlag in die Magengrube. *Schwanger!* «Mein Gott, Madison, warum hast du mir das verschwiegen?»

«Ich konnte es dir nicht sagen. Schließlich hatte ich dich so schlecht behandelt. Ich dachte, du hasst mich. Also habe ich es Daddy gebeichtet.»

«Und wie hat er darauf reagiert?»

«Er hat mich rausgeschmissen», antwortete sie bitter. «Gerade, als ich ihn am nötigsten brauchte.» Höhnisch lachte sie auf. «In diesem Moment wurde mir klar, dass ich ihn eigentlich gar nicht kannte.»

Am liebsten hätte Alex ihre Hand genommen, doch er wusste, dass sie sie wegziehen würde. Es war nun einmal ihre Art, Haltung zu bewahren, bis sie ihre Geschichte zu Ende erzählt hatte. Und dann würde sie ihn betrachten, um zu sehen, wie er es aufnahm.

«Meine Mutter hat mir geholfen», fuhr sie fort. «Sie hat selbst Vermögen. Sie meinte, ich solle wie geplant nach Europa fahren. So würde jeder glauben, dass ich ein Mädchenpensionat besuchte. Ein paar Wochen vor meiner Abreise bin ich dir im Club begegnet.»

«Und du hast versucht, es mir zu sagen.» Er erinnerte

sich an ihre Worte, sie und er müssten dringend miteinander sprechen. Damals hatte er geglaubt, sie wolle über ihren Vater reden.

«Es war eine spontane Entscheidung.» Sie zwang sich zu einem Lächeln. «Oft habe ich mich gefragt, was du wohl getan hättest.»

Alex wusste, dass sie eine Bestätigung von ihm brauchte. Und ihm war auch klar, dass sie eine Lüge sofort durchschauen würde. Doch die Wahrheit kam ihm leichter über die Lippen, als er gedacht hätte.

«Vor dieser Nacht war ich fast in dich verliebt. Nach unserem Streit glaubte ich dann, dass du mich hasst. Und dann bin ich Chrissy begegnet.» Er sah sie forschend an, aber er konnte ihrer ausdruckslosen Miene nichts entnehmen. «Auch wenn es ein Schlag für dein Selbstbewusstsein ist, Madison, es war viel leichter für mich, Chrissy zu lieben als dich.» *Bin ich zu weit gegangen?* Sie starrte ihn immer noch an. «Offen gestanden, ich weiß nicht, wie ich mich verhalten hätte. Aber ich hätte dich auf keinen Fall im Stich gelassen.»

«Danke», erwiderte sie aufrichtig. «Danke, dass du mich nicht belogen hast.»

Dann stellte er die Frage, die ihn am meisten beschäftigte: «Wo ist unser Kind jetzt?» Es war ein seltsames Gefühl, Vater zu sein.

Eine Träne lief über das Zickzackmuster aus Schweißspuren auf ihrer Wange. «Ich hatte in der zehnten Woche eine Fehlgeburt.»

Es traf ihn bis ins Mark, dass sie so viel hatte durchmachen müssen. Tapfer hatte sie die Folgen ihres gemeinsamen Handelns getragen – trotz ihrer Angst, allein und weit weg von zu Hause. «Madison», sagte er leise. «Es tut mir so Leid.»

Sie biss sich auf die Lippe. «Was genau?»

Er verstand, worauf sie hinauswollte. «Alles. Es tut mir Leid, dass du das allein durchstehen musstest. Es tut mir Leid, dass du das Baby verloren hast. Es tut mir Leid, dass dein Vater dich so behandelt hat.» Sanft wischte er ihr eine Träne vom Gesicht. «Ich wünschte, ich hätte es gewusst.»

Unter Tränen lächelte sie ihn an. «Danach bin ich wie geplant ins Mädchenpensionat gegangen. Ich hatte mir geschworen, es dir nie zu erzählen.»

Er nahm ihre Hand. «Ich bin froh, dass du es mir gesagt hast.»

Sie lächelte ihn an. «Los jetzt. Wir haben viel zu tun.»

Alex wusste jetzt, wie sensibel sie war. Er musste ihr zeigen, dass ihre Freundschaft auch weiterhin Bestand hatte. «Du bist eine richtige Sklaventreiberin», meinte er grinsend.

«Verglichen mit dir, Kumpel, bin ich sanft wie ein Lamm.» Sie griff nach dem Sieb und schüttelte es. «Ich glaube, ich suche mir zur Erholung einen Job in den sibirischen Salzbergwerken.»

«Ich dachte nicht, dass du durchhältst. Aber du hast so viel Mumm in den Knochen, dass nicht einmal die Wüste dich kleinkriegen kann.»

«Na ja ...» Sie schüttelte das Sieb. «Ich bin eben mehr als nur hübsch.»

Er lachte. «Im Augenblick siehst du alles andere als

hübsch aus.» Als sie lächelte, fügte er hinzu: «Ich würde gern mehr darüber sprechen. Auch über deinen Vater, wenn du möchtest. Inzwischen verstehe ich, warum du über die Prügelei reden willst.»

«Eins muss ich dir sagen, Theron, es dauert ziemlich lange, bis bei dir der Groschen fällt.»

Er verzog das Gesicht. «Gut, dann bin ich eben ein bisschen langsam. Was hältst du von heute Abend? Wir könnten das Thema weiter erörtern.»

«An deinem Feuer oder an meinem?»

«Mist, wenn es so kompliziert ist, vergessen wir es lieber.»

Als sie gemeinsam in Gelächter ausbrachten, war Alex froh, dass Madison und er nach all dieser Zeit endlich Freunde sein konnten. Er kippte einen Beutel Sand zwischen ihnen aus, und da waren sie, genau wie N!ou gesagt und wie Alex es immer geglaubt hatte: Diamanten! Einer davon hatte die Größe einer Kirsche.

Begeistert hob er ihn auf. «Schau», flüsterte er.

Sie nahm den Stein. Alex stellte fest, dass ihre Hand schmutzverkrustet war. Ihre Nägel waren abgebrochen. Und als er den Blick von dem Diamanten abwandte, bemerkte er ihr schmutziges, von Schweißspuren durchzogenes Gesicht. Lächelnd betrachtete sie den Stein, und ihre Zähne hoben sich blendend weiß von der Dreckkruste ab. An ihrem Armen und am Hals waren Mückenstiche zu sehen. Er griff nach ihrer Hand, sie musterte sein Gesicht.

«Madison.» Der Ansturm der Gefühle raubte ihm den Atem. Er liebte sie. «Madison.»

Stirnrunzelnd drehte sie den Kopf zur Seite. Nun hörte er es auch. Autos näherten sich. Nebeneinander standen Alex und Madison da, um sie zu erwarten. Zwei Wagen der Polizei von Botswana kamen in ihr Lager gerumpelt.

«Mr. Theron?» Ein junger englischer Polizist mit rosigem Gesicht, der selbst hier draußen in der Wüste sauber und gepflegt wirkte, kam ihnen entgegen.

Oh Gott, Pa. «Ist etwas mit meinem Vater?», fragte er.

Der Polizist schüttelte den Kopf. «Von Ihrem Vater weiß ich nichts. Ich nehme Sie hiermit fest.»

«Warum?», erkundigte sich Madison.

«Sie sind nicht gemeint, Miss Carter. Landfriedensbruch und illegale Ausgrabungen in der Absicht, Regierungseigentum zu unterschlagen.» Der Polizist blickte zurück zu seinem Wagen. Der andere Insasse und die beiden Männer in dem zweiten Fahrzeug starrten gleichgültig geradeaus. Da ihr Kollege auch allein zurechtzukommen schien, sahen sie keinen Grund, sich einzumischen. Achselzuckend drehte der junge Polizist sich um. «Sie brauchen keine Aussage zu machen, aber ich muss Sie darauf hinweisen, dass alles, was Sie sagen, aufgeschrieben wird und gegen Sie verwendet werden kann.»

Alex hatte sich ein wenig von dem Schrecken erholt und lächelte. «Das muss ein Irrtum sein. Ich fürchte, Sie haben sich umsonst herbemüht. Ich habe eine Lizenz.»

«Darf ich sie sehen, Sir?» Der Polizist war zwar höflich, schien sich aber nicht sehr dafür zu interessieren.

«Natürlich.» Alex ging zum Vorratszelt. «Sie ist hier drin.» Doch die Lizenz befand sich nicht mehr in dem Metallkoffer, wo er seine Papiere aufbewahrte. «Das ist aber seltsam.» Er durchwühlte den Koffer.

«Was ist los?», rief Madison.

«Die Lizenz ist verschwunden.»

«Das kann ich mir denken, Sir.» Der Polizist hatte sich dem Zelt genähert. «Wir haben die Unterlagen bei der Behörde für geologische Ausgrabungen überprüft. Es wurde nie eine Lizenz erteilt.»

«Ich schwöre Ihnen, dass ich eine habe. Fragen Sie Tim Boland bei De Beers. Er hat sie mir besorgt.»

«Mr. Boland ist nicht mehr bei De Beers tätig. Er wurde ausgewiesen.»

«Ausgewiesen? Aber warum denn?» Als unerwünschter Ausländer ausgewiesen zu werden, war die schlimmste Strafe, die einem passieren konnte.

«Das kann ich leider auch nicht sagen, Sir. Wenn Sie nun bitte Ihre Sachen packen, damit wir Sie nach Gaborone bringen können.» Er verließ das Zelt, um sich mit den anderen Polizisten zu besprechen.

Alex machte sich noch immer keine Sorgen. «Ich regle das schon», meinte er zu Madison. «Lass im Lager alles so, wie es ist. In ein paar Tagen bin ich zurück. Paul wird mir helfen. Er weiß, dass ich eine Lizenz habe.»

Doch Paul war machtlos. «Es gibt keinerlei Aufzeichnungen über deine Lizenz.»

«Aber ich hatte eine. Du hast sie selbst gesehen.»

«Ich weiß.» Paul runzelte die Stirn. «Die Sache ist

ziemlich übel. Bei De Beers kennt niemand deinen Namen. Tim Boland ist irgendwo in Südafrika. Ihm wurde rassistisches Verhalten vorgeworfen, obwohl er vor seiner Abreise mir gegenüber beteuerte, dass er unschuldig ist. Wir können ihn nicht finden, Natürlich suchen wir weiter, du brauchst ihn als Entlastungszeugen.»

«Wer hat ihn denn wegen Rassismus angezeigt?»

«Sein Gärtner. Das Problem ist, dass es einen Zeugen gibt.»

«Wen?»

«Ein Cousin von Kel behauptet, er hätte gesehen, wie Tim seinen Gärtner getreten und ihn einen dreckigen Kaffer genannt hat. Und das ist noch nicht alles. Kel hat einen Onkel im Amt für geologische Ausgrabungen. Vermutlich hat er die Aufzeichnungen über deine Lizenz verschwinden lassen. Du hast dir großen Ärger eingehandelt, Alex, und das Schlimme ist, dass dir die Hände gebunden sind. In der Nähe deines Lagers, nur ein paar Kilometer entfernt, wurde eine große Feldspatader gefunden. Tim Boland hat dir geglaubt und seine Männer deshalb südlich von Jwaneng graben lassen. Seit letzter Woche ist die ganze Gegend Sperrgebiet. Ohne Tims Bestätigung nimmt De Beers dir deine Geschichte nicht ab. Diesmal hat Kel dich so richtig reingeritten.»

In der Gerichtsverhandlung ging es nicht nur um einen harmlosen Gesetzesverstoß. Die Regierung von Botswana beschuldigte Alex des Aufenthalts in einem Sperrgebiet und der versuchten Unterschlagung von Regierungseigentum. Kels einflussreiche Familie hatte ihre

Beziehungen spielen lassen und den zuständigen Leuten Kels Sicht der Dinge vermittelt. Als Alex Theron zu fünf Jahren Gefängnis mit Zwangsarbeit verurteilt wurde, glaubten die Regierung und das ganze Land, dass der Gerechtigkeit Genüge getan worden war.

Achtzehn

Alex wusste, dass ihm harte Zeiten bevorstanden. Das Gefängnis in Gaborone war alt und spartanisch ausgestattet, denn hier wurden Verbrecher bestraft und nicht, wie in einigen anderen Ländern üblich, wieder in die Gesellschaft eingegliedert. Und Zwangsarbeit bedeutete genau das, was das Wort besagte: gnadenlose Schufterei bis zum Umfallen. Die Ernährung war afrikanisch: ein starrer Brei aus Maismehl mit einer dünnen Sauce, über der der Koch vielleicht ein Hühnchen geschwenkt hatte, bevor er sie auf das Mus kippte. An Gemüse gab es lediglich Spinat oder Kohl. Fleisch bekam Alex nur selten, Obst nie.

Seine Zelle teilte er mit einem Mann namens Pule, der harmlos und geistig zurückgeblieben war. Er musste drei Jahre absitzen, weil er seinem Nachbarn – zufällig ein Polizist – ein Huhn gestohlen hatte. Doch so hatte Alex wenigstens Gesellschaft.

Die Unterbringung war nicht sehr komfortabel. Zwei Reihen von Zellen aus Beton, die einander gegenüber an einem schmalen Gang lagen. Die Zellen hatten kleine, hohe Fenster und Gittertüren und schützten kaum vor Wind und Wetter. Sie waren zwar überdacht, aber der Gang war nach den Seiten hin offen, und die Fenster hatten keine Scheiben, sodass Staub, Regen und Wind ungehindert eindringen konnten.

Die Gefängniswärter, gewohnt an jahrelange weiße Herrschaft, hatten nun plötzlich einen Weißen vor sich, den sie nach Herzenslust schikanieren konnten. Die Versuchung erwies sich als zu groß. Also wurden Alex die schwersten, schmutzigsten und niedrigsten Arbeiten zugeteilt. Außerdem durfte er keinen Besuch empfangen. Die Briefe gelangten lediglich bis ins Büro des Gefängnisdirektors, wo sie in Fetzen zerrissen im Papierkorb landeten. Deshalb erfuhr Alex nicht, dass Madison unzählige Male im Gefängnis vorgesprochen und ihm auch geschrieben hatte. Paul hatte ebenfalls vergeblich versucht, ihn zu sehen.

Der Tagesablauf änderte sich nie. Jeden Morgen um fünf schlug der Wachmann laut mit seinem Stock gegen die Gitterstäbe. Alex hatte zehn Minuten, um sich zu waschen und die aus einem Eimer bestehende Toilette zu benutzen. Dann wurde er in Gefängniskleidung auf den Appellplatz gescheucht, wo er süßen Tee aus einer Blechtasse und ein Stück trockenes Brot erhielt. Wenn die anderen Gefangenen zur Arbeit im Straßenbau oder auf den Gemüsefeldern geführt wurden, musste Alex die Zellen scheuern, die Duschen putzen und die Toiletteneimer leeren und ausspülen, bevor er sich ebenfalls zum Dienst meldete. Meistens wurde er auf dem Gemüsefeld eingesetzt. Der Großteil der Bevölkerung von Gaborone erwarb sein frisches Gemüse bei diesem florierenden Unternehmen. Doch während die übrigen Gefangenen Unkraut jäteten, säten und ernteten, musste Alex mit Schaufel und Hacke neue Beete anlegen.

Obwohl er an das Graben in der Hitze gewöhnt war, raubte ihm das Bearbeiten des unfruchtbaren Bodens die letzten Kräfte. Ruhepausen waren nicht gestattet, und er schuftete ununterbrochen bis zur Mittagspause, der einzigen Möglichkeit für die Häftlinge, ihre Blase zu erleichtern. Das Mittagessen bestand wieder aus Tee und Brot.

Danach wurde bis vier Uhr nachmittags weitergearbeitet. Abends war Alex völlig ausgepumpt. Von höllischem Durst gepeinigt und mit Kopfschmerzen, verkrampftem Rücken und Blasen an den Händen taumelte er halb bewusstlos vom Feld. Und dann begannen die Beanstandungen: Ein Toiletteneimer sei nicht richtig sauber; in den Duschen fehle die Seife; eine Zelle müsse noch einmal gefegt werden. Während die anderen Häftlinge sich ausruhten und die Wärter sich weitere Aufgaben für ihn ausdachten, mobilisierte Alex seine letzten Kräfte, um die Befehle auszuführen, obwohl er sich kaum noch auf den Beinen halten konnte und ihm die Beschimpfungen und Beleidigungen in den Ohren gellten. Denn er hatte inzwischen festgestellt, dass jeder Widerspruch nur zu einer noch größeren Arbeitsbelastung führte. Also musste er lächeln und gute Miene zum bösen Spiel machen.

Die Hauptmahlzeit wurde abends verteilt. Nach dem

Essen sperrte man die Gefangenen in ihre Zellen. Es gab weder Bücher noch Brettspiele oder Karten, um sich die Zeit zu vertreiben. Trotz seiner Erschöpfung sehnte Alex sich nach geistiger Zerstreung, doch diese wurde ihm verweigert. Es war, als hätten Freunde und Verwandte ihn vergessen. Und da niemand sich die Mühe machte, Alex mitzuteilen, dass er keine Besucher empfangen durfte, glaubte er, niemand interessiere sich mehr für ihn. Alex schrieb an seinen Vater, aber der Gefängnisdirektor zerriss seine Briefe und warf sie in den Papierkorb. Als Alex keine Antwort erhielt, nahm er an, sein Vater sei wütend oder enttäuscht und wolle sich deshalb nicht melden. Er war entmutigt und verzweifelt und fühlte sich von aller Welt verlassen.

Währenddessen versuchten Paul, Madison, Marv, Pru und Alex' Vater, ihn zu besuchen, wurden jedoch abgewiesen. Marv hatte Alex' Vater eigens mit dem Auto in Shakawe abgeholt und nach Gaborone gefahren. Doch die Trauer des alten Mannes konnte das Herz des Gefängnisdirektors nicht erweichen. «Die Entscheidung liegt nicht bei mir», sagte er. «Solange ich keine anders lautenden Anweisungen erhalte, bekommt Ihr Sohn keinen Besuch. Tut mir Leid.»

Madison und Paul trafen sich vor dem Büro des Gefängnisdirektors. Nun saß Alex schon fast zwei Monate lang hinter Gittern und durfte immer noch keinen Besuch haben. Wütend kam Madison aus dem Büro gestürmt. «Sie verstoßen gegen das Gesetz!», schrie sie. «Ich werde Sie anzeigen.»

Paul, der darauf wartete, zum Direktor vorgelassen zu werden, packte sie am Arm und zog sie weg. «Du machst es nur noch schlimmer.» Ihr Gefühlsausbruch hatte ihn zwar beeindruckt, doch er wusste, dass er zu nichts führen würde.

Sie strich sich durchs Haar. «Ich habe mich um einen Termin beim obersten Richter bemüht, aber er ist zu beschäftigt, um mich zu empfangen. Mein Gott, ich wollte sogar mit Präsident Khama sprechen, doch ich bin schon im Vorzimmer abgewimmelt worden. Wir müssen Alex helfen. Sicher verliert er da drinnen den Verstand. Man sollte ihm wenigstens Besucher gestatten.»

«Ich habe einen Privatdetektiv damit beauftragt, Tim Boland in Südafrika ausfindig zu machen. Der Mann ist wie vom Erdboden verschwunden.»

Sie gingen zusammen zu ihren Autos. Ihre Gespräche drehten sich immer um dasselbe Thema.

Ein paar Wochen später rief er sie an. «Ich habe einen Plan.»

«Nein, das kommt überhaupt nicht in Frage!» Sie war entsetzt, nachdem sie seinen Vorschlag gehört hatte.

«Hast du eine bessere Idee?»

«Ihn befreien.»

«Und was passiert dann? Wohin soll er fliehen? Botswana ist sein Leben.»

«Ich kann nicht», stöhnte sie.

«Natürlich kannst du», widersprach er streng. «Und du wirst es tun.»

«Mir wird jetzt schon schlecht», entgegnete sie angeekelt.

Doch schließlich erklärte Madison sich einverstanden, wie Paul es von Anfang an gewusst hatte.

«Es wird klappen. Ich bin die ganze Zeit über im Nebenzimmer.»

«Könnten wir nicht bei ihm einbrechen und die Lizenz stehlen?»

Sie saßen in Pauls Wohnzimmer und schmiedeten Pläne. Paul merkte Madison an, wie schwer es ihr fiel, sich zu überwinden. «Bestimmt bewahrt er die Lizenz nicht bei sich zu Hause auf. Außerdem wollen wir doch beweisen, dass Alex unschuldig ist. Das schaffen wir nicht, indem wir selbst gegen das Gesetz verstoßen.»

«Du kannst dir gar nicht vorstellen, was du da von mir verlangst. Ich verabscheue diesen Mann. Mir wird schon übel, wenn ich nur daran denke, mit ihm reden zu müssen. Aber das ...» Schicksalsergeben breitete sie die Hände aus. «Ich kann nicht, Paul.»

Er griff nach ihrer Hand. «Madison», sagte er sanft. «Wir wissen, dass Kel zu allem fähig ist, um Alex das zu nehmen, was ihm am meisten bedeutet. Du hast drei Wochen mit Alex in der Wüste verbracht, und du kannst Gift darauf nehmen, dass Kel davon erfahren hat. Er wird vermuten, dass du Alex' Freundin bist. Wenn er sich nur die geringsten Chancen ausrechnet, dich ins Bett zu kriegen, wird er sich die Gelegenheit nicht entgehen lassen. Dann musst du ihn nur noch dazu bringen, mit dem Diebstahl der Lizenz zu prahlen, und schon haben wir ihn. Es ist einen Versuch wert. Ich werde die ganze Zeit da sein und das Gespräch auf Band aufnehmen. Wenn er dir zu nahe tritt, knöpfe ich ihn mir vor. Ehrenwort.»

«Wir wissen ja gar nicht genau, ob er die Lizenz hat.»

«Wer hätte sie sonst klauen sollen? Sein Onkel arbeitet im Amt für geologische Ausgrabungen, also war er sicher darüber informiert, wo Alex suchen wollte. Für Kel wäre es ein Leichtes gewesen, sich die Lizenz zu holen, während Alex und du irgendwo gegraben habt. Und noch etwas: Findest du es nicht ein wenig seltsam, dass der Durchschlag des Dokuments aus dem Amt verschwunden ist?»

«Paul, Kel macht mir Angst.»

Pauls Miene war finster. «Das ist mir klar», erwiderte er bedrückt. «Mir ebenfalls. Er ist sogar in die Kalahari gefahren, um die Wildpferde aufzustöbern und sie zu erschießen. Dabei ging es ihm nicht darum, Alptraum zu beseitigen, weil sie schuld ist, dass er vom Pferd gefallen und auf dem Gesicht gelandet ist. Das wäre zu einfach. Nein, er hat es getan, weil er wusste, wie viel die Pferde Alex bedeuteten. Und soweit ich gehört habe, hat er damit rumgeprahlt. Der Mann ist übergeschnappt, aber mach dir keine Sorgen. Ich werde im Nebenzimmer sein und nicht zulassen, dass er dich anrührt. Bitte, Madison, es ist unsere letzte Chance.»

Sie holte erschaudernd Luft. «Wann?»

«In zwei Wochen. Im Tennisclub findet eine Party statt, und er wird sicher dort sein.»

«Oh, mein Gott, Paul. Hoffentlich weißt du, was du tust.»

Paul strich über ihre Hand und lehnte sich zurück.

«Ich würde es ja selbst machen, aber er steht leider nicht auf mich.» Er grinste sie an.

Davor gab es noch einiges zu tun. Paul setzte ein Gerücht in die Welt, das Kel sicher zu Ohren kommen würde: Madison Carter habe erwähnt, sie fände Kel attraktiv.

Es war die Saison der Cocktailpartys, in der die Bewohner der Stadt allabendlich einen Zug durch die Gemeinde machten. Deshalb waren Madison und Kel in der nächsten Woche häufig auf dieselbe Party eingeladen. Mit Paul als schützendem Begleiter ließ Madison ihren Blick immer wieder zu Kel hinüberschweifen. Wenn er hinsah, wandte sie sich rasch ab.

«Du musst ein bisschen dicker auftragen», flüsterte Paul.

Als Kel also das nächste Mal hinschaute, lächelte sie ihm zu, bevor sie sich wieder umdrehte.

«Spitze!», zischte Paul. «Verglichen mit dir ist meine Großmutter ein Vamp.» Dann aber weiteten sich seine Augen vor Erstaunen.

Etwas an ihrer Körperhaltung hatte sich fast unmerklich verändert. Sie hatte das Gewicht auf ein Bein verlagert, die Hüfte vorgestreckt und drückte das Kreuz durch, sodass ihr Hinterteil aufreizend hervorragte. Obwohl sie Kel den Rücken zukehrte, war die Aufforderung so offensichtlich, als ob sie ihm etwas zugerufen hätte. «Sehr gut, Schätzchen», meinte Paul bewundernd.

«Wenn du mich noch mal Schätzchen nennst, ist die

Sache gestorben», murmelte sie, den Kopf neckisch zur Seite geneigt.

«Mach mal Pause. Der sieht aus, als ob er gleich zu sabbern anfängt.»

Sie legte den Kopf in den Nacken, lachte auf und warf Kel einen koketten Blick zu. Dann wandte sie sich zu Paul um. «Okay, alter Junge, die Show ist vorbei. Gehen wir.»

Auf dem Weg zu dem Haus, in dem sie mit ihrer Mutter wohnte, fragte Paul: «Wo lernt ihr Frauen das eigentlich?»

«Muss genetisch sein.»

«Es wirkt wie Dynamit.»

«Ich weiß», erwiderte sie spöttisch. «Soll es ja auch.»

Es war Mittwochabend, drei Tage bevor Madison versuchen musste, Kel dazu zu bringen, mit dem Plan zu prahlen, der zu Alex' Verurteilung geführt hatte. Für Alex hatte der Tag geendet wie alle anderen. Er war in seiner Zelle und streckte sich stöhnend vor Erschöpfung auf seiner Matratze aus.

Pule saß auf seiner Pritsche und führte Selbstgespräche. Der Wachmann marschierte den Gang entlang und kontrollierte die Türen. Alex schloss die Augen. Jede Nacht war gleich. Auch das stärkste Desinfektionsmittel konnte den Gestank nicht aus den Zellen vertreiben. Die Matratze strotzte vor Flöhen. *Mein Gott, wann hört das endlich auf?*

Alex' und Pules Zelle war die drittletzte am Gang. Als der Wachmann näher kam, rief ihn jemand zu sich, und er ging hinüber, um mit dem Mann zu sprechen. Dann kehrte er zu der Zelle neben der von Alex zurück und drehte den Schlüssel um.

Er hat vergessen, uns einzusperren. Alex spitzte die Ohren. Der Wachmann setzte seinen Rundgang fort. Alex wurde von Aufregung ergriffen. Er öffnete die Augen und sah Pule an, doch sein Zellengenosse hatte gar nicht bemerkt, dass die Tür offen war.

Alex überlegte fieberhaft. Er wusste, dass der Wachmann erst am Morgen wiederkommen würde. *Ich muss hier raus.* Es war zwar riskant, aber nicht unmöglich. Schließlich handelte es sich nicht um ein Hochsicherheitsgefängnis. Der Direktor wohnte auf dem Gelände. Sein Haus und sein Garten waren von einem hohen Maschendrahtzaun umgeben und wurden von Hunden bewacht. Wachen patroullierten über das Grundstück, und Alex hatte öfter Klagen über Personalknappheit gehört.

Über die Vorderseite des Gebäudes zu entfliehen, kam nicht in Frage. Der gesamte Zaun und die Haupttore waren mit Flutlicht erleuchtet. Auch an der Südgrenze des Geländes war es zu gefährlich, denn die Hunde des Gefängnisdirektors würden sicherlich Alarm schlagen. Im Norden grenzte das Gefängnis an eine Vorstadt von Gaborone. Also blieb nur die östliche Seite übrig, die zwar weiter vom Gebäude selbst entfernt war, aber für den Notfall mehr Möglichkeiten bot, sich zu verstecken. Zwischen dem Zaun und dem Zellenblock lagen die Gemüsefelder und der Steinbruch.

Um halb neun wurden die Lichter ausgeschaltet. Die Wachen hatten um elf Uhr Schichtwechsel. Für gewöhnlich plauderten sie dann noch zehn Minuten miteinander, bevor die nächste Schicht Posten an den Zäunen bezog. In dieser Zeit wollte Alex es versuchen. Eine bessere Gelegenheit würde sich nicht mehr ergeben.

Madison grinste ihr Spiegelbild an und fragte sich, ob sie sich das Gesicht schwarz bemalen sollte. Mit ihrem schwarzen Trainingsanzug, den dunkelblauen Turnschuhen und der Baskenmütze fühlte sie sich wie eine Profi-Einbrecherin. Sie war ganz ruhig. Der Gedanke, in Kels Haus einzudringen, machte ihr weniger zu schaffen als die Vorstellung, sich von ihm anfassen zu lassen.

Gestern waren zwei Dinge geschehen, die sie zu diesem Entschluss gebracht hatten. Zuerst hatte ein Bote der sowjetischen Botschaft eine Einladung zu einem Empfang am kommenden Abend abgegeben. Sicher würde Kel auch da sein. Es hieß zwar, die Festivität werde von achtzehn Uhr bis zweiundzwanzig Uhr dauern, doch Madison wusste, dass sich gesellige Abende bei den Russen normalerweise um einiges länger hinzogen.

Den Ausschlag jedoch hatte eine ihrer Kolleginnen gegeben, die das von Paul in die Welt gesetzte Gerücht aufgeschnappt hatte, Madison interessiere sich für Kel. Sie hatte Madison eindringlich vor ihm gewarnt: «Halt dich von ihm fern. Der Typ ist nicht ganz normal.»

«Was meinst du denn damit?», hatte Madison lässig erwidert. Sie kannte die Frau nicht sehr gut; sie hätte genauso gut eine Spionin von Kel sein können.

«Er steht auf Sachen, die ... na ja ... irgendwie pervers

sind. Der Mann ist brutal. Geh ihm aus dem Weg, wenn dir dein Leben lieb ist.»

Madison hatte nur die Achseln gezuckt. «Ich bin erwachsen.»

Doch die Bemerkungen ihrer Kollegin hatten ihr Angst gemacht. Eine innere Stimme sagte ihr, dass Kel seltsam war – nicht einfach nur ein komischer Kauz, der ab und zu aus der Reihe tanzte, sondern gefährlich. Und deshalb konnte sie sich auch so wenig mit Pauls Plan anfreunden. Wenn etwas schief ging und sie allein mit Kel war, würde er ihr sicher etwas antun.

Außerdem war sie von Anfang an dafür gewesen, bei ihm einzubrechen und die Lizenz zu suchen. Da er ein Angeber war, würde er sie sicher in seinem Haus aufbewahren, um den Triumph immer wieder auskosten zu können. Allerdings wusste Madison, dass Paul sie sicher an ihrem Vorhaben hindern würde, und hatte es ihm deshalb verschwiegen. «Wenn ich um elf nicht zurück bin, hol sofort Paul», sagte sie dennoch zu ihrer Mutter, als sie das Haus verließ.

Ihre Mutter versuchte, ihr den Plan auszureden. «Was ist, wenn du erwischt wirst? Du verstößt gegen das Gesetz.»

«Meine Entscheidung steht fest, Mama. Kel wird bei den Russen sein. Es ist meine einzige Chance. Am Samstag ...» Sie brachte es nicht über sich, an den Samstag zu denken. «Wird schon schief gehen.»

«Und wenn er selbst dich dort ertappt? Mir gefällt das gar nicht, Madison. Es ist Wahnsinn. Bitte, Liebling, überleg dir etwas anderes.»

«Das habe ich schon versucht. Ich denke die ganze Zeit an nichts anderes. Ich muss es tun, Mama. Sonst geht Alex da drin kaputt.»

Pamela Carter erhob sich. «Dann komme ich mit. Ich kann Schmiere stehen.»

Madison schüttelte den Kopf. «Ich brauche dich hier. Wenn etwas schief läuft, bist du die Einzige, die weiß, wo ich bin.»

«Dann nimm Paul mit.» Pamela war verzweifelt. Noch nie hatte sie einen Menschen kennen gelernt, der so starrsinnig war wie ihre Tochter. Wenn sie sich zu etwas entschlossen hatte, ließ sie es sich nicht mehr ausreden.

Wieder schüttelte Madison den Kopf. «Er wäre dagegen. Er findet seinen eigenen Plan besser.»

Pamela Carter sah ein, dass jeder Widerspruch zwecklos war. «Also um elf», sagte sie missbilligend. «Keine Sekunde später.»

Madison fuhr mit dem Wagen zu Kels Haus. Zuerst hatte sie sich vergewissert, dass sein Auto auf dem Parkplatz der sowjetischen Botschaft stand. Kel wohnte in einer ruhigen, von Bäumen gesäumten Sackgasse. Sie parkte ihren Wagen ein paar Straßen weiter und ging den Rest zu Fuß. Die schwere Taschenlampe in ihrer Hand verlieh ihr Sicherheit. Doch als ein Hund bellte, zuckte sie dennoch erschrocken zusammen. «Ganz ruhig», sagte sie sich. «Denk an die Alternative.»

Die Lampe über der Eingangstür tauchte den Garten in helles Licht. Im Schatten der Bäume schlich Madison sich hinter das Haus. Die Unterkünfte der Dienstboten lagen in der Dunkelheit. *Sehr gut.* Sie standen nämlich ziemlich dicht am Haus. Die Hintertür war verschlossen. *Mist!* Madison hatte gehofft, dass die Tür eine Glasscheibe haben würde, doch sie bestand aus massivem Holz. Also musste sie eines der Fenster nehmen.

In der Finsternis tastete sie sich um das Haus herum, immer darum bemüht, nicht die Aufmerksamkeit eines Dienstboten zu erregen, der vielleicht noch wach war. Auch die Küchenfenster waren geschlossen und außerdem zum Schutz gegen Einbrecher vergittert. Also blieb nur noch die verglaste Vordertür übrig, doch das würde schwierig werden. Die meisten Anwohner dieser Straße beschäftigten nachts einen Wachdienst, und da diese Tür hell erleuchtet war, war das Risiko viel zu groß.

Mit einem dumpfen Geräusch landete etwas zu ihren Füßen. Madison unterdrückte einen Aufschrei, beruhigte sich aber wieder, als sich der pelzige Körper einer Katze um ihre Beine schlängelte. Woher kam das Tier? Nach dem Geräusch zu urteilen, von oben. Madison leuchtete rasch mit der Taschenlampe hinauf. Das Fenster des Wäscheraumes stand offen und war nicht vergittert. «Problem gelöst», murmelte sie vor sich hin.

Das Fenster war so klein, dass Madison sich kaum hindurchzwängen konnte. Kel hatte sich die Mühe gespart, die Tür zwischen Wäscheraum und Küche abzuschließen. Madison wollte die Taschenlampe nicht benutzen, weil sie befürchtete, der Lichtschein könne von draußen Verdacht erregen. Doch da die Lampe über der Tür genug Licht verbreitete, gewöhnten sich ihre Augen rasch an die Dämmerung.

Sie kannte den Grundriss des Hauses. Es war ein Anwesen vom Typ 2. Die Häuser von Regierungsangestellten wurden nur in vier Grundrissen gebaut. Kel arbeitete zwar für das Buschleute-Projekt und nicht direkt für die Regierung, doch seine Familie hatte offenbar ihre Beziehungen spielen lassen, um ihm dieses Haus hier zu besorgen. Madison überprüfte die beiden Schlafzimmer, für den Fall, dass er eines davon als Arbeitszimmer benutzte. Fehlanzeige. Das eine Zimmer war völlig unmöbliert. Im anderen Schlafzimmer waren die Vorhänge zugezogen. Ausgezeichnet. Sie schloss sich ein und vergewisserte sich, dass kein Lichtschein nach außen dringen konnte. Dann schaltete sie die Taschenlampe ein. «Igitt, was für ein Saustall!»

Madison redete leise mit sich selbst, um ihre Nerven zu beruhigen, während sie Kels Schränke durchsuchte. Doch sie entdeckte nur ein paar Kleiderhaufen, einige Päckchen mit Fotos, verschiedene Bücher und ein Paar Handschellen. «Was hast du denn damit vor, du kleiner Dreckskerl?»

Im nächsten Moment erhielt sie die Antwort, denn als sie den Strahl der Taschenlampe durchs Zimmer schweifen ließ, fand sie ein zweites Paar: Das eine Ende war am Fußende des Messingbettes befestigt, das andere baumelte lose herab. Madison fragte sich erschaudernd, ob es wohl das war, was ihre Kollegin mit «nicht normal» gemeint hatte.

Sonst stieß sie im Schlafzimmer auf nichts Interessantes. *Gut, altes Mädchen, dann eben das nächste Zimmer.* Hier musste sie ohne Taschenlampe zurechtkommen, da die Vorhänge offen standen. Doch Schränke und Kommode waren leer.

Das dritte Zimmer war weiter von der Eingangstür entfernt und dunkler, aber sie konnte nicht riskieren, die Taschenlampe zu benutzen. Die Tür des Wandschranks quietschte beim Öffnen, und Madison fuhr erschrocken zusammen. Doch als sie mit den Händen die Regale abtastete, stellte sie fest, dass sie endlich am Ziel angekommen war. Die Regale quollen über von willkürlich aufgeschichteten Papierstapeln. Sie nahm ein Bündel davon mit ins Schlafzimmer, setzte sich auf den Boden, balancierte die Taschenlampe auf einem Bein und sah alles durch. Nichts. Bei den meisten Dokumenten handelte es sich um Briefe, die Kel mit rechtlichen Schritten drohten, falls er seine Schulden nicht endlich bezahlte. Sie legte alles in den Schrank zurück und holte sich die Papiere vom nächsten Regal: Rechnungen, Kontoauszüge und ein paar Pornohefte.

Das unterste Regal enthielt nicht viel, aber sie trug die Sachen dennoch in Kels Schlafzimmer. Und dann fand sie die Lizenz. Ausgestellt auf den Namen Alex Theron, unterzeichnet von Tim Boland, mit dem Stempel von De Beers und datiert. Sie steckte das Dokument in die Tasche und holte erleichtert Luft. Dann beleuchtete sie mit der Taschenlampe das Zifferblatt ihrer Armbanduhr: fünfundzwanzig Minuten nach zehn. *Sehr gut.* Nun würde sie zu Hause sein, bevor ihre Mutter sich Sorgen machte.

Die Katze war wieder im Haus und jagte Madison einen ordentlichen Schrecken ein, als sie durch die Küche ging. «Offenbar bin ich nicht zur Einbrecherin geboren», murmelte sie. Sollte sie das Haus durch die Tür des Wäscheraums oder durch das Fenster verlassen? Sie entschied sich fürs Fenster. Schließlich brauchte Kel nicht zu wissen, dass jemand bei ihm eingebrochen hatte. Mühsam kletterte sie hinaus. Am Boden angekommen, drehte sie sich um und wollte den Fensterflügel wieder zudrücken.

«Hallo, Schatz.» Die Stimme drang so unerwartet an ihr Ohr, dass sie aufschrie. Zwei Hände umfassten fest ihre Arme. «Willst du schon wieder weg?» Die Taschenlampe fiel ihr aus der Hand und zerbrach mit einem Krachen.

Kel hielt ihr mit einer Hand die Arme auf dem Rücken fest, schloss die Tür auf und stieß sie ins Haus. Das Licht in der Küche war so grell, dass sie im ersten Moment nicht richtig sehen konnte. «Ich habe dich bei den Russen vermisst», meinte Kel im Plauderton. «Ich hatte schon gehofft, du würdest hier sein. Die kleine Show, die du letzte Woche für mich abgezogen hast, hat mein Interesse geweckt. Also bin ich früher gegangen. Dann habe ich oben an der Straße dein Auto gesehen. Aha, habe ich mir gedacht, was hat das kleine Miststück bloß vor? Irgendwas hat mir gesagt, dass ich dich hier finden würde. Und da bist du auch. Wie schön.» Er nahm sie in den Schwitzkasten. «Gehen wir in mein Zimmer.» Er schob sie vor sich her und schubste sie so heftig, dass sie aufs Bett fiel.

«Lass mich raus», zischte sie. Die Angst schnürte ihr die Kehle zu.

Er schloss die Schlafzimmertür ab und steckte den Schlüssel in die Hosentasche. «Das kannst du vergessen, Schätzchen.»

Keuchend blickte sie zu ihm auf. Vor Angst war sie wie gelähmt. Er schlüpfte aus dem Sakko und warf es über einen Stuhl. Dann nahm er rasch die Krawatte ab und schleuderte sie hinterher. Dabei betrachtete der Madison nachdenklich. «Du hast es wohl ohne mich nicht ausgehalten, Schätzchen. Sicher hast du Lust auf das da.» Er griff sich zwischen die Beine und vollführte eine obszöne Hüftbewegung.

Madison fühlte sich wie ein Kaninchen vor der Schlange. Sie war unfähig, sich zu rühren, starrte ihn aus ängstlich aufgerissenen Augen an und hörte, wie ihr das Blut in den Ohren rauschte. Langsam kam er auf sie zu, streckte die Hand aus und ließ sie langsam von ihrem Kinn über Brüste und Bauch bis zwischen ihre Beine gleiten. Er kniff sie so heftig, dass sie vor Schmerz aufschrie.

«Gefällt dir das etwa nicht?» Er kniff sie wieder, diesmal fester. «Du wirst es schon noch lernen, Schätzchen.»

«Lass mich los», schrie sie ihn an, als sie endlich wieder einen Ton herausbrachte.

«Wenn du weiter so rumbrüllst, muss ich dich knebeln, du Miststück», zischte er. Seine Augen glitzerten.

Madison wurde von Todesangst ergriffen. Dieser Mann war nicht nur abstoßend, sondern von Grund auf böse. Es machte ihm Spaß, ihr wehzutun. «Was hast du vor?», fragte sie mit zitternder Stimme.

Er lachte. «Was ich vorhabe?» Sein Gesicht kam bedrohlich näher. «Ich werde dich ficken, Schätzchen. Das hast du dringend nötig. Ich besorge es dir von vorne und von hinten. Aber zuerst, Schätzchen ...» Er trat zurück und öffnete seine Hose «... wollen wir mal sehen, wie gut du bläst.»

«Nein!», stieß sie hervor. Sie erwachte aus ihrer Erstarrung, sprang hoch wie eine Tigerin und holte nach ihm aus. «Nein!», schrie sie wieder. Ihre geballte Faust prallte gegen sein Gesicht.

Doch er versetzte ihr eine Ohrfeige, dass sie rückwärts aufs Bett taumelte. «Doch, du kleine Hure. Sag nicht, man hätte dich nicht gewarnt.» Dann saß er rittlings auf ihr, sodass sie sich nicht bewegen konnte, und drückte ihr den Arm nach oben. Sie spürte, wie sich das kalte Metall der Handschelle um ihr Handgelenk schloss. Kel stand auf und ging zum Schrank, um die anderen Handschellen zu holen.

Das kann nicht sein. Als sie erneut den Mund öffnete, um zu schreien, schlug er sie mit der flachen Hand, dass es ihr in den Ohren klingelte. Ihr Kopf wurde zurückgerissen. Im nächsten Moment stopfte er ihr etwas in den Mund und schob es so tief in ihre Kehle, dass sie zu würgen begann.

Ihre Kräfte erlahmten. Er fesselte ihr die andere Hand ans Kopfende des Bettes, stand auf und betrachtete sie gleichgültig. Keuchend versuchte Madison, trotz des kratzigen, wolligen Knebels Luft zu holen. «Versprichst du mir, nicht zu schreien?», fragte er schließlich.

Sie nickte, denn sie konnte nicht mehr atmen. Der Knebel wurde entfernt. Er hatte eine Socke benutzt. Als Madison tief durchatmete, musste sie husten, dass ihr die Tränen in die Augen stiegen. Mit schreckgeweiteten Augen beobachtete sie, wie er das Hemd auszog. «Gefällt dir, was du siehst, Baby?»

Sie konnte nicht verhindern, dass er ihr den Ekel anmerkte. Auf seinem entstellten Gesicht glänzte der Schweiß. Wahnsinn funkelte in seinen Augen, und die Vorfreude ließ ihm den Speichel über die Lippen treten. Die Narbe auf seiner rechten Wange stach hervor und verzerrte sein Gesicht. «Kannst wohl den Blick nicht von mir abwenden, Schätzchen?» Das Bett wackelte, als er sich setzte, um die Schuhe auszuziehen. Er sprach weiter, ohne sie anzusehen. «Kümmere dich nicht um mein Gesicht, keine Sorge, der Rest von mir ist in Ordnung.» Er wirbelte herum und blickte sie an. «Das hat Alex Theron mir angetan», sagte er leise, und die Verbitterung sorgte dafür, dass seine Züge noch abstoßender wirkten.

Endlich fand Madison die Sprache wieder. «Nein, das stimmt nicht. Ich war dabei, schon vergessen?»

«Doch, er war es», zischte Kel.

Madison erkannte, dass es zwecklos war. Er hatte sich eingeredet, dass Alex die Schuld an seinem Aussehen trug. Aber sie versuchte es dennoch. «Du hast die Prügelei provoziert. Du hast es dir selbst zuzuschreiben.»

Unvermittelt stand er auf und nestelte an seinem Gürtel. «Dein Freund wird dafür bezahlen, dass ich jetzt so herumlaufen muss. Ich bin gespannt, was er noch für dich empfindet, wenn ich mit dir fertig bin.»

«Er ist nicht mein Freund.» Vergeblich bemühte sie sich, einen ärgerlichen Ton anzuschlagen. «Wir waren nie zusammen.»

Kel löste seinen Gürtel. «Schon gut. Wahrscheinlich habt ihr während eures romantischen Ausflugs in die Wüste nur die Sterne gezählt.»

«Wir haben Diamanten gesucht.»

Er beugte sich über sich. Schweiß glänzte auf seinem entstellten Gesicht. «Theron muss bezahlen, und du, mein Schätzchen, bist der Preis.» Er richtete sich auf und grinste widerwärtig. «Bleib einfach liegen und genieß es, mein Schatz.»

Um zehn vor elf stand Alex lautlos auf. Pule schlief tief und fest auf seiner Matratze. Barfuß schlich Alex sich zur Tür. Pule bewegte sich, murmelte etwas und wälzte sich herum. Der Riegel verursachte beim Zurückschieben ein leises Geräusch, aber Pule schnarchte und rührte sich nicht. Erleichtert schnappte Alex nach Luft. Er hatte schon fast geglaubt, er hätte sich geirrt und der Wachmann hätte die Tür doch abgeschlossen. Leise schob er sie hinter sich zu. «Der erste Schritt», dachte er.

Er musste die Strecke durch den Gang, vorbei an den Zellen schaffen. Alex wusste, dass die anderen Häftlinge Alarm schlagen würden, wenn sie ihn bemerkten. Die Bruderschaft im Gefängnis erstreckte sich nicht auf weiße Insassen. Aber es gelang ihm, sich unbemerkt davonzuschleichen. Mit klopfendem Herzen blieb er an dem dunklen Torbogen am Ende des Gangs stehen.

Fünf Minuten später hörte er das Knirschen von Schritten auf dem Kies. Ein Wachmann auf dem Weg zum Büro kam an ihm vorbei. Eine Minute danach näherte sich ein zweiter Wachmann dem Gebäude.

Laute Stimmen aus dem Aufenthaltsraum der Wachleute drang an sein Ohr. Er wollte sein Versteck schon verlassen, als ein dritter Wachmann erschien. Alex drückte sich in den Schatten und wartete noch eine Minute. Niemand. *Jetzt. Jetzt muss es sein.*

Er rechnete mit einem Ruf – oder noch schlimmer einem Schuss –, als er durch den Hof auf den Gemüsegarten zurannte. Dank des Lichts von der Vorderseite des Gefängnisses konnte er sehen, wohin er lief, doch das bedeutete auch, dass er selbst gut sichtbar war. Er eilte ein Rübenbeet entlang und wusste, dass er sich durch die Fußabdrücke in der feuchten Erde verraten würde. Aber er wollte nicht stehen bleiben, um seine Spuren zu verwischen. Dann hatte er die Staubstraße erreicht, die zum Haus des Direktors und zum Steinbruch führte. *Noch hundert Meter.*

Er verfluchte sich für seine eigene Dummheit. Warum hatte er keine Decke mitgebracht, um sich vor dem Stacheldraht zu schützen? *Zu spät.* Am Zaun angekommen, kletterte er mühelos empor. Ohne darauf zu achten, dass sich scharfen Dornen der drei Stacheldrahtstränge schmerzhaft in seine Hände und Füße gruben, sprang er über den Zaun, landete mit einem dumpfen Aufprall und rollte sich ab. Er hatte es geschafft. Er war frei.

Das Telefon im Nebenzimmer ließ ein beharrliches Schrillen ertönen. Stirnrunzelnd blickte Kel auf, sah Madison an, zuckte die Achseln und meinte: «Ich habe diesen Anruf erwartet. Er ist wichtig. Bleib schön liegen, Schätzchen. Ich bin gleich wieder da.»

Als Madison, die schmerzenden Arme an den Bettpfosten gekettet, allein dalag, wurde ihr allmählich klar, wie prekär ihre Lage war. Sie war Kel auf Gedeih und Verderb ausgeliefert. Niemand konnte ihn daran hindern, mit ihr zu machen, was er wollte. Und er würde sie wahrscheinlich töten. Schließlich konnte er nicht riskieren, dass sie zur Polizei ging. Auch wenn ihre Mutter Hilfe holte, würde es zu spät sein. Tränen der Ohnmacht liefen ihr über die Wangen und benetzten das Kopfkissen. Paul hatte Recht gehabt. *Ich habe einen großen Fehler gemacht.*

Sie hörte, wie Kel im Nebenzimmer ins Telefon brüllte. «Kann das nicht warten? Ich bin gerade sehr beschäftigt.»

Dann lauschte er schweigend.

«Mein Gott, Onkel Ben, das hat doch wirklich bis morgen Zeit.»

Wieder Stille.

«Nein, nein, komm bloß nicht hierher. Ich fahre zu dir. Ich bin ... Onkel Ben ... Onkel Ben, ach, verdammter Mist!»

Er knallte den Hörer hin. Zwei Minuten später kehrte er, eine Rolle Klebeband in der Hand, ins Schlafzimmer zurück. «Du wirst deine Ungeduld noch ein wenig zügeln müssen, meine Schönste.» Sein Mund verzog sich zu einem Grinsen. «Aber du wirst dafür belohnt werden.»

Er umwickelte ihre Knöchel so fest mit Klebeband, dass ihre Schienbeine schmerzhaft zusammengedrückt wurden. Dann klebte er ihr fünf Streifen über den

Mund. So sehr Madison sich auch bemühte, sie konnte nicht einmal den Kiefer bewegen. Nachdem er sich das Hemd wieder übergezogen hatte, verließ er das Zimmer und schloss die Tür fest hinter sich.

Wie lange hatte sie dort gelegen? Madison wusste es nicht. Die Minuten schleppten sich langsam und qualvoll dahin. Ihr Kiefer tat von den vielen vergeblichen Versuchen, den Knebel loszuwerden, höllisch weh. Ihre Arme waren völlig verkrampft, und die Handschellen schnitten ins Fleisch ein.

Sie hörte, dass es klingelte. Kel ging aufmachen. «Ich hätte zu dir kommen können», meinte er ärgerlich.

«Boland ist gefunden worden.»

«Na und?», erwiderte Kel selbstzufrieden. «Wie soll er seine Behauptungen beweisen?»

«Kapierst du denn gar nichts, du Trottel? Auch wenn er nichts beweisen kann, stecken wir in der Klemme. Schließlich muss ich auf meinen guten Ruf achten.»

«Aber, Onkel Ben! Wo liegt denn das Problem? Ich habe das Original hier, und den Durchschlag hast du vernichtet. Also gibt es keine Möglichkeit ...»

«Hier! Du hast die Lizenz hier? Du Schwachkopf! Geh und hol sie.»

«Na, ja, hier stimmt nicht ganz. Sie ist gut versteckt.»

Warum lügt er?

Madison wurde klar, dass er wusste, warum sie hier war. Allerdings konnte er nicht ahnen, ob sie das Papier bereits gefunden hatte. Und offenbar wollte er seinem Onkel seinen Fehler verheimlichen. «Ich beschaffe sie morgen.»

«Darum will ich auch gebeten haben. Bring sie mir. Ich vernichte sie dann. Und damit sind wir geschiedene Leute. Mehr Hilfe kannst du von mir nicht mehr erwarten. Deine Mutter ...»

«Lass meine Mutter da raus.»

Madison hörte, wie Onkel Ben auf und ab lief. «Ich habe dir bis jetzt unter die Arme gegriffen, weil sie meine Schwester ist. Nur weil sie mich angefleht hat, dich zu unterstützen, habe ich Therons Lizenz verschwinden lassen. Ich habe alles einzig und allein für sie getan. Auch dass ich dir gegen Boland den Rücken gestärkt habe, hast du nur ihr zu verdanken. Wenn es je herauskommt, dass mein Sohn, was Bolands rassistisches Verhalten angeht, gelogen hat, könnte er ebenfalls ausgewiesen werden. Der Himmel weiß, warum deine Mutter dich liebt.» Onkel Ben blieb stehen. «Aber jetzt ist Schluss, mein Junge. Dein letzter Plan ist eine Ohrfeige in das Gesicht jedes anständigen Menschen. Ich will damit nichts zu tun haben. Wenn du darauf beharrst, werde ich ...»

«Was wirst du, Onkel Ben? Na, raus mit der Sprache. Mich anzeigen? Das glaube ich nicht. Ich weiß zu viel über dich.» Kel lachte hämisch auf. «Und wenn ich untergehe, nehme ich dich mit.»

Madison hörte, wie Onkel Ben nach Luft schnappte. «Du kleiner Dreckskerl. Du bist bis ins Mark verdorben.»

«Was ist denn los mit dir? Schließlich brauchst du nicht gegen das Gesetz zu verstoßen. Du musst nur zwei Männer dafür bezahlen, dass sie ein Auge zudrücken.»

«Warum bezahlst du sie nicht selbst? Und weshalb eine so hohe Summe?»

«Ich finanziere bereits die Männer in der Wüste, schon vergessen? Und die sind nicht gerade billig. Sie wissen, dass sie sich im Sperrgebiet aufhalten. Wenn sie erwischt werden, wandern sie in den Knast.» Kel fing an zu jammern. «Hilf mir doch, sie zu bezahlen. Immerhin bekommst du die Hälfte der Diamanten.»

«Ja, ja», unterbrach Onkel Ben ihn ungeduldig.

Leder knirschte. Offenbar hatte sich einer der zwei aufs Sofa gesetzt.

«Du solltest mir besser alles sagen. Was hast du geplant?» Onkel Bens Tonfall klang schicksalsergeben.

Wieder das Knirschen von Leder. Madison nahm an, dass nun beide Männer saßen. «Man hat ihn zum Dienst im Gefängnis eingeteilt. Sicher fühlt er sich nicht sonderlich wohl dort. Und bestimmt wird er sich über die Gelegenheit freuen, im Straßenbau zu arbeiten. In zwei Wochen wird er dorthin versetzt, und bestimmt wird er am zweiten Tag versuchen abzuhauen.»

«Weshalb bist du so überzeugt, dass Theron darauf hereinfallen wird?»

Alex! Was haben sie mit dir vor?

«Würdest du nicht so reagieren? Die Wachen werden es ihm so leicht machen, dass er der Versuchung sicher nicht widerstehen kann.»

«Hast du schon mal daran gedacht, dass ihm die Flucht wirklich gelingen könnte?»

Kel lachte vergnügt auf. «Das glaube ich nicht, Onkel Ben. Er wird erwartet. Außerdem habe ich meinen Leuten gesagt, dass sie kein Geld bekommen, wenn sie ihn nicht schnappen.»

«Es geht dir doch nicht nur darum, Theron von der Wüste fern zu halten. Da steckt mehr dahinter.»

Ja, was ist der Grund, du mieses Schwein?

«Fünf Jahre sind zu kurz. Bei guter Führung ist er in drei Jahren wieder draußen. Ich will, dass er viel länger hinter Gittern verschwindet.»

Eine lange Pause entstand, als Onkel Ben das auf sich wirken ließ. «Und wenn er erschossen wird?», fragte er dann.

Wieder ein fröhliches Lachen. «Na und?»

«Das ist Mord. Ich will Theron auch aus dem Weg haben, aber ich beteilige mich nicht an einem Mord.»

Leder knirschte. Einer der beiden war aufgestanden. «Es ist kein Mord, Onkel Ben. Wie sollte es denn?»

Der andere erhob sich. «Doch, es ist einer, wenn du die Wachen angewiesen hast zu schießen.» Onkel Bens Stimme wurde leiser. Offenbar war er zu demselben Schluss gekommen wie Madison: Kel hatte den Wachen Schießbefehl gegeben. Alex würde in eine Falle tappen.

«Keine Sorge», meinte Kel beruhigend. «Alles wird klappen wie am Schnürchen. Vertrau mir.»

«Oh, Gott!», dachte Madison. «Jetzt habe ich alle Beweise und bin trotzdem völlig machtlos.» Sie hörte die Uhr auf dem Nachttischchen ticken, drehte den Kopf und warf einen Blick darauf: fünf Minuten vor elf.

«Du bringst mir morgen die Lizenz. Ich erwarte dich vor zehn.»

Bitte geh nicht, Onkel Ben. Bleib hier. Kel weiß, dass ich jedes Wort mitbekommen habe. Jetzt wird er mich sicher töten.

Vorhin hätte sie es vielleicht geschafft, ihn davon zu überzeugen, dass es ihr Freude machte, mit ihm ins Bett zu gehen. Dann hätte er sie möglicherweise freigelassen. Aber jetzt?

Schritte kamen an der Schlafzimmertür vorbei. Die Eingangstür öffnete sich. «Ach, noch etwas: Ich habe erfahren, dass die Lieferung Amsterdam wohlbehalten erreicht hat. Im nächsten Monat erhalten wir das Geld. Du musst deinen Männern sagen, sie sollen vorsichtiger sein und sich auf jeden Fall von Jwaneng fern halten. Falls man sie dort erwischt, und sie dich mit hineinziehen, kann ich nichts mehr für dich tun.»

«Vergiss nicht, Onkel Ben, wenn ich untergehe, nehme ich dich mit.»

«Warum behandelst du mich so? Immerhin bin ich dein Onkel.»

«Nur als Rückversicherung, lieber Onkel.»

Die Tür schlug zu.

Komm zurück, Onkel Ben. Gott, hilf mir!

Schritte näherten sich. Der Türknauf wurde gedreht. Dann läutete wieder das Telefon. Kel streckte grinsend den Kopf zur Tür hinein. «Geh nicht weg. Das ist sicher der Anruf, auf den ich gewartet habe.»

Wieder vergingen die Minuten. Fünf nach elf. Madison konnte nicht viel von dem verstehen, was Kel sagte. Sie hörte nur: «Überweisen Sie das ganze Geld auf mein Konto», und dann: «Ja, natürlich, aber es muss aussehen, als käme die Überweisung von meinem Onkel.

Schaffen sie das? Ausgezeichnet. Bis nächste Woche, Karl», verabschiedete er sich.

Zehn nach elf. *Mach schon, Mama. Wo bist du?*

Um zehn nach elf blieb Alex atemlos stehen. Er schnappte nach Luft. *Nachdenken. Ich muss nachdenken.* Etwa fünfzehn Kilometer im Osten befand sich die südafrikanische Grenze. Er konnte sie bis zum Morgen erreichen. Alex beschloss, die Tlokweng Road zu nehmen. Damit riskierte er zwar, gesehen zu werden, doch er würde schneller vorankommen als durch den Busch. Als in der Nähe ein Esel wieherte, fuhr er erschrocken zusammen. Dann fiel Alex in den lockeren Trab der Buschleute und setzte seinen Weg fort.

Paul und drei seiner Freunde saßen gerade beim Pokerspiel. Um viertel nach elf läutete es an der Tür Sturm. Eine Frau stand händeringend auf der Schwelle. «Ich bin Pamela Carter, Madisons Mutter.»

«Kommen Sie herein.» Er wollte ihr Platz machen, aber sie schüttelte den Kopf.

«Maddie steckt in Schwierigkeiten. Das weiß ich ganz genau. Können Sie mir helfen?»

«Kommen Sie herein», wiederholte er. «Bitte.» Er brachte sie ins Wohnzimmer. «Was ist denn los?»

Sie schlang die Arme um den Oberkörper. Paul merkte ihr an, dass sie kurz vor einem Nervenzusammenbruch stand. «Ihr Plan. Haben Sie überhaupt eine Vorstellung davon, was Sie da von meiner Tochter verlangen?»

«Hat Sie es Ihnen erzählt?»

«Wir haben keine Geheimnisse voreinander. Sie fürchtet sich davor.»

«Ich weiß», meinte er leise und nahm neben ihr Platz. «Doch was sollen wir sonst tun?»

«Sie hätte ihr Versprechen sicher erfüllt und Sie nicht im Stich gelassen. Aber die Vorstellung widerte sie so an, dass sie zuerst etwas anderes versuchen wollte. Und nun ist sie noch nicht nach Hause gekommen. Ich mache mir Sorgen.»

Die anderen Gäste hatten das Pokerspiel vergessen und scharten sich um Pamela Carter. «Was hatte sie vor?», fragte einer der Männer.

Mrs. Carter konnte die Tränen nicht mehr zurückhalten. «Kurz vor neun ist sie weggegangen. Sie wollte in Kels Haus nach der Lizenz suchen. Sie meinte, das wäre immer noch besser, als sich von ihm anfassen zu lassen. Sie …» Pamela Carters Stimme stockte. «Sie sagte, wenn sie um elf nicht zurück wäre, sollte ich Ihnen Bescheid geben.»

«Mist!», rief Paul. «Diese kleine Verrückte!»

Mrs. Carter sprang auf. «Nein, das ist sie nicht. Sie ist ein tapferes Mädchen und verzweifelt. Sie hatten nicht das Recht, sie zu zwingen, bei Ihrem dämlichen Plan mitzumachen.» Sie richtete sich hoch auf, schob den Kiefer vor und zischte: «Helfen Sie ihr jetzt oder nicht?»

«Also los», knurrte Paul. Er war wütend auf Madison und auf sich selbst. «Seid ihr dabei, Jungs?»

«Versuch nur, uns daran zu hindern», entgegnete einer von ihnen entschlossen.

Kel kehrte ins Schlafzimmer zurück. «Wo waren wir stehen geblieben, Schätzchen?» Er riss ihr das Klebeband vom Mund. Obwohl es höllisch schmerzte, unterdrückte Madison einen Aufschrei.

Zeit gewinnen. Ich muss Zeit gewinnen.

«Erinnerst du dich noch an den Tag, als du dich im Baum vor meinem Zimmer versteckt hast?» Ihre Lippen brannten und ihre Stimme klang wie die einer Fremden. Namenlose Angst ergriff sie.

«Was soll damit sein?», höhnte Kel.

«Ich wusste, dass du dort warst», log sie.

Er entfernte das Klebeband von ihren Knöcheln. Erleichtert stellte Madison fest, dass das Blut wieder zu fließen begann. «Ich glaube dir kein Wort.»

«Beim ersten Mal habe ich es auch gewusst. Damals, als du Alex in Schwierigkeiten gebracht hast.»

Er kicherte. «Dein Daddy würde sich sicher darüber freuen.»

Fast hätte ihr Blick verraten, wie viel Hass, Abscheu und Angst sie empfand. Doch sie beherrschte sich und gab sich Mühe, sich nichts anmerken zu lassen. «Könnte ich bitte einen Schluck Wasser haben?»

Sie sah ihm an, dass er ablehnen wollte. «Bitte», flehte sie. «Meine Kehle ist ganz ausgedörrt.»

Er verstand die Anspielung. «Das darf natürlich nicht sein, Schätzchen.»

Er kam mit einem Glas purem Brandy zurück.

«Das kann ich nicht trinken!», protestierte sie. «Bitte, ich möchte einfach nur Wasser.»

Doch er hob ihren Kopf an und hielt ihr das Glas an

die Lippen. Die Flüssigkeit brannte. Madison musste husten und spuckte einen Teil davon aus. «Schluck's runter, Miststück.» Wieder presste er ihr das Glas an den Mund, so fest, dass sie keine andere Möglichkeit hatte, als zu trinken.

Würgend und keuchend schüttelte sie den Kopf, aber er ließ nicht locker, bis das Glas leer war. «Braves Mädchen.» Er stellte das Glas auf den Boden. «Und jetzt ...»

«Willst du nicht hören, warum ich eingebrochen bin?»

«Ich kenne den Grund. Hast du es gefunden?»

«Nein.»

«Ich werde mich rasch vergewissern.»

Zeit gewinnen. Er lässt sich leicht ablenken. Sie sah auf die Uhr: achtzehn nach elf.

Kel kam wieder ins Zimmer gestürmt. «Wo ist die Lizenz, Miststück?»

Ihren Mut und ihre Kräfte ließen nach. Als sie in Tränen ausbrach, schlug er sie heftig ins Gesicht. «Wo?» Dann lachte er auf. «Keine Sorge, ich kriege es schon.»

Er entdeckte das Papier auf Anhieb, knüllte es zusammen und warf es in eine Zimmerecke. «Warum tust du das?», schluchzte Madison.

«Weil du eine Freundin von Theron bist. Das ist Grund genug. Außerdem», höhnte er, «hat es mich auf den Geschmack gebracht, als ich dich durchs Fenster beobachtet habe.» Er kniff sie in die Brust. Trotz des Trainingsanzugs schmerzte es so, als ob sie nackt gewesen wäre. «Du hast die besten Titten, die ich je gesehen habe.» Wieder zwickte er sie.

Vergeblich versuchte sie, sich den Schmerz nicht anmerken zu lassen.

Er leckte sich über die Lippen. «Du hast Mumm, Madison, das muss man dir lassen.» Erneut kniff er sie fest in die Brustwarze.

Madison schrie auf.

«Sehr gut, Schätzchen. So ist es richtig.» Ein Kneifen. «Ich will noch ein bisschen mehr hören.»

Schluchzend vor Schmerz und Empörung, holte Madison tief Luft und trat nach ihm. Kel wich mühelos aus.

«Du willst dich wohl wehren?» Er riss sich das Hemd vom Leibe. «Ausgezeichnet.»

Dann warf er sich auf sie und küsste sie heftig auf den Mund. Angewidert stöhnte Madison auf, als sie seine schlaffen, feuchten Lippen spürte.

Plötzlich sprang er auf. «Bin gleich zurück.»

Verzweifelt blickte Madison auf die Uhr: zweiundzwanzig nach elf. Ihr Gesicht war feucht von seinem Speichel, und sie wimmerte ängstlich vor sich hin. Als er wieder hereinkam, stieß sie einen Schreckensschrei aus: Er hatte ein Schlachtermesser in der Hand.

«Nein, bitte nicht», bettelte sie.

«Meinst du das da?» Er betrachtete das Messer, als hätte er es noch nie zuvor gesehen. Dann lachte er. «Keine Angst, Schätzchen. Wenigstens noch nicht.»

Er löste seinen Gürtel, schlüpfte aus der Hose und stieß sie mit dem Fuß beiseite. «Das hier», sagte er und schwenkte das Messer, «ist nur dazu da, deine Kleider loszuwerden.»

Im nächsten Moment brach die Hölle los. Madison

hatte nicht gesehen, wie sich die Schlafzimmertür öffnete, denn ihr Blick hing an Kels vor Wahnsinn und Grausamkeit verzerrtem Gesicht. Gerade näherte er sich ihr mit einem bedrohlichen Grinsen, als er plötzlich zur Seite kippte. Das Messer fiel ihm aus der Hand und prallte krachend gegen die Wand. Dann schrien Männerstimmen durcheinander, ein Stuhl fiel um, und sie hörte, wie eine Faust auf Fleisch traf. Im nächsten Moment öffnete jemand ihre Handschellen und nahm sie beschützend in die Arme. Erst nach einer Sekunde fragte sich Madison, wer es sein mochte. Als sie den Kopf hob, erkannte sie einen von Pauls Freunden. Zitternd und schluchzend klammerte sie sich an ihn.

«Ich wollte ihr wirklich nicht wehtun», stotterte Kel. Sein Gesicht war blutverschmiert. Ängstlich stammelnd presste er sich gegen die Wand. «Ich hatte nur vor, sie ein bisschen einzuschüchtern.»

Paul strich sich das dunkle Haar aus der Stirn. Seine Miene war finster, aber zufrieden. Einer seiner Freunde legte Kel Handschellen an und stieß ihn aus dem Zimmer, während Paul sich dem Bett näherte. «Kannst du aufstehen?»

Sie nickte.

«Also los.»

Mit zitternden Knien rappelte sie sich auf. Er schloss sie in die Arme.

«Du kleine Verrückte.»

Sie hatte den Kopf an seine Brust gedrückt und nickte.

Er wich zurück, umfasste ihr Kinn und sah ihr in die Augen. «Hat er dir wehgetan?»

«Ein bisschen», stieß sie hervor.

«Du riechst wie eine Brauerei.» Sanft schob er ihr das Haar aus dem Gesicht.

Madison zitterte noch immer, und Tränen strömten ihr über die Wangen.

«Komm her.» Wieder umarmte er sie. «Tut mir Leid, Madison», flüsterte er, die Lippen in ihr Haar gepresst. «Ich hatte keine Ahnung, dass es dich derart abstößt, was ich da von dir verlangt habe. Es tut mir wirklich so Leid.»

In diesem Moment hätte sie ihm alles verziehen, so geborgen fühlte sie sich, als er sie in den Armen hielt.

Die wenigen Polizisten, die in dieser Mittwochnacht Dienst hatten, wussten nicht, was sie mit Kel anfangen sollten, als er ihnen in Handschellen und blutverschmiert vorgeführt wurde. Natürlich kannten sie ihn. Und was noch wichtiger war: Sie kannten seinen Onkel. Nach einer langen Debatte, in der Paul und seine drei Freunde sich standhaft weigerten, Kel an jemand anderen als an Alistair McKeith, den Leiter der Kriminalpolizei von Botswana, zu übergeben, riefen sie ihren Vorgesetzten schließlich zu Hause an.

Zwanzig Minuten später traf ein mürrisch wirkender, zerzauster Mr. McKeith ein. «Ich hoffe für Sie, dass das kein falscher Alarm ist, Theron», knurrte er in breitem, schottischem Akzent. «Sperren Sie den Mann in eine Zelle», brüllte er dann den bedauernswerten Dienst habenden Polizisten an. «Und sie», er deutete mit dem Finger auf Paul, «kommen mit Ihren Freunden hier rein.»

Die vier Männer folgten ihm in sein Büro, in dem sich alte Möbel und überquellende Aktenschränke drängten. Das Fenster hatte keinen Vorhang, der Boden war mit Linoleum belegt, und die restliche Möblierung bestand aus zwei Holzstühlen. Der üppig wuchernde Gummibaum auf dem Fensterbrett wirkte ein wenig deplatziert. «Meine Frau», brummte McKeith, als er Pauls Blick auf die Pflanze bemerkte. «Oder besser gesagt, ihr Gummibaum», fügte er hinzu.

«Gott sei Dank!», murmelte einer von Pauls Freunden.

McKeith wirkte weiterhin mürrisch. «Was zum Teufel ist passiert?» Schweigend und mit regloser Miene hörte er zu, wie Paul ihm die Situation erklärte. «Und wo ist die Kleine jetzt?», knurrte er, als Paul fertig war.

«Lassen Sie sie für heute in Ruhe. Sie hat viel durchgemacht.» Paul kramte in seiner Tasche. «Hier ist die Lizenz. Wir werden bestätigen, dass sie mit Handschellen ans Bett gefesselt war und mit einem Messer bedroht wurde. Der Kerl war in Unterwäsche. Also hatte er sicher nicht vor, nur ein Tässchen Tee mit ihr zu trinken. Sie wird morgen ihre Aussage machen.»

«Wie Sie sicher wissen, könnte ich sie verhaften lassen.»

Paul beugte sich vor und fixierte McKeith mit Blicken. «Aber das werden Sie nicht tun, Alistair», sagte er leise. «Kels Familie ist durch und durch bestechlich. Madison hat Beweise für Diamantendiebstahl, Urkundenfälschung, Meineid bei der Gerichtsverhandlung gegen Alex, Bestechung von Gefängniswärtern und möglicherweise für einen Mordversuch. Mein Bruder musste monatelang unschuldig in diesem Drecksloch sitzen. In all dieser Zeit durfte ihn niemand besuchen. Justizirrtum ist der mildeste Ausdruck, der mir in diesem Zusammenhang einfällt.» Er lehnte sich zurück. «Wagen Sie es nur nicht, Madison verhaften zu lassen», zischte er.

McKeith sah Paul unverwandt an. «Wollen Sie mir drohen, Theron?»

Paul zuckte nicht mit der Wimper. «Ja.»

«Ja», wiederholte McKeith leise und grinste dann. «Das habe ich mir fast gedacht.» Er stand auf und ging zur Bürotür. «Shemmen!», donnerte er.

Ein schwarzer Polizist kam hereingelaufen und salutierte. «Lassen Sie doch diesen Mist, es treibt mich noch in den Wahnsinn.» Der Polizist unterdrückte ein Grinsen.

«Gehen Sie zu den Zellen und teilen Sie diesem Dreckskerl mit, dass er unter Arrest steht. Wir können ihn achtundvierzig Stunden festhalten.» Er wandte sich wieder den Männern im Raum zu. «Ich hoffe für diese junge Dame, dass ihre Geschichte glaubhaft ist.»

«Sie haben doch ohnehin schon genügend Beweise gegen ihn.»

«Junger Mann!», knurrte McKeith. «Ich will die ganze Bande.» Er knipste die Bürobeleuchtung aus. «Und jetzt Beeilung, meine Herrschaften. Ich möchte heute Nacht noch ein paar Stündchen schlafen.»

«Was ist mit meinem Bruder?»

«Eine Nacht mehr im Gefängnis wird ihn nicht umbringen. Außerdem brauchen Sie nicht zu glauben, dass wir um diese Uhrzeit viel erreichen werden. Der oberste

Richter muss die Haftentlassung unterzeichnen. Morgen Nachmittag ist Ihr Bruder frei.»

Am nächsten Morgen war Paul zu aufgeregt, um zur Arbeit zu gehen. Während Madison ihre Aussage machte – McKeith war Charme und Verständis in Person und offenbar von ihrer Schönheit bezaubert –, saß Paul im Haus herum und hoffte, Alex würde jeden Augenblick vor der Tür stehen. Als es um halb eins läutete, stürzte er sofort los, um aufzumachen. «Ach, du bist es.»

«Vielen Dank.» Madison drängte sich an ihm vorbei ins Haus.

«Willst du nicht reinkommen?», meinte er trocken.

«Ist er schon da?»

«Noch nicht.»

«McKeith hat mir versprochen, sich sofort darum zu kümmern.»

Er folgte ihr ins Wohnzimmer. «Wie geht es dir? Hat McKeith …»

«McKeith war ein Schatz, und mir geht es ausgezeichnet. Die Schrammen heilen schon wieder.»

«Madison, ich habe das gestern Nacht ernst gemeint. Ich hatte keine Ahnung, dass du …»

Sie sah ihn an. Man merkte ihr die Schrecken der vergangenen Nacht noch an, doch die Todesangst war verschwunden. «Ich hätte es nicht tun sollen. Du hattest Recht, es war verrückt von mir.»

«Du hast noch einmal Glück gehabt. Ich hätte es mir nie verziehen, wenn dir etwas zugestoßen wäre.» Er kratzte sich am Ohr. «Ach, komm her und umarme mich.»

Während er sie in die Arme schloss, flüsterte er: «Verdammt, Madison, mach so was nie wieder.»

Erneut läutete es an der Tür. McKeith stand auf der Schwelle. «Darf ich reinkommen?»

Paul brachte ihn ins Wohnzimmer. «Ist Kel noch in Haft?»

McKeith wirkte zufrieden. «Er sitzt im Knast, steht unter Anklage und singt wie ein Vögelchen.»

«Und Onkel Ben?»

McKeith grinste breit. «Ebenfalls hinter schwedischen Gardinen, wo er über seine Sünden nachgrübeln kann. Bis jetzt schweigt er zwar, aber er redet schon noch. Sein Neffe hat ihn schwer belastet.»

«Wann wird mein Bruder freigelassen?»

McKeith sah Paul mitleidig an. «Darum bin ich hier», erwiderte er leise. «Ihr Bruder ist heute Nacht geflohen.»

Auf der Straße kam Alex rasch voran. Um diese Uhrzeit herrschte kaum Verkehr, sodass er die vorbeifahrenden Wagen schon aus einiger Entfernung sehen und sich rechtzeitig vor ihren grellen Scheinwerfern verstecken konnte. Anderthalb Kilometer vor dem Grenzübergang verließ er die Straße, pirschte sich durch den Busch zum Zaun, kletterte darüber und war vor Tagesanbruch in Südafrika.

Auf der anderen Seite des Zauns befand sich die einsame Steppe von Marico. Das Gelände war von Sand und Geröll bedeckt, mit dichten Dornenbüschen und Gestrüpp bewachsen, dünn besiedelt und zwischen September und April heiß wie ein Backofen. Hier lebten die Nachfahren der Voortrekker, derbe Afrikaander, die wenig sprachen, hart arbeiteten und ein einfaches und gottesfürchtiges Leben führten. Wegen jahrelanger Trockenheit und Überweidung brauchten die wenigen Farmer viel Land, um ihren Lebensunterhalt zu erwirtschaften. Über achttausend Hektar klangen zwar nach einem gewaltigen Besitz, doch in Wahrheit waren die Inhaber dieser großen Güter bettelarm und ihre Rinder klein und mager. Nur wenige hielten dieses Leben aus. Die Jungen zogen so schnell wie möglich fort, sodass die Gegend fast ausschließlich von älteren Leuten bewohnt wurde.

Auf der anderen Seite der Grenze war Alex in Sicherheit. Sich im Marico durchzuschlagen, bereitete ihm keine Sorgen, denn verglichen mit der Kalahari war es hier wie im Paradies. Aber zuerst brauchte er Kleider, Nahrung und Geld. Die beiden ersten Dinge aufzutreiben, war nicht weiter schwer.

Damit die Wäsche in der extremen Hitze nicht verrottete, hängten die Einheimischen sie über Nacht zum Trocknen an die Leine. Vor der zweiten Farm, auf die er stieß, ergatterte Alex eine Jeans, ein Hemd und ein paar Socken. Außerdem erleichterte er den Farmer um seine Stiefel, die vor der Hintertür standen. Als der Farmer den Verlust bemerkte, war Alex schon seit einer Stunde wieder im Busch verschwunden. Am folgenden Abend entwendete Alex von einer anderen Farm ein Huhn, ein wenig Gemüse, einen alten Metalleimer und eine kleine Aluminiumschale mit Wasser, die vermutlich für den Hund gedacht war. Alex zündete ein Feuer an, indem er zwei Hölzer aneinander rieb, wie !Ka es ihm beigebracht hatte, und kochte sich einen Eintopf. Als Geschirr diente ihm der Eimer, als Löffel benutzte er die Schale.

Sein nächstes Problem war Geld. Da er ohnehin nicht gerne stahl, kam es nicht in Frage, in ein Haus einzubrechen und nach Geld zu suchen. Also würde er Arbeit finden müssen. Allerdings würde er sich verdächtig machen, wenn er sich erbot, niedrige Arbeiten zu übernehmen, denn in Südafrika wurden diese normalerweise nicht von Weißen, sondern von Schwarzen erledigt. Drei Tage später überzeugte er einen Wertstattbesitzer in der kleinen Stadt Thabazimbi, einige hundert Kilometer von der Grenze zu Botswana entfernt, davon, dass er Automechaniker war. Es dauerte zwei Wochen, bis der Mann herausfand, dass Alex' Kenntnisse von Motoren ziemlich dürftig waren. Doch bis dahin hatte er bereits zwei Wochenlöhne verdient. Per Anhalter fuhr er nach Johannesburg.

Er brauchte einen Job und eine Unterkunft. Also kaufte er sich eine Zeitung, setzte sich in ein Kaffeehaus und studierte die Stellenanzeigen. Fast hätte er es übersehen. Denn aus der Spalte «Persönliche Mitteilungen» sprang ihm plötzlich sein eigener Name entgegen.

«ALEX THERON! BITTE PAUL ANRUFEN: BOLAND HAT DIE ANGELEGENHEIT BEREINIGT.»

Alex konnte es kaum fassen. Er suchte sich eine Telefonzelle und wählte mit zitternden Händen Pauls Nummer. Als Paul abhob, rief er: «Ich bin's. Ruf mich zurück. Habe kein Geld.» Nachdem er die Nummer diktiert hatte, legte er auf. Das schrille Läuten des Telefons eine Minute später war das schönste Geräusch, das er je gehört hatte.

«Warum hast du dich nicht gemeldet?», fragte Paul sofort. «Mein Gott, Alex, wir haben dich für tot gehalten.»

«Und warum hast du mich nie besucht?», entgegnete Alex. «Fast drei Monate war ich im Gefängnis und habe weder Post noch Besuch bekommen.»

«Verdammt, Alex! Wir haben alle Hebel in Bewegung gesetzt, um dich sehen zu können, aber man hat uns nicht vorgelassen. Außerdem haben wir dir alle geschrieben. Wir dachten, du würdest wenigstens die Briefe bekommen.»

«Ich habe gar nichts gekriegt.» Alex war bedrückt. Die ganze Zeit über hatte er geglaubt, man hätte ihn vergessen.

«Deinetwegen sind einige Köpfe gerollt», fuhr Paul fort. «Der Gefängnisdirektor wurde gefeuert. Madison hat ihn angezeigt, weil er dir keinen Besuch gestattet hat.»

«Wie geht es Madison?»

«Sie hält dich für tot. Vor einer Woche hat sie Botswana verlassen. Vermutlich ist sie irgendwo in Südafrika. Ich kann es für dich rausfinden.»

Alex' Stimmung erhellte sich. «Und ich werde wirklich nicht mehr gesucht?»

«Du bist ein freier Mann. Es ist vorbei, Alex. Du kannst nach Hause kommen.»

Nach Hause! Ein wunderschönes Wort. «Und was ist mit meinem Ausbruch aus dem Gefängnis?»

«Alistair McKeith von der Kriminalpolizei war ein wenig verschnupft. Eigentlich wollte er dich einen Tag nach deiner Flucht entlassen. Aber er will darüber hinwegsehen, weil du eigentlich schon frei warst, als es passiert ist.»

«Wie hast du Tim Boland aufgestöbert?»

«Genauso wie dich, durch eine Anzeige in der Zeitung. Aber nicht nur Boland hast du es zu verdanken, dass dein guter Ruf wiederhergestellt ist. Madison war großartig.» Paul erzählte Alex von dem Einbruch in Kels Haus und der Lizenz. «Sie ist dem Tod gerade noch von der Schippe gesprungen, Alex. Ich glaube, Kel wollte sie umbringen.»

«Was ist mit Kel passiert?» Alex stellte fest, dass seine Finger den Hörer fest umklammerten, und er wünschte sich, es wäre Kels Hals.

«Sein Onkel und er sitzen im Gefängnis. Der Onkel hat fünf Jahre gekriegt, Kel fünfzehn.»

Alex Griff lockerte sich. Fünfzehn Jahre im Gefängnis von Gaborone waren Strafe genug.

«De Beers ist dir sehr dankbar, und es ist ihnen furchtbar peinlich. Du hast sie zu dem größten Diamantenvorkommen der südlichen Erdhalbkugel geführt. Jetzt bekommst du deine Farm, Alex. Sie wollen dich nicht nur für die Diamanten bezahlen, sondern dich auch für die Zeit im Gefängnis entschädigen. Sie fühlen sich wegen dieser Sache ein wenig schuldig.»

Frei! Er war frei. An etwas anderes konnte er im Augenblick nicht denken.

«Madison …»

«Ruf mich morgen an. Ich frage ihre Mutter, wo sie ist.»

«Morgen!»

Paul lachte. «Okay, bleib in der Nähe des Telefons. Ich melde mich in einer halben Stunde wieder.»

Madison war zum Strandhaus ihrer Familie nördlich von Durban gefahren. Um sein weniges Geld zu sparen, legte Alex die sechshundert Kilometer per Anhalter zurück und schaffte die Strecke in knapp zehn Stunden. Doch als er in dem kleinen Badeort Umhloti Beach eintraf, geschah etwas, das bei ihm nur sehr selten vorkam: Er geriet in Panik.

Was empfindet sie für mich?

«Sie hat für dich ihr Leben aufs Spiel gesetzt», sagte sein Herz.

«Aber sie hat nie von Liebe gesprochen», erwiderte sein Verstand. «Und in der Wüste hast du sie ziemlich mies behandelt», fügte er hinzu.

!Ka, hilf mir!

Er fand das Strandhaus, blieb ängstlich davor auf der Straße stehen und wusste nicht, was er tun sollte. Im Garten des Nachbarhauses bellte ein Hund.

«Sie hat dich in der Wüste ertragen», meinte sein Herz. «Also muss sie dich lieben.»

Sein Verstand hatte darauf keine Antwort. Alex betrachtete das als gutes Zeichen.

Als er klopfte, machte niemand auf. Er ging um das Haus herum. Es lag genau am Strand. Eine Holztreppe führte von dem smaragdgrünen Rasen hinunter in den Sand. Vom Garten aus hatte Alex freie Sicht auf die kleine Bucht. Er konnte eine einsame Gestalt erkennen, die am Ufer stand und aufs Meer hinausblickte. Alex ging über den weichen Sand auf sie zu. Der Weg erschien ihm unendlich weit. «Madison.» Er war noch drei Meter von ihr entfernt.

Sie wirbelte herum. «Alex!» Der Wind wehte ihr das Haar ins Gesicht, und sie strich es ungeduldig zurück. «Bist du es wirklich?»

Er lächelte sie an.

«Du Mistkerl! Du rücksichtsloser, gemeiner Mistkerl! Warum hast du uns nicht Bescheid gegeben, wo du steckst?»

Mit drei Schritten hatte Alex sie erreicht. «Alles in Ordnung», kamen sein Herz und sein Verstand überein. «Sie liebt dich.»

Als sie viel später eng umschlungen in dem zerwühlten Bett lagen, sagte sie: «Ich muss dir etwas beichten.»

«Was denn?» Alex war so glücklich, dass er glaubte, das Herz würde ihm zerspringen.

Ihre Finger zeichneten Muster auf seine Brust. «Es war kein Zufall, dass ich dich in Schottland aufgelesen habe.»

Sanft schob er ihr das Haar aus dem Gesicht. «Wie hast du mich gefunden?»

«Ich habe Marv getroffen und wusste, dass er ein Freund von dir ist. Also habe ich ihn gefragt, ob er von dir gehört hätte. Er meinte, du wolltest nach Stirling, um mit Chrissys Eltern zu sprechen.»

Alex erinnerte sich an die Karte, die er Marv geschrieben hatte.

Die Laken raschelten, als sie sich zu ihm umdrehte.

«Du kennst ja die alten Romane, in denen die Heldin von einem Schurken verführt wird.»

«Ich bin aber kein Schurke», widersprach er.

«Stimmt», räumte sie ein. «Aber du hast mich verführt. Keiner konnte sich danach mit dir vergleichen.»

«Das ist hoffentlich ein rein theoretischer Vergleich?», fragte er spöttisch.

Sie gab ihm einen Klaps auf die Schulter. «Du weißt genau, was ich meine.» Sie zögerte. «Ich hatte ein oder zwei Beziehungen. Das kannst du ruhig wissen.»

«Ach, du meine Güte», murmelte er belustigt. «Wie dekadent.»

«Stört es dich nicht?»

«Zeigen Sie mir die Herren, Madame. Das Duell findet bei Morgengrauen statt.» Er lachte leise.

Er spürte ihre weichen Lippen auf der Haut. «Weißt du, was ich am meisten an dir liebe, Alex?»

«Meinen guten Charakter, mein phantastisches Aussehen oder meinen Charme?»

Doch so leicht kam er bei Madison nicht davon. «Dass du denkst wie eine Frau.» Als er sie kitzelte, begann sie zu kichern. «Es stimmt aber wirklich. Du leidest nicht an männlicher Kurzsichtigkeit.»

«Was zum Teufel ist männliche Kurzsichtigkeit?»

«Wenn ein Mann glaubt, er müsse die Frau, mit der er eine Beziehung hat, ganz und gar besitzen und sie beherrschen.» Sie lachte auf. «Verdammt, ich weiß nicht. Typisch männlich eben.»

Er stimmte in ihr Lachen ein. «War das deine ganze Beichte? Männliche Kurzsichtigkeit?»

«Nein.» Sie zögerte. «Alex, auf das, was jetzt kommt, bin ich nicht sehr stolz.»

«Erzähl es mir.» Er merkte ihr an, wie schwer es ihr fiel.

«Als ich in diesem grässlichen Mädchenpensionat war, schrieb mir meine Mutter, Chrissy sei gestorben. Du hast mir so schrecklich Leid getan, und ich ahnte, dass es dir entsetzlich schlecht geht.» Sie stützte sich auf den Ellenbogen und betrachtete sein Gesicht. «Aber ich konnte dauernd nur daran denken, dass du jetzt wieder frei für mich bist, Alex. Deshalb habe ich alles getan, damit sie mich aus der Schule werfen. Ich wollte zurück nach Botswana, um bei dir zu sein.» Bedrückt sah sie ihn an. «Obwohl du so viel durchgemacht hast, habe ich nur an mich selbst gedacht. Es tut mir Leid. Ich kann es mir immer noch nicht verzeihen.»

«Das solltest du aber.» Er freute sich über ihre Aufrichtigkeit.

Doch sie schüttelte den Kopf. «Als ich nach Botswana zurückkehrte, warst du fort. Gut, bald ist er wieder da, habe ich gedacht. Allerdings bist du nicht gekommen. Dann habe ich Marv getroffen und beschlossen, nach Stirling zu fahren. Ich glaubte, dass du irgendwann dort aufkreuzen würdest. Ich hatte schon fast aufgegeben, als du aus dem Pub geworfen wurdest und direkt vor meinen Füßen gelandet bist.»

«Erinnere mich bloß nicht daran.»

Sie grinste. «Mir war klar, dass du noch nicht für eine neue Beziehung bereit warst», sprach sie weiter. «In der Zeit, als du bei mir gewohnt hast, hätte ich dir ein paar

Mal beinahe die Wahrheit gesagt. Aber du brauchtest mehr Zeit, das habe ich dir angemerkt. Als du wieder nach Botswana geflogen bist, kam ich zu dem Schluss, du hättest Chrissy so sehr geliebt, dass in deinem Herzen kein Platz für mich ist.»

Er zog sie auf seine Brust. «Ich habe mich auf den ersten Blick in dich verliebt», gestand er ihr. «Und jedes Mal, wenn wir uns danach begegneten, habe ich es geschafft, das Falsche zu sagen oder zu tun. Dann habe ich Chrissy kennen gelernt. Ja, ich habe mich in sie verliebt. Als sie starb, konnte ich den Schmerz nicht ertragen, doch es war noch mehr als das. Du hast es als Schuldgefühle und Zorn bezeichnet. Ich hatte solche Schuldgefühle und machte mir Vorwürfe, weil ich ihre Krankheit nicht erkannt habe. Ich war schrecklich wütend auf mich selbst, ich vermisste sie, und ich hatte ein schlechtes Gewissen. Deshalb bin ich durchgedreht.»

Er strich mit dem Finger über ihre nackte Schulter. «Es hat lange gedauert», meinte er leise. «Wahrscheinlich lag es daran, dass ich noch so jung war. Aber ich bin über Chrissys Tod hinweg. Die Geister sind gebannt.»

«Bist du sicher, Alex? Mit einem Geist könnte ich nämlich nicht leben.» Schmunzelnd sah sie ihn an. «Dazu bin ich viel zu eitel.»

Er erwiderte ihr Lächeln. «So etwas würde ich dir nie antun, Madison. Ich würde es nicht wagen.»

Sie lachten, und er küsste sie wieder.

«Ich muss damals in Schottland blind gewesen sein», sagte er dann.

«Nein», erwiderte sie ruhig. «Du hattest gerade erst

die Augen geöffnet. Es war zu früh.» Sie küsste ihn auf die Brust. «Als wir uns dann in Gaborone getroffen haben, dachte ich, dass etwas zwischen uns sein könnte.»

«Ich auch.»

«Deshalb wollte ich mit in die Wüste kommen.»

«Und deshalb war ich dagegen.» Er musste über sich selbst lachen. «Das war der Gentleman in mir, wenn du es so nennen willst.»

«In der Kalahari hast du dich absolut scheußlich benommen, dauernd hast du versucht, mich zu vergraulen.»

«Und du hast dich einfach nicht verscheuchen lassen», sagte er. Als er daran dachte, wie stur sie sich geweigert hatte zu gehen, musste er schmunzeln.

«Es war meine letzte Chance, dafür zu sorgen, dass du mich überhaupt bemerkst.»

Alex legte den Arm um sie, rollte sich herum und beugte sich über sie. «Bemerkt habe ich dich durchaus, Madison, meine Liebste», flüsterte er und küsste sie zärtlich.

Sie schlang die Arme um seinen Hals. «Ich liebe dich», murmelte sie.

Als Alex ihr Gesicht so nah an seinem sah, wurde ihm klar, dass er in das Gesicht seiner Zukunft blickte, in das Gesicht, das ihn immer begleiten würde, und in die Gesichter ihrer Kinder.

Neunzehn

Mein Gott, wie ich den August hasse! Der Wind, der von der Wüste heranwehte, brachte Sand und Staub mit sich, trug sie durch die Luft und blies sie ihm in die Augen, bis sie sich entzündeten. Die Luft war so trocken, dass er jedes Mal, wenn er Metall berührte, einen elektrischen Schlag bekam. Die Landschaft hatte eine kalkig weiße Farbe angenommen und wirkte wie tot. Sein Vieh drehte dem Sandsturm den Rücken zu und suchte mürrisch nach Futter. Aus großen Augen betrachteten die Tiere vorwurfsvoll die unwirtliche Natur. Im August waren die Rinder so gereizt, dass man sie kaum bändigen konnte.

Er beugte sich über das Verandageländer und sprach mit sich selbst. «Du alter Trottel, so geht es dir jedes Jahr. In deinem Alter solltest du es eigentlich besser wissen.» Er betrachtete den Rosengarten. Alle Pflanzen waren vernünftig genug, auf den September zu warten, nur die Rosen nicht. Tapfer trieben sie jedes Jahr schon im August Blüten und ließen sich selbst durch den Sand ihre grimmige Entschlossenheit nicht nehmen.

Der Hahn war wieder herausgekommen und scharrte hoffnungsfroh unter den Rosenbüschen. «Nichts da, alter Junge!», rief er ihm zu. «Geh wieder zu deinen Weibern.» Der Hahn sah ihn kurz an. Der Wind bauschte seine Federn auf. Dann pickte er weiter.

Für gewöhnlich machte der Garten ihm Freude. Ein terrassenförmig abfallender grüner Rasen, bunte blühende Büsche, schattige Bäume und verschwiegene Nischen. Aber im August war das Gras braun und verdorrt, die Büsche waren struppig, die Bäume noch kahl, und die Nischen boten kein Schutz vor Wind und Sand. *Oh, Gott, wie ich den August hasse!* Er schob seinen Stuhl zur Hauswand zurück, wo die angebaute Küche L-förmig hervorragte, sodass der Wind ihn hier nicht erreichen konnte.

Man sah Alex die Jahre nicht an. Er hielt sich aufrecht und hatte einen geschmeidigen Gang. Sein immer noch dichtes, lockiges Haar wies ein paar graue Strähnen auf. Die blauen, Augen, ein wenig blasser geworden, blickten mild und fröhlich. Er griff nach Sams Brief. «Alle anderen Jungen bekommen doppelt so viel Taschengeld wie ich. Bitte, Dad, ich brauche mehr Geld.» Ärgerlich schwenkte Alex den Brief. Der Junge war unverbesserlich. Wozu brauchte ein Sechzehnjähriger solche Summen? Claire und Mickey hatten auch nie mehr verlangt.

Alex lehnte sich zurück und ließ den Blick über den verdorrten Garten und seine ebenso kahle Farm schweifen. Er liebte diesen Ort – trotz des Staubs und der toten Blätter an den eigentlich immergrünen Bäumen und Büschen, die so mit Sand verkrustet waren, dass nicht einmal der Wind ihn entfernen konnte; trotz der Tatsache, dass sich der Limpopo-Fluss in ein schlammiges, braunes Rinnsal verwandelt hatte; trotz der nach dem Winter abgemagerten Rinder, die niedergeschlagen die Köpfe hängen ließen. Im nächsten Monat würde mit ein wenig Glück der Frühlingsregen beginnen, sodass funkelnde, grüne Grashalme aus dem Boden schossen und den weißen Sandboden festhielten. Im November und Dezember ließ dann der heftige Sommerregen den Fluss anschwellen, bis er wieder über die Steine plätscherte und die braunen Algen wegschwemmte, die sich in den stehenden Tümpeln gebildet hatten.

Er hätte verreisen sollen, das sagte er sich jedes Jahr. Marv, Pru und all die anderen Farmer in der Gegend machten im August Urlaub. Doch er war zu starrsinnig, um sich ihnen anzuschließen. Vielleicht war diese Jahreszeit dazu gedacht, an die Vergangenheit zu denken, er wusste es nicht genau. Jedenfalls blieb er im Winter stets auf seiner Farm, fluchte auf das Wetter und hing seinen Erinnerungen nach.

Er erinnerte sich, als ob es erst gestern gewesen wäre. Und dennoch waren seither viele Jahre vergangen.

Gleich nachdem er mit Madison in Botswana angekommen war, gaben sich die Besucher die Klinke in die Hand. Tim Boland und Alistair McKeith wollten ihn unbedingt sprechen. Alex beschloss, das Unangenehme zuerst hinter sich zu bringen.

«Sie Vollidiot!», schimpfte McKeith verärgert. «Sie hätten erschossen werden können.»

«Aber es ist mir nichts passiert», entgegnete Alex freundlich. Er hatte Schlimmeres erwartet.

«Da haben Sie großes Glück gehabt.»

«Meinetwegen.»

McKeith sah ihn an. «Nur noch ein Tag. Wenn Sie gewartet hätten ...»

«Woher sollte ich das wissen?»

«Sogar ein halber Tag wäre genug gewesen.»

«Ja, Sir.»

Der Polizist atmete schwer. «Wollen Sie mich auf den Arm nehmen, Theron?»

«Nein, Sir.»

«Ich könnte Sie verhaften.»

«Ja, Sir.»

McKeith musterte ihn finster.

Alex erwiderte seinen Blick mit Unschuldsmiene.

«Hier.» McKeith schob Alex zwei Papiere über den Schreibtisch zu. «Hiermit sind Sie offiziell begnadigt und aus der Haft entlassen.»

Alex betrachtete die Dokumente. «Danke.»

«Und hier.» Er reichte Alex einen Scheck. «Sie haben ein Recht auf Bezahlung der Arbeit, die Sie im Gefängnis geleistet haben.»

Alex las die Summe. Es waren dreiundsechzig Rand und sechsundvierzig Cent. Er gab McKeith den Scheck zurück. «Spenden Sie es an die Pensionskasse der Polizei.»

McKeith schnappte nach Luft. «Sie sind wohl ziemlich verbittert, junger Mann», sagte er dann.

«Verbittert?» Alex überlegte. Dann grinste er. «Um ehrlich zu sein, würde stinksauer es besser treffen.»

McKeith lachte. «Sie sind in Ordnung, Theron. Verschwinden Sie. Soweit ich informiert bin, sind Sie ein Glückskind. Genießen Sie das Leben.»

Alex stand auf und hielt ihm die Hand hin. «Danke», meinte er nur.

Der Polizist schüttelte sie. «Und bringen Sie sich nicht wieder in Schwierigkeiten, junger Mann.»

Alex schmunzelte. «Wenn ich länger darüber nachdenke, sollte ich den Scheck besser doch nehmen.»

«Warum?»

«Um ihn einzurahmen.»

Bei De Beers zeigte man sich mehr als großzügig. Denn die bisher gewaltigste Diamantenader der Welt war ausgerechnet dort gefunden worden, wo Alex und Madison gegraben hatten.

Tim Boland bekam seinen alten Posten zurück, nachdem Kels Machenschaften aufgedeckt worden waren. Die Regierung war bereit, seine Ausweisung aus Botswana aufzuheben und sämtliche Eintragungen aus den Akten zu löschen. Der Gärtner, der von Kel bestochen worden war, um Tim fälschlicherweise wegen Rassismus anzuzeigen, wurde aufgespürt, doch Tim sprach sich dagegen aus, ihn zu verklagen. «Es war nicht seine Schuld. Gegen Kel und seine Familie hatte der arme Mann keine Chance.» Er stellte den Gärtner wieder ein und gewann in ihm einen treuen Mitarbeiter und engen Freund.

«Eigentlich wären wir nicht verpflichtet, Ihnen überhaupt etwas zu bezahlen.» Tim Boland ließ Alex zuerst ein wenig schmoren. «Das Land bei Jwaneng gehört der Regierung von Botswana. Sie haben an der Oberfläche nichts entdeckt und kein Recht auf unterirdische Funde.» Er klopfte mit den Fingernägeln auf den Schreibtisch. Alex stellte fest, dass Bolands Geltungsbedürfnis heute offenbar besonders groß war.

«Richtig», räumte Alex ein. «Aber ohne uns wären Sie nie auf die Ader gestoßen.»

«Irgendwann bestimmt.»

«Und wie viel Geld hätte De Beers für die Suche ausgegeben?»

Tim Boland konnte nicht verhindern, dass sich sein höfliches Lächeln jetzt in ein breites Grinsen verwandelte. «Eins zu null für Sie, Theron.»

«Bestimmt», fuhr Alex fort, ohne auf die Unterbrechung zu achten, «hätten Sie etwa drei bis fünf Millionen Rand zum Fenster hinausgeworfen.»

Tim lachte auf. «Sie sind nicht zufällig mit einem mir bekannten Wirtschaftsexperten verwandt?»

Alex beugte sich vor. «Sagen Sie, Tim, wie groß ist die Ader?»

Tims Augen funkelten aufgeregt. «Größer als in Ihren kühnsten Träumen. Sie und Ihre Freunde, die Buschleute, haben den Jackpot geknackt. Die Geologen sind ziemlich beleidigt.»

«Was wollen Sie nun für die San tun? Ich nehme an, dass Sie vorhaben, einen großen Teil ihres Jagdgebiets zu sperren, um Ausgrabungen durchzuführen. Wie sollen sie entschädigt werden?»

Wieder musste Tim Boland grinsen. «Zerbrechen Sie sich nicht den Kopf darüber. Schließlich muss De Beers auf seinen guten Ruf achten. Es ist nicht unsere Art, etwas zu nehmen, ohne etwas zurückzugeben. Deshalb haben wir uns dem Buschleute-Projekt angeschlossen. Ein paar unserer Männer sind dabei, ein Konzept zu entwerfen, an dem Sie Ihre helle Freude haben werden. Wir wissen nur noch nicht genau, was wir mit Ihnen anfangen sollen.»

«Warum?» Unbehaglich rutschte Alex auf dem eleganten, aber unbequemen Stuhl herum.

«Wie ich bereits sagte, müssten wir Ihnen, rein rechtlich gesehen, keinen Cent zahlen.» Ein rasches höfliches Lächeln. «Wir sind zwar nicht direkt dafür verantwortlich, dass Sie drei Monate im Gefängnis verbringen mussten, und es war auch nicht unsere Idee, dass sie einfach über den Zaun springen und sich nach Südafrika absetzen, und außerdem kann man es uns ebenfalls nicht zum Vorwurf machen, dass sie einen ganzen Monat lang in der Versenkung verschwunden sind, ohne mit jemandem in Kontakt zu treten, der Sie über die veränderte Lage hätte aufklären können ...» Tim Boland holte tief Luft und beendete dann seinen Satz: «Aber wir fühlen uns moralisch verpflichtet, Sie zu entschädigen.»

«Und wie groß ist diese moralische Verpflichtung in Zahlen ausgedrückt?», fragte Alex, der schon mit einem weiteren Redeschwall rechnete.

Tim gab sich keine Mühe, seine Belustigung zu verbergen. «Was halten Sie von einer Million Rand?»

Wie erstarrt saß Alex da. Eine solche Summe hatte er nicht erwartet. «Soll das ein Witz sein?», stieß er schließlich hervor.

Tim grinste. «Ganz und gar nicht. Wenn das Land Ihnen gehören würde, hätte es uns mindestens doppelt so viel gekostet, es zurückzukaufen. Und wenn Sie uns nicht zu der Ader geführt hätten, hätten uns unsere Untersuchungen, wie sie bereits sagten, bis zu fünf Millionen Rand gekostet. Also ist es ein faires Angebot. Was meinen Sie dazu, junger Mann?»

Alex konnte nur noch nicken.

«Wir werden unseren Fund erst in einigen Jahren bekannt geben», fuhr Boland fort. «Die Branche ist noch nicht reif für ein weiteres großes Bergwerk.» Er schob Alex ein Blatt Papier zu. «Unterschreiben Sie hier. Es ist ein Abkommen, mit dem Sie sich zu Stillschweigen verpflichten. Wenn etwas durchsickert, und wir feststellen, dass Sie dafür verantwortlich sind, verklagen wir Sie.»

«Aber es ist doch bereits bekannt», widersprach Alex. «Es ist ein offenes Geheimnis in der ganzen Stadt.»

Tim Boland musterte ihn nur gleichmütig.

«Geben Sie mir den Stift», sagte Alex.

Alex und Madison kauften eine Farm, fast zweitausendfünfhundert Hektar bestes Buschland, ganz in der Nähe von Marv und Pru. Sie bauten ein Haus mit Blick auf den Lampopo-Fluss.

Im November heirateten sie. Paul war Trauzeuge. Während des Empfangs gab er seine Verlobung mit Ingrid bekannt, der reizenden blonden Tochter des schwedischen Botschafters.

Pa, der eine Weile bei Paul in Gaborone verbrachte, war überglücklich und platzte fast vor Stolz.

Pat erschien mit einem kecken, rothaarigen Mädchen aus Sambia zur Hochzeit, das Jill hieß. Er verkündete, er werde in Gaborone eine Baufirma eröffnen. Als Alex ihn fragte, ob er Jill heiraten wolle, erwiderte Pat: «Jesus, Mutter Marias, mein Junge, für diesen sentimentalen Quatsch bin ich doch viel zu alt.» Aber Alex merkte den beiden an, wie gern sie einander hatten.

Auch Marthe und Jacob waren erschienen. Trotz ihres Alters und ihrer Gebrechlichkeit ließen sie es sich nicht nehmen, den anderen Gästen zu zeigen, wie man einen richtigen Charleston tanzte.

Willie trug tatsächlich einmal keine Cowboystiefel.

Artie kam aus Rhodesien angereist. Er hatte die Einladung falsch gelesen und trug als einziger der Männer einen Frack. Doch das bedeutete für Artie kein Problem. Er zog die Jacke aus, krempelte die Hemdsärmel hoch und tanzte die ganze Nacht.

Bob lächelte den ganzen Abend.

Pamela Carter sah fast so hinreißend aus wie ihre Tochter. «Ich mochte dich schon immer, Alex. Gott sei Dank, dass meine Tochter so vernünftig war, dich zu heiraten.»

Marv und Pru gestanden Alex, dass sie schon gar nicht mehr gehofft hatten, einmal auf seine Hochzeit eingeladen zu werden.

Es war nicht immer ein Zuckerschlecken, dachte Alex, als er auf seiner Veranda saß.

Ihr erstes Kind wäre ein Junge gewesen, doch Madison hatte eine Frühgeburt. Es dauerte fast ein Jahr, bis sie wieder bereit war, ein Kind zu bekommen. Sie war überzeugt davon, dass etwas mit ihr nicht stimmte, obwohl die Ärzte diese Ansicht nicht teilten. Alex musste hilflos zusehen, wie seine schöne junge Frau litt und trauerte. Obwohl er ihr Liebe und Verständnis entgegenbrachte, wusste er, dass er dieses Gefühl des Verlustes nie würde nachvollziehen können.

Claire wurde 1977 geboren, ein hübsches Kind und Alex wie aus dem Gesicht geschnitten. Er vergötterte seine Tochter und musste sich von Marv sagen lassen: «Die Kleine wickelt dich um den Finger.» Alex' Vater, der sie drei Wochen nach der Geburt besuchte, verliebte sich genauso wie Alex in das Baby. Eigentlich hatte er sofort nach Shakawe zurückkehren wollen, doch dann blieb er länger. Nach einer Woche starb er im Schlaf. «Ein Herzinfarkt», sagte der Arzt, doch Alex glaubte nicht daran. Pa war immer drahtig und gesund gewesen. Alex war überzeugt, dass er nun, da seine Söhne Familien gegründet hatten, so glücklich gewesen war wie nie zuvor. Nun hatte er in Frieden sterben und seine geliebte Peta wieder sehen können, deren Verlust er nie verkraftet hatte. Seine Pflicht auf dieser Erde war getan. Alex vermisste seinen Vater, aber er freute sich auch für ihn.

Mickey – oder Michael-John, wie er eigentlich hieß – kam ein Jahr nach Claire zur Welt. Er war Madisons Ebenbild.

«Ein Junge und ein Mädchen», meinte Madison. «Das passt doch großartig. Jetzt will ich keine Kinder mehr.»

Doch sie hatte die Rechnung ohne Sam gemacht, der zwei Jahre danach geboren wurde. Er hatte Alex' Aussehen und Madisons Charakter geerbt und war anstrengender als seine beiden älteren Geschwister zusammen. Aber sie liebten ihn sehr und fragten sich, wie sie nur auf den Gedanken gekommen waren, sich kein weiteres Kind zu wünschen.

Als Mickey mit fünf Jahren schwer an Masern erkrankte, rechneten die Ärzte schon mit dem Schlimmsten. Alex ging in die Wüste und suchte !Kas Clan. Die San führten einen Heiltanz für den Jungen auf. Und bei Alex' Heimkehr war Mickey zwar noch ziemlich schwach, aber auf dem Wege der Besserung. «Eigentlich hatte der Junge keine Chancen. Er muss eine wahre Rossnatur haben», meinte der Arzt.

1976 schaffte Botswana den Rand als Währung ab und gab seine eigene heraus: Pula und Thebe. Als Sir Seretse Khama 1980 starb, trauerten Alex und Madison wie alle anderen Bürger Botswanas um ihr Staatsoberhaupt, dem sie die Unabhängigkeit des Landes verdankten. Wegen seiner weisen und besonnenen Regierung war Botswana nun in der Lage, sich selbst zu versorgen, ein Erbe, auf das man mit allem Recht stolz war. Khama hatte eine der ärmsten Nationen der Welt durch ein politisches und finanzielles Minenfeld geführt und es in eine friedliche, wirtschaftlich starke Demokratie verwandelt. Der neue Präsident, Dr. Quett Masire sagte: «Wir haben keine andere Wahl, als unseren Weg dort fortzusetzen, wo dieser große Mann uns verlassen hat.»

Die Fliegengittertür klapperte. «Was denkst du?», fragte Madison, kam näher und griff nach Sams Brief.

«Ich denke», erwiderte er langsam, «dass du heute noch schöner bist als bei unserer ersten Begegnung.»

«Ich meinte eigentlich zum Thema Sam.» Ihre Augen funkelten.

«Ich denke, dass ich dich jetzt noch mehr liebe als damals.»

«Alex!», schimpfte sie. «So benimmst du dich immer im August. Was ist mit Sam?»

Er sah sie an. Ihr Haar war immer noch seidig schwarz, ohne eine einzige graue Strähne, und ihr Gesicht war frei von Sorgenfalten. «Komm», meinte er und stand auf.

«Sam», beharrte sie sanft.

«Vergiss Sam.» Er grinste.

«Sam», wiederholte sie.

«Okay, wir erhöhen sein Taschengeld.»

«Du bist ein Schatz.» Sie küsste ihn auf die Wange.

«Das weiß ich.»

Er legte ihr die Hände auf die Schultern und blickte ihr in die Augen. In ihrem Gesicht sah er mittlerweile nicht nur seine Zukunft, sondern auch seine Vergangenheit und seine Gegenwart. Er war zufrieden. Alex legte den Arm um Madison. «Ich will dich», flüsterte er.

«Es ist mitten am Nachmittag.» Ihre Stimme war ganz dicht an seinem Ohr.

«Die Dienstboten haben frei.»

«Ich weiß», entgegnete sie verträumt. «Ich habe ihnen gesagt, dass sie sich nicht zu beeilen brauchen.»